영원한 불꽃

영원한 불꽃

1판 1쇄 인쇄 | 2022년 7월 28일
1판 1쇄 발행 | 2022년 8월 5일

지 은 이 | 권영경
펴 낸 이 | 천봉재
펴 낸 곳 | 일송북

주   소 | 서울시 성북구 성북로 4길 27-19(2층)
전   화 | 02-2299-1290~1
팩   스 | 02-2299-1292
이 메 일 | minato3@hanmail.net
홈페이지 | www.ilsongbook.com
등   록 | 1998.8.13(제 303-3030000251002006000049호)

영원한 불꽃

가톨릭 역사 소설
성인 권빈첸시오

권영경

읽기 전에

이글은 임진왜란 때 포로가 되어 일본으로 끌려가 가톨릭 신앙을 증거하며 불꽃처럼 사라져간 한 젊은 조선인 수도자의 이야기입니다. 그는 일본에 도착 이후 예수회 신학교를 거쳐 교리교사가 되었고 핍박 속에 노예로 팔려가는 조선인 포로들을 교회에서 구하며 가톨릭 신앙을 전했습니다. 중국으로 가서 조선 포교를 위한 준비를 하는 도중 후금(청나라)과 명나라의 전쟁으로 조선 입국이 좌절되고 다시 돌아간 일본에서 극심한 그리스도교 탄압 정책에 의해 사제들과 함께 옥에 갇혔습니다. 그곳에서 그는 예수회 수도서원을 하고 순교로 신앙을 지키며 화형에 처해졌습니다.

2012년 3월 KBS역사스페셜 "임란포로 빈센트 권은 왜 화형 당했나?"를 취재하고 제작하신 분들께 이 소설의 영감을 얻었음을 감사드립니다. 이야기의 주인공을 현재 한국에서 그의 가톨릭 세례명으로 알려진 권 빈첸시오로, 들어나지 않고 있는 그의 행적을 당시의 역사적 상황에 맞추어 상상으로 좇으며 창작으로 조선인 청년의 투철한 신앙과 고뇌를 그렸습니다. 언제고 성인 권 빈첸시오의 사실에 근거한 역사기록이,

많은 교우들에 의해 조사되고 밝혀져 우리 앞에 나타나기를 원합니다.

이 글은 형식을 갖춘 소설이 아닙니다. 그의 숭고한 희생조차 우리는 이미 알고 있습니다. 다만 저는, 거대하게 밀려오는 파도처럼 격변하는 세계사의 환경 속에서 그가 겪어냈을 험난한 인생의 과정과 조선의 한 젊은이가 품었던 조국에 대한 무한한 사랑과 웅대한 이상을 그리고자 했을 뿐입니다.

그의 불꽃과 같았던 빛나는 신앙이 더욱 감동적이고, 수 천리 타국에서 조선인의 얼을 가톨릭의 정수로 지켜낸 불멸의 성인과 성녀로 기려지도록, 한국과 일본의 교우들 염원처럼 이루어지기를 기도합니다.

아멘.

*주인공 권 빈첸시오나 등장인물들 중 권 씨는 필자와 관련이 없습니다. 또한 소설에서 가톨릭 수도회 간 선교 경쟁과 알력 등도 역사에 근거한 평가로 언급된 것에 불과하니 오해 없기 바랍니다.

저자의 인식

임진왜란 (1592-1598)중, 복자 권 빈첸시오가 일본의 소신학교(세미나리오)에서 공부했을 학과목이나 대신학교(콜레지오)의 교과 과정, 예수회의 조선인 신학생에 대한 서원과 예수회 입회에 대한 결정의 미비 등은 모두 창작한 것으로 그 근거가 없습니다. 그가 신학교에서 배웠을 과목은 신학 외에도 철학, 문학, 수학, 자연과학, 미술과 음악, 수신(修身:도덕)과 체육 등이 분명 있었을 것이나 어쩌면 그 당시에는 이런 어휘 자체가 없이 서양의 학문 이름 그대로 받아들였을 것입니다. 모두 본산 언어를 그대로 부르며 학문에 대한 이해와 개념도 현대와는 차이가 있었겠지만 이 책에서는 현대적 개념의 언어로, 시대를 서력으로, 환경을 현대식 용어를 표현하였으며 독자의 이해를 돕기 위한 역사해설 부분은 덧칠해 두었습니다.

조선 포교를 준비토록 예수회 일본 관구에서 그를 중국으로 파견한 사실은 그의 지성과 인품에 대한 신뢰가 매우 깊었기 때문에 가능했다고 판단했고 위의 배움을 그 과정으로 보았습니다. 영문으로 그의 이름은 Vincent Kaun, 예수회의 기록에서는 Vincentius Caun, 가톨릭대사전에서는 권 빈첸시오 가베에라고 표기하고 있고 가톨릭 온라인(Catholic Online)에서는 그를 St. Vincent Kaun으로, 축일은 6월 20로 알려줍니다.

소설의 역사적, 세부적 표현과 저자의 언급을 검토해 주신 예수회의 최 로베르토 신부님과 모국의 교계출판사 수녀님, 신학교의 추억을 말씀해 주신 이 토마스님, 모국의 강분도 신부님과 은사 변재형 베드로 박사님, 허 프란치스코 대부와 정 글라라 대모(아내 마리아의)님 내외, 미국의 대부 대모 현 안젤모와 젬마님 내외와 교우들께, 그리고 이 책을 출간해 주신 출판사에 감사드립니다.

"제가 부르던 날
제게 응답하시고 저를 당당하게 만드시어
제 영혼에 힘이 솟았습니다."
(시 138,3)

탄생, 임진왜란

1581년 2월 3일 (음력은 경진년, 1580년 동짓달 30일), 경상도 단성 현의 선돌(입석:立石)리에서 권두혁이 태어날 때 조선은 선조(宣祖) 14 년이었다. 일본은 텐쇼(天正) 8년, 끝없는 내란으로 전국시대를 장식하 고 있었고 명은 신종만력제(神宗萬曆帝) 8년으로 만주에서 후금이 세 력을 모으며 명에 맞서려 하고 있었다. 아버지 권재서는 안동을 본으로, 어머니 이 국은 전의(全義)를 본으로 하고 있었고 거주지가 있는 선돌과 강 건너 남사들, 현청이 있는 단성 새터 등지에 200여 마지의 전답을 가 진 중농으로 연 오 백석 정도의 재력이었다. 단성현은 권 씨 집성촌이 많 았고 그들 모두는 전통적인 유교와 불교를 숭상했다.

두혁에게 위로는 아직 아기를 갖지 못한 결혼 1년이 지난 형과 형수,

고향에서 수 십리 떨어진 단계와 안봉으로 시집간 누나가 둘인 2남 2녀로 부모는 조부모를 모시고 살았다. 아버지 권재서(權載書)는 외아들로 고모 한분 외 형제가 없었다. 두혁 형제는 선돌의 재궁 서당에서 1년을 수학 후 덕산의 남명 조식 후예들 문하생이 되어 성리학을 배웠다. 조부는 사십 수년 전 과거의 소과(小科) 진사시에 합격 후 종9품직을 제수 받을 수 있었으나 사양했고 대과에 두 번 낙방 후에는 농사일과 자녀 교육에 전념하고 있었다. 그들 문중은 붕당정치를 혐오하고 있었기 때문에 유학의 파벌 형성이나 그런 연줄에 기대어 출세하는 것을 하찮게 여기고 부친 권재서도 자연히 과거와는 담을 싼 채 유학과 농사일, 관심이 많았던 무술에 전념하고 있었다. 이런 집안의 영향으로 두 아들도 과거에 목매이지 않았고 오히려 자유스런 가풍으로 형제는 아버지를 따라 새로운 학문이나 그런 경향에 민감했다. 형인 권두곤(權斗崑)은 아버지와 함께 마름과 머슴들을 데리고 가업인 농사를 맡고 있었고 장차 서당에서 후학을 가르칠 정도의 유학을 닦고 있으면서 가끔씩 천문학과 지리학, 불교에 관심을 두고도 있었다.

며느리가 임신했을 때 조부가 꿈에서 보았던, 자신의 눈앞에 펼쳐진 온 땅과 바다를 뒤덮은 큰 불꽃을 태몽으로 여기며 둘째 손자의 이름을 권두혁(權斗焱 : 큰 불꽃의 의미로 불꽃 '염'이 아니 '혁으로 읽는다)으로 지어 받았다. 어려서부터 영리했던 그는 어머니를 따라 집안의 비구니절인 지리산 삼장골의 대원사를 매년 초파일에는 꼭 다녀오곤 했다. 나이가 어리지만 사려 깊은 두혁에게 어머니의 깊은 신앙과 종교관, 아버지의 유교관이 마음에 일찍 자리를 차지하자 다른 아이들보다 신앙과 유교 전통에 대한 관심이 더욱 깊어졌다. 이런 관심은 어린 그가 깊게

11

사색하는 취향을 갖게 해 주었다. 자연히 말수가 적어지며 모든 사물을 깊게 관찰하는 습성을 기르게 하여 주었으나 궁금한 것에 대한 질문은 주변 사람들이 귀찮아 할 정도로 많았다. 열 세 살이면 아직은 성인이 되었다고 할 수는 없었으나 당시 그는 스스로 자기가 성년에 이르렀고 심지어 책에서 가르치는 대로 인간사에 대한 길흉화복을 점친다는 주역에 제법 관심을 기울여도 좋을 것으로 믿고 있었다. 주위의 성인들조차 지혜 깊은 그의 말과 겸손하면서도 당당한 태도에 감탄하고 있었다.

집에서 이 십리를 걸어 덕천강을 끼고 오르면 서쪽의 지리산 자락 안에 덕천서원(德川書院)이 있었다. 두혁이 태어나기 5년 전, 선조 9년(1576)에 남명(南冥) 조식(曺植)의 수제자, 서울 태생으로 진주에 살았던 수우당(守愚堂) 최효원(1529-1590)과 그와 교분이 두터웠던 남명의 제자들과 사림(士林)이 주축이 되어 수려한 풍광의 지리산 초입 덕산의 덕천강가에 건립한 서원이었다. 두혁의 아버지 권재서는 그곳에서 유학을 닦았던 최효원과 의령 출신으로 신번의 권씨 가문과 외척이고 남명의 외손녀 사위었던 곽재우(郭再祐)와 친분이 두터웠다. 최효원에게서 선물 받은 수우당 문집을 늘 아꼈고 임진왜란 2년 전(1590년)에 그가 붕당의 희생자가 되어 타계했을 때에는 몹시 슬퍼했다.

두혁은 동네 서당에서 이미 7살 때에 천자문, 동몽선습, 격몽요결을 완벽히 익혀 주위를 놀라게 했다. 이를 귀하게 여기며 재주를 지켜본 부모가 9살에 그를 덕천서원으로 보내자 소학, 대학, 논어, 맹자, 중용을 거쳐 시경, 예경, 서경, 역경(주역)까지 12살에 완파하는 뛰어난 재능을 보였다. 학문의 깊이는 성년의 정도에는 미치지 못했지만 뛰어난 사유의

식(思惟意識)으로 사물을 관찰하는 태도나 인간의 출생과 죽음, 계절의 변화와 시각의 흐름 등에 대한 개념과 판단, 추리와 흥미는 성인들과 다르지 않았다. 부자유친(父子有親), 군신유의(君臣有義), 부부유별(夫婦有別), 장유유서(長幼有序), 붕우유신(朋友有信)등, 엄격하게 배운 삼강오륜과 선사(先師)들의 깊은 유학적 가르침으로 그는 효와 충성에 대한 의지, 수신과 어짊에 대한 이성적 비판의 한계를 생각했고, 인간의 의리(義理)와 하늘의 천리(天理), 선악과 길흉과 존망, 중국의 삼왕이제에 대한 설화까지도 머릿속을 항상 떠나지 않았다. 그러나 조선에 살면서 인류 역사의 시작과 현재를 중국의 고대로부터 명나라까지로 배우고, 중국 중심의 도덕적인 사관(史觀)으로 철저히 외우게 한다는 것과 반대로 자국의 역사에 대해서는 그저 간략하게 단군으로 시작하여 삼한과, 삼국, 고려, 조선에 이른다는 가르침을 받았을 때에는 무언가 가슴에 차지 않는 부족함이 있었다. 중국의 역사를 존중하고 자국의 역사를 업신여기는 것을 그가 이해하기는 곤란했던 것이다. 그러나 엄격한 학풍과 관습을 생각할 때 이런 것들은 말로서 표현하기가 매우 어렵고 중국을 숭상하는 것이 마음에 들지는 않지만 서원의 나이든 유학 서생(書生)들과 훈장(訓長)도 분명 이런 점을 알고 있으면서도 마치 성스러운 것인 양 여기고 말하지 않는다는 것을 이미 깨닫고 있었다. 당시 조선의 유학은 영남의 양대 학파가 이끌고 있었다. 퇴계 이황(1501-1570)의 학파 후예들은 경북 안동의 도산서원(陶山書院)에서 점진적인 개혁을 주장하며 조선의 신정치 세력으로 사림의 입지를 굳히고 있었고 남명 조식(1501-1572)의 학파 후예들은 단성현의 덕천서원에서 강렬한 정치비판 의식으로 급진적인 사회 개혁을 주장하는 양대 학파를 이루고 있었다. 그러나 그들은 유학적 바탕으로 신뢰한 중국을 숭상하는 사대사상에 기초한 기풍과 학파적인 붕당의념을 버리지 못하고 있었고 두혁도 점점 자신이 이런 학풍을 이념으로 받아드리고 있다는 것을 어렴풋이 이해하고 있었다. (결국 조선 사대부의 남명학파는 집권 서인의 주류였으나 임진왜란 후 지나친 친명배금 親明排金 정치추구로 1623년 인조반정에서 패배하여 정치권력을 잃게 된다)

지리산 자락에 가을이 오면 덕천강가의 은행나무와 정자나무, 버드나무와 옻나무, 단풍나무와 참나무, 층층나무와 오리나무 등이 이름 모를 가을꽃과 어울려 붉고 노란 단풍으로 끝도 없이 골자기를 수놓고 있었다. 그럴 때면 두혁은 자연의 아름다움과 신비, 지리산의 웅장함과 고고한 자태에 넋을 잃고 혼자서 숲속을 걸으며 고요함과 평화스런 마음을 얻게 해 준 자연에 감사했고 또 그런 자연을 만들어준 하늘에도 감사했다. 매월 3차례의 휴일을 맞으면 집에서 보낸 종복(從僕)을 앞서 보내고 혼자 선돌의 집으로 돌아오는 길은 두혁을 사색하는 어린 철학자로 만들어 주기도 했다. 봄철에 논에서는 벼가 자라고 숲속에서 풀국새(뻐꾸기의 사투리)가 울어줄 때면 넘치는 정기와 아무도 알 수 없는 자연의 신비와 때때로 혼자 가진 생각의 의문에 대한 답을 찾은 듯 했다. 그럴 때면 마치 자신만이 터득한 듯한 진리의 깨달음에 만족하며 걷는 길이 즐겁기만 했다. 하지만 나이 들어 갈수록 서원에서 모든 유생들이 양반다리로 앉아 윗몸을 앞뒤로 조금씩 흔들거리며 뼛속 깊이 중화사대를 간직하도록 배우고 외운다는 점을 생각하면 자신의 무언가를 부정당하고 있다는 마음만 커져갔다. 자신의 그 부정은 인간에게 꼭 필요하지만 불만스러운, 그러나 절대로 함부로 말해서는 안 되는 묘한 무엇일지도 모른다고 생각했으나 완벽히 받아드릴 수 없었다. 배우는 모든 것이

추상적이고 이념 위주로, 그저 선하고 착한 사람이 되기만 하면 살아서 신선이 될 것이라는 말을 듣는 것은 심각한 문제라고 여겼기 때문이었다. 그의 어렴풋한 실학에 대한 생각은 두혁의 시선으로 본 당시의 모든 사회 문제를 염두에 둔 것이기도 했다. 말하자면, 실생활에 도움을 주는 산학(算學)이나, 상업과 지리, 과학과 전쟁, 천기와 자연, 광업과 공업, 보건과 외국의 언어 등에 대해서는 전혀 관심을 두지 않는다는 것과 중국의 천지창조 신화에 따라 신농씨, 복희씨, 황제씨가 사람 사는 세상을 만들었는데 복희가 처음으로 팔괘를 그어 서결문자를 만들었고 신농이 쟁기와 보습, 의술을 만들고 황제가 방패와 창, 배와 수레, 달력과 산수를 만들었으니 이들이 삼황제라고 외우기만 하면서 그것으로 마치 무언가를 이룬 듯 여기는 것은 곤란한 일이었다. 중국의 요순시대 오제를 기리며, 공자는 하늘이 내신 성인으로 시경, 서경, 주역, 논어 등을 통해 세상의 모든 가르침을 인도하였다는 것은 세상의 이치를 너무 단순하게 본 것이거나 어쩌면 중국의 학문에 의지하여 명성을 얻겠다는 사람들이 만든 허구로 생각이 들기도 했다. 특히 명나라 태조 고황제가 우리의 국호를 조선이라고 고쳐 내렸고 나라가 비록 궁벽하게 협소하고 작으나 중화의 제도로 인륜이 위에서 밝고, 백성들은 배워 교화되어 중국인들이 우리를 소중화(小中華)라 칭해 주니 이 어찌 기자(箕子)의 가르침을 받은 은혜가 아닌가라고 훈장이 가르쳤을 때에는 도저히 받아드리고 싶지 않은 유치함과 우매함이 가득 찬 것으로 느껴지면서 조선인이 독립적으로 가지고 있어야 할 것은 무엇일까를 깊게 생각하게 했다. 그러나 그것이 사상과 철학이라는 것으로 불려야 한다는 개념을 그때는 구체적으로 가지고 있지는 못했다. 나이 들수록 중화주의(사상과 이념)에 기대어 편하게 통치하기 위해 배우고 가르치는 나라가 원래의 그 뜻(

사상과 의념) 해석의 차이로 집단이 나누어지고 집단은 다시 종파로 분열되면서 붕당 정치의 원형을 만들고 있고 서원이 큰 뿌리 역할을 하고 있다고 인식하게 되니 배움 자체가 시시해지는 듯 했다. 그는 결국 조선에는 자강과 자립, 안정된 국가로 발전과 방어를 위한 제반 기제를 논제로 삼아 맹렬한 토론과 실사구시를 위한 관습의 혁파가 필요하다고 보았으나 무엇을 어떻게 해야 할지는 어렴풋했다. 그런 자신의 의문을 풀어줄 상대를 찾을 수 없었기 때문이었다.

두혁이 자란 조선의 1590년대는 그 이념이 너무나 일반화 되어 뿌리가 뽑힐 수도 없도록 견고해진 노비제도나 사농공상의 가문 서열과 일하지도 않고 풍류만 즐기며 우쭐대는 양반들의 풍습, 그들의 공공연한 축첩과 여자를 노리개 정도로 인식하는 악습, 상민과 노비 등 천민에 대한 철저한 차별 의식과 농노를 부리는 것 같은 소작 제도, 수리(水利)를 무시하는 농업과 과학적인 도구를 모르는 생필품의 생산과 인간의 천부적 권리를 인정 않는 병폐가 사회를 송두리째 갉아먹고 나라의 뿌리를 흔들고 있었으나 아무도 그것을 인정하려 하지 않았다. 어린 두혁의 이러한 개혁적 생각의 발전은 과거의 급제를 인생의 목표로 삼고 함께 공부하는 유생들과는 거리를 두게도 만들었다. 같은 선돌에 살며 급제에 목을 매고 있는 안분당 권규(權逵, 1496 - 1548, 호는 안분당安分堂, 조식, 이황과 교유했고 "안분당실기"를 저술. 입석리 중말 문산재에 그의 사당이 있다)의 손자와도 자주 어울리기는 했으나 매사에 지나칠 정도로 적극적이며 태어난 집안과 양반의식이 지나친 그들과는 생각과 행동에 큰 차이가 있었고 어린 나이에 장래를 이미 보장 받아 우월 의식이 넘쳐 세월을 보낸다는 것은 어리석다고 생각했다.

이 세상은 아무도 알 수 없을 정도로 넓으며 무수하고도 다양한 주제를 대상으로 평생을 소리 없이 연구하고 세상을 발전시킬 사람들은 어디에 있는 것인가? 나는 그런 가르침을 어디서 배울 수 있는 것인가? 이렇게 나의 시간이 흐르고 나라는 존재를 깨닫게 만드는 것은 무엇인가? 왜 꽃들은 모두 향기가 다르고 숲속의 나무나 물속의 고기도 그 모습이 모두 다른가? 인간은 무엇을 위해서 살아야 하며 가치의 끝에 두어야 하는 것은 무엇인가? 종국에는 생명이 다하고 죽으니 죽기 위해 사는 것인가? 사는 목적이 부모와 왕에 대한 효도와 충성뿐인가? 그것으로 이 세상 사람들을 더욱 편안하고 가치 있는 인생을 살도록 만들어 줄 수 있는 것인가? 과거를 통해 권력에 빌붙어 오래도록 영예를 얻을 궁리만 하는 것을 올바른 학문이라 할 수 있는가? 왜 명예는 미관말직일지라도 관직을 얻거나 과거의 급제를 통해서만 얻을 수 있다고만 믿는가? 타국을 침범하여 땅과 재화를 뺏고 백성을 노예로 부리는 것에 대해서는 왜 옳고 그름을 말해 주지 않는 것인가? 육신을 움직여 재화를 만들어 내는 일을 왜 양반이 할 수 없는 것인가? 이런 모든 것을 늘 생각하는 두혁에게 세상은 따뜻하고 아름다운 것이며 만인은 평등하고 재화는 농업 이외에도 상공업과 광업을 통해서도 노력하는 사람들에게 주어진다는 것을 이해하는 것이 어렵지 않았다. 그러나 어른들이 과거로 출세를 하거나 매관매직을 하고 관아에 연줄을 대지 못하면 아전에게서조차 까닭 없는 괴롭힘을 받기도 하는 문제를 이해할 수 없었다. 그 때문에 의도적으로 그들과 친분을 쌓고 뇌물을 바치는 것을 도덕적으로 미화하고 그런 행위를 값어치 있는 의념으로 받아들이며 이들이 권세를 부리는 것은 당연한 일로 인식하는 것에 대한 비판적인 생각은 아무에게도 말하고 싶지 않은 자신의 느낌에서 오는 괴로움이었다.

　　그의 나이 열 넷(동짓달 출생으로 열 넷으로 인식), 1592년 5월 23일
에 임진왜란이 일어났다. 일거에 20만의 왜군 대병력이 침범한 조선 반
도는 하루아침에 처참한 살육장으로 변하고 조총과 새로운 전법으로 무
장한 왜군에 조선의 병사는 속수무책이었다. 그때까지 조선의 일본에
대한 인식은 '무식한 종자' 그 자체였다. 왜구의 수시 침입과 잔인무도한
패악과 도적질, 신하가 주군을 상대로 반역을 하거나 시해도 하고, 자식
이 부모를 죽이고, 암살과 협박으로 권력을 찬탈하는 등 도덕적인 면에
서 도저히 깨우쳐 줄 수 없는 막장 무리로만 보았기 때문이었다. 한편으
로 일본의 발전을 수상히 여기며 남아도는 무력으로 한반도에서 전쟁
을 일으킬 수도 있다고 보기 시작했으나 조정의 대세는 변하면 안 되는
절대의식 속의 '조무래기 일본'이었고 반도의 앞선 '주자 성리학적 통치
철학'이 이들을 사상적으로 압도하여 도저히 일본은 성인과 군자의 나
라인 조선과 전쟁을 일으킬 수 없을 것이라고 믿었다.

　　6월 11일(음력 5월 2일) 왜군 제1군과 2군은 개전 20일 만에 여주와
양근(양평)을 거쳐 도성 한양을 점령했다. 수도 한양에서 열닷새를 쉰 6
월 26일(음력 5월 17일) 도원수 김명원을 임진강 전투에서 격파하고 다
시 1군과 2군으로 나누어 고니시 유키나가의 군대는 평안도로, 가토 기
요마사의 군대는 함경도로, 각각 한반도 북부로 진격하였다. 7월 21일
(음력 6월 13일)에 평양이 함락되었고 다급해진 선조는 의주로 피신했
다. 그들은 엄중한 국난의 전쟁 상황에서도 이것만은 일본보다 우월하
다고 믿는 성리학의 교리적 도그마에 빠져 있었다. 서로를 헐뜯고 입으

로만 전쟁을 하면서 무력을 하찮게 여기고 전쟁의 지휘는 무관만의 것이 아니며 문은 무를 천시해서 엎드린 무관의 등을 깔고 앉아도 좋은 것이라고 믿었고 명군을 조선 반도로 끌어들일 궁리만 하였다.

왜군으로서는, 당시 일본의 경우라면, 성이 함락되면 성주는 할복하고 성에 사는 주민은 항복하여 해당 지역이 평정되는 것이 승패의 기본 방식이었는데 조선은 왕이 도성을 버리고 도망치자 분노한 백성이 궁궐을 태웠고 노비는 자신의 문적(文籍)을 갖고 있는 장례원과 형조(掌隷院, 刑曹: 노비와 육법을 관리하던 행정기관)에 불을 질렀는데도 곧 각지에서는 백성이 자발적으로 의병이 되어 왜군에 결사적으로 저항하는 것을 이해할 수 없었다. 어떻게 백성이 정복자에게 대항할 수 있는지, 그들이 가진 전쟁의 개념과 통치철학으로는 도저히 납득이 되지 않는 것이었다.

그렇게 왜군이 전국을 휩쓴 지 1년 후 1593년 7월 12일 단성현 지리산 자락의 덕천서원에서는 곽재우와 홍계남, 권재서와 그의 친구, 친인척들이 모여서 진주성 방어전에 대한 분분한 예상 의견을 내고 있었고 지난해 1차 진주성 대첩 때와 같이 온 진주성 주민과 관군이 협력하여 방어해야 할 것으로 중론을 모으고 있었다. 곽재우와 홍계남이 이끌고 온 100여 기의 기마병을 제외하면 권재서 휘하의 기마병 55기로 친인척들, 의령 신번과 단성현 동쪽 강 건너 단계현의 종친들과 그 아들들인 대개 스무 살이 넘는 장정들로 구성된 무력이 전부였다. 권재서는 진주성 전투에 참전을 결심했다. 그러나 곽재우와 홍계남은 신중한 의견을 내어놓았다.

"권공, 진주성으로 들어가서는 안 되네. 들리는 소문은 십오만이 넘는 일본군 전력 전부가 이 전투에 참여하여 지난해의 패배를 설욕할 거라지 않는가? 게다가 문제는 아직도 우리 관군과 명군이 진주성 전투에 참여한다는 결정을 않고 있다는 것이네."

"나도 이야기를 들었네만, 그들이 참여하건 않건 난 가야겠네. 진주성에서 왜군을 막아 내야겠어. 지난해의 대승을 잊었는가?"

권재서 일행 모두는 목숨을 바치는 한이 있더라도 반드시 진주성 전투에 참여하여 왜병의 조속한 철수를 이루어 내어야 한다는 것이었고 승리는 반드시 우리의 것이 될 것이라고 확신하고 있었다. 그 고집을 곽재우는 꺾지 못했다. 7월 15일 오전 덕산을 빠져나와 덕천강을 따라 동진하며 진주로 향했다. 자양이라는 곳에 도착하여 남강의 지류를 나룻배로 건너기 위해 하루를 지체하고 있었다. 이튿날 오전 10시경 강을 건너기 위해 진주 쪽으로 남행할 말과 병력의 도강을 기다리고 있던 중에 아들 두혁이 친구 둘과 머슴 둘을 데리고 삼십 리를 걸어서 당도했다. 이들은 곽재우 장군과 아버지의 기병이 덕산에서 진주성으로 떠난다는 이야기를 전해들은 것이었다. 몰골이 처량했다. 아들과 친구들은 모두 나이 열댓 소년들로 머리를 땋고 무명이나 삼베로 만든 잠방이와 바지를 입고 손에는 각각 낫이나 칼을 들고 있었다. 아들이 말을 내린 재서 앞에서 땅에 엎드려 눈물을 흘리며 큰절을 올린 후 말했다. 아들의 말은 군데군데 끊어지기도 했고 자신의 말과 뒤섞이기도 했으나 자신을 만나면 해 줄 말을 미리 준비한 설명은 이러했다.

"이틀 전 왜병들 약 200명이 선돌에 들어왔습니다. 할아버지와 할머니, 어머니와 형수까지, 우리 식구 모두를 해쳤습니다. 저는 어떻게 그런 일이 벌어질 수 있었는지 말씀 드리기가 너무 슬픕니다. 마을은 모두 왜병들의 기습을 모르고 있었습니다. 싸리재를 넘어 새벽을 도모해 마을에서 우리 집을 제일 먼저 숨어 들어온 그들은 사랑에서 몸채로 급히 나오시던 할아버지를 창으로 찔렀습니다. 할아버지는 마루 아래로 떨어져 피를 토하시면서 "네 이놈들" 하고 고함을 치신 후 숨을 거두셨습니다. 그 사이 왜놈 너덧이 사랑채 안으로 뛰어들어 분탕질을 하고 뒤채에 머물던 머슴들과 종들을 해쳤습니다. 이런 소란에 놀라 온 식구가 잠을 깨어났을 때 마당에 있던 왜병 중 하나가 큰방으로 뛰어들어 형수님의 젖가슴을 만졌고 그 왜놈을 마루로 질질 끌어내고 앞을 막아서시며 고함치던 어머니를 칼로 난자하였습니다. 그때 어머니의 시선이 작은방 앞의 쌀뒤주가 있는 툇마루 뒤의 구석진 곳에 숨어있는 저에게 닿았고 어머니는 축 처진 왼팔 아래로 손을 약간 흔들며 "어서 도망치거라, 어서" 하고 말씀 하는 듯 입모양을 지으신 후 고개를 숙이시고 숨을 거두셨습니다. 어머니는 제가 그곳에 있는 줄 알고 계셨습니다. 그런 도중에 형수님이 벌떡 일어서 그 왜군의 칼날을 손으로 쥐자 왜병은 놀라서 칼을 놓쳤습니다. 손에 철철 피를 흘리시는 형수가 순식간에 그 칼을 빼앗아 어머니를 해친 왜군의 목을 비켜 자른 다음 마당으로 뛰어내리며 "네 이 왜놈들아!" 하고 크게 고함치시고 칼을 휘둘러 곁에 있던 한 왜병의 목을 또 친 다음 또 한명의 가슴을 깊게 찌르자 다가온 다른 왜병 둘이 형수께 총에 쏘았습니다. 복부를 관통 당한 형수는 털썩 무릎을 꿇은 다음 왜군의 손이 닿은 젖가슴을 손에 쥔 칼로 도려내어 그 피를 둘러싼 왜군들에게 뿌리자 왜병들은 또 총을 쏘았고 형수는 "아아!" 하고 크게 고함친 후 절명하셨습니다. 언제 방에서 달려 나왔는지 버선발의 할머니가 그 형수를 끌어안고 "네 이놈들!" 하고 큰 소리로 일성을 지르자 날카로운 소리가 대밭을 타고 넘어갔습니다. 할머니는 피투성이로 쓰러진 형수의 윗몸을 안고 끌면서 마루의 어머니 곁으로 오셨습니다. 왜병들은 아무도 어쩌지 못하고 그 참극을 보고만 있었습니다. 숨이 끊어진 어머니와 형수를 마루에 나란히 누이고, 마루 아래에 앉은 할머니는 어머니 곁에 있던 칼을 잡아 오른손으로 땅에 짚고 일어선 다음 다시 그 칼을 왜군들을 향해 겨누며 "야, 이 후레자식보다도 못한 왜놈들아!" 하고 일성을 토하자 왜병 하나가 할머니께 총을 쏘았고 할머니는 칼을 다시 땅바닥에 꽂아 오른손으로 잡고 바르게 앉으셨습니다. 할머니가 어디에 총을 맞았는지는 알 수 없었습니다. 그때 가까이 다가와 칼질을 하려는 왜병을 향해 번쩍 일어서서 칼을 날렸고 왜병의 목이 푹 꺾어졌습니다. 다시 왜병들 서넛이 함께 할머니께 칼을 내리치자 할머니는 "윽" 하며 비켜서더니 번쩍이는 피 묻은 칼을 온 마지막 힘을 모아 그들 중 하나의 가슴을 깊게 찌른 후 그 자리에서 절명하셨습니다. 삽시간에 일어난 일이었습니다. 저는 왜군들이 할머니와 어머니, 형수의 갑작스런 저항과 그들 동료들의 죽음으로 어수선한 틈을 타서 마루의 샛문을 열고 뒤 담장을 뛰어넘어 대밭으로 도망쳐 숯골로 숨어들었습니다. 그곳에서 저의 친구들과 머슴들을 만나 덕산의 아버지께 달려가던 길이었습니다. —— 아버지, 종들과 머슴들 누가 해를 당했는지도 모릅니다. 저는 할아버지와 할머니, 어머니와 형수의 주검조차 거두지 못하고 도망쳐야 했습니다. 흑, 흑, 흑— ."

재서는 눈앞이 캄캄했고 아무런 생각조차 나지 않았으나 아직 어린 열네 살 아들이 도망친 것은 이해가 되었다. 식구들과 어머니, 아버지의 죽음이 자신이 의병을 일으켜 집을 떠나자 벌어진 참극이라는 생각이 들자 자신에 대한 절망과 회한으로 몸을 벌벌 떨었다.

"네 형은 어떻게 되었느냐?"

"형님은 그 전날 오후 늦게 사월리(고려 문익점이 목화를 심은 곳) 향교에서 단성현 유생들과 거병회의가 있어 집을 비우셨습니다." "그럼 네 형은 그 참극에 함께 있지 않았단 말이냐?"

"예."

"큰 애마저 집을 비웠었구나. 이 일을 대체 어떻게 해야 한단 말이냐?"

자신을 따라 나섰던 큰 아들만 돌려보내며 집안을 보살피라는 말을 한 것이 너무나 후회가 되었다. 자신의 일가족이 모두 당하고 만 비극에 절로 울음이 나왔으나 소리를 죽이자 눈물만 줄줄 흘렸다. 곁에서 지켜보던 곽재우와 홍계남과 친인척 형제들과 처남들이 모두 분개하며 재서의 손을 잡고 위로했다. 집으로 돌아가 먼저 장례를 치러야 하지 않겠는가 하고 간곡히 말했으나 재서는 말에서 내려 아들과 함께 고향 산천이 있는 북쪽 방향으로 무릎을 꿇고, 비명횡사하신 아버지와 어머니, 아내와 며느리에게 각각 두 번 절한 후 한참을 곡(哭)을 하고 일어서서 분연히 일행에게 말했다.

"큰 애가 살아있을 것이오. 걔가 이제 내가 집에서 해야 할 일을 대신하게 될 거요."

쉼 없이 눈물이 흘러내리고 있었다. 얼굴은 분노로 일그러져 있었고 그는 말 잔등에 있던 칼집에서 칼을 뽑아 높이 하늘을 향해 들고 맹세하며 외쳤다.

"나 기어코 모든 왜놈들의 뼈를 추려 이 원수를 갚겠다!"

일행이 자양에서 이동 중 근처 옥종이란 곳에 도착했을 때, 권재서는 그곳에 살던 먼 인척을 찾아 선돌로 보내 진주성 방어전이 끝나는 대로 자신이 돌아가 장례를 치를 수 있도록 큰 아들 두곤을 도와 식구들 시신을 수습하여 예를 다해 가매장하고 큰 아들은 이 전쟁이 끝날 때까지 반드시 고향을 벗어나지 않도록 이르며 그 결과를 진주성으로 와서 알려 주도록 했다.

두혁 일행이 아버지 권재서를 따라 진주에 도착한 날은 7월 18일(음 6월 20일) 저녁이었다. 이미 진주성 포위를 시작한 왜군들이 혹시 복병하여 기습할지 몰라 척후로 동태를 파악해 가며 남강을 우회하여 남행하느라 늦어진 것이었다. 곽재우 기병부대에 이어 재서의 부대도 성안으로 들어가자 성내의 병사들과 주민들이 환호를 질렀다. 각 의병 부대와 관군의 깃발이 휘날리고 있는 성내에는 각지에서 모여든 의병들이 촉석루와 이어진 건너편 산마루, 남쪽의 남강변과 서쪽의 서장대, 북쪽의 북장대에 각각이 분산 집결하여 다가올 전투를 준비하고 있었다. 권재서 기병은 마구간에 말을 맡긴 후 모두 촉석루와 가까운 동문의 방어에 투입되었으나 적이 성내로 들어와 지휘부를 위협하게 되면 이를 저지하는 지휘부 최종 보위 돌격대로 편성되었고 두혁은 동문과 북문, 서장대와 지휘부간 운영되는 3명의 전령중 하나로 지휘부내에서 보좌토록 임무를 부여 받았다. 성내는 사람들로 넘쳤다. 모두 지난해의 승리를 또 예견하며 아무런 두려움이 없었다. 곽재우와 권재서, 김천일등은 진주 본부목사 서예원과 김준민, 이종인등과 함께 수성(守城)을 의논하고 방어 준비를 점검하며 하루를 전투 준비에 보냈다. 이튿날 곽재우의 기병 백 여기는 그의 계획대로 성 밖으로 빠져나가 왜군 진지의 공백을 타고 넘어 북쪽 비봉산 기슭으로 숨어들어 공격하는 왜군의 배후를 치기로 했다. 두혁 일행은 북장대와 동문 근처 수비대 보충 인력으로 배치되었다. 두혁은 성내 책방에서 한지와 붓을 사고 먹과 벼루를 빌려 조부모와 어머니, 형수의 이름과 본관을 쓰고 "계사년 6월 15일"이라고 제사 일을 기록해서 주머니에 깊이 간직했다. 그날 오후 늦게 옥종에서 선돌로 떠나 가매장을 하고 온 먼 인척이 진주성에 와서 권재서를 만나 예정대로 모두 일을 잘 처리했음을 알려주고 돌아갔다.

1593년 조선은 전쟁이 휴전기로 접어들면서 명나라와 일본 사이에 강화회담이 오갔고, 그 결과 일본군은 북부및 수도권 지역에서 철수, 남해안으로 물러나게 된다. 도요토미 히데요시는 그 과정에서 일본군 전군에게 진주성 공격을 명령한다. 이는 강화 협상을 위한 무력시위의 성격을 지니고 있었고, 또한 침략 첫 해에 가장 큰 패배를 당했던 1차 진주성 전투에 대한 보복전이기도 했다. 왜군은 가용 병력을 총동원, 6대의 부대를 각 공격 지역으로 분할했다. 가토 기요마사, 고니시 유키나가, 우키다 히데이에, 모리 히데모토, 고바야카와 다카카게, 키카와 히로이등 쟁쟁한 장수들을 동원하고 우키다 히데이에가 총사령관이 되어 축조중인 남해안 왜성 인근에 잔류하는 5만을 제외한 10만의 병력을 진주성 공격에 배치했다. 이에 비해 진주성의 방어군은 군인 3천 3백, 민병 3천 6백으로 약 7천에 불과했다. 전 진주 시민과 인근의 소읍들에서 5만이 자원하여 참전했으나 전투에는 그저 단순한 보조 요원에 불과했다. 진주의 옥봉산과 비봉산 넘어 산골짝에서 기회를 엿보며 왜군을 공격한 곽재우의 가병과 소수의 민병들도 거대한 일본 대군의 공격에는 별 영향을 미치지 못했다.

때 이른 장마를 맞아 오락가락하는 빗속에서 7월 20일 (음 6월 22일) 부터 일본군의 벌떼 같은 공격이 시작되어 26일까지 매일 치열한 공방전이 밤낮없이 벌어졌다. 왜병들은 성 밖에서 다섯 공격 지점을 정해 흙과 돌, 모래로 성을 내려다 볼 수 있는 언덕을 만들고 있었다. 7월 26일,

장마가 그치고 해가 뜨자 총사령 우키타 히데이에가 사자를 보내 항복 권고를 했으나 조선 측은 거절했다. 오전 10시경 동쪽의 성문과 북쪽의 해자로 왜병 수만이 고함을 치며 개미떼처럼 달라붙었다. 왜군은 이날 처음으로 공성기(이동식 공격용 사다리. 성곽의 높이와 수평이 되도록 만든 것. 공격병이 사다리를 올라 기다렸다가 성위로 건너감)와 성곽 파괴기(철판으로 덮은 구조물 안에서 공격병이 성의 취약한 곳을 파괴토록 만든 것으로 별 효과가 없었으나 수비자에게는 큰 위협이었다)를 공격 지역에서 각 한대씩, 4곳의 주공격 지점에 배치했다. 장치를 처음 본 조선 병사들은 매우 의아했으나 곧 공성기를 통해 왜병들이 성곽과 같은 높이로 만들어진 다리를 거쳐 쏟아지자 불화살을 쏘아 2대를 불태웠다. 성곽파괴기 안에는 왜병 수십 명이 철갑을 입고 철환으로 성곽의 아래바닥을 부수고 있었는데 이를 본 성내의 방어군이 끓는 기름을 쏟은 후 불화살을 쏘아 3대를 태워 없앴다. 오후 2시경 전열을 다시 정비한 수만의 왜병이 공성기 4대와 수십 개의 사다리를 앞세우고 공격해 왔다. 치열한 접전 후 오후 5시경 다시 적을 물리쳤으나 방어군도 백여 명이 죽고 부상을 입었다.

7월 27일 아침 5시경 날이 밝자 왜군은 일찍부터 최종 공격으로 오늘 마무리를 지으려는 듯, 큰 북을 계속치며 뿔나팔을 불었다. 왜병들은 그동안에 쌓은 동문과 북문, 서문 밖 다섯 곳의 언덕에서 그 위에 대나무를 엮은 총 거치대를 만들어 철포대가 돌아가며 성안을 내려다보고 사격을 가했다. 마치 비처럼 총알이 쏟아지고 백여 명의 사상자가 또 발생하며 방어에 밀리기 시작하자 동북쪽 성곽 위를 공성기를 타고 건너온 왜병들이 밀물처럼 쏟아져 들어와 방어군과 치열한 백병전을 벌이기 시작했다. 동문 쪽도 적은 쌓아올린 언덕에서 조총 사격을 하며 사다리를 통해 성안으로 진입하여 치열하게 공격하고 있었다. 방어군은 창과 환도, 승자총통 등 자신들이 가진 모든 무기를 동원해 싸우고 있었으나 중과부적으로 밀리고 있었고 의병들은 대개 자신들이 대장간에서 급히 만든 칼과 창, 지급받은 각궁으로 싸우고 있었지만 왜병철포부대가 개인 소병기인 조총으로 공격하고 연이어 창병이 장창을 쓰며 돌격해 들어오고 또 보병들이 뒤이어 들어와 장검을 휘두르며 육박전을 벌이자 이를 계속 대응하기 어려웠다. 성의 북쪽에서는 흙과 돌로 메운 해자를 넘어 사다리를 타고 오른 적과 육박전을 벌리고 있었고, 동쪽에서는 방어군에 의해 바위와 돌, 통나무로 완벽히 막힌 동문 공격이 효과가 없자, 공성기로 촉석루 앞의 성곽을 넘어 들어온 적과 사다리로 기어오른 적이 동시에 떼를 지어 성안으로 밀려왔다. 방어 5일째였다. 진주성 전투는 종결점을 향해 빠르게 달리고 있었다. 정오가 지나자 총공격에 나선 십만의 왜병과 방어대의 백병전은 성내의 모든 곳으로 빠르게 퍼지고 있었다. 근거리의 적을 향해 활을 날리는 병사도 있었으나 대부분 몸을 아끼지 않고 성을 넘어오는 왜병들과 창과 검을 이용한 육박전으로 격돌했다. 목숨을 걸고 싸우지 않는 사람은 아무도 없었고 싸움터가 되지 않은 곳도 아무데도 없었다. 여자들도 죽은 자의 창과 칼을 들고 왜병의 공격에 맞섰다. 이렇게 온 성내에 백병전이 과열되고 있을 때, 수백의 왜병들이 동문을 막아 두었던 바위와 돌, 통나무를 치우자 3백여 기의 일본 기병이 장창검(長槍劍)을 휘두르며 백병전을 벌이는 왜병들 사이를 지나 성 안쪽으로 달려드는 모습이 곧 나타났다. 두혁은 지휘부 내의 전달 사항을 각 진영별로 나누어 주는 서류를 관리하며 구두 명령을 전달하느라 각 진영으로 뛰어 다니고 있었고, 최종 방어 돌격대로 지휘부에 귀임하여 때를 기다리던 권재서의 55기병 중 살아남은 40여기가 환도와 창검(장창 끝 반대쪽을 칼날로 만든 무기로 근거리에서 베거나 찌르기에 좋은 무기)을 휘두르며 달려 나가 왜 기병을 맞았다. 좁은 장소에서, 접전으로 치고 달리지 못하는 소규모 재서의 기병을 포위하고 가볍게 물리친 그들은 촉석루와 서장대, 북장대를 향해 전투 중인 사이를 질주하며 달려올라 성내의 방어군을 신속하게 분열시켰다. 뒤이어 또 수만의 왜병이 조총에 착검을 하고 성내로 들어와 이미 쓰러진 조선인들을 남김없이 난도질하고 귀와 코를 베고 있었다. 경상우병사 최경회와 의병장 변사정과 살아남았던 1백여 병사, 김천일과 잔여 오십여 병사 등 총 2백여 병사와 두혁, 권재서의 남은 15기 기병이 촉석루에서   겨 제일 높은 지대에 있는 서장대에 최후의 지휘소를 구축했으나 금방 남쪽의 절벽을 제외한 온 방향에서 공격해 온 수천의 왜병에 둘러싸이고 있었다. 권재서가 그의 말 등에서 장검을 높이 들고 외쳤다.

"오늘처럼 목숨을 버리기 좋은 날, 오늘처럼 푸른 하늘에 그대들의 피를 뿌려도 좋은날, 우리의 강토와 가족과 미래를 위해 여태 살아왔음을 감사하며, 가자! 왜군을 치자!"

그가 적이 가깝게 공격해 오는 동쪽 언덕을 향해 말의 기수를 돌려 달리자 그를 따르던 나머지 14기의 기마군 모두가 환도나 창검 또는 마상편곤(도리깨같이 휘두르는 살상무기)을 휘두르며 따라 달렸다. 두혁은 그렇게 최후를 맞아 달려 나가는 아버지 모습을 처음부터 바라보고 있었다. 간밤에 매형과 외숙, 집안의 친인척들이 고요히 그들의 진지를 지키던 중에, 자신을 가슴에 안고 거칠거칠한 수염으로 볼을 비비며 해 주신 아버지의 말씀이 가슴을 울리고 있었다.

"이 전쟁이 우리 가족을 모두 휩쓸어 가는구나. 할아버지와 할머니,

네 어머니도, 형수의 목숨까지. 네 형과 시집간 누나들은 안전해야 될 텐데―, 혁아, 우리 모두는 이 전쟁에서 살아서 고향으로 돌아갈 수 있으리라는 생각을 하지 않는다. 너도 보았겠지, 전쟁이란 이런 것이다. 죽이지 않으면 죽음을 당하는, ―국가의 무력을 우습게보고 전쟁 없는 평화를 사대부들이 의지로만 지키겠다고 하면, 수백만의 백성을 죽여야 하는 공격을 받아도 속수무책인 나라가 되는 것은 자연의 법칙이다―, 우리 조선이 수백년간 타국과의 전쟁을 너무 소홀히 여겼다. 조정은 서로 무리 나누어 패당하고 삿대질로 헛바닥 싸움만 했으니 이 전쟁에 우리 가족이 모두 희생되는 것이 너무나 억울하지만, 어쩔 수 없다는 생각조차 드는구나― 내가 죽더라도 넌 살아남기를 바란다만 죽어야 할 순간이 되면 비겁하게 목숨을 구걸하지 마라. 대의를 위해서 목숨을 버리는 것은 영원히 사는 것이다―, 혹시 살게 되면 고향으로 돌아가서 네 형을 찾아 함께 집안을 다시 세워라― 울지 마라. 내가 너희들 곁을 언제고 어디서고 영원히 지켜주고 있을 것이다. 네 주변의 환경을 늘 귀중하게 생각하고 네가 도움을 줄 수 있는 사람들을 위해 일생을 살아라."

말씀 중간 중간에 흐느끼며 아버지를 위로해 드리면서 슬퍼했고 자신도 이미 죽기를 각오했으니 걱정을 말아 달라 말씀드렸던 기억이 났으나 죽음이 다가왔다는 실감을 하지 못하고 있었다. 눈물은 이제 나오지 않았다. 눈에 보이는 언덕 아래에서 공격해 오던 왜병들이 멈칫거리며 움츠러드는 사이로 쏜살처럼 말을 달리는 아버지의 장검이 왜병의 피를 뿌려나가는 모습이 보였다. 뒤이어 2백여 관군과 의병들이 창과 칼을 손에 들고 "우와아―" 하는 함성과 함께 언덕 아래로 달려 나갔다. 잠시 후 사방을 가득 메운 왜병들이 그들을 둘러싸고 총질을 하고 넘어진 자를 장창으로 찌르고 있었고 큰칼을 높이 들고 독전하던 최경회와 변사정도 왜병의 조총에 중상을 입자 남강에 투신하여 왜군에 의해 더럽혀질 시신을 스스로 감추고 있었다. 김천일 장군도 수많은 적병에 둘러싸여 총을 맞고 칼을 손에든 채 온 몸을 창에 찔려 목숨을 잃었다. 서장대 마루 아래 돌바닥에서 간밤에 아버지가 준 칼을 손에 쥔 두혁은 피를 뒤집어쓰고 얼이 빠져 나무 기둥에 기대어 앉아 있었다. 아버지가 소수의 기마대를 이끌고 왜군의 무리로 사라진 후, 언덕을 올라와 아군을 죽이려는 왜병 하나를 두혁이 달려들어 목을 베자 그의 피가 마치 분수처럼 두혁의 얼굴과 가슴으로 쏟아졌고 위협 당하고 있던 의병이 얼른 비틀거리는 왜병의 가슴을 칼로 찔러 목숨을 끊었다. 두혁은 왜병의 뜨끈뜨끈한 피를 온몸에 둘러쓰자 모든 의식이 가물가물 사라져가고 있었다. 털썩 주저앉아 "내가 사람을 죽였구나, 어머니, 제가 사람을 죽였습니다, 이제 어찌해야 합니까?" 하는 생각만 머리를 가득 채우는 외에는 아무 것도 할 수 없었고 결국 자신이 살아있다는 느낌조차도 없었다. 그동안 두혁의 주위 최후의 조선 병사가 죽자 그곳에서 살아있는 목숨은 두혁과 왜병들 외에는 아무도 볼 수 없었다.

　죽음의 광풍이 진주성을 휩쓸고 지난 즈음, 검은 말을 타고 장수 갑옷에 번쩍거리는 투구를 쓴 왜장이 오른손에 장창을 들고 나타났고 조총을 들고 따라다니던 조선어 통역이 총을 겨누고 손짓으로 두혁을 일으켜 세우며 "칼을 버려라" 하고 말했다. 그가 칼을 바닥에 둔 채 일어서자 서쪽 하늘의 태양이 두혁의 등을 뒤에서 비추고 있었다.
　"넌 왜 여기에 있느냐" 하고 왜장이 통역을 거쳐 물었고,
　"내 아버지를 따라 왔소." 하고 대답했다.
　"아버지가 누구였더냐?" 하고 통역이 물었가.

"의병 기마대장 권재서 장군이오. 전사하셨소." 하고 말했다.

가만히 두혁을 응시하던 왜장은 곧, "저 애를 씻겨 저녁에 나에게 데리고 오너라, 간밤의 꿈에 내가 본 빛을, 그 빛을 보았구나." 하고 그를 수행하던 통역병에게 말한 후 전투가 끝난 참혹한 성내의 여러 곳을 살피고 동문 밖의 진지로 돌아갔다.

진주성은 함락 되었다. 충청병사 황진(黃進)과 7백 군사, 경상우병사 최경회(崔慶會)와 5백 군사, 의병복수장(義兵復讐將) 고종후(高從厚)와 4백 군사, 부장(副將) 장윤(張潤)의 3백 군사, 의병장 이계련(李繼璉)과 1백 군사, 의병장 변사정(邊士禎)과 3백 군사, 의병장 민여운(閔汝雲)의 2백 군사와 호남의 창의사(倡義使) 김천일(金千鎰)의 군사 3백과 진주 성주 서예원 휘하 진주성 자체의 병력 3천이 진주 성민 모두와 함께 전사했다. 전투에서 목숨을 바친 7천여 병사와 성 내외에서 항전하던 5만여 민간인, 도합 육만이 왜병에게 도륙 당했고 살아남은 소수는 포로가 되어 끌려갔다. 그날 저녁 촉석루에서 벌인 왜군의 승리 잔치에서 진주성 관기 논개는 가토 기요마사의 가신, 키타 마고베를 끌어안고 촉석루 수십길 절벽 아래 남강으로 몸을 던졌다.

두혁이 양손을 뒤로 묶여 성을 지나 왜군의 진지로 걸어 나가는 동안, 그가 본 것은 성내에 가득 차 있는 주검뿐이었다. 혹시 아버지나 외숙, 자신을 따라왔던 일욱이, 길수와 만복이와 쐬둥이의 모습을 발견할 수 없을까 하고 살폈으나 살아 움직이고 있는 것 이라고는 사람도 짐승도 아무것도 없었다. 촉석루에서 파괴된 동문을 지나 남강 변을 따라 산자락을 돌아서 내려가 왜장의 침소에 가기 전에 통역을 해 주었던 사람이 그를 남강으로 데리고 가서 몸을 씻겼다. 두혁은 이들이 자기를 깨끗하게 한 다음 목을 잘라 그들의 제사나 승리의 제물로 바치려고 하나 보다 생각했으나 아무 말도 묻고 싶지 않았다. 다만 그 통역에게 그가 조선인 인지를 물었고 그는 아니라고 대답했다. 그도 왜 두혁을 씻기고 있는지, 그 왜장이 무엇을 하려는지 전혀 짐작하지 못하는 듯 아무 말도 해주지 않았고 이미 모든 것을 포기해 버린 두혁에게는 그들의 행동이나 알아듣지 못하는 말에도 거리낌이 없었다. 목을 내어놓아야 한다면 아무 말 없이 머리를 내밀면 될 것이고 마지막 말을 하라고 한다면 "원숭이보다도 못한 너희들이 아무 원한도 없는 내 조부모와 부모, 형수까지 죽였으니 무슨 도덕의 말을 너희에게 바라고 남기겠는가?" 하고 말할 것이었다. 그때 통역이 허리에 찬 칼 중에 작은 것을 오른손에 들더니 두혁의 외갈래로 땋은 머리를 왼손으로 단단히 움켜쥐었다. 두혁은 머리가 당기며 아팠으나 아무 말도 하지 않고 가만히 있었다. 단지 이 자가 아직은 나를 죽일 때가 아닐 텐데 하는 생각만 했으나 죽어도 어쩔 수 없다는 체념을 이미 하고 있었다. 반항한다고 해도 칼을 든 그의 손아귀를 벗어날 수 없다고 판단했던 것이다. 순간, 그는 오른손에 쥔 짧은 칼로 두혁의 머리를 싹뚝 잘랐다. 깜짝 놀랐다.

"신체발부수지부모(身體髮膚受之父母)이거늘, 어찌 불감훼상효지시야(不敢毁傷孝之始也)를 모르오?" 하고 나지막이 그러나 엄중히 꾸짖는 소리로 말했다.

"우나이(옛 일본의 남여 아이 머리를 어깨에 닿도록 가지런히 자른 것)다. 짧은 머리는 더 쉽게 감고 단정히 할 수 있다. 옜다, 받아라." 하며 짧고 때 절은 검정 노끈 하나를 내밀고 자기처럼 머리 중앙에서 곧추 묶도록 했다. 바로 그의 말을 따르지는 않았지만, 그가 미리 준비한 행동에 자신을 맡겨야 했던 것이 슬펐다.

　왜군의 진지에 도착하자 수백 명의 조선인들이 양 손목을 뒤로 묶여 흙바닥에 앉아 있었고 두혁도 그들처럼 묶여 사이에 끼어 앉았다. "자리를 옮기지 말고 여기서 내가 널 찾을 때까지 기다려라." 하고 통역이 말하고 사라진 뒤 곧 서쪽 하늘에 붉은 노을이 사그라들며 어두워졌다. 강바람이 선들선들 불어오자 진한 피비린내와 죽은 사람들의 시체에서 역한 냄새가 스며들었다. 조선인 포로들은 모두 아무 말도 하지 않고 죽지 못해 억울할 뿐이라는 듯 체념이 가득한 얼굴로 열을 지어 앉아 있었다. 꽤 시간이 흘렀다고 느꼈을 즈음 그를 씻긴 조선어 통역과 왜장의 몸종처럼 보이는 왜군이 그에게 나타나 얼굴을 확인 후 양팔을 서로 나누어 들어 일으켜 세웠다. 두혁은 아무 말 없이 그들이 이끄는 대로 따랐다. 왜군의 진영에 들어서자 군데군데 장작불을 피워 왜병들이 둘러싸고 떠들썩했고 수 백의 열을 지어 세워진 천막 사이로 크고 긴 천막이 또 나타났다. 입구를 횃불로 밝혀두고 양쪽을 왜병이 총을 들고 지키고 있었다. 천막 안으로 들어가자 네 개의 황 촛불이 놋 촛대에서 사방을 밝히고 있었다. 그들이 바라던 대로 전투가 끝나서 그런지 장수로 보이는 열댓이 함께 앉았던 자리에서 일어나며 허리를 숙이고 무엇인가를 말했고 두혁을 찾은 장수는 앉아서 그들에게 나가도 좋다는 손짓을 했다. 그들이 나가고 난 다음 두혁이 그가 시킨 대로 다가가서 형형한 눈빛으로 뚫어지게 쏘아 보았다.

　"고니시 유키나가님이시다. 고개를 숙여라." 하고 통역이 말했고 두혁이 고개를 숙이자 유키나가도 따라 고개를 한참 숙이고 있다가 문득 생각이 난 듯 탁자 위에 놓여 있던 책 중에 하나를 내밀어 통역에게 주고 무어라고 말하자 통역이 두혁에게 건네며 물었다. 그는 유키나가에게 두혁의 대답을 말해 주는 사이사이 유키나가는 새로운 질문을 계속했다.

"읽을 수 있느냐? 그러면 읽어 보아라."

책을 펴고 첫 장부터 소리 내어 읽어 내려갔다.

"무슨 책이냐?"

"소학언해(小學諺解)요".

"소학언해에 대해 자세히 말해 보아라."

"주자의 소학을 한자를 섞은 언문으로 풀어 쓴 것이오."

"언제, 어떻게 만들었느냐?"

"선조대왕 19년(1586년)에 만들었소. 6권이 있는데 제1이 입교(立敎: 가르치고 배움의 시작)요, 제2가 명륜(明倫: 윤리에 대한 학습), 제3이 경신(敬身:수양)이고 제4가 계고(稽古:고대의 도)며, 제5가 가언(嘉言: 좋은 말)이요, 제6이 선행(善行:착한 행동)이오." 하자 유키나가는 다시 자신의 확신을 눈으로 보았다는 듯이 슬며시 웃음을 띠우며 통역에게 무엇인가를 지시했다.

"몇 살이냐? 글은 어디까지 배웠느냐? 자세히 말해 보아라."

"열셋이요. 아동 때 천자문과 동몽선습, 격몽요결과 소학을 배운 이후 열 살 때에 대학과 논어, 맹자와 중용을 거쳐 시경, 예기와 서경, 주역을 익혔소. 아직 춘추는 배우지 못했소." 너희들이 이런 위대한 가르침의 학문을 알기나 하느냐는 자부심으로 오만스럽게 가슴을 내밀며 답하자 통역이 이를 유키나가에게 말해 주었다. 유키나가는 그런 두혁의 모습을 보고는 고개를 끄덕 끄덕하면서 또 슬며시 웃음을 지었으나 두혁에게는 그 웃음이 매우 섬뜩했다. 다시 그가 통역에게 이르고 통역이 그에게 말했다.

"너는 일본에서 해야 할 일이 있다. 넌, —부름을 받았다."

두혁은 말의 뜻을 생각해 보았으나 이해할 수 없었다. 분명 그의 목을 노리고 이곳으로 불렀을 터인데 일본에서 할 일이 있다는 의미는 무엇인지 전혀 짐작할 수 없었고 왜장이 자기를 부를 이유도 분명 없는 것이었다. 단지 두혁은 왜인들은 사람 제물도 바친다더니 일본에 있는 어떤 곳에서 나를 제물 삼아 죽이려나 보다, 그것을 부름을 받았다고 말하는 것이겠지 하는 짐작만 했고 앞으로 무엇을 어떻게 해야 할지를 도무지 생각해 낼 수 없었다. 이제 두혁 자신의 의지는 사라졌고 왜인들의 뜻에 따라 그의 생애가 달라질 것이라고 여기게 되자 몹시 슬펐으나 눈물은 흐르지 않았다. 짧은 며칠 동안 너무나 많은 죽음과 온 가족이 총칼 아래 스러져가는 모습을 본 이후 그의 얼은 이미 밖으로 빠져 나가버렸고 어쩌면 벌써 하늘로 올라갔기 때문에 남아 있는 것은 아무런 의미조차도 없는 거죽만이라고 여겼다. 왜장과 여러 다른 대화를 나눈 통역은 그를 유카나가의 침소에서 데리고 나와 붓과 벼루와 한지가 책상 위에 널려 있고 무언가 기록한 종이가 많이 쌓여 있어 전쟁을 기록하는 사관들이 머무는 곳으로 보이는 침소로 들어가 왜병들 사이에 잠자리를 마련해 주었다. 그들은 두혁에게 잡곡밥과 생된장, 소금에 절인 멸치와 야채, 젓가락과 물 한 그릇을 나무소반에 내어 주었다. 깍듯한 그들의 모습에 몹시 당황되었으나 내색하지 않았다. 점심부터 굶고 있어 시장하던 차에 주는 몫을 모두 깨끗이 비운 다음 그들에게 빈 그릇을 돌려줄 때 감사의 표시로 약간 고개를 숙였다. 두혁은 이미 왜병들에게 죽는 것에는 관심조차 두지 않았기 때문인지 전혀 그들의 행동이 두렵지도 않았고 행동과 말이 의젓하며 자연스러운 모습을 분명하게 나타내고 있었다. 왜병들도 그의 그런 모습을 보고 놀라며 은연중에 뭔가를 이해하고 있는 듯하였다. 앉은 자리에서 침소를 둘러보자 생전 처음 보는 사람의 그림과 나무로 만들어 십자를 표시하였는데 옻칠을 해서 반들반들한 것이 천막 안을 받치는 나무기둥에 걸려 있었고 그 아래에서 왜병 셋이 입을 오물거리며 주문을 외는 듯 했다. 아마도 그들이 섬기는 귀신같았으나 왠지 그림 속의 사람이 주위에서 볼 수 있는 얼굴이 아니었다. 더부룩한 수염이 얼굴을 덮었고 눈이 깊으며 코가 반듯한 모습을 하고 있어서 말로만 듣던 서양 귀신같았다. 두혁은 샀던 붓과 먹을 전투 중에 잃어버린 것을 알고 그들에게서 종이를 보이며 손짓하여 먹물을 묻힌 붓을 빌려 조부모와 어머니와 형수의 본관과 성함, 별세하신 날짜를 써둔 한지에 아버지의 성함과 전사하신 날과 장소에 "계사년 6월 25일"이라고 덧붙여서 쓴 다음 다시 고이 접어 품에 넣어 간직하였다. 그의 행동을 왜병들이 지켜보고 있었으나 쓰는 한자의 뜻을 아는 듯 고개를 끄덕이며 제지하지 않았다.

왜병들은 진주성에서 3일을 머무르는 동안 전투에서 죽은 약 이만의 병사들을 땅을 파서 한꺼번에 묻었다. 그들이 묻힐 때, 일본 중이 목탁을 치며 염불로 영혼을 위로하는 순서에 이어 수백 명이 유키나가 앞에 고개를 숙이고 있었고 그가 죽은 영혼을 위로하는 듯한 말을 끝내자 모두는 그와 함께 이마와 양 가슴에 오른손을 이어가며 댄 후, "아멘" 하고 말한 다음 함께 구슬픈 노래를 불렀다. 처음 듣는 곡조였으나 노래 자체가 슬픔을 느끼게 해 주고 있었다. 아마도 그들만의 어떤 영결의식처럼 보였으나 죽은 자들을 앞에 두고 노래를 한다는 것을 이해할 수 없었다. 다음날 아침 유키나가는 그를 다시 불러 통역을 통해 두혁이 대마도에 머물게 될 것이고 그곳의 성주 부인인 자신의 딸이 보살피게 될 것이니 부모의 공덕을 그곳에서 기리고 수양을 잘하기 바란다고 말했다. 두혁이 그의 천막 구석을 보자 그곳에도 천막 지주대에 십자가와 털북숭이 남자의 얼굴이 그려진 호화스런 액자가 걸려 있었고 그 아래에는 이상한 문자로 보이는 글자가 서너 줄 쓰여 있었다. 두혁은 왜인 장수가 한낱 포로인 자기에게 왜 이런 대우를 하는가? 이 사람의 말이 진실인가? 수양을 하라니? 저희들이 해친 부모와 가족을 생각할 때 몹시도 슬프고 억울한 이 감정을 억누르는 수양을 하란 말인가? 하는 마음이 강하게 들었으나 아무 대답도 하지 않고 눈을 감고 고개를 약간 숙였다. 유카나가의 침소를 나오니 왜병들은 천막을 걷으며 이동 준비를 하고 있었다. 두혁은 다시 양팔을 뒤로 묶여서 왜병들보다 먼저 이동을 시작한 포로 대열에 들어가 남쪽으로 길을 걸었다. 어디로 간다는 말은 없었으나 포로가 되었으니 왜국으로 끌려간다고만 여겼다. 잡혀가는 사람들을 가만히 살피고 그들의 대화를 들어보니 일을 잘 할 수 있어 보이는 남녀들이 태반이었지만, 나은 든 학자풍의 사람도 있었고 뭔가 손재주가 있거나 옹기나 도자기 기술을 물려받았거나 장농이나 상을 만드는 농쟁이들과 옷을 잘 짓는 아낙들도 있었다. 모두들 왜 자신이 포로가 되었는지는 생각지 못했고 그저 슬픔과 분노와 억울함이 가득한, 매우 낙담한 표정만 가득한 얼굴이었다. 두혁도 그러했고 도망을 칠 수 없도록 왜병들의 감시는 살벌했다. 진주에서 삼일을 걸어 마산에 당도했고 마산에서 다시 이틀을 걸어 웅산 골짜기를 지나 높은 고개를 넘고 중국의 천자가 왔었다는 천자봉 고개를 넘어, 바다가 보이는 곳에 도착했다. 웅동이라고 불렀다. 돌로 쌓고 통나무를 군데군데 둘러친 웅동 왜성이 조선인 마을을 지나자 나타났다. 두혁은 너무 놀라웠다. 왜군들이 조선에서 철병하기

보다는 영구 주둔할 목적으로 성을 쌓고 있다고 생각했기 때문이었다. 산언덕 쪽으로는 계속해서 성을 연결해 가며 이어서 쌓고 있었다. 돌을 깨고 쌓는 사람들은 왜인들로 보였으나 어디서 가져오는지 흰옷을 입고 상투를 한 조선인들이 줄을 이어 지게로 돌을 나르고 있었다. 절반쯤 완성된 듯 보이는 성안으로 들어가자 왜병들이 와글와글했다. 포로들은 왜성의 동쪽 끝에 있는 바다와 마주본 창고 같은 건물 안으로 인도되어 갇혔다. 건물의 벽은 대나무와 흙으로 되어 있었는데 그 틈새로 바다에 떠있는 왜선들에서 조선인 포로들이 짐을 내리는 모습이 보였다. 두혁도 이튿날부터 다른 포로들과 함께 식량과 무기 하역 작업에 끌려 나갔다. 도망치거나 울타리를 벗어날 수 있는 틈은 어디에도 없었고 작업 도중에도 그들은 마치 굴비처럼 허리를 꿰인 동아줄에 서로 연결되어 있어, 이를 풀고 달아나지 못하도록 하였다. 그 동안 전투에 지치고 때에 절은 왜병과 군마들이 계속해서 성안으로 들어오고 있었다.

성은 웅동의 바닷가를 모두 차지하고 있었다. 산꼭대기에는 별도의 큰 성 모습이 보였고 아래쪽에 2개의 다른 성을 또 쌓아가고 있었다. 왜군들은 그 셋의 성을 방비토록 육지 쪽으로 길고 높은 돌담성도 쌓고 있었다. 그 돌담 성벽은 커다란 돌을 이빨처럼 단단하게 맞추었고 큰 돌의 사이와 내부를 작은 크기로 돌을 깨어 넣고 땅에서 비스듬히 경사를 이루게 한 다음 큰 땅 다지기 통나무를 이용하여 여러 곳에서 네 명이 한 조가 되어 들고 "어이 , 어이 " 하며 성곽 위를 내리쳐 단단하게 다지고 있었다. 여러 채의 큰 집을 지어둔 바깥성 안에 또 다른 성이 있고 그곳에도 몇 채의 집이 있으며 그 성을 지나면 또 다른 성곽에 둘러싸인 망루와 같은 높은 집을 짓고 있어 장기간의 방어 전쟁을 위해 최대한 완벽한 성채를 그들은 만들고 있었다. 어떤 방향에서의 공격에도 단단히 방어하는 구조로 단기간 전투로는 완전한 함락이 곤란해 보였다.

이 외에도 당시 왜군은 경남의 고성, 남해, 마산, 양산, 울산, 창원 명동, 김해 농소, 울산 서생포와 양산, 전라도 순천등지에 스물 둘의 성을 연이어 쌓고 있었다.

대마도

웅동의 왜선에서 하역 작업을 하는 도중에 두혁은 고향 선돌의 친구 박일욱을 찾을 수 있었다. 껑충하게 큰 키에 원래 말랐던 신체가 며칠 사이 얼마나 굶주렸는지 더욱 앙상해 보였다. 고향을 떠난 지 채 열흘이 지나지 않았으나 그사이 너무나 큰일들이 일어났던 탓인지 일욱은 두혁을 보자 눈물부터 흘렸다. 둘은 마치 오랜 세월을 헤어져 있었던 사람들이 다시 만나는 느낌을 똑같이 받고 있었다.

"두혁아, 진주성에서 함께 북쪽 성곽위에 있던 쇠둥이, 동문의 성곽위에 있던 길수와 만복이는 죽었어. 내가 지키던 북쪽 성곽으로 왜병들이 쏟아져 들어오자 나는 동문 쪽으로 도망쳤는데 그곳도 치열하게 백병전 중이었어. 성안 동문의 남쪽에 있는 작은 언덕을 기어올라 보니 길수와 만복이가 쇠둥이와 함께 엉켜서 죽은 모습이 보였어. 길수의 몸이 쇠둥이와 만복이를 감싸고 있었는데 왜병은 그의 뒤에서 등과 목을 찌르고 벤 듯 보였어. 쇠둥이는 내가 죽은 줄 알고 여기로 와서 마지막까지 셋이 함께 있었던 것 같아. 내가 주저앉아 울자 왜병이 창으로 나를 찌르려 했고 난 두 팔을 들고 포로가 되고 말았어. 차라리 그때 그놈을 향해 소리라도 치고 칼을 맞든지 총을 맞아 죽었어야 했는데. 흑흑―." 하며 울었고 두혁도 포로가 된 내력과 아버지의 마지막 모습을 이야기해주자 일욱은 더욱 크게 울며 말했다.

"선돌의 내 부모님과 동생들도 분명 왜병들 총칼에 돌아가셨을 거야, 흑흑흑."

"그쳐라, 울음을. 마음을 이제부터 굳세게 해야 해!" 하고 격려했다. 두혁은 자신의 몸 속 어딘가에서 이런 대답을 하게 해주는 곳이 있다는 느낌을 받았다. 두혁은 만약 일본에서 둘이 함께 있지 못하고 떨어져야 한다면 반드시 어디에건 기록을 분명하게 남겨 서로가 찾아 나섰을 때를 대비하자고 했으나 기약 없는 것이었다.

수 일을 계속해서 포로들이 밀려들고 두혁 일행이 하던 하역 작업이 끝나자 그들은 다시 두름 엮여 왜선에 올랐다. 이름과 출신지 나이를 또 물어 왜병이 명부의 기록을 확인하고 보완했으며 모두는 수송선 갑판 아래 선창에 감금되었다. 남여의 구분도 없이 구기듯 집어넣었으나 조선인들은 구분해서 자리를 잡았다. 넓은 선창 안에 조선인들을 가득채운 위의 갑판에서 왜병들이 감시를 하고 있었다. 전쟁에 부상을 입어 일본으로 돌아가는 듯 보이는 병사들도 있었다. 이른 아침에 웅동을 떠나 오후 2시경 부산에 닿았다. 부산에서 십 수 일을 보낸 후, 일본으로 보내질 군선에 조선에서 뺏은 귀중품과 불상, 도자기 등을 담은 상자와 포로

백여 명과 함께 짐짝처럼 실렸다. 여기에 3백여 명의 부상당한 왜병, 함선을 움직이는 왜의 수군 오십여 명이 와글거리며 배에 오르자 왜선은 쑥 물속으로 잠기며 넓고 깊은 바다에서도 안정되게 운항이 되도록 무게 중심이 잡혔다. 왜선 두 척에 똑같이 사람과 조선의 귀중품을 싣고 일본으로 출항한 날은 8월 하순이었다. 사흘을 뱃멀미에 시달린 끝에 대마도 이즈하라에 입항했다. 그곳에서 한 왜병이 선창의 자물쇠를 열고 몇 사람의 이름을 불렀다. 이옥이, 김길녀, 박재옥, 도상수, 이 일, 국성수 그리고 권두혁이었다.

"너희들은 모두 대마도에서 하선해서 이 사람의 지시에 따라 움직인다. 알겠나?" 하자, 모든 조선인 포로들은 아무 말 없이 고개를 들어 대답을 대신했다. 두혁은 함께 잡혀온 조선인들을 조용히 둘러보았다. 그리고 그들을 향해 고개를 숙였다. 이름을 불렀던, 두혁 일행을 인솔할 사람은 나이 쉰은 넘어 보이는 남자로 조선말을 잘 했다. 그는 포로 명부와 사람을 대조하며 한 사람 한 사람 얼굴을 깊이 살펴 누가 누구인지를 보았고 특징을 명부에 더 보충해서 기록했다. 두혁은 그 통역에게 친구 일욱을 말하며 함께 대마도에 남도록 해 달라고 했으나 희쭉 웃으며 포로 주제에 별 소리 다한다는 듯한 인상으로 "안 된다" 하고 강압적으로 말했다. 두혁은 배에 남겨진 일욱을 생각하며 다시 고개를 뒤로 돌려 구석의 일욱 쪽을 보며 고개를 끄덕였다. 일욱은 또 울고 있었다. 갑판에 오르자 다시 양팔을 뒤로 굴비처럼 두름 묶여 한 줄로 배에서 내렸고 나머지 조선인들은 그대로 선창에 남겨졌다.

배가 닿은 곳은 쓰시마 이즈하라 히가시자토였다. 그들이 배에서 내리자 이미 길거리에 나와 있던 수십 명 마을 사람들이 심각하게 바라보고 있었다. 그들 일곱은 인솔자를 따라 바다가로 난 길을 따라 걸어 서쪽의 구다(久田)로 가서 해전사(海前寺)라는 절로 인도되었고 그곳에서 묶인 줄을 풀었다. 조선말을 하는 승려의 안내로 남녀가 분리되어 두 방으로 나뉘어 들어갔다. 그가 "여기도 사람 사는 곳이니 걱정들 마시오" 하고 말했으나 아무도 답하지 않았다. 오후 5시경에 저녁을 먹었다. 보리를 많이 섞은 잡곡밥에 된장에 절인 고추와 오이, 야채를 넣은 된장국이 나왔으나 량은 많지 않았다. 승려가 더 먹어도 된다는 말을 하자 남정네들 모두는 밥 한 공기씩과 반찬을 더 얻어먹었다. 이후 날이 어두워지자 절 안에 있는 남녀가 구분된 욕실로 들어가 몸을 씻었다. 절에서는 승려들이 입는 간편복을 각 한 벌씩을 내주어 깨끗한 옷으로 갈아입을 수 있었다. 경사도 사투리가 심한 조선말을 잘하는 승려가 그들을 안내하고 돌보았다. 이튿날 새벽, 날이 밝기 전에 모두 일어나 법당으로 불려가 새벽 예불에 참여했다. 불경을 읽는 소리는 조선과 같다고 느꼈으나 군데군데 발음이 다소 두루뭉술하여 차이가 있었다. 그러나 그들이 부처께 절을 하고 방석 위에 단정히 꿇어 정면의 부처를 똑바로 바라보며 목탁을 치고 절하면서 반야심경을 암송하는 자세는 꼭 같았다 "마하반야 바라밀타심경, 관자재보살 행심 반야바라밀다 시 운운—" 하며 고요한 중에, 둔탁하지만 절제되고 무언의 공명이 만들어 내는 목탁의 깨끗한 소리가 법당을 가득 채웠다. 조선인들에게서는 양 볼을 타고 눈물이 흐르고 있었다. 두혁도 어머니와 아버지의 죽음을 보고서도 흘리지 않았던, 자신의 어디서 솟아 나오는지 알 수 없는 눈물이 한없이 흘러 내렸다. 그러나 지혜의 깨달음이나 두려움과 공포 같은 헛된 생각에서 벗어난 희망의 눈물이 아니었다. 무엇과도 견줄 수 없는, 약한 인간을 위로한다는 부처의 기도라던 어머니의 말씀을 기억하며 이제는 영원히 고향으로 돌아갈 수 없을 것이란 괴로움, 모든 진실과 허망함을 모두 잊어야만 할 앞으로의 삶과, 아무리 노력해도 영원히 다다를 수 없을 피안(彼岸)의 경지와 자신이 내려친 칼에 절반쯤 목숨을 잃은 왜병에 대한 무서운 기억에 자신을 송두리째 빼앗겨버린 때문이었다. 왜승이 '시무등등주 능제일체고 진실불허——(是無等等呪能除一切苦眞實不虛)' 하고 조선인과 흡사한 발음을 하며 예불했을 때, '온갖 괴로움을 없애고 진실하게 되어 인생이 허망하지 않음을 알게 될 것'이라는 부처의 말씀이 자신이 영원히 가질 수 없도록 사라져버린 가족에 대한 슬픈 염원에 불과하다고 느꼈다. 새벽 예불이 끝난 후 해가 뜨기 전에 아침을 주었다. 왜인들은 아침을 적게 먹는지 먹고도 배가 고팠다. 나머지를 슬픔으로 채우려 했으나 앞으로 얼마나 배를 곯아야 할지를 미리 가르쳐 줄 것 같은 남자가 절로 왔고 두혁과 이옥이을 찾았다. 둘은 곧 그를 따라 절을 나오며 남은 조선인들과 손을 잡고 이별의 인사를 하고 헤어졌다. 두혁은 옥이와 함께 뒤에서 보고 있던 승려에게도 고개를 숙여 인사를 드린 다음 그를 찾아온 사람을 따라 나섰다. 가까이서 옥이의 얼굴을 보니 열 살쯤 되는 듯했으나 아무 말도 하지 못했다. 작은 키에 초롱초롱한 눈동자가 선했으나 햇빛에 구워진 동그란 얼굴이었다.

산에서 흘러내리는 맑은 물이 콸콸 쏟아지는 개울을 따라 말없이 반시간쯤을 오르니 돌을 각지게 비스듬히 쌓아올려 만든 성벽 위로 솟아 있는 큰 집이 보였다. 성 안으로 걸어 들어가자 남쪽을 바라보고 있는 대여섯 채의 집들이 또 큰집을 둘러싸고 있었고 그 중에 한집으로 들어갔다. 마당에 있던 칼을 찬 무사가 둘을 데리고 집안으로 들어가자 또 작은 마당이 나타나면서 마루와 방이 별도로 이어져 있는 곳으로 안내되었다. 방안에서 내다보는 마당가에는 가을꽃들이 만발해 있었고 마당은 늘 비질이 되는 듯 매우 깨끗했다. 잠시 후 약한 푸른 바탕에 검은 소나무와 노란 달을 그린 비단 기모노를 입은 왜녀가 사뿐 사뿐 걸어 들어왔다. 외모가 매우 청결했지만 뭔가 기이한 모습으로 인식되는 것은 기모노를 입은 여성을 처음 보는 때문이었다. 행동과 외모에서 귀티가 흘렀고 매우 젊어보였다. 그 뒤를 나이든 여자 둘이 따라 나와 그녀가 준비된 방석에 앉자 양 옆을 지키며 섰다. 두 사람을 안내한 무사(사무라이)가 고개를 깊게 숙여 그녀에게 충성된 인사로 예의를 표시했고 얼떨결에 옥이는 흘끔거리며 고개를 숙여 사무라이보다 먼저 허리를 펴지 않았다. 두혁은 가만히 서서 그녀의 얼굴을 찬찬이 바라보았다. 귀한 상이었으나 어딘지 외로워 보이는 모습이 그녀에게 가련함을 느끼게 했다. 그녀가 곁의 한 여자에게 나지막하게 말했고 그 여자가 조선어로 말했다.

"대마도 도주이신 소 요시토시(宗義智, 1568- 1615)님의 정실이시고 구마모도의 영주 고니시 유키나가 님의 영애이신 고니시 마리아 님 (고니시다에: 小西妙, 또는 요시토시 부인으로 표기시 마리아 요시토시)께서 말한다. 조선에서 온 너희 둘을 만나니 반갑다. 자신을 소개하기 바란다."

둘이 멈칫거리며 바라보고만 있자 사무라이가 두혁의 어깨 아래를 칼자루로 툭 치며 말을 하라는 재촉을 했다. 두혁이 그때서야 약간 고개를 숙여 인사를 한 다음 말했다.

"권두혁이오. 경상도 진주성 전투에서 포로가 되었소." 하자 그녀가 통역하였다. 이어 옥이가

"이옥이입니다. 경상도 문경에서 포로가 되었습니다. 흑흑―." 하고 울었다. 사무라이가 그녀의 등 뒤를 칼자루로 쿡 쿡 찌르자 옥이가 움찔

하며 울음을 그쳤다. 다시 그녀가 조선어를 말하는 여자에게 조용히 무언가를 말하자 여자가 통역을 했다.

"지금 일본과 조선은 전쟁 중이다. 그러나 조선은 일본의 적국이 아니다. 일본은 명을 치려했고 조선이 길을 내지 않아 일어난 전쟁이다. 전쟁은 불가피하게 사람을 죽이고 포로로도 만든다. 너희들은 이런 와중에 여기, 대마도에 와 있는 것이다. 앞으로 너희들의 장래는 모두 너희들 본인에게 달려있다. 일본은 조선과 다른 예법이 있고 학문이 있고 신앙이 있다. 그러나 그 뿌리는 조선과 일본이 서로 닿아 있다. 전쟁터의 비참함과 슬픈 기억을 빨리 잊어라. 산 사람은 살아야 하는 것이 하늘의 이치다. 너희 둘은 매일 나를 만나게 될 것이다." 하고 자리에서 일어나 나가자 조선어 통역과 사무라이, 두혁과 옥이만 남았다.

"나는 조선 사람이오. 내 조부가 경상도 부산에서 와서 대마도에서 60년째 살고 계시오. 난 올해 쉰둘이오. 내가 왜국 말과 글을 가르칠 것이오. 이름은 박언년이오. 그리스도 세례명이 마틸다요."

하고 딱딱 말을 잘라 분명하게 통역을 했던 여인이 두혁에게 말했다. 사전에 어떻게 말해야 겠다고 준비해 둔 듯했다. 그 후 따라온 사무라이에게는 뭐라고 이야기 하고 그를 방에서 내보내기에 앞서 두혁을 그에게 인사토록 했다. 두혁이 "권두혁이오. 15살이오" 하며 두 살을 얹어 말하자 그는 "다케모토다"라고만 하고 열린 문으로 소리 없이 사라졌다. 두혁과 옥이에게 그녀가 다시 말했다.

"권두혁 님을 나는 앞으로 '권상' 하고 부를 것이고 마리아 님의 특별한 말씀이 있게 되면 다르게 예의를 갖추어 부르는 호칭을 하게 될 것이오. 이 점을 늘 생각하고 행동과 말을 진중히 하기 바라오. 그리고 옥이는 내 심부름을 할 것이니 그렇게 알고, '두혁 님'이라고 불러라."

두혁은 대체 자신에게 무슨 일이 일어난 것인지, 왜 이들이 나에게 예를 갖추어 달라고 하는 것이지, 이런 다음 나를 어떻게 죽일 것인지, 박 언년은 어째서 왜인들의 이름이 아닌 이상한 세례명이란 이름을 또 가지고 있는지, 성이 어떻게 박 씨에서 마 씨로 바뀌고 왜녀도 마 씨 성을 가졌는지 몹시 궁금했으나 이런 점을 물어본다는 것은 그들이 자신을 가벼이 볼 수도 있을 것이라는 생각이 들자 아무 말도 하지 않았다. 다음날 그것이 기리시단(그리스도인)이 된 사람들의 세례명이란 것을 알았다.

"지금 저 문을 돌아 오른쪽 마루로 나가면 아까 그 사무라이가 기다리고 있을 것이오. 그가 머무를 처소로 안내해 줄 것이고 입을 옷도 가져다 줄 것이오. 앞으로 그를 '다케모도상' 하고 부르시오." 하며 말했다. 그녀는 대마도 성내에서 확실한 지위를 가지고 있는 듯 모든 말이 매우 엄격하고 성주의 부인인 마리아에게 절대적인 충성을 하고 있는 듯했다.

방에서 나가자 다케모도가 마루 기둥에 몸을 기대앉아 장도(長刀)의 손잡이 끈을 만지작거리다가 그를 바라보고 일어섰다. 그를 따라 말없이 마루를 내려가 마당을 지나 건너편에 있는 작은 집안으로 들어갔다. 그곳에는 두 내외가 서너 살쯤 되는 어린 아이를 데리고 살고 있었다. 사무라이는 그들 내외에게 두혁을 인계하고 무어라고 말했으나 두혁은 그 뜻을 알 수 없었다. 그들 내외가 애기를 안고 방을 안내했고 두혁이 먼저 들도록 한 다음 따라 들어왔다. 그들이 쓰는 큰 방 곁에 작은 마루가 있었고 건너편 끝에 방 하나가 또 있었다. 그곳으로 안내되어 가만히 남편 쪽을 보니 그는 다리를 절고 있었는데 서른 살 쯤으로 여겨지고 부인은 조금 더 나이 들어 보였다. 남편이 자신을 가리키며 '골롬바'라고 했고 아내를 가리키며 '도나'라고 했다. 두혁이 고개를 끄덕이자 '곤상' 하고 다시 살며시 웃으며 두혁의 성을 불러주더니 문을 닫고 나갔다.

다다미가 깔린 바닥이었다. 방의 서쪽 창 아래 작은 앉은뱅이책상과 방석이 있었고 벽에 붙은 붙박이장을 열자 작은 나무 탁자 위에 요와 이불이 얹혀 있었다. 마치 고향의 자신이 쓴 방에서처럼 느낌을 가지려 했다. 책상에 기대어 앉아 눈을 감았다. 무슨 꿈결 같았다. 죽음과 삶, 산과 바다, 고향의 흙과 피 냄새, 쓰러져가며 울부짖던 어머니와 할머니, 할아버지, 형수, 수많은 적병 사이로 말을 달리며 장검을 휘두르고 결국 왜병의 조총에 쓰러지신 아버지, 한 왜병의 목숨을 절반쯤 끊었다고 여긴 자기의 행동 등, 모든 일이 마치 꿈같고 전혀 일어나지 않았던 일 같았다. 자신이 대마도 왜장의 성안 집에 갇혀있고 뭔가를 저들이 준비를 하고 있다는 것이 도대체 믿어지지도 않았고 자기는 어떻게 해야 할 것인가를 생각하자 아버지의 마지막 말씀, '네 주변 환경을 늘 귀중하게 생각하고 네가 도움을 줄 수 있는 사람들을 위해 일생을 살아라'가 강하게 뇌리에 다시 새겨졌다.

이튿날 아침 5시쯤에 일어났다. 몸이 개운해진 느낌이었다. 아무 일도 없이 무료한 시간을 보낸다는 것은 앞으로 자신이 여태 해 보지 못한 일을 하게 될 것을 생각하며 전전긍긍해야 할 여유 시간 내지는 준비 기간쯤 되는 건가하고 잠시 생각도 했으나 견딜 수 없는 큰 슬픔이 끊이지 않았고 그것을 떠나보낼 수도 없었다. 뒷마당에 나가 세수를 하고 도나가 내어준 소금을, 고향에서부터 지녔던 주머니칼로 어제 잘라둔 소나무 뿌리의 부드러운 부분에 잔뜩 묻혀 이를 닦고 입을 헹구어 내니 조금은 상쾌해진 느낌이 들었다. 6시경 옥이가 와서 조반을 드시라는 말을 해서 따라가니 사무라이 다케모도 곁에 작은 상이 별도로 차려져 있었다. 조선보다 훨씬 작은 한 공기의 밥과 된장국, 들깻잎을 된장에 절인 것과 소금 뿌려 구운 손가락만한 정어리 두 마리였다. 시중을 들던 옥이 곁에 있던 박언년이 절반쯤 높임말로 말했다.

"오늘은 오전에 후추번 번사(藩師)로 도주님 식구들에게 유학을 가르치는 시강(侍講)이신 강 선생이 오시오. 준비하고 계시오."

식사 후 적당히 짐작한 때를 맞추어 미리 준비하고 있던 두혁이 마루를 내려서서 마당을 들어서는 그에게 깊게 허리를 숙여 명성에 존경을 표했다. 새하얀 수염을 기르고 갓을 쓰고 깨끗한 한복에 무명 두루마기를 입고 있었다. 환한 웃음을 띄고 두혁을 향해 두 손을 내밀자 두혁은 얼른 그 두 손을 함께 잡았다. 따뜻한 동족의 피가 느껴졌고 할아버지와 아버지를 생각나게 했다. 그를 따라 방으로 들자 방안에는 2개의 학탁(學卓)이 준비되어 마주 보고 있었다. 두혁 쪽으로 붓과 벼루, 먹과 한지와 대학과 소학, 동몽선습 3권의 책이 학탁 위에 놓여 있었다. 그가 먼저 자리에 앉았고 두혁이 그 학탁 앞에서 큰 절을 한 후 말했다.

"경상도 단성현 사람, 권두혁입니다. 안동 권씨 24대손입니다." 하자,

"학탁에 정좌하게. 나는 강은술이라고 하네. 자네 고향과 같이 진주 사람, 진양 강가(姜家)네." 하고 자신을 소개했고 서로 대화를 조금 이었다.

"선생님은 언제 이곳으로 오셨는지요?"

"오래되었네. 부산에 있던 먼 친척이 일본과 상거래를 했고 나는 그를 따라 일본에 왔다가 이렇게 주저앉게 되었네. 자네는 어떻게 여기까지 온 것인가?"

"지난 7월 단성현의 고향에서 온 가족이 왜병에게 몰살을 당했고 저는 아버지를 따라 진주성 전투에 참전했습니다. 아버지도 그곳에서 돌아가시고 저는 포로가 되었습니다."

"묻지 않아야 할 걸 물었군. 얼마나 큰 슬픔이고 예까지 오자면 고초는 오죽했겠는가?"

"그래도 물어 보실 것이 있으면 괘의치 마시지요."

"그렇게 하겠네, 대장부군. ㅡ자네의 학식과 용모에 대해 왜군들이 놀랍다고 쓴 글을 읽었네. 오늘 자네의 배움에 대해 몇 가지를 보고 도주 부인이신 마리아님께 말씀드려야 하는 일로 우리가 처음 만났네만 앞으로 자주 만나세. 나는 요 아래 개울 건너 '쓰시마 해사서당(對馬海思書堂)'에 있네."

"네, 선생님. 꼭 서당에서 뵙도록 하겠습니다." 하고 학탁 앞에서 무릎을 꿇었다.

"우선 먹을 갈게. 글을 쓸 것이네."

정성들여 먹을 갈고 붓을 돌려가며 먹물을 묻혔다. 잘라둔 한지, 먹과 붓, 벼루는 두혁이 고향에서 쓰던 것과 전혀 다르지 않고 조선에서 온 것이 분명했다. 대마도가 일본 땅이라지만 조선의 문물이 그대로구나 하는 생각이 얼른 들었다.

"책을 펴지 말고 천자문과 동몽선습에서 가장 아끼는 구절을 하나씩만 쓰게."

"네" 하고 대답 후 두혁은 잠시 눈을 감고 생각한 후 붓을 들어 힘차게 "信使可覆器欲難量"이라고 한지에 썼다.

"무슨 의미인가?" "신사가복, 기욕난량입니다. '믿음은 바꿀 수 없는 진리이며 사람의 기량은 헤아릴 수 없도록 깊다'라는 뜻으로 천자문의 글

입니다” 하자, 그의 얼굴이 환해졌다. 두혁은 쓴 글을 탁자의 왼쪽 아래
에 내려놓았다. 다음 장에는 동몽선습의 구절을 썼다.

“天地之間萬物之衆惟人最貴所貴乎人者以其有五倫也”

“무슨 의미인가?”

동몽선습의 첫머리글로서 ‘천지지간 만물지중 유인최기 소귀호인자
이기유오륜야’, 하늘과 땅 사이에 있는 만물의 무리 중에 오직 사람이 가
장 존귀하다, 그 까닭은 사람만이 삼강오륜 (三綱五倫)을 가지고 있기
때문입니다.”

“삼강오륜은?” 하고 다시 물었고 그가 조금 길게 답했다.

“삼강은 군위신강(君爲臣綱), 부위자강(父爲子綱), 부위부강(夫爲婦
綱)으로서 임금은 신하를 다스리며 아버지는 자식의 근본이 되고 남편
은 아내의 근본이라는 것입니다. 오륜은 부자유친(父子有親), 군신유
의(君臣有義), 부부유별(夫婦有別), 장유유서(長幼有序), 붕우유신(朋
友有信) 으로 부모와 자식은 친밀해야 하고, 왕과 신하는 의로워야 하며
부부는 구별이 있어야 하고 어른과 아이 사이에는 차례와 질서가 있어
야 하고 벗 사이에는 믿음이 있어야 한다는 의미입니다.”

“논어와 맹자 중에 아끼는 절구가 있는가?”

두혁은 다시 눈을 감았다. 덕천서원의 서생들과 묻고 답하며 자습했
던 것들이 머리를 채웠다.

“네, 공자께서 제자 유에게 말씀하셨습니다. 자왈, 유회여지지호, 지
지위지지요 부지위부지시지야니라.”

“글로 쓰게.” 하자 두혁이 ‘子曰 由誨女知之乎 知之爲知之不知爲不
知是知也’ 라고 쓰고 그가 다시 무슨 의미인지를 물었고 두혁이 답했다.

“제자 유(자로)의 물음에 공자가 말씀하시기를 ‘유야, 네게 안다는 것

은 무엇인지 가르쳐 주마. 아는 것을 안다고, 모르는 것을 모른다고 하는 것이 참으로 아는 것이다'라는 논어에 있는 말씀입니다."

이렇게 그와의 사이에 맹자와 중용, 예기와 서경에 이르기까지 두혁이 즐겨 암송하던 짧은 구절들을 골라 정성들여 썼다. 오후 1시경 점심 후 4시경까지 계속된 문답은 책을 펴고 읽기도 하며 모두 시강이 묻고 두혁이 답한 것이었다. 두혁이 쓴 글은 12장이었다. 이튿날 오전, 시강은 마리아 처소에 불려갔다. 어제 두혁과의 문답을 말하며 그가 쓴 12장의 글을 제시했다. 한장 한장 넘겨 본 후 그녀가 말했다.

"매우 체계적으로 학문의 과정을 거친 듯하군요, 시강님?"

"마리아님, 그의 가문이나 학문의 정도를 알 수 없습니다. 단지 학식과 품행, 외모와 말하는 모습, 태도, 글씨를 쓰는 자세 등이 훌륭하다고 말씀드릴 수 있을 뿐입니다."

"그의 가문에 대해서는 이야기 나누지 못했습니까?"

"예, 전쟁 중에 모든 가족을 잃었을 젊은이가 가문의 이야기를 할 수 없으리라고 생각했고 언제고 때가 오면 그가 밝힐 수 있을 것이라고 여겼기 때문입니다."

"아버지의 편지에 그의 부친은 50여 기의 기병을 거느린 의병장이었다고 합니다. 그리고 서당에서 배울 수 있는 학문을 거의 익혔다고 하셨습니다."

"저의 식견으로도 그러합니다. 저가 묻는 모든 질문과 그가 쓴 글자들이 문제를 삼을 수 있는 부분이 전혀 없었습니다."

"어떻습니까? 그가 유교와는 차이가 있는 새로운 학문에 대한 호기심이랄까, 배우려하는 자세나 욕심은 있는 것 같습니까?"

"네, 마리아님. 하루의 반나절을 지켜본 저가 감히 어떠하다고 말씀드리기는 아직 이릅니다만 학문에 대한 그의 호기심은 뛰어난 수재들만이 갖는, 우리들이 감히 짐작할 수 없을 정도의 탐구심이 가슴에 넘치고 있다는 것을 느꼈습니다."

"말씀처럼, 그가 쓴 글자들은 한군데도 틀리지 않았고 시강의 질문에도 올바른 대답만 했습니까?"

"네, 제가 서당에서 아이들을 가르쳐 온 40년 동안 처음 만난 수재였습니다."

"감사합니다. 시강님. 내일부터 우리말을 가르칠까 합니다. 몇 개월이 지나면 일본어도 술술 잘하고 이렇게 우리글 책도 잘 읽을 수 있게 되겠지요." 하며 책 한 권을 내밀었다. 그가 말로만 듣던 "예수그리스도"의 가르침을 적은 책이었다. 시강은 이런 책이 나가사키의 아마쿠사 지방에 있는 예수교 신학교에서 외국의 기계가 들어와 인쇄를 하고 있는데 하루에도 수백 권을 만들어 내고 있다는 말을 들었지만 처음 보는 것이었다 (사진은 1590-1605년 사이에 인쇄된 일본어 성경).

이튿날부터 박언년은 두혁에게 일본말과 글을 가르쳤다. 교재는 성경이었고 얇은 오동나무 판자에 아교를 칠한 후 말려서 다시 옻칠을 여러 번 하고 음지에서 거듭 말려 반들반들하게 만들어 그 위에 붓에 물을 묻혀 글을 쓰고 면포로 지울 수도 있도록 만든, 조선에도 있는 습자판(習字板)을 주었다. 일주일을 가다가나를 배우니 일본인들이 한자에서 차용한 그들의 문자를 어떻게 만들었는지 눈에 들어왔고 2주가 지나자 일본 문자의 해독이 가능해졌다. 그들이 한자를 발음하는 형식과 습관은 두혁이 말로써 설명하기 곤란했으나 조선인이라면 누구나 지닌 낱말의 발음이나 어휘의 구사를 터득하는 방법과 매우 흡사하다는 점을 발견하자 완전하지 못해도 대부분의 한자를 일본어로 읽기가 가능해졌다. 그러나 그들이 일상생활에서 쓰는 토착화된 용어나 한자 읽기를 일본식으로 변형해서 하는 것을 따라가기 위해서는 더욱 열심히 익혀야 할 것이었다. 하지만 박언년이 두혁에게 가르치는 왜어 성경에서 말하는 하느님은 두려움의 대상이었다. 왜 그런지 자신도 알 수 없었으나 언년이 하느님을 언급하거나 가벼운 기도를 할 때면, 두혁에게 하느님은 자신이 도저히 미치지 못할 그 너머에 있는 존재라고 생각되고 괜히 쭈뼛쭈뼛 해지며 겁이 나는 것이었다. 그의 존재는 그렇게 두혁에게 다가왔고 두혁은 그런 감정을 가슴속에 숨기고 있었다. 그렇게 3개월을 일본어 공부에 파묻혀 보내자 성경을 읽고 조선에서 익힌 성리학에서 비롯한 생각과 불교적 관념으로 비교한 의견을 일본어로 더듬거리며 설명할 수 있게 되었고 새로운 학문에 대한 심취는 그가 가족을 잃은 슬픔에서도 서서히 벗어나게 해 주었다. 때때로 박언년이 말하는 대로 이것이 하느님의 은총이란 것이라면 이 과정은 그 분이 나를 자세히 알아보기 위한 관심에서 비롯된 일일 것이라고 생각하게 되고 더욱 이해가 빨라지는 듯도 했다.

그러나 혼자서 고요한 중에 고독함을 느끼는 시간이 많아지자 다시 본래의 마음처럼 부드럽게 변화하고도 있었지만 그가 죽이려 했던 왜군의 모습과 얼굴이 자꾸만 떠올랐다. 그럴 때면 아버지와 가족의 죽음이 연상되며 형님은 그 후 어떻게 되셨는지, 온 식구들의 장례는 어떻게 했는지 모두가 궁금하고 그에게는 더욱 깊은 좌절과 불안감이 남는 것이었다. 그럴수록 더욱 열심히 새로운 학문에 심취되고자 의도적으로 노력했고 때때로 가까운 산을 올랐다. 대마도의 가을도 조선처럼 아름다왔다. 성을 지키는 사무라이 다케모도와 함께 산에 올라 깊은 숲 속에 들어서면 청아한 가을바람이 작은 나뭇가지를 흔들고 가지가 부딪는 소리가 마치 하늘에서 울려 나와 가슴을 치고 들어오는 듯 했다. 숲을 지나 바위가 많은 산길을 돌아올라 용이 머물렀다는 류혼잔(龍本山) 정상을 자주 올랐다. 길을 걷는 도중 다케모도의 말을 잘 이해하지 못하면 그가 조선어로 다시 말해 주곤 했다. 전쟁 전에 부산의 왜관에 머물렀다는 그의 조선어는 유창하지는 못했지만 의사소통은 충분했고 두혁이 조속히 왜어로 말을 할 수 있도록 도왔다.

"저기 보이는 하쿠산(白山)과 마루야마(丸山), 가네다산(金田山) 쪽으로 똑바로 바라보이는 곳이 조선이다. 대마는 일본보다 조선이 더 가깝다. 내가 어렸을 적에는 '두서미(두 섬의 의미)'로 부르는 노인들이 더러 있었다. 두서미가 두시마가 되고 쓰시마가 되었겠지." 하고 다케모도가 팔을 들어 가물가물한 바다 건너를 가리켰다. 가슴이 '턱' 하고 막혔으나 눈물은 나오지 않았다. 그저 '저 바다를 수 일을 건너 왔단 말인가, 눈에 잡히는 저곳이 그렇게도 먼 곳이란 말인가?' 하는 생각과 무참하게 목숨을 잃은 가족의 얼굴이 또 머리를 가득 채웠다. '그 전쟁은 아직도 끝나지 않았고 오늘도 남쪽의 어느 곳에서는 수많은 조선인이 죽어나가고 있을 것이다.'라는 슬픔이 가슴을 꽉 채우자 감정을 표현할 무슨 말이라도 하고 싶었으나 왜인들에게는 아무 말도 해서는 안 될 것 같았다.

"바람만 좋으면 하루면 갈 수 있는 땅이지."

"생각보다는 훨씬 가깝네요." 하고 평온한 표정을 지으며 두혁이 말했다. 그러나 다케모도는 두혁의 심중을 읽고 있었다.

"잊어야한다. —조선에서 네가 겪은 그 슬픔을 잊어야 한다."

"___"

"한 나라가 무력이 넘치고 그 이웃한 나라가 무력이 약할 때 전쟁은 필연적인 것이다. 일본은 온 나라에서 백년이 넘도록 이웃한 땅 서로 간 전쟁을 해왔다. 형제간에도 권좌를 차지하기 위해 서로 죽였다, 할복이 라는 강제적 수단을 '무사의 도'라는 고매한 말로 진실을 덮어가며 말이 다. 쉰이 넘게 각 번으로 나누어진 영토가 서로의 무력을 경쟁하면 그 끝 은 결국 전쟁일 수밖에 없었던 것이다."

"조선과 전쟁도 그 연장선일까요?"

"깊게는 모른다. 다만, 나의 앞 설명에 그 답이 있기를 바랄 뿐이다. 인간은 국가를 만들었고 국가는 이웃 국가를 침범하여 영토를 늘리고 세력을 키운다. 이것은 자연의 한 법칙이다. 인간의 역사는 전쟁의 역 사다."

"다케모도 님은 왜 전쟁에 나가지 않았어요?"

"난 이미 전쟁터에 나가기는 늙었다. 쓰시마 후추번(대마도의 통칭) 의 가신으로서 도주이신 소 요시도시 님과 마리아 님, 가솔들을 돌보기 도 해야 하고—,대마도에서 제대로 지게를 질 수 있는 나이의 남자들이 라면 모두 전쟁에 나갔다. 오천 명을 뽑아갔어. 젊은 놈 씨가 마른 지경 이야, 정말, 뭐가 뭔지 모르겠다—."

"—그런데 어떻게 저를 돌보기로 하셨어요?"

"그것은, 나도 도주님과 같은 그리스도인이기 때문이다. 나의 세례명 은 '빅토리오'다. 우리 사이에서는 그냥 '빅토'라고 부른다. 그리고 그대 는 도주님의 포로이기 때문에 내가 지키는 것이다."

"—그럼 나도 빅토라고 불러도 됩니까?"

"그런 날이 올 것이다. 그때까지는 다케모도라고 불러다오. 그리고 여기서 조선으로 돌아갈 것이란 생각은 말아라. 부질없고—,널 돌려보내지도 않을 것이다—"

"___"

그의 말에, 두혁이 혼자 잠자리에 들어 하루의 일과를 생각 후에는 반드시 두서없이 떠오르던 '돌아가자'란 막연한 기대를 저자가 어떻게 알고 있단 말인가 하는 생각이 들었지만, 자신은 왜인의 포로가 되었다는 것을 다시 명확하게 인식하는 계기도 되었다.

그는 두 자루의 칼을 늘 왼쪽 허리에 꽂고 있었다. 그를 마주치는 사람들은 그에게 허리를 절반쯤 숙여 경의를 표했으나 그는 거만을 떨지 않고 자연스레 따라 허리를 숙이며 그 사람의 이름을 불러주고 자식들의 안부나 부모께 대한 문안을 하곤 했다. 그는 매우 점잖은 태토를 늘 지키며 화를 내는 법이 없었다. 두혁이 찾아가 만날 때면 그는 슬며시 웃으며 "공자님(公子:지체가 높은 집의 젊은 자제), 어서 오시오." 하곤 했으나 두혁은 "전 공자가 아닙니다. 두혁입니다." 하고 대답하곤 했다. 언젠가 그가 "하느님은 주님이시며 우리의 아버지시다, 그분은 구세주시고 나는 그분을 사랑한다." 하고 말했을 때, 두혁은 괜히 심술이 나며 얼굴이 붉어지는 부끄러움을 느끼기도 했다. 등산에서 돌아오면 두혁은 또다시 혼돈 속에 빠지곤 했다. 마음이 평정이 되지 못해 가슴속 깊은 곳에서 뽑어져 나왔던 온화함은 이제 사라져 버린 듯 했던 것이다. 그럴 때면, 모습이 보이지도 않는 험하고 센 바람이 불어와 자신을 날려버린 것 같았다. 단지 자신에게 이제 진실이란, 변해버린 환경에서 피부로 느끼게 해 주는 것 만이라는 생각밖에 들지 않았다. 자신이 스치기만 해도 온 몸의 촉감이 살아나 아름다움을 느끼게 해 주었던 형형색색의 꽃이 이제 더는 자신이 시를 쓰도록, 자연의 신비함을 노래하도록 해주지 못할 것 같았다. 그 변화는 바람이었다. 미풍에서 산들바람으로, 다시 폭풍우와 태풍으로 변하면서 영원히 자신을 고향으로 되돌아갈 수도 없는 먼 곳으로 떼어내 버렸다는 절망이 가득 찼다. 이렇게 변한 자신에게 이제는 절제된 슬픈 감정이, 뜨거움과 차가움 조차도 분별하지 못하게 한다고 느꼈다. 가슴은 한없이 뜨거운데도 머리는 얼음처럼 차갑게 식어버린 때문이었다. 몸짓은 더욱 조용해지고 겉으로 들어나는 쓸쓸함은 그 속마음에서 비롯한 것이었다. 욕망이, 자신의 모든 성취감이 줄 자아의 만족에서 올 행복함은 이제 사라졌다고 느꼈다. 이제 남은 것은 자존과 겸손으로 더욱 절제된 삶을 통해 자신을 더욱 낮추고 감추며 살아가야 할 것으로 믿었다. 무엇 때문인지는 몰라도 자신의 의식주에 대한 걱정은 전혀 할 필요가 없다고도 생각했다. 나이는 어렸지만, 자신이 늘 지녀왔던 의기(義氣)와 타인에 대한 배려와 연민, 자신이 여태 쌓고 일군 지식으로 어떻게든 타인에게 정성껏 도움을 주고 싶다는 생각은 더욱 굳어 갔고 그것이 자신이 앞으로 지켜 나갈 태도라고 믿었다. 왜인들이 어떻게 받아들이든, 자신이 할 수 있는 일은 그런 것이며 그런 점들로 인해 왜인들과 사고나 이해가 달라 무시를 당하더라도 어쩔 수 없는 일이라고 여기게 되자 마음이 조금은 안정되었다. 그러나 자신도 어쩌지 못하는 새로운 학문에 대한 강한 호기심과 탐구심은 계속 커지리라 여겼다. 여태까지 자신이 지니지 못했던 새로운 학문을 공부할 기회가 너무나 선명하게 다가왔고, 짐작도 할 수 없었던 그것이, 내심 두려움에 떨면서도 의연히 대한해협을 건너 대마도에 이르게 해 주지 않았을까 하는 생각도 들자 그 열망이 영원히 지워지지 않을 것이란 믿음으로 변해 가고 있었다. 노예가 될 수도 있었던 험난한 처지였던 자신을 이런 새로운 인간으로 거듭나게 해주는 것은 무엇일까도 생각해 보았다. 이제 부모를 모두 잃었으니 고아였으나 자신이 고아라고는 생각되지 않았고 그 이전부터 죽 있어 왔던 그러한 자신의 모습을 새롭게 발견했다고 믿게 되었다. 육신은 비록 부모의 몸을 빌려 태어났으나 자신의 영혼은 하늘에서 내려 받은 것이라는 생각도 들었다. 자신이 믿고 있는 그 무엇인가를 이루기 위해 지나간 과거를 딛고 일어나 과감히 자신을 곧추세워 올바르다고 여길 자신의 길을 걸어야 할 것이라고 이해를 했으면서도 아직 그 믿음은 확실하지 않았고 그저 막연하기만 했다. 이를 아무에게도 말하지 않고 감추어 두어야 한다고 생각했다. 진주성에서 아버지의 유체를 찾아 예를 다하고 땅에 묻어 드리는 일도, 모든 식구의 장례를 다해야 하는 일도, 조상의 산소를 돌보는 일도, 어느 순간부터 '형님이 살아계실 테니' 하고 마음이 정리되자 집안에 대한 무거웠던 걱정도 차츰 사라졌다. 차남으로 태어나 다행이라는 생각이 든 것은 아니었다. 자신도 어쩔 수 없는 상황을 극복해 나가기 위해서는 이렇게 믿을 수밖에 없으며 형님은 반드시 살아계신다고 확신하는 것이 자신의 길을 걷는 데 꼭 필요한 부분이며, 그렇게 생각하는 것이, 이제부터 자신을 길러갈 사람은 자신 외에는 아무도 없다고 마음을 다잡게 해 주고 앞으로 길에 도움이 될 것이기 때문이었다. 이것은 자신의 운명이기 때문에 자신의 성격과 기질, 습관과 학문만이 자신을 올바르게 지켜 줄 것이고 아버지의 마지막 말씀인 '다른 사람들을 도울 수 있는 사람'의 길에도 이른다고 보았다. 임란으로 자신이 겪었던 비극은 어쩌면 자신에게 이미 지워 있었던 운명의 업(業)이 아니었을까 하고 생각도 해 보았다. 자신이 여태까지 얻은 지식과 새롭게 쌓을 학문을 통해 더욱 깊게 깨닫고 더 성장하는 인간이 될 것이고 그것을 위해 정진해야만 한다는 생각을 하자 마음의 심란함과 정신적 혼란이 다소 사라졌다. 또 다시 가끔씩 불안한 좌절감이 가슴을 차오르면 성 주변의 조용한 산길을 홀로 걸으며 명상하고 부드러운 마음을 가지려 애썼고 매일 오후 4시경이면 한 시간을 다케모도에게서 검술을 배우고 좌선했다. 처음에는 검술을 통한 육체적 수련과 검술 교육시 좌선을 통한 명상으로 자신이 지녀왔던 가치 없는 욕망에 대한 집착이나 집념을 버리는데 도움을 받았다. 그러나 두 달이 지나자 검술의 최종적 목적이 결국 타인을 베기 위한 것임을 숨길 수 없는 점은 두혁이 더 이상 익히지 못하게 만들었다. 상대를 부상 입혀 꺾거나 죽여야 하는 검술에는 삶의 참뜻이 결여되어 있다고 보았고 자신의 고민을 다케모도와 상의했다. 그도 두혁의 의견에 동의했고 수련은 중단됐다. 그동안 다케모도는 일본 검술을 신토류, 일도류, 텐신쇼류, 지겐류 등으로 나누어 역사적 배경을 설명하며 일본의 전국시대 역사를 이어온 큰 배경 중 하나가 되었다고 했지만 그도 최종적인 살생의 목적에 대해서는 아무리 미화하며 찬양해도 결국 인생의 대단한 가치를 지닌 이상의 시현도구로는 볼 수 없다는 두혁의 의견에 반론을 제시하지 않았다.

두혁은 자신이 이런 상태에서 조선으로 돌아갈 수는 없다고 결심했다. 이곳 일본에서도, 조선과 마찬가지로 지닌 재능이나 학습을 통한 능력에서 미래의 길이 나타난다고 보지는 않았다. 오히려 그 길은 자신을 감싸고 있는 주변 공동체의 근본적인 필요에 의해 자신도 모르는 사이에 나타날 것이라고 믿었다. 공동체의 필요에 다가가기 위해 학습하고 재능을 익히며, 더욱 겸손해지기 위해 성찰하며 자신 내부의 욕망과 대결에서 보다 엄격한 싸움으로 이겨내야 한다고 생각했다. 이것이 자신의 선한 본성을 더욱 키워 나가는 것이 될 것이고 권력과 부와 안락함에 대한 욕구도 뿌리칠 수 있게 한다고 보았다. 이런 자신의 깨달음은 이기려고 애쓰지 않아도 최종적으로 이기게 되는 삶의 순수한 가치에 이르게 해 줄 것이라고 확신했다. 세상 사람들이 추구하는 통속적인 가치에 무심하면 자신이 더욱 깊게 탐구할 순수함의 가치가 새로운 세상을 인도하는 계단이 될 것이라고 믿었다. 세상 사람들이 말하는 바보가 되는 삶의 길이었다. 소년의 생각은 마치 성인의 경지에 이르고 싶었지만 이렇게 믿게 되기까지 자신이 거쳐 온 과정에서 나타난 모습은 전혀 원하던 것이 아니었다는 것을 느끼고도 있었다. 그러나 세상은 변하는 것이며 인간의 운명도 세상의 이치에 따라 바뀌는 것이 자연의 법칙이고 인간이 따라야 할 도리로 생각되었다. 이를 위해 정결한 마음의 자세를 늘 유지하고 항상 넘치지 않는 만족함으로 말하고 글 쓰고 먹고 입고 생각하며 참된 도리의 의미를 찾아야 할 것으로 편안하게 마음의 뜻을 세웠다. 그것이 자신의 행동으로 들어나서 올바른 삶의 길을 열어줄 것이라고도 보았다. 소식하고 잠을 적게 자고 올바른 생각을 더욱 깊게 하자고 결심하자 무언가가 구체화되어 자신을 지켜낼 수 있을 것으로 확신되었다. 사람에게 주어진 인생에서 과거의 기억과 미래의 사슬에 얽매이지 않는 자유스러움이란 존재할까? 인간의 무한한 욕망을 걸러내고 절제시켜 줄 것은 무엇일까? 그것은 자신을 비추는 거울 앞에 서서, 비추어진 스스로의 모습을 보고 변해가는 자신을 위해 반성하는 영혼의 시간을 갖는 인간만의 것이 아닐까? 자기 자신을 위로하고, 스스로에게 영혼의 고귀함을 느끼기 위해 기도하는 자만이 멈추지 않는 지혜가 솟아 나오지 않을까? 두혁에게는 이제 '스스로 거룩한 사람이 되기 위해 노력하는 사람만이 거룩하게 될 것이다' 라는 믿음이 가슴을 채워가고 있었다.

고니시 유키나가는 진주성에서 스치는 듯 만나서 알아본 "빛의 소년"

두혁을 어떤 연유로 그들 신앙의 조력자로 만들고 싶어 했을까. 그는 대마도를 거점으로 조선에 대한 포교 열망을 불태우고 있었을까? 그것이 그들의 순수한 신앙의 발로라고 믿었을까? 그 점에 대한 기록은 없기 때문에 사실에 근거한 글을 쓸 수는 없지만 분명, 유키나가에게는 아무에게도 말해 주고 싶지 않은 그런 속마음이 있었을 것이다.

오천석의 재력을 지닌 지방 호족이었던 대마도주 소 요시토시(宗義智)를 임란 1년 전에 유키나가는 그의 구마모토 성으로 초대했고 이 자리에서 그의 딸(세례명 마리아)과 혼례를 약조했다. 그에게도 그리스도교 세례를 받고 서양의 신문물을 배워 번의 군사력과 재력을 발전시키도록 부탁하자 곧 소 요시토시는 교리를 공부하고 "다리오"라는 세례명을 얻었다. 그는 23살이던 그해 (임란 1년 전)에 15살 마리아를 아내로 맞았고, 이듬해 조선으로 출정했다. 임진왜란 때에 소 요시토시는 대마도에서 5,000명을 동원했고 이들은 1번대 부터 9번대로 편성되어 일본군 안에서도 최선봉으로써 고니시 유키나가(小西行長)의 공격대에 배속되었다. 요시토시는 전투뿐 아니라 유키나가와 함께 일본측의 외교를 맡으며 강화를 모색하기도 했다. 조선과 전쟁이 끝난뒤 게이초(慶長) 5년 (1600년)에 벌어진 세키가하라 전투에서는 장인을 따라 서군에 가담해 후시미 성(伏見城) 공격에도 참가했고, 오쓰 성(大津城) 공격이나 세키가하라 전투에 가신을 파견해 참전했으나 서군이 패배 후 도쿠가와 이에야스(德川家康)에게 항복해 그의 신하가 되었다. 이에야스는 그를 용서해 주는 대가로 조선과의 국교 재개와 아내 마리아와 이혼을 명하자 자신의 재부와 명성을 위해 비겁한 사내의 길을 따라 얼른 아내와 뱃속의 자식을 버렸다. 이후 역사적으로 보면 어쨌건 그의 노력으로 게

이초 14년(1609년)에 조선과 기유약조가 체결되고, 부산진(釜山鎭)의 초량에 왜관(倭館)이 재건되었다. 조선의 왜관은 나가사키(長崎) 무역항 데지마(出島)의 25배에 달하는 10만 평의 부지에 500명에서 1,000명에 이르는 쓰시마 번사(藩士) 및 섬주민이 거주하며 교역을 하는 대규모 일본촌으로 건설되었다. 그 만큼 조선을 잘 아는 번주는 일본에 없었다.

머무른 지 한 달쯤 지나자 두혁은 대마도의 마을 구성과 편제 등을 알 수 있게 되었다. 그들의 행정은 두혁이 머무르고 있는 성을 정점으로 성 아래에 후추(府中, 중심지 : 이즈하라)가 있고 그 안에 8개의 향(鄕사토)인 도요사키(豊崎), 사고(佐護), 이나(伊奈), 미네(三根), 요라(仁位), 니이(与良), 사쓰(佐須), 쓰쓰(豆酘)가 있었다. 각 사토마다 지방 하급 행정관인 봉역(奉役)이 있었고, 그 아래에 무라(村)를 거느렸으며 무라마다 규닌(給人)으로 성의 가신 가운데서 게치야쿠(下知役)를 임명했다. 또한 무라마다 사토의 보병격인 아시가루(足軽)에서 발탁된 기모이리(肝煎), 겟판(血判) 등의 무라야쿠닌(村役人)이라는 엄격하고도 일사불란한 조직을 완비하고 있었다. 이러한 조직의 완비는 조선인들과는 달리 매우 강한 군사 조직과 비슷한 형태를 유지하며 번의 통치를 위해서 그 조직에 헌신하는 자를 공경하는 풍습이 강한 것으로 이해되었고 번주는 각 농가나 어업가에 대한 보호나 생계에 대한 책임을 지고 있는 것이 형식적이 아닌 매우 실질적인 것으로 조선과 비교가 되었다. 그들은 휘하의 농어가를 이미 수탈의 대상이라고 여기지 않고 부유해진 농어가에서 번의 재력은 더욱 커진다고 믿고 있었다. 그러나 두혁에게는 '이런 조직이니 해적질하기는 오죽 좋았을까? 아니면 해적질하기 좋으라고 그런 조직을 만든 지도 모르고' 하는 시샘도 일었다.

12월 초순이었다. 큐슈의 나가사키 예수회 일본 관구에서 한 스페인 신부가 일본인 수사와 함께 대마도를 들렀다. 처음 보는 서양인은 아래 위가 붙은 검은 신부복을 입었는데 앞을 채우는 많은 단추가 고리에 걸려 있어 조선식 두루마기에 비해 불편해 보였다. 신부는 조선에 출정한 왜병 천주교 신자들을 위해 조선으로 가는 도중이었고 수사는 대마도의 신자들을 돌보고 장래 전교 계획을 도주 부인 마리아와 협의 후 나가사키로 돌아가는 계획이었다. 둘이 대마도에 와서 머물 기간은 1주였으나 조선으로 가는 군선 편과 바다 사정이 여의치 못하여 결국 머물게 되었던 2주간을 늘 저녁에는 두혁과 다케모도를 불러 함께 식사를 했다. 스페인에서 온 세스페데스 신부(1552 -1611)와 20대 초반의 일본인 레오 전도사(교리교사)였다. 신부는 서양인이라 나이를 짐작하기 어려웠지만 어깨가 약간 꾸부정한 모습에 매우 인자하고 유쾌하며 마흔은 훨씬 넘어보였다. 꾹 입을 다물고 있으면 자신에게 엄격한, 오래된 내공의 힘이 밖으로 들어났다. 말을 않고 가만히 있어도 권위와 학식의 축적이 그의 모습에서 뿜어져 나왔고 고난과 수난과 가난을 벗 삼아 평생을 수도하는 사제로, 강한 의지력으로 환경을 극복한 노련한 성직자의 모습을 보이고 있었다. 그들은 쓰시마에 도착 후 그동안 받은 한통의 고니시 유키나가 편지와 마리아와 다케모도에게서 전해들은 두혁에 대해 궁금한 점이 많았다. 왜냐하면 그가 과연 세미나리오에서 공부를 할 수 있을 만큼 빼어난 두뇌를 가진 조선의 소년인지, 그의 사람됨이 어떠한지를 확인하고 싶었기 때문이었다. 물론 마리아와 유키나가가 예수회에 부탁하여 두혁을 보게 한 이면에는 그의 품성과 재능이 이미 확인되었고 그들 통해 향후 그들 신앙의 발전 계획에 참여시키고 싶었던 소망에서 비롯했다는 것을 충분히 이해하고 협력해야 한다는 것을 알고는 있었으나 꼭 만나보고 확인해야 할 사람이었다. 11월의 현해탄 파도는 거세다. 나가사키에서 히라도를 거쳐서 대마도까지 사흘간의 뱃길에서 신부와 전도사는 심한 파도와 뱃멀미에 온통 몸이 절어 기진맥진해 있었다. 대마도에 도착 후 하루를 꼼짝없이 누워 있다가 정신을 차리자 일어나 대마도 내 신자들을 만나고 마리아와 도내의 전교 계획을 상의한 후에 다케모토와 두혁을 계속 만나 대화를 하며 상대를 서로 알게 해 주고 궁금했던 점을 파악했다. 40대 초반의 신부는 일본어가 유창했다. 두혁은 시간이 지날수록 서양 사람과 일본어로 대화를 하고 서로 이해를 나눌 수 있다는 것이 신기했고 공통의 관심사를 그리스도교의 성경에 두고 있다는 점은 자신의 미래에 대한 전망과 방향이 조금은 분명하게 나타나는 듯하여 기뻤다. 처음 만나는 자리에서였다.

"처음 뵙겠습니다. 이름이 권두혁이고 조선에서 왔습니다." 하며 허리를 숙여 인사를 하자 그도 함께 숙인 후 미소를 지으며 손을 내밀어 악수를 청했다. 다케모토가 말해 준대로, 두혁이 그가 내민 손을 잡자, 서너 번 흔들고 놓아 분위기를 부드럽게 만들며 마치 잘 아는 사람에게 말하듯 했다.

"권 군, 일본어 공부가 좀 늘었나?"

"예, 다소 불편합니다만 그런대로 물어가며 성경을 읽을 만 합니다."

"재미있나, 성경이?"

"예, 그리스도교의 교리는 유교의 세상 창조 이야기에서 언급된 것과는 많이 달랐습니다. 그런 점들이 저의 흥미를 끌고 있습니다."

"어떤 편을 주로 읽었어?"

"창세기와 출애굽기를 매일 5회씩 반복해서 읽고 있습니다."

"다섯 번이면 많이 읽는 편이다. 그래, 집안이 불교였다면 불경과도 연상이 되지 않았는가?"

"더러 그런 부분이 있었습니다. 하지만 아직 성경에 대한 저의 식견이 정리가 되지 않아서 뭐라고 말씀드리지는 못하겠습니다, 아직은—.'"—그렇겠지. 일본인들이 처음 성경을 접하면서 느끼던 것과 무엇이 다르겠는가? 나는 권 군을 이해해. 그리고 그렇게 빨리 성경의 말씀을 진실하게 듣기를 원하는 모습이 좋기도 하고". 그런 대화를 나눈 며칠 후였다. 그동안 읽은 성경에 관한 질문과 대답을 해가며 신부의 호기심을 만족 시켜주고 있던 중이었다.

"아직은 신부님께 칭찬을 들을 만한 정도가 되지 못합니다. 부끄럽습니다."

"오, 그렇군. 하하하, 좋네, 좋아. 권 군의 솔직한 의견이 나를 시원하게 해 주는군. 하하하."

수 일째 세스페데스 신부는 두혁과 여러 가지 이야기를 나누며 그의 됨됨이를 살펴보고 지식의 정도나 장래의 희망에 대한 기대와 그의 기여를 짐작하려 애썼다. 그는 갖고 온 보따리를 풀고 한 권의 두꺼운 책을 끄집어내었다. 두혁이 호기심에 넘쳐 그 책을 유심히 보자 그가 말했다.

"이 책은 '세계의 지리'라는 것이다. 나와 같은 예수회 소속의 수사인 '알레니'라는 분이 여러 선각자의 글과 지도, 이야기들을 종합하여 내가 태어나고 자란 스페인에서 만든 거야. 여기를 봐. 세상은 무한히 넓어. 조선은 중국만이 세상의 중심이라고 여기지 않아도 괜찮아. 흠흠—" 하며 한 페이지를 열고 기다란 반도를 손가락으로 짚었다.

"거기가 어디란 말입니까?"

"조선이다. 이 아래의 가로 누운듯하게 섬으로 떨어져 있는 나라가 일본이고. 지금 우리가 있는 대마도는 조선과 일본 사이에 있는 섬으로 여기쯤 된다.”

“이 지리책에서 신부님이 오셨다는 나라는 어디에 있습니까?”

그가 서너 페이지를 앞으로 가서 네모난 돌을 약간 비틀어 놓은 듯한 모습의 나라를 손으로 짚었다.

“스페인이다. 그 옆에 장화처럼 생긴 나라는 이태리라는 나라이고 우리의 황제가 사는 성이 그곳에 있다. 로마라고 부르지. 여긴 포르투갈, 프랑스, 여긴 영국, 여긴 화란 (네델랜드). 독일과 스위스, 보헤미아와 색소니, 오스트리아 등 여러 나라가 모여 사는 커다란 이곳을 신성 로마제국이라고 하지. 그 위가 반덴부르크, 덴마크고. 가끔씩 제국 내 성주들이 서로 전쟁도 하곤 하지만 서로의 관계는 그다지 심각하지 않아, 영토 욕심만 조금씩 줄이면 말이지. 그곳의 여러 나라를 함께 부를 때 ‘유럽’이라고 하고 인도와 핀리핀, 일본과 중국, 조선이 있는 곳을 ‘아시아’라고 부른다. 유럽 사람들은 로마를 중심으로 모두 모여들어 ‘길은 로마로 통한다’ 라는 말이 있지. ‘팍스로마나’라고. 장화처럼 생긴 이곳을 이태리 반도라고 부르고 여기에 로마가 있다. 이 반도에는 여러 공국(公國), 일본의 번과 비슷하게, 나폴리, 로마, 플로렌스, 밀라노 등 독립된 공국이 있다. 흠흠.” (그림은 1602년 마테오 리치 신부가 만든 곤여만국전도)

“―그곳에서 여기까지는 얼마나 먼 거리입니까?”

“유럽 국가들은 범선을 타고 바다를 항해하는데 이곳까지 아무리 빨라도 반년 이상을 잡아야 하지. 이 뾰족한 아프리카 대륙의 희망봉을 돌아 인도양을 거쳐 동중국해를 지나 필리핀, 마카오를 들러서 쉬고, 또 쉬어가며 일본으로 와야 하기 때문이거든.” 하고 세계지도상의 위치를 손가락으로 짚으며 말했다. 그와의 대화는 서양의 문물이 일본에 끼친 영향과 그리스도교의 포교와 일본의 서구 문명 유입에 따른 신기술과 학문에 대한 새로운 사조의 형성, 집권층들의 그리스도교에 대한 인식의 확대 등이었다. 몇 일간 그와의 대화를 통해서 그의 말을 전부 이해하기는 곤란했으나 하늘조차 보이지 않던 어두운 우물 속에 앉아있는 듯 느끼던 두혁에게 갑자기 주위가 밝아지며 우물 속에 있는 자신의 모습이 보이는 듯 했다. 저 멀리 우물 위의 푸른 하늘도 보이고 우물을 오를 수 있는 사다리도, 몸을 지탱해 줄 힘도 모두 갖출 것으로 확신하고 싶었다.

"저가 어떻게 불러드려야 합니까? 저는 예의를 갖추어 신부님을 부르고 싶습니다."

"그냥 '신부님' 하고 부르면 되지. 레오에겐 '전도사님' 하고. 그래도 이름을 넣어 '세스페데스 신부님', '레오 전도사님' 하고 불러주면 더욱 친밀감이 있고."

"예, 세스페데스 신부님."

"내 일본에 온 지가 네가 태어나기 한참 전 일거다. 벌써 세월이 그렇게 흘렀구나, 아, 아, 이미 17년이라는 세월이 흘렀어, ―레오. 응? ―조선은 일본과 매우 가까운 나라로 뛰어난 유학자들과 불교의 사찰, 승려들이 수없이 많다고 들었다."

"그렇지요, 신부님." 하고 레오의 대답에 이어 두혁이 말했다.

"그러합니다. 신부님. "

"세상은 아주 넓고 나라도 많지만 진리는 하나뿐이다. 하느님은 한 분뿐이라는 것이지, 예수 그리스도. 난 스페인의 마드리드에서 1552년에 태어났다. 아버지는 마드리드 시장이셨어. 22살에 살라망카의 예수회 신학교를 졸업 후 아시아의 선교활동에 내 인생을 보낼 결심을 했지. 그래서 알레한드로 발리냐노라는 저명하신 성직자를 따라 인도의 고아라는 곳으로 갔어. 우리 예수회의 아시아 신학교와 본부가 그곳에 있거든. 거기서 일본어를 배우며 체류하다가 1577년에 일본에 도착했어. 살라망카를 떠나 온 지 3년째였지. 오오무라, 미야코, 코키 지방에서 선교 활동을 했고. 1585년 가을이 깊었을 때 언젠가는 오사카에서 수도원장으로 활동하면서 태합(太合) 도요토미 히데요시의 방문을 받아 만나기도 했다. 넌 아마 내가 얼마나 먼 곳에서 왔고 얼마나 많은 나라를 하느님께만 의지하고 빈 몸으로 다녔는지 모를 거다. 이제 그래도 조금은 안정이 되었어, 꼭 6년 전, 그러니까 1587년부터는 히라도, 시마바라 지역에서 이리저리 옮겨 다니며 살고 있지만. 올해 내 나이 마흔 하나다. 네 나이 얼마냐?"

"내년이면 열 넷입니다."

"우하하, 너와 난 부모와 자식 사이일 수도 있겠다? 말하자면? 그래도 넌 내게 스물 댓쯤의 청년으로 느껴진단 말이다."

"—예, 뭐, 어쨌건 그러하시다면 아버지뻘이 되는 건 맞습니다.""음, 우하하, 사제인 내가 그런 생각을 어쩌다 한 번씩 해 보면 유쾌해져. 이게 죄를 짓는 건 아니겠지? 음, 음 뭐 하여튼, 조선에 출정한 고니시 유키나가 장군이 종군 사제를 요청하여 내가 이번에 조선으로 나가는 길이다. 처음이야, 조선이. 사제 누구도 발을 딛지 못한 미지의 왕국에 말이야. 지난 9월에 가려고 배를 탔다가 태풍으로 풍랑이 심해 되돌아갔었지. 이번에 다시 출발하게 된 거다. 부산으로 가서 그곳에서 웅동으로 가는 배를 옮겨 타서 3일 내에 도착하는 계획이야. 무슨 일이 생기건 이번에는 꼭 가보고 말테다."

"—제가 신부님 말씀을 다 알아듣지를 못해 죄송합니다. 세계지리도 제겐 지식이 없습니다. 그래도 제게 아주 중요한 말씀을 하고 계신다는 것은 압니다."

"내가 권 군을 만나고 보니 역시 듣던 대로군. 권 군이 내년에 열네 살이 아니라 성인 못지않은 사고력과 수준 높은 이해력을 가지고 있다는 것을 금방 알겠어."

"과찬의 말씀입니다. 신부님. 저는 이 전쟁으로 큰 고통을 겪어내고 있는 중입니다. 조부모와 부모, 형수가 이 전쟁에서 모두 돌아가셨습니다."

"전해 들었다. 그 마음을, 누가 권 군 자신 만큼, 그 슬픈 마음으로 위로해 줄 수 있을까? ─예수님뿐이다. 그는 헐벗고 굶주린 자의 친구시고 너처럼 슬픔에 빠지고 삶에 지친 자의 위로자시지. 그분의 말씀을 성경에서 다시 발견해 보고 묵상해 보기를 권하네. 권 군, 너는 그 잔인했던 전쟁터에서 살아 나왔고, ─이제부터 영원히 네가 해야 할 일이 무엇일지도 묵상해 보아라. 진실한 삶이 무언지, 이런 역사의 비극을 단절시켜야 하는 힘을 어디서 찾을 것인지, 슬픔에 빠지고 죽음을 이겨낸 사람들에 대한 하느님의 위로를 누가 대신해 주어야 할 것인지도 말이다."

"신부님 말씀이 너무 어렵기만 합니다. 제겐, 모든 말씀이 여태 제가 지녀온 유교나 불교의 가르침과는 차이가 있기 때문에 무엇을 먼저 깨닫고 어떤 책을 읽고 배워야 할지를 모릅니다."

"나는 조선으로 가서 얼마나 머무르고 언제 다시 돌아올지를 생각하지 않아. 오직 나의 주님이신 예수님만이 그 일을 알고 계시기 때문이지. 두려워하지도 않아. 그분이 나를 지켜주시고 손을 잡고 이끌어 주시니까. 권 군도 그분을 찾아 그분께 손을 내밀고 '저의 손을 잡아 주십시오' 하고 말씀드려봐. 분명, 그분이 응답해 주실 거야. 그렇게 하는 것이 곧 묵상이지."

"죽은 사람이 어떻게 말씀을 해 주시겠습니까?"

"공자나, 맹자 또는 이미 죽어 이 세상에 없는 권 군의 조상들과는 다른 분이야. 그들은 남겨둔 글로써만 권 군을 깨우쳐 주지만, 예수님은 권 군의 눈앞에 나타나서 손을 잡아 주실 거야. 그것이 다른 점이고 그것이 사람들이 예수를 믿는 이유지."

"—신부님, 십계명이란 무엇입니까?"

"모세가 이집트의 시나이 산에서 하느님으로부터 받은 그리스도교의 기본적 윤리 이념이라고 할 수 있겠지. 그러니 모든 그리스도인들이 지켜야하는 율법의 기본이고. 동양의 삼강오륜과는 다르게 구체적이고. 누구는 지키지 않아도 되고, 몰라도 되는 것이 아니고 왕이든 농사꾼이든, 밥 짓는 아낙네건 반드시 알고 똑같이 지켜야 한다는 것이야."

"원수를 사랑하라는 말씀을 알아듣지 못하겠습니다."

"원수에 대해서는 여러 가지 말씀을 하셨지만 권 군이 말하는 것은 아마 마태복음의 말씀으로 산상수훈을 읽고서겠지(5,43). 말씀 그대로, 원수조차, 악행을 저지르고도 그런 줄을 모르는 것을 불쌍하게 생각하고 사랑해 주라는 말씀이지."

"제가 어떻게 그런 경지에 이르겠습니까? 왜병들은 저의 가족을 모두 죽였습니다. 저도 왜병을 죽이려 했습니다. 그들은 우리에게 영원히 잊을 수 없는 악행을 저질렀고 저는 그 원수를 갚으려 사람을 죽이려 했습니다. 어떻게 제가 그 원수를 용서하고, 제가 절반쯤 목숨을 끊은 그 왜병의 가족에게서 용서 받아야 합니까?"

"네 가슴에 가득한 원한을 풀고 그 무거운 짐을 벗어라. 여기 무릎을 꿇고 네가 여태 살면서 지녀온 마음속의 결심, 어른이 되어 말과 행동과 사고의 근본이 될 이념이 아직 완전하게 여물기 전에 너를 바로 잡아달라고 예수님께 기도드려라. 널 살리신 분은 그분이시다. 성경을 더 공부하면 더욱 깊은 말씀의 뜻을 알게 될 것이다. 아마쿠사의 신학교, 세미나리오에 가서 공부를 하거라. 마리아 님과 유키나가 님도 너의 지적 수준이라면 신학교에서 공부해도 될 것이라고 이미 결정해 두셨다."

두혁은 신부 앞에 무릎을 꿇고 눈을 감았다. 복잡하게 엉켜있는 망상들을 지우고 신부의 말을 이해하려 애썼다.

그동안 세스페데스 신부와의 이야기는 끝이 없었다. 두혁이 성경을 읽으며 느꼈던 점들에 대한 자신의 의문이나 이해의 불완전에서 기인할 여러 오해에 대해서도 이야기하고 싶었으나 아직 마음속에서 제대로 정리가 되지 못해 너무 두서가 없을 것이란 걱정으로 말을 꺼낼 수 없었다. 집안의 종교였던 불교와 조부와 아버지의 철학의 근간이었던 유학에서 배운 그들의 가르침과 어떤 점들은 상충하기도 하고 어떤 점들은 성경의 말씀이 너무 인간적이라 이해하기 곤란한 측면도 있었기 때문이었다. 간간이 말씀 사이에 레오 전도사의 설명이 보충되기도 했다. 어느 날 신부가 물었다.

"권 군, 조선에서 가장 존경받는 불교승은 누구시라고 생각하나?"

"사명대사, 서산대사시겠지요. 그분들은 이미 인생의 큰 깨달음을 통해 해탈하셨다고 합니다."

"해탈은 무엇인가?"란 그의 질문에 최선의 일본어 지식으로 한자말을 일본어로 바꾸어 가며 천천히 말했다. 신기했다. 그는 두혁의 모든 말을 되묻지 않았다. 기적처럼, 서로의 말을 그대로 알아들었다.

"—인생의 번뇌에서 비롯된 각종 인연의 얽매임과 괴로움, 미혹에서 벗어났다는 것이겠지요."

"인연의 얽매임과 괴로움과 미혹에서 해탈이라는 말은 참으로 이해하기도 어렵거니와 도달하기도 어려운 경지의 말인 것이 분명하겠지. 내가 그런 대사들을 만나볼 수 있을까?"

"신부님, 그거야 말로 하늘의 인연이 만들어 줄 것입니다."

"그럼, 그런 인연과 너와 나의 이런 인연은 다른 인연인가? ─잘 모르겠군 나도, 아하하."

"그들은 애매하고 관념적인 표현을 좋아합니다. 이렇게 보면 이렇고, 저렇게 보면 저런 것입니다. 자기의 속마음을 감추기도 좋고, 말로 인한 우환을 미리 없앨 수도 있다고 믿으니까요."

"그래, 내가 일본에서 느낀 점도 그런 것이야. 동양인들은 관념적 철학에 너무 몰입해 있는 듯 보여. 서양인들의 의견으로 말하자면 기회주의적이고 비겁한 거야. 힘센 쪽에 붙으려 하는 것 말이야. 함부로 말하기는 참으로 힘들지, 이런 건──. 권 군, 항상 즐겁게 웃으며 살기를 바란다. 웃으면 하느님이 너와 함께 계시게 되거든. 그분도 즐겁게 해 드릴 수 있는 거니까 많이 웃으려 노력해. 알았지?"

"네, 신부님." 하며 슬며시 미소를 띠우고 레오 전도사를 바라보았다. 그도 두혁을 보고 웃고 있었다.

그날 저녁, 신부와 전도사는 두혁의 심성과 재질, 외관과 지력, 행동, 조선인과 일본인 사이에서 할 수 있는 역할 등에 대해 깊게 이야기를 나누고 행복한 전교의 미래를 꿈꾸며 잠이 들었다. 그날 밤 두혁에게도 그 신부가 먼 미래의 모습을 손으로 가리키고 있는 아버지처럼 나타났다.

12월 중순이 되자 대마도 성내는 아연 활기를 띠며 크리스마스를 준비하고 있었다. 두혁이 거처를 나가자 성주 부인 마리아의 처소 앞에는 짙푸른 소나무에 색실과 등을 달고 아래에는 무명 솜을 깔아 마치 눈이 내린 듯한 모습을 만들어 두고 모두들 그 앞에서 싱글벙글하고 있었다. 세스페데스 신부와 레오 전도사는 무슨 일이 그렇게 바쁜지 "바쁘다, 바빠" 하면서 이 사람 저 사람에게 무언가를 시키고, 말을 듣기도 하고 만든 장식을 고쳐 주기도 하고 있었다. 크리스마스 이브에 성내의 마리아 처소에서는 방과 방 사이의 나무칸막이를 모두 떼어내서 넓게 한 다음, 대마도내 백여 명의 신자들이 모여미사를 드렸다. 방과 마루, 마당에 신자들이 가득했다. 화려하고 엄숙했다. 미사 도중 이들은 함께 성가를 부르기도 했고 미사가 끝나자 "오메데토, 크리스마스!" 하고 큰소리로 말하고 떠들며 아이들에게는 과자와 차려둔 음식을 나누어 주고 어른들도 어울려 흥거워하며 자정이 훨씬 지나도록 함께 즐겼다. 두혁이 깨달은 것은 자신이 짐작해 본 이상이었다. 처음 보는 미사의 광경은 놀라웠다. 그들은 인간의 삶에서 이렇게 엄숙하게 신께 기도하는 순간이 있기도 하고, 사람 사이의 벽과 계단을 없애고 함께 흥거워하며 인생을 즐겁게 살고 감사를 하며 찬양하는 모습도 있다는 것을 보여 주었다. 조선에서라면 관습에 너무 깊이 물들어 바꿀 수도 없고 이해하기도 곤란한 제사 의식과 한자 명구로 가득 찬 축문과 지나친 엄격함에 숨조차 함부로 내쉬기 어려울 것이었다. 절에서 불공을 드릴 때면 무슨 뜻인지도 모르고 따라 외우는 불경 암송이나 오백배니 일천배니 하는 큰 절을 쉼 없이 하는 육신의 고통을 통해 깨달으려는 불교의식과 선명한 비교가 되었고 그런 전통의 답습에 인생의 길이 있는 것처럼 여겼던 자신이 이제는 변해야 한다고 느꼈다.

12월 29일, 세찬 바닷바람이 휘몰아치는 겨울 아침에 세스페데스 신부는 가르침과 깨달음, 공부의 방향을 가르쳐 주고 조선으로 떠났다. 그의 두혁에 대한 권고와 무언의 약속은 단 두 가지였다. "성경을 읽고 그리스도교인이 되라는 것과 신학교에 가라는 것"이었다. 당부의 말은 "다시 만날 약속은 안하겠지만 반드시 다시 만나게 될 것이니 네 일 네 알아서 해라"였다. 그는 말씀이 매우 간명하며 의도적으로 유쾌해지려 노력했고 또 그것을 즐겼다. 레오 전도사는 두혁에게 우선 세미나리오(소신학교)를 마치고 전도사(교리교사)가 된 이후 수년이 지나면 콜레지오(대신학교)에도 분명 들어갈 수 있을 것이니 큐슈에 와서 세미나리오에 입학 전에 꼭 자기를 먼저 찾아달라고 하며 돌아갔다. 아버지의 말씀처럼, 사람은 환경에 따라 변해야 하는 것이 자연의 이치였다. 두혁은 종종 마치 자신이 조선의 뼈와 살을 물려받았음을 잊고 있는 것 같아 부끄럽기도 했다. 그러나 그 환경은 이미 주어진 것이었고 자신은 미지의 학문을 통해서 새로운 사람으로 태어날 준비를 하고 있다고 느꼈다. 그것은 아무도 어쩌지 못하고 멈출 수도 없는 것이었다. 하지만 때때로 불과 반년 전 지난 7월에 왜군의 총칼 아래 무참하게 돌아가신 조부모와 부모와 형수, 진주성 안을 가득 메웠던 6만이 모두 전사한 현장과 이들의 영웅적인 희생, 고향을 도망쳐 나오면서 보았던 형언하기조차 두려운 잔인하게 훼손된 주검과 왜군의 인간적 도리를 버린 살상과 포악함을 떠올릴 때면 '나는 무엇을 해야 하는가—, 아무것도 할 수 없다'는 패배감과 '어쩌면 좋으냐'는 무력감만이 자신을 짓누르는 것을 느끼지 않을 수 없었다. 사람을 효과적으로 죽이는 조총이라는 신무기로 조선인들을 도륙하며 아무런 거리낌조차 없어 보였던 왜병들에게 꼼짝 못하는 상태로 포로가 되어 버린 그 사실이 도저히 믿어지지도 않았고 그런 환경에서 무엇 때문에 대마도주의 집에서 '공자(公子)'라는 호칭을 들으며 지내고 있는 것인지, 누가, 무엇 때문에, 왜 자신을 이렇게 새로운 학문을 배우고 전혀 다른 사람으로 만들어 가려고 하는지, 어떻게 일본어를 채 반년도 되지 않아 제법 유창하게 할 수 있는 것인지, 도대체 알 수가 없었다. 그러나 어렴풋이, 그런 절대적인 힘을 가진 아버지 같은 분이 두혁의 손을 잡고 이끌고 계심이 느껴진 적도 있었다. 자신이 여태 배우고 딱은 수신(修身)이 모두 그곳에 이르기 위한 것이라는 생각조차 들었다.

시간이 흐를수록 성경의 창세기 천지창조에서 아브라함이 신의 소명을 받는 때까지의 역사나, 인간은 선하게 창조되었으나 신을 배신하여 원죄에서 자유롭지 못하다는 배움이 더욱 참신하게 이해가 되었다. 약속된 선택을 받은 민족 이스라엘에 대한 설명은 매우 구체적이고 현실적으로 서술되어 그들의 대표적인 선조 아브라함과 이삭과 야곱과 요셉의 이야기를 읽을 때에는 마치 곁에서 일어났던 일과도 같은 현실감을 느낄 수 있었다. 두혁이 늘 조선에서 배우고 익혔던 중국의 천지창조 신화에 따라 신농씨, 복희씨, 황제씨의 3황제 이야기를 그럴듯하게 배우고 익힌 것이나, 공자라는 성인이 있어 (그 어려운 시경, 서경, 주역, 논어 등으로) 세상의 모든 가르침을 인도하였다는 막연함과 비교되었다. 그리스도교에서는 '성경안의 모든 말씀'으로 가르침을 다한다는 것, 그것이 일본어로 쓰여 있다는 것에 대비되자 큰 충격을 받았다. 한자를 배우지 못하면 도저히 알 수 없고 깨달을 수도 없을 조선 사회 필수불가결의 유학적인 관념과, 일본인들이 자기 나라 문자만 익히고 어려워 보이지도 않는 이야기책처럼 기록된 성경만 읽으면 그 속에 모든 세상의 진리를 발견할 수 있다는 것은 말로써 표현하기 힘든 놀라운 차이의 새로운 지식, 바로 그것이었다. 그렇게 깔보았던 왜인들이 언제 이런 책을 일본어로 번역하여 책을 만들고 아무나 읽을 수 있도록 하였단 말인가 하고 생각해 보면 여태 조선에서 듣고 익혔던 일본에 대한 지식과 그들이 무식한 종자들이라고만 여긴 것이 부끄러울 정도로 허황하게 생각이 되었다. 그러나 이런 학문적인, 또는 종교적인 느낌을 떠나 그들과의 전쟁에 대한 기억을 할 때에는 아무런 관련이 없고 그들을 불편부당하게 대우하지도 않았던 조선의 땅을 왜 짓밟고 수백만의 조선 백성들을 학살 했을까하는 질문에는 종교나 철학이나 국가의 통치 기술적 차원이라고 해도 도저히 이해 할 수 없는 부분이 있었다. 결국 왜인들이 받아들였다는 그리스도의 가르침이 마치 왜인들에게는 거짓이 아닐까하는 의구심조차도 드는 것이었다. 그렇지 아니하고는 만약 그리스도를 믿는 왜군이었다면 조선에서 그런 무작한 살상을 도저히 할 수 없는 일이라고 여기게 되었으나 한편으로는 자기와 다른 신앙을 가진 이민족이나 전쟁터의 강제적인 억압 하에 행하지 않으면 안 될 경우가 있다면 어쩔 것인가란 질문에 답할 수는 없었다. 그러나 두혁에게는, 아무리 군인이라고 할지라도 그런 마구잡이 살상은 인간으로 당연히 배척되어야 할 행동이고 그것이 군인으로서의 도리라고 생각했다. 왜군의 조선에서 이런 인간의 도리를 떠난 금수와 같은 살상은 반드시 벌 받지 않으면 안 될 것이라고 여기게 되자 자신이라도 그들에게 그 잘못을 일깨워 주어야 한다는 결심이 섰다. 새로운 학문이 자신을 거기에 도달할 수 있도록 해 줄 것이라는 신념이 들자 더욱 성서에 집착하게 되었다. 창세기와 출애굽기에서 발전하여 룻, 에즈라, 욥기와 시편과 잠언, 전도서와 아가를 읽게 되자 성서의 시상(詩想)에서 자신의 시적인 정서의 영역을 더욱 발전시킬 수도 있었다. 자꾸 읽을수록 '이러다가 내가 시인이 되면 어쩌지' 하는 우스운 마음이 살포시 돋기도 했으나 비유나 숨겨진 뜻을 표현하는 글을 바르게 이해하기 위해서는 여러 번 읽고 묵상해야 했지만 애매한 한자 서적을 읽는 것과는 달랐다. 그즈음 신약성경 공부도 시작했다. 마태오, 마르코, 루카, 요한, 사도행전과 로마서, 코린토서를 위주로 읽었다. 각 성경의 내용이 서로 겹치는 부분이 있기도 했다. 처음에는 조금 이상했으나 같은 일을 다르게 경험한 사람들이 기록으로 받아드리자 내용의 동일성이 사실감으로 다가왔다. 군데군데 이해가 곤란한 어휘나 표현이 있었으나, 누가 이런 서양의 책을 일본어로 번역을 했단 말인가 하고 그저 놀랍기만 했다.

조선에서 대마도로 실려 오는 포로들이 매주 수백 명에 이른다는 말을 들었을 때 두혁은 그들을 알고도 싶었지만 당연히 그 누구도 만날 수 없었다. 그러나 자신의 동족 조선인에 대한 보호심이나 연민, 그들을 일깨울 신학문을 알려주는 일에 언제고 자신이 배우고 있는 모든 것을 발휘할 수 있는 날이 오기를 빌며 그 때를 위해 준비해야 한다고도 믿었다. 크리스마스가 지나고 성내의 모든 사람이 약간은 들떠 있던 12월 말, 신부와 전도사가 떠난 후였다. 조선에서 한 어린 소녀가 두혁이 머무는 성내로 양팔이 앞으로 묶여서 끌려왔다. 오후 3시경 우연히 두혁이 성내를 산책하던 중에 왜인에게 이끌려 와서 다케모도에게 인도되는 어린 소녀를 보게 된 것이었다. 이들 곁에는 박언년 마틸다가 근엄한 얼굴을 하고 있었다. 두혁이 그들 곁에 다가갔다. 다케모도가 그 아이의 묶인 팔을 풀고 있었다.

"공자님, 웬일이십니까? 조선에서 온 애입니다." 하고 그가 말하자 두혁이 대답했다.

"예, 좀 산책 중이었습니다."

"얘는 마리아님께서 여러 가지 도움을 주실 겁니다. 얘를 마리아님께 데리고 가기 전에 깨끗이 씻기고 꾸미시오." 하고 김언년에게 말하자 김언년이 웃으며 고개를 까닥 까닥했다. 소녀는 뱃멀미를 심하게 했던지 완전히 초죽음이 되어 얼이 빠져 멍한 상태로 서 있기만 했다. 열 살은 됨직 했으나 아직 어린 티가 나면서 길게 땋은 머리는 허리에 닿고 있었다. 때에 절은 검정색의 무명치마에 흰 동전을 댄 붉은색 누비 겨울 저고리, 무릎을 덮는 짙은 보라색 누비 겨울 두루마기 같은 장옷을 입고 머리에는 해진 남바위를 쓰고 있었다. 얼굴에서는 고상한 가정에서 받은 교양의 흔적이 보였고 보따리를 허리춤에 끼고 있었다. 추위에 시퍼렇게 피부가 변했고 몸을 조금 떨고 있었다. 두혁이 조선말로 물었다.

"어디서 오는 길이냐?"

"경상도 청하현 전투(수개월 후 1593년 가을에 영천성 전투 승리로 왜군에게서 이 지역을 탈환하였다) 중 전사한 부모님 곁에서 포로가 되었습니다." 하며 갑자기 눈물을 뚝뚝 떨구었고 가녀린 어깨를 들썩였으나 소리는 내지 않았다. 인내심이 매우 강하며 조리 있는 답변을 한 영리한 아이였다.

"울지 마라. —여기도 사람이 사는 곳이다. 청하현이라면 경상도 동해 바닷가가 아니냐?"

"네, 그렇습니다. 다 돌아가셨습니다. 무참하게—, 왜병들이—"

"오냐, —나도 진주성 전투에서 그렇게 되었다. 너를 네가 위로하거라. 주위 사람들도 정성을 다해서 대하고. 그러면 넌 귀여움 받을 것이다. 그 보따리는 무엇이냐?"

"책입니다." 하며 부끄러워하였다.

"잡혀오는 도중에 책 보따리를 들고 오다니 놀랍다. 좀 보자꾸나." 하며 손을 내밀자 소녀가 울음을 완전히 그치고 담담히 답했다.

"소녀의 행장을 보자니 무례하십니다. 책은 천자문과 명심보감, 언문으로 된 내훈입니다. 저를 잡은 왜병에게 저의 보따리를 가져가야 된다고 말했거든요, 통역이 있었어요."

"호오, 당당하구나, 그래도. 흠, 글도 잘 익혔고." 무안한 두혁이 얼른 손을 거두며 부끄러움을 감추려 말했다.

"예?"

"네 재주를 네가 아끼고 강인한 조선의 여인으로 자라거라." 하자 어린 소녀는 대번 정색을 하며 꿋꿋이 말했다.

"웬, 별로 나이 들어 보이시지 않는데 왜 그렇게 아비 흉내를 내십니까?"

"오냐, 흉내 좀 내었다. 가거라." 하고 돌아서니 두혁은 어린 계집애에 대한 연민은 사라지고 오랜만에 가슴이 시원해지며 속에서 웃음이 나오고 있었다. "그 작은 계집이 강단이 있구나. 양갓집 규수로 제대로 먹물깨나 삼킨 모양이구나 하는 심보가 슬며시 돋아나며 마치 보기 어려운 친구의 여동생을 귀하게 만난 느낌이었으나 또 한편으로 모국과 그 아이의 가족이 처참하다는 생각도 다시 커지고 있었다. 그러자 자신이 마치 그 아이에게 죄를 지은 듯 했다. 그 때 다케모도가 무슨 심보가 돋았는지 두혁에게 자신의 이름에 대해 말해 분위기를 밝게 만들었다.

"공자님, 나를 다케모도라고 부르는 건 큐슈 쪽 사람들의 사투리식 발음이다. 조선의 경상도 사람이 일본어를 말할 때와 흡사하다. 내 이름의 정확한 일본식 발음은 '다케모토'가 되어야 한다고."

"잘 알겠습니다. 다케모도님, 하하하." 그러자 그도 따라 웃고 박언년 마틸다도 소리없이 미소짓고 있었지만 조선에서 온 소녀는 어리둥절해하며 살짝 비웃음을 흘리고 있었다.

이틀 후였다. 다케모토와 두혁은 마리아의 처소로 불려갔다. 시강 강은술 선생과 조선어를 통역하고 집안의 대소사를 챙기는 언년이 마틸다와 이옥이 등이 두루 서 있는 중에 자리에 앉은 마리아가 서당의 강 선생에게 말하고 있었다.

"시강님, 얘 이름이 이교아(李敎娥:경기도 출신의 황도옥黃挑玉으로 보기도 한다. 일본명 오타아를 비슷한 발음으로 표기한 것으로 사료된다)라고 합니다. 조선에서 유학을 한 부모 아래서 배웠습니다. 조선 글과 한자를 모두 익혔고 명심보감과 내훈을 두루 깨쳤습니다. 시강께서 얘가 얼마나 훌륭한 지식을 갖추었는지 좀 알아봐 주시지요."

"예, 마리아 님." 하고 시강이 대답하자 언년이 마틸다가 말을 이었다.

"그사이 저희가 알아보니 아비는 청하 성주 이 씨이고 어미는 경주 최 씨였습니다. 한문과 한글뿐 아니라 바느질과 길쌈까지 모두 잘 익혔습니다."

이틀 동안에 깜짝 놀랄 만큼 변해 있는 교아의 모습에 두혁은 어리둥절했다. 조선에서도 그런 예쁜 여자 아이를 본 적이 없었기 때문이었다. 초롱초롱한 눈망울과 꼭 다문 입술, 쪽 곧은 콧대 위의 도도록하면서도 넓고 흰 이마와 짙은 눈썹, 적당한 간격의 미간, 좁지도 넓지도 않은 뺨과 약간 뾰족한 듯한 턱 선이 지적인 외모를 돋보이게 하면서, 전체적으로 뚜렷한 윤곽에 고상하고도 소중하게 길러지고 교육받은 모습이었다. 마리아가 평복을 내어준 듯, 왜녀들의 평상복이지만 귀인들만 입는 색갈이 들어간 무늬가 있는 비단 겉옷을 입고 꿇어앉은 자태가 매우 고왔다.

"내훈이란 무슨 책이냐? 아는 대로 말해 보거라" 하고 시강이 질문하자 교아가 답했다.

"1475년경 성종의 모후이신 소혜왕후 한 씨가 중국의 귀서인 열녀전, 소학, 여교(女教), 명감(明鑑) 등에서 뽑은 글을 한글로 편찬한 것입니다. 여자의 언행, 사고(思考)와 시견(視見)을 적은 고관(考觀), 혼례와 부부와 출산, 부모와 장례, 가족 간 친목과 절약 등 일곱 장으로 나누었습니다."

타인이 지켜보는 것에 전혀 위축되지 않고, 지난 슬픔에 연연하여 억매이지도 않으면서 분명한 대답을 조리 있게 하는 것으로 보아 그 작은 몸 안에 펄펄 뛰고 있는 조선 여인의 의지와 배짱과 절개, 그리고 뛰어난 학식이 대번 눈에 보였다.

"명심보감(明心寶鑑)은 어떤 것이냐?"

"우리나라의 고려시대에 중국 고전에서 선현들의 금언(金言)과 명구(名句)를 편집하여 만든 책으로 주로 한문을 배우기 시작할 때, 천자문(千字文)과 동몽선습(童蒙先習)을 익힌 다음 배우고 있습니다."

"너는 누구에서 배웠느냐?"

"할아버지와 할머니, 어머니께서 가르쳐 주셨습니다."

"말씀해 주신 구절 중에 기억에 남은 것을 써 보아라."

교아가 벼루에 갈아둔 먹물을 붓에 진하게 묻히고 꿇은 무릎을 풀어 자세를 바르게 정좌한 다음 탁자에 왼손으로 한지 아래를 괴고 오른 팔꿈치를 살며시 받쳤다. 글을 쓸 때 버릇으로 보였다. 순식간에 써 내렸다. 16자의 한자였다.

"順天者存, 逆天者亡, 謀事在人, 成事在天."

글자가 힘이 있고 교아의 깊은 마음속을 담아낸 듯하였다. 붓을 벼루로 옮겨둔 후 다시 무릎을 꿇고 고개를 숙이고 가만히 있었다.

"조선어로 그 글의 의미를 말해 보아라."

"(맹자가 말씀 하시기를), 순천자존이요, 역천자망이라, 하늘의 이치에 따르는 사람은 살고 거스르는 사람은 죽는다. (제갈무후 공명이 이르기를), 모사재인이나 성사재천이라, 일을 도모하는 것은 사람일지라도 그 일을 이루는 것은 하늘의 뜻이니라 라고 말씀 드립니다."

"어디에 나오던 구절이냐. 맹자와 공명의 말씀이 틀림없느냐?"

"예, 두 분의 말씀이 천명편(天命篇)에 이렇게 실려 있습니다."

"가족 중 누군가가 이 글을 좋아하셨느냐?"

"예, 저의 어머님이 제일 좋아하시던 구절입니다."

"흠, ―내훈에서 중요한 구절은 무엇이더냐?"

"지아비를 공경하고, 부드러움과 온화함은 강한 것을 화합토록 하며, 순종하는 것은 부인의 예도(禮道)이다."는 구절입니다.

수일 후부터 교아는 골롬바와 도나 내외의 집안일도 종종 거들게 됨에 따라 자연히 두혁을 자주 마주하게 되었다. 그 아이의 얼굴에서, 부모를 잃고 외국으로 잡혀 와 버린 짙은 슬픔은 두혁만이 아는 것이었다. 그렇게 수일이 지난 다음이었다. 교아는 두혁을 마주치면서 부끄러운 듯 배시시 웃었다.

"왜, 웃느냐?" 하며 놀리듯 말했다.

"보경사 골짜기로 도망친 오라비 같소. 속으로는 피눈물이 나오." 하며 또 살며시 웃었다.

"오라비가 있었더냐?"

"예, 열셋이었소."

"나보다는 한살 어리구나. 음, 늘 마음을 평정시키고 고요히 하거라. 음, 음, 흠."

"그그저께에도 내 아버지 흉내를 내더니, 원, 조선의 양반이 해 주신 말씀이 고작 그것이오?"

"교아야, 넌 어쩔 수 없구나, 내가 너를 어쩌지 못한다는 것을 알고 있고, 참 맹랑하구나, 흠, 흠."

"내가 앞으로 오라버니라고 불러드리리다. 대신, 나를 위험에서 언제나 지켜주시오."

"흠, 오라비라——, 반드시 너를 지켜줘야 하고. 내가 너를 돌볼 수 없는 곳에서는 어쩌냐—?"

"그렇게 해 주서도, 난 오라버니라고 불러드릴 것 밖에 없소." 하며 또 배시시 웃었다. 두혁은 교아의 총명함과 명랑함이 썩 좋아 우선은 따라 웃으며 "오냐, 그렇게 하마" 하고 말해 주었고 정작 자신이 해 주고 싶은 말이 나오기도 전에 교아가 먼저 말문을 연다는 것은 교아가 자신을 마치 오라비나 가까운 집안의 형제로 느끼는 마음이 강하구나 하는 생각도 들었다. 일본에서 살자면 그렇게 두혁 자신에게 의지하기보다는 교아 스스로가 자신을 믿고 행동토록 해 주어야 한다는 생각도 얼핏 들었으나 조금 혼란스러웠고 그 원인을 알 수 없었다. 오히려 자신이 교아에게 너무 친절하게 대해 준 것이 그 애를 나약하게 하는 것이 아닐까 하는 생각에 지난 행동이 자신의 실수라고 여겨지기도 했다. 앞으로 교아를 만나면 말을 절제하면서 그 아이의 행동거지나 말투를 바로잡아 주어 소녀의 티를 어서 벗어내고 생각이 어른이 되도록 해 줄 필요가 있다고 믿었다. 같은 조선인으로서 나약한 모습을 보이거나 타인의 시선을 사로잡는 행동과 말을 절대로 해서는 안 된다는 점을 알려 주고도 싶었다.

그 아이의 뛰어난 영리함과 미모가 그럴 수밖에 없는 점이 분명 있었다.

　새해가 밝은 며칠 후 오전에 해사서당의 강은술 선생을 찾아가 문안하고 돌아와 다케모도의 방을 들렀다. 아침에 그를 만난 다케모도가 서당에서 돌아오면 자기 방에서 해야 할 일이 있으니 와 달라고 했던 것이다.

　"권상, 혼자 성경을 읽고 묵상을 하는 동안 여러 가지 생각으로 마음이 어수선했지? 신부님과 대화로 조선에서 익힌 유교와 불교, 예수교와 차이에 대해서도 생각을 많이 하셨을 테고—. 그동안 성경을 많이 읽었겠지만, 나도 공자님과 함께 창세기, 출애굽기, 마태복음을 3개월간 각 권별로 1개월씩 공부를 하려고 해. 다가오는 3월 말경, 구마모도로 가서 3개월을 더 공부하고 세례를 받게 될 거야. 그런 다음 아마쿠사 소신학교로 가서 본격적으로 신학 공부를 하여 더욱 자신을 깨쳐 나가게 될 것이고. 그래서 난 3월까지 이 3권의 성경을 공자(公子)님과 함께 정독하고 명상하는 시간을 주중 매일 3시간씩 점심 후 오후에 했으면 해. 참, 그리고 교아는 유키나가 님의 수양딸로 번청의 호적에 등재되었어. 옥이가 시중을 들기로 했고, 마리아님이 직접 일본어와 성경 공부를 시키고 있어. 내년 4월에 신부님을 초청해서 세례를 받게 될 거야. 일본 이름은 오타(猶子)로 지어셨어. 유키나가님 가문에 수양딸은 애뿐이다."

　"수양딸이요? —어떤 의미로 오타라고 지었을까요?"

　"글쎄, 한자 뜻 그대로 '오히려 아들이었기를 바랐다'는 의미가 아닐까, 공자님?"

　"흠, 교아가 아들이 된 모습도 괜찮겠지." 하고 혼잣말했다.

　그날따라 다케모도의 공자라는 호칭이 듣기 좋아 웃었다.

그날 오후 2시경 둘은 용본산(龍本山:류혼잔)으로 산행을 했다. 종종 있어왔던 다케모도의 제안이었다. 걷는 도중, 그는 그리스도 신앙에 대한 많은 이야기를 했다. 그러나 두혁은 아직도 그리스도신앙을 받아들이는 확실한 마음의 결정을 내리지 못하고 있었다. 막연히 이 길을 가야한다는 결심은 되었지만, 무언지 과거 기억이 자신을 사로잡고 더 이상 나아가지 못하게 막고 있는 듯한 나날이었던 것이다. 다케모도에게 심중의 말을 조금 비쳤다. 그는 자신의 의견을 말하지 않고 오히려 두혁에게 혼자의 시간을 갖도록 말했다.

"공자님, 혼자 저기 정상을 다녀오시면 어때? 난 여기 개울에 발을 담그고 있을 테니."

"예, 그러지요" 하며 정작 자신도 그가 그러기를 바랐던 것처럼 그가 산비탈 골짜기 개울가로 사라지자 혼자 산을 올랐다. 반시간쯤 가파른 길을 걸어 정상에 닿았다. 꼭대기 바위 위에 섰다. 바다 안개가 자욱하게 스며든 산골짝이 눈 아래 시선에 들었다. 멀리 북서쪽으로 광활한 바다가 나타나며 그 안개가 사라지는 부분 너머로 아스라이 조선 땅이 보였다. 한참을 멍하게 있었다. 눈이 감겼다. 조부모와 어머니, 아버지, 형님과 형수와 누나, 매형들과, 자신이 목을 내리친 왜병의 얼굴이 떠올랐다. 이제 그들의 얼굴에서 비참한 죽음의 형상은 사라지고 없었다. 모두가 웃으며 그를 위로하자 뜨거운 눈물이 볼을 타고 흘러 내렸다. 그 때, 양팔이 저절로 들어 올려짐을 느꼈다. 일순간 자신이 깃털처럼 가벼워지며 온몸이 공중으로 떠올랐다. 찬란한 빛이 그의 몸을 감싸고 있는 하늘 가운데에서 그는 아래를 내려다보고 있었다. 웅웅거리는 이상한 소리가 귀를 울렸고 새의 날개처럼 팔을 편 그의 몸은 쏜살처럼 바다 위를 높이 날고 있었다. 대마도의 기다란 두 섬 자락이 시선 모두에 들었고 그를 감싼 웅장한 빛기둥이 구름 사이로 흘러내리는 모습도 보였다. 눈을 감았다. 누군가가 그에게 말하고 있었다.

"네가 본 신비가 너를 순수하고 거룩하게 할 것이다. 절망을 벗어나 가난하고 소외된 자들을 위한 네 사랑의 소망을 실천하게 될 것이다. 나를 믿고, 네 모든 것을 버리고 나를 따르라."

"고향으로 돌아가고 싶어요." 하고 말하자 그가 대답했다.

"너는 나의 영원한 생명을 얻었다. 머무는 그곳이 네 고향이다. 영광스런 나의 이름은 언제까지나 네게 남게 될 것이다."

그런 말씀과 함께 귀가 윙윙 울리기를 계속했고 몸은 사뿐히 바위 위에 다시 내려앉는 느낌이 들었다. 눈을 떴다. 몸은 바위 꼭대기에 그대로 서 있었다. 지나간 그 순간이 한동안 지속되었음이 분명했고 그동안 자신에게 일어난 일을 선명하게 기억하고 있었다. 전혀 힘들지도 피곤하지도 않았고 배가 고프거나 목이 마르지도 않았다. 완벽한 상태의 자신이 그곳에 다시 서 있다는 것을 알았다. 그가 산마루를 내려오자 기다리고 있던 다케모토가 말했다.

"공자님이 산꼭대기의 바위 위에 올라서는 모습이 잠시 보인 후 짙은 안개가 감싸서 모습을 더 볼 수 없었어. 이상한 날씨야. 전에는 이런 모습을 전혀 볼 수 없었거든." 두혁은 그에게 미소를 짓고 아무 말도 하지 않았다.

자신의 초자연적 운명을 주관하는 그분은 신이라는 관념을 받아들인 스스로를 발견하고 두혁은 다케모토의 제안을 따라 성서 공부에 매달렸다. 성서에 관한 지식이 쌓이면서 신앙에 눈을 뜬 자신을 느꼈다.

이제 더는 방황이 없을 것이었다. 자신이 볼 수 없는 신앙에 대한 확신을 의심하고 미혹하게 되면 그날 용본산 꼭대기에서 경험한 하늘의 소리를 기억했다. 신에 대한 자신의 지고지순함이 편견과 오만을 지닌 다른 이들에게서 비판을 받는다고 해도 용기 있게 설득하고자 하는 의지가 신념으로 변하여 불처럼 타오르기 시작했다. 자신은 일본에 포로로 잡혀 온 조선인과 미래에 돌아갈 조국 조선에 새로운 학문과 신앙을 전하고 일본인이나 조선인 모두에게, 인간의 마음속에 숨어 있는 잔학함을 비워내게 하여 그들이 영원히 인간 본성의 고상함과 순수함, 신의 숭엄함을 지켜내도록 할 것이라고 결심했다.

2월 초에 설(구정)맞이 잔치가 소박하게 있었으나 두혁은 자신이 지닌 가족의 이름을 위패에 올리고 제사지낼 수 없었다. 용본산에 다시 올라 조부모와 부모, 형수의 제사 일을 써 둔 쪽지를 꺼내 바위 위에 펼치고 주위의 작은 돌로 누른 후 그분들을 생각하며 각각이 두 번씩 열 번의 절을 드린 후 오래도록 명상했다. 혼자서 지내는 명절이 말할 수 없이 쓸쓸했고 시끌벅적하게 소란스러웠던 고향의 설날이 그리웠다. 수 일 후 해사서당의 강은술 선생의 연락이 있었다. 자신이 미리 준비하겠으니, 두혁이 구마모도로 출발 전 자신의 서당에서 두혁과 함께 온 조선인들과 같이 어울리는 시간을 갖도록 하자는 전갈이었다. 오후 4시경 서당에 들르자 박재옥과 도상수, 국성수가 두혁을 기다리고 있었다. 그들은 성내의 이옥이 소식을 물었고 어업가(漁業家)에 머슴이 된 이 일은 근간에 한창인 삼치 잡이에 출어하여 참석하지 못했다. 두혁이 성내에서 박언년 마틸다를 도와 살림을 사는 옥이 소식을 전하자, 김길녀는 해전사 절에서 젊은 보살이 되어 절 안의 식사와 **빨래**, 절 식구들의 뒷바라지를 하느라 바쁘기도 하고 남정네들끼리 만남이라 오지 못했다고 했다. 박재옥과 도상수는 해안가 뎃쓰노야 철공소의 일꾼이 되어 각종 어로기구나 농기구, 창과 칼을 만드는 일을 배우고 있었다. 국성수도 임진왜란 첫 해에 조선에서 죽은 남편을 대신하여 어업을 하며 살림을 꾸려가는 집의 머슴이 되어 있었다. 하는 일에 대한 보상을 받는 사람은 없었다. 무급의 일군처럼 일을 하고 있으면서 모두들 고향으로 돌아가는 이룰 수도 없는 희망을 품고 그날을 손꼽아 기다리고 있었다. 그러나 대마도 현지의 생활에 젖어 마치 이곳이 고향이라도 되는 듯한 모습이 되어 노예로살아야 할 자신을 잘 실감하지 못하고 있었고 성수는 30대 과부 여주인의 자신에 대한 희롱을 은근히 즐기며 부대끼고 있었다. 강은술 선생의 일본 속 대마도 생활에 대한 여러 가지 충고와 이야기에 모두 귀를 기울였고 두혁이 큐슈에서 신학문 공부할 기회를 얻은 것에 대해 진심으로 축하해 주며 꼭 이루어 내기를 함께 기원해 주었다. 두혁도 그동안 깨우친 성서의 내용을 그들에게 간략히 설명했고 강 선생의 일본인 아내가 차려 준 간단한 저녁 식사를 마치고 서로 힘껏 손을 잡고 흔들기도 하며 덕담을 하고 강 선생 내외께 깊은 고마움을 마음으로 표하고 이별했다.

　　두혁이 일본에 도착하기 십수년 전 1579년에 스페인에서 예수회 순찰사 발리냐노 신부가 와서 그때까지의 일본 그리스도교 포교 체제를 개혁하게 되었다. 성 이냐시오 신부와 함께 예수회를 창립한 프란치스코 하비에르 신부가 시작한 일본 선교가 30년이 지나고 큐슈의 나가사키에서부터 혼슈의 교토까지 신자들이 늘어나고 지역은 넓어지며 그 수가 10만이 넘자 선교 활동의 조직을 개선하고 일본 문화를 존중해서 그리스도교를 어서 토착화하자는 선교 방침을 정한 때문이었다. 그는 일본인 사제 양성을 목표로 준비 학교라 할 수 있는 세미나리오(소신학교)를 아리마(有馬)와 이츠치(安土)에 1580년에 설립하게 되었고 이듬해 대신학교라 할 수 있는 콜레지오를 후나이(府內)에 설립하게 되었다. 이것이 일본에서 유럽의 사상과 문화를 더욱 효과적으로 도입하여 그리스도교 문화를 꽃피우게 하는 큰 기회가 되었다. 1581년 발리냐뇨 신부는 교토에서 오타 노부나가(織田信長)의 환대를 받았고 각지의 교회를 방문 시찰 후 나가사키에 돌아온 다음 그동안 자신이 본 일본 교회의 밝은 미래를 로마교회에 알리기 위해 '천정소년유럽사절단(天正少年使節團)'을 인솔하여 1582년 2월 나가사키를 출발, 유럽에 일본의 가톨릭 포교의 성공을 자랑하게 되었다 (이들은 1590년 7월, 8년 반 동안의 긴 여행 끝에 다시 나가사키로 돌아왔다. 이 사절의 파견에 힘썼던 오오무라 스미타다, 오오토모 소우린은 이미 죽었고 아리마 하루노부만 살아 있었다. 하루노부는 이 4명의 소년을 데리고 다음해 봄에 쿄토의 쥬라쿠다이(聚樂第)에서 토요토미 히데요시를 알현하고 큰 칭찬을 들었다). 두혁이 세례를 받은 그해 일본 전국의 신자 수는 20만을 넘었고 교회는 200여 곳에 달했다.

대마도를 떠나기 전, 두혁은 박언년 마틸다에게는 가슴 깊은 감사의 표현을, 교아와 옥이를 만나서는 마리아가 마틸다를 통해 보내주어 지녔던 성서 창세기와 출애굽 편을 각각 나누어 주었고 골롬바와 도나 내외에게도 감사의 인사말을 전했다. 다케모토와 함께 찾아가 인사드린 마리아는 그에게 몇 가지를 직접 당부하며 말했고 박언년은 그녀의 주위에서 그저 빙그레 미소를 지으며 '모두 너의 어깨에 달려있다'라는 듯 그윽하게 바라보고만 있었다.

"권 군, 신학교에서 좋은 성적으로 두각을 나타내 줄 수 있겠지? 그곳은 일본 전국의 수재들만 모여드는 곳이다. 뒷바라지에 부족함이 없도록 힘쓰겠다. 대장부로, 졸업 후 콜레지오에서 공부를 더하여 우리 모두가 바라는 희망을 이루어 주는 분이 되어 주기를!"

그녀는 고요한 미소 속에 힘이 있는 말투로 두혁을 마음속 깊이 응원하고 있음을 알렸고 대신학교 콜레지오까지 염두에 두고 있다는 말을 서슴없이 해 주었다. 두혁은 용기백배했고 주위의 사람들은 그런 두혁을 부러운 눈초리로 바라보고 있었으나 시기하는 눈빛을 가진 자는 아무도 없었다. 두혁이 언제나 마리아를 만나면 그를 기죽이는 뭔가를 그녀는 갖고 있으며 비슷한 연배의 나이라는 생각은 전혀 들지 않았다.

신학문을 접하는 중심이 될 곳, 일본의 남쪽 큰 섬 큐슈에 있다는 신학교에 입학하기 위해 내일이면 떠나야 하는 기분은 두혁을 몹시 들뜨게 만들기도 했으나 이제 대마도를 떠나면 다시 이곳으로 돌아오지 못한다는 막연한 불안감도 있었다. 그러나 10년 이상 긴 배움의 과정이 될 그리스도의 가르침과 신학문을 익힌 후 언제고 조선으로 돌아갈 수 있다고 생각하자 즐거웠다. 그것은 자신의 인생을 비춰오는 말할 수 없이 커다란 광명의 빛일 것이고 자신은 다시 이곳 대마도를 자주 들러 조국 조선을 왕래하게 될 것이라는 희망도 가져 보았다. 그 길이 일본에서 배운 신학문과 그리스도의 가르침을 실천하게 해 주는 기회가 될 것이란 기대를 하며 홀로 명상에 잠겨있던 초저녁이었다. 박언년 마틸다가 교아와 옥이를 데리고 나타났다.

"권상, 불시에 이렇게 들르게 되어 미안하오. 권상이 떠나기 전에 여기 두 애들이 꼭 별도로 만나보게 해 달라고 애원해서 함께 들렀소. 난 마리아님이 수시로 찾으시니 곁에 있어야 하오. 애들에게 좋고 희망적인 말만 하여 주시오. 그럼—."

하고 가볍게 목례 후 돌아갔다. 셋 사이에 잠시 침묵이 흘렀다. 두혁은 이런 만남의 시간을 전혀 생각하지 못했던 자신을 어리석었다고 후회했고 두 어린 소녀는 멀찍이 떨어져 앉아 둘이 함께 손을 잡고 고개를 숙이고만 있었다. 교아가 말했다.

"오라버니, 옥이와 나는 오라버니가 우리를 데리고 조선으로 돌아가는 날을 기다렸어요."

"저도 이제 교아 아씨처럼 권상을 오라버니라고 부르게 해 주세요. ——저도 오라버니가 중심이 되어 대마도에 함께 온 조선인을 모두 고향으로 인도해 줄 날을 기다렸어요."

"——나도 그런 날이 언제고 우리에게 와 주기를 기다렸단다. 그런 날을 위해, 돌아간 모국에서 우리가 일본에서 배운 것을 꽃피우기 위해 난큐슈의 아마쿠사로 가야만 한단다."

"고향으로 돌아가고 싶어요. 여기서 우리 함께 도망쳐 돌아가요, 네?" 하며 옥이가 울음을 터트렸다. 교아도 아무 말 없이 함께 눈물을 흘리며 두혁을 바라보고만 있었다. 두혁도 눈물이 나오려 했으나 이성적인 모습을 보이며 그들을 진심으로 위해주는 말해 해야만 한다는 생각이 들자 자신을 일깨워 말했다.

"교아야, 옥아, 너희가 의지했던 사람이 되어 있던 것을 제대로 깨닫지 못하고 있었던 내가 미안하구나. 하지만 내 말을 잘 들어라. 절대로 다른 이들에게 조선으로 돌아간다거나 도망친다는 말을 해서는 안 된다. 만약 그런 일이 알려지게 되면 너희는 현재까지 살아온 곳에서 쫓겨나거나 험한 곳으로 노예가 되어 팔려 나갈 수도 있다. 그리고 너희가 조선으로 어떻게 해서 돌아간다고 하더라도 너희를 기다려 주는 조선은 그곳에 없을지도 모른다. 자신들은 죽음을 피해 도망 다니며 비겁하게 목숨을 부지했던 주제에 너희들에게는 절개를 지켜 죽지 못하고 왜국으로 끌려가 왜인들 시중이나 들던 몹쓸 년이라고 욕하며 버린 여자로 취급하려는 자들도 있을 것이다. 지금 만약 돌아갈 수 있다고 해도, 조국이 죽을 고비를 넘기고 살아서 돌아온 이들이 환영받지 못하는 곳이라면 차라리 환영받을 수 있는 인간으로 성장한 뒤 돌아가야만 한다. 나도 마찬가지다. 우리는 모든 것을 잃었고 모든 곳에서 버림받았다고 여기며 이곳으로 끌려왔으나 이렇게 그리스도교를 익히며 신문물을 익히려 하고 있다. 우리를 거천해 주시는 마리아님과 성내 모든 이들이 따뜻하게 대해 주고 우리를 새로운 세상으로 인도해 주려 힘쓰고 있다. 곤경에서 희망을 찾는 사람이 되자. 언제고 돌아갈 조선을 그리며 한 점도 부끄러움이 없는 조선인이 되어 일본에서 때를 기다리자."

"우리는 어떻게 살아요? 이제 오라버니도 없으니 누구를 의지하고 무엇을 하며 살아요?"하고 교아마저 흥분하여 울먹이며 말하자 옥이는 더욱 서럽게 울었다.

"울지 마라. 나의 결심이 너희들에게도 밝은 장래를 가져다 줄 것으로 믿겠다. 그러기 위해 난 너희에게 몇 가지를 당부하겠다. 첫째, 자신이 속해 있는 환경을 중요하게 여기며 항상 남을 돕고 살겠다는 생각을 버리지 마라. 일본인의 시중을 들면서도 너희는 그 사람을 돕고 있는 것이라고 진심되게 여겨야 한다. 둘째, 나이가 차게 되면 반드시 좋은 남자를 만나 혼례를 올리고 가정을 꾸리는 여자가 되어라. 같은 조선인이면 좋겠으나 그것이 어렵고, 너희를 아껴 주는 사람이라면 왜인이면 어떠냐? 강인한 조선 여인이 되어 많은 후손을 퍼뜨려 이 땅에 너희의 영광이 가득 차게 하여라. 셋째, 도망치지 마라. 도망치고 싶은 곳에서 너희를 찾아올 때까지 기다려라. 당대에 할 수 없으면 다음 세대에 이루어질 것이다. 넷째, 함께 그리스도의 가르침을 열심히 배우고 따르자. 핍박받고 병들고 버림받은 사람들을 위해 이 땅에 오셨던 그분을 따라 살자. 즐겁고 살고 명랑하게 웃으면 그분도 우리에게 와서 웃어주며 함께 계신다는 것을 늘 생각하자. ― 내 말은 여기서 끝이다."

두 소녀는 두혁의 말을 경청해 주었다. 두혁은 자신이 생각해 두지도 않았던 것들이 자신도 모르게 정리가 되면서 말이 되어 나와 스스로도 놀랐다.

"영원히 돌아갈 수 없으면 어떻게 될까요?" 하고 교아가 물었다.

"교아야, 우리의 결심이 굳세고 우리 당대에 이룰 수 없다면, 수백 년 이후에라도, 우리의 백골이 진토가 되어서라도 우리의 이름을 알리며 돌아가게 해 줄 것이다." 한참을 그렇게 서로를 위로 후 셋은 자리에서 일어나 함께 손을 잡고 서로 기억을 가다듬기 위해 자세히 얼굴을 바라본 후 방을 나왔다. 도나 내외에게 두 조선 소녀가 돌아간다고 말해 주자 그들이 나와 둘을 데리고 집을 나갔다.

"하느님, 부디 저와 저 아이들을 조선으로 돌아가게 해 주십시오." 하고 그들이 모습을 감춘 뒤를 바라보며 혼자 말하자 어디선가 하늘의 말씀이 들려왔다.

"착하고 굳센 의지와 신앙이 너희를 빛을 찾아가는 사람이 되게 해 줄 것이다."

세례

4월초, 다케모토가 구마모토까지 동행하여 마리아가 정해 준 유키나가 성(城) 내의 한 가옥에 이틀을 머물며 마리아의 어머니를 찾아가 인사를 드렸다. 성내 유키나가 가족의 거처에서 만난 그들에게 인사를 드렸을 때 두혁은 자신의 이런 변화에 마치 처음 대마도에서 마리아를 만났을 때처럼 또 혼란스러웠다. 유키나가의 여동생이 자신을 "루치아"로 이름을 밝히며 방긋 웃어주었을 때 두혁은 시선을 거두고 얼른 고개를 숙였다. 이를 눈치 채고 다케모토가 나서서 두혁의 대마도에서 생활과 변화, 처음 신부와 전도사를 만났던 일과 성서의 독서와 이해 등에 말하자 그들은 두혁의 그동안 변화에 대해 위로와 격려를 해 주었다. 두혁은 그저 "감사합니다" 하고만 말하면서 몸에 익은 습관대로 앉은 채로 허리를 굽혔다. 그 때 한 할머니가 방으로 들어와 자신을 유심히 관찰하기

시작했고 모두가 일어섰다. 두혁도 따라 얼른 일어서자 모두 앉으라는
손짓을 하며 "난 유키나의 모친이네"하며 자신을 밝히며 상석에 앉았으
나 빙그레 웃어준 후 아무 말을 하지 않았다. 잠시 후 방을 나설 때, 유키
나의 어머니와 마리아의 어머니께는 시선을 맞춘 다음 각각 큰 절을 드
렸다. 다케모토와 함께 간 구마모도 천주당(천주교회나 성당의 옛호칭)
에서 두혁은 그 엄숙함과 내부의 아름다움에 넋이 빠질 지경이었다. 남
여 자리가 좌우로 구분되어, 입구조차 다르게 되어 있는 교회에서 대마
도에 왔던 레오 전도사도 만났고 신학교의 여러 교사 신부와 수사들에
대한 이야기와 학과목에 대한 사전 지식을 익혔다. 생도들로부터 조선
인으로 무시당하는 경우도 있으리라는 얘기까지, 생각나는 대로 묻기
도 하고 답을 듣기도 했다. 이후 세미나리오에 입학할 예비 학생들만 세
례 교육을 시킨다는 아마쿠사 성당으로 갔다. 구마모토에서 바닷가 소
도시 야쓰시로(八代)로 가서 배를 타고 바다건너야 했다. 시모시마 섬
(下島)에 도착하여 아마쿠사(天草) 성당에 예비자 교적을 등록하고 3개
월 후 세례반에 들었다. 6개월의 영세 교육 과정에서 대마도에서 공부
했던 3개월을 인정받았기 때문이기도 했고, 7월 초면 아리마의 세미나
리오 첫 학기가 시작되기 때문이기도 했다. 다케모토는 교회의 사제관
에서 일을 보고 있는 야쓰시로 아담스라는 교우의 집에 머물도록 해 주
었다. 그는 대마도로 돌아가는 길에 두혁을 위해 아리마 세미나리오 입
학도 고니시가(家)의 막대한 기부와 보증, 세스페데스 신부의 추천으로
완벽하게 준비해 주었고 이를 세례반 신부와 교리 교사에게 확인했다.
그는 이후 두혁의 계속적인 공부를 구마모도의 마리아 친정 집사와 세
례반 전도사(교리 교사)가 책임지기로 했다고 알려 주었고 떠나기 전에
레오 전도사를 수도원으로 찾아가 다시 만나보고 대마도로 갈 것이라고

했다. 그와 레오 전도사는 매우 친밀한 관계였다.

"이제 나를 빅토리오라고 불러라. 언제 다시 우리가 만날 수 있을지는 하느님만 아실 것이다. 내가 너의 교육과 장래에 대해 마리아님께 한번 더 소상히 말씀드릴 것이다."

"그동안 진심으로 감사했습니다, 빅토리오님. 마리아님께도 저의 각오와 안부를 말씀드려 주십시오!" 하고 깊게 허리를 숙여 감사한 후, "드릴 수 있는 게 이것뿐입니다"하며 준비해 두었던 그동안 써둔 빅토리오에 대한 감사함의 편지를 주었다. 빅토리오는 "공자님, 그럼 몸 건강히, 늘 하신대로 열심히—"하고 말해준 후 사라져갔다. 홀로되자 두혁은 모든 일이 현실적으로 일어나고 있는 것인지 종종 혼란스러운 상태가 계속됐다. 그러나 자신을 이곳까지 안내하여 최선을 다해준 후 돌아가는 빅토리오와 자신을 바라보고 있을 마리아에게서 새로운 신앙과 삶의 가치를 전해주려 하는 그들의 마음이 이해되며 이곳에서 공부가, 자신을 새롭게 탄생할 신앙인의 자격을 갖추게 해 줄 것이라고 확신하자 희망이 솟았다.

영세를 받기 위한 신앙 공부는, 성서의 개요와 함께 왜 그리스도교 신자가 되어야 하는가, 천주신앙이란 무엇인가, 유럽의 신성로마제국은 어떻게 발전해 가고 있는가와 미사통상문에서 언급되는 사제들의 라틴 언어를 어떻게 이해해야 할 것인가, 십계명과 성가를 주로 한 교육을 주 5회, 하루를 교리 교사의 지도와 토론을 통한 발표 형식으로 수련하고 일요일은 쉬었다. 기도는 형식을 갖춘 일상 기도를 배웠고 주기도문의 가치와 조석의 매일 기도와 성모송, 삼종 기도에 대한 습관화와 고백과 통회를 위한 기도를 통해 반성하고 성찰하는 자신을 길렀다. 두혁에게는 교육 그 자체가 매우 이채롭고 혁신적이었다. 배우는 사람이 함께 토론해 가며 이론을 익힌다는 방법, 교사와 학생이 일체가 되어 한 주제를 두고 배우고 발표를 통해 비판하며 올바르게 인식해 나간다는 것이 너무나 새롭고 부러운 방법이었다. 외우기 위해 애를 쓸 필요도 없이, 발표하고 묻고 답함으로써 저절로 이해되고 기억되도록, 모두 자발적으로 공부를 한다는 것은 두혁이 짐작도 해 보지 못한 새로운 방법이었다. 소신학교에 들어갈 젊은이들을 대상으로 하는 교육이라 모두 일본 전국에서 선발되어 온 십대 수재 소년으로서 라틴어와 스페인어, 매주 미사에서 쓰이는 통용문을 외우고 이해해야 하는 과정이 별도로 있었다. 모든 예비 소신학교 생도들에게 결코 쉬운 일은 아니었으나 대부분 출신 지역에서 신학에 뜻이 있는 뛰어난 인재만 모여서인지 별 무리 없이 진행이 되고 있었다. 춘분 후 첫 보름이 지난 4월 넷째 주 일요일에 맞게 될 부활절의 의미를 제대로 배우고 6월 29일 성 베드로와 바오로 사도 의무축일을 기념하는 세례반인 셈이었다.

세례식은 나가사키에서 오신 관구장 가스파 코헬류 신부와 많은 교사 수도자가 참여하여 성대했다. 주임신부와 보좌신부의 주례와 관구장 신부의 축하 말씀에 이은 세례식에는 많은 신자가 참석하여 함께 축하해 주었다. 일본에서 장래 교리 교사나 사제가 될 사람들에 대한 관심은 최고 성직자도 참석하게 해 준 것이었다. 모두 일본인으로 조선인은 두혁 홀로였으나 세례 미사 당일 그를 위해 레오 전도사와 유카나가의 어머니와 여동생 루치아, 종종 두혁의 외로움을 눈여겨보고 위로해 주었던 하숙집 주인 야쓰시로 아담스 내외가 와 주었고 대마도의 마리아와 교아, 옥이와 마틸다는 정성들여 만든 로사리오와 십자가 수를 곱게

놓은 손수건을 만들어 인편으로 보내온 것을 루치아가 전해 주었다. 유키나가의 어머니와 레오 전도사가 함께 대부 대모로 나서자 남자에겐 대부만 필요하다고 생각했던 주위의 일본인들은 두혁의 장래에 대해 기대하며 웅성거렸다. 참석자 모두는 이미 유키나가의 어머니와 레오 전도사를 알아보고 있었고 유키나가 가문의 세미나리오와 콜레지오에 대한 기부도 대단한 것을 알기 때문이었다.

고니시 유키나가의 가문은 모두가 크리스천이었다. 본인은 아우구스티노, 어머니는 막달레나, 아버지는 죠우신, 형은 벤토, 동생은 루이스와 베드로, 여동생은 루치아였다. 고니시 유키나가는 아내 유스타와 사이에 두 딸을 두고 있었는데 장녀가 마리아로 대마도주의 아내였다. 첩실은 카타리나라는 세례명을 갖고 있었다. 그의 충복한 가신들도 원로인 쟈코베를 비롯해서 번의 역사를 기록하는 사관(史官) 죠안과 군사(軍師)에 능통한 죠루지 등이 있었고 고니시의 가족과 친밀한 유대를 갖고 이들의 신앙 지도와 조언을 해 주고 있으며 존경받는, 지금은 교토에서 수녀원 준비로 분주하게 지내는 페드로 모레혼(Pedro Morejon, 스페인의 메디나 델깜포에서 1562년 출생, 1590년에 일본에 왔고 1639년 12월 마카오에서 선종) 신부도 있었다. 세례식에서 두혁은 '빈첸시오'로 세례명을 받았다. 모레혼 신부가 막달레나 할머니와 상의해서 미리 지어준 본명이 있었던 것이다. 세례식 후 함께 성당의 오른쪽 구석자리에 있는 성모상 아래 벤치에서였다.

"이제 너를 '빈첸시오' 하고 부를 테다. 내 '빈첸시오', 넌 빈첸시오 성인처럼 되어 줄 것이다. 내 손자 같은 빈첸시오." 하고 두혁의 뒷등을 탁탁 치기도 하고 빈첸시오, 빈첸시오를 연발하며 막달레나 할머니가 말하자

루치아가 말을 이었다. 두혁도 할머니의 말씀 중에 빈첸시오라는 이름을 일부러 여러 번 다르게 소리 내어 부르는 것이 재미있었다.

"엄마가 빈첸시오라고 지어 준 세례명이 나도 좋아. 마리아 언니도 좋아라 했으니 엄마가 작명을 잘하신 거야. 그렇죠? 레오 전도사님?"

"그럼요, 루치아 님. 빈첸시오 페레리오 (Vincent Ferrer: 1350-1419, 축일 4월 5일) 성인, 얼마나 홀륭한 분이야? 교리 해설에 명망이 높으신 신부님이었어요. 어때? 빈첸시오, 이제 진정한 그리스도교 신자가 된 거야. 축하해. 멀고도 험했던 길을 왔어. 이제야 세례를 받았구나. 좋은 일만 있을 거야."

"감사합니다. 전도사님, 막달레나 할머님, 루치아 아주머님." 하고 그들에게 진심으로 감사하며 일어서 허리를 깊이 숙였다.

시마바라 남쪽, 히노에 성내에 있는 아리마 세미나리오로 떠나기 까지 3일간 휴일 동안에는 유키나가의 쿠마모토 성내 집에서 묵상하며 유키나가 가족과 함께 보내고 그들이 준비한 여러 벌의 의복과 일상용품을 선물 받았다. 한 사람의 공손하면서도 유식한 종복을 딸려 빈체시오에게 성의 역사를 설명해 주기도 하고 일상의 불편함을 돌보게도 해 주었다. 히고(肥後)의 우토성이었다 (지금의 구마모토현 우토시 후루시로정古城町에 있었다). 임란 1년 전에 완공한 성은 웅장한 위용과 섬세한 내부 장식 외에도, 외부 공격 시 방어를 위한 석축물, 성곽과 해자 등이 정밀하고 완벽했다. 성 외곽으로는 사람 키의 세배 정도 깊이로 해자를 만들어 물을 담아 두었는데 그 폭이 약 5미터쯤이었다. 성의 북쪽과 동쪽에는 해자를 넘어 들어갈 수 있는 나무다리가 있었고 그 외곽에는 더욱 넓고 큰 해자를 만들어 적의 침공을 대비했다. 바깥 해자와 안의 해자 사이인 성의 외부에는 약 200호의 집이 정연하게 들어서 있었는데 모두 사무라이들과 번의 관리들, 행정을 위한 사무실과 창고 등이었다. 우토성은 완만한 구릉의 정상에 혼마루(本丸)라는 건물이, 서쪽에는 니노마루(二の丸)라는 건물이 있었다. 가마쿠라 시대(鎌倉時代) 말기에 우토 씨(宇土氏)가 처음 쌓았던 옛 우토성을 개작하여 마치 학이 날개를 펼치고 있는 모습으로 지었다고 해서 '학성(鶴城)'으로도 부르고 있었다. 두혁이 그곳을 들렀을 때 대부분의 남자와 유키나가의 형제들은 임진왜란으로 조선에 출전하고 없었다. 그러나 성내는 조선과 전쟁이 어디에서 벌어지는지도 모르는 듯 고요하고 평화스럽기까지 했다. 두혁은 전쟁을 하는 당사국이 어떻게 이런 모습일 수도 있는가를 생각해 보았으나 이 전쟁을 일으킨 일본의 바다 건너 조선에서 벌어지고 있을 상상조차 할 수 없는 참극을 떠올리면서 무엇이 이들에게 평화와 전쟁을 공존하게 해 주었는지를 생각해 보았지만 대체 이해할 수 없었다. 다만 오랜 기간 전쟁에 단련된 나라의 모습은 이런 건가?, 이런 평화스러운 모습이, 그 바탕에는 그리스도교라는 종교의 힘이 작용하고 있기 때문인가? 그리스도를 믿는 사람들이 전쟁터에서는 그런 잔인한 짓을 해도 용서받을 수 있는 것인가? 하는 원초적인 의문으로 막막한 생각만 자꾸 들면서 두혁 자신이 영원히 이 의문에서 벗어날 수가 없을지도 모른다는 절망감이 더해갔다. 이들이 이렇게 평화스럽게 사는 모습에서 느낀 질투심이던가? 조선을 절망의 늪으로 빠트려 버린 보답으로 얻은 것은 아니던가 하는 시기심까지, 그들에 대한 속마음의 불화는 점점 더 심해가고 있었다. 지리산 골짜기 서원에서 익혔던 예기(禮記)의 구절이 또 어른거렸다.

"부지수불여공대천父之讎弗與共戴天, 아비의 원수와는 함께 하늘을 이고 살 수 없고,

형제지수불반병兄弟之讎弗反兵, 형제의 원수를 보고서야 무기를 갖추려면 늦은 것이다.

고유지수부동국交遊之讎弗同國. 친구의 원수와도, 같은 나라에서 살 수 없다."

복수를 위해서 내 부모와 형제들의 원수인 이 나라 사람들을 죽여야 하는가? 그것이 내가 배우고 자란 나라의 인간적 도리이던가? 복수는 항상 정당하며 가족의 윤리는 살인으로 이어지는 원한조차도 허용되는 것인가? 그것이 나의 의무고 지켜야할 진리인가? 그 복수를 하려다 죽는 것은 명예인가? 등, 오후 내내 생각이 어지러웠다. 저녁에, 성경에서 위안을 받을 수 있는 구절로 생각했던 부분을 찾아 읽었다. 루카 9장 예수님의 수난과 부활을 예고하신 말씀에 이어진 부분이었다.

"누구든지 내 뒤를 따라 오려면, 자신을 버리고 날마다 제 십자가를 지고 나를 따라야 한다. 정녕 자기 목숨을 구하려는 사람은 목숨을 잃을 것이고, 나 때문에 자기 목숨을 잃는 사람은 그 목숨을 구할 것이다. 사람이 온 세상을 얻고도 자기 자신을 잃거나 해치게 되면 무슨 소용이 있느냐?"

이어 마태복음 16장의 수난과 부활을 예고하신 예수님 말씀에 반발한 베드로 성인을 두고 예수님께서 "사탄아, 내게서 물러가라. 너는 나에게 걸림돌이다. 너는 하느님의 일은 생각하지 않고 사람의 일만 생각

하는구나!"까지 읽었다. 조금 마음이 진정되는 듯했고 두혁 자신이 익혀 온 유학의 구절들이 무익하게 느껴지기 시작했다. 그러자 그동안 자신이 듣고 보기도 했던 일본으로 끌려온 조선인들에 대한 애련함이 가슴에 차오르고도 있었고 그들과 함께 있어야 할 자신이 아닌가 하는 희망이 아픔 속에서 커지고 있었다. 만연되어 있는 차별 대우나 경멸, 악질 일본인의 파멸된 인간성에 기인한 학대받는 노예 상황임을 알고도 어쩌지도 못하는 처지, 아무도 돌보아 주지 않는 조선인이라는 것만으로 무시 받고 학대당한다는 걸 생각하면 저절로 몸이 부르르 떨려 왔으나 이제 열다섯 어른이 되었다는 심정으로 이성적으로 생각해야만 한다고 심중을 굳혔다. 자신이 해야 할 일을 찾은 듯, 복수심에서 벗어난 자신을 느꼈다. 그러나 마음은 또 복잡해지고 있었다.

"이런 문제에 대한 권력 있는 자들의 무관심을 어떻게 설득해서 인간성을 회복시킬 것인가? 일본인 개인적인 조선인에 대한 범죄를 어떻게 할 것인가? 이런 일본이라는 국가를 어떻게 용서해야 할 것인가? 서로의 피로 쌓아올린 원한을 어떻게 해소하고 화해하게 할 것인가? 도저히 어떻게라도 해 볼 수 있는 방법이 없는 것은 아닌가? 서로 피를 흘리는 이 전쟁을 종식시킬 수 있는 방법이 있긴 한 것인가? 내 부모를 죽인 원수들을 내가 용서할 수 있을까? 일본이 무슨 말을 해도 타협할 수도 없고 잊을 수도 없어 영원히 용서할 수 없는 일이 아닐까? 내 마음속의 증오와 미움을 달래서 타협하고 용서하고 이해하고 위로해 주고 위로 받는 것을 과연 일본인들은 진실한 마음가짐으로 이해하고 호응해 올 수 있을까? 그 과정조차 길고도 어려울 수밖에 없으나 반드시 거쳐야만 한다는 것을 이해시킬 수 있을까? 두 나라의 사람들이 한자리에 모여 서로를 위해 눈물을 흘려줄 수 있을까? 나의 이런 생각이 반드시 옳은 것이라고만 할 수 있을까?"하는 생각들이 끊임없이 머릿속을 혼란스럽게 만들고도 있었다. 처음과 끝이 다르게 되어 버린, 뒤죽박죽이 된 것 같았다.

"그러나 서로 용서하고 화해 없이 미래를 도모할 수는 없지 않는가? 언제까지나 원수가 되어 서로를 혐오하며 살 수는 없지 않는가? 그것을 올바르게 이끌어 줄 튼튼한 신뢰의 바탕은 무엇인가? 새로운 통치철학에 바탕을 두고 두 나라 사람들이 서로 어울려서 공존공생하며 살아가도록 하는 방법을 찾아야 하지 않겠는가? 그것을 위해 나는 일본이라는 나라에 와 있는 것이 아닌가? 더욱 앞선 생각으로 자신의 미래를 보아야 하지 않겠는가? 그 속에서 일본과 조선을 화해시켜 서로 한 형제가 된 것처럼 믿고 의지하며 서로에게 '우리의 미래'라고 말할 수 있도록 해 주어야 하지 않겠는가? 그 길은 올바른 신앙을 바탕으로 하는 방법 외에는 길이 없지 않을까? 나의 길이 그 길이 아닌가—? 난 그분의 뒤를 따르는 것이 나를 영원히 살게 하고 조선과 일본이 서로 화해하고 용서하는 길이 될 것임을 이제 깨달았다. 내 길은 여기에 있다." 이런 분명한 믿음이 들자 결심은 더욱 굳세어지며 그 믿음은 마치 옮길 수 없는 큰 바위처럼 자신의 마음속에 자리를 잡게 되었고 다시는 이런 고민으로 자신의 결심이 흔들리지 않을 것이라는 자신감이 생겼다.

세미나리오로 떠나기 전날이었다. 오후 3시쯤 혼자서 내일 떠날 준비를 하던 중에 막달레나 할머니를 뵙고 가라는 전갈이 왔다. 안내하는 무사를 따라간 그곳에는 유키나가의 아내 유스타, 여동생 루치아와 함께 시종 서너 명을 둘러 세운 칠순의 막달레나 할머니가 그를 반겼다. 공손히 조선식으로 큰 절을 했다.

"그 사이 매일 문안드리지 못해 죄송합니다. 빈첸시오, 인사드립니다."

"그래, 빈첸시오, 네가 떠나는 줄 알고 있다, 내일이면.——이렇게 와 주었구나. 자리에 앉거라. 너희는 모두 나가도 좋다." 하고 말하자 며느리 유스타와 딸 루치아 외에 모든 이들이 방에서 나가고 네 사람만 남았다. 빈첸시오는 방석 위에 기모노 차림으로 예를 갖추며 앉아 있는 세 사람을 마주보고 있는 작은 탁자 아래의 방석에 조선식으로 다리를 포개고 앉았다.

"할머니, 그리고 유스타 님, 이렇게 뵙고 떠날 수 있어서 참 기쁩니다. 감사합니다."

"내가 외려 감사하지. 그렇지? 루치아?"

"엄마, 정말 빈첸시오를 가까이서 보니 늠름하고 씩씩한 기상이 넘쳐. 참 멋있어."

"감사합니다. 루치아 아주머님." 하고 고개를 절반쯤 숙여 감사를 표하자 할머니가 말을 이었다.

"빈첸시오, 너의 험난했을 지난 일을 생각만 해도 내 가슴이 미어지는구나. 왜병들의 무참한 살육으로 네 부모와 형수를 잃은 원한을, ——용서하고 잊어다오, 그들을 용서해 다오——. 무로마치 막부시대, '오닌의 난' 이후 오늘까지 근 130년째 전쟁을 하고 있는 나라의 병졸들이란다. 그들에게 사람의 목숨이란 한낱 뜬구름 같은 것으로 밖에 보이지 않는단다." (일본의 전국 시대가 1467년 '오닌의 난'으로 시작되어 126년째인 정유재란도 그 연장선상에 있다는 말).

순간, 빈첸시오의 얼굴에는 눈물이 쏟아져 볼을 타고 흘러내리고 있었다. 유스타의 말이 이어졌다.

"빈첸시오, 내 주인이신 유키나가 님 휘하의 병졸들도 조선에 끼치고 만 패악 질을 어머니의 말씀처럼 용서해다오. 그들은 분명히 조선인들에게 원한을 사고 말았을 것이다. 네 장래를 위하여, 우리 식구 모두와 내 주인 유키나가 님과 딸 마리아와 오타아(조선 양녀 줄리아)의 네게 대한 기대와 우리의 장래를 위해서라도 그들을 용서해다오. 부모님을 죽인 원수들을 잊어다오ー, 응? 빈첸시오?"

"ー네, 이미 모두 잊었습니다. 전 새로운 사람, ー빈첸시오가 되었습니다."

"ー그래. 이제부터 빈첸시오는 우리 가족인 거야. 이제 울지 마. 가족이 되었으니까." 하고 루치아가 말하자 빈첸시오는 더욱 뜨거운 눈물이 솟구쳐 올랐다. 그동안 그들을 원망했던 마음, 모든 일본인들에 대한 적개심을 가졌던 마음이 일순 녹아내리며 그들에 대한 한없는 연민과 이어진 인연에 대해 하늘에 감사함이 그의 깊은 심중의 눈물을 하염없이 쏟아 내게 하고 있었다. 자세를 고쳐 꿇어앉아 주머니에서 손수건을 꺼내 손에 쥐었다. 고개를 떨구고 흐르는 눈물을 마리아와 교아, 옥이가 함께 수놓아서 만들어 보내준 그 손수건으로 훔쳐 가며 한참을 그렇게 흥분된 상태에서 보내자 마음이 다시 안정이 되었다. 말없이 빈첸시오의 진정을 기다린 그들과 다시 신학교에서 공부에 대한 새로운 각오를 이야기할 수 있었다. 집을 나오는 길에 유스타와 루치아가 빈첸시오와 함께 시종 둘을 앞세우고 가까운 곳의 다른 집을 들렀다. 유스타가 말했다.

"빈첸시오, 내 주인의 소실 집이다. 이제 넌 가족이 되었으니."

그 집에 들어가자 이미 알고 기다리고 있었든 듯, 곱게 화장을 하고 기모노를 차려입은 여성이 시종 둘을 양쪽에 세우고 마루에서 기다리고 있었다. 방으로 따라들어 허리를 깊게 숙여 인사했다.

"빈첸시오입니다. 잘 부탁드립니다."

"카타리나, 우리를 위해 조선에서 오신 빈첸시오 님이시네." 하고 유스타가 말하자 그녀는 방긋 웃으며 친절을 다해 빈첸시오를 보며 말했다.

"이렇게 누추한 나의 처소를 찾아와 주셨으니 감사합니다. 자리에 앉으시지요. 차를 곧 준비하겠습니다. 형님께서도 자리를." 하며 상석을 비켜서자 유스타가 앉았고 그 곁을 카타리나가 나란히 앉은 다음, 이들과 마주보며 작은 탁자가 앞에 놓인 방석 위에 빈첸시오가 앉자 여자 시종이 곧 차를 내왔고 세 여인은 조용히 담소를 나누며 빈첸시오를 쳐다보기도 하였다. 카타리나 작은 부인에게 조선에서 행적을 묻는 대로 답해 주었으나 앞서처럼 마음이 격해 오르며 눈물이 솟구치는 현상은 사라지고 없었다. 그녀도 빈첸시오의 세례명을 모레혼 신부와 시어머니가 주셨다는 이야기를 이미 알고 있었고 매우 지적이며 성경에 대한 지식도 많았다. 조선에서 예식이라면 나이든 어른의 소실 집을 드나들 수는 없는 것이었으나 여기는 일본이라는 생각을 하며 그들의 예절을 따랐으나 자신이 마치 일본인으로 변절한 흉내를 낸다고는 여기지 않았다. 빈첸시오는 이렇게 일본에 대한 적대감이 숨겨 있는 자신의 흉중을 다스리기 위해 애를 써야만 했으나 세례 후 그런 감정은 점차 엷어지고도 있었다. 의도적으로 자신의 슬픈 과거 기억을 지우려 노력도 했지만, 원수를 사랑하고 이웃을 네 몸처럼 아껴 주라고 말씀하신 예수, 그가 자라고 죽음을 스스로 택한 일천육백수십 년 전의 로마 식민지였던 이스라엘과 그의 성장과 배척의 역사적 환경을 묵상을 통해 깨달은, 영혼을 위로하는 그의 은총으로 얻어진 것이었다.

세미나리오(Seminario: 소신학교)

1594년 6월 중순에 두혁은 아리마 반도(有馬半島) 남쪽의 히노에 성내에 있는 소신학교인 아리마 세미나리오의 6년 과정에 교리반의 성적과 지식을 평가받고 나이를 감안하여 5학년에 편입했다. 바다 건너편에 아마쿠사가 뱃길로 한 시간 거리에 있어 아마쿠사 신학교라고도 불렀다. 스스로 충분히 성장했다고 믿는 빈첸시오의 겸손하면서도 높은 지적인 수준이 점잖고 신중하게 행동하게 했고, 주위 사람들은 사례 깊은 그의 성격과 지식을 놀라워했다. 아리마는 1590년에 유럽을 여행하고 돌아온 '천정견구소년사절단 (天正遣欧少年使節團: 1582년에 로마로 파견된 4명의 소년 사절단)'의 성공적인 귀국 분위기가 아직 남아 있었다. 성내는 수많은 신자 외에도 외국에서 온 상인들과 수사, 사제들로 붐비고 있었다. 빈첸시오의 눈으로는 그저 신기할 따름이었다. 어떻게 이런 곳이 있을 수 있단 말인가 하는 느낌이 자신이 알고 있던 현재까지의 지식을 담고 있던 그릇을 산산조각 내고 있었다.

다이묘(大名:영주) 아리마(有馬氏)가 거처하는 히노에 성은 중앙의 혼마루(本丸) 아래 동쪽으로 니노마루(二の丸)가 있고 북쪽으로는 산노마루(三の丸)가 배치된 연곽식(連郭式) 성곽으로 꾸며진 히젠국(肥前国)의 중심지였다. 그리스도교인 영주 아리마 하루노부(有馬晴信)가 1580년, 유럽과의 교류를 통해 예수회의 알레한드로 발리냐노 신부의 청을 받아들여 '세미나리오'를 아리마의 성안 마을에 세우도록 한 것이었다. 구마모토의 유키나가 성과는 또 다른 아름다움이 있었다. 돌담과 모든 건축물이 처음 보는듯한 형태의 것들이 많아 이것이 서양 문물의 영향일까 하고 혼자 생각했다. 성내에는 다양한 유럽의 문화가 모습을 드러내고 있었고 최선진 국제 교류의 장소를 만들고 있었다. 말로만 들었던 신앙공동체가 이런 발전을 이루어 주었다는 것이 도저히 믿어지지도 않았고 그동안 짐작해 본 새로운 학문을 바탕으로 한 지식이 가득 찬 세상이라는 것이 현실로 다가오자 마음이 불안해지며 과연 내가 여기에 적응하여 나의 계획을 이루어 나갈 수 있겠는가 하는 의구심과 나약함이 머리를 어지럽혔다.

세미나리오의 첫째 중요 과목은 언어의 소통을 위한 훈련이었다. 성경과 미사 해설을 위한 라틴어 외에 포르투갈어로 신학과 철학을 유럽에서 예수회가 가르치는 그대로 따랐다. 세미나리오는 7살부터 17살까지 소년들을 6년의 과정으로 가르치는데 큐슈와 시코쿠, 오사카 출신이 많았다. 기본적인 성경 외에 철학과 라틴어, 자연과학, 일본문학, 음악과 회화, 인쇄술에 대해서도 가르쳤다. 그러나 종국적으로는 콜레지오(대신학교)에서 사제로 양성될 젊은이들을 위한 교육기관으로서 콜레지오에서 더욱 장기간 중점적으로 공부하게 될 철학과 신학, 이 공부를 위한 라틴어, 스페인어 등의 어학 외에도 민족학, 종교학, 천구론, 영혼론 등 유럽의 자연과학과 사상에 대해서도 조금씩 익혀 나가고 있었다. 세미나리오의 강의 핵심은 그리스도교 교리를 가르치기 위한 지식과 인품, 인내와 봉사에 대한 것이었다. 성서의 올바른 이해와 미사를 위한 라틴어 공부 외에 모든 강의는 포르투갈어로 진행을 하며 일본어를 보조적으로 사용했기 때문에 이를 알아듣기 위해서 도서실의 포일(포르투칼-일본어) 사전을 빌려와 뒤적이며 밤을 새워 어학을 익히고 예습과 복습을 해야 했다. 그러나 빈센치오에게는 신학문에 대한 넘치는 탐구열과 하늘이 내려주고 선조에게서 물려받은 뛰어난 재주와 해낸다는 의지가 있었다. 이것이 그를 짧은 기간 내 동급생들과 대등한 배움을 얻게 해 주었고 차차 상위의 성적을 유지하게도 해 주었다. 새롭게 인식해 나가는 서양 각국의 문화와 문자, 예술과 음악, 종교와 정치 체제에 대한 신지식은 그의 꿈과 열망을 채우기에 부족하지 않았다. 세미나리오를 졸업하면 전도사(또는 교리 교사, Catechist) 자격이 주어졌고 이후 사제나 수사가 될 사람은 콜레지오에 입학할 수 있었다. 올바른 성서 해석과 역사적 원리에 근거한 교리와 일반 지식의 습득은 예비신자들의 감동을 이끌어낼 수 있는 수준이어야 했다. 아무리 배워도 부족한 듯했던 자신의 마음 속 그 무엇이 드디어 채워지고 있었다. 유럽 기독교 세계의 창대하게 발전된 모습이 눈에 보이는 듯 했고 아프리카와 신대륙 아메리카의 광활한 풍경이 그려지기도 했다. 조선에서는 느껴보지 못했던 위대한 열망과 열정이 솟아올랐다. 또한 생도들은, 습득한 라틴어로 발표

회나 토론도 진행했는데, 그런 모습을 유럽의 유수 대학에서 학위를 받고 평생을 성직으로 보내는 예수회 수도자와 선교사들에게 크나큰 희망과 감사를 느끼게도 해 주었다. 그들에게는, 자신들은 죽자 사자 했지만 하느님 보시기에는 보잘 것 없을 노력으로 일구어 낸 작은 업적이 하늘의 은혜로 크게 발전해 나가고 있다고 믿는 감동을 주었던 것이다. 이제 동양은 예수의 말씀으로 가득 찬 나라들이 될 것임이 틀림없으며 신앙의 중심지인 아리마를 포함한 나가사키는 '동방의 로마'가 될 것이라고 모두는 믿고 있었다.

이 무렵 아리마를 포함한 아마쿠사는 총인구 3만 명 가운데 2만 3천 명이 그리스도교인으로 60인 가량의 사제와 수사, 전도사가 있었고, 30개의 교회가 있어 사람들은 기리시탄(크리스천)의 섬이라고 불렀다. 예수회 출신의 수도자인 의사가 운영하던 루이스 알메이다 병원 곁에는 역시 예수회의 이탈리아인 수도자 지오반니 니콜라오가 운영하는 성상학교(聖像学校)가 있어 성화와 성상 제작을 위한 조각과 유화, 수채화, 동판화 등 서양 미술을 가르치고 있었는데 빈첸시오가 입학했던 1594년에 아리마 세미나리오와 합쳐졌다. 덕분에 빈첸시오는 같은 취미를 가진 생도들과 어울려 주말이면 이곳에서 회화와 판화를 배웠고 놀라운 재능을 발휘했다. 그림과 판화가 주는 감동을 전혀 모르고 있었던 사람으로서 생전 처음 배우고 기술을 연마했으나 그는 달랐다. 교황청에서 갖고 온 성화를 모사할 때, 그의 숨소리는 가늘고도 깊게 떨렸고 작품을 본 사람들은 진품과 조금도 차이가 없는 것을 감탄했다. 그의 모든 학업과 재주는 분명히 다른 생도들과는 달랐다.

알레한드로 발리냐노 신부의 굳은 결심과 예수회 사제와 수사들이
세운 세미나리오는 불교 사찰을 신학교로 바꾼 곳이었다. 배움의 집 건
물 자체가 불교 사찰을 개찰하였다는 것은 유럽에서는 있을 수 없는 일
이었다. 그러나 발리냐노 신부는 일본의 문화가 유럽과는 차이가 있어
이를 받아들여야 한다고 보았고 이런 생각으로 아시아 각국의 현지 실
정에 맞도록 운영 개념을 전환했기 때문이었다. 지역의 다이묘와 유력
인사들은 사찰의 승려들과 불교도의 불만을 무마하면서 신문물을 받아
드리는 것을 주저하지 않았다. 신학교의 교칙에 따라 학생들은 하복으
로 가타비라 (옛 일본식 옷의 일종)나 푸른 면직의 기모노를 입었고 외
출 시에는 검정색의 '도복(道服:도부쿠)'이라는 수단과 비슷한 옷을 입거
나 고학년이 되면 로만 칼라를 하기도 했다. 학생들의 식사는 쌀밥에 국
과 간장, 소금에 절인 야채와 구운 생선이었다. 일본인들의 심리적인 예
민성과 유럽 교육의 이상적인 면을 혼합한 형태의 과정은 순수한 일본
식 교육 행정과 인간성 위주의 가르침을 통해 스스로 신학적 교양을 쌓
도록 하고 있었다. 이렇게 하는 것을 세미나리오에서 전도사를 양성하
는 최적의 과정으로 예수회는 판단했고 창설자 이냐시오의 영성에 이르
는 교육이라 정해 두고 있었다. 여기에, 구체적으로 양심의 성찰에 따른
고백을 통해 그 영성은 더욱 발전한다고 보았고 그런 과정의 습관화를
위해 전원이 기숙사에서 생활할 것을 요구하고 있었다. 성직자들은 이
를 도조쿠, 또는 예비성직자 과정이라고 불렀는데 이는 가톨릭에서 사
제나 수사로 서원하기 전, 노비시에트 모나스틱(Monastic life of a No-
vitiate :고상한 수도자가 되기 위해 초보자가 교회법이 정한 종교 단체
의 구성원이 되어 성소의 여부를 분별하며 겪어 내는 강렬한 학습과 기
도생활, 단체에서의 삶과 영성의 발전을 깊게 하는 자기심화의 과정. 통

상 수년을 요구)의 교회법과 예수회의 전통에 잘 부응한 것이기도 했다.

세미나리오 일일생활 과정표는 엄격했다. 아침 다섯 시 반이면 동급생 중 지정된 한 명이 기숙사의 복도에서 '프라디카비 도미눔(Praedicavi Dominum! 주를 찬양하라)!' 하고 크게 노래하면 각 방의 신학생들이 '데오 글라시아스(Deo Glacious! 은혜로운 하느님)!' 하고 역시 큰 소리로 화답하여 노래하며 기상했다. 이어 6시에 개인별로 묵상에 들기 전 공동 세면장에서 세수와 양치질을 하고 7시의 타종에 맞추어 기숙사 아래의 소성당에서 미사를 보았다. 미사 전 한 시간의 묵상은 각자의 방이나 소성당, 학교 내의 숲속 벤치에 앉거나 걸으며 할 수도 있었으나 빈첸시오는 매일 생활의 변화를 위해 월요일은 방에서, 화요일은 숲에서, 수요일은 소성당에서와 같이 묵상의 장소를 변경해 가며 하늘의 부름을 찾았다. 오전 9시, 1교시 수업 이전에 30분간의 아침은 늘 소박하고 간단했다. 오전에 3교시의 수업을 받은 후 점심 이전에 15분 정도의 '양심 성찰(Conscientious Instropectio)'의 시간이 주어졌는데 이는 저녁 식사 전에도 있었다. 정오부터 오후 1시까지 식사 시간은 동료들과 또는 사제나 교사 수도자들과 어울려 대화를 나누며 예절과 지식을 익히면서 외국 언어도 숙달했다. 점심 후 오후 2시경의 4교시 수업 이전 1시간은 운동 시간으로, 팀을 나누어 달리기와 철봉, 나무 오르기나 체조 등을 통해서 체력을 길렀고 5교시 수업이 오후 5시에 끝나면 6시 저녁 식사 전에 각자 양심 성찰을 다시 하고 독서나 개인적인 일을 보기도 했다. 저녁 6시가 되면 1시간 동안의 저녁 식사가 있었는데 예절과 대화, 주로 감사와 은혜의 기도를 주제로 각 생도들이 돌아가며 주체적으로, 신부와 수사들이 보조해 가며 대화를 즐겁게 주도하는 법을 익혔다. 식사가 끝나면 1시간 정도의 휴식으로 신학생들은 끼리끼리 모여 바둑과 체스를 즐겼고 저녁 8시면 모두 각자의 방으로 가서 숙제와 예습, 복습으로 지식을 길렀다. 이런 교내의 시간 편성과 활동, 교육은 세미나리오나 콜레지오가 크게 다르지 않았으나 다만 대신학교인 콜레지오에서는 철학 과정이 2, 3년간 더 지속되었고 신학을 포함하여 모든 학문에서 그 심오함이 큰 차이가 있었다. 고상한 이상의 전도사나 수사나 사제가 되기 위해서 걸어야 하는 길에는 라틴어판 성 아우구스틴의 고백록을 읽고 토론하고 명상하는 과정도 있었고 지오반니 팔레스트리나(Palestrina)의 다성 음악, 그레고리안의 단성 음악을 배우고 매일 라틴어와 일본어로 성가를 부르는 과정도 포함하고 있었다. 아우구스틴 성인의 솔직한 고백을 통한 반성과 발전을 자신의 회개를 통하여 배우게 하였고 전혀 배워보지 못했던 음악에서는 놀랍고도 큰 즐거움을 발견하기도 했다. 빈첸시오는 음악이라는 과목의 지식을 쌓게 되자 혼자서도 악보를 보고 소리를 내어 노래를 부를 수 있게 되었다. 신기했다. 그런 훈련을 쌓아야하는 음악이란 과목 그 자체가 빈첸시오에게는 인간도 하느님이 지어내신 소리 내는 악기가 틀림없다고 믿게 해 주었다. 노래를 부른다는 것은 즐겁기도 하지만 모든 괴로움도 잊게 해 주는 효과가 센 약과도 같았기 때문이었다. 천인들이나 하는 것이라고 믿었던 이런 소리 공부를 예전에는 미처 짐작조차 해 보지 못했기 때문에 항상 노래를 부르기 전에는 마음이 흥분되어 '주님, 어쩌려고 저가 이러는지 말씀해 주십시오, 종이 듣고 있습니다' 하고 기도했는데 그럴 때마다 예수님은 '빈첸시오야, 불러라. 노래를, 음정과 박자에 맞추어 마음껏!' 하며 대답해 주신 듯 했다. 빈첸시오는 매 주일이면 교내에서 미사 후 시내로 나가 조선인 신자들을 다른 교회에서 찾아 만났다. 그들과 어울리려 노력하고 이해하고 도울 수 있는 길을 찾기에 애를 쓰자, 만났던 신자들의 이름과 직업, 생활환경을 자신이 만든 신자 카드에 정리하며 좀 더 자세히 알게 되었다. 그런 교회에서는 주일이면 빈첸시오 주위에 점점 늘어난 조선인 신자들이 함께 있는 모습을 보였고 그들은 만나기만 하면 주님을 찬양하는 성가로 모임을 시작했다.

이냐시오의 영성을 따르기 위해 정기적으로 양심을 성찰하여 고백을 하는 것은 생도들에게 쉬운 일이 아니었다. 신부나 교사 수도자들에게는 일본인 생도들의 자신을 들어내지 않고 감추고 싶어 하는 심성은 참으로 이해하기 어렵게 만드는 것이었다. 자신의 과오를 타인에게 드러내는 것은, 일본 사회의 전통 관습인 '다테마에(建て前:겉으로 드러내는 마음)'와 혼네 (本音:속마음)'의 심각한 차이로 인해 잘못 이해하고 해석되는 경우에는 사회적인 매장 내지는 처벌까지도 받을 수 있는 '사회적 관습'이라는 것 때문이었다. 이런 점들은 일본인들을 개종시키는 데에 심각한 문제점이 될 수도 있었고 예수회에서 인정하는 평생의 사도직을 수행하는 데에도 부적절한 점이 될 수 있다고도 여기게 되었다. 서양의 수도자나 신부가 이해하기 어려운 일본인들의 종교 습관은 이렇게 자기를 감춤으로 해서, 예를 들면 일본의 전통 불교 사찰의 승려가 속세의 욕망을 감추고 꾹 참고 있다가 일정 기간을 봉직 후에 다시 환속하여 마음에 찍어둔 여인과 결혼하고 일반인으로 살아가는 것이 하등 이상한 점이 없다고 승려와 신자들이 공통으로 인식하고 있는 점은, 솔직히 이해하기 곤란한 것이었다. 그러나 사제들은 교회의 조선인 신자들에 대해서는 그렇게 여기지 않았다. 조선인들은 솔직하게 자신의 과오를 양심에 비추어 인정했고 사죄경을 들으며 보속받기를 두려워하지 않았기

때문이었다. 그렇지만 빈첸시오에게도 처음 얼마간, 양심 성찰이란 늘 진실과 거짓과 교만과 혼란이라는 단어들이 나만의 비밀과 뒤섞여 고민 스럽기도 했다. 그럴 때 고백록을 읽게 되면 너무나 솔직한 고백이 주는 신성함을 여태 배워 온 동양의 학문으로는 도저히 이룰 수 없는 그리스 도 신앙의 거룩한 몇 개의 뼈 중에 하나라고 믿게 되었다.

그해 10월이었다. 수업이 끝난 후 빈첸시오는 교장실로 호출을 받 았다.

"빈첸시오, 거기 앉거라." 하고 말한 교장 신부 곁에는 한 눈에 보아도 조선인이라고 여길 만하고 자신보다 대여섯 살은 많아 보이는 젊은이 가 웃으며 서 있었다. 어쩌다 교내에서 마주치면 그저 조용히 목례만 했 던 얼굴이었다. 그러나 그때에는 그가 조선인이라는 생각을 하지 못했 다. 이상했다. 어떻게 된 일이었는지 주일에 시내의 교회에서 조선인 교 우들과 만날 때에도 그를 보지 못했다. 하기야 서른 가까운 교회가 있으 니 그럴 수도 있었겠다 싶었으나 그와의 만남이 너무 신기하고 좋았다. 머뭇거리다가 마주보고 웃고 자리에 앉았다.

"카이오, 빈첸시오다. 인사를 나누어라. 조선의 젊은이다, 너처럼. 빈 첸시오, 카이오는 지난해 여름에 입학해서 너보다 반년이 빠르다, 오사 카의 다카야마 우콘 공(公)이 아끼는 사람이야."

"권두혁 빈첸시오요." 하고 조선말을 하자 그도 우리말로 대답했다.

"난 김쾌오(金快晤)요. 세례명은 카이오(Caius: AD 283-296 로마주 교, 교황)요. 밥갑소."

이미 카이오는 5학년과 6학년 중간쯤에 재학 중이었다. 교장 신부의 덕택에, 간단한 인사와 대화를 나눈 이후 신부께 깊은 감사를 드리고 교장실을 나왔다. 이후 둘은 주말이 되면 꼭 함께 붙어 다녔다. 카이오도 빈첸시오처럼 타고난 영민함과 뛰어난 재주, 세례 교육을 통해서 확인한 사제들의 인정과 조선인 교리 교사의 필요성으로 5학년에 편입하였다. 2년의 과정을 거쳐 세미나리오를 마치고 교리 교사가 되면 다카야마 우콘의 영지에서 전교에 주력할 계획이었다. 빈첸시오는 카이오에게서 더욱 발전된 신앙의 세계를 탐구하고 있는 모습을 발견할 수 있었다. 임진왜란 첫 해에 포로로 일본에 온 그는 이미 오사카에서 스스로 교리를 공부하고 토론한 경험도 많아 성경에 대한 지식이 풍부했다. 경상도 합천의 해인사에서 승려로 생활하던 도중에 왜병의 눈에 띄어 일본에 끌려와서 오사카 근처의 사찰의 예비승려가 되었다가 일시적으로 인근의 한 농부의 집에서 농번기 일을 돕게 되었다고 했다. 그의 총명성과 순진함, 근면함이 그리스도교인이던 농부의 마음을 움직였고 이 점이 조선의 유교 숭상과 불교 신앙이 혼합된 유불선(儒佛仙) 사상을 못마땅하게 여기던 그를 불교에서 그리스도교로 개종하게 만든듯 했다. 그의 뛰어난 재주와 근면성은 곧 그 지역 다이묘인 다카야마 우콘의 눈에 띄어 영세 교육을 거치고 당시 우콘의 영지인 오사카를 돌보던 페드로 모레혼 신부에게서 영세를 받은 후 결국 이렇게 빈첸시오를 세미나리오에서 만나게 된 것이었다. 그들은 같은 조선인이라는 점 외에도 어려운 신학교 과정을 함께 공부하고 있다는 것이 서로에게 큰 의지가 되었고 모레혼 신부와 인연도 공통이었다. 카이오도 1년 선배인 자신을 빈첸시오보다 우월하다거나 자신이 그를 가르칠 것이 있다고 믿지 않았다. 그들은 그동안 일본에서 살며 자신을 감추는 법을 익혔듯이 자신들의 슬픈 과거사에 대해 자세히 이야기를 나누지 않았고 서로 미루어 짐작만 했을 뿐이었다. 카이오는 슬며시 웃음을 띠우면 선한 그의 속마음이 밖으로 들어나면서 성경을 벗 삼고 살아가는 겸손한 세미나리오의 신학생이었다. 빈첸시오와 다른 점이 있다면 그는 졸업 후 오사카로 돌아가 다카야마 우콘의 영지에서 보호받으며 전교하는 성경 교육자가 되어 그리스도의 땅을 만들겠다는 구체적인 희망이 있다는 것이었다. 빈첸시오는 그런 점이 부러웠지만 하느님의 부름이 자신에게는 조금 다른 방향에서 나타날 것이기 때문에 (다른 쪽으로 하느님을 위한 사람이 되기를 원하실 것이기 때문에) 장래의 일을 구체적으로 그리지 못하고 있다고 믿었다. 그러나 이런 점들로 인해 어떤 때에는 카이오를 만나면 기가 죽기도 했으나 그럴 때면 더욱 기도와 성경 읽기를 열심히 함으로써 자신을 격려했다. 해인사에서 시작된 카이오의 앞선 인생 경험과 신앙에 대한 깊은 깨달음은 빈첸시오가 그를 다시 만날 때 형님으로 불러드리려 결심하게 만들었다. 그들이 신학교에서 함께한 시간은 짧았으나 둘은 학교에서 서로 한 형제처럼 우정을 나누어, 주위의 생도 모두는 둘을 '우애 깊은 두 조선인'이라고 불러주었다. 빈첸시오가 졸업 전 반년을 앞서 카이오만의 세미나리오 졸업 시 그동안 교토에서 여성 신앙 단체 육성에 주력하던 페드로 모레혼 (Pedro Morejon) 신부가 직접 와서 그의 졸업을 축하해 주었다. 그는 오래전 오사카에서 카이오를 세례 주며 약속한 하느님의 말씀을 지키는 사도가 되겠다는 것을 다시 약속하게 했고 빈첸시오에게는 대모와 대부의 안부와 함께 자신이 빈첸시오를 위해 미리 정해 준 세례명에 충실한 사람이 되도록 말씀했다. 자신에게 세례명을 주신 빈첸시오 성인은 국가 포르투칼의 수호성인이자 교리에 충실한 설교로 수많은 이들을 참된 신자로 만들었고 믿지 않는 황제에게 그리스도교를 증거하기 위해 자신의 몸을 내어놓은 에스빠냐(스페인) 최초의 순교자였다고 설명해 주었다. 그때 빈첸시오는 몸이 떨렸고 그 분이 자신을 지켜주시기를, 그런 사람이 되기를 갈망하며 고개를 숙여 눈을 감고 홀로 다짐했다. 빈첸시오에게 모레혼 신부는 매우 사교적이며 그리스도 다이묘들과 깊은 유대를 갖고 계신, 늘 바쁘고 잘생긴 사제로, 틀림없이 누구든지 그를 만나면 반드시 가까워지고 싶어 할 분으로 보였다.

당시 조선인들의 세례는 예수회 일본 관구에 큰 보람을 가져다주었다. 1595년 10월 20일, 나가사키에서 활동하던 프로이스 신부가 예수회로 보내는 편지에는 "아리마(有馬)와 오무라(大村), 그리고 나가사키에는 일본군이 조선과 전쟁에서 잡아온 엄청난 인원의 조선인 포로들로 교회가 넘치고 있습니다. 이제 더 이상 일본인들만을 위한 배움의 터전과 '도주쿠' 문제가 아니라, 미래 조선인 성소자들을 위한 진정한 신학교를 논의할 시점이 되었습니다. 1580년 발리냐노 신부님이 아즈치(安土)와 아리마에 일본인 학생들을 위해 학교를 설립한 것처럼 말입니다. 예수회원들은 일본 전역에서 조선인들을 데리고 와서 교리 교육을 했는데 1594년에만 2천 명이 넘었습니다. 그들은 이듬해에 거의 모두 신앙을 받아들여 세례를 받았습니다." 하고 조선인 신자들을 위한 열망을 표현했다.

졸업을 한 달쯤 앞두고 오후 수업이 막 시작되었을 때 세스페데스 신부가 학교를 방문하여 급히 빈첸시오를 찾고 있었다. 수업에 들어온 교사 수도자가 지금 교장실로 가서 그를 만나라는 말을 듣고 나서였다. 조용히 교실을 나와 교장실로 걸음을 옮기는 그의 마음은 들떠 있었다. '아, 내가 이런 모습의 신학생이 된 것을 그분께 보여 드리게 되었구나, 무엇을 물어보시면 어떻게 답을 할까, 어디에서 오신 길일까, 다시 떠나는 시간이 얼마나 급하면 이렇게 갑자기 찾으실까?' 등, 여러 생각에 대체 머리와 다리가 따로 걷고 따로 생각하는 느낌이었다. 노크를 하고 교장실로 들자 그가 자리에서 벌떡 일어나 먼저 빈첸시오에게 다가와 껴안아 주며 말했다. 쾌활하고 다정다감한 성격의 구부정한 모습은 전혀 변할 수 없는 것이었다.

"부쩍 컸구나, 빈첸시오. 이제 다자란 것 같단 말이다, 오하하하."

"아! 신부님, 언제 오신 겁니까?" 하며 마치 부자간의 말처럼 대화를 나누는 자연스런 모습을 교장 신부는 빙그레 웃으며 바라보고 계셨다.

"응, 그래. 교토에서 제법 바쁘다. 요즘은 말이야, 교토 동쪽의 비파호(琵琶湖) 주변으로 다니고 있는데, 경치가 무진장 좋다. 한번 와라. 내가 직접 데리고 다니며 주님의 위대하신 업적을 네 눈으로 보게 해 주마. 우하하하, 조그만 읍도 많지만 비파호 넘어 북쪽 바닷가의 쓰루가(敦賀)와 마이즈루(舞鶴), 남쪽으로 다카쓰기와 오사카까지 다니며 신자들을 만나고 있지. 뭐, 죽 바빴다. 조금 있다가 출항하는 선편에 돌아가야 하기도 하고—."

"그렇게 바쁘시면서 학교는 어떻게—?"

"빈첸시오, 뭐라고? 네가 이곳에 있잖으냐? 우하하하, 뭐라도 내게 감추고 싶은 게 있는 거냐? 응? 말해라, 말해!, 우하하하."

"아, 아닙니다. 신부님. 그런 게 아니라—."

"그래그래, 알고 있다. 네 학교의 성적도, 신앙생활의 기록도 제대로 잘 갖추어져 나가고 있다고 들었으니까. 우하하하, 어쨌건 놀랬구나. 내게."

"예, 다음 달 졸업인데 언제 다시 뵐 수 있을까 하고 늘 궁금했습니다."

"난, 교토의 일이 지금도 몹시 바쁘다. 아마 다시 너를 보러올 수가 없을지도 모른다." 그때 교장 신부가 자리에서 일어나 둘만을 남기고 밖으로 나갔다. 빈첸시오는 그에게 꿋꿋한 모습을 보이며 그동안의 배움과 쌓인 지식을 자랑했다. 세스페데스 신부는 자신이 조선에서 머무는 동안 일본인 수사 한칸 레옹을 불러 함께 미사도 보고 왜병 신자들을 돌보며 1년 반을 지냈으나 도요토미 히데요시의 허락 없이 조선에 갔다는 이유로 1595년 5월에 강제 귀국 전에 왜병 영내를 벗어나 인근 마을의 조선인 가정을 방문하기도 했고 근처의 절에 들러 스님들과 대화를 나누기도 했지만 모두 적대적이었고 처음 보는 서양인이 두려워 도망치는 사람들도 보았다고 했지만 반드시 다시 조선으로 가고 싶다고 말했다. 이후 레옹 수사는 나고야로 가서 교리교사를 하고 있으며 어쩌다가 한 번씩 만난다고 하며 자신이 교토에 집착하는 큰 목적 중 하나가 조선인 포로들이 많은 지역을 찾아다니며 그들을 노예에서 해방되도록 노력하고 세례를 줄 수 있기 때문이라 말했다. 노예가 된 조선인들을 그리스도인으로 만들어 고단한 인생을 위로하며 하느님의 말씀대로 사는 사람들로 인도해 주는 일은 언제나 숭고한 가치가 있는 일인 것을 그는 이미 실천하고 있었다. "나고야와 오사카, 교토가 일본에서 제일 인구가 밀집한 지역이니 당연히 조선인 포로들도 많은 지역 아니냐." 하며 그곳의 중요성과 바쁜 일정을 은근히 자랑했다.

한 시간쯤을 함께 있던 그는 빈첸시오에게 몇 가지를 당부하고 곧 자리에서 일어나 방을 들어와 서성거리던 교장 신부께 인사를 드리고 멀어져 갔다. 그가 당부한 것은 매우 구체적이었다.

"이미 교장 신부께도 콜레지오 입학을 요청해 두었으니 주저 말고 공부를 더 하여라, 네가 태어난 조선을 잊지 말고 그곳에서 복음을 선포하는 사람이 되어라, 성직의 길을 걷는 자는 늘 혼자라는 것을 알고, 미리

혼자서도 자신의 일을 잘 돌보는 거룩한 사람이 되도록 해라. 아, 예수
그리스도가 늘 함께 계시니 혼자는 아니구나, 하, 참. 외롭지는 않을 것
이다. 그분 등에 늘 네가 업혀 있다고 생각해봐, 얼마나 따뜻하겠어? 우
하하하, 웃어라 늘!" 하고 말씀해 준 것이었다.

교리교사

2년간의 교육이었으나 햇수로는 3년째 교육을 끝낸 빈첸시오가 세미나리오를 졸업하는 날이었다. 1596년 6월 29일, 음력 5월 보름이었고 초대 교황 성 베드로와 성 바오로 사도 대축일 미사 후였다. 나가사키와 아리마의 조선인 천주교 신자도 많이 와 주었다. 동짓달 출생으로, 태어나 한 달 후에 두 살을 먹은 빈첸시오 나이는 곧 열아홉이었지만 스물이 훨씬 지난 청년으로 보였다. 늘 미소 띤 얼굴에는 임진왜란으로 인한 극심한 풍상을 겪고도 고난의 흔적을 전혀 들어 내지 않았고 타고난 건강함이 그의 청순하고 늠름한 모습과 어울려 있었다. 훤칠한 큰 키와 준수한 외모, 뚜렷하고 분명한 신앙에 대한 의지와 자신들에게 풍부한 지식으로 성경을 가르치고 때때로 불교 교리나 유학적 질문에도 현명하게 답해 주는 모습은 놀라웠다. 달관해 보이는 부드러운 그의 눈매와 미소, 유창한 일본어와 라틴어, 졸업식에서 보였던 말없는 엄숙함은 어느 모로 보나 훌륭한 성직자의 모습을 조금씩 닮아가고 있었다. 주위의 조선인들은 총명하며 지식이 넘치는 젊은 그의 권위를 인정했으며 빈첸시오를 가르친 사제들과 교사들도 그의 장래에 대한 은근한 큰 희망을 감추지 않았다. 졸업식에는 레오 전도사와 막달레나 할머니(유키나가의 모)와 루치아(유키나가의 여동생)와 대마도에서 마리아와 교아, 옥이가 만든 소가죽 표지의 성경과 여러 벌의 의복을 졸업선물로 가지고 다케모토 빅토리오가 일부러 먼 길을 와 주었고 지난해 전도사가 된 카이오도 오사카에서 닷새 뱃길을 와서 축하했다. 나가사키와 아리마의 조선인 여성 수십명은 한복을 곱게 차려입고 꽃다발을 들고 와서 빈첸시오에게 그것을 안긴 후 무리지어 조용히 성가를 함께 하고도 있었다. 자연스럽게 빈첸시오는 조선인들의 중심에 서 있는 모습을 보이고 있었다. 조선인들은 그동안 빈첸시오의 동족 조선인에 대한 깊은 관심으로 그의 이름이 알려지기 시작한 것을 자랑스러워하며 그의 교리 교사로 출발을 마치 자신의 일처럼 축하하고 가지고 온 도시락과 떡, 단술 등을 함께 나누었다. 그들은 통상적으로 수사와 흡사한 복장을 한 교리 교사를 전도사나 선생님으로 호칭하며 존경했다. 그러나 빈첸시오는 조금도 거만하지 않았다. 평범한 모습으로 그들이 준비한 음식을 같이 먹고 대화를 하며 그들이 웃기는 이야기를 하면 따라 웃기도 하고 손을 맞잡고 다정한 모습을 보이기도 했다. 모두에게 그를 미래의 신앙생활 중심에 두고 행동하는 모습이 선연했다. 빈첸시오는 자신도 모르는 사이에 동포들의 신앙생활, 영적 지도자로 자라게 될 것이 분명했다. 오후 3시경 모든 행사가 끝난 다음이었다. 조선인들은 남녀노소 구분 없이 학교의 동쪽 광장 한 구석에서 서로의 안부와 가족들, 헤어진 동료와 친구들을 다시 물으며 슬픔에 흐느끼고 있었고 빈첸시오가 그들 가운데로 걸어 들어갔을 때에는 이미 그런 분위기가 무르익어 모두들 감정이 격해 있었다. 누군가가 아리랑을 불렀다.

"아리랑, 아리랑, 아라리요 아리랑고개로 넘어간다." 하고 운을 떼자 모였던 조선인 근 오십 명이 한꺼번에 목청을 높여 노래했다. 모두들 눈물을 흘리며 감동에 겨워하고 있었다. 빈첸시오도 눈물을 흘리며 어머니가 가르쳐 주신 경상도 서쪽 지방의 아리랑을 노래했다. 모두 따라서 후렴을 노래해 주었다. 그들은 일본인들에 대한 원한과 사무친 억울함이 가슴을 메우자, 말없이 함께 손을 잡고 돌아가며 곡조가 다른 각 지방의 아리랑을 끊임없이 불렀다. 빈첸시오는 조선인들과 함께 울고 흥에 겨운 모습을 보이는 것은 괜찮겠지만 교리 교사가 될 자신으로서는 좀더 객관적인 성숙한 신앙인이 되어야 하지 않을까라는 생각이 들었고 그들을 진정시키기 시작했다. 모든 조선인들이 가치 있는 존재가 되고 싶어 하고 있고, 자신이 기리시탄(그리스도인, 크리스챤)이라는 신념에 조금도 의혹을 느끼지 않고 있다고 믿었기 때문에 빈첸시오의 권유로 그 이상 단체적인 눈에 띄는 행동은 절제되고 있었다. 이런 그들의 행동에는 빈첸시오의 인간적인 면이 크게 작용했으나 그의 행동은 과장되지도 않았고 말투에는 어깨 힘이 들어간 모양새의 영웅 심리도 없었다.

졸업한 빈첸시오를 나가사키 예수회 관구장은 교구 내에서 조선인과 일본인을 대상으로 교리 해설과 전도에 주력토록 조선인 신자가 많은 나가사키 시내 모토하카타 마치의 산타 이사벨 교회로 발령하고 교회 사제관에서 생활토록 했다. 우선 레오 전도사를 통해 졸업식에 참석해준 대마도의 다케모도 빅토리오와 마리아에게 감사의 편지를 보내며 자신의 발령과 교아와 옥이, 마틸다를 언급했다. 유키나가 성의 막달레나 할머니께도 산타 이사벨 교회에서 생활과 감사의 편지를 보내면서 성원해 준 모두의 안부를 물었다. 보좌 신부에게서 교리반을 이어 받아 조선어로 간략한 교리 지침서를 만들고 조선인들은 별도 반을 두어 조선어와 일본어 교육을 함께 진행하려 준비했다. 영세 교육에는 문자를 해독하여 성서를 읽을 줄 아는 실력 있는 그리스도인을 먼저 만드는 것이 필수적이기 때문이었다. 지역 내 조선인과 주위 일본인 가정을 방문하고 그들의 애로사항을 들어주고 교리반 참석을 권했다. 예비 신자들이 자꾸만 늘어갔다.

이듬해 늦여름 빈첸시오는 카이오가 보낸 초대 편지를 받고 주임 신부께 오사카에서 카이오가 활동 중인 교회 방문을 위해 열흘간 휴가를 얻었다. 나가사키에서 험하지 않은 나흘 뱃길이었다. 예수회 선교부는 오사카 중심가의 수도회 내부에 있었다.

"어서 오게, 내 형제, 빈첸시오!" 하며 그가 얼싸안았고 빈첸시오에게도 마치 한 가족과도 같은 평안함을 느끼게 해 주었다. 저녁 미사 후 둘은 자연히 그동안 둘의 성장과 변화, 조국의 정유재란에 대한 이야기로 시간가는 줄 모르고 대화를 했다. 카이오가 졸업하며 앞으로 더욱 친밀하게 한 배에서 나온 형제처럼 말을 터고 지내자고 한 것이 더욱 서로를 가깝게 여기게 했다. 도중에 빈첸시오가 물었다.

"앗 참, 카이오 형님, 혹시 조선인으로 우리 또래인 박일욱이라는 청년을 만나지 못했어?"

"그가 누구지?"

"내 고향 단성현의 친구. 나는 대마도에서 배를 내렸고 그는 혼슈나 큐슈, 시코쿠 어느 지역으로 끌려갔어. 그 이후는 서로 소식을 알 길이 없고."

그를 꼭 찾아야 하는 사연과 노예가 되어 만약 오사카 어느 곳에 있기라도 한다면 오사카 교회에 요구하여 노예를 되사는 조건으로라도 그를 구해 내야만 한다는 것과 자신이 오사카에서 카이오 형을 만나 교회를 견학하고 수도원에서 함께 묵상하며 보내는 시간보다 그를 먼저 찾아야만 하는 절박한 심정이 왜 갑자기 생겼는지 그 이유를 모르겠다며 주절주절 감정을 설명했다.

"내 주군인 다카야마 우콘 님은 조선에서 임진란 1년 후 귀국했네. 빈첸시오가 일본으로 오는 즈음과 비슷한 때지. 우콘 님은 이후 조선인 포로들을 만나며 그들이 그리스도 신앙을 갖도록 애를 쓰고 있지. 혹시 모르겠어, 접한 사람들 명단이 있을지도, 시기적으로 거의 일치하니 말이네."

이튿날 둘은 우콘의 역사 기록 업무를 맡고 있는 사관(史官)을 찾아가서 서류를 확인할 수 있도록 부탁하자 두툼한 4권의 붓으로 쓴 책을 가져다주었다. 그는 둘의 짐작대로 그런 자료를 수집하여 기록해 두고 있었다. 지역 내 노예상과 조선인들을 접촉 후 그들의 조선 이름과 용모와 특징, 노예 소유주의 주소와 이름, 매매된 가격 등이 한자와 일본어로 요연하게 적혀 있었다. 기록을 죽 훑어 나가자, 3권 째에 비슷한 이름이 있었다. 경상도 진주사람 박이루라고 적고 있었고 "나이는 15세, 병은 없고 영리하나 몸이 약하고 눈치가 빠르며 잘 울고 밥을 많이 먹는 흠이 있음"이라고 기록되어 있었다. 소유주는 오사카 근방에서 농사를 하는 "유노 가와구치 (유스토)"라고 쓰여 있으나 매매 금액 기록이 없는 것으로 보아 밝히고 싶지 않은 사정이 있는 그리스도교 신자인 듯 했다. 수도회의 카이오 관할 신부께 둘의 이틀간 조선인 노예 상황 조사를 위해 단기 여행을 말하자 허락하며 신자 중 하급 사무라이로 지리를 잘 아는 가우덴시오가 안내자가 되어 일행은 셋이 되었다. 이튿날 일찍 빈첸시오와 카이오는 찾아온 가우덴시오와 함께 수도회에서 새벽밥을 먹고 박이루가 있다는 곳으로 출발했다. 그들은 노예로 팔린 사람을 도로 사 올 수 있는 돈도 없었으나 같은 그리스도교 신자인듯 하니 합당하게 잘 설명만 하면 데리고 나올 수 있을 것 같은 기대를 하며 일우의 신분을 가부간 확인하기 위해 함께 길을 떠났다. 길을 걷는 동안 둘은 카이오가 오사카로 초대하고, 빈첸시오가 응해서, 갑자기 함께 뜻이 맞아 박일욱을 찾아 나선 이 과정이 너무나 신비스러울 뿐이며 그를 보호하고 있는 자 또한 그리스도교인으로 보이니 함께해 주시는 주님이 미래 약속을 위해 나타내신 일로 믿었고 서로 놀라고 있었다. 또한 오사카에서 그다지 멀지 않은 북쪽으로 30리쯤 떨어진 다카쓰키라는 작은 농촌에 그가 있다는 것도 큰 행운이었다. 가우덴시오가 앞서 길을 물어가며 일욱이 있다는 집에 도착한 시간은 오후 2시경 이었다. 유노 가와구치의 집은 중농 규모로 보였으며 그는 40대 초반의 남자로 키는 자그만 했지만 몹시 부지런하고 선량한 모습에 대화를 나누고 보니 신앙심도 깊었다. 두 사람의 전도사 복장을 한 젊은이들과 한 사람의 무사가 집을 찾아온 것에 대해 매우 놀라며 '변변치 못한 곳을 방문해 주시어 감사하다'는 말을 한 후, 부인을 찾아 차를 대접했다. 빈첸시오가 일욱의 용모를 말하니 그가 데리고 있는 사람과 일치했고 일욱은 점심을 일찍 먹은 후 소를 끌고 산으로 가서 풀을 먹이고 나무도 한 후에 오후 5시경 돌아올 것이라고 했다. 두 전도사가 모두 조선에서 와서 아리마의 신학교를 졸업했다는 말에 그는 매우 놀라워했다. 일욱를 노예로 사게 된 연유는 하나뿐인 미혼이었던 열아홉 살 아들이 조선의 전쟁터에서 죽어 50여마지기의 농사를 꾸려 나갈 방법이 없어 오사카 근처 신앙이 없던 다이묘의 노예상에게 30냥을 주었다고 했다. 그의 아내는 '로마나'로 자신을 밝힌 뒤 아무런 말이 없었다. 남편과 비슷한 연배의 아낙으로 그녀는 일하기 위해 태어난 사람처럼 보였다. 빈첸시오 일행을 위해 밥을 짓고 부엌일을 하면서 헛간도 드나들고, 남새밭에서 야채를 뜯어서 우물가에서 씻는가 하면 짬짬이 마당도 쓸고 있었다. 작은 키에 별 웃음조차 없어 언제나 매우 화나 보이는 무뚝뚝한 조선의 남쪽 지방 여자를 보는 느낌이었다. 해가 뉘엿거리자 일욱이 지개에 나무를 짊어지고 소를 몰고 나타났다. 빈첸시오를 대번 알아본 일욱은 대뜸 눈물부터 흘리며 "어떻게 알고 나를 찾아올 수 있었느냐?"고 물었고 카이오 전도사가 반가이 웃으며 손을 잡고,

"주님은 모든 일을 알고 계신답니다." 하고 말하자 깜짝 놀라는 표정을 지었다.

둘은 일욱을 도와 나무짐을 내려서 쌓고 소를 마굿간에 몰아넣은 후 함께 자리에 앉았다. 일욱은 또 울음을 터뜨렸다. 빈첸시오가 어깨를 쓰다듬어 주며 위로하자 훌쩍거리며 말했다.

"난 여기서 살 만해. 이렇게. 일본말도 아저씨 내외에게서 많이 배우고 있고—."

"이쪽은 카이오 전도사님, 나도 빈첸시오로 영세를 받고 전도사가 되었어. 나는 나가사키에 있고 카이오 형님은 오사카에 계셔."

그들에게 지난 5년은 인생의 큰 고비를 수없이 넘긴 험난한 기억을 갖게 했기 때문에 이야기는 끝이 없었다. 가와구치 유스토 내외는 일욱이 한자를 많이 알고 유학에도 꽤 지식이 있다는 점과 사람이 유순하고 시킨 대로 잘하며, 동네 노인들도 존중할 줄 알고 몸은 약하지만 농사일을 못할 정도는 아니라는 점을 들어 '사람을 잘 구했다'라고 말해 주었

다. 밤이 깊어 빈첸시오와 카이오가 일욱에 대한 노예 신분을 벗겨 주고 그가 원하는 대로 가게해 줄 수 있겠는지를 이들에게 은근히 말하자 내외는 한참을 서로 소곤거리며 상의한 후에 다음과 같이 결정해 주었다.

첫째, 이루(일우)가 그리스도 신앙을 갖게 되어 세례를 받고 자유인으로서 우리 집에서 일을 하고 성과 이름도 일본인으로 바꾸고 가족이 되어 함께 살아주기를 바란다.

둘째, 그가 자유인이 되어 원하는 곳으로 떠나게 할 수는 없다. 그가 없으면 우리 둘만으로는 농사를 다 지을 수도 없고, 무엇보다도, 일본은 백 수십 년째 전쟁을 하고 있는 나라이고 인간의 목숨을 파리 목숨처럼 하찮게 여기는 무서운 곳이라는 것을 알기 바란다. 우리 내외가 아는 인륜이 넘친다는 조선하고는 다르다.

셋째, 우리 교회에서도 노예를 부리는 것은 교회법에도 맞지 않기 때문에 자유롭게 풀어주라고 했으니 그 법에 따를 예정이었지만 일욱이 함부로 모르는 곳으로 가서 산다는 것은 불가능하다. 처음 보는 사람이라면 대번 적대하며 작은 잘못에도 목숨을 내놓으라는 작자가 많은 곳이 여기다. 그들의 칼은 날카롭다.

조금 중언부언하는 느낌도 들었지만 상당히 인간적이고 신앙심이 넘치는 결기가 있었다. 일욱에게도 의견을 물었지만 고향으로 돌아가고 싶다는 말 밖에 없었다. 그러나 어떤 과정을 거쳐 조선으로 돌아갈 수 있을지는 아무런 짐작도 할 수 없었고 만약 그를 유스토 내외의 허락을 얻어 데리고 나온다고 하더라도 보낼 수 있는 곳이나 할 일을 준비한 것도 없었다. 또 내외의 말처럼, 그들의 농사일을 당장 이어갈 사람도 없는 실정이었다. 가와구치 유스토와 로마나 내외가 정성들여 마련한 저녁과 잠자리를 대접받았다. 빈첸시오와 카이오는 일욱이 있는 왜인의 집에서 일본어로 함께 식사 기도와 저녁 기도를 하고 그들 내외와 가우덴시오의 교리에 대한 질문에 답해 주며 지낸 시간이 너무나 소중했고 신학교에서 공부한 보람을 새롭게 느끼게도 했다. 빈첸시오는 밤이 늦도록 일욱과 서로 그동안 겪어낸 일과 장래의 계획에 대해 말하고 함께 흐느끼거나 웃기도 하며 밤을 지냈다. 언제고 여행 기회가 있으면 나가사키 수도원을 다녀가도 좋고 오사카에 나가면 카이오 전도사를 만나서 서로의 소식을 전하자고 하며 희망적인 이야기를 나누었다. 이튿날 아침, 빈첸시오는 유스토 내외가 받지 않으려는 셋의 숙박비와 밥값을 약간 내어놓고 모두가 있는 자리에서 일우에게 딱딱 구분을 지워 다음과 같이 말해 주었다. 이렇게 결정해 주는 것이 일욱의 일생을 보람차고 행복하게 해 주는 것이라고 두 조선인 전도사가 서로 합의한 결과였고 일욱은 이미 자신의 착한 인간성으로 인해 포로 신분을 이겨내고 절반쯤 왜인 가정의 식구가 되었다고 믿었기 때문이었는데, 주인 내외가 그리스도교인이라는 점이 결정적으로 작용한 것이었다.

"그리스도 신앙을 받아들이고 유스토, 로마나 내외와 한식구가 되어라, 좋은 여자를 만나 가정을 이루고 여기서 농사를 지으며 살아라, 조국으로 돌아갈 것이라는 막연한 꿈은 더 이상 꾸지 말고 닥친 환경에서 최선을 다해 인생을 살며 왜인들 속담에 '사는 곳이 고향' 이라는 의미를 절대 잊지 마라"는 세 가지였다.

이번 여행을 통해서 빈첸시오는 신학생 때부터 지녀 왔던 자신이 해야 할 일 중에 중요한 한 가지를 새롭게 인식하게 되었다. 그것은 조선인 노예를 찾아 해방시키고 세례를 주어 이곳 일본에서 자유스런 그리스도인으로 살아가게 해 준다는 것이었다. 그 일에 진력하면 자신이 수도자나 사제가 되는 그날을 기다리며 살아가는 일의 보람이 더욱 커질 것이라고 믿었다.

그 즈음 정유재란이 일어나자 수많은 조선인들이 전쟁포로로 밀려들어왔다. 오사카에서 돌아온 후 두 달이 지난 어느 날, 빈첸시오는 나가사키의 항구 지역을 지나다가 우연히 그가 당했던 것처럼 굴비같이 두름 묶여 있는 열댓의 남여 조선인들을 보았고 그들을 잡아온 일본 노예상을 만나 여러 이야기를 들을 수 있었다. 그러나 잡혀 있는 조선인들을 노예 상인들이 원하는 금액을 치르지 않고는 한 사람도 빼낼 수 없었다. 빈첸시오는 근처 음식점에서 가진 대로 돈을 내고 음식을 사서 물과 함께 이들에게 조금씩 나누어 주고 희망을 잃지 말도록 위로했다. 하늘의 뜻이 언제고 우리를 다시 만나볼 수 있게 해 줄 것이고 어디를 가든지 우리를 지켜내 주실 분은 하느님 한 분뿐이며 그는 그리스도이니 믿어야 한다고 말했다. 그들은 모든 자신의 인생을 포기한 듯 보였으나 갑자기 나타나 조선말을 하는 그리스도교 전도사 빈첸시오에게 애원의 눈빛을 보내고 있었다.

노예상과, 이들과 관련된 장사치들, 조선인 포로들을 만나는 회수가 많아지자 조선인 포로 전반에 대한 지식을 얻은 빈첸시오는 조선인 노예를 금지하는 제도를 전 일본의 교회 차원에서 반드시 실행해야만 한다고 생각하고 계획을 추진했다. 그는 나름대로 조사한 보고서와 백 수십 명의 조선인 신자들이 연대 서명한 탄원서를 사제를 통해 관구장께 제출했다. 이로써 빈첸시오는 일본 내에서 조선인 포로의 신분 개선과 정착을 위한 노력에 분명한 인식을 하면서 권력자들이 이를 이해하고 실행토록 해야 한다는 신념을 갖게 되었다. 시중의 소문을 듣자면 정유재란 이후까지 일본으로 끌려온 조선인 포로들의 숫자는 근 십만 명에 가깝게 증가해 있었다. 대개 30냥에서 60냥 내외로 쌀 너덧 가마 값으로 팔려 전쟁으로 사라진 농어촌 인력으로 보충되고 있었다. 이들은 큐슈와, 혼슈, 시고쿠의 전 일본 농어촌 지역까지, 도시로는 후쿠오카, 히로시마, 나가사키, 오카야마, 효고, 고쿠라(후쿠오카, 키타큐슈), 쓰시마, 오사카, 교토, 나고야, 시즈오카, 에도(동경)등 거의 모든 도시로 삽시간에 분산되어 흩어지고 있었다. 일부는 포르투갈 노예 상인 배에 실려 인도와 마카오, 마닐라, 최종적으로는 유럽의 도시에까지 형성된 국제 노예 시장으로 흘러가고도 있었다. 빈첸시오의 노력과 함께 조선인의 노예 신분에 대한 공분을 키워간 교회는 차제에 조선인 노예들에 대한 잔인한 처우와 혹독한 노동, 비인도적인 인신매매가 인간으로서는 차마 행할 수 없는 일로서 당연히 금지해야 한다는 것을 더욱 널리 알리기 시작했다. 교회 차원의 조선인 노예해방을 전 지역의 모든 신자들에게 전개하자 주위의 일본인들도 조선인 노예의 인간성 회복을 위한 대우의 개선을 심각하게 인식해 가고 있었다. 물론 그보다 훨씬 전부터 포르투갈 노예상들이 일본인들을 대상으로 한 음성적 국제 노예 거래가 있었지만 그 대상은 특정한 분야의 일을 하는 사람들이 태반이었고 이렇게 대규모로 조선인을 중심으로 일반인 노예 시장을 형성한다는 것은 양식 있는 일본인들과 그리스도교 사제나 수도자, 전도사들에게서 강한 반발을 사게 되었던 것이다. 일본의 각 교회는 조선인 노예의 인권을 되찾기 위해 불가피한 경우에는 노예상에게 돈을 지불하고 자유인이 되게 하였고 또한 신자로서 노예 매매에 관여하는 자는 파문토록 하는 강경 조치를 하게 되었다. 결국 빈첸시오의 탄원은 결실을 조금씩 거두어 나가고 있는 셈이었으나 비밀스럽게 이루어지는 잔학무도한 노예 상인들의 비도덕적인 조선인 노예 거래까지 없애지는 못했다.

그동안 빈첸시오는 나가사키와 인근의 소읍에서 주변의 조선인들이 말해 주거나 자신이 알고 있는 모든 조선인들 가정을 방문하여 그리스도교를 전도하며 교회로 초대하고자 했다. 가정을 이루지 못하고 홀로 노예가 되어 혹사당하는 사람들은 더욱 정성을 쏟았다. 대부분은 근면하고 묵묵히 생활하며 일본에 적응하려 애를 쓰고 있었으나 아무런 방법도 없이 오로지 돌아가겠다는 일념으로 하루하루를 지내는 사람들도 있었다. 일부는 잔혹했던 전쟁터에서 겪은 정신적 충격에서 벗어나지 못하고 방황하는 자들도 있었고 폐인의 길을 걸으며 죽음만 생각하는 자들과 심지어 조선에서 남편과 아이들을 잃고 끌려온 젊은 여성이 왜인의 아내가 되어 기막힌 인생을 억지로 살아가는 사람도 있었다. 혼자 힘으로는 아무것도, 어쩔 수도 없다는 절망에 그들을 만나고 돌아서 나올 때면 아무도 보지 못하는 숲으로 들어가 홀로 눈물을 흘리며 기도했다. 그들과 대화로 신앙의 힘을 전하며 고난과 인생의 허무를 교회의 사랑으로 보상받기를 말해 주었을 때에 그들의 눈에 비치는 선한 결심과 자신에 대한 의지를 영원히 기억할 것 같았다. 수 일 또는 수 개월 후, 그들이 교회를 찾아와 자신을 만나려 했을 때의 감격은 참으로 말로서는 표현하기 어려운 것이었다. 그럴 때면 찾아온 그들이 내미는 두 손을 함께 부여잡고 교회의 뒷동산에 꾸며둔 14처 기도 (십자가의 길)의 성모상 아래서 함께 눈물을 쏟기도 했다. 그들에게 형제나 동생처럼, 또는 젊은 선생님이 되어 교리를 전하고 영세를 받게 하면 그들은 전혀 새롭게 희망에 가득 찬 사람으로 탄생되는 것이었다. 빈첸시오의 가슴에는 작은 기적들이 수 없이 일어나고 있었고 관구의 수사들과 사제들은 빈첸시오를 더욱 친밀히 여기며 용기백배하게 해 주었다. 그것은 모든 수사와 전도사, 수도 사제가 한 몸이 되어 십자가를 지신 예수 그리스도께 충성하여 교회와 신자들에 대한 봉사를 끝없이 수행하는 길, 그것이 바로 예수회 소명의 원천이라고 믿었던 것이기 때문이었다. 예수처럼 가난하기를, 예수처럼 정결하기를, 예수처럼 순명하기를, 그래서 주 예수를 섬기고 따르기를 선택한 자들의 공동체에서 빈첸시오는 감동적인 경험을 통해 신앙의 힘을 더욱 높게 쌓아가며 외롭지 않았다.

　1591년, 도요토미 히데요시는 그리스도교의 천정소년견구사절단이 귀환하여 그리스도 다이묘 아리마 영주와 발리냐노 신부가 이들과 함께 교토에 있는 자신의 주라쿠다이 대저택으로 찾아와 주었을 때의 감격을 잊을 수 없었다. 세계로 힘차게 뻗어 나가는 일본의 국력을 느꼈고 쟈오 로드리게스 신부의 유창한 일본어 통역도 자신의 마음을 움직여 그 이후 그를 외교 고문처럼 여기며 일 년의 수개월을 교토에서 머물도록 하였다. 그는 믿음직했으나 자신의 통치에 그리스도 신앙이 전부가 되어서는 안 되며 그들이 조선과 전쟁에 도움이 되지 않거나 내부 통치에 어려움을 주는 요소가 생기게 되면 반드시 없앨 수밖에 없을 것이라고도 결심했지만 속마음을 아무에게도 비치지 않았다. 이로부터 5년이 지난 1596년 12월, 조선에서는 일본의 재침공에 따른 정유재란 중이었다. 그러나 일본은 나가사키를 중심으로 전 일본 열도에 그리스도 신앙이 한

없이 발전해 나가고 있었다. 히데요시는 겁이 났다. 조선반도에서 명예스런 철수를 준비하겠지만 패배가 분명한 7년여 조선과 전쟁에서 누적된 다이묘들의 불만과 한계에 이른 민초들의 고초와 애환, 폭발점을 찾고 있을지도 모르는 모두의 관심을 다른 곳으로 돌릴 필요가 있었다. 또한 전 일본의 그리스도인들이 같은 신앙으로 선진 남만(포르투칼, 스페인 등 해양세력)과 결속해서 그들이 무력으로 일본을 침공하면 이길 수도 없고 자신의 권좌는 그리스도교 다이묘들의 것으로 바뀌고도 말 것이었다. 황궁과 불교를 믿는 다이묘들의 불만인 일본의 포르투갈과 무역의 폐해나, 그리스도교 포교 시 사찰을 교회로 전용하는 문제, 일본의 전통 유교 사상에 기초한 통치 체제에 대한 위협 주장이 자신의 의식과도 상당 부분 일치하고 있다고 보기 시작했다. 그리스도교 세력을 이쯤에서 더 자라지 못하도록 억제할 명분을 찾아야 했고 온 일본의 백성들과 다이묘들을 겁주어서 크리스천으로 개종을 이쯤에서 막아야 한다고 믿게 되었다. 만인은 평등하며 사제들은 신자들을 위하여 봉사한다는 그리스도인들의 도덕심이 일본 봉건 사회의 관습과 일치할 수 없으며 계급과 전통과 풍습을 파괴하여 야만으로 가득 찬 나라로 만들 수도 있다는 공포가 머리를 어지럽게 채우고 있었다. 그때 필리핀에서 멕시코로 가던 스페인 선박 산펠리페 호가 겨울 폭풍을 맞아 시고쿠 남부의 도사(土佐) 앞바다에 좌초하게 되었다. 이 배에는 프란치스코회 스페인 선교사들이 있었고 이들은 허락도 없이 상륙하여 선교 활동을 펼치고 있다는 사실이 도요토미 히데요시에게 보고되었다. 당시 프란치스코회 사제와 수사들이 교토 일대에 교회와 수도원을 건립하고 바닥을 훑듯이 빈곤한 층을 대상으로 의료 봉사와 함께 선교를 하고 있었다. 지리멸렬해지는 조선과 전쟁은 자신의 통치 권력을 위협받을 수 있다고 분명하게 여기자 더욱 심한 불안을 느끼며, 이로 인해 터진 분통으로 그는 이들을 맹렬히 비난하고 교토(京都)와 오사카(大阪) 등지에서 활동하는 선교사들을 체포토록 명령했다. 프란치스코회 수사 6명과 예수회 수사 3명, 일본인 전도사와 신자 15명 등 24명이 금방 붙들렸다. 허락 없이 선교한 죄였다. 1597년 1월 3일 이들의 양쪽 귀를 자른 후 일주일간을 교토 시내를 끌려 다니도록 했다. 온갖 조롱을 당하는 모습을 일본인들이 보아야하고 그리스도교인들이 아닌 자들은 이들에게 침을 뱉고 돌팔매질을 하게도 했다. 이들의 처형은 그리스도 교인들의 도시인 나가사키(長崎)에서 실행토록 명령을 내렸다. 1월 9일, 포승줄로 이들을 묶은 후 오사카를 거쳐 나가사키에 이르는 900킬로의 긴 여정에 얼어붙은 땅을 맨발로 걷도록 했다. 잘려나가 없는 귓불에서는 피가 멈추지 않았고 뒤로 손이 묶인 채 눈비를 맞으며 흙탕과 돌투성이 산길을 걷는 동안 손목과 발은 얼어서 터졌고 헐벗은 옷으로 추위를 참아내며 배를 곯아 허기져 쓰러진 동료들을 추스르는 이들을 매질했다. 신앙을 증거하는 죽음의 험악한 길을 이들은 말없이 순순히 따랐고 가는 길에 이들을 지켜본 두 사람이 스스로 같은 그리스도인이라며 함께 죽기를 원해서 26명으로 불어났다. 그들의 죽음을 두려워 않는 찬미의 성가는 주위의 일본인들을 감동시키며 오히려 그리스도교를 전파하고 있었다. 근 한 달을 주야로 걸어 나가사키 니시자카 언덕에 도착한 26인의 순교자들에게는 십자가에 묶어세운 다음 좌우에서 창으로 찔러 죽이는 책형이 정해져 있었다. 바다가 우라카미 강을 만난 니시자카 언덕에 십자가 26개가 세워졌고 4000명이 넘는 군중이 모여 들었다. 먼 길을 걸어와 형 집행을 눈앞에 둔 수사와 전도사와 신자들이 성가를 부르며 십자가에 달렸다. 1597년, 부활절과 사제의 날, 성 목요일을 두 달 앞둔 2월 5일 목요일 아침이었다.

빈첸시오는 이들이 나가사키의 니시자카 언덕을 향해 죽음의 걸음을 옮기고 있을 때 아리마의 세미나리오에서 생도들을 위로하는 도움을 요청받고 갔다. 세미나리오는 슬픔에 잠겨 있었다. 그들이 어쩔 수도 없는 잔인한 고통과 죽음이 권력을 쥔 자의 손에 의해 형제들에게 자행되고 있었다. 빈첸시오는 상급반 생도와 교사들과 어울려 함께 기도하고 성경을 봉독하며 정신적 위축에서 오는 위협을 이겨내고 있었다. 학교에서는 원하는 생도와 교사들에게는 니시자카 언덕에서 순교자들을 볼 수 있도록 허락하였다. 그러나 히데요시의 정책에 항거하거나 폭동을 유발하는 행동이나 언어는 절대로 해서는 안 된다는 당부의 교육이 선행되었다. 왜냐하면 그리스도교는 비폭력적으로 어떠한 박해나 핍박도 이겨 나가서 이 땅위에 꿋꿋이 서 있는 하느님의 나라를 선포할 수 있어야 하기 때문이었다. 생도들과 함께 배를 타고 바다를 건너 밤을 새워 길을 걸어 니시자카 언덕으로 갔다. 순교자들 중에는 그들이 잘 아는, 수년 전에 세미나리오를 졸업하고 전도사가 되어 교리를 전하던 미키(三木) 바울로도 있었고 예수회 수사들과도 친밀했던 프란치스칸 형제들, 멕시코 태생의 수사 페드로 수키지루, 나고야에서부터 걸어온 12살의 어린 소년 루이스 이바라키도 있었다. 빈첸시오는 언덕 위 십자가에 매달리는 순교자들을 한 사람 한 사람 지켜보았다. 언젠가 자신이 이곳 바닷가의 우라카미 강변, 나가사키 시내가 내려다보이는 저 곳에서 하염없이 생각에 잠겼던 때를 기억했다. 그 언덕 위로 바다의 미풍이 불어오면 하늘의 말씀이 따뜻한 손이 되어 자신의 얼굴을 매만지고 머리를 쓰다듬는다고 느꼈다. 그러나 오늘, 26개의 십자가가 서 있고 똑같은 생명을 지닌 인간들이 예수 그리스도를 믿고 따르며 전교했다는 죄목으로 죽어가고 있었다. 도요토미 히데요시는 크리스천이 되는 길은 잔학한 고문과 죽음뿐이라는 공포를 심어주고자 했던 목적을 일정 부분 성취하고 싶었다. 빈첸시오는 그들 한분 한분을 다시 눈여겨 살펴보며 성호를 긋고 기도했다.

"저분들의 순교가 등대가 되어 저의 길을 밝히게 해 주소서. 저들의 영혼이 주의 빛나는 영광 속에서 당신의 따뜻한 품에 들게 하소서. 저들이 증거하는 신앙의 피가, 메마른 이 땅위를 붉게 적시어 모든 일본인들이 그리스도 신앙을 찬양하게 하여 주시고 아무 죄도 없는 저들에게 악행을 저지르고도 잘못을 깨닫지 못하는 잔학한 무리를 벌하소서. 그들은 아무것도 모르는 척 하나이다. 그러나 진정 그리스도를 모르는 자들에게는 제가 그들에게 그리스도를 전하게 하시고 용서하소서. 저의 애원을 들어 주소서, 주여 저의 애원을 들어 주소서."

십자가에 묶인 스물여섯은 '모든 백성들아 주를 찬미하라'는 최후의 성가를 누군가가 선창을 하자 함께 따라 불렀다. 이후 그들 중에 누군가가 '아버지, 저들을 용서 하소서'라고 크게 기도하는 소리가 들렸다. 곧 형리(刑吏)들이 창을 들어 순교자들의 가슴을 아래에서 위로 양쪽에서 깊게 찌르자 "윽" 하는 소리와 함께 몸이 뒤틀리다가 창을 빼자 심장에서 피가 분수처럼 뿜어져 내렸고 곧 그들은 숨을 거두었다. 순교하는 이들은 아무도 원망하거나 반항하지도 욕하지도 않았다. 사람들은 왔던 곳으로 되돌아갔고 죽은 이들은 십자가에 매달려 반쯤 감은 눈으로 발아래 사람들의 세상과 하늘을 바라보고 있었다. 고요한 하늘 가운데 희미한 겨울의 태양이 짙은 회색 구름 속으로 들어가서 나오지 않고 있었다.

빈첸시오는 눈물이 하염없이 흘러내렸다. 모든 신학생들도 말없이 울고 있었다. 열 살이 채 되지 못한 어린 신학생들조차도 어쩌면 좋을지 묻지 않았다. 모두 목숨을 바쳐 신앙을 지켜내는 순교의 길을 따르기로 말없이 맹세하고 있었다. 순교자들의 피가 땅으로 더 흘러내리지 않을 즈음 그들은 더 이상 눈물을 흘리지 않았다. 열을 지어 다시 학교로 돌아가는 동안 모두 묵주기도와 26인의 영혼을 위로하는 위령 기도를 돌아가며 바쳤다. 그들이 도착한 다음날 아침 학교의 교실앞 유리 덮개가 있는 상자 안에는 순교자들이 지녔던 성경과 십자가와 고상과 묵주, 이들이 마지막으로 쓴 편지가 진열되어 있었다. 세미나리오에서 모든 신학생들과 교사와 수도자들은 다시 26인을 호명하며 위령 기도를 모두 함께 바치고 각자의 전교와 신앙에 대한 굳은 결심을 발표하며 하루를 보내는 도중, 교장의 훈시와 교사들의 설교, 순교자들이 쓴 편지와 유물들을 다시 보고 슬퍼하며 신앙의 각오를 굳건히 새겼다. 그중에는 아버지 마카엘 고자키와 함께 온 14살 토마스 고자키가 어머니께 쓴 편지도 있었다. 하느님을 원망하지도, 고통을 걱정하지도 않았다. 오로지 가족과 하느님에 대한 사랑과 존경만이, 자신이 사라진 후 확신에 찬 신앙생활을 계속해 나가도록 요구하는 글이 담겨있었다. 빈첸시오는 주님의 용사로서 순교자의 거룩한 용기를 찬양하는 글을 상급반 생도들과 함께 작문하여 교장께 드린 후 산타 이사벨 교회로 돌아왔다.

이해 도요토미 히데요시의 '파테렌(伴天連, 선교사추방령)'에 의한 26인의 순교는 1614년 도쿠가와 이에야스 막부의 '기리시탄 (切支丹:크리스천)금지령'과 더불어 그리스도인들에게 가하는 대를 이은 고문과 죽음의 시작을 알리는 권력자가 흔들어 대는 조종(弔鐘)이었다. 순교자들은 달렸던 십자가에서 초여름이 되어서야 내려져 땅에 묻혔고 다시 관구의 노력과 로드리게스 신부의 히데요시와 친분으로 사정은 조금 완화되고 있었다. 나가사키의 그리스도 교회는 다시 이전의 활발함을 되찾으려 노력하고도 있었다. 1년이 채 지나지 않아 1598년 9월에 히데요시가 죽자 조선과 전쟁도 그때 끝났다. 히데요시는 죽음의 순간에 쟈오 로드리게스 신부를 찾았다. 신부가 그를 그리스도인으로 영면토록 인도하려 했으나 응하지 않았다. 이후 예수회는 새로운 권력의 중심으로 등장하는 도쿠가와 이에야쓰 세력과 관계 정립을 위해 쟈오 로드리게스 신부를 관구 재무 담당 신부로 임명하여 중책을 맡기고 이에야쓰의 신임을 얻도록 노력하게 된다.

콜레지오(Colegio: 대신학교)

　나가사키의 26인 순교를 겪은 후 1년이 지난 1598년 봄이었다. 교회 곁의 야산과 들에 꽃이 만발하고 '성모님의 달'이라는 5월, 빈첸시오가 좋아하는 성 욥 축일을 보낸 밤이었다. 욥이 겪어내는 고난과 수난이 마치 자신이 겪은 것처럼 생생했고, 이후 다시 하느님의 사랑을 받는 사람으로 변해 가려 애쓰는 과정이 안타깝기도 하지만 결국 하느님의 사랑으로 예전의 자신을 회복해 가는 것, 그것이 신앙의 힘이라고 믿었다. 빈첸시오는 교회생활에 점차 익숙해지자 자신의 부족한 점들을 다시 인식하게 되고 이를 보완하여 자신의 이상을 늘 가까운 곳에서 찾아내어 실천하려는 생각과 바른 자세를 잃지 않으려 애쓰는 일은 그다지 어렵지 않았다. 그러나 신체적인 자연 현상이 문제였다. 어느 날 잠자리의 꿈 속에서 이상하게 자신이 절제하지 못하는 성적 욕구가 생겼고 새벽에 잠을 깨자 이부자리가 젖어 있었다. 말로만 듣던 몽정이라는 것이구나 하고 느낀 순간 자신에 대한 심한 모멸감이 밀어 닥쳤다. 도대체 나라는 인간은 이런 육체적 욕망조차 제대로 제어하지 못하는 불경스런 자란 말인가? 과연 내가 이러고도 최소한, 성령의 감화를 받았던 인간이라고 스스로를 자만하는가 하고 자책하며 아무도 몰래 마른 수건으로 홈쳐서 얼룩을 지우려 했으나 도저히 감추어지지 않았다. 침실에서 나와 자신이 영적 상담을 종종하곤 했던 시몬 세베로 주임 신부 방을 노크했다. 반갑게 맞아 주었으나 새벽부터 웬일이냐는 시선이었다. 사실대로 모두 말하고 부끄러운 자신을 회개하니 용서해 달라고 했다. 그러나 세베로 신부는 자기가 용서할 수 있는 일이 아니고 성인 남자라면 성직자라도 예외 없이 겪는 일이니 그렇게 모멸감을 갖는 것은 곤란하다는 의견만 말했다. 평소 그는 매우 신중하며 신자들을 영성에 기인하는 모습으로 구별하고 차별하지도 않았고 조선인으로 꿋꿋이 전도사이자 교리 교사의 길을 걷는 빈첸시오를 마음속 깊이 위로하고 응원해 주었던 사람이었다. 방으로 돌아와서 이부자리 깃의 바느질 부분을 뜯어 벗겨내어 빨았다. 그러나 앞으로 이런 신체적 현상이 불각 중에 또 찾아올 것인데 어쩌면 좋을 것인가를 생각하고 묘안을 궁리했으나 뾰족한 수가 없었다. 아무래도 빈첸시오 자신은 인간의 영혼을 달래고 위로하기 위해서는 효과적이고도 실리적인 방법이 교회에 있다는 것을 알고 있지만, 보통의 남자들과 똑같이 뼈와 살과 혈과 맥으로 이어져 있는 신체의 신진대사라면 교회의 성직자보다는 의술을 가진 자와 상의하는 쪽이 좋을 것으로 판단되었다. 주일이면 미사를 빠트리지 않는 조선인 신자 중 한 의원을 하고 있는 허활 도미니코가 생각났고 그의 의원을 들러 그럴 수만 있다면, 성적 욕구를 억제할 수 있도록 침을 맞든지, 약을 먹든지 해야 하겠다고 결심했다. 교회가 한가한 수요일 오후에 그의 의원을 들렀다. 몇 사람의 왜인 환자들이 눕기도 하고 무릎 꿇기도 한 주위에서 그는 한 늙은 아낙을 진맥하고 있던 손을 슬며시 놓더니 그녀에게 무언가를 소곤소곤 일러준 후 말했다.

"아니, 전도사님 어쩐 일로 이렇게?"

"예, 좀 들렀습니다." 하고 운을 뗐으나 부끄러움이 확하고 얼굴을 붉히게 만들었다. 다행히 그곳에 조선인은 그들 둘 외에 아무도 없었다. 도미니코는 다시 깍듯한 어조로 싹싹하게 물으며, 자기가 할 수 있는 모든 일을 할 테니 무슨 일로 그러는지를 말하도록 요구했다. 그의 귀에 입을 바싹 붙여 소곤거렸다.

"형제님, —사실은 제게 몽정을 하지도 않고, 육체적인 욕망도 생기지 않도록 침을 놓든지, 약을 지어주든지 해 주실 수 있습니까? 어, 허허허." 하며 묻고는 자세를 바로하며 민망해서 헛웃음을 짐짓 계속 지었다.

"예? 예, 어, 어 가미도벌탕에 현삼과 황백을 더 넣어서 드시면 효과가 있을 것이나 전도사님은 나이도 있고 건강도 좋으시니 그런 자연 현상을 어떻게 약으로 억제 하겠습니까? 어휴, 어휴" 하며 한숨을 푹푹 쉬면서 말을 이었다.

"어떤 이들은 그런 현상이 자주 일어나기를 바라고 약을 지어 먹잖습니까? 기도하는 사람도 있더라고요. 아하하하." 하더니 "아이고, 아이고, 죄송합니다." 하며 또 한숨을 푹푹 쉬는 것이었다.

"그 사람들은 그럴지 몰라도 저는 참 답답합니다. 그런 생각이 날 때마다 정신이 번쩍 드는 무엇이 없을까요?"

"—그러시면 '소태 씨앗'은 어떨까요? 무지하게 쓴맛이 몸을 차게 하고 열을 내리는 효과도 있으니 약과 함께 드시거나 소태 씨 한두 알을 입안에 물고 계시면 그 쓴맛이 하루 종일 지속이 될 겁니다. 좋은 약은 쓰다고 하지 않습니까? —쓰긴 합니다만, 아하하—." 하며 빈첸시오를 위로하는 말을 했지만 짐짓 겸연쩍은 표정은 감추지 못했다.

며칠 후 그가 준비해 온 한약 6첩과 소태 씨 약간을 주일 미사 후에 받았다. 얼마인지를 값을 쳐달라고 했으나 "저를 지옥으로 인도하시렵니까? 사제에게 사람의 정기(精氣)를 허하게 하는 약을 드리고 돈을 받으면 저는 지옥 불을 피할 수 없을 겁니다." 하고 말하자 둘이 함께 웃었으나 빈첸시오는 '난 사제가 아닌데요' 하는 말이 혀끝을 맴돌았다. 그 이후로도 그런 몽상이 들거나 육체적인 저항이 있을 때면 어두운 밤에 혼자 일어나 찬물을 뒤집어쓰기도 하고 소태 씨 세 알을 입에 넣고 삼종기도와 주기도문, 성모와 성 요셉 호칭 기도, 이냐시오의 기도를 수 없이 반복하며 성 아우구스틴의 고백록을 읽었다.

자신의 권력을 지키려고 보약을 써서 병을 치료해 가며, 통치권을 넘겨주었던 조카의 살려 달라 애원하는 목숨을 끊게 하고 어린 아들에게 권력이 이양되도록 별별 짓을 다 동원해서 발버둥 쳤으나 결국 도요토미 히데요시는 나이 예순 하나, 1598년 9월 18일에 죽었다. 그리스도교에 대한 박해는 대번 완화되었다. 그때 일본의 교회를 둘러보고 문제점을 찾고 개선안을 명령할 권한을 지닌 순찰사 발리냐노 신부가 세루케이라 주교와 함께 인도의 고아에서 마카오를 거쳐 나가사키에 도착하자 '기리시탄의 도시 나가사키'는 다시 전성기를 맞게 되었다. 이런 종교 사회적 환경으로 1611년 나가사키에는 11개의 교회가 있었고 사제들은 늘어난 신자들을 위해 주일이 되면 2, 3회로 나누어 미사를 집전해야 했다. 그곳은 다시 '아시아의 로마가 되어 가고 있었다.

히데요시 사후, 생전 그의 손에 쥔 권력이 두려워서 어쩌지 못해 따르던 일본의 다이묘들이 속 시원해 하며 조선과의 전쟁을 바로 끝낸 것은 당연한 일이었다. 누가 결정하고 지시를 내릴 일이 아니었다. 전쟁에 지친 일본 병사 모두가 조선과 노량해전을 마지막으로 서둘러 철수하였다. 그들의 병력이 일본에 도착하여 목욕 후 새 옷으로 갈아입자 드디어 일본은 다 끝내지 못한 전쟁을 내전으로 또 다시 이어갈 수 있게 되었다. 왜냐하면, 권력을 쥐고 싶은 야망을 감추고 묵묵히 평생을 기다렸던 도쿠가와 이에야쓰가 '드디어 큰 행운의 기회가 다가오고 있다' 고 믿으며 일본 열도의 세력을 패를 갈라 자웅을 결할 전쟁 준비에 박차를 가하고 있었기 때문이었다. 조선 반도에서 7년간 끌어오던 전쟁이 끝이 나자 죽은 히데요시에게서 정권을 뺏기 위한 도쿠가와 이에야쓰의 치밀했던 노력이 드디어 결실을 맺게 되면서 일본 역사상 찬란한 배신과 살육전에 빛나는 전쟁사를 기록하게 한 '세키가하라 전투'가 탄생하게 되었다. 무력을 숭상하는 나라에서 무력을 통한 정권의 이양은 당연한 것이며 패배한 측은 목숨을 내어 놓고 멸문지화를 당해야 하는 것 또한 당연히 받아 드려야 하는 것이었다. 그들은 그것을 숭상하며 그곳에 "무사의 길"이 있다고 믿었다.

빈첸시오가 나가사키 시내 산타 이사벨 교회에서 조선인과 일본인들을 대상으로 성경 강좌를 열고 교리반을 운영하여 신자들의 영세 준비에 몰두하고 교리 교사로서 활동을 하는 한편 주임 신부와 교구 내 콜레지오에서 강의를 하고 있는 수사들을 수시로 찾아가 콜레지오 입학을 준비하는 것은 주위의 모든 이에게 너무나 자연스러운 것이었다. 그의 지식에 대한 탐구와 진실하고 선하며 고귀한 정신, 성령이 충만한 강한 품성과 침착함은 아무리 감추어도 들어나기 마련이었고 일찍이 크리스천 다이묘 고니시 유키나가 가문과 사제의 요청이 있었던 것 또한 모두 알고 있었다.

그해 1598년 6월에 6년 과정의 콜레지오에 입학했다. 예수회 직할 구역인 나가사키의 모리사키 곳에 성 바울 콜레지오가 새롭게 창설되어 있어 가까웠다. 예수회에서는 조선인의 콜레지오 입학에 대한 정책을 아직 정하지 못하고 있었기 때문에 입학 신분상 말썽의 소지가 있었으나 세월이 해결해 주리라 믿고 오사카의 카이오에게도 신학 공부를 더하자고 권하여 둘은 일본인 신분으로 함께 입학했다. 일종의 이중 국적을 암묵적으로 인정받고 있었던 셈이었다. 관구에서도 두 사람이 콜레지오에서 하는 공부가 미래의 조선 포교에 도움이 되도록, 둘의 영성적 교양의 뛰어남을 인정하여 입학을 허락해 주는 쪽이 훨씬 미래 지향적이었기 때문이기도 했다. 카이오와 기숙사의 침실을 1년간 함께 쓰기로 했다. 3학년부터는 1인 1실을 사용해야 하나 그 이전에는 2인 1실이 기본이었다. 물론 고명한 영주의 저학년 자제들은 1인 1실에 별도의 시종이 따라붙는 경우도 있었다.

그 당시 일본은 인도 교구에 속해 있던 것을 1580년에 정식 교구가 성립될 때까지 대목구(代牧區)로 조정하고 포교지의 교구장을 주교로 대우하도록 교황청에서 승인한 이후였다. 이렇게 조직을 나누어 체계적으로 선교 활동을 하게 되자 수녀와 교리 교사와 수사와 사제들이 더욱 많이 필요하게 된 때였다. 1590년에 발리냐노 신부가 귀국하는 '천정견구소년사절단'과 함께 일본으로 오면서 스페인에서 가지고 온 독일 하이델베르그 활판 인쇄 시설을 콜레지오 내에 설치해 주었고 그곳에서 신학생들을 위한 성서 외에도 신자들을 대상으로 '크리스천서(書)'라는 종교 입문서와 라포일사전(라틴어, 포르투칼어, 일본어)도 만들어 도서 관에 비치해 두며 고학년을 대상으로 필요에 따라 배포하고도 있었다. 예수회는 동방의 작은 도시에서 제대로 된 신학교를 세우고 아시아 포교를 위해 전력투구하고 있었다.

카이오는 빈첸시오가 잘 인식하지 못했던 부분, 일본에서 중앙 정치 권력의 그리스도교에 대한 압박과 회유 또는 현 상태의 방치 등에 대한 정치 환경적 역사 인식이 뚜렷했다. 어디서 파악한 내용인지는 이야기하지 않았지만, 그가 맡고 있었던 지역의 다이묘와 개인적인 친분을 생각해 보면 짐작이 되었다. 카이오는 한 해 전, 1597년의 26인 순교 이후 히데요시의 권력은 그리스도교에 대해 다시 누그러뜨린 정책을 취하고 있고, 도쿠가와 이에야쓰가 토요토미 히데요시의 전권을 빼앗게 될지라도 도쿠가와로서는 그의 정권 안정이나 일본에서 포르투칼이 독점적으로 실행하고 예수회가 관여하는 남만의 무역으로 걷는 세금과 이득, 외국의 새로운 무기와 정보 등을 손에 넣어 관리하려 한다며 결국 그리스도교에 대한 압박은 매우 약해지거나 경우에 따라서는 종교의 자유화도 가능하다고 보고 있었다. 그러나 빈첸시오가 막연하게 느낀 점은 누가 일본의 권력을 잡더라도, 그가 그리스도교 다이묘가 아닌 이상, 심각한 압박이나 26인의 순교보다도 더 잔인한 탄압이 있을 수도 있다는 생각이었다. 둘은 이런 견해 차이가 있는 의견을 서로 나누었으나 그런 일에 대한 대비책은 자신들의 한계를 훨씬 벗어난 것임을 알고도 있었다.

그런 것은 통치 체제 유지를 위한 태합(천황이 내린 태정 대신의 직함으로 히데요시는 정식명칭 태합하(太閤下 타이코우카로 불렸고 정이대장군으로 직함을 받은 도쿠가와를 장군-쇼군-으로 칭했다)과 다이묘들과 교회 지도자들 몫일 것이기 때문이었다. 그러나 둘은 그리스도교는 전적으로 신앙을 위한 조직을 유지하고 있기 때문에 정치적인 면에서 닳고 닳은 쇼군을 둘러싼 집권층이 불교도 다이묘들과 그쪽의 신앙 단체들이 서로 연합하여 그리스도 교회에 획책하거나 도모할 수도 있는 은밀한 압력이나 회유, 협박을 견뎌내야 하는 시기가 속절없이 다가올지도 모른다는 점에 대해서는 동감이었다. 그렇게 된다면 그리스도교를 절해고도의 외딴 섬에 유배하는 것이나 다름없는 처사가 될 수도 있고 일본인들의 무자비하고 잔인한 정치 군사적 탄압의 역사를 보면, 그들이 어쩌면 '씨를 말리는 그리스도교와 전쟁'을 선포할 수도 있다는 걱정에 대해서도 동감이었다. 결국 그러한 고난의 시기를 거치고 나서야 그리스도교 포교의 자유화를 얻을 수 있으리란 것을 둘은 막연하게나마 짐작하고 있을 뿐이었다.

콜레지오 6년의 교육은 엄격했다. 성무일도의 생활화와 함께 신학과 라틴어를 더욱 중점적으로 공부하여 거의 막힘이 없는 수준의 실력을 요구했다. 입학하자마자 학교에서는 스토아 철학에 근거한 신의 존재와 본성, 신의 섭리와 인간에 대한 배려라는 네 가지의 핵심에 대해 공부하고 명상에 주력토록 했다. 스토아 철학과 사상은 신학 교육에 앞서 전 교육 과정에 큰 영향을 끼치고 있어 머리가 아팠다. 플라톤 철학을 스토아적 관점에서 해석함으로써 이른바 신플라톤주의의 기초 확립을 이해해야 했다. 또한 알렉산드리아의 성조 클레멘스와 제자 오리겐이 그리스도교를 신학으로 체계화하는 데에 스토아 철학을 원용한 것은 빈첸시오에게 철학과 신앙의 자유라는 명제를 새롭게 느끼며 배우게 했고 키케로와 세네카의 문학도 알게 되었다. 빈첸시오에게 신이 인간을 돕기 위해 존재한다는 스토아 철학의 개념을 서양의 철학자들과 위대한 신학자들의 사상을 통해 배운다는 것은 완전히 새롭고도 참신한 그 자체였다. 완벽히, 자신이 새로운 지식의 터득을 뛰어넘는 깨달음을 얻었다고 보았으나 아무에게도 말하지 않았다. 감히 조선에서는 상상해 보지도 못했던 인간 실존에 대한 철학적 사상이 깨어났다. 또한 도미니코회의 수도자였던 성 아우구스티노나 베네딕토회 수도자 성 베드로 다미아노의 거룩한 가르침을 이해하여 자신이 철학적 사고 체계를 갖추어 나가는 것은 스스로도 대견하고 놀라웠다. 그것은 자신의 사고 체계를 확립해주는 신학에 대한 이성적 믿음과 가르침에 대한 신념과 사상의 형상화였다. 올바른 신학을 깨우치기 위해서 철학적 바탕이 되는 사고를 해야만 하는 것을 이해하자 무언가 이룬 것처럼 느껴지기도 했다. 필연적 실존 학문으로서 신학은 인식론적 논리학, 자연학, 윤리학을 수반하여 철학 체계를 구성하며 우주론을 공부함으로서 신의 섭리에 따른 우주의 본질을 이해하게 되었다. 장기간의 철학적인 사유의 시간은 자연스럽게 서양 철학의 원류를 인지하게 하면서 플라톤과 아리스토텔레스와 데모크리투스 등의 고대 철학자들의 사상도 저절로 깨우치게 해 주었다. 에피쿠르스적 철학을 넘어선 스토아 철학을 바탕으로 신학을 공부함으로서 양 철학 간의 차이와 비교, 오류의 인식을 배울 때에는 철학이야말로 평생을 싸움하며 배울 가치가 있는 것이라는 생각도 들었으나 이 외에도 배우고 깨우쳐야만 하는 공부는 끝없이 이어지고 있었다. 어떤 때에는 자신이 책벌레가 되려는가 하고 걱정하기도 했으나 그것이 빈첸시오 자신의 본질적인 향학에 대한 열망을 꺾지는 못하였다.

첫해의 철학 중점 수업을 완료 후 2학년이 되자 신학을 위주로 철학을 함께 둘러 파는 공부가 계속되었다. 유럽 종교학에서 세계 각국의 종교 현황과 체제, 각 선교회와 예수회의 기여나 전망에 대해, 구약과 신약에서는 성서의 기록에 대한 비교 검토와 해석의 차이에서 오는 혼란과 이단의 발생과 억제, 비교 종교론에서는 그리스도교 이 외에 마호메트교와 불교, 배화교와 인도의 여러 종교 등에 대해서 그들의 이론적인 신앙의 성립과 발전, 쇠퇴 과정까지 심층적으로 배웠다. 이 외에도 유럽 언어학, 수사학과 표현법, 종교 교육과 심리학, 종교 교구의 발전, 성가의 역사와 음악, 로마사를 중심으로 한 유럽의 역사, 세계 문학과 지리와 천문학, 종교적 신비와 경건함에 대한 연구 등 수많은 위대한 철학자들이 그리스도의 말씀을 연구하고 전승한 기록들을 사람들이 접근하기 힘든 오지의 동굴과 말라 버린 우물 깊은 곳과 세상의 구석구석에서 찾아내어 신학생들을 역사와 전통의 의식으로 깨우치고 명상하게 하고 있었다. 특히 선교학을 통해서 선교의 신학적 기초와 조직과 윤리 신학을, 각 문화권에 대한 이해와 전례학과 미사 경본을 통해 유럽 주요 국가의 미사의 정형화와 역사, 미사 해설과 형식, 사제와 부제, 복사의 역할 등을 이론과 교회 실습을 통해 세부적으로 이해하고 익혔다. 라틴어, 포르투갈어 외에도 스페인어와 불어, 이태리어와 영어, 독일어를 선택적으로 공부하기도 했고 논리학을 통해서는 귀납적, 연역적 변론과 비평, 논리적 사고 체계를 위해 감동적이고 논리적인 글쓰기와 보고서 작성을 익혔다. 특히 요한계시록을 중심한 예수 그리스도의 말씀 선포에 따른 비교를 강론 시 이용하는 방법에 대한 교수 신부의 설명은 현실적인 교회의 운영과 신자의 영성 발전에 큰 도움을 줄 수 있는 것이었다.

현대 유럽의 정치와 종교적 문제를 배웠을 때에는 정신적 충격도 컸으나 객관적으로 그리스도 신앙의 힘을 믿는 자신감이 충만해지며 현세의 중심, 유럽을 이해하게 되었다. 그것은 1453년 투르크의 메메드 2세가 동로마제국의 수도 콘스탄티노플을 함락한 이후 그의 아들과 손자대인 1570년대에는 오토만 투르크라는 대제국을 세우고 북아프리카의 지중해 연안 대부분을 점령하고 신성로마제국의 동쪽 심장부인 부다페스트와 비엔나까지 침공해 마호메트의 칼을 휘둘렀던 때의 역사를 읽은 후였다. 종교 전쟁으로까지 변화시킨 무슬림 (이슬람)의 잔인한 공격이 과연 그들 신앙의 실천인지를 의심하게도 했다. 이에 따라, 이슬람에서 그리스도교를 구출하기 위한 십자군 운동이 전 유럽의 국가가 연합한 형태로 불처럼 일어났으나 그 효과는 각국 왕들의 이해관계에 얽힌 문제로 인해 기대만큼 클 수 없었다는 것, 이런 와중에 종교 분리 운동이 일부 과격파 신학자들에 의해 일어나 넓게 퍼지고 있는 상황은 어쩌면 전통적인 종교의 힘의 한계를 넘어서 일어나고 있는 급격한 소용돌이와 같은 변화현상으로도 이해되었다. 또한 오토만 제국은 직접 그들과 대적하여 평생을 이슬람과 싸우는 십자군들 외에도, 지중해 몰타 섬에서 무슬림 상선을 공격하는 성 요한 기사단장 쟌 파리소 바레테 (활동기 1557-1568)뿐 아니라, 신성로마제국의 교황이자 로도스 섬의 기사단 출신 클레멘스 7세(활동기 1523-1534)나 영국의 왕 헨리 8세(활동기 1509-1547), 욕심에 가득 찬 프랑스의 왕 프란시스 1세(활동기 1515-1547), 러시아의 잔혹한 짜르 이반 4세(활동기 1547-1584), 스페인의 합스부르크 왕가 등 당대 유럽의 지도자들 모두를 한꺼번에 적으로 삼는 전쟁을 두려워 않는다는 것은 빈첸시오에게 무슬림에 대한 절망감을 심어 주기도 했다. 그러나 서기 711년에 아랍 무슬림에 의해 거의 스페인 전 지역이 점령당했던 것을 그리스도교인들은 한마음으로 뭉쳐 근 750년간의 '레콘키스타'라는 기나긴 과정의 전쟁을 통해 1492년에 이들을 지중해 바다 넘어 북아프리카로 다시   아내게 되었고 그해 콜럼부스란 사나이에게 항해와 식민지 통치 권한을 주어 스페인을 떠난 지 약 70일의 항해 끝에 아메리카를 발견하게 되었다는 것은 그리스도교 신앙의 발전 형태가 긴 역사 속에서 어떤 모습으로 나타나는지를 알게 해 주었다. 또한 무슬림들과 최근의 전쟁으로, 약 20년 전 1571년에 오토만 투르크의 황제 셀림 2세의 함대와 그리스도교 연합함대 간에 치른 '레판토해전'에서 대승리를 거두고 투르크의 해상 세력을 궤멸시켜 수만 명의 그리스도교 노예들을 해방시켰다는 것을 배웠을 때에는 마치 조선의 포로들이 해방된 듯 온몸이 부들부들 떨리는 감동을 받았다. 지중해를 중심한 그리스도교와 무슬림 (마호메트교)의 충돌과 고대의 그리스와 페르시아, 이후의 로마 시대에 걸친 서구 문명사를 이해하게 되자 빈첸시오는 마치 동서양 전체의 역사를 꿰뚫어 본 것 같은 자만에 눈이 가느다랗게 뜨이며 희열로 머리가 뜨거웠다.

새롭게 형성된 자신의 역사의식을 통해, 세계의 역사는 투쟁을 통해서 발전해 왔으며 모든 인류는 각기 자신들의 미래를 위해 투쟁을 할 수밖에 없다는 확신을 얻었다. 신앙의 확산과 이를 통한 평화도 결국 그 투쟁 속에 있을 수밖에 없으며 새로운 지식을 습득 않는 집단은 소멸된다는 사고가 조선에서부터 자신이 가졌던 생각과 견해를 얼마나 변화시켰는지를 깨닫게 해 주었다. 결국 공존을 통한 평화란, 공존의 가치를 지켜낼 무력이 있어야만 하는 것, 무력이 지탱하지 못하는 공존은 그 가치를 이미 상실하고 만다는 냉정한 역사적 인식을 바탕으로 한 국제 관계에 눈을 뜨게 된 것이었다. 자신의 가족을 모두 잃었고 온 백성이 도탄에 빠지고 적국에 포로가 되어버린 임진왜란과 정유재란에서 그럴 수밖에 없었던 이유가 조선은 변해야만 한다는 사고로 발전되며 이를 위해 신명을 다하는 자신을 그려 보았다.

이외에도 생도들이 큰 관심을 나타낸 것은 수리 과학과 자연 과학 분야였고 일부 생도들은 더욱 깊은 이 분야 학문 탐구를 계획하며 지도 교수들과 협의하기도 했다. 빈첸시오도 수리 과학으로서 대수학과 기하학, 해석학을, 자연 과학 분야에서 물리학, 화학, 생물학과 천문학을 배웠다. 고대인 피타고라스의 정리나 아르키메데스의 원리를 배웠을 때에 그의 가슴속 감동은 무한히 컸다. 의학에 대해서도 생전 처음 접하는 인체해부도를 기준한 기초 교육이 있었고 관심이 많은 생도들을 선발하여 나가사키의 예수회 병원에서 더욱 세부적인 수업을 듣기도 했고 일부 졸업생들은 수사가 되어 그 방면으로 진출하게 될 것이었다. 배움은 끝이 없었고 서양의 체계화된 학문으로 세계가 지배를 받게 되는 것은 당연한 귀결이라고 믿었다. 그러나 이런 복잡 다양한 학문도 크게 과정을 나누면, 콜레지오 초기 2년의 과정에서 신학과 철학과 인문학 과정을, 중급 3년 과정으로 신학과 종교와 역사와 과학과 상거래 등을 지도하는 실학을, 상급 1년을 실습 과정으로 여기고 있었다. 신학은 그 모든 학문을 아우르는 학문 중의 학문으로 인간이 지은 학문 중에 최상위에 있으면서 그 자체가 테오스-로고스(Theos-Logos)로 불리며 신을 위한 학문 바로 그것이었다. 그리스도 교회의 학자들이 어디서 그런 이론적인 배경을 지닌 논리와 사고 체계를 연구하였는지, 세상의 온갖 구석 구석을 어떻게 파 헤집고 뒤집어 이론이라는 잣대를 들이대어 서술했는지, 공부를 하면 할수록 머리가 지끈거리며 언제쯤 배움이 끝날 수 있을까, 혹시 죽을 때까지 다 못 배우고 시험만 계속 쳐야 하는 것은 아닐까 하고 혼자 심각히 생각한 적도 있었다.

매일의 체육 시간을 통해 서양의 단체 운동에 대한 관심과 운동 방법, 신자들의 체력 증진을 위한 단체 활동법을 배웠고 매 과목별로 전후기 시험을 통해 성적을 본인에게 알리고 이를 학교에서 감리하는 수단으로 연 1회, 과정 이수 시험을 통해 성적불량 유급자를 학교장 임의로 퇴학을 명하고 있었다. 당시의 생도들이 뛰어난 수재들로 선발된 것처럼 이들을 가르치는 예수회 선교사들 또한 모두가 유럽의 유수 대학에서 학위를 받은 인재들이었다. 신학교에서, 고상한 이상의 사제가 되기 위해서 길러야 하는 영성 생활은 고통의 극복을 통한 극기(克己), 그 자체였다. 그러나 그런 괴로움도 라틴어 성가를 함께 부르고 미사 때의 종교 음악을 단계별로 배우며, 수행을 통해 고상한 수덕(修德)이 넘치는 사제로 성장하는 자신을 바라 볼 수도 있었고 그럴 때면 모든 괴로움과 고통을 완벽하게 잊게 되는 것이었다.

빈첸시오에게 콜레지오는 지식의 보고 그 자체였다. 세계 지리를 통해 얻은 새로운 지식, 아메리카 대륙의 발견과 이후 유럽 그리스도교인들의 이민과 신대륙 개척을 위해 영국과 스페인, 프랑스 등이 국가적 차원으로 식민지 도시 건립을 추진하기 시작했다는 것을 이해하고 세르반테스의 돈키호테나 셰익스피어의 문학을 라틴어로 읽을 수 있다는 것은 자신에게 생겨낸 변화가 무엇인지를 미처 깨닫기도 전에 마치 고속으로 휙휙 지나가는 산과 들이 이어진 전혀 새로운 경치를 "아, 아." 하고 감탄하며 즐기는 것 같았다. 인간이 사는 세계란 이런 것이구나 하는 지식이 자신을 놀라게 만들었고 조선에서라면 누구도 아직은 접해 보지도 못한 신학문의 문에 들어서고 있다는 흥분이 아무도 몰래 어깨에 힘이 들어가게도 해 주었으나 겸손히 이를 감추며 학구열을 더욱 북돋우었다. 올바른 신학문을 체계 있게 배울 수 있다는 것은 아무에게나 주어지는 기회가 아니었다. 세월과 함께, 자신의 신학교에서 배움이 처음 하느님에 대해 느꼈던 두려움을 완전히 없애 주어 그분의 아들처럼, 손자처럼 사랑받으며 늘 신앙 안에서 자유스러운 생각과 말과 행동을 하게 되었다고 확신했다.

빈첸시오는 발리냐노 순찰사 신부처럼 졸업 후 교회의 가르침을 조선의 문화에 맞도록 구성하는 일에 적극 나서고 싶었다. 조선에서 선교가 부분적으로라도 자유스럽게 되어 준다면, 수년 후부터는 그 교육이 전통이 되고 모국을 유럽의 강대국처럼 만드는 기회가 될 것이라 믿었다. 그 교육을 이곳에서처럼 그리스도교의 진리와 핵심을 통해 이룩하고 싶었다. 상급반이 될수록 자신의 미래가 이런 업적을 쌓아가는 사람이 될 수 있을 것이라고 생각하자 즐거웠다. 이를 위해서라면 사도직을 부여받지 않는 평수사가 되고 싶기도 했다. 자신이 천재적인 재능을 가지고 인류의 역사에 큰 흔적을 남긴 평수사 출신의 의사나, 자연 과학자나 철학자나 음악가나 문학가가 될 수는 없겠지만, 갈고 닦고 배운 지식과 깨달은 진리를 모국의 발전에 되돌리는 평생이 되기를 원했다. 그러나 콜레지오는 아직 조선인에 대한 수도자나 사제 서원에 대한 원칙을 정하지 못하고 있었다. 당연히 조선인에 대한 예수회의 입회도 언급되지 못하고 있었지만 조선 포교에 대한 인식은 점점 증가하고 있으니 언제고 세월이 지나면 해결될 것이라고 믿었다. 그러나 빈첸시오로서는 자신의 꿈이 제도적인 결정의 한계로 인해 늦어질 수도 있다는 것을 깨달아 가고 있었다.

빈첸시오는 세미나리오에서 이미 성서를 통한 신학이라는 학문을 배우기 위한 기초 단계 과정의 역사신학 외에도 그리스도교 교육의 필요성, 그리스도교 사회의 구성과 이해, 종교지도자들의 역할과 미래에 대해서도 공부했다. 이 과정의 교육은 콜레지오에서 더욱 발전하여 선교에 대한 실천 신학의 이해로 더욱 원만하고 적극적이며 끊임없이 일본(희망적으로 조선에서도)에서 선교를 해낼 수 있는 용기와 신념을 기르게 되었다. 또한 어디서든지, 실천적 선교를 위해 선교할 지역에 대한 사전답사와 공부를 통해 차질을 예방하고 그리스도교 풍습을 토착화해 나가는 것을 매우 중요한 과정의 몫으로 이해했을 때, 자신과 조선의 관계를 다시 생각해 보았다. 또한 그리스도 교인이라면 전통적인 축일, 부활절과 성탄, 성모 승천과 각 성인의 날에 대한 특별한 관심을 촉구하는 것 또한 신자들의 신앙심을 길러나가는 과정에 꼭 필요한 것이었다. 빈첸시오는 자신의 보다 올바른 성서의 이해를 위해서도 신구약을 철저히 분석하고 요약하였다. 근 1년의 그런 노력의 결과, 자신의 신앙심이 더욱 발전된 느낌을 강하게 받았고 미래의 활동에도 큰 도움이 될 것이 분명했다. 이를 위해 구약성서를 율법서, 예언서, 성문서로 분류하고 각 성서별로 저작 연대, 중점 내용 분해, 기록 목적, 신학적 주제와 교훈들을 체계 있게 정리한 표를 만들고자 했다. 쉬운 일이 아니었다. 그러나 주위의 성서 교수들을 괴롭혀가며 그 표를 만들었고 자연히 그런 과정에서 알고자 하는 것이 요약되어 목마름에 물을 마시듯 가슴과 머릿속으로 스며들었다. 그러나 이렇게 정형화하여 정리한다는 것이 모든 성서에 적용할 수 있는 것은 아니었다. 예를 들면 예언서 중 '아모스'가 그러했다. 저자는 선지자 아모스가 자신에게 계시된 예언을 기록했고 그는 베들레헴 남쪽 트코아 지역의 목자로 여로보암 2세 시절의 사람이니 BC 786-746년 사이에 살았다고 판단했고 그 기간 중 어느 때에 이 예언서를 기록했으리라 보았다. 중점적 내용 분해를 통해본 기록의 목적은 모든 민족에 대한 심판과 이스라엘에 대한 계획, 우상숭배를 회개하고 하느님 나라로 만들어야 한다는 것으로 보았으나 신학적 주제와 교훈은 그 자체에 이미 포함되어 있다고 보았던 것이었다. 즉, 성서의 성립 과정과 기록의 목적, 신학적인 주제를 별도로 언급하고 있지는 않다고 보았고 대부분의 구절이 시로 만들어져 해석에 차이가 있을 수 있으나 '주님의 영광과 이스라엘을 위한 주님의 탄식, 즉 애가(哀歌)와 경고, 무서운 징벌에 대한 약속, 그것이 당시의 사회에 영향을 미치고 있던 우상숭배를 하고 있던 제사장들에게 준 공포심'을 기록했다고 보았기 때문이었다. 이런 내용을 정형화된 표에 일괄적으로 적용하여 기입해 나가기는 곤란하여 표에 별도의 칼럼을 만들어 요약한 내용을 적었다. 신약도 성서의 기록자와 집필 연대, 그 장소와 당시의 상황, 복음의 특성과 주제를 철저히 연구 분석하고 구절을 암송하여 선교나 강론 시 담대하고 놀라운 기억력으로 대중을 감동으로 이해시켜 나가는 것이 중요할 것으로 인식했다. 또한 이런 자신이 만든 구약의 공부 방법과 같은 형식의 정리를 학교에서 각 생도들이 스스로 해 나갈 수 있도록, 세미나리오의 성서 교육상 자습의 한 형태로 반영토록 학교에 건의도 했다.

때때로 자신이 나약해진 상태에 빠지게 되면, 주변의 독신주의자들인 신부나 수사들, 전도사들의 고고한 생활과 사고, 거룩한 이들의 미래와 신앙에 대한 공헌과 집념이 자신에게도 오롯이 그대로 전수되어 있고 이에 따른 변화가 자신의 결심을 실천하게 하는 중요한 주춧돌이 될 것이라고 믿고 성가를 노래하며 견디었다.

고니시 유카나가의 멸문

───────

　조선과 전쟁 종결로 대마도의 도주 소 요시도시와 마리아 내외, 구마모토의 고니시 유키나가 가문에도 다시 활기가 넘치는 듯 했다. 유키나가가 조선에서 돌아온 후, 그가 해야 할 일은 전사해 버린 동생들과 친인척들, 병사들 가족에 대한 위로뿐 아니라 다시 국내의 전쟁을 준비하는 것이었다. 그러나 수천의 목숨을 조선 땅에 묻고 돌아와 그들의 유족을 위로한다는 것은 구마모토의 유키나가나 대마도의 요시도시에게 어떨 때엔 살아 돌아온 자신이 민망할 정도로 처량하고 답답하기도 했다. 그런 과정에서 또 전쟁을 준비한다는 서글픔은 자신들의 삐뚤어져 버린 인생의 행적을 다시 생각해 보게 만들었으나 권력의 한 축이 되어 있는 자신들이 어깨에 태워 메고 있는 권력에 반기를 든다는 것은 불가능했다. 남은 일이란 또 다시 맞아야 할 전쟁 준비뿐이었다. 이들 뿐만 아니라 일본 각 번의 모든 다이묘가 조선 땅에서 전쟁 중에 사라져 버린 목숨들에 대한 원혼을 달래면서 다시 전력을 강화하며 다가올 내전을 준비하지 않으면 안 되는 시기였다. 인간 생명에 대한 경외심은 사라진 지 오래였다. 간계로 회유하여 모반시키고, 억압하여 굴복시키고, 이간질하여 분란을 만들고, 협박하여 영지를 갖다 바치게 하는 권력을 도덕적으로 미화해야만 했다. 책사가 되어 상대방을 굴종토록 간언하는 것을 영광으로 알아야만 했고, 내부 분란을 일으켜 전투도 없이 패배시켜 권력을 더욱 튼튼하게 만들어 주는 것을 자신들이 속한 번의 주군을 위한 사무라이의 도리로 알아야만 했다. 이것이 살아 있는 도쿠가와 이에야쓰와 죽어 버린 도요토미 히데요시를 위해 패를 나누어 각축할 전쟁에 목숨을 건 충성으로, "사무라이의 길"로 미화되고 포장되어 있었다.

유키나가는 조선과 전쟁에서 동생인 고니시 요시치로(小西与七郎)와 사촌 동생 고니시 안토니오, 외사촌 동생 히비야 아우구스토 등의 친족들을 잃었고 함께 참전한 1군의 근 절반을 조선 땅에 제대로 묻어 주지도 못하고 쫓기듯 돌아왔다. 전쟁이란 당연히 사람의 목숨을 희생시켜야 하는 것이라고 철저히 믿음으로써 버티려 했으나 아꼈던 동생 요시치로와 안토니오가 평양성 전투에서 조선의 활에 목과 심장이 꿰뚫려 죽어갈 때에는 자신이 그들에게 너무나 덧없는 짧은 인생을 살게 했다는 자괴감에 눈물을 흘렸다. 이 전투을 기획하고 이들을 사지로 몰아넣은 자신과 자신에게 꼼짝없이 전쟁을 이행토록 명령을 내렸던 죽어버린 태합이라는 사내 히데요시에 대한 원망이 끝없이 솟아났다. 정유년 전쟁 전 일본에서 명과의 강화 교섭을 하던 당시에도 자신에게 씌워진 불충이라는 대죄로 아우성치고 죽일 듯이 설치며 국제 정세에 눈을 감고 있던 히데요시에게 극단적인 불만이 또 쌓였으나 끝까지 자제하며 내색하지 않았다. 일본이라는 나라에서 자신의 영지와 무사의 도를 지켜야 하는 군사(軍師)의 위치와 자격으로 속으로 꼭꼭 숨겨야만 하는 것이 자신의 도리라고만 여기고 있었을 뿐이었다. 이제 그 히데요시가 죽어 버렸으니 다시는 자기의 명예와 긍지에 더러운 때를 묻히는 일이란 없을 것이고 누구든 자신을 불명예스럽게 만든다면 혼신의 힘을 다하여 이를 지켜낼 수 있을 것이었다. 만약 그 과정이 험난해진다 해도 조선과의 7년 전쟁에서 겪은 고난과 비통에 비하면 아무것도 아닐 것이라고 생각했다. 그것이 무사도를 걷는 진실한 남자로서 인생을 사는 보람이 될 것이라고 믿었다.

그해(1599년) 5월에 일본으로 돌아와 무더운 7월의 여름을 맞으며 그의 결심은 더욱 두드러졌으나 일본 내에서 움직이는 권력의 상황은 결코 자신에게 유리하지는 않을 수도 있다고 보았다. 음흉하게 속내를 감추며 실속을 챙기는 도쿠가와 이에야쓰의 급격한 세력 팽창이 히데요시의 조선 전쟁 실패와 죽음에 따른 반사적 이익을 얻고 내전 준비에 들고 있었고 전통적인 히데요시의 산하 다이묘들도 언제라도 사분오열할 징조마저 있었다. 조선에서 전쟁 시 유키나가는 히데요시의 외사촌으로 독실한 정토종 불교도였던 가토 기요마사와 전공의 쟁투를 하며 자신을 비교 당하게 하고 화나게 만들었던 기억들을 되돌아보면 도쿠가와의 진영으로 관심을 돌릴 수도 있었으나 전통과 과거의 인연을 소중히 여기는 자신으로서는, 비록 히데요시는 죽었지만, 그 쪽에서 전쟁을 할 수밖에 없다고 믿었다. 그것이 인간의 도리고 무장의 길이며 국가 일본의 장래를 위한 길이라고도 믿었다. 또 양측 무력의 비교도 히데요시 쪽이 강한 점이 최종적인 승리와 번의 안정과 발전을 가져다 줄 것이었다. 그러나 무언가 찜찜한 구석이 히데요시 쪽에 있긴 했다. 히데요시가(家) 쪽에서는 이 전쟁의 승리를 위해 필사적이 된다기 보다는 "가신(家臣)들 간 전쟁"에서 슬쩍 빠져 지켜본다는 모습을 감추듯 보이고 있다는 점과 결국 어린 아들 도요토미 히데요리를 도와서 군의 실질적인 작전 지휘권을 지닐 군사(軍師)를 맡은 죠슈번의 모리 데루모토(毛利輝元)를 앞세워 이 전쟁을 치루려 하고 있다는 점이었다. 유키나가에게 모리 데루모토는 이 전쟁의 지휘에 아주 적합한 인물로는 여겨지지 않았다. 왜냐하면, 도쿠가와 이에야쓰가 간악한 합종연횡과 서군의 동맹의 분열시키려 획책을 하는 상황 하의 전쟁 지휘에서 과감한 공격과 작전상 후퇴, 연합군 중에 있을지도 모를 배신자 무리를 미리 엄하게 단속하는 예리함이 떨어진다고 보기 때문이었다. 그러나 자신이 그런 역할을 억지로 떠맡을 수는 없는 것이었다. 그래도 그저 막연히, 우월한 병력과 무기, 잘 훈련된 기병과 철포병의 전투력, 군의 배치 전략도 실전에 맞게 효과적으로 잘하게 될 것으로 믿었다. 수 백회의 각종 전투에서 얻어낸 자신의 쓰라린 경험에 근거한 작전이 최종적인 전투의 승리로 연결될 것을 의심하지 않았다. 하지만 영악했던 가토 기요마사는 미리 미래를 보는 눈을 떴든지, 자신을 키워 준 히데요시를 버리고 동군의 도쿠가와 이에야쓰와 한 무리가 되어 있었다.

조선에서 전쟁을 치르는 동안 자신이 일본으로 보낸, 늘 자신의 뇌리에서 떠나지 않던 조선인 소년이 그동안 얼마나 자랐는지, 자신의 뜻이 어떻게 영향을 미쳤고 충성스런 그리스도인이 되었는지 만나보고 싶었다. 그동안 대마도의 마리아가 종종 보내준 서신으로 자신이 양녀로 삼은 교아(오타 줄리아)의 소식이나 빈첸시오로 세례를 받은 두혁이 아리마의 세미나리오에서 소신학생이 되어 공부를 하고 전도사가 된 후 자신의 소망대로 콜레지오에서 공부를 하고 있다는 소식을 접하고는 있었다. 그러나 때때로 그들이 얼마나 열렬한 신앙심으로 가슴이 벅차하는지 보고 싶었고 자신에게 해 줄 수 있는 말은 무엇일지 들어보고도 싶었다. 교아는 자신이 일본으로 귀국 도중 대마도에 정박해서 이틀을 머무는 동안 지켜보았을 때 초롱초롱한 눈매에서 뿜어져 나오는 고귀함과 소녀로서 따스하고 순수한 심성이 어린 조선 여자아이의 강인한 영혼 속에서 숨 쉬고 있다고 여기게 했다. 싫다며 부끄러워하는 어린 양녀를 품에 안았을 때 느껴지던 자신의 자랑스러움이 그 아이에게 슬픔을 잊히게 해 줄 것이라고 생각하기도 했고 그렇게밖에 해 줄 수 없는 것이 그 아이에게 미안하기도 했다. 자신이 꿈에서 보았던 눈부신 빛을 찾아 진주성 안을 살폈을 때, 핏물을 뒤집어쓰고 영롱한 광채 속에 서 있던 소년 권두혁을, 그때 진주성에서 그를 본 이후 일본으로 보내고 아직도 다시 만나보지 못하고 있었다. 그가 그리웠고 다시 전쟁을 준비하는 자신의 인생이 서러웠다. 주말에 맞추어 시종을 신학교로 보내 자신이 보내는 헌금을 사무실에 접수시키고 그를 구마모토의 성으로 데리고 오도록 했다.

토요일 오후 늦게 구마모토에 도착한 빈첸시오는 의젓했다. 검정색의 신학생 복장으로 젊은 몸을 감싸고 후리후리한 큰 키에 고귀한 모습의 청년으로 자라 있었다. 그가 조용히 다가와 자신 앞에서 반허리를 숙여 인사를 하며 한참을 자세를 바꾸지 않고 그대로 서 있었다.

"빈첸치오, 얼굴 좀 보자. 응?" 하며 나지막이 말하자 그가 자세를 바로하고 어깨를 폈다. 눈이 부셨다. 그 아이의 뒤에서, 진주성에서 보았던 빛나는 밝은 광채가 다시 비쳐 오는 듯 했다. 그의 맑은 눈에서는 상대를 감싸고 있어 거짓을 말할 수 없게 하는 힘이 뿜어져 나오는 듯했다.

"앉거라." 하자 자리에 정좌하며 그가 말해 주었다.

"빈첸시오, 그사이 문안드리지 못했습니다."

"아니다. 내가 먼저 찾지 못했으니 미안하다."

"─저의 조국에서 수많은 조선인들의 생명이 사라졌고, 아우구스티노 님 (유키나가의 세례명)의 동생들도 목숨을 잃었다는 소식을 들었습니다. 슬픕니다."

"전쟁은 그런 것이다, 그렇게 죽는 것 말이다─ 역사란 그런 것이다, 말없이 사라져 가는 것! ─세스페데스 신부님은 뵈었느냐?"

"예, 아리마의 신학교를 찾아와 주셨습니다. 늘 저에게 깊은 관심을 갖고 계십니다."

"난, 그 신부님이 네게 더욱 중요한 일을 하게 해 주실 것으로 믿는다. 나의 그분에 대한 존경과 안부를 잘 말씀드려라. 또 뵙게 되면."

"예─"

"난, 빈첸시오와 단둘이 있고 싶다. 다들 나가 있어도 좋다." 하고 말하자 사무라이 셋과 시종을 들던 둘이 나가고 방에는 둘만이 남았다.

"가까이 와 다오." 하며 그가 양팔을 벌렸다. 빈첸시오가 무릎걸음으로 다가갔다. 그가 빈첸시오를 안았다. 가슴에 그의 칼자루가 닿았다. 유키나가라는 거장(巨將)의 몸에서 왜인으로 구분해 낼 수 있는 냄새가 나지도, 그런 느낌이 들지도 않았다. 빈첸시오는 눈을 감고 가만히 있었다. 아무것도 생각나지 않았다. 이상한 일이었다. 그가 조선에서 수많은 조선인을 죽인 원수라는 생각은 어느새 사라지고 없었고 깊은 연민만 가슴을 치고 올랐다. 그동안 자신은 세미나리오를 졸업 후 교리 교사가 되고 다시 콜레지오에 입학하여 수도자나 수도 사제가 되는 길을 걷겠다는 것과 유키나가와는 아무런 관계가 없다고 믿어왔기 때문에 자신이 느끼는 연민은 이상했다. 그것은 여태까지 한 번도 생각해 본 적이 없는 것이었다. 자신이 걸어가는 길은 누군가가 가르쳐 주는 것 보다는 아무도 모르는 힘이 인도해 가고 있다고 믿어 왔기 때문이었다. 그때 유키나가가 안았던 팔을 풀었다. 빈첸시오는 그의 얼굴을 똑바로 보았다. 그의 눈은 이글이글 불타고 있었으나 두렵게 여겨지지 않았고 오히려 그의 얼굴에서 말로서 표현하기 어려운 측은함과 연민을 더욱 강하게 느꼈다.

"—빈첸시오, 네 부모와 형제, 수많은 조선인들을 죽였다. 나를 용서해다오."

"—주 예수 그리스도께서는 아우구스토 님을 용서하실 것입니다. 아무리 그 전쟁에서 조선인에게 잔혹한 일을 겪게 하고 괴로우셨던 것까지 함께 슬퍼하시며 다시는 죄를 짓지 마라고 말씀 하셨을 것입니다."

"—나는 수십 년을 전쟁터에서 보낸 사람이다. 조선에서처럼 그렇게 허무하게 무너지는 관군들을 보지 못했고 그렇게 강인하게 저항하는 승병과 민병들을 보지도 못했다. 나 또한 평양성 전투에서 동생들과 내 병력의 절반, 팔천을 잃었다— 엄청난 추위였다. 조선인의 후예인 명(明)의 군사 총지휘관 이여송이 우리를 막아선 조선군과 승병들을 말려서 겨우 서울로 퇴각할 수 있었다. 자신들의 고향 땅, 조선의 겨울에 익숙한 그들은 우리를 다 죽일 수 있었으나 후퇴하는 길을 열어 살려 보내주었다. 그들이 왜 그런 전법을 썼는지 알 수가 없다. 우리 일본에는 없는 전법이다—, 역사란 전쟁으로 승패를 짓고 승리한 집단이 기록한 것이다. 패배한 집단의 역사는 패배한 그날 이후 모두 사라지는 것이 역사다. 히데요시 태합의 조선과 전쟁에서 우리는 패했다. ─사라지려는 역사를 되살려 다시 승리의 기록을 남기려 우리는 이제 일본 열도에서 또 전쟁을 해야만 할 것이다."

"저는 역사에 대해 잘 모릅니다. 전쟁도 모릅니다. 그러나 전쟁은 피할 수 있다면 피해야만 하는 것이고 역사의 기록이란 승리자에게나 패배자에게나 모두 공정하게 기록될 기회가 주어진다고 믿습니다. 왜냐하면, 완전하고 영원한 패배는 없기 때문입니다. 이런 관점에서, 인간의 전쟁에서 승리란 완전한 승리가 아닙니다. 완전한 승리란, 하느님만이 가지고 계신 것이고 하느님만을 위한 승리일 뿐입니다. 그러나 이조차 인간은 자신의 명예와 이익을 위한 전쟁을 하면서도 마치 하느님을 위한 전쟁인 양 사람들을 속이기도 합니다. 하느님은 모든 것을 알고 계십니다."

전혀 짐작하지 못했던 말이 어디에선가 빈첸시오의 입술을 통해 술술 나왔다.

"빈첸시오, 인간의 욕망이란 끝이 없는 것이다. 우리 같은 무인들은 그 인간의 욕망을 물질적으로 다스리는 사람의 수족에 불과하고 병사들은 그 사람들의 물질적인 욕구를 채워 주기 위해 목숨을 기꺼이 내놓는, 같은 사람이지만 도구로 여겨질 뿐이다. 권력과 물질로 인간의 욕망을 다스리는 사람의 큰 뜻을 거스르는 사람은 없다. 왜냐하면 그것은 큰 뜻, 대의(大義) 그 자체로, 아무도 그 힘을 부정할 수 없기 때문이다."

"그래서 인간에게는 하느님이 내려주신 계율과 신앙이 있다고 믿습니다."

"그래─, 그렇지."

"─"

"언제고 내가 다시 너를 찾을 때 다시 내 가까이 와 주기를 바란다."

"꼭 그렇게 하겠습니다. ―항상 건강하시고 하느님의 가호가 아우구스토 님께 늘 함께 하기를 기도하겠습니다."

"고맙다. 나도 너를 위해 기도 중에 생각하겠다."

빈첸시오는 다시 반 무릎으로 허리를 숙여 인사를 하고 방을 나왔다. 그와의 관계는 신앙의 길에서 마주친 것이라고 믿고 싶었다. 다른 의미는 찾고 싶지 않았다. 그가 자신을 어떻게 생각할지를 모른다는 것을 의식하고 싶지도, 그런 것이 둘의 관계에서 중요하다고 느껴지지도 않았다. 그것은 대마도의 류혼잔 산 정상에서 자신을 감쌌던 밝은 빛에서 기인한 것일 수도 있다고 믿었다. 자신이 유키나가를 용서하고 하지 않고 할 수는 없으며 오로지 하느님만이 그를 죄악의 의식에서 자유스럽게 해 줄 것이라는 생각이 가득 찼다. 그러나 그가 자신에게 구한 용서로 혼돈스러웠다.

유키나가는 빈첸시오가 떠난 후 자신의 삶에 대한 깊은 성찰을 다시 하게 되었다. 여태 그러한 경우가 없었다. 언제나 자신이 넘쳤고, 늘 자신은, 세상의 모든 일은 승리자로서 길이 있으며 실패하는 자들은 그 길을 찾는 방법을 터득하는 지혜를 갖지 못했기 때문이라고 생각해 왔기 때문이었다. 자신에게는 늘 승리의 영광이, 통치하는 영지에 재부(財富)를 더욱 확대해 주었고 전쟁을 다스리는 원활한 무기의 사용법과 전장(戰場)에서 겪은 자신의 경험과 피 흘리며 쌓아올린 역사로 자신의 영역은 더욱 세심하게 다듬어지고 확고하게 자리 잡고 있다고 믿었다. 또한 자신의 이런 믿음은 가신들과 사무라이들에게 아무도 무너뜨릴 수 없는 견고한 성과 같은 정신을 부여하고 있다고도 생각했다. 자신의 무사도는 섬겨온 신앙과 도덕적 관념에 바탕을 두고 있으면서 성실함과 검소함, 태합의 아들에 대한 대를 이은 충성심과 죽음으로 명예를 지키는 것이라고 확신했다.

그러나 일순간, 지혜와 용기와 인내로 지켜야 할 그 무사도는 오히려 스스로를 폭력과 살상을 일삼는 존재로 만들고도 있다는 회의적인 생각이 또 들었다. 그런 내가, 나를 따르는 사무라이들에게 인륜과 도덕을 설파하며 명예와 순종의 의무를 다하고 자기희생을 요구하는 것이 무사도의 예의범절이라고 수사하며 말할 수 있는 것인가? 무모한 만용과, 애초부터 따를 자격이 결여된 주인이나 인간에 대한 헌신과 희생에서 무슨 인생의 가치를 찾을 수 있단 말인가? 이런 전도된 가치관이 전통의 유교적 가르침에 바탕을 두고 있다면 그 또한 얼마나 비겁한 충성심이고 가르침에 대한 아전인수식의 해석이고, 맹목적인 집단주의에 불과한 것인가? 전쟁에 이르는 인간의 욕망을 위해 무사도를 일컫고 병사들을 죽음으로 이끄는 것이 과연 남아의 의기인가? 국가 일본이 지향하는 바가 그런 것에 불과한가? 자신의 이런 불안함은 조선과 전쟁이 끝나고, 조선에서 데리고 온 빈첸시오가 교리 교사가 되고 양녀 오타 줄리아가 확고한 신념의 그리스도 신앙을 찾아가면서 본인도 모르게 생겨난 것이었다. 그것은 하느님이 주신 인생에 대해 무언가 잘못 이해하여 온 듯한 회한이었고 빈첸시오의 '완전하고 영원한 승리는 하느님만을 위한 것 일뿐'이라는 말에서 비롯된 것이었다.

백오십 년을 끌어오는 내전이, 이제 일본이라는 나라의 문화에서 인간 그 자체의 존엄성을 뺏어 가 버릴지도 모른다는 공포가 밀려왔다. 홍포한 학살과 배신, 무력을 숭상하는 인간들의 비인간적으로 곡해된 도리로, 스스로 죽음을 맞이해야만 하는, 너무나 일반화 되어 버린 할복, 이것을 최고의 정신적 가치와 승계할 문화로 추켜세우는 일본의 무사도, 패배자에 대한 가혹한 처벌, 이것이 더 높은 단계로 도약하기 위한 인간의 꿈이고 문명국으로 가는 길인가? 그렇게 죽으면 신(神)이 된다는 사무라이의 전통적 가르침은 과연 그것이 인간을 위한, 인간성에 바탕을 둔, 생명을 위하고 신을 위한 것이던가? 평화롭게 살아가는 철학과, 총칼로 무장한 무력을 갖춘 통치 철학은 서로 대립만 하기 위한 것인가? 아무런 원한도 없었던 수백만 조선 백성과 병사들, 자신을 따르던 친인척 동생들이 조선과 전쟁에서 죽음을 맞아 울부짖는 외마디 비명을 한 없이 들었으면서 오늘 또 일본에서 전쟁을 준비하는 것은 무엇 때문인가? 진정으로 나의 슬픔을 아시는 분은 내 주님뿐! 만약 내가 죽는다면, 나의 죽음조차도 적들의 한갓 목 벤 대상에 지나지 않을 것이라는 괴로움은 나만의 것이던가? 언제 우리가 주님의 나라를 선포하고 전쟁을 하지 않는 나라, 평화를 사랑하는 국민이 될 수 있을 것인가? 만약 패배한다면 나를 따르던 사람들은 어떻게 될 것인가? 수십의 사무라이와 수백의 성내 관리들과 시종들, 그들의 가족, 나를 따르며 믿고 의지했던 수십만의 상인과 농업, 어업을 생계로 했던 사람들, 근 오십에 이를 나의 친인척과 형제들 가족, 아내들과 자식들, 이 모든 사람이 잡혀서 죽거나 혹은 노예가 되고, 도망자 신세가 되거나 도망쳐 숨더라도 갈 곳조차 모르고 집을 잃은 새처럼 방황하게 되지 않겠는가? 수 만의 그리스도인과 나를 의지하며 선교에 열심이었던 사제들과 수도자들, 전도사들이 받을 박해는 어찌할 것인가? 나는 과연 누구인가? 나는 그들을 빛나는 예지의 능력으로 이끌었고 내가 지녔던 권세와 위엄은 진정 그들을 위하기나 한 것이었던가?

그는 깨달아 가고 있었다. 성서의 가르침대로 만인이 평등하고 자유롭게 살면서 생명을 존중하는 만고의 가치가 사라져 버린 일본의 모습이 슬펐다. 모든 다이묘가 전쟁을 통한 존재의 의념만을 추구하는 것을 중단시키고 싶었다. 이것은 인간성을 결여한 자기 부정이고 역사에 대한 배신이고 자멸로 가는 처참한 모습일 수밖에 없는 것이라는 믿음이 생겼다. 그것은 비겁함이 아니라 그리스도인으로서 깨우친 진정한 용기와 자존심이었다. 의심하고 부정하고 저주하며 살상을 두려워 않는 현실에서 일본의 미래는 없다는 불안 앞에 이 전쟁이 끝나면 그리스도 신앙의 눈으로 세상을 보는 진정한 통치자가 되는 자신을 미리 그려보고 있었다. 이룰 수 있다고 믿었다. 자신의 생전에, 언제고 때가 오면 빈첸시오와 줄리아를 앞세워 그리스도 신앙을 조선에도 당당히 전할 수 있을 것이라는, 생각만 해도 너무나 황홀한 꿈도 있었다.

10월이 되자 전쟁이 곧 다가온다는 예감이 들었다. 군사들과 무기를 점검하고 조총으로 무장한 철포병과 근접전의 창병, 기습전의 기마병을 포진시키고 공격과 수비 및 예비대의 배치와 운용에 대해 작전을 구상했다. 성내에서는 다가온 전쟁으로 사무라이들의 움직임이 삼엄했다. 10월 15일, 10월의 세 번째 일요일 오후 3시경이었다. 빈첸시오는 나가사키로 내려와 있던 세스페데스 신부께 유키나가의 안부를 전하자 그가 차라리 함께 유키나가의 성을 방문하기를 원했던 터였다. 호위 무사들에게 그들의 방문이 알려지자 유키나가가 그의 방에서 나와 직접 두 사람을 맞았다.

"신부님도 오셨구나, 빈첸시오."

"네, 아우구스티노 님. 세스페데스 신부님과 함께 와서 뵙게 되니 더욱 기쁩니다." 하며 함께 방으로 들어 준비된 의자에 앉았다.

"잘 오셨습니다, 신부님. 분주하실 터인데 이렇게 찾아 와 주셔서 감사합니다."

"저와 모든 교회의 신자들이 아우구스티노 님의 승리를 기원하며 기도하고 있습니다. 예상보다 빨리 전쟁의 조짐이 있다고 해서 미리 연락을 못하고 불쑥 왔습니다. 죄송합니다."

서로 의례적인 인사말을 교환하며 대화를 이었다.

"아닙니다. 저는 오히려 감사하고 있습니다. 저는 이 전쟁의 승리를 확신하고 있습니다. 승리 후 우리에게는 그리스도 국가를 세울 일만 남게 될 것입니다. 영원히 전쟁이 없는 국가, 평화스런 번영으로 온 나라가 하느님께 감사하며 가난하고 병든 자들도 돌보아서 이 땅에 그리스도왕국을 건설하게 될 것입니다. 신부님."

"아무렴요, 반드시 그렇게 될 것입니다. 우하하하." 유키나가와 세스페데스 신부는 향후의 전쟁에 관련된 희망적인 덕담으로 서로를 안심시켰고 제법 시간이 흐른 다음 빈첸시오와 유키나가만 이야기할 수 있도록 세스페데스 신부가 방을 나갔다. 빈첸시오가 유키나가 앞에서 무릎을 꿇어 예를 표하며 말했다.

"아우구스티노 님, 제게 그리스도 신앙을 갖도록 해 주셨습니다. 저가 예수님의 가르침을 이제 널리 알리고 더욱 많은 일본인과 조선인들을 신자로 만들도록 해주셨습니다. 감사합니다."

"빈첸시오, 오히려 감사해야 할 사람은 나다. 난 하느님께 죄를 지은 사람이다. 아무리 고백과 사죄경을 하고 면죄를 받았더라도 말이다. 전쟁이라는 이름으로 수 만 병사가 목숨을 잃게 만들었다. 그 자체만으로 나는 영원히 벗지 못할 양심의 죄를 지었다—. 네가 그렇게 자라 주는 것이 나의 죄를 얼마간이라도 씻게 해 주는 것이라 생각하니 네가 오히려 내 은인이다. 고맙다. 이제 전쟁이 끝나고 나면 나는 신앙생활에 전념하며 모든 사제와 수사와 전도사들이 일본 천지 어디서나 자유스럽게 선교하고 교회를 일으키며 구휼 사업을 할 수 있도록 도울 것이다."

"주님의 자비와 은총이 아우구스티노 님의 용기와 함께하여 더욱 빛나게 될 것입니다."

그는 빈첸시오에게 앉은 자세에서 가까이 다가와 그를 끌어안았다. 둘의 상체가 맞닿았다. 빈첸시오의 얼굴이 유키나가의 왼쪽 어깨 위에 얹혔을 때 그의 몸에서는 희미한 향나무 냄새가 났고 거친 숨소리와 쿵쿵하고 벌떡거리는 심장소리가 마치 들판에서 말을 달리는 것처럼 들려온 듯 했다. 유키나가는 잠시 그대로 있다가 팔을 내리며, "이제 가거라." 하고 말했다.

빈첸시오와 세스페데스 신부가 떠난 후 그는 자꾸 나약해지는 자신을 나무라며 혹시 패전할지도 모른다는 두려움을 없애려 기도했다. 그런 불안과 초조가 계속된 한해가 불현듯 지났다. 전 일본의 다이묘는 모두 도쿠가와의 동군과 도요토미의 서군 중 한 쪽에 소속되어 그들의 사활이 걸린 전쟁을 통한 운명의 때를 맞으려 하고 있었다.

이듬해 1600년 10월 21일(게이쵸 5년, 음력 9월 15일) 오전 9시경이었다. 동군 75,000명, 서군 85,000명, 합계 16만(20만 규모로 보기도 한다)의 대병력이 밤새 길을 걸어 새벽에 도착한 곳은 나고야에서 북서쪽 비파호 방향으로 백이십 리 떨어진 곳이었다. 그다지 넓지 않은 교통의 요지 세키가하라의 10리 분지와 이를 둘러싼 산이었다. 양측 모두 근 30여 다이묘가 참전한 연합군끼리의 전투였다. 단풍이 짙게 물들어 가는 산에서 서군은 사사오 산(笹尾山), 덴만 산(天満山)과 마쓰오 산(松尾山), 낭구 산(南宮山)을 연결하여 분지에 진을 친 동군을 감싸 안은 학익진을 형성하고 있었다. 동군을 골짜기에 가둔 듯한 형세의 진을 원했고 그런 모습을 예견하며 작전을 짰던 유키나가는 전투의 승리를 자신했다. 자신은 서군의 다이묘 연합군 중에 6천 병력으로 참전하여 우키다 히데이다의 17,000, 고바야카와 히데아키의 15,000, 조소카베 모리치카의 6,800에 이어 네 번째 규모 병력이었다. 짙은 안개로 새벽부터 쌍방이 대치 후 오전 9시경 자욱하던 안개가 조금씩 걷히자 전투가 시작되었고 오후 2시경 전투는 끝났다. 채 5시간이 되자 않는 동안의 삽시간 전투였다. 전혀 가능성이 없다고 믿었던 동군의 승리였다. 서군을 이끄는 총대장 모리 데루모토와 이를 보좌하던 전투의 감각이 무디던 사내, 문관출신 이시다 미츠나리는 도쿠가와 이에야쓰와 대적할 인물이 못되었고 미리 동군과 내응하고 서군의 연합군으로 참전하여 배신할 기회만 노리던 다이묘들의 속임수로 작전이 무너지면서 계획된 전법이 무용지물이 되어 무모한 공격과 방어로 일관해버린 전투의 결과였다. 결국 전술의 부재와 기회주의적 저울질에 익숙했던 자들의 배신에 의해 뻔했던 눈앞의 승리는 패배로 장식되고 말았다. 양쪽의 병력 합계 약 8천이 전사한 무자비한 전투였다.

전투가 시작되자 유키나가 군은 동군의 여러 번에서 출정한 군사들을 맞아 격전을 치렀으나 응원군인 대병력의 고바야카와 히데아키, 와키자카 야스하루, 오가와 스게타다, 아카자 나오야스, 구쓰키 모토쓰나,

깃카와 히로이에 등 여섯 다이묘의 배반(세키가하라 전투가 끝날 무렵 이들은 서군의 잔당 미쓰나리 본거지를 공격토록 도쿠가와의 명령받고 동군의 다이묘들로부터 '콩을 삶으려 콩깍지를 태운다'는 비아냥을 듣는다)으로 아군이 적이 된 상태에서 대치선 병력이 동군에 의해 궤멸되자 유키나가 병력도 단시간에 대오가 무너져 패배해 버리고 말았다. 유키나가는 자신이 포위됐던 산을 넘어 이부키 산(伊吹山)으로 숨어들었다. 그는 산지기에게 자신을 잡아 바치고 포상을 받도록 말했으나 오히려 산지기는 그가 두려워 거절하고 마을로 내려가 유키나가를 항복토록 설득할 사람들을 찾아 그들과 함께 산으로 돌아왔다. 이때, 유키나가를 찾아 헤매던 오요시(村越直吉)란 자에게 그를 넘겨주고 황금 열 냥을 받았다. 곧 이에야쓰는 자결을 요구하는 사자를 유키나가에게 보내 왔으나 자결은 신앙의 교리에 어긋나는 일로서 수락할 수 없으니 자신의 죽음을 가톨릭 신자로서 맞게 해 달라고 했다. 교토로 압송된 수일 후 11월 7일(음10월 1일), 서군의 다른 장수들과 마찬가지로 시가지에서 조리돌림을 당한 뒤 로쿠조 강변에서 이시다 미쓰나리, 안코쿠지 에케이와 함께 참수되었다. 마지막 순간이 되자 정토종 승려가 유키나가의 머리에 불경을 대어 맞추면서 마지막 염불을 해 주려 했으나 거절하며 말했다.

"스님, 나는 그리스도인이요. 그리스도인의 방식으로 나의 죽음을 맞겠소." 하며 평소에 지니고 있던 작은 이콘을 주머니에서 꺼내어 오른손에 쥐었다. 십수년 전 어느 해 포르투갈 왕비 마르가리타가 일본의 예수회를 가호해 주는 일에 감사하며 자신에게 보내 준 선물이었다. 금과 은으로 십자가와 예수 고상을 만들고 중간의 옥구슬을, 가늘게 고리지어서 이은 은줄에 꿰어 만든 것으로 고상 아래 십자가에는 아주 작은 기도하는 성모의 모습이 새겨진 섬세하고도 아름다운 로사리오였다. 세 번을 이마에 맞추고 "성부와 성자와 성신께 저를 바칩니다." 하고 기도한 후 최후에 그 이콘에 입을 맞추자 앞에 섰던 집행관의 명령이 떨어지고 그는 참수되었다. 참수 전날 저녁 그는, 이제는 이에야쓰의 사위가 된, 그리스도교우 다이묘였고 친분이 깊었던 구로다 나가마사에게 자신의 고해성사를 요청했으나 이에야쓰의 명이라는 이유로 사제를 불러오는 것조차 허락되지 않았다. 권력의 향유를 바른 자들이 변심한 모습을 그는 원망하지 않았고 한낱 꿈과 같았던 길지 않은 자신의 삶을 반추했다. 이로써 이에야쓰는 오사카와 큐슈 쪽에 히데요시의 잔당들이 조금 남아 있었지만 (1614년 오사카 전투에서 히데요시 잔당은 완전 소멸된다) 일본을 움직이는 전권을 손에 넣게 되었다. 그때 구마모도 지역에서 할거하던 유키나가의 정적이자 경쟁자던 히데요시 모친의 사촌 여동생 아들이었던 가토 기요마사는 이에야쓰 쪽을 응원하는 동군으로 유키나가의 서군이 패퇴하자 즉시 유키나가의 영지를 침범, 접수해 나가고 있었다.

유키나가가 처형된 이후 그의 목은 도쿠가와 측에 의해 교토의 가모강 산조(三条)다리 위에 효수되었다. 유키나가의 죽음은 예수회를 통해 서구에까지 알려져 당시 바티칸의 교황 클레멘스 8세는 그의 죽음에 대해 애도를 공식적으로 표했고 사후 7년 뒤인 1607년에 이탈리아의 제노바에서 유키나가를 주인공으로 삼은 오페라 (또는 흡사한 짧은 음악극이나 불확실한 역사)가 만들어지기도 했다. 소 요시도시도 유키나가와 함께 잡혀갔으나 어쩐 일인지 자신은 배교하고 유키나가의 딸이자 기리시탄인 마리아와 이혼하라는 명령이 이에야쓰에게서 떨어졌다. 그는 다행스런 한숨을 크게 내쉰 후 잔말 않고 얼른 따랐다. 이후 소 요시토시에게는 처벌도, 영지 몰수도 없었다. 이런 도쿠가와의 결정은 요시토시가 조선과의 관계 정상화에 큰일을 할 수 있는 장소에 위치한 인간으로 평가했기 때문이었다. 이렇게 해서 다른 서군의 다이묘들처럼 참수도 영지 몰수도 사무라이 신분 박탈도 당하지 않은 것이었다. 그러나 그에게는 조선과의 관계를 조속히 정상화토록 하는 의무와 아내를 내치고 유키나가와 관계를 단절하며 배교토록 하는 명령이 주어졌던 것이다. 그것은 배신이었고 그의 영혼에 지녔던 양심에 대한 처벌이었다.

이후 그는 조선과 관계를 개선하기 위해 '현재 일본은 도쿠가와 이에야스가 다스리고 있는데, 그는 임진왜란을 반대했을 뿐만 아니라 휘하의 단 한 명 군대도 조선에 보내지 않고 끝까지 버틴 다이묘'라는 점을 조선에 끊임없이 강조하며 국교 재개를 요청했고 임신한 아내 마리아를 추방했다.

세키가하라 전쟁 후 한 달쯤 지난 즈음이었다. 여자들만이 머무는 나가사키의 한 수도원에서 마리아가 해산 준비를 하고 있으면서 꼭 빈첸시오를 만나기를 원한다는 소식을 콜레지오의 사무실에서 알려왔다. 빈첸시오는 사무실에 확인하여 마리아가 머무는 호시도리 산자락에 있던 여자 수도원을 알 수 있었고 학교에 급한 귀가 신청서를 내었다. 통상 그 신청서는 가족의 길흉사에만 적용이 되었는데, 빈첸시오와 유키나가 가족 간 관계를 알고 있는 신학교에서 이해해 준 것이었다. 빈첸시오는 이튿날 오전, 우라가미 강 건너 산속의 여자 수도원으로 마리아를 찾아갔다. 만삭의 몸으로 이혼을 당하고 쫓겨 온 마리아에게, 집안은 멸문지화로 사라졌고 아무것도 남아 있지 않을 것이었다. 이제 자신의 동생이 된 교아와 자신을 돌보던 옥이를 데리고 대마도를 떠나 왔으나 교아(오타)는 올해 10월까지 이에야쓰에게 보내야만 했다. 옥이를 딸려서 보낼 예정이었다. 교아는 이제 나이 열여섯, 옥이는 교아보다 많은 열아홉이었다. 마리아의 가르침이 있어 옥이는 교아를 아씨라고도 하고 때로는 줄리아 님 하고 불러 깍듯이 대했다. 교아는 흰 얼굴에 오이씨처럼 하관이 약간 빨린 듯한 상으로 커다란 맑은 눈에 갈색의 눈동자가 적당한 간격의 미간 아래서 반짝 반짝 빛나는 고귀한 모습의 귀여운 아가씨가 되어 있었다. 그녀는 옥이의 이런 존경에 어울리게 의젓하고 점잖게 행동했고 독서를 하고 있었던지 오른손에 책을 들고 있었다. 오랜만에 서로 만나는데도 교아는 무슨 연유인지 미소도 짓지 않고 딱딱한 표정으로 "오라버니—"라고만 하고는 고개를 숙이고 더 이상 아무 말도 하지 않고 있었다. 아마 빈첸시오를 만나고 싶었던 그동안의 마음이 그녀를 그렇게 만든 듯 했다. 빈첸시오도 그녀의 그런 행동이 곧 자신이 그녀와 말을 다시 나누게 해 줄 수 있을 것이라고 생각하며 그저 쳐다보기만 했다. 아무런 말도 하지 않았으나 마치 여동생을 만난 것 같은 느낌은 예전과 다름이 없었다. 옥이도 그사이 이름을 마리아에게서 얻어 무쿠게(無槿花)로 불리고 있었다. 무궁화를 뜻하는 듯 했지만 옥이는 이름의 연유를 마리아에게서 듣지 못했다고 했다. 잠시 옥이와 이런 대화를 나누며 대마도를 떠나 온 이후의 이야기들을 나누었다. 그동안에 교아는 마리아가 머무는 방을 들락거리다가 만날 준비가 되었다는 이야기를 해 주었다. 방으로 들어가자 낮은 침대 위에 마리아가 누워 있고 그 곁에 작은 책상과 걸상이 놓여 있었다. 얼굴은 그새 교아가 다듬어 주어 환했고 이부자리도 깔끔하게 정돈되어 있었다. 마리아가 몸을 일으키며 미소를 띠고 양팔을 앞으로 내밀며 말했다. 그녀의 양손을 처음으로 잡았다. 따뜻했다.

"오, 빈첸시오 님, 이렇게 오셔 주었군요. 어서 오세요. 무쿠게, 차를 좀 준비해 주겠니? 빈첸시오 님이 목이 마르실거야. 그쪽 의자에 앉으시지요."하며 예를 나타내는 말을 하고 있었지만 빈첸시오에게는 너무나 병약해 보이는 모습이 말할 수 없이 불쌍하고 가련했다.

"마리아 님, 이렇게 만삭의 몸으로, 나가사키로 오시느라 얼마나 힘드셨습니까?"하고 위로하는 말을 하고 나자 오히려 빈첸시오는 자신이 눈물이 핑 도는 것을 느꼈다. 그러나 마리아는 속내를 보이지 않으며 잔잔히 미소를 지으며 대답했다.

"저는 괜찮습니다. 빈첸시오 님은 그동안 어떻게 지내셨습니까? 전해지는 콜레지오 공부 소식을 종종 듣기는 했습니다만 얼마나 변하셨을지 정말 궁금했답니다. 급하게 와 달라고 해서 죄송합니다."

이렇게 다정한 말을 듣게 되니 그동안 언제나 자신이 마리아에게 이런 따뜻한 대화를 기대하고 있었던 듯한 착각이 되었고 마리아의 얼굴을 이렇게 가까이서 마주본 적이 없다는 느낌이 그를 긴장하게 했다. 잡았던 두 손을 놓으며 말했다.

"영세 때 보내 주신 선물, 로사리오와 손수건은 잘 받았단 말씀을 이제야 드립니다. 참 고맙습니다. 감사 인사 늦어 죄송합니다―. 복중의 아기님은 어떠하십니까?"하고 말했으나 이런 환경으로 내쳐진 측은함이 그의 마음을 빼앗자 마리아가 더욱 애처로웠다.

"선물은 너무 약소했습니다. 신학교 교복과 모자, 일상 용품에 부족함은 없으신지요?"

"네, 전혀 없습니다. 왜 그런 걱정까지 하시니... 전, 민망합니다―."

"민망하기는요―, 아기는 건강합니다. 오늘 아침도 뱃속에서 저에게 발길질을 하며 자기가 튼튼히 자라고 있다고 알려 주었답니다. 또 제 아침 기도가 늦어지면 꼭 그런 발길질을 해서 시간도 알려주곤 한답니다. 호호호—." 빈첸시오의 걱정을 짐작이나 하는지 아무렇지도 않다는 얼굴로 살며시 미소만 짓다가 조용히 소리 내어 웃으며 아기 이야기를 해 주었다.

"마리아 님께 닥친 고난과 새 생명의 탄생에 우리 주님께서 아무런 어려움을 없이 해 주시기를 기도 드리겠습니다. 이렇게 마리아 님을 뵐 수 있게 되어 저는 감사드립니다."

두 사람은 대화 도중 그들의 시선이 마주치면 서로의 존경과 사랑을 읽는다는 것이 부끄럽다는 듯 미소 띤 눈길을 돌리곤 했다. 빈첸시오는 세키가하라 전쟁 전에 마리아의 아버지 유키나가를 만난 이야기와 전투 이후 그가 신앙을 증거하며 이 세상을 떠난 이야기를 나누며 함께 슬퍼했다. 흐느끼며 묻는 만삭의 마리아에게 들려주고 싶지 않았으나 알아야만 하며 다른 도리가 없다고 판단했고 자신을 감싸주던 명문가의 외부적 지원과 보호도 이제는 완전히 사라졌다고 언뜻 느꼈다. 또, 교회가 인정 않는 이혼 아닌 이혼을 당하도 그나마 사라져 버린 집안의 영광에 기대어 이렇게 수도원에 숨어들어 해산을 해야 되는 서글픔을 참고 견뎌야 한다는 말은 눈으로만 전했다. 빈첸시오는 자신이 손을 내밀어 마리아의 두 손을 잡고 뱃속 아기를 순산하고 얼른 건강을 회복하도록, 성모님께서 늘 마리아를 돌보시며 위로하고 용기와 신념을 간구하는 기도를 예수님께 드려주시도록 함께 빌었다. 이어 자신이 이렇게 그리스도를 증거하는 교리를 가르치는 사람이 되고 콜레지오 공부를 할 수 있도록 모든 정성과 힘을 다해 준 그녀와 그녀의 가문에 감사했고 주님의 은총이 언제나 함께 해 주시기를 홀로 기도했다. 마리아는 이제 자신에게 동생이 된 교아와 시중을 드는 옥이를 도쿠가와의 성으로 보내야 한다고 말했을 때에는 빈첸시오가 "더 이상 서글픈 이야기를 하지 마시기를—" 하며 막자 조금 서먹해 졌으나 곧 말을 이었다.

"빈첸시오 형제님, 저는 이번에 아이를 낳아 사내이면 사제를, 계집아이면 수녀로 만들고 싶어요. 그리고 저희를 위해 기도해 주세요. 돌아가신 저의 아버지와 오빠들의 영혼을 위해서도요. 제가 출산하기 전에 이 일을 꼭 말씀드리고 싶어 급히 오셔달라고 했어요."

"네, 마리아님, 꼭 그렇게 하겠습니다. 그러나 태어날 아기가 나중에 어떤 사람이 될지는 그 아기 자신과 하느님께 달린 것이라고만 봅니다. 그러니 태어날 아기가 그런 사람이 되어 줄 것을 염려하시기보다는 상한 몸과 마음에서 어서 벗어나 더욱 강건해지기를 염원해 주십시오. 진정 마리아 자매님께 필요한 일입니다."

"고맙습니다. 형제님. 저의 주인이었던 요시도시와 저는 교리에서 허용치 않는 이혼을 할 수 없습니다. 그러니 그냥 내쳐진 셈이지요, 저는 남편 요시도시를 원망하지 않습니다. 오히려 신앙까지 버린 그를 불쌍히 여기며, 그가 인간으로서 극심한 모멸감을 저보다 더 깊게 느끼면서 살고 있을 것이라고 믿습니다."

"다행입니다. 부디 미움과 원망을 버리시기를, 태어날 복중의 아기와 이후의 마리아 자매님의 조속한 건강 회복을 위해 마음을 굳건히 하시기를 빕니다. 출산하신 이후에는 어디에 머무실 것이지, 아직 결정되지 못했으면 저도 다른 수도원을 알아보고 다음에 올 적에 말씀 드리겠습니다."

"오, 빈첸시오 님. 이제 저와 저의 아기가 의지할 형제님이 굳건하게 계신다는 것을 분명하게 알았으니 안심됩니다. 저의 일은 걱정하지 마십시오. 다만, 남아 있는 우리 모두는 형제님께서 거룩한 성업을 이룩하실 것을 믿는답니다. 늘 우리와 함께해 주시기를 부탁드립니다."

눈물이 글썽이는 모습이 고왔으나 예전의 씩씩한 말투와 기상은 사라지고 없었다. 마음속 병이 얕지 않은 듯, 얼굴은 희다 못해 약간 푸른 끼가 감돌 정도로 창백했다. 이런 몸으로 출산이 어렵지 않을까 하는 생각에 본당에 돌아가면 주임신부께 말씀을 드려서 구휼 병원에 있는 의사 수도자께 방문을 요청하면 어떨까 하고도 생각했으나 이를 마리아에게 말하지는 않았다. 마리아 자신이 걱정하고 있는 약한 몸의 출산 중 위험을 기정사실화할 수는 없었기 때문이었다. 빈첸시오는 마리아가 자신에게 걸고 있는 기대에 대한 부담감도 없었다. 당연한 일을 당연히 하고 있을 뿐이고 그 길의 끝에는 조선인 수도자로서 조선인들을 위한 봉사가 자신의 생애 모두가 될 것이라고 얼핏 생각되었고, 곧 '내가 너무 협소한 신앙의 길을 고집하고 있군' 하며 생각을 후회했다. 그러나 냉정하게 생각해 보면 수도자나 수도 사제로 향하는 과정에 있는 자신이 바라보는 유키나가 가족과 마리아에게 내려진, 가진 권력을 휘두르는 인간들의 형벌에 대해 자기로서는 도무지 어쩔 수도 없다는 안타까운 마음이 전부였다. 빈첸시오는 유키나가 가문의 남겨진 가족들은 안전히 살 수 있는 날이 어서 오기를, 마리아의 복중 아기를 위해 또 기도하고 마리아를 향해 고개를 숙이자 그녀가 양 손을 다시 내밀어 맞잡아 준 다음 방을 나섰다. 문밖에서 교아와 옥이가 기다리고 있었다. 교아는 그동안 마음이 진정되었는지 방그레 웃었다. 그녀는 빈첸시오와 함께, 그리스도 신앙으로 만들어진 한 울타리 안에서 살고 있다는 생각이 들었고 그 울타리는 자신의 마음속에 있다고 믿고 있었다.

"오라버니, 이렇게 오랜만에 뵈어도 지난날 우리가 헤어졌던 그날과 전혀 변함이 없군요."

"고맙다. 교아. 넌 더욱 성숙한 처녀가 되었구나. 이제 쇼군의 집안으로 가야한다는 이야기를 들었다만—."

"네, 10월에는 도쿠가와 쇼군의 에도나 교토의 성으로 가야 합니다. 그 다음 일을 알지 못합니다."

"옥이와 함께 가느냐?"

"그들의 말은 마리아님을 사면하면서 유키나가 님의 양녀가 된 저를 인질로 보내라는 것입니다. —제가 그곳에서 옥이 언니와 함께 있을 수 있다면 우리는 외롭지 않겠지요. 다만, 출산을 앞두신 마리아님의 건강이 걱정되어 옥이 언니와 함께 가는 것을 망설입니다. 또 옥이 언니는 수녀원에 들어가는 걸 깊게 생각하고 있기도 하고요."

곁에 있는 옥이를 보며 말했다.

"그래. 그렇구나. 그렇다면, 마리아 님이 출산하신 후, 아기와 산모를 돌보는 사람으로 옥이가 있어 준다면 좋겠구나."

"저도 그랬으면 좋겠어요. 그런 다음에 아가씨와 함께라면 저도 교토나 에도로 갈 수도 있을 테지만, 수녀원에 들고 싶기도 해요, 가능하다면요."

"—어려운 중에도 선하고 착한 마음을 고이 간직하고 수녀원을 생각하고 있는 것이 기특하구나. 참, 영세는 어떻게 되었느냐?"

"우리가 떠나올 때까지 대마도의 사정이 여의치 못해서 신부님을 대마도로 오시게 할 수 없었습니다. 교토로 저가 떠나기 전에 영세를 받을 수 있도록 오빠가 힘을 써 주시면 감사하겠습니다."

"오, 그래, 내 돌아가면 교회와 협의하고 너희를 꼭 조속히 영세 줄 수 있도록 하마. 세례명은 정했느냐?"

"네, 마리아 님이 저는 줄리아로, 옥이 언니는 베네딕타로 정해 주셨습니다."

이튿날 아침 빈첸시오는 나가사키 모타도쿠 마치의 산 안토니오 교회로 가서 페드로 모레혼 신부를 찾았다. 교토의 여성 신심 단체 설립을 마친 그는 나가사키로 와서 그곳에서 친구 신부를 만나 쉬고 있다는 이야기를 들은 차였다. 필리핀 총독과 개인적 친분이 깊은 그는 총독의 전권 대사로 샴국(태국)과 협의를 시작해야 할 외교적 문제 (샴이 억류 중인 그리스도교인 석방 문제였다)가 있으니 되도록 조속히 마닐라로 와 달라는 편지를 받고 관구에 이를 보고 후 떠나는 준비를 하고 있으면서 교토의 일에 발목이 잡혀 있다고 툴툴거렸다. 유키나가 가족과 친분이 두터웠던 그는 언제나 조선인에 대한 연민과 일본인과 비교한 편견 없는 관념으로 자신의 교회 조선인 신자들을 이끌고 있었다. 이런 그의 활동은 자연스럽게 조선인의 신앙 교육에 깊은 관심을 기울였고 빈첸시오의 일을 예수회에 보고하기도 했다. 그는 고니시 유키나가 집안 온 가족의 세례와 신앙생활, 세키가하라 전쟁 이후 모든 식구가 고난과 형극의 길을 걷는 것을 너무나 마음 아프게 여기고 있었다. 빈첸시오 또한 유키나가 가족이 멸문을 당하고 뿔뿔이 흩어지는 와중에 그들을 만나 위로조차 해 주지 못한 자신의 처지와 그들이 죽임을 맞거나 깊은 곳으로 숨어야만 하는 슬픔을 함께 나누지도 못했고 그저 홀로 기도만 했다고 말하자 모레혼 신부는 빈첸시오를 껴안으며 심중의 깊은 위로를 해 주었다.

교아가 이에야쓰의 성(城)으로 떠나기 전에 영세를 받아야 할 필요성과 마리아의 교아와 옥이에 대한 수년간의 성서 공부와 노력을 설명

184

하자 일주 후 화요일 저녁에 마리아가 있는 수도원으로 가서 이런 세례 형식을 따르지 않을 수 없는 사유를 이해하고 교리 습득을 확인한 후 세례를 주었다. 물론 빈첸시오는 콜레지오에 양해를 구하고 그 행사를 미리 연락을 하여 두었고 모레혼 신부를 수행하여 세례를 도왔다. 마리아는 태어날 아기의 이름을 지어 두고 있었다. 세례식이 끝나고 모레혼 신부와 함께한 자리였다. 만삭의 배 아래를 두 팔로 감싸 안은 모습으로 마리아가 그들에게로 와서 말했다.

"나의 형제 빈첸시오 님, 태어날 사내아이는 '만쇼 유키나가'입니다. 조카로 여기시고 그 아이의 신앙을 굳건히 해 주시겠다고 제게 약조해 주십시오. 주님의 말씀은 언제나 저희 생활에 '가득 찬 올바름(만쇼滿正)'이었습니다. 또한 만쇼 성인(Mancius. 포르투갈에서 순교. 축일 3월 15일)의 위업을 본 받도록 이름을 만쇼(滿正)로 지었습니다.

"—그렇게 약조 드리겠습니다. —마리아 자매님, 어떻게 남자 아기인 줄 알고 그렇게 이름을—?"

"주님이 말씀해 주셨습니다. 틀림없는 남자 아기로 그분의 영광을 온 몸으로 드러낼 것입니다."

"원하신다면 '만쇼 유키나가'라는 이름 그대로 세례식을 거행하겠습니다." 하고 모레혼 신부가 대답해 주자 마리아는 고요히 미소를 지으며 고개를 끄덕끄덕 했다. 아마 온 가족이 전쟁터에서 희생당하고 아버지마저도 반란자로 처형되어 버린 가문의 몰락을 지켜보며 태어날 아기의 쓸쓸함을 미리보고 있는 듯했다. 유키나가 아우구스틴이 참수된 날로부터 2달이 채 못 되어 마리아는 머무르던 수도원에서 건강한 사내아이를 출산하였다. 그녀의 믿음대로였다. 이름을 '만쇼'라고 하고 2주 후에 빈첸시오와 모레혼 신부는 이 아기에게 세례를 주었다.

빈첸시오는 자신이 졸업 후 선교 시 조선인과 일본인으로서 글자를 해독하지 못하는 자들이 많을 것이고 특히 일본어를 구사할 수는 있어도 글을 쓰고 읽기는 부족한 조선인들이 많았던 점을 상기하여 조선인을 중심한 일본어 교리 교본을 만들고 싶었다. 그리고 그들의 후손이 조선의 문화와 문자를 전승해 나갈 수 있도록 조선어 교본도 함께 만들리라 결심했다. 이를 카이오와 협의, 서로간의 생각을 정리하여 상의 후 보완해가며 졸업 전까지 각 40페이지로 20권의 조선어 교본을 빈첸시오가, 일본어 교본을 카이오가 만들기로 하고 완성 후 서로 반씩 나누어 선교 시 사용하기로 했다. 조선어는 첫 페이지에 모음을, 둘째 페이지에 자음과 받침을, 셋째와 넷째 페이지에 모음과 자음이 결합된 단어를 표기하고 이후 받침은 소리 나는 대로 적는다고 하며 예를 들어 설명했다. 다음 페이지부터, 예를 들어 '성경을 일거라(읽어라), 아버지, 어머니, 나, 너'와 같은 쉬운 조선어 단어와 어휘를 써 두고 외우도록 했고 책의 말미에 십계명을 써서 모두 그 뜻을 새기며 쓰고 읽기를 반복하도록 해 주었다. 카이오의 일본어도 이와 유사하게 만들어 성경을 읽고, 일상생활에 일본어로 쓰기에 불편이 없도록 편집했다. 마지막에 십계명을 써 둔 것은 조선어 교본과 같았다. 둘은 이 교본을 통해 문자를 깨우친 조선인과 일본인들의 감동이 얼마만큼 클지를 그때에는 짐작하지 못했다. 이후 이들은 이 교본을 신자들과 함께 내용을 조금씩 보완해 가며 베껴 쓰기를 통해 더 많이 만들었고 더 많은 사람을 신자로 만들고, 문자해득을 통한 삶의 자신감을 찾아 주었고 그들이 이웃으로 부터 '책을 읽는 조선인 기리시탄들'이라는 말을 듣게 해 주었다.

일본의 예수회도 1600년은 매우 큰 변화를 맞은 해였다. 10월에 세키가하라 전투에서 서군이 패한 후 예수회는 자신들이 일본에서 양성하여 고급 일본어를 마치 고위 상류층처럼 구사하며 일본 문학에도 명망이 있는 쟈오 로드리게스 신부를 관구 재무 담당 사제로 승진 임명하고 조직의 경비를 충당하기 위해 나가사키의 포르투갈 무역에서 몇 가지 품목의 중개 권한과 수수료도 히데요시 시대에 이어 계속 운영했다. 이는 포르투갈과 일본 양쪽에서 인정한 것이었다. 그러나 이런 상거래에 관련된 모습은 성직자에게 좋을 것이 없었으므로 최소화하고 있었으나 예수회 상부인 인도의 고아와 로마, 타 선교회나 프란치스코회 등에서는 조직 운영에 따른 경비 조달 대안이나 대책의 제안도 없는 비난을 하고도 있었다. 수입이 가장 활발한 품목인 중국산 비단 원사와 일본산 은을 중국의 광동에서 교환하는 독점권을 예수회가 갖고 있는 데에도 이런 원인이 있었다. 해외의 선교를 성공적으로 이끌기 위해서는 그러한 상업적인 행위를 불가피하다고 인식하면서도 모두는 언제고 안정이 되면 상거래에는 손을 깨끗이 씻고 싶어 했다. 하지만 일본의 예수회는 1580년에 이미 150,000명의 신자와 200곳의 교회와 수도원, 65인의 예수회 사제들과 수사들, 20인의 일본인 수사들과 백 수십 명의 전도사, 수십 명의 신학교 생도들이라는 거대한 조직이 활동하고 있었다. 이런 조직의 유지 외에, 빈자들을 돌보는 구휼원을 확대하고, 신앙이 계속 발전하는 지역에 새 교회를 짓고, 병원과 신학교를 운영하며 신자들을 위한 신앙 서적을 인쇄하기에도 늘 부족한 자금에 시달리고 있었다. 막대한 유럽 상류층의 기부와 예수회의 자산만으로 운영은 불가능했다. 이런 수입으로도 일본의 예수회는 만성적인 적자의 증가를 억제하고 있었지만 그 부족은 점점 심해지고 있었다. 수도자와 성직자에게도 돈이란 불가피한 물질이었고 정확한 관리를 위해 회계를 전문하는 수사들도 있었다. 이를 해결하기 위해 발리냐노 선교 순찰사 신부는 유럽 각국의 도움 외에도 나가사키 항에서 수입한 몇 가지 물품을 일본과 포르투갈에 합의를 거쳐 수도회의 수수료를 부과토록 한 권한을 집행한 것이었다.

세상은 급변하고 있었고 포르투갈의 동방 무역에 등을 기대고 있던 예수회의 일본 선교는 변화하는 환경에 적응해 나가기 버거웠다. 그 근본적 원인은 유럽의 강대국이 맞은 본격적 대항해시대와 이에 발맞추어 아시아에 진출한 화란을 중심한 유럽 여러 나라의 연합 기업인 동인도 회사를 앞세운 화란과 영국이 본격적인 극동 진출을 시작하며 포르투갈의 해양 세력이 기울고 있었기 때문이었다. 1600년에 영국에서 일본에 온 개신교도로서 수년 후 사무라이로 사족계급을 받고 이에야쓰를 보좌했던 윌리엄 아담스(William Adams: 일본 명 미우라 안진 三浦按針)가 도쿠가와 쇼군의 자문으로 성장하여 중요한 역할을 하게 되자 도쿠가와의 포르투갈과 예수회에 대한 인식은 급변하게 되었다. 일본이 화란에게 1603년에 무역 허가증(주인장 : 붉은 도장이 날인된 허가 서류) 발급 후 1609년에 나가사키에 상관 설립을 허가하고 곧 이어 1610년에는 영국의 상인조합 (Guild)에 상관 설립을 허가하는 것은 포르투갈 세력의 패퇴를 분명하게 해준 것이었고 자국 일본에 수입되는 중국산 생사를 독점하고 있는 포르투갈과 무역에 불만을 나타내면서 이를 다변화하려 한 것이었다. 이런 과정 중에 캄보디아와 월남 등과 상거래 중이던 그리스도교 다이묘인 아리마 하루노부의 무역선 소속 40여 선원과 사무라이들(왜구라고 본다)이 마카오를 들르게 되고 이들은 거친 행동으로 현지인, 포르투칼 선원들과 싸움으로 사고를 일으켰다. 결국 전원이 몰살

당하는 사건을 겪고 이듬해 (1610년) 포르투갈의 "노싸 세뇨라 다 그라 싸" 호가 마카오에서 나가사키에 입항하자 이에야쓰의 내락을 얻은 다이묘 아리마 하루노부와 지역 부교 하세가와가 힘을 모아 30척의 병선과 1,200의 군사를 동원하여 복수의 일념으로 나가사키에서 "노싸 쎄뇨라 다 그라싸" 호를 격침시켜 버렸다. 이때 이에야쓰는 동인도회사의 화란 무역선을 히라도에 정박시켜 두고 포르투갈이 떠나더라도 대외 무역상 아무런 문제가 없도록 미리 조치해 두고 있었다. 이어 아리마 하루노부와 부교 하세가와 사이의 사욕에서 비롯한 "다이하치 허위 사건(大八の虛僞の發覺)"이 일어났다. 부교 하세가와가는 마치 쇼군이 이 전투의 승리를 축하하여 하루노부에게 포상으로 영지 할양이 더 있을 것처럼 속여 이를 성사 시키는 뇌물로 거액을 사취한 정황이 발각되자 둘은 모두 처형당했고 아리마의 그리스도 교인들 대순교가 연쇄적으로 발생했다. 결국 중계 무역의 중심에 있던 예수회의 로드리게스 신부는 쇼군과 관계가 멀어지고 마카오로 떠난다. 이 사건을 원인으로 1612년 (경장 17년)에 에도등의 쇼군 막부 직할지에 대해 그리스도 금지령을 발하자 직할지 내의 일부 그리스도교인 다이묘들은 배교를 하게 된다(이 영향으로 오타 줄리아도 이즈 섬으로 귀양을 떠났다고 보기도 한다). 곧 1613년에는 전 일본에서 그리스도교를 금지하는 영을 내린다. 이렇게 하여 역사상 일본에서 그리스도교를 절멸시키는 직접 원인이 된 것으로 이 두 사건을 지목하고 있으나 내부적으로는 그리스도 신앙을 정략적 목적으로 허용했던 자들의 시대적 통치 환경 변화 인식과 서구의 사상과 무력에 대한 막연한 공포, 황실의 전통적 통치 이념과 불교도 다이묘들의 반발, 쇼군의 무역 이익 독점적 추구 등이 복합적으로 작용하여 박해가 시작되었던 것이라고 볼 수 있다.

    이런 와중에 1613년, 또 한사람의 그리스도교인 다이묘(자신의 신앙을 분명히 한 기록은 감추고 있지만 그리스도교인 다이묘들과 친분이 깊었다)로 일본 동북부 센다이를 중심한 지역의 대영주인 다테 마사무네 (伊達政宗)는 어렵게 이에야쓰의 허락을 얻어 스페인 선교사 루이스 소테로를 정사로, 자신의 가신으로 임진왜란 시 진주성 전투에도 함께 참전한 하세쿠라 쓰네나가(支倉常長:세례명 돈 펠리페 프란치스코)를 부사로 한 180여 명의 유럽 통상 사절단을 꾸려 태평양을 항해, 멕시코를 거쳐 대서양을 건너 로마로 보낸다(게이쵸견구遣歐사절). 하세쿠라가 로마에서 작위와 시민권을 받고 7년 후 귀국했을 때 일본의 그리스도교는 탄압의 중심으로 들어가고 있었다. 센다이 지역의 그리스도인들도 배교하거나 지하로 숨어드는 외는 순교밖에 없었고 이에야쓰는 영국인 사무라이 미우라 안진과 다테 마사무네의 유럽 통상 사절단을 통해 일본에서 그리스도교 탄압으로 야기될 문제는 국제화 되지도 못할 뿐더러 자신의 통치에 영향을 미치지도 못할 것을 미리 확인하고 있었던 셈이다.

8

빈첸시오의 졸업과 만쇼의 입학

빈첸시오가 콜레지오에서 수학하던 1599년에 조선에서 사명대사가 쇄환사로 일본에 와서 많은 조선인 포로를 데리고 돌아갔다. 소문을 들었던 빈첸시오도 그 무리에 들어 함께 돌아가고 싶기도 했다. 단순하게 생각한다면 조선으로 돌아가 살아 계신다고 믿는 형님을 도와 친족들을 모으고 다시 집안을 흥하게 만드는 것이 조선인으로 마땅히 해야 할 일이기도 했다. 그들에게 그리스도를 전교하여 하느님의 자녀들로 만들고도 싶었다. 그러나 자신이 돌아간다고 해서 그런 일들을 할 수 있을지도 확신이 서지 않았고 자신의 조국으로 돌아가고 싶다는 4주기도와 묵상에서도 아무런 결심을 얻지 못했다. 아무리 형님이 살아 계신다고 믿어도, 어쩌면 형님이 자신에게 온갖 정성을 다해 주며 동기간 기울여 줄 노력에도 불구하고, 일생을 살아가는 방식이 그리스도를 포교하는 사람으로 바뀐 자신의 처지가 조부모와 부모가 살아 계실 때와는 다르

다는 생각조차 들기도 했고 설사 그들이 생존해 계시더라도 이미 일어
난 자신의 미래 인생에 큰 변화를 아직은 그들이 받아드리지 못할 것이
라고 보았다. 만약 형님마저 그 전쟁의 와중에 희생되어 버리셨다면, 조
선에서 혈혈단신이 될지도 모를 자신을 다른 이들이 인정해 주어서 그
리스도를 전교할 기회를 찾을 수 있을까를 자문했을 때, 오히려 일본에
서 현재의 배움과 선교 활동에 더욱 자신을 헌신 후 신앙과 철학이 여물
어진 다음에 조선으로 가서 그리스도교를 포교하며 형님을 만나야 한다
는 것이 자신에게 주어진 길이라는 믿음이 확실해졌다. 그것이 조선 포
교를 위한 형식을 갖추는 것이라고 믿었다. 그 길에 이르기 전에 일본에
서 희생의 순교자가 될지라도 어쩔 수 없다고 보았고 자신은 영광된 가
문이나, 굽히거나 꾸미거나 부귀나 영화를   는 인생을 타협해 가며 찾
아다닐 필요가 없는 사람이 이미 되었다고 확신하고 있었다. 지금 돌아
가게 되면, 조선에서는 전쟁으로 부모와 조부모를 잃은 이름조차 기억
되지 않던 어린 막내가 그리스도교를 전교한다는 것을 분명 이상한 짓
으로 여길 것이고 살아 계신다고 믿고 싶은 형님조차도 유학에 심취해
계시니 그리스도의 가르침을 우선 배척하고 볼 테고 주위의 유학자들
과의 관계에서 자신의 관념을 바꿀 수도 없을 것이 틀림없었다. 혼자서
는 아무런 성과도 예상하지 못하고 맨바닥에 머리를 찧어 가며 위험한
동아줄에 목을 스스로 가져다 매는 것과 같은 외로운 전교를 한다는 것
은 곤란하다고 생각했다. 조선에서 전교라면, 궁내의 사대부들과 당당
히 나라의 미래와 교육, 철학과 사상, 종교와 서구의 문물에 대한 개방(
부분적일지라도)과 외교관계의 수립에 대해 상의해 줄 수 있을 만한 종
교 권력과 위엄, 아무도 함부로 대할 수 없다는 절대적이고 국제적인 신
뢰를 받는 인물이 되어야 하는 것이고 일본에서 그리스도교 사제들이

다이묘들에게 조차 존경과 신뢰를 받고 있는 점들이 바로 그런 이유 때문이라고 생각했다.

몇 달이 지난 후 이제는 도쿠가와 이에야쓰가의 인질이 되어 버린 줄리아가 에도 성내의 크리스천 신자를 통해 보낸 조선어로 쓴 서신을 받았다. 자신은 이에야쓰가의 여자 인질이 되었으나 신앙을 굳건히 지키고 있으며 어떤 고난이 닥치더라도 결코 예수 그리스도의 길을 포기하지 않을 것이라는 점과 빈첸시오를 오라버니로 칭하며 안부를 묻고 옥이는 아직 마리아님의 처소에 함께 있으니 수녀가 되고 싶어 하는 그녀와, 마리아를 위해 종종 들러서 위로해 주기를, 자신에 대해서는 걱정하지 말기를 부탁하는 내용이었다. 전해 준 사람은 줄리아가 그 지역의 선교사들과도 자주 연락하고 있고 성내의 그리스도교 여성들의 정신적 지주가 되어 있다고 했다. 줄리아는 종종 자신이 마리아와 이에야쓰 가문에서 받은 패물을 팔아 빈곤에 시달리는 그리스도인의 가정을 돕기도 하며 도쿠가와 측에서는 이런 내용을 알고 있으면서도 모르는 척 하는 것 같다고 했다. 그러나 편지에서 도저히 줄리아가 들어줄 수 없는 부당한 요구를 도쿠가와가 하면 그녀는 차라리 귀양을 가거나 스스로 칭병하여 병자가 될 것이라고 했으나 그 방법이 무엇인지는 알 수 없었다. 이후 콜레지오를 졸업한 후에도 종종 에도의 신자들이 인편으로 보내 온 소식을 들었다. 그녀에게 이즈 제도로 귀양 명령이 내렸다는 소문과 또 수년 후에는, 인근의 섬을 옮겨 다니며 전교에 열중한다는 이야기도 전해 왔다. 그들은 줄리아가 빈첸시오에게 누이동생과 같다는 점, 함께 조선에서 대마도를 거쳐 일본으로 왔다는 점도 알고 있었다. 빈첸시오는 줄리아를 생각할 때마다 '형극의 길 일지라도 그리스도를 따르는 길은 행복하다'고 그녀를 위해 기도했다.

콜레지오에서 성서를 통한 공부로 자신의 영성 생활에 대한 질문과 해답을 스스로 찾는 것은 큰 즐거움이었다. 분명 콜레지오는 지식의 보물창고 그 자체였고 배움을 더할수록 점점 더 신앙의 신비주의에 빠져들고 있었다. 신앙이란 눈에 보이지 않는 것까지 믿어야 하는 것이며 그 속에 신비함이 없다면 신앙에는 이르지도 못하는 자기만의 우물 속 철학에 불과할 것이라는 믿음이 솟아올랐다. 스스로 더욱 겸손해져 갔고, 자신이 있을 교회는 하느님의 사랑을 전달하려는 자들의 공동체이고 자신은 그 공동체를 위한 봉사자로 존재하게 될 것이라는 신념이 가슴을 채웠다. 하느님이 그에게 성령을 보내시어 매일, 매순간 자신을 희망차게 만들며 당신의 뜻으로 인도해 주신다고 확신했다. 그럴 때면 자신은 "아버지, 저는 맨몸에 빈손뿐입니다. 저의 모든 것을 가져가시고 당신이 원하시는 것을 제게 주십시오. 이제까지 베풀어 주신 은혜에 감사드리며 청합니다." 하고 이나시오 성인의 봉헌 기도와도 흡사한 자신의 기도를 자주했다.

빈첸시오가 "종교의 분리"라는 종교사 중 중요한 부분을 배웠을 당시의 감격은 감히 말로써 나타내기 어려운 것이었다. 그것은 서구인들에게 가부장적이고 전통적이었던 그리스도교 진리의 오염에 대한 감각적인 반발과 새로운 진리로 진화하는 것에 대한, 수용 자세에 기인했다. 조선이나 중국에서라면 과연 가능했을까 하는 절대적 종교 권력에 대해 비판적인 수도자나 신부의 개인 의견, 이를 수용하는 고위 성직자들의 자세가 부러웠다. 또한 그것에 대응하는 가톨릭교회의 개선과 변화,

예수회의 소명을 떠올리면 무언가 자신이 나아가야 할 먼 그곳을 바라보고 있다는 느낌이었다.

빈첸시오는 이런 종교 분리의 시작을 1517년에 면죄부 판매에 반대하여 95개 조 반박문을 발표한 마틴 루터(1483-1546)에게서만 기인한다고 볼 수는 없다고 판단했다. 왜냐하면 그 이전에 이미 가톨릭교회 내에서 자체적인 개혁을 요구하고 있었다는 역사적 고찰을 함께하고 있었기 때문이었다. 이것은 중세 시대, 교회의 부패한 성직자들, 성직매매나 수도원의 재부 형성과 타락, 교회의 세속 권력과 결탁, 사회의 어두운 현실과 타협한 여러 풍습 등의 문제는 반드시 고쳐야 하는 문제로 인식하고 시급한 개선을 일찍이 제기해 왔다는 사실을 배우게 됨으로써 파악한 결론이었다. 그래서 '종교 개혁'이란 가톨릭의 입장에서 본다면 개혁이라기보다는 '종교분리운동'으로 보아야 하는 것이었다. 분명, 대주교는 대체로 왕족이나 귀족들이 독점했고, 추기경들은 대부분 이탈리아 명문가에서 선발되었으며 교황 선출도 제한된 자격으로 한정함으로서 교회 체제가 경직되면서 관료화되자 교회도 개혁은 필연적인 것임을 이미 깨닫고 있었고 여러 수도회에서 서서히 그 개혁의 길로 들어서고도 있었다.

신학 교육을 제대로 배운 사제들과 수사들이 급진적 개혁을 요구하며 마치 썰물처럼 교회의 땅에서 빠져 나가 전통에 저항하는 의미로 "프로테스탄트"란 개신교를 만들고 단기간에 사분오열하는 모습으로 분파되어 가는 모습이 안타까웠다. 가톨릭이라는 큰 나무 뿌리와 밑둥을 바탕으로 독일 베텐부루크에서 루터(1483-1546)와 메랑히톤(1497-1560)

이 주창한 루터교의 교회 이념 (Luthernism)이 파생 이후, 영국의 국교라는 성공회의 크랜머(Cranmer: 1489-1556)가 주창한 앵글리칸 교회이념 (Anglicanism), 츠빙글리(1484-1531)의 스위스 교회가 내세운 즈빙글리 교회 이념 (Zwinglianisim)과 그레벨(Grebel: 1498-1526)에 의한 재세례파 교회 이념(Anabaptism), 프랑스 칼뱅 (Calvin:1509-1564)의 교회 이념(Calvinism), 세례파 개혁 교회 이념(Baptism), 사이몬 (Simons:1496-1561)의 급진적 과격파 교회 이념(Mennonism), 영국 녹스 (Knox:1513-1572)의 장로교회 이념 (Presbyterianism) 등으로 점점 복잡해지는 분화를 익혔을 때에는 그들의 이론과, 서로 간 공유되는 환경과 공간, 신속한 합류와 분리가 너무 혼란스러웠다. 신앙의 순수성을 이렇게 급작스럽게 바꾸어 나가는 원인을 생각하기에 앞서 더 이상의 분란을 막아야 그리스도 가르침의 순수성을 지킬 수 있다는 사명감이 불타올랐다. 불과 팔구십 년 동안에 주로 가톨릭 사제였던 사람들에 의해 이처럼 분파가 우후죽순처럼 생겨난다면 천년쯤 이후에는 헤아릴 수 없는 수많은 종파의 그 복잡한 이념과 정죄되지 못한 이단으로 그리스도교는 폐종교(廢宗敎) 되고 말 것이라는 공포심도 솟았다. 그러나 빈첸시오에게, 이런 대 변화가 일어난 1500년대 중반 시대의 역사의식은 원만하게 받아들여져 발전하고 있었다. 즉, 종교 개혁도 십자군 운동이 소멸되어 가는 시점에 봉건 사회가 점차 무너지면서 상업의 발달로 농업 경제가 상업 경제로 옮겨지는 과정에서 생겼다는 점, 이러한 사회 구조에 대변혁이 이루어낸 힘이 가톨릭에서 출발한 유럽의 그리스도교 사회 발전에 원동력이 되고 있다는 점이 이해된 것이었다. 나아가 신대륙 발견과 함께 태동한 국가주의는 이미 스페인과 프랑스, 영국에서, 교회가 국가의 지배를 받는 형태로 타의적 변화를 하고 있고 그기에 신앙의 순수성을 지키기 위한 것이라며 '리포르마티오'라는 종교 분열이 일어난 과정도 알게 되었다. 그러나 유럽 각국 교회가 가톨릭과 개신교, 성공회로 나누어지고 점차 호칭 또한 그렇게 변해가면서 개신교는 여러 이름의 교회 파를 만들고 있다는 점의 인식은 빈첸시오를 가톨릭교회의 참된 이상을 아가는 사람으로 성장시켜주고 있었다.

빈첸시오는 더 이상 조선으로 귀국을 연연하며 유약했던 이념의 젊은이가 아니었다. 그런 정서의 바탕이 자신을 더욱 절대적 복종으로 예수를 따르게 하고 있었다. 1545년부터 1563년에 걸쳐 소집된 트리엔트 공의회의 이상을 따라 개신교의 종교 분리로 실추된 교회의 권위를 회복하고 온 세상과 아메리카 신대륙에까지 그리스도의 진정한 복음을 전하고 교육을 통해 선교의 사명을 완수하기 위해 사제와 수도자들, 선교사들이 일생을 바칠 결심을 하게한 것은 빈첸시오 자신에게도 똑 같이 삶의 길 위에 있는 변할 수 없는 확고한 목표라고 이해했기 때문이었다. 이제 세상 어디를 가서 어떤 교파의 그리스도인을 만나더라도 그들이 누구인지, 왜 로마 가톨릭교회와 동방정교회, 개신교로 불리며 루터교, 침례교, 성공회, 장로회 등으로 나누어 불리는지, 때에 따라 그들과 어떤 협력과 경쟁을 해야만 하는지 그 개념을 분명하게 갖게 되어 비교 종교나 종교 철학적 관념도 분명해졌다. 빈첸시오는 이를 실천할 자신의 미래는 일본의 조선인과 조선반도에 달렸다고 믿었고 그 결심은 시대적 상황에 따라 변하지도 않을 것이라고 믿었다.

1604년 5월에 콜레지오를 졸업했다. 카이오와 둘이서 걱정했던 대로 조선인으로 예수회 입회를 하고 수사나 수도 사제로 서원하는 것은 곤란했다. 학교에서는 일본인으로 하더라도 무슨 문제가 있는가? 나중에라도 조선인에 대한 예수회 입회와 수도 서원이 규정되면 그때 바로 잡힐 것이 아닌가 하고 말해주었으나 둘은 일본인이 되어 서원식을 해야 한다는 점을 받아드릴 수 없었다. 반드시 영원한 조선인으로 남아 있어야 하며 처음부터 바르게 기록되어야 한다고 믿었다. 현재와 같이 전도사나 교리 교사로 불리면서 일생을 봉헌하더라도 그 지식과 믿음은 변함없이 자신들의 가슴에 깊이 간직되어 가치를 발휘할 것이기 때문에 그런 호칭에 더욱 연연해하고 싶지도 않았다. 6년간 신학교에서 수도하며 덕을 닦는 과정은 그들을 더욱 깊게 명상하고 고뇌하며 선교하는 사람으로 변하게 했고 그것은 자신들이 수도자나 수도사제란 호칭을 듣게 된다고 하여 그 의미로 인해 더욱 고상하게 바뀔 수도 없고 그래서도 안 되는 참된 진리였다. 빈첸시오에게 자신의 배움에 크나큰 긍지를 가지게 해 주는 것 중에는 1600년을 면면히 이어온 교회의 전통과 화려함, 교회 내에 장식된 인간의 속성을 꿰뚫어 보는 듯한 장엄하고, 때때로 소박하기도한 예술적인 표현의 미술과 음악에도 기인했지만, 그 장구한 세월동안 골격의 변화 없이 위상이 흔들리지 않고 이어 오는 순수한 신학자들이 보여준 신앙의 길이었다. 자신의 깨달음은 위대한 성부들과 성 아우구스티노와 성 프란치스코, 성 베네딕토와 성 토마스 아퀴나스, 그리고 이나시오 로욜라의 종교 철학적 가르침 속에 있는 것이라고 믿자 의욕은 더욱 견고해졌다. 조선인으로서, 조선인을 위해 선교하고 세례를 주고 그들을 하느님의 백성으로 이끄는 그날을 소망하며 그런 자신의 소망을 예수회가 이해하고 인정해 주는 그날이 오게 될 때 까지 기다린다는 것이 자신을 더욱 강인하고 교리에 충실하게 해 줄 것이라고 믿었다.

졸업에는 최고위직 성직자들과 수많은 사제, 허 활 도미니코 내외를 포함한 수십 명의 조선인 신자, 지역 내 대부분의 전도사와 수도자들, 수도사제들이 그들의 졸업을 축하하며 새로운 그들의 성스러운 출현을 기다리고 있었다. 졸업식에서 둘을 진심으로 축하하는 모두는 두 조선인 청년이 예수회에 입회하지도, 서원하지 않는 이유에 대해 어렵게 납득했다. 누구나 조선인이라면 당연히 그렇게 해야 한다는 것을 이해하기 곤란한 사람들이 많았기 때문이었다. 졸업 후 카이오는 오사카로 돌아갔다.

6월에 빈첸시오는 조선인 신자가 많은 사쿠라바바 마치의 토도스 로스 상토스 교회에 발령을 받았다. 주된 업무를 나가사키와 인근의 모든 조선인을 우선으로, 신자와 비신자 구분 없이 집으로 찾아가 아직은 고된 일본 생활을 위로하며 이들과 이웃한 일본인도 만나 보는 것으로 정했다. 이를 통해 전교하고 이미 세례 받은 자들을 대상으로는 종교 교육을 계속적으로 실행하여 견진(堅振聖事Confirmatio, 교구를 감독하는 주교 또는 주교로부터 권한을 위임받은 사제가 영세받은 성인 신자들에게 성령이 임하여 신앙을 굳건히 하게 하는 성사중 하나)토록 하였다. 2년의 기간으로 계획을 세워 모든 신자의 가정을 방문하고 그들의 고충을 듣고 교회로 돌아와 각 가정별 세대주와 가족의 이름과 나이, 주소와 애로 사항, 장래의 희망 사항을 기록한 '신자 관리부'를 만들어 가나다순으로 성씨별로 구분해 두었다. 늘 그들의 이름과 얼굴을 기억해 가며 각 가정의 고민거리들을 카드에 누적해서 기록해 두고 자신이 해 줄 수 있는 모든 일을 함께 상의하고 해결해 나갔다. 일부는 세례 후에도 예전의 악습을 끊지 못하고 있었고, 어떤 가장은 겪은 고난 속에서 굳어 버린 성정을 버리지 못하고 가족을 폭행하거나 이웃과 불화를 일으키고도 있었고, 조금 안정된 가정을 꾸리는 가족은 또 다른 문제를 안고도 있었다. 그들의 성사 활동을 적극 도우면서 기도와 명상의 중요성을 이해시켜 나갔다. 빈첸시오와 교회의 노력으로, 조선인들은 신앙의 힘이 더욱 굳건해지고 있었다. 그렇게 시간이 흐르자 한마음으로 뭉쳐 조선인 교회 설립을 추진하게 되었고 본당의 주임 신부와 관구에 허락을 얻었다. 조선인들은 어려운 중에도 성금을 계속 쌓아가고 있었고 각 교회에서도 이런 조선인 교회의 설립을 돕기 위한 미사 중 기도를 통한 노력과 재정적 지원을 시작하고 있었다. 한편으로 빈첸시오는 나가사키와 인근 도시의 노예상들을 설득하며 조선인 노예들이 발견되면 교회의 성금을 지원받아 노예 해방을 시켜주도록 했고 끌려온 조선인들 보호를 모든 교회 차원의 일로 계속해 유지하고 발전토록 애썼다. 빈첸시오 인생에서 가장 평화스러운 세월이었고 자신의 깨우침으로 신자들을 거룩하게 만들어 가고 있다는 자부심도 쌓이고 있었다. 새로운 신자들을 만나고, 교육하고, 교우 관계를 긴밀히 하는 일은 어떤 일과도 비교할 수 없는 놀라운 환희가 마치 하늘의 비처럼 쏟아지는 것이었다. 일본인보다는 조선인의 경우가 더욱 그러했다.

마리아가 몸을 의탁하고 있던 수도원에서 가능한 조속히 다녀가기를 청하는 전갈이 왔다. 빈첸시오가 교회 내 조선인 신자 관리를 돕기 위해 한 달을 예상하고 와 있던 다테야마 산언저리의 산타 마리아 교회 사제관에서 2시간쯤 떨어진 산 속에 있는 수도원이었다. 먼 밤길을 갈 때면 언제나 길을 지켜주는 하급 사무라이 교우와 함께 도착했을 때는 밤

9시경이었다. 숲 속의 정적을 쓸쓸하게 느끼며 걷는 그들에게 왠지 서늘한 기운이 감돌고 있었다.

"어서 오십시오, 빈첸시오 님. 이 쪽은 세레나입니다. 마리아 님의 병 수발을 하고 있습니다. 무쿠게 (옥이) 베네딕타 수녀도 곧 올 것입니다." 하고, 알고 지내던 가브리엘라 수녀가 말해 주었다. 언젠가 세레나 자매를 이곳에서 본적이 있었다. 지난 가을에 줄리아가 에도로 떠나기 전에 마리아와 줄리아가 함께 뜻을 살려 옥이가 원하는 오이타의 수녀원에 입회를 예상하고 난 이후부터 마리아 간병을 해 주는 과부였다. 50대의 중년 여성으로 매우 친절하고 유순한 인상을 지니고 있었다. 그녀가 알려 주었다.

"이렇게 와 주셨으니 감사합니다, 빈첸시오 님. 마리아 님이 오늘은 정신이 맑고 좋습니다."

가볍게 목례를 하며 "자주 와 보지 못했으니 죄송합니다." 하고 인사 후 마리아가 누워 있는 방으로 들어갔다. 6살 만시오가 어머니 곁에 서 있었다. 마리아는 하얀 두 손을 앞으로 내밀며 "오, 나의 형제 빈첸시오 님, 드디어 오셨군요." 하며 웃음을 지었으나 이미 그녀의 얼굴에는 죽음의 그림자가 비치고 있었다. 자신도 익히 알고 있던 일이었다. 대마도에서 남편이었던 요시도시와 강제 이별을 당한 이후 짐작했던 자신의 짧은 생애였다. 아버지가 세키가하라 전투에서 패하고 완전한 유체로 장례를 치르지도 못한 슬픔과 남편과 억지 이별을 한 애탄(哀歎)이 반복되는 것을 끊어낼 수 없었다. 어머니와 할머니의 때 이르게 맞은 죽음과 도쿠가와의 명령으로 유배 되어 버린 시누이와 참수된 가족들, 아버지의 수양딸이고 자기의 사랑스러웠던 조선인 의동생 오타 줄리아마저 막막한 태평양의 섬으로 귀양을 떠나 버린 슬픔을 지울 수도 없었다.

201

무엇 하나 성한 곳이 없을 만큼 너덜너덜해져버린, 그 높은 망루와 같았던 명예와 소나무의 솔방울처럼 아기자기하게 여기저기 가득히 가족이란 나무에 매달려 있던 모습들이 떨어져 버려졌고, 가지들은 산산이 찢어지고, 나무는 베어져 도끼로 찍힌 장작 토막과 같이 되어 그리스도 신앙을 절멸시키는 불쏘시개처럼 되어버린 현실을 도저히 혼자서 감내할수 없었던 것이었다. 마리아는 빈첸시오에게 나지막이 그동안 누릴 수있었던 자신의 생에 대한 감사를 얘기했다. 환경은 마음의 병을 만들고마음의 병은 육신을 좀먹어서 드디어 세상을 하직하게 만든 그녀의 인생에 미련은 없어 보였다. 다시 그녀는 빈첸시오에게 자신의 길지 못했던 생애에도 늘 주님을 위한 길을 걸었으며 아들 만쇼가 다 자라도록 생명을 오늘까지 이어주셨음에 또 감사함을 힘들게 속삭였다.

"만쇼, 이리 오너라. 네 외숙부라고 여기고 따르거라. 빈첸시오 님을!" 하고 말하자, 그에게 다가와 꾸벅 인사를 했다. 지난해 초에 다녀갔을 때 본 이후 근 일 년 만이었다.

"만쇼" 하고 이름을 불러주며 곁에 세우고 어깨에 왼 팔을 얹었다.

"빈첸시오 님, 만쇼가 세미나리오에 입학할 수 있도록 해 주십시오. 이후 콜레지오도 마치도록 해 주십시오. 부탁합니다."

"네, 마리아 님, 꼭 그렇게 하겠습니다. 말씀대로 저의 조카처럼, 동생처럼 여기며 돌보겠습니다."

"지금 만쇼는 예전에 아버지의 시종장이던 다케오카 오스티아 님께서 돌보고 계십니다. 신학교의 학비도 그가 약조했습니다. 가브리엘라수녀님이 잘 알고 있습니다. 내년에 일곱 살이 됩니다."

"예, ─만쇼가 반드시 신학교에 들 수 있도록 신부님들과 협의하고 학교의 기숙사에서 머물 때 저가 돌보겠습니다. ─아무 걱정 마십시오."

"—그리고 빈첸시오 형제님, 저는 대마도를 떠나오면서 박언년 마틸다와 다케모도 빅토에게 자신의 신앙을 숨기고 소 요시도시를 잘 섬기도록 부탁해 두었습니다. 또 대마도 내의 모든 신자들이 안전하게 목숨을 부지할 수 있도록 저의 남편이었던 요시도시 님께 말해 두기도 했습니다. —우리의 신앙이 대를 이어 이들을 잘 보호토록 언제 어느 때고 형제님이 그들을 찾아 힘을 주십시오. 부탁드립니다."

"예, 저가 대마도를 들를 수 있게 되면 반드시 그들을 찾아 격려하고 하느님의 영원하심을 말해 주겠습니다."

"감사합니다. 주님의 영광이, 나의 형제이신 그대 빈첸시오 님께 가득하기를! 그리고 저의 아들인 만쇼에게 길이 머물기를! 아멘!" 하며 조용히 성호를 긋고 눈을 감았다. 만쇼는 어머니의 깊은 병환에 슬픈 마음을 억누르지 못하고 잠시 눈을 들어 빈첸시오를 본 후 곧 내리뜨고 있었다. 만쇼의 얼굴에서는 눈물이 볼을 타고 흘러내리고 있었다. 몸을 떨면서 소리 내지 않고 어떻게 해서든지 자제해 보려고 애를 쓰고 있었지만 곧 흐느끼며 몸을 돌려 어깨동무한 빈첸시오 허리에 얼굴을 묻자 팔이 자연스럽게 그 아이의 등을 감싸 안았다. 마리아는 가장 비참한 상황에 홀로 남겨져 죽음의 병마와 싸우면서도 둘을 보는 얼굴은 평온했고 깊은 미소가 어려 있었다.

"이제 저의 형제 빈첸시오 님께 마지막 개인적 부탁을 하고 싶어요." 하자 모두가 방을 나가주었으나 만시오는 그대로 서 있었다.

"어머니, 저는 함께 있게 해 주세요, 어머니." 하며 아들이 손을 잡자 뿌리치지 않고 웃으며 말했다.

"오냐, 만쇼, 나에게 사제가 되겠다고 다시 약속해 다오. 언제나 처럼—."

"네, 어머니, 저는 꼭 사제가 되어 어머니의 영혼을 위해 언제나 기도할게요."

"고맙다, 아들아— 형제님, 괜찮으시지요?"

"네." 하고 말해 주자 마리아는 왜 빈첸시오가 일본인으로 예수회에 입회하고 서원하지 않았는지 조용조용 말하며 몹시 섭섭해 했다. 아무리 조선인으로 기록되어 남기를 원한다고 할지라도 그런 기록이 그렇게 소중한 것이냐고도 했다. 자신은 빈첸시오가 사제가 되고 자신이 최후의 고백 성사를 볼 수 있기를 바랐다고도 했다. 그녀의 눈물로 가득찬 힘겨운 원망을 듣는 빈첸시오는 괴로웠다. 그저 "아무 말씀도 드릴 수 없는 저를 이해해 주십시오." 하고만 대답하며 그녀가 잡은 손을 가만히 놓았다. 빈첸시오는 그녀가 설사 이승에서 다 이루어 낼 수 없는 보속을 성사를 통해 받더라도 자신은 그녀를 위한 성령의 가호가, 깨끗한 불굴의 영혼을 지닌 마리아를 위로하고 하느님의 나라로 들도록 기도할 것이라고 말해 주었다. 마리아가 숨을 고르게 쉬며 눈을 감자 만쇼의 어깨를 왼팔로 감싸 안고 악수처럼 오른 손을 서로 꼭 잡고 한참을 그대로 있다가 그 방을 나왔다. 문 밖에서 기다리던 수녀원에서 온 옥이 베네딕타가 손을 내밀었고 빈첸시오가 잡아주자 옥이가 고개를 먼저 숙였고 빈첸시오도 따라 숙였다. 옥이 수련 수녀는 빈첸시오에게 무언가 말하려 머뭇머뭇 하다가 은은한 미소를 짓고 가브리엘라 수녀, 세레나 자매와 함께 마리아의 방으로 들어갔다.

빈첸시오는 마음이 불안하고 머리를 돌로 맞은 듯이 멍해지며 갑자기 하늘이 캄캄해지는 느낌을 받았다. 어머니가 왜병의 총에 돌아가시던 때를 기억하며 자신이 진주 남강의 서장대 마루 아래 돌기둥에 몸을 기대고 있던 때와 같은 현상이었다. 마음은, 큰 파도가 밀려와 어쩔 수도 없이 몹시 크고 차가운 물보라를 둘러쓴 듯 했다. 한참을 마당에서 서성이자 조금 이성적으로 돌아온 자신이 느껴졌다. 두 여인이 방에서 나왔고 빈첸시오는 수련 수녀 옥이 베네딕타와 잠시 대화를 나누었다. 수녀원과 빈첸시오의 교회에 대한 이야기였다. 가브리엘라 수녀가 소속된 오이타의 '영원한 도움의 성모 마리아' 수녀원에 입회하여 수녀의 길을 걷고 있는 베네딕타 무구케의 신앙생활에 아무런 도움을 주지 못한 자신이 부끄러웠다. 그동안 자신이 스스로 먼저 마리아를 찾아가 만나는 것에 알 수 없는 두려움이 앞섰고 발령지 교회에서 일에 푹 파묻혀 있던 결과가 이렇게 무관심하게 했다는 후회가 밀려왔으나 이제 모두 지나버린, 어쩔 수 없는 일이었다. 그들과 헤어져 다시 산길을 걸어 내려오며 줄곧 옥이 수녀와 줄리아와 마리아를 생각했다. 자신을 호위해 주는 무사는 소리도 없이 조용하게 몇 걸음 앞을 걷고 있었다. 그로부터 삼일 후 마리아의 죽음을 통지 받고 수녀원으로 가서 미사를 주관하는 수녀원에서 모셔온 사제 곁에서 만쇼와 함께 영결 미사에 참석했고 마리아는 수녀원 묘지에 묻혔다. 영결 미사에는 세레나와 옥이 베네딕타와 가브리엘라 수녀 외에도 유키나가 생전에 가신들로 보이는 사람들이 수십 명 참여하고 있었으나 소 요시도시 쪽의 사람은 아무도 없었다. 향나무 관에 입관된 마리아는 영결 미사에서 검정 미사포를 둘러쓴 백지장처럼 흰 얼굴로 고요한 평화스러움 속에서 이 세상을 떠나며 희미한 미소를 짓고 있었다. 교회로 돌아가기 전에 만쇼가 가야 할 곳에서 사람이 와 있는 것을 확인하고 가브리엘라 수녀와 그들에게 내년이면 만쇼를 소신학교에 입학시킬 수 있으니 그렇게 알고 준비를 부탁했다. 60대로 보이는 그 남자에게 내년 3월 입학 전에 연락할 때까지 잘 보살펴 달라고 말하자 그는 '주인님께서는 이 자리에 계시지는 못하지만, 지극한 관심과 물질적인 부족함이 없도록 늘 애를 쓰고 계십니다'는 말을 해 주었다. 옥이 베네딕타 수녀도 오이타의 수녀원으로 돌아갈 것이라며 빈첸시오를 위해 기도하겠다고 했다. 옥이가 고마웠다. 그러나 이미 독신을 맹세하고 성직을 결심한 자기로서는 그런 고마움에 대한 표현을 마음껏 하고 싶은 대로는 할 수 없는 것이라고 여기며 그저 조용한 미소로 그녀의 따뜻한 손을 한 번 더 잡아 악수하며 "건강하거라" 하고 말했다. 그녀가 "우리 오빠도—" 하고 말하며 글썽이는 눈물을 감추려 급히 돌아섰다.

사제관으로 돌아온 빈첸시오는 장례 절차가 어땠는지를 기억할 수 없었다. 눈앞을 희미한 안개가 가리고 있었다. 자신도 모르는 사이에 마리아가 자신에게 와서 오랫동안 함께 있다가 사라진 느낌이었다. 다시 마리아를 처음 만났던 날로 돌아가 그녀의 웃음을 일부러 감춘 듯 했던 고요하고 아름다웠던 모습이 그의 주위 여기저기를 돌아다니며 어른거렸다. 그 뒤를 칼을 맞고 쓰러지는 할아버지와 할머니, 아버지와 어머니에 이어 형님과 형수의 얼굴이 겹쳐졌다. 어디선가 소리가 들려왔다.

"너는 도망칠 수 없다. 인간의 생명은 유한한 것이고 다가온 죽음을 피할 수도 없는 것이다. 너도 언젠가 죽을 것이다. 죄를 지은 인과응보가 아니라 마리아처럼, 너의 조부모, 부모처럼. 그러나 너는 나의 영광을 온 몸으로 들어낼 것이다."

빈첸시오는 비틀거리며 방을 나와 사제관 뒤의 큰 소나무에 기대어 섰다.

"저는 죽음이 두렵지 않습니다. 다만, 그들은 저의 가족이었고 그들이 당신을 통해 저에게 새로운 생명을 얻게 해 주었습니다. 그런 그들이 이 세상을 떠나가는 것이 슬플 뿐입니다."

빈첸시오는 태어나서 늘 자신은 행복한 어린 시절을 보냈다고 믿고 있었다. 임진왜란으로 부모 형제를 모두 잃고 일본으로 잡혀 왔어도 앞으로 일어날 일에 대해서는 별 걱정하지 않는 생활을 해 왔다고도 믿었다. 그것은 그의 천성에 기인하는 마음이 준 안정이었으며 그 안정은 일관된 생각의 강한 믿음의 의지를 갖게 해 주었다. 이제 그 믿음이 그를 지키는 절대적인 힘이 된 것이고 미래는 오롯이 그 절대적인 힘을 가진 분께 달려 있는 것이며 지금 걷는 신앙의 길이 그가 자신에게 바라는 것이라고만 믿었다. 그러나 마리아가 죽고 나서 왜 이렇게 마음이 불안하며 한없이 슬프기만 한 것일까? 무엇 때문에 변한 것일까를 한참을 생각했으나 원인을 알 수가 없었다. 어렴풋이, 자신의 깊은 심중에 자신도 모르는 사이에 마리아가 차지하고 있었던 부분이 있었고, 자신이 그렇게 만든 것임을 깨달았다. 마치 자신의 가족 중 누군가처럼 마리아를 의식하고 있었던 것이었다. 다시 방으로 들어와서 그녀가 빈첸시오를 생각하며 자신에게 솟아난 마음을 베네딕타 수녀와 줄리아와 마틸다와 함께 표현해 준 것, 사랑하는 사람들이 자신만을 위해 바느질 하고 짓고 꿰어 만든 그것, 옛날을 생각나게 하는 묵주를 나무 사물함 상자에서 끄집어내었다. 밖에 십자가를 수놓았고 접는 윗부분과 주머니 아래에 단추를 달아 접이 고리를 만든 첩(帖) 안에는 은으로 만든 십자가에 색실을 꼬아 이어 열개의 매듭으로 단(段)을 만들고 매듭의 앞에는 짙은 푸른색의 옥으로 된 구슬을 꿰고 있는 묵주가 창에서 들어온 빛을 받아 찬란하게 빛나고 있었다. 십자가상 아래로 로사리오가 연결된 부분에는 크고 붉은 색상의 둥글게 깎은 산호가, 그 아래로 세 개의 작은 구슬은 비취빛이 도는 옥을 꿰어둔 것이었다. 빈첸시오 영세식에 오지 못했던 마리아와 교아와 옥이와 마틸다가 영세 선물로 인편에 보내준 성물이었다. 그리울 때면 꺼내보곤 했다. 가만히 만져보면 한 땀 한 땀 지어낸 그들의 따뜻한 체온을 느낄 수 있었다. 자신에 대한 기대와 염원과 사랑이었다. 다시 그것을 손에 집어 올리며 함께 접어 보낸 그녀들의 축하 편지를 열어 다시 읽었다.

"빈첸시오 님의 영세를 축하합니다.
매괴를 만들고 수를 놓은 것은 교아와 옥이, 마틸다가 함께해 준 것입니다. 늘 주님의 성령이 그대에게 가득하시기를! 아멘!
마리아 요시도시."　　　　　　　(매괴(枚塊): 장미목 묵주, 옛말)

가슴이 뭉클해지며 비어 있던 마음속에 가득 미어지는 아픔이 슬픔으로 변했다. 격렬한 몸 떨림이 오면서 무너지듯이 침대 곁에 무릎을 꿇었다. 뜨거운 눈물을 쏟아 내면서 한없이 흐느꼈다.

이듬해 2월 말에, 3월초 입학을 준비하는 만쇼를 찾는 기별을 수녀원에 했다. 며칠 후 데리고 온 가브리엘라 수녀와 함께 근간의 이야기들을 나눈 후 그녀는 만쇼와 사물(私物) 가방 2개를 맡기고 돌아갔다. 만쇼는 빈첸시오가 거처하는 방에서 함께 하루를 묵었다. 이튿날 새벽 일찍, 둘은 소신학교 교장 신부가 내어준 오후 시간에 맞추어 아리마 세미나리오로 바다를 건넜다.
"어서 오너라, 나의 형제 빈첸시오." 하며 그는 양팔을 번쩍 들어 그를 안고 등을 토닥거려 주었다. 덩치가 큰 50대 교장 신부의 품은 마치 아버지처럼 푸근하고 따뜻했다.

"빈첸시오가 지난번 이야기했던 고니시 아구스티노 님의 외손자고 마리아 자매의 아들이 이 아이인가?"

"예, 신부님. 만쇼, 인사드려라. 세미나리오 교장이신 예로니모 신부님이시다." 만쇼는 앉았던 자리에서 조용히 일어나 허리를 깊이 숙이며 인사를 드렸다.

"고니시 만쇼입니다. 신부님."

"오, 그래. 너 주일 미사는 빼먹지 않았지, 그동안? 우하하하—" 하며 큰 웃음을 소리 내어 웃자 분위기가 밝아지며 모두가 빙그레 웃게 만들었다.

"네, 신부님— 사실, 작년 10월에 한 번 빠졌습니다. 죄송합니다." 하며 만쇼가 어쩔 줄 몰라 하자, "딱 한번이었다니까 내 이번에는 용서하마. 앞으로는 절대로 빠지면 안 된다. 알겠지? 우하하하."

만쇼는 얼굴이 벌겋게 상기되었다. 빈첸시오는 만쇼 어깨에 손을 얹고 "이제 괜찮다, 사실대로 말씀드렸으니 신부님도 용서하셨잖니?" 하며 위로해 주었다. 교장 신부가 큰 소리를 내며 유쾌한 웃음을 짓는 것은 세상을 낙관적이고 대범하게 살아가는 수도자로서, 여러 사람을 즐겁게 대해주는 그의 습관이기도 했다.

"빈첸시오의 요청을 여기 신부님들과 한차례 협의했다. 만쇼가 신앙을 위해 목숨을 바친 집안의 자손이고 자신이 원하기도 하니 당연히 입학을 허가해야 하지만, 그대의 말대로 아직 일곱 살은 아니지 않는가? 그래서 말들이 있었다. 특혜라고 말이야, 흠흠—"

"—아니, 신부님, 조선과 일본 사람들은 어머니 뱃속의 나이를 한살로 칩니다. 그러니 올해 일곱 살이 맞습니다. 말씀들은 매일 현지 실정에 맞는 교리를 추구하신다며 아이의 나이는 그렇게 완고하실 수 있습니까? 허, 참."

"빈첸시오, ―내가 언제 안 된다고 말했더냐? 말들이 있다고만 했지. 우하하하."

"아니, 신부님. 그러시면―?"

"나도 빈첸시오가 말한 그대로 그들에게 대꾸했거든, 우하하하."

교장 신부는 여러 재미있는 생도들과의 일화와 만쇼의 공부와 장래에 대해 오래도록 시간을 내어 많은 말씀을 해 주었다. 일어나야할 시간이었다. 빈첸시오는 만쇼의 손을 잡고 일어서며 허리를 함께 굽히고 말했다.

"감사합니다. 신부님."

"어? 앉아, 앉아. 우하하하. 차도 다 마시고 과자도 먹어야 할 것 아니야? 맨시오가 얼마나 군것질을 더 하고 싶겠어? 응, 맨시오? 그렇지? 우하하하."

만쇼가 조용히 미소 지으며 대답했다.

"맨시오가 아니라 만쇼입니다. 그리고 참을 수 있습니다. 신부님."

"오냐, 그래, 그래. 맨시오가 아닌 만쇼! 우하하하."

만쇼의 대답에 두 신부는 하늘에 감사하며 은근히 마주보고 함께 미소 지었다. 곧 교무를 담당하는 젊은 일본인 수사가 와서 함께 교무실로 가 입학 전 수속을 밟았다. 교회로 돌아온 후 3일을 또 함께 지내고 만쇼를 사람을 딸려 세미나리오 기숙사로 보냈다. 빈첸시오는 그에게 축약판 성무일도 한권, 세미나리오 졸업 시 나가사키 조선인회에서 선물받은 괴목을 깎아 만든 십자가에 은십자 고상을 붙인 다음 매우 단단한 열대산 나무 열매에 수십 가닥의 명주실 매듭을 지은 묵주 한 개와 그동안 빈첸시오 자신이 정리한 성서 해설을 3개월에 걸쳐 짬짬이 베낀 80페이지 책과 함께 가방에 넣었다. 그 책의 첫 페이지에 다음과 같이 썼다.

'어머니와 우리의 염원과 같이, 만쇼가 늘 주님의 가호 속에서 큰 사랑을 받고 훌륭한 신부가 되기를 빌며. 빈첸시오.'

다시 그 책을 열어 보고 첫 장에 이렇게 써둔 글귀를 가만히 훑어보니 "아니, 아직 어린 아이에게 내가 너무 가혹한 요구를 너무 일방적으로 한 게 아닌가? 또, 뭔가 좀 무척 유식해 보이는 글귀를 넣었어야 하는 게 아니었나?" 하는 생각이 얼핏 들었으나 자신을 변명하고 혼자 빙그레 웃었다. 그러나 자신의 이런 요구가 위선은 아닌가? 유복하게 자라서 아무런 세상의 고통을 모르고 있을 저 아이가 갑자기 부모와 온 가족을 잃고 고독에 처해진 상황에서 사제가 되도록 결심을 하게 한다는 것은 아무리 마리아의 요구가 있었다고 하더라도, 자신의 미래에 비추어 생각해 보면, 전혀 위선적이 아니었다고는 말 할 수 없었다. 불우한 성장 과정에서 증오할 대상을 찾고 그 증오심을 자신의 성공을 위한 발판으로 감싸서 마치 선택받은 사람처럼 자신을 성장시켜 나가는 짓은 곤란하다고 믿었다. 어쩌면 각본을 써두고 연출하는 것 같은 인생이란 기회와 환경에 따라 악마에게 영혼을 팔아 자신을 믿어준 하느님을 배신할 수 있는 것이고, 또 배신 그 자체도 자신이 모를 수 있는 타락한 인간이 되는 것이라고 생각하는 자신이었다. 그날 대마도의 류혼잔 산 정상에서 보았던 신비스런 찬란한 빛으로 온 몸을 감싸는 감동을 맞았던 기억을 다시 살폈다. 만쇼 또한 본인과 꼭 같은 처지가 되어 자신의 목표를 동일시하여 요구하는 것이 무리하지도, 인간답지 않지도, 위선이라고도 여기지 않는다는 확신을 얻어야만 했기에 생각에 잠겼다. 한참 후 드디어 그런 확신을 하자 만쇼는 자신의 다른 분신이며 그 아이의 장래를 위해 수시로 세미나리오를 찾아 상담하고 도움을 주어야 한다는 당연한 결심을 다시 하며 '지극히 높으신 분"이 자신에게 내린 명으로 새겼다. 자신의 경험과 배움에서 만들어진 인생의 궁극적인 추구와 원리가 그리스도의 가르침에 있다는 사고가 체계화된 의식을 갖게 해 주고 있는 것처럼, 만쇼의 삶에도 그리스도의 가르침이 비처럼 쏟아져 사상과 철학이 되고 성스러운 말과 행동으로 일본의 온 누리를 비추는 한 줄기의 강열한 빛이 되어주기를 기도했다.

조선인 교회

그동안 교회 내의 조선인의 세력은 점점 자라 스스로 자체 교회를 설립하는 의견을 모아 신축을 추진하게 되었다. 어느 정도 교회 설립 윤곽이 잡히자 빈첸시오는 조선인 교회가 건축 중인 곳으로 미리 발령을 받아 임지를 옮겨 건축 전문 수도자 암브로시오 헤르난데스의 감리로 도움을 받아가며 일본인 목수들을 재촉, 완공을 서두르며 하루 일이 끝나면 그와 함께 수도원에 돌아와 머물렀다. 나가사키 관구에서는 조선인 교회를 되도록 빨리 완공하여 그 관리를 조선인들에게 맡기고 그들의 무궁한 발전과 장래 조선 포교에 기여해 주기를 기대하고 있었다. 이런 관점은 유럽에서 자란 그들이 경험한, 이웃한 나라의 여러 민족이 한 도시에 뒤섞여 어울려 살며 같은 신앙으로 교회를 중심하여 살아가는 모습을 보고 익힌 것에서 비롯된 것이었다.

드디어 1606년 10월 20일 나가사키의 가사가하라 산자락 마을 뒤에 성 로렌죠를 주보 성인으로 하는 조선인 교회가 완공되었다. 세르게이라 주교와 로드리게스 관구장, 교토에서 고쿠라(小倉, 북키타큐슈 지명)로 내려와 신자들을 돌보던 세스페데스 신부, 평소 조선 포교의 열망에 가슴을 태우며 교회 건축에 열정적이던 암브로시오 헤르난데스 건축 감리 수도자, 자주 만나며 가까이 지냈던 프란치스코회의 프란치스코 이란조 수도자, 도미니코회의 페드로 바스케즈 수도자, 늘 빈첸시오를 성심껏 이끌어 주며 관심을 기울여 준 일본인 수사 아우구스틴 오타와, 함께 성가 부르기를 즐기는 지롤라모 앙겔리스 신부 외에도 신학교 교장 신부와 교사 수도자들, 오사카에서 온 카이오와 그 일행들 등 나가사키와 인근 지방에서 온 수십 명의 예수회 주요 인사들과 수백 명의 조선인 신자들이 교회 본당과 마당을 가득 채웠다. 주교가 집전하는 입당식을 기념하며 감사 기도를 드리고 목소리도 드높게 대영광송과 찬미의 성가를 불러 주의 영광을 찬양하며 미사를 올렸다. 일본인 수도자로 조선인 노예 해방을 위해 언제나 함께 애써 주었던 네 명의 수도자 페트루스 린세이, 요안네 키사쿠, 파울루스 신스케, 미카엘 도조는 빈첸시오와 조선인 신자들을 위해 앞으로도 무슨 일이든지 할 터이니 말씀만 하라고 큰 소리를 치고 다녀 모두를 즐겁게 해 주었다. 그들은 또 무슨 일이 있더라도 늘 함께하겠다고 말해 주어 빈첸시오를 행복하게 만들었다. 세스페데스 신부는 그날 밤을 빈첸시오와 함께 사제관에서 머물러 주었다. 그는 빈첸시오의 일을 마치 자신의 일처럼 소중이 생각하고 자신과 유키나가 가족이 세운 빈첸시오라는 든든한 교회가 있음을 자랑스럽게 여겼다. 빈첸시오가 중심이 되고 조상과 후손을 아울러 줄 조선인 교회를 모든 이의 힘을 모아 경치도 좋은 가사가하라 산자락에 건립하게 된 것을 하느님께 감사했다. 교회의 주임 신부는 스페인 출신의 미겔 까르발료 수도 사제가 부임했고 그를 일본인 토마스 쓰지 수도 사제가 보좌했다. 토마스 보좌 신부는 조선에 대한 관심도 컸고 조선어를 할 수도 있었다. 빈첸시오는 신자들 교육과 확대에 주력하는 교리 교사와 전도사로서 역할을 다하며 함께 사제관에 머물도록 했다. 교회가 완공되어 첫 미사를 가지게 될 때까지, 조선인회의 노력과 빈첸시오의 열성은 보통 신자들이 상상할 수 없는 것이었다. 건축 도중 그들은 고통과 환희를 수없이 느꼈고 그 속에서 예수 그리스도를 만났다. 모든 일을 그에게 맡기자 기적처럼 물질적인 부족과 재정적인 어려움, 조선인 교회 건축에 반대 의견을 가진 자들이 설득되면서 교회를 완공할 수 있었다. 조선인들을 위한 위대한 신앙지의 탄생이었고, 신약 성서 이래 어떤 민족도 포로로 끌려간 곳에서 그들 자신의 힘으로 타국에서 교회를 세우지 못한 것을, 마치 구약의 이스라엘 민족처럼 그들은 해 낸 것이었다. 일본인들은 로렌조 교회가 있는 산기슭을 서로 간 우정을 기리며 고라이마치(高麗町고려정), 작은 샛강을 건너는 다리를 고라이바시(高麗橋고려교) 라고 이름 붙여 불러주었다.

조선인 교회는 자발적으로 사목회를 조직하고 회장과 회계을 선출하여 대표자 의견을 빈첸시오를 통해 두 신부께 조율해 가며 민주적 절차로 운영되는 성당을 만들어 나갔다. 조선인회 회장은 조선인의 사회적 위치를 감안하여 김포 한강변에서 포로로 잡혀와 한의원을 내고 수많은 사람에게서 인술의 찬사를 받아도 '그리스도의 은총'으로 돌리는 허활 도미니코로 다수결을 통해 선발했다. 그는 나가사키에서 조선인을 진료를 해 주고 있는 유일한 동족 한의사로 빈첸시오의 거룩한 성직을 위해서도 정성을 다해서 애쓰는 사람이었다. 그의 부인은 당연히 세례명을 도니미카로 받았고 두 내외의 헌신은 모든 교우들에게 신앙의 힘으로 비추는 횃불이 되고 있었다. 그들 내외는 자신의 의원을 찾아오는 대부분의 조선인들, 심지어 일본인들까지도 크리스천으로 만들어 내는 비장의 처방이 있었고 콜레지오 신학생이던 빈첸시오를 위해서 특별한 의학 지식을 발휘하기도 했다.

크리스마스 이전 1개월간을 위령 성월로 정하여 모든 교우들이 위로해 드려야 할 선조나 가족들의 이름과 타계한 연 월 일과 장소를 제출하도록 결정했다. 200여 가정의 교우 외에도 교적이 없이 신앙생활을 해온 수십 가정에서도 명단을 제출했다. 이참에 그들에게도 교적을 부여했고 소액이나마 가정의 실정에 맞도록 교무금도 책정토록 했다. 빈첸시오도 조부모와 부모, 형수 등 6명의 명단을 내고 보니 위령 성월에 교회가 미사 중 관리해야 할 돌아가신 선조들이 1,500을 넘었다. 미사 시 이들을 위한 기도를 일일이 호명할 수 없어 그들의 이름을 모두 한지에 붓으로 조선어로 쓰고 이를 책으로 만들어 완공된 교회 입구에 비치하고 누구든 펼쳐 보고, 기도 중에 생각토록 하고 이후 제사는 되도록 모시지 않도록 했다. 대신 그 날을 기념일로 정해 소박한 음식을 차리고, 위패를 모시거나 다른 방법으로 신주를 만들거나 지방을 쓰지 않고, 돌아가신 분들을 기리도록 하면서 절은 해도 좋도록 했다. 위패나 지방에 함부로 신의 이름을 붙인다는 것은 분명히 불가한 일임을 또 강조하며 우리의 신은 그리스도 한 분 뿐임을 말하고 사용치 않도록 했으나 불가피한 경우, 가령 부친의 경우 '현고학생부군신위'를 '현고학생부군위(顯

考學生府君位)'처럼 신(神)을 쓰지 않도록 했다. 빈첸시오 자신도 조부모와 부모 형제들을 이렇게 영혼을 위로하며 천국에 들도록 그들을 위한 기도를 신자들과 함께한다고 생각하니 자신이 하는 일에 더욱 보람을 느꼈다. 이제 나가사키는 일본의 조선인들에게도 그리스도교의 중심 도시가 되어 있었다. 자신들의 교회를 가지고 양국의 문자를 빈첸시오와 카이오가 만든 교본으로 교회에서 배워 읽고 말할 수 있는 조선인들은 행복했다.

정유재란으로 밀물처럼 많이 잡혀 들어온 조선인 노예들은 수없이 외국으로 팔려 나가기도 하고 힘든 은광과 동광, 금광들에 막노동 노예로 부려지기도 했다. 그러나 크리스천 다이묘들과 교회의 노력과 교구 차원의 보살핌 또는 노예 자신의 성실과 소수 자비스런 일본인들에 의해 자유롭게 풀려나기도 했다. 그중에 일부는 포로로 잡혀온 일본에서 자신의 지식과 기능으로 빛을 발하여 일본인의 생활을 윤택하게도 해 주었다. 농업과 어업에 필요한 각종 새로운 도구들을 만들어 증산에 기여하기도 하고 어떤 이는 번의 교육 체계에 도움을 주는 교육자로도 활동했다. 대나무나 소나무로 만든 식기에 익숙했던 일본인들에게, 가정에서 사용하는 도자기나 다기 또는 장식용 접시 등 온갖 도예물을 생산하여 후에 이를 대대적으로 유통하고 외국에도 수출하게 하여 각 번의 산업에 혁명처럼 새바람을 불어 넣은 조선 출신의 도예공 포로들이 직접 운영하는 도요(陶窯)도 생기고 있었고 심오한 유학적 지식으로 빈약하고 체계가 없었던 일본의 전통 교육과 문화계에 새바람을 일으키고 있는 학자 출신의 포로들도 있었다. 심지어 조선에서 관상과 사주를 익혔던 사람들은 일본 각지에서 작명과 점술로 유명해지기도 했다. 일본은 정책적으로 전리품으로 여긴 조선인들을 납치하여 각 번이 나누어 가진 후 전후의 경제적인 부와 안정이, 전부는 아니나 일정 부분 이들에게서 나왔다는 현상을 조금씩 이해하여 가고 있었다. 1605년 사명대사가 이끌고 온 쇄환 사절을 따라 일본에서 조선으로 귀국한 3천여 명의 조선인 포로들과 1607년 정사 여우길의 쇄환 사절 편으로 귀국한 1천4백여 명이 돌아간 이후 남은 조선인들은, 물론 쇄환 사절의 귀국 포로에 들지 못한 처지에 있던 사람들도 많았지만, 일본을 살아가야 할 곳으로 여기며 정착을 하는 사람도 많았다. 그들은 대개 조국의 탐관오리들의 학정이나 돌아가도 머무를 곳조차 없는 가난하고 불쌍한 소작 농민들이었고 흉년이 들면 유리걸식하는 처지가 되어야만 하는 사람들도 있었다. 그들은 새로운 체제의 일본에 적응하여 차별을 극복해 가며 이름조차도 일본식으로 개명하고 일본인처럼 살아가려 하고 있었다. 이런 문화를 일본인들은 조선인이라고 무시하기도 했지만 일본의 식자들이나 마을의 유지들은 그들 대부분의 조상이 그런 식으로 반도에서 건너와 일본화된 것을 알고 있었고, 외모나 생활, 농경과 어로의 가업을 이어가는 풍습이 일본인들과 큰 차이가 없었을 뿐 아니라 생각하고 익히는 기술도 조선인과 일본인이 비슷했기 때문에 십 수 년 후 당대에 일본인으로 동화하기가 어렵지 않았다. 세 번에 걸친 조선의 쇄환사들은 대마도의 사스나와 이즈하라, 큐슈의 시모노세키와 혼슈의 와카야마와 오사카, 교토와 나고야, 하코네와 도쿄(에도)를 들러 조선인들을 불러 모았기 때문에 큐슈 아래 지방인 나가사키나 시고쿠 등지에서는 당연히 쇄환사의 혜택으로 조국으로 생환치 못한 사람도 많았다. 그러나 그들이 일본에서 얻은 새로운 신앙으로 크리스천이 되고 이로 인해 국제화된 깨인 인식을 갖게 되자 조국 조선으로 돌아가는 것보다 자신의 미래를 차라리 일본에서 만나려 하는 조선인도 많았다. 늘어나는 조선인 신자와 함께, 조선인 사제의 역할이 필요한 것을 예수회는 조금씩 인식을 더해 가고 있었다. 황실과 다이묘들도 분명한 미래의 일본 자산이 될 조선인들의 정착을 알게 모르게 인정하고 있었다.

전도사와 교리 교사의 길을 걷는 빈첸시오에게 때때로 조선인 신자들은, 왜 미사를 집전해 주는 사제가 되어 주지 않는가를 불만스럽게 말하고도 있었다. 그럴 때면 자신의 깊은 속마음을 다 말할 수 없는 괴로움이 있었지만 '사제의 말씀은 누가 하더라도 똑 같은 것, 토마스 보좌 신부는 조선말까지 할 수 있으니 그에게 성사를 보는 것도 절대로 부담감이나 어려움을 느끼지 않아야 한다. 조선인인 내가 그 자리에 앉아 일본인 교우들을 똑같이 달래고 위로해 주는 모습을 생각해 보면 알 수 있는 일'이라며 말해 주었다. 그러나 빈첸시오는 평수사가 되어 수 십 년을 수도하며 지내다가 나이 쉰 살쯤에 때가 되면 수도 사제로 서원하겠다는 결심은 변함이 없었고 그때쯤이면 조선인 신분으로도 모두가 인정해 주리라 확신했다. 그때쯤이면 조선을 왕래하는 것도 어렵지 않아 모국 조선에서 교회를 세우고 그리스도교를 선포할 수 있게 될 것이라 믿었고 그곳에서 한 알의 밀알이 된 모습의 자신을 그려보았다. 그동안 전도사를 거쳐, 평수사로 나아갈 길에서 자신의 신앙은 더욱 굳건해지며, 일본에서 더 많은 조선인들을 그리스도인으로 만들 수 있을 것이라는 강한 믿음이 가슴에 물결치고 있었다. 물론 이것이 또한 예수회 자체의 조선인 사제 양성 계획이 아직은 확정되어 있지 않은 것과도 맞닿아 있기도 했지만 자신은 그런 점을 의식도 하지 않았고 조선인과 함께하는 모든 날 하루하루가 감사의 연속이었다. 한편으로는 현실적으로도 예수회 내에서 전통적인 평수사의 길을 걷는 신학생들이 점차 적어짐을 걱정하는 분위기도 있었기 때문에 빈첸시오는 무엇보다도 자신에게 주어진 성소(聖召)는 평수사 성인과 같은 길, 좀 더 신자들에게 가까이 다가서는 교회의 모습을 보이는 길, 성직이라는 사회 종교적 지위에서 얻는 권력처럼 비치는 유혹에서 찬연히 벗어나 복음적 순수한 가치를 영원히 찾아가는 고고한 조선의 젊은 예수쟁이가 되겠다는 꿈을 꾸게 되면 이미 그 미래가 다가와 자신을 웃으며 반기고 있다고 믿었다. 그것이 자신의 열망, 즉 예수의 말씀을 순수하게 지키려 갈망하는 신자들을 이끄는 의로운 수도자가 되어 사막의 광야에서 예수가 부르는 소리를 듣는 것으로 믿었다. 그래서 자신이 신앙의 본질을 증거하는 예언자의 모습이 되어주기를 희망하며 기도했다. 언제고 돌아갈 수 있는 조국이 불러줄 때가 되면 사제가 되어야 할 것은 불가피하다고 여겼으나 교회의 사목에 얽매인 자신보다는 자신이 배웠던 신학과 철학 외에 순수한 새로운 학문, 외국어와 과학과 수학, 미술과 음악, 의학과 건축학과 전쟁학과 서양의 사회학까지 집대성한 수도자의 낙원인 학교를 세우고 온 나라의 인재들을 불러 모아 교육하고 보편타당한 천주의 말씀이 어디에서나 받들어지는 땅을 만들어 서양과 어깨를 나란히 하는 나라로 조국을 발전토록 몸을 바쳐 일하고 싶은 소망이 더욱 커져만 갔다. 그는 이것이 이냐시오의 말씀처럼 세상과 교회를 나누지 않고 세상 안에서 그리스도를 찾는 길에 온전히 자신을 바치는 것이라고 믿고 있었다. 늘 하늘에 자신의 뜻을 바쳐 하느님이 보시기에 좋을 큰 희망 중 작은 하나가 되리라는 것이었다. 이를 위해 자신은 교회에 대한 진정한 사랑과 교황에 대한 조건 없는 순명에 따라 인도되고 있다는 점을 의심하지 않았다. 그것은 바위보다도 더 굳건했고 이를 위해 전도사로서 자신이 지킬 청빈과 정결과 순명을 스스로 약속했고 인간의 구원을 위해 자신을 어떠한 곳에 보내든지 그곳으로 간다는 맹세를 했다.

1608년이 되자 일본 내 조선인 신자들의 위치는 더욱 확고해지고 있었다. 이런 인식의 일본 내 확산은 그동안 조선인들의 일본에서 신앙생활이 극히 모범적이며 차별적인 대우와 학대를 꿋꿋하게 물리치고 얻어낸 결과이기도 했다. 예수회에서는 자신들이 가 보지도 못한 조선이라는 나라에 대한 미래의 포교를 위해 미리 뭔가를 해둔다는 다소 막연하지만 기대하고 싶은 장기적인 방침을 준비하려 하고 있었다. 놀라운 점은 빈첸시오와 카이오 두 조선인 전도사의 엄청난 전교 사업의 결과였다. 지구 위의 어떤 전도사에게 견주어도 뒤떨어지지 않는, 깊고도 넓게 쌓인 젊은 그들의 성덕(聖德)과 전교 노력으로 조선인 신자들이 급격히 늘어나고 있었던 것이었다. 포로로 잡혀 온 조선인들이 적국에서 공포와 절망을 딛고 일어나 불멸의 의지로 명확하게 망설임 없이 그리스도 신앙을 받아드리고 있다는 것은 감동이었으며 유럽의 국가에서라면 거의 불가능한 모습이 분명했다. 일본 관구는 두 조선의 젊은이가 콜레지오를 졸업하면서도 예수회에 들지 못하고 조선인이 되어 서원하지 못한 그들의 섭섭함을 잊지 않고 있었고 언제고 이들이 전 세계의 모든 예수회의 사업에 빛나는 별과도 같은 존재가 될 것을 확신하고 있었다. 이들을 통해, 어쩌면 그리스도교는 조선 반도에서 영원한 뿌리를 내려 유럽에서 대서양을 건너 아메리카로, 아메리카에서 태평양을 건너 아시아로, 온 세상 끝까지 주님의 말씀을 전한다는 그들의 목적이 이루어질 것으로 확신하게 해 주고 조선은 은총의 땅이 될 것인지도 몰랐다. 일본에서의 포교는 어쩌면 대륙을 이어주는 조선을 크리스천 나라로 만들기 위한 준비에 불과할 수도 있을 것이라는 희망이 그들의 가슴에 벅차올랐다. 이런 영광의 날을 위해 예수회는 두 조선인 전도사를 길러낸 보람과 영광은 하늘의 은총으로 이루어진 것이라는 확신을 갖게 되었고 그들 또한 그렇게 미래의 영광에 젖은 희망으로 새 신자를 만드는 재미에 푹 빠져 손으로 묵주를 굴리며 열심히 걷는 세월을 행복해 했다.

1611년 연말이 가까운 12월 11일 이었다. 후쿠오카 지역의 고쿠라(小倉) 교회에서 세스페데스 신부께서 별세하셨다는 소식을 듣고 급히 마차로 달려갔다. 이미 많은 조선인 신자도 신부의 별세를 안타까워하며 빈첸시오를 기다리고 있었다. 돌아가시기 전날, 나가사키에서 관구장을 만나고 고쿠라로 돌아와 집 앞에서 뇌출혈로 쓰러져 선종하신 것이었다. 일본 국내의 현재 그리스도교 상황과 장기적인 대책을 관구장과 협의하신 후였다. 빈첸시오의 영웅, 양부로 여겼던 사제가 선종하신 모습은 매우 평온했다. 살아 계실 때의 그를 생각하자 가슴이 답답해졌다. "평생을 스페인 고향으로 돌아가지 않으시고 일본에서 뼈를 묻은 저의 아버지 같은 세스페데스 신부님, 이제 당신을 저가 늘 업고 다니겠습니다. 아버지 하느님, 그를 저의 양부처럼 여기게 해 주시고 그의 빛나는 업적을 살펴주소서, 그의 손을 잡고 아버지의 곁에 앉혀 주소서." 하고 기도했다. 관구장과 추기경의 애도문이 이어진 영결 미사는 장엄했다. 모였던 사제들과 수도자들은 서로를 위로하는 만남을 이어가며 추기경과 관구장의 착좌로 가서 문안을 드렸고 이들은 빈첸시오에게 세스페데스 신부와 각별했던 둘 사이를 기억하며 슬픔을 위로해 주었다. 빈첸시오는 그의 고쿠라 교회에서 지역의 조선인 신자들과 밤늦도록 면담하며 신앙지도와 교리, 조선인으로 일본에서 살아야 하는 소명과 예수님의 가르침, 모두가 맨주먹으로 포로로 끌려와 자유인이 되고 이루어낸 가정 (아직 그 과정에 있는 사람도 있었지만)과 필요한 모든 것을 주신 주님께 감사하며 함께 기도했다. 자신들처럼 평생 고향으로 돌아가지 않으신 세스페데스 신부의 선종과 영결 미사를 기념하고 이날을 새로운 각오를 하는 계기로 삼았다. 돌아오는 길은 외롭지 않았고 눈물도 나오지 않았다. 키가 커 구부정하며 '우하하' 하고 유쾌하게 잘 웃어주던 거룩한 사제의 영이 자신에게 옮겨 와 있었다. 그를 존경했고 그에게서 사랑받았음을 감사하며 그의 영혼이 언제나 자신을 지켜주시기를, 언제나 자신에게 용기를 북돋우어 주시기를 바라며 주님께 기도했다.

1612년에 쇼군 도쿠가와의 그리스도교에 대한 압박이 지역을 확대해 가고 있었다. 사건은 그리스도교 신자 다이묘로서 일본 전국에서 명예를 쌓았던 아리마의 하루노부가 영토 확장에 눈이 어두워 소위 '오카모도 다이하치 (뇌물) 사건'에 얽혀 들며 정략적으로 그리스도교 배척이라는 이유를 찾던 도쿠가와에게 제법 그럴듯한 원인을 제공하자 박해는 바로 시작되었다. 사건 자체를 그리스도 교인들의 무리한 욕심에서 비롯된 것으로 본 도쿠가와 이에야쓰에 의해 그는 크리스천 신앙을 지키며 죽었으나 그의 아들 아리마 나오즈미는 물려받은 자신의 영지와 부귀를 지키기 위해 기다렸다는 듯이 즉시 알아서 배교하며 쇼군의 명에 따라 배교하지 않는 신자들을 무자비하게 죽이는 대살육의 탄압이 일어나게 되었다. 그의 배교로, 유럽에서조차 명성과 전통을 쌓아 가던 아리마의 세미나리오가 더 이상 존속하지 못하고 나가사키로 도망치듯 옮겨 왔다.

10월 말이었다. 교회에서 사목 위원장인 허활 도미니코의 집에서 사목 위원들과 저녁을 나누며 근간 에도 쇼군의 명령에 의한 전 일본 내 그리스도교 탄압과 아리마에서 벌어지고 있는 잔인한 살해와 순교를 문제로 앞으로의 대책을 협의하는 자리가 오후 늦게 시작되어 자정에까지 이르도록 계속되고 있었다. 남국의 나가사키에도 가을이 와서 높은 산등성이에는 붉은 단풍이 들어 아름다웠고 멀리 운젠 화산은 변함없이 연기를 뿜어 올리고 있었다. 앞바다 큐주큐시마에서 채취한 햇굴과, 햇곡으로 빚은 인절미 등으로 풍성한 음식을 저녁으로 준비한 도미니카와 조선인 여성들 다섯도 함께한 자리였다. 교회를 대표하는 사람들이 모여 함께 저녁을 나누는 자리는 근간의 아리마 상황이 너무나 걱정스러웠기 때문에 의도적으로 준비된 것이었다. 도미니코가 먼저 운을 떼었다.

"빈첸시오 님, 아리마가 참 걱정입니다."

"네, 정말 큰일입니다. 아시겠지만, 지난 10월 7일에 25명이 아리마 바닷가에서 화형을 당했지요. 어린 애들과 젊은 여성들에게, 잔인하기 짝이 없는 모진 짓들을, 세상에, 아리마 하루노부의 아들, 나오즈미가 배교하며 저질렀어요."

"근 이만 명의 아리마 사람들을 집에서 끌어내어 이 모습을 지켜보도록 했답니다. 쳐 죽일 놈!"

"제 애비를 따라서 깨끗하게 죽든지, 목숨으로 영지의 신자들을 보호해야 할 작자가 그런 잔인무도한 짓을 끌끌—."

"아니, 이 사람아, 자신이 죽으면 어떻게 영지 내의 신자들을 보호한단 말인가?"

"그러니 말이야, 그놈이 도쿠가와에게 가서 무슨 대책을 빌었어야지."

"도쿠가와 하고 협의해 얻는 대책이란 것이 뭐겠어? 그놈 애비가 이미 도쿠가와에게 죽었는데? 우리 같은 크리스천들은 죽여 버리는 것이 대책이라고 여기는 자에게 말이야."

"그래도 도쿠가와는 히데요시 만큼 잔인하지 않다는데? 임진왜란, 정유재란에도 참전하지 않았고."

"그래, 그런 도쿠가와도 크리스천을 원수로 여기게 되면 우린 정말 갈 데가 없지. 암, 없어. 흠흠—."

모두들 빈첸시오를 바라보며 자신들이 듣고 생각해 온 비극의 시작을 중구난방 걱정하고 있었다. 그는 모두의 의견을 듣고 비극의 상황 전개와 앞으로 가능한 대책을 협의해 나갔다.

"놀라운 일입니다. 나오즈미는 세례명이 미구엘입니다. 천사라는 의미를 갖는 세례명을 받았으면서 그런 끔찍한 짓을 자행하고 있어요. 아무리 그자가 도쿠가와의 인질이 되어 몇 해 도쿠가와 집안에 잡혀 있었다 하더라도 말입니다. 그자는 고니시 유키나가의 질녀 마르타와 결혼했다가 이에야쓰가 전권을 손에 넣자 당장 아내를 내치고 이에야쓰의 수양딸 히메와 결혼했습니다. 배가 다른 두 동생, 8살과 6살의 프란시스와 마티아스가 배교하지 않는다고 아무도 몰래 죽인 자 입니다. 그렇게 해서라도 이에야쓰에게 자신의 배교를 증명하고 가문을 지켜내려 하고 있습니다. 불쌍하고 측은한 자입니다. 자기가 무슨 짓을 하는지 조차도 모르고 있어요. 신앙의 대물림과 세상의 문리를 깨닫고도 한참이 지났을 스물여섯 살이 되었는데도 말입니다."

"—우리는 어떻게 준비해야 합니까?"

"—모릅니다. 다만 관구에서 나가사키는 그런 탄압에서 예외적인 장소로 인정받기를 원하고 있고 당분간 전교를 적극적으로 나서지 않는 소극적인 방법을 택함으로써 다이묘들을 무마하며 신자들의 생존을 위해서 관구장 신부께서 교황청의 대사 자격으로 일본의 쇼군 도쿠가와를 설득하려 합니다. 국제적인 문제일 수도 있으니까요."

"도쿠가와는 그리스도교의 공헌에 의해 일본을 국제적으로 소개할 수 있었고, 세계의 중심지 로마에서 조차 나가사키를 동양의 로마로 알리면서 앞선 문명의 혜택을 많이 받지 않았습니까?"

"그런 점들이 그가 그리스도교의 전교를 이해하고 일정 장소에 한해서라도 우리의 조직을 영위해 갈 수 있도록 허용하는 것이 더욱 유리한 정책이라는 점을 이해시키게 될 겁니다. 관구에서는 일본의 향후 그리스도교에 대한 정책이 탄압으로 방향을 설정하게 되면 현재의 자체 신앙 조직과 힘을 일본에서는 최대한 순응하며 유지하고 조선에 대한 선교로 그 조직의 일부와 힘을 옮겨 가서 활용할 수 있을 것이라고 보기도 합니다. ―우리에겐 시간이 필요합니다."

"아― 아, 그 말씀이 정말입니까? ―아, 정녕 우리 조국에서 그리스도교를 받아들여 준다면 얼마나 좋을까요? 우리 모두는 함께 밤새워 성가를 부르며 현해탄을 건너 조선 반도에 이르러 이튿날 교회를 세우고 미사를 볼 수 있겠지요. 아, ―그런 날이 이제 올까요?"

"반드시 옵니다. 어쩌면 우리의 희생을 딛고 우리의 다음 세대에서 그 꽃봉오리를 맺을지도 모릅니다만 그날은 꼭 옵니다. 우리는 깨어 있어야 합니다. 그날을 위해!"

"―빈첸시오 님, 우리가 만약 박해를 받기 시작하면 어째야 하겠습니까?"

"―박해는 저들의 잔인한 수단 이외에도 우리 서로간의 배신과 고발과 협박과 회유를 통해서도 일어나게 될 것입니다. 절대로 우리의 믿음을 배신하지 마십시오. 우리의 양심과 주님의 말씀을 통해 깨달은 자아가 결코 협상의 대상이 될 수 없습니다. 우리는 포로 생활에서 투철한 절제와 기도를 통해서 우리의 자아를 단련해 왔습니다. 우리는 절망과 빈곤 속에서도 좌절하지 않는 의지를 그분에게서 배웠습니다. 우리는 포로가 되어 빈손으로 이곳으로 왔기 때문에 무에서 시작한 모든 우리의 삶을 통해, 자유인이 되도록 해 주셨고 일상에 필요한 요구를 채워 주시는 하느님의 영광을 몸으로 체험하며 사랑받았습니다. 불멸의 우리 영혼을 보증해 주실 분, 영혼을 위탁받을 분은 그분뿐입니다. 그런 날이 다가오면 조선 땅 쪽으로 붙은 절해고도나 큐슈의 산골짝으로 아무도 몰래 피신하십시오. 숨어서 신앙을 지켜내며 기다리십시오. 수십 년, 아니 수백 년 이후 언제고 우리 주 예수 그리스도는 여러분의 공로를 치하하며 주님의 곁에 함께 하도록 말씀하시고 여러분의 발을 씻겨 주실 것입니다. 잊지 마십시오. 지난 10월 7일 아리마 순교의 그날 다케토미 칸에 몽 레오가 마지막으로 우리에게 해 준 말씀을 말입니다. 그는 '세상 사람들아, 아리마 크리스천들 신앙을 보아라. 주님의 영광을 위해, 신앙을 증명하기 위해 이제 우리는 죽는다. 나의 형제들아, 나의 희망은 네가 끝까지 흔들리지 않는 믿음을 지켜낸다는 것이다!' 하고 말했습니다."

빈첸시오의 뜻 깊은 말에 모두는 숙연했다. 한참 후 도미니코가 물었다.

"에도의 쇼군이 직할하는 번에서 신자들은 어떻게 되겠습니까?"

"형제님 여러분이 짐작하시는 대로 밖에 저도 알지 못합니다. 또한 저는 이런 쇼군의 강경한 조치가 더욱 잔인한 수법을 만들어 혹독하게 고문하며 배교를 강제하고, 인간다움을 버리게 하는 양심을 벌주려 한다면 우리는 어째야 할까 하고 걱정합니다."

"—우리는 무엇을 준비해야 하겠습니까?" 하고 스테파니아라는 자매가 다시 묻자 빈첸시오는 담담히 답이 없는 말을 이었으나 분명하게 대답했다.

"그들은 간교하며, 보통 인간의 생각을 뛰어넘는 잔혹하고 치사한 그런 방법을 반드시 만들어 낼 것입니다. 우리가 크리스천으로서 양심을 처벌받는다는 것은 단 한 분 하느님에게서 뿐이어야 합니다. 그러나 일본의 탄압은 우리의 현재 짐작과 상식과 각오를 훨씬 뛰어넘는 잔혹하고도 비도덕적이며 어쩌면 영구히 이 땅에서 살지 못하도록 씨를 말리려 달려들 수도 있을 것입니다. 그들은 그러고도 남을 비도덕적인 짓을 도덕으로 여기고 있습니다. 굳건히 신앙을 이어가는 용기를 지니되 감추십시오. 당분간은 교우가 아닌 다른 사람들에게 감춘 신앙의 자비스러움을 보이며 그들의 자비를 구걸하지 마십시오. 여러분은 대를 이어 신앙을 감추고 계서야 할지도 모릅니다."

스테파니아가 다시 울먹이며 말을 이었고 빈첸시오는 위로해 주었다. "그렇습니다. 임진왜란을, 우리가 끌려오며 겪었던 그들의 무자비함과 도덕심이라고는 없는 비인간적 야만성, 우리의 조국에서 떼 지어 몰려다니며 사람을 마치 산토끼 몰듯이 구석으로 몰아서 죽이고 코를 베고, 귀를 베고, 눈알을 도려내고— 흑, 흑, 흑—."

"주님께서는 우리가 겪은 비극에서 이렇게 우리를 구해내셨습니다. 우리가 또 그런 절망의 구렁텅이로 빠진다 해도 다시 우리의 손을 잡고 또 구해 내십니다. 힘을 내십시오!"

일본의 예수회는 희망을 버리지 않고 있었다. 다시 때가 오기를 기다리면서 고통의 시절을 더 큰 발전의 계기로 삼고 참아 내려 하고 있었다. 1614년 일본의 그리스도교 역사는 매우 심각하고도 무지막지한 도전에 맞서 있던 해였다. 살벌한 종교 탄압 속에서도 목숨을 아까워하지 않으며 신앙을 지켜 내고, 스스로 미래의 일본에서 사제로 활동하기 위해 외국의 신학교에서 사제가 되는 공부를 하기 위해 떠나고도 있었고 조선에서 선교를 할 수 있을지도 확인하고 싶어 했고 결과에 따라서는 이러한 일본에서 배척이 조선에서는 좋은 기회가 될 수도 있을 것이란 희미하지만 희망도 있었다. 이런 환경 아래서 빈첸시오가 조선 포교를 준비하기 위해 중국으로 가고 고니시 만쇼 일행이 마카오를 거쳐 인도의 고아로, 다시 고아에서 로마로 떠난 것이었다.

1614년 그 해, 전 일본에서 박해가 본격화하자 온 나라의 사제와 수사, 전도사들이 서서히 나가사키로 모여들기 시작한 3월에 빈체시오는 항구의 모리사키곶으로 이전해온 세미나리오에 있는 만쇼에게 들렀다. 그사이 종종 아리마 세미나리오를 찾거나 또는 주말이면 만쇼를 불러 하루를 함께하며 보내기도 했다. 만쇼는 점점 철학적 깊이를 더하며 신앙에서 찾는 위로와 사고는 열다섯 소년답지 않게 성숙한 모습을 보이고 있었다. 자신이 태어난 대마도의 환경과, 아비 요시도시에 대한 종교적 계율에서 비롯한 반감과 무시, 버려진 어머니와 집안의 기둥이고 지붕이었던 외조부 유키나가의 어이없는 죽음과 온 집안의 멸문, 자신의 신앙에 대한 열망과 잘리고 패어져 없어진 뿌리에 대한 의식이 깨어나자 그는 성직의 길을 택하는 자신의 삶이 선명한 자국을 남기기를 원하며 모든 조상과 은인과 원한 속에서 울부짖는 선조들의 영혼을 위로해 줄 수 있을 것이라고 믿고 있었다. 빈첸시오는 "그런 기억의 고통에서 해방된 네 가슴에는 예수님의 말씀만이 가득찰 것이다." 하고 말해 주고 는 했으나 아직은 그렇게 까지는 발전되지 못하고 있는 모습이었다. 그러나 어쨌건, 이런 그의 관념은 빈첸시오가 언젠가 받을 성직과 한 뿌리에서 비롯된 것을 그는 분명히 인식하고 있었다. 또한 빈첸시오를 외숙(外叔)이라고 불러 둘은 서로 피로 맺어진 가족과 다르지 않다고 늘 자각하고 있었다. 그를 아는 주위의 일본인 중 하나가 그를 '조선인과 가까운 얼뜨기'라고 놀려대는 자도 있었지만 '멍청한 놈의 소리'라며 개의치 않았고 그동안 이런 삶의 길을 택하게 한 것은 '조선'이라는 나라가 있어 자신이 그 이웃 대마도에서 태어난 때문이라는 생각이, 그동안은 어렴풋했지만, 유학을 떠날 즈음에는 완벽히 그렇다고 믿게 되었다.

"외숙, 저는 마카오나 인도의 고아나 로마로 가서 콜레지오에 입학하고 싶습니다. 사제가 되고 싶어요, 외숙이 바라시는 수사가 되고 싶기도 하고요."

"기쁘구나, 그렇게 미래의 네 모습을 성직에서 그려나가는 것이ㅡ. 엄마가 너와 나의 손을 이어주며 하셨던 말씀을 생각하게 하는구나. 그러나 내가 너를 위해 해 줄 수 있는 것이 이제 어쩌면 아무것도 없을지도 모른다고 생각하면 슬퍼진다. 네가 멀리 떠나 가버리는 걸 생각하면 몹시 섭섭하기도 하고ㅡ"

"ㅡ."

"내가 이루고 싶었던 것 중에 이루지 못할 일을 넌 해 낼 수 있을 거야. 그곳에서 콜레지오를 졸업하고 말이다, 어쩌면 우리가 꿈에서나 그려보는 로마로 가서 교황님을 알현 할 수 있다면, 그리고 성지 예루살렘을 가볼 수 있다면ㅡ 아, 아, 말만으로도 내 가슴이 떨리는 구나. 어쩌면, 네가 그럴 수가 있다면—, 얼마나 좋겠니? 지하의 어머니가 아마 너무 좋아서 깔깔거리며 춤추고 싶어 하실 거다—. 언제쯤 떠날 것을 알아보았니?"

"아니요, 외숙께 상의 드리고 싶었어요. 저보다 2년 선배인 페드로 카츠이(본명 기베시게카츠 岐部茂勝, 1597-1639 : 고니시 만쇼는 인도의 고아에서 아프리카 희망봉, 포르투칼을 거쳐 로마에 닿았으나 그는 인도에서 일행과 떨어져 육로를 통해 페르시아 호르무스와 바그다드를 거쳐 일본인으로서 처음으로 1620년 예루살렘에 들어갔다. 1623년 로마 산 죠반니 대성당에서 사제 서품 후 예수회에 입회하고 1630년 귀국하여 1639년 순교했다)를 우연히 학교에서 만나 이야기를 나누었더니 자신도 가기를 이미 결정해 두었다는 말을 해 주었습니다."웅, 그래? 우리가 나가사키에 계속 머물기는 어렵게 된 것이 분명해. 언제까지일지 모르지만, 외국으로 나가서 살거나 일본 내라면 숨어들어야만 하겠지. 그게 가능할지 모르지만 말이다—, 그런데 페드로와는 친해?"네, 아주 가까워졌어요. 제가 그 일을 상의한 후로요. 저와 생각이 비슷한 점이 너무 많다는 걸 발견했어요. 우리는 만나면 마카오의 콜레지오 이야기뿐이거든요."

로렌조 교회로 돌아온 빈첸시오는 마카오나 고아로 떠나갈 준비를 하는 수사와 사제들을 알아보았다. 히라 마루티노 신부가 마카오로 떠날 준비를 하고 있었다. 천정견구사절단의 일원이었던 그는 이미 환갑이 가까운 노신부가 되어 있었다. 그는 주로 마카오에서 일본 포교 사업에 재정 관리를 하는 권한을 지닌 사제로서 책임 있는 역할을 오래도록 하고 있었고 차제에 다시 마카오로 돌아가 장래 일본 교구가 정상적인 활동 때까지 발생하는 재정적인 문제를 교황청에 보고하고 필요한 예산을 책정해서 집행하던 일을 하고 싶어 했다. 관구 내 조선인 전도사 빈첸시오의 활동에 깊은 관심을 보였던 그는 늘 일본 내 조선인의 처지를 안타까워하며 조선인 노예 해방에 함께 힘써 주기도 했다. 그는 널리 알려진 일본 천주교의 해외통이었고 그가 수사하는 라틴어는 마치 이태리인처럼 훌륭했다 (마카오의 콜레지오를 졸업하고 사제가 된 그는 1629년 10월 23일 선종 후 마카오 대성당 지하에 묻혔다). 빈첸시오가 그를 찾아갔을 때, 너무나 고맙게도, 마카오로 만쇼와 페드로를 데리고 가서 만약 그곳에서 수학이 여의치 못하면 인도의 고아로 보내서 콜레지오에서 수학하려는 열망을 이루어 줄 수 있을 것이라고 약속했다. 마카오와 인도 고아의 신학교 측이 사제의 종교사회내 위치를 국가의 상류층 지도자와 동일시하여 동양인들에 대한 차별이 존재함을 넌지시 언급한 이후였다. 만약 고아에서도 신학교 입학이 곤란하다면 결국 로마로 가야만 한다고 말하며 어떤 경우에도 자신은 최선을 다해 둘에 대한 재정적인 지원도 약속해 주었으나 당연히 본인이 직접 두 사람을 확인하기를 요구했다. 그는 일본의 신학교에서 추천서를 받았더라도 마카오 콜레지오의 고답적 운영에서 비롯되는 일본인 입학을 배척할지도 모른다는 것을 걱정을 또 하며 로마까지 항해는 젊은 둘의 의지만 뚜렷하다면 아무 문제없을 것이라고 빈첸시오의 걱정을 덜어주며 6월 중순에 입항할 화란 무역선에 네댓 명의 자리를 확보할 수 있을 것이란 전망도 하고 있었다. 빈첸시오는 페드로 카츠이와 고니시 만쇼를 불러 마루티노 신부에게 찾아가 함께 인사를 드린 후 그들을 부탁하자 수일 후 두 젊은이와 하루를 함께 지내고 세미나리오에서 성적과 품행 등을 다시 알아본 후에 그의 지원과 결심을 최종적으로 굳혔음을 빈첸시오에게 말해 주었다. 예산을 주로 관리하는 수도 사제가 투자에 대한 보증을 미리 확인하는 것과 같았다.

"예, 예정대로 6월 중순에 마닐라로 떠나는 화란 상선을 타게 될 것 같아요. 마닐라에서 일주일쯤 머문 후 중국의 광동을 거쳐 마카오에 들르고 만약 우리가 마카오에서 콜레지오 입학이 어려울 시는 인도의 고아로 가고, 거기서도 입학이 어려우면 로마까지 가는 것도 마다하지 않을 것입니다. 신부님도 우리의 콜레지오 입학을 어떻게 해서든 큰 어려움이 없도록 하겠다고 하셨습니다. 우리의 후견인을 마루티노 신부님이 해 주신다니 얼마나 안심이 됩니까?"

"음, 그건 정말 행운이다. 주님의 은총이고. 그런데 너, 배 멀미 심하잖아. 걱정이구나."

"그렇기는 해요, 그런데 외숙도 참, 그런 멀미 걱정까지, 하하하."

"구마모토의 외조부 쪽 가신들에게도 안부를 전했어?"

"예, 가브리엘라 수녀님께 말씀드렸더니 지난달 중순에 기쿠라는 옛 가신 중 한사람이 제게 와 주어서 다녀왔습니다."

"이제 유학에서 돌아오면 그들의 고백성사도 들어주고, 그들의 손녀, 손자의 혼인 미사도 치러주고, 뭐 해드릴 일이 엄청 많아지겠구나?"

"그렇잖아도 그들의 집안에서 저가 사제가 된 다음에 특별한 대우를 받으려면 지금 무얼 어떻게 해야 하는지 말해다오 하고 부탁도 들었답니다. 으하하하."

"그래서?"

'마치 제가 성자가 된 양, 조금 신앙적인 소리를 했더니 다들 "만쇼ㅡ, 너무 빨리 나가는 건 아니지? 웅?" 하며 놀리기도 했죠. 그래서 저가 "그렇게 미래의 성직자 욕보이면 성사에서도 받아주지 않는 수가 있습니다." 했더니 다들 입이 함지박만하게 벌어지며 웃더라고요."

"우하하하, 그래야지, 암. 음, 만쇼, 그 생각만 해도 머리 아픈 라틴어
는 어떠냐? 유학하는 데 불편은 없겠지?"

"외숙, 세미나리오 상급반 학생들 중에서 한 사람을 뽑는다면 당연히
접니다, 네. 으하하하."

"뽐내기는, 그래도 웃는 소리 들으니 좋긴 하다. 의복이나 용돈은 어
떻게 준비하나? 뭐, 내가 해결해 줄 수 있는 것도 아니다만."

"걱정 마세요, 외숙. 어머니가 물려주신 패물과 외조부의 가신들이었
던 분들이 모아준 것이 꽤 돼요. 가다가 해적에게 당하면 어쩌나 하고
걱정될 정도로요."

"우아하하, 나의 조카가 신부님이 되실 때까지 용돈과 의복에 불편
이 없으시기를, 혹시 성지 이스라엘로 가서 골고다 언덕 위에 있다는 그
리스도 교회를 들를 수 있다면 그곳의 미사대에 나의 이름도 올려 주기
를, 우아하하."

"그럼요, 외숙! 반드시 그렇게 할게요. 신학교 교장 신부님께는 외숙
의 나라 조선과 외숙의 수난사도 말씀 드릴게요."

"네가 사제가 되어 돌아오면 혹시 난 조선에 가서 있을지 모르지. 중
국에 있을 수도 있고. 사실, 지난 2월 말에 예로니모 신부님께서 나를 조
선 포교를 위해 중국으로 가도록 말씀을 하셨다. 조선 입국이 불가능하
니 중국에서 그 방편을 찾도록 말이다. 네가 떠나고 얼마 후 나도 마카
오로 가서 중국으로 들어가게 될 것 같구나."

"네?, 정말 좋은 기회 같군요, 외숙의 모국이니까요. 게다가, 요즘 쇼
군의 탄압이 점점 심해지고 있으니 교구에서도 조선으로 포교 지역을
넓혀가서 다른 기회를 잡고 싶어 한다는 얘기를 저도 들었어요. —그래

도 늘 조심하고 건강하셔야 해요."

"그래, 그럴게. 고맙구나. 네 말대로 바로 그런 점들이 현재 논의되고 있다. 그런데 넌, 몇 년이나 유학을 예상해?"

"모르겠습니다. — 한 십년이면 충분치 않을까요? 그사이 외숙은 조선에 입국이 가능하시면 조선에 가서 계실지도 모르겠네요. 우리 둘에게, 그때가 오면 여기 세상도 지금보다야 훨씬 더 좋아지겠지요."

"반드시 그렇게 되기를 기도하며 살아야지. 설사 우리 세대에 그런 평화 속에서 신앙의 자유를 마음껏 누릴 수 없더라도 말이다. 우리가 걷는 한걸음 한걸음에 수없이 밀알이 뿌려지기를, 그래서 땅을 뒤덮은 우리의 신앙이 찬란히 빛나는 그날이 오기를! 우리가 지나는 바다와 우리가 머무는 땅위에 주님의 영광이 가득 차기를! 아멘."

"아멘."

만쇼는 그렇게 떠나갔다. 출발 전날 저녁은 문을 닫은 모리사키 곶의 동쪽, 세미나리오의 학생 식당에서 교수 수사들과 신부들이 빈첸시오와 이들 둘을 불러 함께하는 자리가 있었다. 그들은 일본 교회에 새로운 빛이 될 다음 세대였다.

만쇼가 떠나자 빈첸시오는 말할 수 없이 허전했다. 해 주고 싶었던 말을 다하지 못한 듯도 했다. 그것은 자신을 스스로 다잡으며 늘 도리를 지키게 한 글귀였다. 지난 환란의 기억에서 자신의 마음이 방황하거나, 아집에 몸을 담고 있다고 느낀 순간이나, 뭔가 학문을 이루었다는 교만한 마음이 생길 때에 왜 성서의 말씀보다 어릴 적 아버지 방에 세로로 걸린 족자 안에 쓰여 있던 난해하다고 여겼던 글, 종종 아버지가 형제를 앉혀 두고 묻던 말씀, 귀에 익은 소리들이 먼저 가슴을 울려 나오는지 도대체 알 수가 없었다. 그런 후에는 다시 마음의 안정을 찾아주는 성서의 구절을 찾아 되읽고는 했으나 한번 익힌 한자말은 언제고 자신을 떠나지 않았다. 그러나 오히려 이런 점이, 자신의 굳건함을 더욱 강인하게 한다고 믿고 싶었다. 언제고 이런 모든 유학의 지식들이 자신을 떠나도, 그 자리는 성서의 말씀으로 가득찰 것이니 걱정할 필요는 없다고도 생각했다. 다만 그런 글들은, 유학에 눈을 뜨고 있던 예비 신자들이나 버릴 수 없는 유학적 가풍을 존중하면서도 크리스천 신앙을 갖는 사람들과 대화 시에 유익한 도움이 되고 있는 것도 사실이었다. 그런 점에서 자신을 일깨운 그런 구절을 가르친 아버지께 감사했다. 다행이 만쇼가 양육된 집안의 환경은 그리스도교적인 가르침에 익숙했을 터이니 어쩌면 등한시 했을 수도 있다고 여겼으나 그 정도라면, 자신처럼 유학에서 비롯된 가르침을 분명히 어디에서건 익혔을 것이라고 생각하며 기억을 더듬었다.

다부귀측역교음(多富貴則易驕淫), 지나치게 부귀하면 고만해져서 행실이 음란해지고.

다빈천측역국촉(多貧賤則易局促), 너무 가난하게 되면 천하여 비루해진다.

다환난측역공구(多患難則易恐懼), 지나친 환난을 겪으면 겁쟁이가 되기 쉽고,

다고유측역부범(多交遊則易浮泛), 사귀는 벗이 너무 많으면 들떠서 경박해지기 쉽고

다언어측역차실(多言語則易差失), 말이 너무 많으면 실수하기가 쉽다.

자신의 각오와 관련하여 성서의 말씀을 다시 일깨웠다. 시편의 "저가 환란 중에 주님 눈 밖에 났구나 하고 생각했으나 당신께 부르짖었을 때 저의 기도 소리를 들어 주셨습니다."(31, 23)와 베드로 1서의 "젊은이들에게 말합니다. 여러분은 원로들에게 복종하십시오. 여러분은 모두 겸손의 옷을 입고 서로 섬기십시오. 하느님께서는 교만한 자를 물리치시고 겸손한 사람에게 은총을 베푸십니다."(5, 5)였다. 자신의 심중을 밤낮으로 꿰뚫어 보고 계시는 분의 말씀이었다.

만쇼가 떠나기 전 4월 말, 부활절이 지나고 나가사키의 프란치스코회와 도미니코회 교회에서 수많은 신자가 모여 미사를 드리고 거리 행진을 하며 종교의 자유를 외치고 시끌벅적하던 때였다. 오사카에서 카이오 전도사가 배편으로 나가사키에 도착하여 형식적으로 문을 닫은 로렌죠 조선인 교회의 사제관에서 빈첸시오와 함께 머물렀다. 그가 중심으로 따르던 다이묘 다카야마 우콘이 도쿠가와의 명령에 따라 영지와 모든 재산을 포기하고 신앙을 지키기 위하여 해외추방 명령을 받자 카이오 수사가 나가사키로 먼저와 빈첸시오에게 들른 것이었다. 이미 나가사키의 전도사와 수사들에게 다카야마 우콘에 대한 비극적이고 피할 수도 없는 일들까지 알려지고 있었다. 그들은 비극적인 종교 탄압의 결과를 용감히 맞서 싸우며 피해가지 않는 다이묘 우콘을 존경과 연민의 눈길로 지켜보고 있었다. 사제관의 식당에서 함께 저녁을 나누며 주임 신부와 부제가 자연스레 카이오에게 질문을 쏟았다. 조금 후 주임 신부는 뭔가 생각난 듯, 중도에 끝없는 질문을 하지 못하게 막았다. "너무 자명해지는 탄압의 미래를 미리 걱정하기에 우리의 저녁 시간이 너무 짧지 않은가?" 하는 것이 그분의 말씀이었다. 주임 신부는 교회의 사제관에 카이오가 머물 수 있는 독방이 없어 빈첸시오의 방에 작은 이동용 침대를 넣은 후 함께 지내도록 결정해 주었고 이는 두 수사가 한 가정의 형제처럼 지내는 것을 알고 있었기 때문이기도 했다. 둘은 저녁 식사 후 교회에 모인 조선인 신자들과 신앙의 미래를 함께 걱정하고 신심 단체 회합을 주도 후 자정경 잠자리에 들었다.

"카이오형, 필리핀으로 언제쯤 떠나?"

"우콘 님이 도착하시는 대로, 그분의 뜻에 따라."

"형도 꼭 같이 가?"

"응"

"왜? 형은 신자들을 위한 교리교사잖아?"

"우콘 님의 요청을 뿌리칠 수 없어. 그는 오사카에서 모든 신자의 정신적 기둥이기도 했고. 난 신자들과 예비자들의 신앙 지도를 그분과 신자들 사이에서 한 셈이지. 오래 전에 빈첸시오가 다녀갈 때 본 다카쓰기 본당이 생각나지? 웅장하면서도 겸손한 모습으로 서 있던 교회를 말이야."

"왜 아니겠어. 다카야마 우콘의 그리스도교에 공헌은 정말 크지. 온 가족이 그 교회 안에 집을 지어 살았다고 했지? 머리끝부터 발끝까지 그리스도 신앙으로 단단히 무장한 가족이기도 하고. —그런데 말이야, 형, 난 신자들에 대한 교리 교육을 하며 늘 하느님과 예비 신자 사이에 내가 있다고 믿었어."

"알고 있다. 나의 변명이지만 오사카에서 우리가 받은 탄압은 여기서와 같이 일을 어떻게 해 나가며 맞는 것이 아니었다. 어느 날 갑자기 새로운 처벌과 협박을 앞세우며 생명을 끊어버려도 된다는 죄인 취급을 느닷없이 받게 되었던 거였어. 세미나리오와 콜레지오를 자네와 함께 공부하며 행복했던 잊을 수 없는 시절, 졸업 후 처음 수년간의 나의 의지에 의한 교리 교사와 전도사 활동을 활발 하게한 시절 외에는 늘 기고 박해를 피해 숨어 다니기에 바빴지. 긴장하면서 말이야, 부끄러워. ―이런 나를 용서하게."

"―응, 형의 공로가, 오히려 더 크겠지. 용서받을 일 보다는 말이야. 카이오 형, 내가 말하는 것은 그런 뜻이 아니라 조금 더 넓게 멀리 보자는 거지. 말하자면, 지금처럼 일본의 상황이 점점 나빠지고 있는 데 대한 대안이나 우리의 조국인 조선에서 포교를 하거나, 조국의 어느 곳에 신학교를 세운다든가 하는 장기적인 계획 말이야."

"―나도 한 때 그렇게 생각했어. 이제 내가 가야 할 마닐라에서 혹시 그럴 수 있는 스스로의 힘을 키우거나 기회를 찾고 싶어. 그럴 수 있을까?"

"―그래, 어디서 어떤 일을 겪던 우리가 조국으로 돌아가 신학교에서 배운 것을 해 낼 수만 있다면? 아 아, 그런 날이 올 수만 있다면, 얼마나 좋을까?"

"―그런 날이 올 수만 있다면, ―반드시 와야만 하는데―."

"―카이오 형, 이야기가 조금 늦었는데, 사실 난, 지난 2월 말에 관구의 예로니모 신부님 호출을 받았어. 여태 여러 방면으로 조선 포교를 추진했지만 곤란했던 결과로 내가 중국으로 가서 조선 포교를 준비토록하라는 말씀이셨어. 지금 중국어를 열심히 배우고 있고―."

"뭐라고? 정말 놀랄 일이구나. 나도 함께하고 싶다만―, 우콘 공과 필리핀으로 가야만 하니 난, 어렵겠지?"

"왜, 그런 약한 말을 해? 내가 먼저 가서 할 수만 있다면, 관구에 요청해서 형을 찾으면 되지."

"—그래, 어떤 미래가 다가올지 흥분된다만, 좋은 소식을 기다리마. 언제쯤 출국을 할 것 같아?"

　"아마 올 10월 초순이 될 거야."

　"내가 마닐라로 떠난 다음이겠군. 우린 9월에 나가사키 출항을 예정하고 있어. 우콘 님이 8월에 이곳에 도착 예정이거든."

　"형은 마닐라로 떠나고—, 나는 중국으로 가고, 언제고 다시 만날 날이 오겠지?"

　"반드시! 우리의 주님이 너와 나를 보호해 주시며 우리를 다시 만나나게 해 주실 거야."

　"—그래, 꼭 그렇게 되도록 늘 기도해야지 나도, 형도.""응, 그럼. 우콘이 속해 있던 마에다 가문은 세키가하라 전투에서 이에야쓰 편을 들었어. 그런데도, 오사카 성의 도요토미 히데요시 잔당을 칠 계획을 세우면서 올해 초에 선교사 추방령(바테렌 추방령)을 내리고 이어 나이 예순둘인 우콘에게도 가족과 함께 추방한다는 명령이 내려졌어. 그의 친구들은 후손을 위해 '불교로 개종한 척' 하면 어떻겠냐고 했지만 단칼에 거절했지. 그런 분이었어. 쇼군의 주위는 자기들 편을 들었더라도 그리스도교는 용납할 수 없다는 자들로 가득 차 있어."

　"그러니까 형을 전도사로 만들고 집안의 신앙을 지켜 줄 사제로 커 나가는 모습을 보면서 때가 오면 조선 포교에 참여하리라 여기며 장래를 생각하고 싶으셨겠지."

　"그랬어. 가끔 나를 만나면 '우리 교리 선생님' 하며 나의 불편한 점을 보살펴 주려 애썼고, 조선과의 전쟁(임진왜란, 정유재란)"을 무척 안타깝게 여기곤 했어. 참으로 인자했고 고니시 유키나가 님과는 신앙으로 맺어진 형제와 같다고 늘 말씀하곤 했지. 이제 곧 만나 볼 수 있을 거야."

이들이 서로의 장래를 위로하며 신앙의 길을 굳건히 다져가고 있을 때 우콘은 아내 줄리아, 가노의 집에 시집을 보냈으나 부모가 준 신앙의 길을 따른다며 기꺼이 남편에게서 버림받은 딸, 조선과 전쟁에서 죽은 장남이 남긴 손자, 손녀 다섯과 막역한 친구 죠안의 가족 10명 등을 포함해 모두 330여 명의 그를 따르는 그리스도교인 대가족을 데리고 선편으로 나가사키에 도착한 날은 여름이 다갔다지만 아직도 무더운 1614년 8월 말이었다. 이들이 도착 후 일주일이 지나자 나가사키의 에도 막부 행정관 봉행(奉行)은 이들의 국외 추방을 또 선언했다.

　우콘 일행이 나가사키로 와서 마닐라로 떠나기 전 배에 올라 머무르는 동안 친구 죠안과 함께 카이오의 수행을 받아 빈첸시오가 있는 조선인 교회로 와서 사흘을 머물렀다. 교회의 미겔 까르발료 주임 신부와 우콘은 서로 존경하는 사이였으며 필리핀 총독의 요청으로 먼저 마닐라로 간 페드로 모레혼 신부와 친분도 두 사람이 모두 두터웠기 때문이었다. 빈첸시오에게는 두 사람이 모두 할아버지쯤으로 여겨졌고 자연히 이들 앞에서는 행동이나 말이 조심스러웠다. 도착한 당일 저녁에 교회 사제관 내 응접실에서였다. 우콘과 까르발료 신부는 서로간의 존경심에 예의를 감추지 않았다. 죠안도 그의 감사함과 공경을 심심히 표했다.
　"어서 오십시오. 우콘 님, 죠안님." 하고 빈첸시오도 허리를 숙여 인사를 하자,
　"만나보니 반갑소, 신부님, 빈첸시오. 앉읍시다." 하며 손을 내밀어 악수를 청했고 빈첸시오도 그와 죠안과 악수를 나누고 마주 앉았다.
　"카이오 전도사와는 형제 같겠구먼." 하고 카이오를 돌아보며 말하자,

"예, 그럼요. 빈첸시오는 유키나가 님께서 늘 후원해 주셨죠." 하는 카이오의 대답에 그는 빙긋이 만족해 웃으며 빈첸시오를 바라보았다.

"유키나가 공이 언젠가 내게 그대 말을 했소. 신학교 생도가 된 것을 자랑하며 말이요."

"고명하신 존함을 듣고도 인사를 올리지 못했습니다. 저가 수년 전 카이오 형제를 만나러 다카쓰키 성당을 들렀을 때에도 우콘님께서 에도에 계셔서 인사드리지 못했습니다. 용서하십시오." 하며 빈첸시오가 말했을 때 그는 사르르 눈웃음을 지며 죠안을 바라보았다.

"예절과 학식이 뛰어나다고 유키나가 님의 생전에 말씀하시더니—" 하며 죠안이 치사를 했다. 분위기는 자연스러웠으나 무척 가라앉아 있었다. 셋은 일부러 그런 자리를 마련해 준 주임 신부에게 감사하며 돌아가는 정황과 장래에 대한 걱정 등 여러 이야기들을 나누었다. 이들을 위해 빈첸시오와 부제, 보좌 신부는 교회내의 사무실에서 자신들의 잠자리를 만들고 방을 내어 주었다. 그들이 떠나던 날 아침을 수도원의 식당에서 수사와 전도사, 수도 사제들과 함께했고, 그들을 위해 성가를 부르며 이별을 아쉬워했다. 그러나 모두는 신앙을 증거하며 떠나는 우콘 일행을 위해 기도하고 만 번의 성모송을 바치겠다고 약속해 주었다. 까르발료 신부와 우콘과 친분이 있었던 여러 신부들과 빈첸시오, 보좌 신부 일행은 이들의 배에 올라 강제 추방을 당하는 사람 모두를 위해 미사를 드렸고 9월 초 나가사키 항과 붙어 있는 키바치(木鉢)에서 낡은 범선 산타 로사 호는 필리핀으로 떠났다. 350여명으로 그다지 크지 않은 배는 상갑판까지 사람들로 북적거렸다. 순풍에 열흘이면 도착할 수 있는 마닐라에 폭풍을 만나 3주가 지나도록 바다에서 표류하다가 죽을 지경이 되어 마닐라에 입항했다. 스페인 총독 후안 데 실바가 표류하던 이 배를

242

구출해 주었던 것이고 축포로 이들을 환영했다. 우콘을 국빈으로 대우하며 오래 머물러 주기를 원했으나 이듬해 1615년 2월3일, 그는 63세의 일기로 삶을 마감했다. 그의 관은 필리핀 총독과 판사와 검사, 수사들과 시위원 등 도시의 유력자 모두가 함께 들고 마닐라 산타아나 교회로 옮겨 영결 미사 후 그곳 교회의 무덤에 묻었다.

북경

    도쿠가와의 극심한 탄압으로도 나가사키로 떠밀려 내려오는 수도자와 사제들이 아직은 넘치지 않던 1614년 2월 말, 빈첸시오가 만쇼와 카이오에게 자신의 중국행을 말해주기 이전이었다. 겨울을 지켜 낸 노인의 건강이 여의치 못했던지, 1598년에 발리냐노 신부와 함께 일본에 도착하여 예수회와 탁발수도회(당시 프란치스코회, 도미니코회, 아우구스티노회 등)간 선교의 방법 차이와 과당 경쟁에 따른 문제점을 심각하게 조율해 주던 추기경 세르쿠에라 (Cerqueira) 신부가 후임자를 정해두지도 못한 상태에서 2월 16일에 선종하자 교계가 어수선했다. 예수회 일본 관구장 발렌틴 카르발료 신부는 일본 관구를 마카오로 옮겨 가기 위해 동분서주 하고 있었고 차기 일본의 관구장이 될 분인 예로니모 로드리게스 신부가 빈첸시오를 불렀다. 로렌조 성당 주임 신부 말씀은 쇼군의 혹독해지고 있는 종교 탄압을 견뎌내기 위해 조선을 대상으로 포교를 주력할 수 있는 가망성을 찾기 위한 협의차 일 것이라고 했다. 로렌죠 성당에서 걸어서 30분쯤 떨어진 시내의 모도하카다 마치에 포르투갈 예수회에서 세운 산타 이사벨 성당 사제관이었다. 오후 3시에, 이사벨 성당의 사제나 수사도 대동하지 않고 로드리게스 신부는 혼자 기다리고 있었다. 도쿠가와에 의한 전 일본에서 그리스도교를 금지한다는 포고령과 함께 점진적으로 심해지고 있는 정신적 압박이 사제와 수도자, 교리교사들과 신자들에게 가중되고 있었고, 이미 폐쇄되고 파괴된 교토의 교회들 전철을 따르게 될 나가사키의 교회들과 그가 아끼던 디에고 카르발류(Diego Carvalho: 그는 그해 마닐라를 거쳐 월남으로 가서 이듬해 1615년에 다낭에 교회를 세웠다) 신부를 포함한 72명의 예수회 사제와 수사, 전도사가 마카오로 떠나야만 하는 현실에 그저 막막하고 답답한 심정뿐이었다.

"오, 어서 오시오. 나의 형제, 빈첸시오. 난 산타 이사벨 교회도, 형제도 보고 싶었소." 하며 손을 내밀어 악수를 청했다.

"오랫동안 인사드리지 못했습니다. 그간 안녕하셨습니까?" 하며 문안을 드린 후 함께 차를 마시고 로렌조 성당에서 조선인 신자들의 활동에 대해 얘기를 잠시 나누었다. 짐작했던 대로 그가 조선을 포교 대상국으로 삼고 입국할 수 있는 기회와 방안을 물었다. 빈첸시오는 자신이 오랫동안 꿈꿔 왔던 몇 가지 방안을 설명하며 그와 일치된 의견을 찾고자 했다.

"우선 가장 안전한 방법으로 대마도를 거점으로 하는 일본의 상인 무리에 저가 수명의 신자들과 수사나 사제와 동행하여 조선을 방문, 포교 활동 가능성을 조사하는 방법입니다. 다들 오래 전부터 생각해 왔던 것

245

이기도 합니다."

"문제는 어떤 점이 있소?"

"일본과 조선은 양국이 인정하는 수시 무역 거래를 하고 있기 때문에 매우 좋은 방법입니다. 그러나 조선에서 일본 상인으로서 활동은 흔히 조선인들이 말하는 '왜관'이라는 상업 지역에 한정되어 조선의 통치권 내에 있기 때문에 왜관을 벗어난 우리의 포교나 조사 방식이 일본과 조선에 외교 문제를 일으킬 수 있고 조선인인 저의 신분이 불안해질 수 있습니다. 현재 에도막부가 우리의 제안을 받으려 하지도, 승인하려 하지도 않을 것이라는 점도 심각한 문제 입니다. 또한 이를 무시하고 대마도주를 직접 설득하려 하면, 이미 배교하고 조선과의 관계 정상화에 전력하며 에도 쇼군의 비상한 관심을 받는 있는 소 요시도시가 우리의 청을 대번 거절할 것이 분명합니다."

"그럼 왜 이 방법을 먼저 말씀하시오?"

"지금도, 누구든지 조선 포교라고 하면 이 방법을 먼저 생각할 것이기 때문입니다."

"오, 알았소. 다음은 무엇이오?"

"제가 중국(명)에 가서 조선과 명이 친밀한 관계를 유지하고 있는 점을 이용, 조선에서 오는 고위 정승들과 면담을 통해 조선의 상황을 파악하고 포교의 기회를 합법적으로 얻는 것입니다."

"음, 상당히 우리의 포교 전통에 부합도 하고, 마테오 리치 신부의 유업(遺業)을 조선에 적응시켜 살릴 수도 있고, 조선 관리가 방문 시 그대와 대화를 통해 솔직한 조선의 정세나 포교 전망을 해 볼 수도 있고 말이야. 음, 괜찮군— 또 무슨 방법이 있겠소?"

"저가 무작정 밀선으로 조선에 입국하여 친척들을 만나고 가능할 신자들을 찾아 포교를 하며 조선 정부의 허락을 합법적으로 받아내는 것입니다."

"가능하겠소? 문제는 무엇이오?"

"가능성은 낮습니다. 문제점은 조선의 쇄국정책에 아무런 성과 없이 죽거나 쫓겨 날 수 있습니다. 평민들에 대한 선교를 먼저 하는 것은 관아와 사대부들의 반발을 반드시 불러 올 것입니다. 소위 조선의 양반들이 형성하고 있는 지배층 그룹은 그들이 지니고 있는 유학적 철학에 바탕을 둔 고루한 통치 사상에 심하게 경도되어 있으면서 사상 그 자체를 독점하고 있어 평민들의 새로운 사상이나 신앙을 허용하지 않을 것입니다. 자신들이 독점하고 있는 철학이나 사상을 흠낼 것으로 보기 때문에 경계하고 불법적 포교가 들어나게 되면, 절대 왕권을 수호한다는 자신들의 명분에 반역하는 굴레를 씌워 박해함으로써 명성을 얻으려 할 것입니다. 그들에게 서양의 사상과 물질에 대한 관심과 호기심을 먼저 키워 주어야 합니다. 결국, 양반과 사대부들의 유학에 깊게 빠진 사상부터 그리스도교를 받아들이거나 인정이라도 하게 하는 태도를 보이도록 바꾸어 주어야만 가능합니다."

"그럼 이 안도 누구나 한번쯤 포교의 방법으로 생각할 것이기 때문이다가 그대 의견이시겠구먼."

"그렇습니다."

토론은 오후 내내 계속되었다. 빈첸시오는 예로니모 신부가 그동안 여러모로 보고도 받고 조선의 상황에 대한 자료들을 분석하고 계셨다는 느낌을 받았다. 이런 점들이 둘의 의견을 쉬 일치되게 해 주었다. 중국에서 마테오 리치 신부와 같은 방법을 통한 조선 고관과의 접촉과 조선이 요구하는 신문물과 교육기관, 각종 기술과 예술도, 필요에 따라 유럽의 신무기 까지도 제공할 수 있는 여유가 있음을 알려주는 것이 필요할 것이라는 빈첸시오의 의견에도 그는 동의하고 있었다. 그러나 그런 외교적인 수단까지 고려한다는 위험한 발상은 항상 선보고 후 결정될 것이고 예수회의 전반적인 상황 검토가 먼저라는 것도 인식시켜 주었다. 조선 포교에 대한 빈첸시오의 중국행은 마카오에 가있는 카르발료 관구장 신부와 이미 협의된 사항으로 마카오에 가게 되면 관구장께서 빈첸시오의 조선 포교를 위한 중국행에 동행할 신부 한 명을 소개할 것이라고 했다. 아마도 관구장과 함께 마카오로 떠난 졸라 신부(복자 죠반니 바띠스타 졸라: Giovanni Battistia Zola)가 될 것 같으나 어쨌건 마카오에서 결정될 것이니 일본에서는 홀로 떠나는 것이란 말도 덧붙였다. 세부적인 시기와 방법, 기한은 마카오에서 결정될 것이고 이를 위해 우선적으로 빈첸시오가 중국어 공부를 바로 시작하는 것으로 결말을 맺었다. 돌아온 즉시 주임 신부를 만나 보고를 하고 향후의 계획과 중국어 습득의 시급함을 말했다. 사제와 수사, 부제들 중에 중국어를 가르칠 사람을 찾지 못하여 나가사키 중국인 상점에 들러 한자를 쓰고 표준 중국어로 말할 수 있는 사람을 구하고 일주에 4일, 가게가 한가한 월화수목 오후 1시부터 3시까지 과외를 받기로 하고 약간의 강의료를 지급토록 교회에 요구했다. 반년이 지나자 그런대로 중국어를 구사할 수 있게 되었다. 언어를 한자로 구성하는 방식과 그 한자의 의미를 이미 알고 있고 쓰는 것이 전혀 문제가 되지 않으니 말의 순서를 잡는 것은 아무런 어려움이 없었다. 다만 그들의 한자 발음과 말과 어휘의 끝을 내리고, 올리고, 그대로 유지하고 또는 내렸다가 올리고 하는 것에 따라 의미의 차이가 있다는 사성(四聲)이라는 것이 껄끄러운 점이었다. 그러나 이런 때에는 한자를 쓰면 그 뜻이 분명히 전해지니 소통이 불가능한 문제는 없었다. 그

때, 같은 나가사키 시내 산토 도밍고 성당의 도미니코회 수사가 그의 중국행을 이야기 듣고 찾아와 조선에서 빈자를 위한 구휼병원을 운영할 방법이 있는지도 함께 조사해 달라는 부탁을 받았고 프란치스코 수도회와 아우구스티노 수도회에서도 큰 관심을 나타내며 포교의 기회를 함께 하기를 요청하고 있었다. 그러나 특히 프란치스코회에서는 교회의 일본화에 대한 걱정이 지나치게 심하여 그동안에 간간히 빈첸시오 자신과 의견의 차이로 인한 작은 시비를 했던 기억도 있었다. 그들의 진실한 신앙의 포교 열망을 외면하는 것이 아니라 예수회가 중국과 일본, 나아가 조선에서 포교는 그들의 관습과 인식, 전통적인 제도까지도 이해하고 안아 주어야 할 필요성이 있다는 점을 그들은 바꾸지 못하는 인식으로 오해하고 있었기 때문이었다. 기독교 용어의 순수성을 지키는 문제, 일본인식 복장 (중국에서는 중국인식 복장)을 하는 것을 고치지 않고, 모든 불신자들은 지옥에 있다고 선포하지 않는 점, 예를 들어 공자나 맹자의 영혼은 지옥에 떨어져 뒹굴고 있다고 외치지 않는 점, 조상들의 제사나 심지어 주일이나 대축일에 일을 못하게 하지 않는 점, 늘 굶주리는 신자들도 때때로 금식을 해야 한다는 계율을 포고하지 않는 점을 들어 그들은 항상 예수회를 나무라고 싶어 했던 것이다. 어쨌든 빈첸시오는 조선에 대한 포교가 얼마나 중차대한 관심이고 중요한지를 다시 깨달았다. 중국으로 출국을 앞두고 성무일도, 기도서, 미사 전례와 스페인에서 만들고 자신이 복사한 세계지도 2매를 전도사 복장의 겨울옷, 여름옷등과 함께 챙겨 넣었다. 중국 내 활동복은 중국에서 사면 될 것이었다. 그러나 조선의 포교 가능성을 조사하는 책무에는 당사자와 일본의 예수회 이외에는 당시 동양 각국의 쇄국적인 정책으로 인해 들어내지 않고 행동하는 것이 필요했고 이 때문에 예수회의 친서나 외교 관례에

준한 대우를 요청하는 서류는 불필요했다. 그러나 합법적 신분증명을 위해 일본 예수회에서 발행하고 나가사키 다이묘가 날인한 라틴어와 일본어, 중국어로 쓴 전도사증명서를 지참했다. 그동안 예로니모 신부에게서 조선 포교 준비를 위한 세부 지침이 주어졌다. 일본에서는 전도사와 교리 교사로 호칭이 되었으나 중국으로 가서는 중국 현지인이 아닌 외국인으로서 전도사 역할을 해야 하기 때문에 선교사로 불러주는 것이 좋겠고 만약 조선에 입국하게 되면 곧 사제를 파견하겠지만 빈첸시오는 모국에서 선교하는 것이기 때문에 다른 호칭을 사용할 것이고 기간은 6년으로 한다는 등의 일반적인 사항이었다.

일본의 예수회는 실로 견디기 어려운 고난의 시기를 맞아 이들을 통해 조선 포교를 성공적으로 이끌어 내기만 한다면 나가사키의 관구를 조선의 적당한 도시로 옮겨 조선과 일본의 미래를 함께 기다리는 꿈을 실현해 볼 수도 있다고 믿었다. 그해 1614년 9월에 카이오와 우콘 일행이 마닐라 떠난 2주 후 빈첸시오는 필리핀 마닐라와 중국의 마카오, 일본의 나가사키를 오가는 포르투갈 정기 무역선을 타고 나가사키를 출발, 열흘 후에 중국의 마카오에 도착했다. 빈첸시오를 태운 갤리선이 동중국해를 쾌속 순항하는 동안, 그는 여태 경험해 보지 못한 괴로운 상념에 사로잡혀 있었다. 일본에서 예수교의 뿌리가 통째로 흔들리는 것 같은 불안과 자신이 짐작해 보는 중국에서 조선 포교를 위한 활동의 환경, 결코 쉽지 않을 조선 입국을 위해 사람들을 만나고 준비해야 할 일들이 어림조차 되지 않아 머리가 어지러웠다. 게다가 일본에서, 급박하게 변해가는 자신의 주위 사람들의 이동, 6월에 만쇼가 마카오로 가고, 9월에 카이오 형이 마닐라로 떠나고, 4월에 나가사키 부교가 집행하는 교회 폐쇄 명령에 반발하며 전 나가사키 신자들이 항의하는 거리행진을 하고, 일본 내의 모든 사제와 수사들, 전도사들, 수녀들이 나가사키로 모여들어 외국으로 떠날 날을 기다리고 있는 현상이 혼란스러웠다. 그럴수록 더욱 분명해지고 꿋꿋해지는 신앙에 대한 확신과 신뢰를 가져야 할 자신의 머리가 온갖 상념으로 가득 차 부끄러웠다. 그런 환경의 혼란스러움에서 벗어나고 싶었고 사로잡고 있는 상념을 떠나보내고 싶었다. 그날 밤 꿈에서였다. 그는 힘찬 바람을 뒤에서 받고 빠르게 앞으로 나아가는 그 배의 선수에 서 있었다. 노을 진 서쪽 하늘 높은 곳에서 그를 칭송하는 소리가 위로의 노래가 되어 들려왔다.

빈첸시오,
내가 너를 지켜보고 있다, 따뜻한 영혼을 지닌 너를 축복하며.
내가 너를 지켜낼 것이다, 용감한 너의 의지를 감탄하며.
내가 너를 보살필 것이다, 순수한 진리가 너를 감싸고 있도록.
나는 너를 영원히 살게 할 것이다, 너의 가슴에 가득 찬 진리를 펼칠 수 있도록.

항해 중에 선장과 함께 사관실에서 식사를 할 때면 그는 때때로 화란과 영국을 대놓고 비방하는 선장의 말을 들어 주어야 했다. 당시 극동의 바다에서 포르투갈의 무역선은 서서히 그 자리를 화란과 영국에게 내어주고 있었기 때문이었다.

이것은 1588년에 영국이 스페인의 무적함대를 격파해 버린 이후 1600년도 인도에 "동인도회사(East India Company, Governor and

Company of Merchants of London Trading into the East Indies)"를 설립하고 이어 1602년에 화란이 "동인도회사VOC (Vereenigde Oostindische Compagnie)"를 세워 양국이 경쟁적으로 인도양과 아시아 연안에서 만적한 포르투갈 선박을 나포하기도 하고 마카오에서 포르투갈의 무역선(주로 중국의 비단 수출선)의 활동을 저지하기 위해 함포 사격과 같은 무력으로 제해권을 뺏고 그들의 일본 정기 무역 항로를 폐쇄하려 했기 때문이었다. 바다의 가톨릭 세력이 개신교의 화란, 영국 세력에 자리를 넘겨주고 있는 셈이었다. 1606년에서 1608년 사이에 일어난 이런 유럽의 대항해시대 시작과 국가들의 경쟁으로 일본의 무역은 점차 화란에 의지하는 결과가 만들어진다. 영국은 수년 전부터 시작한 아메리카 신대륙 이민 관리, 인도와 무역에 주력하면서 스페인의 식민지 필리핀과 화란의 주 거래국 일본에는 관심이 적기도 했으나 두 나라간 외교적인 지역 분할이기도 했다.

마카오에 도착 즉시 콜레지오와 함께 있는 수도원으로 가서 카르발료 관구장을 찾아 문안 후 조선 포교 임무 부여에 대한 말씀을 드렸다.

"오, 빈첸시오가 드디어 왔구나.""관구장 신부님, 그사이 건강하셨습니까? 예로니모 로드리게스 신부님의 문안을 여쭙습니다."

"고맙네, 난 잘 있네만 이제 늙었어. 기력도 쇠해지고 있고. 그래, 빈첸시오 그대가 중국에서 조선 포교를 위해 애쓰게 될 것에 나도 예로니모 신부와 의견이 같았어." 하고 말한 후 자신의 조선 포교에 대한 깊은 관심에 대해 빈첸시오와 한참을 대화했다. 그리고 빈첸시오를 기다리게 한 후, 다른 방으로 가서 졸라 신부를 대동하고 왔다. 빈첸시오는 얼른 자리에서 일어나 졸라 신부를 맞았다.

"졸라 신부님, 이렇게 마카오에서 다시 뵙게 되니 참 좋습니다. 안녕하셨습니까?"

"아, 빈첸시오 님, 이렇게 저를 찾아 주시고 함께 중국에 가게 되었다니 너무 기쁩니다."

하며 만면에 미소를 띠우고 빈첸시오의 곁에 앉았다.

"빈첸시오, 예로니모 신부께서 말씀이 있었을 것이다. 중국행에는 죠반니 (졸라) 신부가 동행할 것이다. 둘이 서로 잘 알고 있지? 그동안 난 죠반니 신부에게, 마치 예로니모 신부가 빈첸시오에게처럼 중국에서 임무를 상의하고 결정해 주었다. 우리가 기대하는 일이 반드시 이루어지기를 희망한다."

관구장의 말씀대로 이튿날 오전 졸라 신부와 함께 마카오 주교 레오나르도 데 사아(Leonardo de Saa) 신부를 문안하고 나가사키의 예로니모 로드리게스 신부의 안부를 전하며 조선 포교에 대한 일본 관구의 열망과 계획을 말씀드렸다. 인사 후 콜레지오 사무실을 찾아 마루티노 신부와 만쇼를 찾았다. 만쇼의 입학이 걱정했던 대로 이루어지지 못하여 인도의 고아로 출발했고 그들을 보낸 다음 마루티노 신부도 당분간 마닐라에서 활동할 계획을 세우고 필리핀으로 떠났다는 이야기를 들을 수 있었다. 만쇼가 마루티노 신부의 도움을 분명히 받았을 것이고 그런 경우에 까지 대비하고 일본을 떠났었다는 생각을 하며 마음속의 안타까움을 달랬다. 대충 그동안의 이야기를 들은 졸라 신부가 빈첸시오를 위로해 주었다. 마카오에는 이미 예수회 수사와 수도사제가 열다섯이 있었고 주민이 약 일만으로 그중 포르투갈인은 천여명이었다.

빈첸시오가 일본을 떠난 후 떠난 후 도쿠가와의 그리스도교 씨를 말리는 정책은 착착 실행되고 있었다. 나가사키에 우콘 일행이 도착 전, 나가사키에 주재하는 쇼군의 행정관 부교가 이미 교회를 폐쇄토록한 명령에 예수회는 우선 이를 따를 수밖에 없으며 다른 기회를 기다려야 한다고 믿고 조용히 지내고 있었으나 사쿠라마치에 있던 프란치스코회의 샌 프란치스코 교회, 아우구스티노회의 산 아우구스틴 교회, 도미니코회의 산토 도밍고 교회는 부교의 명령을 어기고 정상적으로 매일 미사를 운영하며 부활절과 성 목요일 축제와 함께 대규모 미사를 올렸다. 미사후, 대규모의 신자가 참여하는 시가행진을 하며 순교자 기도를 반복하고 힘차게 계속해서 성가를 불렀다. 드디어 5월 12일에는 예수회도 산하 "토도스 로스 상토스" 교회에서 천여 명이 참여하는 대미사를 치렀다. 이후 여러 교회가 합심하여 미사를 드린 후 만여 명이 거리를 꽉 채우고 행진했다. 그들은 압제자들에 대한 죄의 사함을 하느님께 빌고 이들의 압박과 두려움을 떨쳐내고 그리스도 신앙을 위해 기꺼이 목숨을 바치는 각오를 새롭게 하였다. 도쿠가와 (시대는 도쿠가와 이에야스의 9남인 오와리 도쿠가와가尾張德川家의 도쿠가와 요시나오가 통치 중. 1610-1650, 도쿠가와씨의 분가인 도쿠가와 고산케 중 으뜸 가문. 오와리 주나곤가尾張中納言家, 오와리가尾張家, 비슈가尾州家로도 불린다)는 공포를 느끼기에 충분하였다. 만약 그리스도 연합군을 외국에서 불러오기라도 하면 그들의 신무기와 새로운 전법을 물리쳐 이긴다는 보장이 없었다. 씨를 말린다는 도쿠가와의 결심은 이런 무서운 집단행동을 보고 더욱 철저해지게 되었다. 그러나 떠나는 예수회는 계획을 변경하지 않았다. 배가 준비된 10월 27일에 마지막 미사를 거행했고 11월 초순에 두 척의 배로 마카오와 마닐라로 출항했다. 여기에는 예수회와 탁발 수도회 (Mendicants: 도미니코회, 프란치스코회, 아우구스티노회 등) 선교사와 사제들, 그동안 양성된 일본인 전도사와 부제, 수사들, 일본의 명성 있는 예수교인들과 그 가족들, 일본인 수녀들과 세미나리오와 콜레지오의 학생들과 일본의 협력자들까지 모두 승선했다. 대략 400여 명이었다. 떠나지 못하거나 거절하며 숨어든 그리스도 교인들과 사제와 수도자들, 선교사와 수녀들은 추적하여 찾아낸 후 배교를 강제하고 따르지 않는 자들은 추방이나 극형을 당하도록 예정되어 있었다.

이들이 떠난 며칠 후 나가사키의 교회들은 철저히 파괴토록 명령되었다. 10월 말부터 쇼군(도쿠가와)의 나가사키 행정관 하세가와 사요에는 도시의 북쪽 끝자락에 있는 산 후안 바티스타 성당에서 머물며 오무라 성주인 오무라 스미요리를 앞세워 모든 교회를 파괴할 때까지 지휘소로 사용했다. 오무라 부하들과 사가현에서 온 이에야쓰의 집행관들이 합세하여 산 안토니오와 산 페드로, 산토 도밍고 성당의 철저한 파괴를 각각 장소를 나누어 감독했다. 11월 3일에 모리사키 곶에 있던 예수회의 세미나리오와 콜레지오 등 부속 건물까지 파괴하면서 모든 석재와 목재 재료들을 철저히 부수고 분쇄하여 다시 사용할 수 없게 만들어 버렸다. 그러나 이숨시오 성모승천교회는 내부를 완벽히 파괴했지만 겉모습은 그대로 두고 다른 용도로 사용할 준비를 했다. 다른 교회들은 톱과 도끼로 마지막 하나의 기둥뿌리까지 찍어 없애려 하였으나 일이 더디어지자 여기에 불을 지르라고 명령하고 5일간 불태웠다. 산타 마리아와 산 후안 바티스타 교회도 11월 5일에 이런 절차에 따라서 파괴되었고 이틀 후 산 아우구스틴 교회를, 11월 9일에 산 안토니오 교회를 불태웠다. 11월 10일에 산 페드로와 산토 도밍고 교회도 철저히 파괴 후 불태웠고 마지막으로 디에고 샌 프란시스코와 산티아고 교회가 11월 15일에 불탔다. 남겨진 신자들은 자신들의 교회가 파괴된 후 주춧돌 까지 깨부수고 불태우는 모든 장면을 숨어서 지켜보았다. 그런 파괴에도 견디낸 몇 군데의 성소는 다다미와 목재를 빼내어서 다른 용도로 사용토록 폐쇄해 두기도 했다. 다테야마 산자락에 있으면서 교회 신자들의 무덤과 가까웠던 교회인 토도스 로스 상토스와 산 미겔 성당이 그러했고 가사가라 산 아래에 있던 산 로렌죠 조선인 성당과 우라카미의 산타 클라라 성당도 남겨져 결국 불교 사찰로 변했다. 그러나 나가사키에 있던 7개의 병원은 파괴를 면하고 구휼 의료 종사자들도 당분간 별도 조치 시까지 계속 진료를 할 수 있도록 해 주었으나 의료 봉사를 하던 수사나 수녀들은 떠나야만 했다. 이렇게 해서 도쿠가와에 의한 그리스도교 추방은 모든 절차를 끝낸 듯 했다. 이때부터 쇼군과 다이묘들은 일본 각지의 그리스도교인들을 죄인으로 잡아들이고 배교를 강요하여 따르지 않을 시 잔인한 고문으로 순교하게 만들었다.

1614년 당시도 나가사키는 일본에서 가장 중요한 상업항이자 외국 문물이 넘치는 곳이었다. 그 중심에는 무역상대국 포르투갈 상관 외에도 교회와 각 수도회의 본부가 있었고 이들은 서로 나뉘어 도시에 교회를 세우고 신자들을 돌보고 있었다. 소위 탁발 수도회와 예수회는 일본이 그리스도교 포교를 금지한 이후에도 서로 간 일본 포교 실행 원칙에 차이가 있었다. 지역의 현실을 감안한 포교 원칙으로 통치자들과 분쟁을 피해가며 무리 없이 선교에 임한 예수회에 비교하여 이단의 토벌을 가장 신성시하는 도미니코회와 프란치스코회의 선교가 유교와 토테미즘에 입각한 다신교 체제의 일본 통치 세력과 대치하는 것은 자연스러운 것이었다. 도쿠가와 이에야스는 일본이 외국의 신문물을 받아들이는 데에 처음에는 일본에 상륙한 예수회를 적절히 이용하였으나 자신이 통일을 이룬 현재에는 더 이상 그들이 필요치 않다고 최종 판단했다. 자신을 지키는 영국인 사무라이 윌리엄 아담스의 자문도 세심하게 귀담아들었다. 그는 장로교와 성공회를 믿는 화란과 영국이 로마 가톨릭 국가인 신성로마제국과 이태리, 스페인, 포르투갈과 종교 대립을 하여 승리했고 경제와 무력이 우세해졌다고 자랑했다. 게다가 그는 예수회 선교사나 할 수 있다고 여기던 기하학과 수학, 항해술 등 서양의 앞선 지식을 막부 관료들에게 가르치기도 했고 막부의 요청으로 선박을 건조하기도 했다. 의리가 있어 보이는 영국 사내의 이론과 기술이 유럽 지식층의 일반적인 경향으로 보이기 시작했다. 그가 설명하는 활짝 핀 문예부흥(르네상스) 시대에 독일과 스위스, 영국에서 로마 교황에 의한 통제를 벗어나는 반 가톨릭적인 기류가 탄생하여 개신교가 만들어졌다는 지식은 나가사키의 그리스도교 수도자와 성당을 무시해도 좋은 곳으로 여길 만한 근거를 마련해 준 셈이었고 이슬람 제국인 오스만터키가 동유럽의 가톨릭 국가들을 부분적으로 정복했다는 설명을 들었을 때에는 머리가 빙빙 도는 듯한 쾌감조차 있었다. 포르투갈과 무역 역할을 화란이 대신해 줄 것이었고 영국도 그들과 거래를 기다리고 있었다. 윌리엄 아담스가, 가톨릭은 그들이 주장하는 사회를 만들지 못했고 범법자나 사회의 적, 가난과 핍박을 해결하지도 못했으며 이슬람(무슬림) 교도들 공격을 제대로 물리치지도 못했다는 점을 환상적으로 강조했을 때 그의 머릿속에는 '별게 아니구나'하는 반그리스도교적 사상이 아무런 두려움 없이 확고하게 자리를 잡게 되었다. 오히려 영국과 화란 등에서는 이렇게 됨으로서 휴머니즘과 문학의 부활, 신기술과 지식의 발전, 신대륙의 탐험과 상업의 발달, 국가적인 부의 축적과 이에 따른 인간들의 가치관이 변화되는 엄청난 개혁이 이루어지고 있다고 주장하는 소리가 귀를 또 즐겁게 해 주었다. 굳이 나가사키의 가톨릭을 그대로 두어서 만에 하나, 그가 늘 두려워하고 있던, 가톨릭 연합국 함대를 일본으로 불러들여 각종 신무기로 무장한 그들과 전쟁을 벌여야 하는 우를 범할 필요도 없고, 그들이 그리스도교 다이묘들과 합세하여 자신에게서 전권을 빼앗아 필리핀이나 마카오처럼 스페인이나 포르투갈의 식민지라도 되어버리는 격정을 하고 싶지도 않았다. 자신의 안정적인 통치 기반을 조속히 강화하기 위해, 황궁과 불교도 다이묘들의 불만도 잠재워야 했다. 일본의 그리스도교인 다이묘들이 그럴 리는 없겠으나 '만사불여튼튼'을 매일 자신에게 주입하며 그리스도교 적대사상을 머리에 새겼다. 도쿠가와는 그리스도교를 몰아내기 위해 매우 구체적이고 장기적으로 가혹한 박해를 가하는 다음과 같은 네 가지 원칙을 세우고 철저히 실행토록 독려했다.

첫째, 통치에 방해가 되는 그리스도교 종교 세력을 완전히 몰아내고 포르투갈 상인들은 순수한 상업적 거래 목적으로 나가사키에만 상관을 유지하게 한다(역사는 1634년 이후 2년에 걸쳐 만든 나가사키 인공섬 데지마에서 상관을 1636년부터 포르투갈에게 유지하게 하다가 결국 1639년 화란에게 일본과 무역 독점권을 넘긴다. 데지마에 한정해서 외국인 거주를 허용한 도쿠가와 쇼군은 이러한 방법으로 기리시탄 세력 확산을 적극적으로 막았다).

둘째, 모든 일본에서, 특히 나가사키를 중심으로 신자들을 수색하고, 신자들이 모이는 장소를 제거한다. 이를 위해 모든 교회와 성소, 성물을 파괴한다.

셋째, 제거된 교회는 불교 사찰이나 반 그리스도교적 장소로 사용한다.

넷째, 기리시탄으로 적발된 사람은 민간인, 선교사, 사제, 철학자나 동료를 막론하고 체포 구금하여 개종하지 않을 때는 사형에 처한다.

4월에는 거의 대부분 남여 수도자와 사제들이 나가사키에 집합하여 그리스도 신앙의 자유가 있는 마카오와 필리핀으로 떠날 준비를 하게 되었다. 그러나 그들이 타고갈 수 있는 배는 늦여름에나 입항하여 늦가을이나 초겨울에 출항할 수밖에 없어 그때까지 모든 선교회가 기다릴 수 있도록 허락되었을 뿐이었다.

일본에서 머물 때, 죠반니 신부는 주로 혼슈의 중부 지방에서 선교를 하고 있었으나 나가사키에 오게 되면 이상하게도 빈첸시오와는 반드시 만났다. 우연히, 또는 죠반니 신부의 교회 내 조선인 신자들의 일이나 한글 교본 때문이었다. 그들 자신들도 이상한 인연에 간간히 놀라기도 했지만 제일의 원인은 죠반니 졸라 신부의 깊은 학문적 성취와 빈첸시오의 끝없는 학구열이 서로 비슷한 때문이었다. 그들의 이런 친숙함이 함께 중국행을 하도록 결정한 배경으로 짐작되었다. 빈첸시오보다 여섯 살이 많은 그와 중국에서 활동 방안에 대해 수시로 협의하고 의견을 조율했다. 또 둘은 로드리게스 예비 관구장이 미리 요청해 두었던 중국인 안내자의 도움을 받아 마카오에서 중국의 풍물과 관습을 몸으로 느껴

가며 활동을 원활하게 하기 위한 지식을 습득하려 애썼다. 중국 체재를 관구에서 허락받은 기간은 6년이었다. 넘고 지나야 할 산과 바다, 험난한 지역을 예상하고 대비한다는 생각에 휴식을 위해 종교 활동이 원만하고 전망이 있는 마카오에서 2주간쯤 머무르며, 사전 조사로 마카오를 중심으로 한 인근 도시들에 흩어져 있는 교회를 방문하기로 했다. 포산과 산타오 등 광주(廣州)의 여러 지방을 순회하며 지역 내의 교회와 조선 반도에 이식할 수 있는 전교의 길을 찾아보았다. 그러나 현재 전반적인 조선의 정치와 경제적 상황이 무지한 자신으로서는 조선에 대한 구체적 포교 계획에 반영할 수 있는 마카오 지역의 종교적 형태를, 그대로 조선에 대입하기는 어렵겠다는 막연한 판단만 할 수 있었다. 답답한 것은 당연한 일이었다. 그래서 빈첸시오는 또 다른 방법의 접근으로써 지리적인 환경에 앞서 두 나라 국민의 인성적인 차이를 발견해 보고 싶었다. 우선 이곳 중국인들의 인성(人性)을 조선의 경우와 비교해 본다면 장래의 포교 계획에 참고할 수 있는 자료가 있을 것이라고 보았기 때문이었다. 물론 일본에서의 조사로도 짐작은 할 수 있는 일이었지만, 지리 풍토적으로는 일본이 가깝지만, 역사적 통치 환경이 준 조선인의 역사와 종교에 대한 사회적 의식은 차라리 중국에 가깝다고 본 때문이었다. 중국인의 의식을 직접 대화를 통해 조사했다. 빈첸시오가 그렇게 유창하지 못한 중국어로 조사의 한계가 있었지만 그는 분명한 중국인들의 수구적인 관념적 판단과 국제 의식이 조선과 동일할 수 있다고 보았다. 그 조사를 통해 빈첸시오와 졸라 신부가 파악한 것은, 모든 중국인들은 자신들이 속한 중국이 세계의 중심이며 문화와 철학에서도 세계의 지도국이라는 아집이 매우 강하다는 것이었다. 외국과의 관계는 모두 외국의 조공(朝貢)과 중국의 시혜(施惠)라는 인식으로 이루어지고 있었고,

중국과 동일한 정도의 지적, 물질적 수준을 이룬 나라는 이 세상에 없다고 믿기 때문에 서양의 풍토와 문화에서 비롯한 종교도 인정하지 않으려는 습성이 몸에 배어 있다는 것이었다. 광조우의 마카오는 1500년도 초기 이후 포르투갈과 무역 거래에서 여러 우여곡절을 겪어 내기는 했지만 무역으로 인한 국가의 이익이 커지고 외국과 교역에서 부를 형성한 층이 두꺼워지자 자연히 경제적인 성장과 교역의 활성화가 일어나서 외국인의 거주가 늘고 중국은 이들이 수입할 물품을 생산하고 유통하는 산업에 투자를 확대하고 있었지만 그것이 그리스도교 신앙과 밀접한 관계가 있다고 보기는 어려웠다. 그러나 그곳에서 중국인들은 함께 사는 포르투갈인과 스페인인들은 당연히 교회에서 정기적 미사를 갖고 교회를 중심으로 생활하면서 생활수준도 여유가 있는 모습에서 긍정적인 영향을 받는 것은 자연적 현상이었다. 결국, 중국인들도 오랜 기간 지켜본 서양의 보편타당한 그리스도교의 진리를 인식하게 되자 신자가 되어, 매우 더디지만 자연스럽게 종교 활동은 발전하고 있었다. 그러나 1500년대 중반에 포르투갈 노예 상인들의 악랄하고 비도덕적인 행동에서, 주변의 중국인들은 서양인들은 인면수심의 야만적인 행동을 한다는 경멸감을 뿌리 깊게 갖고도 있었고 인간의 윤리를 제대로 모르는 미개인으로도 보는 부정적 인식도 없어지지 않고 있었다. 이를 해결하기 위해 명(明)조정에서는 소위 '대양이 평등정책 (對洋夷平等政策)'을 발표하여 '서양 오랑캐들을 중국인과 동등하게 대우하는 동시에 중국 문화의 혜택(무역권 허가)을 공유하게 한다고 했지만 오히려 이러한 관용적 태도가 상호간 적개심을 더욱 조장하는 경우도 있었다. 이런 중국 정부의 발표는 결국, 앞선 유럽의 문화와 종교를 멸시하면서도 그 문화의 과학적인 발전 면을 인정하고, 일부 지역에 한해서 받아들이면서도 종교의 전국적인 포교는 체제상 곤란하고 어렵다는 것을 난해하게 완곡하여 표현한 정책의 일환이었다. 그런 난제는 중국의 오랜 문화와 전통으로 굳어진 유학 사상에 바탕을 둔 우월주의가 깊게 자리하고 있으며 이를 깨부수는 만인 평등의 그리스도 사상을 전파한다는 것이 어떤 정도의 선을 넘어 발전하게 되면, 체제에 대한 도전과 위협으로 받아들여야 할 것이라고 보았기 때문이었다. 조선은 어떠할까라고 생각해 보면 우선 그런 일정한 정도의 선을 만들기 위한 항구 도시의 확보나 상인과 관료 조직을 아우르는 우호 단체나 그리스도교회를 만들 수 있을지조차 알 수 없는 시기였다. 그러나 빈첸시오에게는 오히려 이러한 척박한 조국의 환경이 더욱 찬란한 크리스천 문화의 토양으로 바뀔 수도 있을 것이라는 희망도 있었다.

여기서 간략하게 중국의 그리스도교 역사를 보자. 초기 그리스도교는 예수의 신성과 인성에 대한 견해 차이가 있어 로마에서 이단으로 단죄된 네스토리우스파에 의해 서기 635년 당나라에 전해져 '경교'라 불리며 장안에 '대진사'라는 교회를 세웠으나 당(唐) 무종의 탄압으로 850년경 소멸되고 말았다. (그러나 선교사들의 유럽과 통행 육로였던 몽골 고원에는 존속하고 있었다). 이후 1260년경 프란치스코회에서 교황 니콜라오 3세의 친서를 지참한 지오반니 신부가 원나라 쿠빌라이 칸에게 이를 전하고 선교를 인정받아 북쪽에서 교회를 세우고 많은 신자를 만들었으나 명나라에 의해 금지된 후 또 소멸했다. 이후 예수회의 프란치스코 하비에르 신부가 중국의 남부 지역 상천도(上川島)에서 그리스도교 신자를 만들자 곧이어 이태리의 교황령 '마체라타' 출신인 천재, 수도사제 마테오 리치(1552-1610 : 호는 서강西江 으로 한국의 서강대나 경제

관료 서강학파의 이름이니 실상 그의 영향이 제일 큰 곳은 한국이 아닐까?)가 1582년에 마카오에 도착 후 인근 소주와 남창의 선교에 힘을 쏟고 드디어 1587년에 남경으로 들어가 고관 명사들을 대상으로 천문학, 지리학, 수학을 가르치며 포교의 기회를 모색하던 중, 1601년 황제 신종의 신임을 얻고 북경에도 선교할 수 있는 허락을 받고 선무문 안에 교회를 설립할 수 있었다. 그곳에서 그는 오래도록 집필했던 교리서 '천주실의(天主實義)'를 탈고하여 책으로 출간했고 이어 '곤여만국전도(坤輿萬國全圖)'라는 지도도 만들었다. 모든 분야에 대한 그의 깊은 지식과 고상함, 사려 깊은 행동, 열성적인 선교의 정열은 지배층의 식자들인 서광계, 이지조, 양정균 등이 입교하는 등 많은 성과를 보였다. 그의 사후, 1644년 명나라에 이어 청나라가 중국을 지배하자 아담 샬, 폰 벨, 페르비스트 등 예수회 선교사들은 마테오 리치를 계승하여 청나라 황궁에서 학자로 활동하는 등 그 경륜과 혜안을 인정받았고 황제 강희제는 1692년 그리스도교를 공인하였다. 그러나 18세기에 접어들어 중국의 조상숭배 의식과 상제, 천제 등의 호칭이나 유학적 사상이 그리스도교리와 상충됨으로 인해 큰 문제를 낳았다. 왜냐하면 당시 로마 교황청에서는 중국의 전례가 어떤 의미를 갖는지 17세기 이후 오래도록 회의적이었던 일부 다른 수도회 수사들의 보고서가 적극 영향을 미치게 되고 결국 교황청도 의문을 갖기 시작한 때문이었다. 이 영향으로 중국은 1704년 이후 선교사의 입국을 선별적으로 허용하였다. 결국 로마 가톨릭의 중국 선교는 장기간 중단된 이후 1900년대 초 잠시 활기를 띠었으나 공산화 후 사그라졌다. 현재 중국은 교황청에서 보내지 않은, 엄밀한 의미로 보면, 그들 정부가 인준한 성직자로 운영되는 교회를 갖고 있을 뿐이고 이를 종교를 아편이라는 공산당의 통치 하에서는 당연한 것으로 우리가 인정하지 않을 수 없다.

　북경 선무문 안의 교회 사정에도 밝은 마카오의 중국인 안내자 건의
를 받아드려, 빈첸시오 일행은 육로의 험하고도 먼 길보다는 마카오 중
국인 회사의 선박 편으로 복주(福州)와 온주(溫州)에 입항하여 화물을
내리고 상해(上海) 남쪽 항주에서 양자강 대운하를 통해 북경을 가는 수
로 편을 택하였다. 이는 상해 이북 지역 연안을 항해하며 출몰하는 해상
도적의 위험도 예방할 수 있었다. 물론 운하와 연결된 수로에도 숨어 있
던 강도들이 출몰하기도 했으나 무장 선원들이 선박을 잘 호위하고 있
었기 때문에 육지 사이를 운행하는 위험은 바다를 항해하는 것보다 더
안전했다. 대운하는 수십 년 전부터 오랜 기간에 걸쳐 건설되어 운용되
고 있었는데 뱃멀미만 잘 견디면 통상 4,5개월이 걸리는 여정도 밤낮으
로 노를 저을 뱃사공이 넉넉하면 3개월 후면 북경에 도달할 수 있었다.
장사치들처럼 역참마다 머무르며 밤을 보내는 것은 정신 건강에도 결
코 좋을 것이 없다는 것을 둘은 잘 알고 있었다. 간간히 큰 도시에서 밤
을 보내고 배를 옮겨 타야만 할 때, 주위의 색주가 문화는 그들을 괴롭히
지 않을 수 없을 것이기 때문이었다. 그러나 9월의 늦여름 바다 바람은
시원했고 연안을 따라가며 즐기는 중국의 아름다운 풍경이 두 사람의
희망을 더욱 빛나게 해 주고도 있었다. 형양(榮陽)을 거쳐 심하(沁河)와
기수(淇水), 위하(衛河)를 지나 천진(天津)에 도달하면 영정하(永定河)
를 따라 북경으로 들 수 있었다.

　서둘렀던 덕분으로 1614년 10월 말에는 북경에 도착하여 마테오 리
치 신부가 생전에 기거하던 선무문 안의 남당(南堂) 천주당 사제관에 여

장을 풀 수 있었다. 마카오 출신이라고 자신을 소개한 유문휘(遊文輝: 유원후이)평수사가 북경 내 동쪽 교회인 동당(東堂)과 북경의 명소 여러 곳을 데리고 다니며 안내해 주었고 중국 내 그리스도교 포교 현황에 대한 설명도 해 주었다. 그는 마노엘 페레이라(Manoel Pereira)라는 세례명을 받았고 마테오 리치 수사의 선종을 곁에서 지켜본 중국인 수사였다. 신앙으로 쌓은 내공의 힘이 북경 내 두 군데 성당의 성화 몇 점을 자신이 그릴 수 있게 해 주었다며 으스댔지만 소년처럼 순수한 발로였고 모든 면에서 참으로 겸손했다. 빈첸시오는 그에게서 자신과 같은 신앙의 길을 걷는 모습을 발견할 수 있었고 그 또한 항상 빈첸시오를 위해 자신이 할 수 있는 일로 돕겠다는 말을 들을 때면 기분이 명랑해지며 고마웠다. 빈첸시오의 타고난 사교적 품성과 가슴 깊이 내재된 유학적 분위기와 머리에 가득 찬 그리스도의 사상이 그의 출중한 외모에서 겸손하게 저절로 들어나자 그의 심중을 감동시킨 것이었다.

빈첸시오는 우선 북경의 조선인들 거처를 조사해 보았다. 그런 과정에서 3년 전 조선의 대사헌, 주청사로 명에 왔던 이수광 대감이 마테오 리치 신부를 만나 천주실의를 선물 받고 돌아갔고, 그해 1년 앞서 천추사로 명을 다녀간 허균(1569-1618 : 그가 홍길동전의 저자가 아니란 설이 있다)이란 조선 정부의 인물이 있었다는 것을 파악했다. 큰 도움이 될 만한 소식이었다. 사대부들이 그리스도교에 대해 관심을 갖는다는 것은 분명 가까운 미래에 조선을 포교의 대상으로 정할 수 있다는 희망이었다. 북경의 남당과 동당 교회의 미사 시에 소수의 조선인들이 참여하는 듯 하다는 말을 듣고 사제관의 교적을 뒤적였으나 모두가 당연히 한자로 기록된 이름에 조선인이라는 표기가 없어서 알 수 없었다. 그러나 조선인들의 성임이 분명한 김, 박 등이 있었다. 미사 후 찾아보면 금방 알 수 있을 일이라고 믿자, 조선의 포교 기회에 대한 해답을 마치 절반쯤 찾은 듯 신이 났다. 수주 후 남당에서 미사 후 중국인과 구별이 어려운 조선인 두 남녀를 만날 수 있었다. 박 베드로와 송 비비안나 내외였다. 그들을 통해서 조선인들의 이야기를 들을 수도 있었고 북경을 내왕하는 조선의 왕실 외교관들에 대한 이야기와 만주인들 일부가 성을 김씨로, 원래의 조선인 성을 그대로 쓰고 있는 것도 알 수 있었다. 남당과 동당에는 마테오 리치 신부 후임으로 예수회에서 지명된 니콜로 롱고바르디 신부 외에, 프란치스코 삼비아시, 우르시스와 판토이아, 빈첸시오 페레리오 등의 신부와 수사, 두 중국인 수사 유원휘와 니이청이 있어 신자들을 지도하며 선교에 열중하고 있었다. 마테오 리치 신부의 노력으로 중국은 1608년에 남경과 상해, 1611년에는 항주에도 천주당을 열고 포교를 하고 있었다. 부러웠다. 빈첸시오와 졸라 신부는 조선에서도 이런 포교 환경을 어서 만들고 싶었다.

그동안 졸라 신부는 4년 전에 선종한 마테오 리치 신부의 업적과 중국의 외교에 도움을 받는 조선 포교 방법론에 대해 조사하고 매주 금요일 하루를 빈첸시오의 조사와 비교해 가며 서로 협의하고 토론하여 방향을 보완하고 수정해 가며 사람들을 만나고 이야기를 듣고 결과를 기록했다. 3개월간 포교 방향을 서로 다른 방법으로 접근해 보았다. 졸라 신부는 마테오 리치 신부의 중국인 친구들을 찾아 나섰다. 권위 의식에 깊게 동화된 그들을 어렵게 만나서 조선 포교에 대한 의견이나 정책에 관한 고려 사항을 들었고, 빈첸시오는 중국의 그리스도 교회 운영 방식을 조선에 그대로 적용하는 가능성을 조사하고, 협의해 본 결과 서로의 결론은 동일했다. 그것은 선교사와 신부들이 조선에서 유럽식 옷을 입고, 유럽식의 이름을 쓰며 유럽의 풍속을 따르게 되면 중국에서처럼 오랜 전통으로 타 문화에 적응력이 부족한 배타적 의식으로 가득 찬 공동체에서 배척 받을 것이라는 점이었다. 그리스도교의 보편타당성과 세계주의를 지향하는 것이 자신들의 유교 도리와 집단의 이익을 앞세운 국가에 대한 충성심을 해치는 것으로 보고 반발하게 만들어, 선교사들의 진심을 곡해할 것이라는 점이었다. 이것은 국가의 통치에 자부심이 지나친 나머지 자신들의 통치 이념에 도움이 되었던 재래 종교와 유교에 깊게 뿌리박힌 민족 문화가 그들이 알 수 없는 소위 서양 오랑캐의 그리스도교 문화에 의해 침범되어 대 혼란과 대척하게 될 것을 염려하여 미리 반발하는 독선적 통치자를 만날 수밖에 없을 것이란 점이기도 했다. 그러나 물론, 언제가 될지 알 수 없으나, 이런 불리한 걸림돌도 조선이 유럽과 세계화된 종교를 이해할 수 있게 된다면 그리스도교는 아주 자연스런 믿음으로 보편타당해질 것을 의심하지 않았다. 이런 점들은 선교사 홀로 결정할 수 없는 것으로 예수회 전체 또는 로마 교황 차원의 결정이 우선되어야 한다는 인식이었다. 즉, 조선의 포교에서는 오염되지 않는 테두리 내에서 불교나 유교의 승려나 학자, 그들이 예배하는 장소까지도 모두 그들의 문화로 인정하고 이해해 주는 관용의 정신을 먼저 길러야 한다는 것이었다. 마테오 리치 신부가 중국에서 포교를 실행하는 원리도 이런 범주에 속해 있었다. 그것은 예수회 창립자 이냐시오의 가르침과 알렉산드로 발리냐노 수도 사제의 선교 정신과도 일치하는 것이었다. 그러나 이런 포교 지침조차도 유럽 각국에서 발호하는 미지세계에 대한 정복욕과, 정복 후 수탈할 문물에만 관심 가득한 머리를 채우는 세력가들의 치열한 모험 정신과 이를 뒷받침하는 왕국의 권력자들이 추구하는 끝없는 재부의 추구에 의해 관용에 의한 포교 원리가 위협을 받을 수 있었다. 이들의 끝 모르는 탐욕과 무작정 배척하고 보는 이 교도들의 가톨릭에 대한 질시, 수도회 간의 치열한 경쟁의식으로 예수회 선교 정신이 흐려질 수도 있었다. 또한 그들 중 일부는 예수회 선교사들마저 그런 범주의 인간으로 오해하고 있기도 했다. 조선에서 그리스도교 포교가 극복해야 할 가장 큰 난제는, 통치 집단의 사대부들 자신이 과거로부터 만들고 이행시켜 온 문화가 세월에 따라 완벽해지고 그것이 완성적 사고에서 오는 정신적 만족이라 믿으며, 자신들이 지닌 철학은 더 이상 어떤 보완이나 개정이 필요치 않는 위대한 문화유산으로서의 가치를 담고 있다고 믿는다는 점이었다. 그 때문에 그들이 어떤 과정을 통해 그리스도교인이 되어가도록 도모하기 위해서는 우선 그들이 공유하는 철학적 가치를 인정하는 것에서 출발해야 한다고 보았다. 극심한 경쟁과 피나는 수학(修學)의 과정을 거친 양반들이, 국가의 공채 시험인 과거를 통해 엘리트로 선발된 후에도, 합격자들 간의 경쟁의식과 출세의식, 보신을 위한 파당과 집단의식은 사회의 구조상 불가피하게 인정해 주는 것이 필요하며 그들이 속한 집단의 보위나 국가의 방위에 객관적인 인식으로 도움이 되는 선교를 할 필요가 있는 것은 너무나 타당한 것이었다. 이것이 자신들이 정통 적자라고 믿는 이들이 주자전서(朱子全書)의 성리학을 따라 명리(命理)를 찾아 대를 이어 분투하는 유학적 견해를 위태롭게 하지 않으면서 새로운 사상을 받아들일 수 있는 여유를 찾게 해 줄 수 있을 것이라고 의견의 일치를 보았던 것이다. 그러나 어쩌면 이러한 개념의 선점은 타 선교회의 비판의 표적이 되거나 그리스도교의 참된 이상을 해치는 '신앙을 타협한 자'로 교황청에서조차 배척될 수도 있는 무시무시한 내용일 수도 있었다. 이를 위해서는 예수회의 클라우디오 아콰비바(Claudio Aquaviva: 1543-1615) 총장 수도자의 관심이 일본과 중국에 이어 조선에서도 그러할 필요가 있었다.

　빈첸시오가 졸라 신부와 북경을 방문 시 그들이 제일 먼저 한 것은 마테오 리치 신부의 업무를 이어받은 니콜라스 트리고(Nicolas Trigault) 신부, 디에고 폰타야(Diego de Pontaya)와 세바티노 울리시스 (Sebatino de Ursis)수사와 함께 리치 신부가 묻힌 묘지를 찾아 헌화하는 것이었다. 그들은 리치 신부가 세운 선무문 천주당 (宣武門聖母無染原罪天主堂: 원죄없는 성모의 선무문 교회)과 동쪽에 있는 왕부정의 동당에서 매일 미사를 집전했는데 통상 지방에 나가 있는 선교사 열둘 중에 서넛은 늘 북경에 머물며 두 교회의 미사에 참여했다. 열성 신자들로 교회는 언제나 자리가 모자랐고 중국인들은 도시의 남쪽에 있다는 의미로 남당(南堂), 동쪽에 있다고 동당(東堂) 이라고도 불렀다. 처음 듣는 빈첸시오에게는 남당, 동당이라는 호칭이 본당과 묘하게 섞여 이해되어 다음번 교회를 세우면 서당, 북당, 동서당과 남동당, 북서당 등이겠군 하며 혼자 슬며시 웃음이 나왔다. 동당은 북옥의 하교를 지나 자금성 쪽으로 가는 길에 있었는데 그 화려하고 섬세한 예술적 지붕 형태가 사제와 수사들의 큰 자랑이었다. 남당은 마테오 리치 신부가 손수 지은 선무문 천주당으로 그의 흔적이 교회 내의 사제관에 속속들이 그대로 남아 있었다. 중국식의 불교 사원과 유럽식의 대성당을 합한 모습의 로마네스크 양식을 본떠 어두운 색상의 벽돌로 지어 화려하지는 않지만 장엄한 겉모습이 성스러운 곳임을 말하지 않아도 스스로 나타내고 있었다.

　예수회 수도자나 사제들은 이태리, 포르투갈, 스페인과 중국인이었고 빈첸시오와 서로 라틴어나 포르투갈 언어로 소통을 하는 데에는 전혀 문제가 없었다. 함께 미사를 드리며 인트로이투스(입제송:入祭誦)와 키리에(사죄송:赦罪誦), 글로리아(영광송)와 그라듀알(Graduale:독서후 전례성가), 크레도(Credo:신앙고백), 오페토리움과 프레파티오와 상투스(봉납과 감사송), 주의 기도(Pater noster)와 평화의 찬가(Agnus Dei)에 이어 마지막 성체 배령송을 라틴어로 노래할 때면 주님의 영광과 평화가 미지의 땅에서 전례를 통해 그들에게 용기와 신념으로 변하여, 성령을 가슴 가득 채워 주었다. 음악은 그레고리오 성가보다 종교음악의 아버지로 불리는 로마의 팔레스트리나 (Giovanni Palestrina)나 베니스의 가브리엘리 다성 미사곡을 위주로 '주여, 나는 당신께 의지 하나이다(In te Domine speravi)', '신성한 날(Dies Sanctificatus)', '하느님, 당신을 사랑합니다(Te Deum Laudamus)'와 '오! 영광의 왕이여(O, Rex Gloriae)', '작은 미사 (Missa Papae Marcelli)'를 거의 매일이다시피 불렀다. 당시 로마 교회 음악은 팔레스트리나의 전성시대였다. 베이스 테너로 성가를 무척 잘 부르는 피렌체 출신의 이태리 수사 빈첸시오 페레리오가 중심이 되어 졸라 신부와 빈첸시오가 함께 여러 미사곡과 봉헌가, 찬가와 시편, 때때로 마드리갈레(Madrigale: 이태리 서정시 노래)까지 함께 악보를 보며 노래를 따라 부르면 천국의 문턱에 서서 저 멀리 고향을 내려다보는 것 같았다. 빈첸시오가 둘이 되자 사제와 수사, 전도사들은 언제나 빈첸시오 꼬레아노, 빈첸시오 마드리갈레로 나누어 불러 주었다. 나이 비슷한 둘은 유달리 서로 함께하는 시간이 많았고 대화도 거침이 없었다. 그는 유럽에서 중국의 포교 방법에 대한 프란치스코회 수도사들의 원론적인 비판을 걱정하고 있었다. 그러나 대화를 나누면 나눌수록 그만큼 동서양간 문화의 차이를 정확히 알고 있으면서 선교 방법 또한 현재의 예수회 방책이 얼마나 적절한 것인가를 현실적으로 인식하고 있는 사람은 없는 듯 했다. 이런 그와 대화를 나누면, 마치 조선의 선교가 바로 저 산 넘어 광활한 공간에 펼쳐져 있다는 착각이 되었고 행복했다.

"그들은 '신앙의 순수성은 절대적으로 보존되어야 하는 거야' 하고 고집을 부려. 그러면 난, 그 '순수성을 우리의 내부에 변함없이 보존하기 위해서 겉모습이 변한 것'이라고 말해 주지."

"그러면?"

"그들은 말장난 하지 말라고 해. 언제나 논쟁의 승자는 원리론자 편이잖아. 그들은 늘 나와 논쟁에서 월계관을 쓴 휘파람을 불곤 했지. 원리란 무한하며 변함이 없고 미래 또한 그 원리의 토대 위에 서 있을 것이라고 믿지 않는 사람은 없으니까—, 원리의 길을 너무 좁게 보고만 있는 안목이 문제인 줄은 정말 모르는 것이 문제지."

"나의 경우와 정확한 비교는 아니지만, 나도 비슷한 혼란을 많이 겪었어. 난 대대로 유교와 불교를 숭상하는 집안에서 자랐어. 태어나면서부터 그런 환경과 교육을 몸과 마음에 익혔는데, 이렇게 예수회 선교사가 되었어. 조선이 일본과 전쟁 시 포로가 되었고, 나를 사로잡은 고니시 유키나가라는 유명한 장군이 나를 신학교에 보냈어. 그런 짐작도 할 수 없는 자신의 변화에서 난 원리나 전통이나 지식이 보편타당한 바탕 위에 있지 못하면 그것은 강제로라도 변하기 위해서 존재하는 것에 불과하다고 보게 되었어. 원리란 원리가 속해 있는 환경에 따라 조금씩 그 모습이 다르게 보이는 것은 불가피해. 가령, 내가 자란 조선에서 사람들이 갖는 인생의 원리가, 일본인들이나 중국인들이나 월남인 또는 유럽인이나 사막에 사는 사람들과는 다를 수밖에 없다는 것이지. 우리는 서로 다른 양쪽을 이어주는 끈을 중간에서 잡고 있고. 그래서 우리는 포교의 현장에 우리의 전교 대상들이 두려워하거나 어려워하지 않는 복장과 언어, 심지어 행동과 관습까지도 그들과 유사하게 익혀야 할 필요가 있다고 보는 거지. 먹는 음식, 생활 습관, 주거 환경, 전통과 문화 등, 이렇게 조금씩 다른 것들이 그 원리의 기초가 되어 차이가 있을 수밖에 없게 된 것이라고 봐."

"나도 동감이야. 그러나 예수회만큼 선교의 용기조차 갖지 못한 사람들이 흔히 자신의 전교 과정에서 느낀 비애를 바탕으로 그런 식으로 비난하며 호도하는 것이 문제지, 뭐."

"으음, 호사가들이란 어느 곳에도 있지. 위선에 가득차서 자신을 숨기며 선한 모습만 대중에게 비치기를 즐기는 사람, 많은 사람 앞에서 자신의 원리주의를 찬양하며 큰 소리로 기도하기 좋아하는 사람, ―아무리 그래도, 우리의 인내에 찬 활동의 결과가 하느님 보시기에 좋으면 되는 거지." 하고 둘은 서로를 위로하며 서로 "빈첸시오" 하고 부르면서 "너?, 나?" 하고 장난도 했다. 그들의 가슴에는 언제나 어린 아이의 순수한 천진스러움이 가득 차 있었다.

마테오 리치 신부는 중국에서 포교의 개념으로 북경에 서양 문화를 소개하는 각종 서적과 기구 등을 전시해 두고 북경을 방문하는 동양의 모든 외교관의 관심이 자연스럽게 자신에게 쏠리게 하는 방법을 알고 있었다. 이런 그의 천재성은 중국에는 없는 것, 천구의(天球儀), 프리즘, 자명종, 망원경 등 과학적 발명품을 사제관의 곳곳에 널어놓고 방문객들을 맞으며 중국만이 세상의 중심이 아니라는 객관적인 증거인 세계지도도 만들어 배포했고 독일제 반사식 천체 망원경으로 토끼가 계수

나무 아래에서 절구방아를 찧는다는 달도 아주 가깝게 보여주며 그건 상상에 불과하다는 것도 스스로 찾아내게 해 주었다. 그가 복건성 출신의 수재에게 맡겨 중국어로 번역한 자신의 저서 '천주성교실록(天主聖教實錄)'은 하느님의 존재와 섭리, 하느님에 대한 사람들의 인식과 영혼의 불멸, 교회법과 모세율법, 세례 성사와 그리스도교 종교 지식을 다룬 책으로서, 출간되자마자 중국의 지식인 사회에 베스트셀러가 되어 널리 읽히고 당연히 중국을 방문하는 조선의 사신들에게도 중국의 관료들은 '필견(必見)의 서학(西學)'으로 소개되었다. 빈첸시오는 이런 포교의 방법이 앞으로 조선의 선교를 어떻게 해야 할 것인가를 가르쳐 주어서 백 리쯤 밖에까지 환히 비춰 주는 무척 밝은 등불이라고 보았다.

"1610년 마테오 리치 신부가 선종 후 중국에 묻히며 그는 중국을 움직인 학자 반열에 들어 위대한 생애를 칭송받지 않았던가? 이후의 예수회 신부와 수사들의 활동은 더욱 활발해지지 않았는가." 하는 것이 그때까지 빈첸시오와 졸라 신부의 조선 포교에 대한 예비 조사 결론이었다. 그러나 현실은, 역사적으로, 마테오 리치 신부 사후 북경의 교회가 황실의 타 정파적 견해를 가진 고관 쉬꽝치 등에 의해 신부들이 체포 구금되기도 하고 마카오로 쫓겨나기도 하고(1616년), 곧 회복되기도 했다.

그해 11월 중순이었다. 교우 박 베드로가 조선에서 사신의 방문이 다음 달에 있을 예정이라고 했다. 명의 조정에 문의하여 조선 관료의 방문을 파악하려 애쓰기보다는 사신단의 물목 거래에 관계가 있는 박 베드로 쪽의 소식이 훨씬 빨랐다. 방문하는 자의 직위나 이름은 알 수 없지만, 이러한 평년의 방문은 궁정의 중간급 정도 직위를 갖고 있는 사대부나 명문가의 자손들, 또는 그들과 연줄이 깊게 얽혀 있는 경우가 많은 사람이 분명할 거라는 말이었다. 또한 그동안 빈첸시오의 조사와 박 베드로의 도움으로 명에 거주하는 조선인들의 개략적인 내용도 파악할 수 있었다. 명에 조선인이 많이 몰려와 살기 시작한 시점은 임진왜란이 거의 끝나가는 시기로서 수만 명의 조선인이 명군을 따라 와서 주로 요동반도에 거주하고 있었다. 당시 조선은 백성들의 이탈을 막기 위해 명군의 조선인 대동 귀국을 불허하고 출국 시 강제적인 조사를 요구하였지만 명군이나 이들을 따르는 조선인들이 신분을 감춰 가며 압록강을 함께 넘는 것을 모두 막을 수 없었다. 명은 요동 지방에 인구가 적어 농사를 짓기도, 병사를 구하기도 힘 들었기 때문에 이 지역에 집중적으로 조선인들을 분산 배치했다. 북경에도 수백 명이 살고 있는데 차츰 서로 연락을 하고는 있으나 대부분 궁핍한 살림을 꾸리느라 늘 분주하게 지내고 있었다. 이런 점들은 교회 내 조선인 신자를 늘려 나갈 필요가 있다는 점을 깨우치게 해 주었지만 명은 조선의 우방국이었기 때문에 그들은 자신들을 굶주리게 한 조국을 그리워하면서도 중국인으로 동화가 매우 빨라 일본의 조선인 처지와는 달랐다. 요양(遼陽), 천산(千山), 진강(鎭江), 광녕(廣寧), 고평(高平), 행산(杏山), 산해관(山海關), 통주(通州), 남경(南京), 양주(揚州), 등주(登州), 항주(杭州), 사천(四川) 등지에 수백 명에서 수천 명이 흩어져 살고 있는데 대부분 중국인 가정에 양자나 양녀가 되어 있거나 막노동을 하기도 했고 상인, 기술자, 군인으로 근무하는 사람도 많아 자연스럽게 조선인촌을 형성하여 살았다. 재미있는 현상은 조선인이 많이 사는 곳마다 왜병 포로 수십에서 수백 명이 절반쯤 조선인이 되어 조선인의 보호를 받으며 함께 무리지어 살고 있다는 것이었다. 빈첸시오는 이 내용을 소상하게 번역해서 졸라 신부에게 제출하면서 중국에 온 조선인 관리와 면담이 성사되면, 가능한 그를 교회로 초대해서, 그때 문의하고 협의할 내용을 미리 설정했고 이를 둘이서 계속 보완하기로 했다.

빈첸시오가 허균을 만난 것은 1614년 12월 말, 그가 북경에 도착하여 여독이 풀렸을 거라고 짐작하고 열흘이 지난 오후 2시경, 교우 이요한의 집에서였다. 허균이 머무르고 있는 옥하관(玉河館)은 남당과 매우 가까워 걸어서 10분 정도의 거리에 있어 바로 찾아갈 수도 있었으나 예절을 갖추어, 조선인 교우 박 베드로와 이 요한을 미리 옥하관에 보내 약속을 받고 삼일 후 오후에 형편이 좋은 요한의 집에서 가마를 보낸 것이었다. 남당에서 걸어 10분 정도 남쪽 거리에 있는 요한의 집은 동서남북이 방으로 둘러싸인 전통 중국식 가옥이었다. 마당 가운데 작은 정원이 있는 중상류층의 집으로 남쪽의 대문을 들어서면 왼쪽으로 헛간으로 쓰고 있는 건물이 붙어 있고 문간을 넘어서면 복도로 연결된 서쪽과 동쪽에 각각 2개의 사랑방이 있었다 그 내부 안쪽에 정방이라는 주인방이 있고 가까운 건물의 서쪽으로 큰 부엌이 있었다. 조선의 전쟁에 출정한 가장을 잃은 집을 요한 내외가 샀고 서쪽 방 둘과 부엌 일부를 베드로 내외 식구들이 사용하고 있었다. 동쪽 사랑방인 동상방에서 둥글고 큰 식탁에 급이 높은 의자 두 개와 낮은 의자 둘을 준비하여 높은 자리를 허균과 빈첸시오가 앉았고 나머지는 간간이 요한과 베드로가 방에 들면 사용했다.

허균은 빈첸시오에 비교하면 나이가 열대여섯쯤 많아 보였다. 키는 빈첸시오 보다 작았으나 평균 조선인 정도는 되었고 잿빛 도포를 입고 옷고름 위에 붉은 끈으로 허리를 묶었는데 그 끝이 술로 되어 각 술마다 정성 드린 매듭이 지어 있었다. 코와 턱에 수염을 길렀으나 조선인들이 인종적으로 가진 특성으로 그다지 짙지는 않았지만 얼굴에는 품위가 돌았다. 머리에는 속에 탕건을 하고 갓을 썼는데 풍채가 당당했다. 빈첸시오는 검은 선교사 복장에 머리를 어깨에 닿을 정도로 길렀고 그 위에 중국식의 각진 선교사 모자를 썼다. 얼굴은 수염을 길렀으나 허 균처럼 길지는 않았다. 외관은 누가 보더라도 평범한 중국인 선교사였다. 교우 박 베드로가 양쪽을 소개했다.

"이 쪽은 조선의 호조참의, 천추사로 오신 허균 대감이시고 이쪽은 예수회 선교사 권 빈첸시오 님 입니다."

서로 허리를 숙여 인사를 나누며 자신들의 이름을 한 번 더 말하며 출신지를 밝혔다.

"강릉 사람 허균(許筠)이오. 성소(惺所)라고 불러 주시오." 하며 빈첸시오의 얼굴을 조심스럽게 살피고 있었다. 빈첸시오는 그의 자(字)가 "성소"라고 하자 깜짝 놀랐고, 무슨 깊은 인연의 시작일까 하고 자신이 지닌 성소(聖召)의 의미를 생각했다.

"경상도 단성 사람 권 빈첸시옵니다. 저의 본명은 권두혁이나 세례를 받고 선교사가 되었으니 그저 빈첸시오라고 불러주십시오." 하며 공손히 허리를 굽혔다.

"자, 이리들 앉으시지요. 서 계시지만 말고." 하며 요한이 자리를 권하자 둘은 자리에 앉았다. 곧 요한의 아내 카타리나와 박 베드로의 아내 비비안나가 바쁘게 움직이며 음식을 준비했고 차를 내왔다. 두 조선 여인은 허균에게 자신들의 세례명을 밝히며 신자인 것을 드러냈다. 허 균은 다소 놀라는 표정이었다.

"아니, 모두 천주당에 다니십니까? 호오, 저만 아니고요?"

"에 그렇습니다. 대감." 하고 그들 중에서는 나이 많은 박 베드로가 대답하자 다섯은 함께 웃었다. 허균은 대체 빈첸시오가 어떤 사람인지, 만날 약속을 하면서 조금 들은 이야기는 있었지만 몹시 궁금했다. 그는 비상한 두뇌를 타고난 조선의 천재였다. 자신이 중국에 올 적마다 평소에 품었던 서학에 대한 새로운 자료나 그쪽의 공부를 많이 한 학자들을 만나고도 싶었던 차였다. 조선에서 읽은 서학에 대한 토론도 하고 싶었으나 그동안은 통역이 가운데 자리하며 함께 왔던 조선인들이 돌아가 떠벌리는 바람에 주위 사람들에게 자신의 서학 탐구 열의가 알려졌고 그로 인해 정적들에게서 핍박받은 일들을 생각했다. 그러나 이 자리의 다섯 조선인 그리스도 교인들이야 자신을 무고할 리가 없으니 오늘이야말로 아무도 자신의 서학에 관련한 만남을 모르는 바로 그날이라는 확신에, 소년처럼 순진한 기쁨이 가슴에 넘쳤다. 그러나 무작정 속을 드러내 나불대는 모습을 보이거나 중심을 잃은 질문을 하기에는 양반의 습관과 자신의 고매한 학식이나 조선의 고관이라는 신분과도 맞지 않다는 점도 자만 중에 인식하고 있었다. 하지만 그의 빈첸시오에 대한 호기심은 하나부터 열까지 억누를 수가 없는 것이었다. 어떻게 이렇게 훤칠하게 잘 생긴, 출신도 좋아 보이는 조선의 젊은이가 천주당의 선교사가 되어 자신 앞에 나타날 수 있는 건지 도대체 상상이 되지 않는 일이었던 것이다. 다만, 그의 사려 깊은 시선 속에서 지난 고난의 흔적을 짐작할 수 있을 뿐이었다. 대뜸 그도 쓰디쓴 과거의 추억에 사로잡히며 엉뚱한 말이 튀어 나왔고 빈첸시오는 미리 예상이나 한 듯 따뜻하게 대답하고 있었다.

"임진왜란 때 나는 식구들을 데리고 단천으로 피난을 갔소. 거기서 아내와 아들을 잃었소."

"저는 진주성 전투에서 포로가 되었습니다."

"나이 몇이었소?"

"열넷 이었습니다."

"실례하오만 올해 나이가 그럼, 가만 있자 임진란 이후 벌써 22년이니 서른다섯이오?"

"서른여섯입니다. 진주성 2차 전투 때, 임진왜란 발발 이듬해였습니다."

"난 올해 마흔 여섯이오. 선조 2년 기사년(己巳)이었어."

"저보다 꼭 열 살이 많으시네요, 대감. 저는 경진년(庚辰), 선조 13년이었습니다."

"호오, 아버지의 함자는 어떠하시오?"

"저의 부친은 권(權) 재(載)자 국(國)자이셨고 벼슬을 하지 않았습니다. 곽재우 장군, 최 수우당 선생과 교분이 두터우셨고 덕천 서원에도 많은 친구가 있었습니다. 저도 거기서 배웠습니다."

"부모님은 왜란을 어떻게 겪으셨소?"

"아버지는 손수 만드신 55기의 의병 기마 부대를 이끌고 진주성 방어전에 참전하여 전사하셨습니다. 저도 아버지와 함께 있었습니다. 조부모와 어머니, 형수 등 온 식구가 집안의 종들과 머슴들 수 명과 함께 고향 단성현 선돌에서 왜병들의 총칼에 돌아가셨습니다."

"허, 참으로 슬프고, 물어본 내가 민망하구려. 나도 곽재우 홍의장군이나 수우당 최 대감은 잘 알고 있소. 최 대감이야 돌아가셨지만, 내 조선에 돌아가 홍의장군을 뵙고 꼭 안부를 여쭈리다."

"나이 어린 둘째였던 저를 기억해 주실지 모르겠습니다."

"아까 형수님이라더니, 호오—, 그럼 형님도 계셨소?"

"아, 예, 식구들이 환을 당한 전날 오후 늦게, 재 넘어 사월리 서당에서 있었던 단성현 유생들의 의병 참여 회의에 가서서 마침 화를 면했으나 어떻게 되셨는지 모릅니다."

"존함이 어떻하오?"

"권두곤(權斗崑)이셨습니다. 조부와 아버지는 늘 '산(山)아'하고 부르셨습니다. 저보다 열 살 위였지요."

"나와 동갑이라—" 하며 허 균은 지니고 있던 치부책에 빈첸시오의 가족 사항과 고향을 조목조목 적은 후 다시 내어 보이며 아버지의 이름, 형의 이름 "큰 산 이름 곤(崑)", 자신의 이름인 두혁 중 혁을 "큰 불꽃 혁(爀: 혁, 염으로도 읽는다)"으로 정확히 써 두고 이것이 맞느냐고 물은 다음 심심히 위로하는 말들을 서로 주고받으며 대화를 이었다. 그런 대화 도중에 빈첸시오는 고향집과 진주성 전투에서 겪은 비극적 기억을 벗어내려 애썼고 다행히 허균도 더 이상 가족이 겪은 비극을 말하지 않으며 평소의 유쾌한 모습을 되찾은 것 같았다.

"나는 선조 18년(1585년)에 생원시에 어찌어찌 급제 후에 몇 년 후 문과를 거쳐 이렇게 녹봉을 축내는 일을 하고 있다오. 오하하하—. 내가 태어난 후 아버지는 성명가(星命家)를 불러다가 사주관상을 보게 했다하오. 거기서 나온 말이 어땠는지 궁금하지 않소? 오하하하. 사실인지 모르나 내가 제법 한자리 하겠으나 적들이 많겠다고 했다오. 오하하하."

빈첸시오는 그가 약간은 경솔하면서도 겸손하기도 하고 솔직한 면이 강한 선비로서, 뛰어난 지력을 가졌다는 느낌이었고 자신을 아무런 경계 없이 이렇게 대 해주는 이유나 목적이 있을까 하고 얼른 생각이 스쳤지만 자신이 중국에 머무르며 알아보려고 하는 조선 포교에 대해 이제 첫걸음을 이 분과 함께 시작하려는 것이라는 당초의 목적의식이 뚜렷해지며 그와의 대화에 더욱 조심과 예절을 다하며 응했다.

"조국의 모든 사정이 궁금합니다, 대감. 훌륭한 집안의 아들로서 비상한 두뇌와 애국심으로 나라를 위하시는 모습을 보고 있으니 제가 조금 떨립니다. 예."하며 미소를 활짝 띤 얼굴로 조금 과하게 칭찬을 했다.

"오하하하, 빈첸시오 선교사님, 떨리다니요? 내가 보기에는 그대가 나를 무척 재미있는 사람으로 여기는 것이 얼굴에 쓰여 있소. 안 그렇소?"

"아, 예, 우하하하하. 사실, 그러합니다. 대감처럼 용약하는 영혼을 가지고 뛰어난 지력으로 세상을 관조하시며 사는 분을 뵙는다는 것은 누구에게나 인생의 귀한 기회, 큰 영광이 아니겠습니까?."

"그렇게 유식한 아첨을 하지 마시오. 내게 대해 무얼 아신다고—, 언중유골이라잖소, 오하하하. 내가 정녕, 마치 그러기나 한 사람처럼 자만하면 어쩌려오? 그런데 대체 그렇게 하는 말솜씨는 어디서 익히신 거요? 죽 왜국에서 살았으면서—?"

"—저의 본심입니다. 그리고 대감의 진취적이고 자유스런 탐구심에 대한 이야기를 사전에 조금 듣기도 했구요. —예, 정말입니다. 다만, 저희들은 신학교에서 대화를 위한 교육을 받았고 언어의 표현법에 대해서도 가르침을 주는 분이 계시기는 했습니다."

"무슨 언어로 배웁니까?"

"라틴언어라고 모든 유럽 언어의 어머니말쯤 됩니다. 이 언어로 배우고 말하며, 소통에 문제가 있을 때는 포르투갈어나 일본어를 쓰기도 했습니다."

"그럼, 그런 나라들과 라틴어와 왜국 말을 할 수 있소?"

"예. 뭐, 좀, 그리 배워서—"

"누가 가르치오?"

"포르투갈, 스페인, 이태리 등의 나라에서 온 수사와 신부들입니다."
하며 이어서 그리스도교 사제와 수사, 선교사, 전도사, 신학교 등에 대
한 용어 설명을 간단히 했다.

"예?— 헛, 참! 조직의 성원이 대단한 것이 분명 하구료, —또 무엇을
배우오?"

"예, 철학과 신학, 천문학과 자연 과학, 산수와 대수학과 기하학, 생
물과 의학, 토목학과 건축학 등까지 현세 인류가 지니고 있는 모든 학
문이지요."

"몇 년을 배우오?"

"약 12년에서 15년입니다. 수사나 수도 사제가 되기 위해서는 그 기
간을 소신학교와 대신학교에서 배우고 실습하고 인정받아야 합니다."

"놀랍소! —그렇게 학문을 세분하여 배우시다니—, 조선에서는 어디
까지 했소?"

"임란이 나던 해까지, 저의 나이 다섯에 배우기 시작해 천자문, 동몽
선습, 격몽요결을 동네 서당서 익힌 후 9살에 덕천서원으로 가서 소학
에서부터 논어와 맹자, 대학과 중용과 시경 등을 익혔지만 그저 '봉사 등
불 값' 내는 공부였을 뿐입니다" (자신의 공부를 낮추어 겸손하게 표현
한 그 지방의 말)

"예? 그대는 나를 자꾸 놀라게 하오—, 그럼, 대학, 논어, 맹자, 중용도
모두 깨우쳤다는 말이 아니오?"

"예, 뭐, 겉핥기만 해서 깊이는 없습니다. 어리기도 했고요."

"시경, 예경, 서경에 역경(주역)과 춘추까지 전부를 열세 살 때까지 익
혔단 말이지 않소?"

"예, 그렇게 됩니까? 하하하— 열네 살까지입니다."

"음, 뭐, 열넷이나 열셋이나 말이오, 오하하하"

"저가 너무 배운 척 한 거나 아닌지 모르겠습니다. 대감 앞에서, 뭐 아무런 내놓을 것이라고는 없는 주제에 말입니다."

"빈첸시오 선교사님, 아니 권공(權公), 이제 내가 그대를 권공이라 불러야 내가 편하겠소. 이해해 주시겠소?"

"대감, 저는 빈첸시오 선교사라고 불리는 것이 좋습니다만, 대감의 마음이 편하시다면 그렇게 하시지요. 그래도 저가 공(公)이라고 불리기에는 좀, 무언가,— 예."

"그대의 학문에 대한 정열과 성취는 나하고는 비교할 바가 아닌 듯하오. 내가 많이 배우겠소. 아 참, 그 포르투갈인지 스페인인지 하는 나라들에서 왔다는 수사들 말이오, 그들의 학문이 그렇게 뛰어나오?"

"대감, 서양의 학문은 조선과 비교해서 매우 실리적이고 현실적이며 인간적입니다. 왜국이 저렇게 조선과 전쟁을 하고도 또 강대한 힘으로 자라는 것도 이런 서양의 학문과 물자를 받아들이기 때문입니다."

"그래, 임진왜란 때 이여송이 가지고 왔던 불랑기포(佛郞機砲, Frankish gun, 포르투갈의 십자군이 사용하던 버소스 포를 마카오에서 명에 전한 것)니 하는 신식 무기들이 모두 서양의 그런 나라에서 왔다고들 했지."

"대감, 여기 지도를 하나 드리겠습니다. 만국전도입니다." 하며 빈첸시오는 준비했던 지도를 품에서 꺼내어 허균 앞에 펼쳤다. 아시아와 유럽과 아프리카, 아메리카 대륙이 있고 조선과 일본은 조그만 하게, 중국은 꽤 넓으나 유럽과 아메리카에 비교하면 별반 크지도 않는 모습을 허균은 눈여겨보고 있었다. 한자로 쓰인 국가들의 이름을 읽으며 그의 얼굴은 환하게 빛나고 있었다. 둘의 대화는 어느덧 저녁때까지 이어졌고 두 조선인 신자 내외는 신나하며 둘을 위해 저녁 밥상을 조선식으로 소박하게 준비해 주었다. 쌀로 빚은 탁주를 맑은 술로만 걸러 만든 청주도 있었다. 빈첸시오에게 조선식 밥상은 중국으로 떠나오기 전, 나가사키의 교우집 이후에 처음이었다. 둘은 알맞게 잘 익은 청주와 안주를 즐기며 저녁을 먹었다. 빈첸시오는 정유재란 이후 수 없이 많이 잡혀온 조선인 포로와 그들을 구출해 내고, 그들이 그리스도인이 된 과정과 나가사키의 조선인 교회를 조선인의 힘으로 세운 이야기를 했다.

허균은 빈첸시오와 함께 천동설과 지동설, 평평한 지구와 둥근 지구, 지구의 끝에서 한없이 공간으로 흘러내리는 바다 등, 그의 가졌던 지리학에 대한 관심과 새로운 지식을 터득해 가며 논했고 둘은 함께 웃기도 하고 한숨을 쉬기도 하고, 의분에 몸을 떨며 분노하기도 했다. 상을 물린 후 조선식으로 숭늉까지 마신 후 허균은 이제 돌아가야 할 시간이 되었다고 말하고 일어섰다. 예정했던 시간보다 2시간을 더 넘겨 오후 6시경이었다.

"또 뵐 수 있으면 합니다. 대감."

"나의 뜻도 그렇소. 권공. 닷새 후 만나기로 합시다. 이번엔 권공이 머무른다는 남당의 사제관이란 곳을 보고 싶소."

"예, 무어든지 제가 할 수 있는 일이라면 모두 하겠습니다. 제가 거처하는 곳으로 오시겠다니 정말 감사합니다. 금요일이라면 오전부터 시간을 맞출 수 있습니다."

"아마, 오전 열시경이면 좋을 것 같소." 하며 상 아래에 두었던 자그마한 문집을 한권 내밀었다.

"죽은 내 누나인 허난설헌(許蘭雪軒) 문집이오. 중국 친구들이 북경서 책으로 내어 주었소." 하며 활짝 웃었다.

"감사합니다. 잘 읽겠습니다." 하고 두 손으로 공손히 받아 손에 쥐었다. 허 균이 그들 돌아보며 깜빡 잊고 있었다는 듯 물었다.

"권공의 본 이름 중간자는 어떻게 되오?"

"말 두(斗)자입니다. 끝 자가 불꽃 혁(焱)이고요."

"정말, 그대는 큰 불꽃처럼 내게 다가오는구려, 허허허." 하며 허균이 얼마간의 돈으로 저녁 값을 치르려 했으나 두 내외는 "죽어도 받을 수 없습니다. 두 분이 저희 집에서 자리를 함께해 주시어 얼마나 큰 영광인지 모르겠습니다" 하며 극구 사양했다. 허균은 그들이 빈첸시오에게 크게 의지하고 있는 모습을 읽었고 그들 사이의 신앙과 존경, 서로 격의 없는 대화나 겉으로 드러난 예의바른 행동과 말하지 않아도 드러나는 사랑의 표현이 부러웠다. 그들 내외는 모국 조선에 전교를 온 마음으로 빌고 있다는 것을 이해하니 뭔가 가슴에 콱 막혀오는 것이 느껴졌다.

돌아온 사제관에서 빈첸시오는 졸라 신부의 방으로 가서 한 시간쯤을 허 균을 만난 이야기를 상세히 나누었고 다가오는 금요일 오전 10시경에 그가 사제관으로 방문할 예정에 둘이 함께 만날 약속을 하며 그날 나눈 대화를 다음날 요약해 정리 보고하고 만남에 대비한 예정 대화를 서로 생각해서 다시 협의하기로 했다. 오늘의 만남이 서로간의 탐색이었다면 다음번 만남은 그가 말하는 서학, 빈첸시오가 말할 천주학에 관한 것이 될 것이었다. 헤어질 때 이미 허균은 그가 광해군 원년(1601년), 북경에 형조참의 자격으로 사절단의 일원이 되어 북경에서 구한 천주교 기도문을 읽고 명상하며 그 깊은 뜻에 이르기 위해 애를 썼으나 아직 뭔가 뭔지 모르겠다는 말에 빈첸시오는 몹시 흥분하고 있었다. 침소에 들기 전 하루의 저녁 기도를 하고 허나설헌의 문집을 들고 잠자리에 들었다. 그녀의 여러 한시(漢詩) 중에서 마음에 차는 것이 있었다. 귀양 가는 오라버니 하곡(허균의 형 허봉의 자)을 생각하는 글이었다. 줄리아와 베네딕타 수녀가 불현듯 그리웠다. 어디서 무엇을 하며 귀양 생활을 하고 숨어 다니며 수녀로 지내는지 눈시울이 달아올랐다.

송하곡적갑산(送荷谷謫甲山)-----허난설헌(虛蘭雪軒) : 하곡 오라버니를 갑산으로 보내며.

원적갑산객 (遠謫甲山客) 멀리 갑산으로 귀양 가는 나그네
함원행색망 (咸原行色忙) 함원행 모습이 황망하구나.
신동고태부 (臣同賈太傅) 신하의 심정은 고태부일 망정,
주기초회왕 (主豈楚懷王) 임금은 어찌 초회왕의 마음이리오. (충절을 몰라준다는 말)
하수평추안 (河水平秋岸) 강물은 가을 강 언덕을 고요히 흐르고
관운욕석양 (關雲欲夕陽) 변방의 구름은 석양에 물들었구나.
상풍취안거 (霜風吹雁去) 서릿바람 불어와 기러기 날아가니
중단불성행 (中斷不成行) 괴로운 마음이 글 다 못 쓰게 하는구나.

이렇게 감성적인 시를 지을 수 있는 누나가 있었다면 그는 얼마나 행복한가 하는 마음과 함께, 이런 뛰어난 글재주를 지닌 허난설헌은 대체 어떤 여성인지도 궁금했고 자신이 어렸을 적에 시집을 떠난 두 누나가 그립기도 했다. 곱고도 강인한 조선 여인의 아름다움이 절절히 흘러내리고 있었다.

금요일 오전 약속보다 일찍, 9시가 지나자 그가 사제관으로 혼자 걸어서 왔다. 보내겠다는 가마를 거절한 것이었다. 졸라 신부는 그에게 전달하고 싶은 새로 나온 중국어판 기도서와 교리서, 자명종 시계와 산수학(算數學) 책을 그리고 빈첸시오는 자신이 쓴 한시 한 수를 준비했다. 교회에 양해를 구하고 미리 준비해 둔 응접실에는 세 사람 외는 하루 동안 출입을 금했다. 사제관 식당의 중국인 조리사가 차와 물이 담긴 주전자, 과자를 담은 쟁반을 준비해 두고는 다시 출입하지 않았다. 둥근 탁자에 둘러앉은 모습이었으나 팔걸이가 있는 의자는 널찍하고 편안했다.

"대감, 죠반니 바띠스타 졸라 신부님을 소개드립니다. 이태리 반도 북부의 브레시아라는 도시에서 자라 로마의 대학에서 철학과 신학을 공부하고 신부가 되신 후 인도 고아의 성바울 신학대학과 마카오의 신학대학(콜레지오)에서 신학을 가르쳤습니다. 그곳에서 일본어를 익히고 일본으로 오셨습니다. 올해 마흔이십니다." 하자 법의(신부복)를 입은 큰 키의 졸라 신부가 벌떡 일어서 허리를 깊게 숙여 서툰 중국어로 인사를 했다. 허균도 급히 일어서더니 맞절을 하며 인사를 받고 조선어로 대답했다.

"죠반니 졸라 신부입니다, 대감. 많은 가르침을 주시기 바랍니다."

"아, 신부님, 전 허균이라고 합니다. 조선에서 왔습니다." 하며 졸라 신부가 내민 손을 잡고 흔들며 악수를 한 후 자리에 다시 앉았다. 허균은 6년 전부터 내리 3년으로, 올해는 두 번, 형조참의와 호조참의 자격으로 천추사(千秋使)로 북경을 방문하고 있다고 하자 이를 빈첸시오가 포르투갈어로 통역했다.

조선에서 명나라에 일 년에 4회 정기적으로 중국에 파견하는 사절로

서 황제나 황태자의 생일이나 동지나 새해 등에 황제의 숭덕을 기리는 사절을 천추사라고 한다는 설명을 하자 졸라 신부는 '양국이 그렇게까지 수직적인 친밀한 관계를 유지하는 이유가 뭘까?' 하고 생각을 해 보는 듯 고개를 갸우뚱 갸우뚱거리자 이를 눈치 챈 허균이 빈첸시오에게 말했다.

"권공, 그 너무 조선이 굽실거리는 이야기는 하지 마시오. 난 정말 이런 천추사 노릇에 지쳤어. 되놈들에게 속에도 없는 말로 아첨을 떤다는 건 나에겐 도대체 어울리지 않는단 말이야."

"그 말씀까지 통역하겠습니다, 하하하." 하며 빈첸시오는 조선 사대부들의 명에 대한 사대사상과 허균의 반발을 간략히 설명했다.

"호조참의라고 하시는데 참의란 어떤 직위입니까?" 하고 신부가 묻자 빈첸시오가 통역 후 허 준이 대답했다. 이런 절차가 졸라 신부가 궁금하게 생각하는 모든 점들이 밝혀질 때까지 두 시간쯤 계속되었다. 일종의 나라간 회담에 앞서 서로의 신임장을 제정하는 절차와도 같았고 허균 또한 졸라 신부에게 자신이 궁금한 문제들을 물었다. 빈첸시오가, 형조나 호조 참의에서 참의의 뜻이 정3품 당상관으로서 조선의 관직 중 정책 결정에 참여하며 정사를 왕과 함께 논하는 자리이기는 하나 정2품과 종2품의 판서와 참판이 위로 있고 아래로 정5품과 6품의 정랑과 좌랑이 있다는 설명을 자세히 하였으나 졸라 신부에게는 난해했다. 그는 일본의 다이묘들과 수하의 신하들이 갖는 단순한 품계의 직책과 호칭을 염두에 두자 조선의 이런 복잡한 직제와 호칭이 잘 이해되지 않았고 우선 발음조차 제대로 할 수 없었던 것이었다. 허균 또한 마찬가지였다. 예수교의 총 본산 로마 교황청이 있고 그 아래로 해외의 선교 조직이 있으면 되었지 어떻게 각 수도회로 나뉘고 수도회는 각 나라에 흩어져 있으면서 서로 다른 나라의 수도자들이 함께 섞여 있으면서도 한 가지 언어로 소통을 한다는 것이 마치 거짓말처럼 여겨졌다. 선교사나 신부와 수사의 차이, 배움의 과정 등도 조선인의 관점으로는 매우 이해하기 곤란한 부분이었다. 특히, 수사나 신부가 신학교를 똑같이 졸업하면서 서로 다른 호칭을 받고 평생 그 길을 걷는다는 것은 참 이해가 되지 않는 것이었다. 똑같이 공부하고 한 사람은 신품 성사를 받아서 천주당의 운영에 직접 관여하여 교회의 권위를 지키고 신자들의 존경을 한 몸에 받는 수도 사제가 되고, 한 사람은 신품 성사를 받지 않고 평수사가 되어 천주당 운영과는 관계없이 신앙을 교육하고 신자들을 지도하고 전도하며, 자신의 영성 활동을 증진시키는 일에 몰입할 수 있는지 이해할 수 없었다. 또 신학교라고 하면 신학이나 가르치면 되었지 왜 의학이나 과학, 실용 학문까지 두루 가르치고 배우는지도 납득이 잘 되지 않았고 전국적으로 수재들을 모아서 십 수 년을 먹이고 입히며 기숙사란 단체 생활을 하도록 하고 가르친다는 것이 조선과는 너무나 다르다고 느꼈다. 수사(修士)와 수도자가 같은 의미라면 그냥 한 이름으로 부르면 되는 것을 달리 부르는지 이해도 곤란했다. 수도 사제는 수사 신부라고도 불리며 신자들을 위한 미사를 집전하거나 성체 성사나 고백 성사, 혼배 성사를 줄 수도 있지만 수도자는 그럴 수 없다는 데에는 다 같이 머리를 깎고 계를 받아 중이 되었는데 어떤 이는 목탁이 없어 불공을 드릴 수가 없다면 과연 스님이라고 할 수 있을 것인가를 생각해 보고는 혼란스러웠다. 그러나 가만히 생각해 보면, 신앙의 권력(이라고 말할 수 있을지는 모르지만)과 초연하게 하느님의 말씀을 추구하는 삶이란 더욱 고고하게 느껴지는 부분도 있고, 신자들과 더욱 깊은 관계를 이어갈 수도, 아무도 없는 산골짝에서 혼자 수도하고 명상하며 하늘의 말을 듣고 인생에 큰 깨달음을 얻을 테니 그럴 수도 있겠다는 생각이 들었다. 어쩌면 수도자의 길은 신부의 길보다 더욱 험난하고 고된 자기 절제와 희생이 따르는 일이 될 것이라는 말을 그가 하자 빈첸시오는 그저 빙그레 웃었다. 그날 만남은 점심때를 넘겨 약간의 과자와 차를 마시고 오후 2시경 끝났다. 명의 고관과 오후에 이른 저녁 약속이 있어 점심을 함께하지 못한다는 양해를 허균이 미리 구했던 것이다. 왕림을 감사하며 졸라 신부가 선물을 전달하자 허균도 조선의 명심보감과 천자문, 고려 인삼을 선물했다. 다시 1월 10일경 만나기를 기약하며 헤어질 때 빈첸시오가 먼저 아쉬움을 표하며 자신이 쓴 시를 전하고 말했다.

"대감, 지난번 주신 허난살헌 누님의 시집은 참 감동이 컸습니다. 감사합니다."

"아니오, 권공. 내가 마치 그런 소리나 듣자고 권공에게 그 책을 선물한 것만 같구려."

"무슨 그런, 내가 무안해지는 그런 말씀을―."

"내 누님 난설헌의 일생은 행복하지 못했소, ―난 광해군 초년(1609년)에 중국서 구해 갔던 '천주교 기도서'를 누님의 묘에 바치기도 했소. 마테오 리치 신부의 기하원본 (幾何原本)과 교우론(交友論)을 북경서 구해서 보고 읽은 후였소. 눈이 번쩍 띄었소. ―나이 스물여섯에 불귀의 객이 된 누님은 300여 수의 시와 그림을 남겼소. 안동 김 씨 놈들, 내 누님을 그렇게 죽였어. 흐음―."

"대감, 누님의 일이 정말 대감을 슬프게 하는구려, 대감의 천주교에 대한 관심에 감사를 드립니다―. 받아 주십시오. 기억을 더듬어가며 쓴 시입니다."

오랜만에 벼루에 먹을 정성들여 갈고 붓을 잡고 쓴 글이었다. 자신의 미련한 마음을 표현할 한시를 자작하기보다는 외우고 있던 한 수의 우정을 그리는 한시를 전하고 싶었다. 당나라 왕 유의 송별가였다. 왕유가 지었음을 아래에 쓰고 낙관이 없어서 찍지를 못하고 한자어로 권빈첸시오라고만 시의 아래에 써고 구절을 띄운 다음 자신의 모국을 향한 원(願)이란 제목으로 짧은 글을 운율에 맞추지 않고 썼다. 송별가가 더욱 돋보였다.

　　山中相送罷(산중산송파) : 산 속으로 날 찾아와 함께 벗한 친구를 보내고,
　　日暮掩柴扉(엄모일시비) : 해가 지니 사립문을 닫으며 생각해 본다.
　　春草明年綠(춘초명년록) : 내년에 봄이 오면 풀은 다시 자라 푸르련만
　　王孫歸不歸(왕손귀불귀) : 오늘 간 친구는 내년에 다시 올 수 있을까.
　　　　　　　　　　　　　　　　　　　　　　　　王維(왕유)

　　願 : 소원
　　一想到祖國 我就充滿了悲傷(일상도조국 아취충만료비상)
　　失去父母孩子 無行道理 無常學習(거실부모해자 무행도리 무상학습)
　　可我有上帝 命定我應該為祖國 父母恩患(가아유상제 명정아응해위조국 부모은혜)
　　上帝啊 讓我在朝鮮之地報答施恩(상제아 양아제조선지지보답시은)

　　(모국을 생각하니 슬픔만 가득하다.
　　부모 잃은 자식이 도리를 다하지 못하니 배움도 무상하다.

그러나 내게 천주 계시어 모국 위한 내 일을 정해 주셨으니 부모의 은혜구나.

천주여 저가 조선 땅에서 베푸신 그 은혜 갚게 하소서).

허균은 시를 읽고 아무런 표정도 짓지 않고 접어서 책 속에 넣더니, "그만 가겠소." 하고는 수행자도 없이 혼자서 휘적휘적 왼팔을 휘저으며 오른 손으로 옆구리에 낀 책을 잡고 걸어서 옥하관으로 돌아갔다. 당초 둘의 계획은 허균을 만나면 다짜고짜 "조선의 포교를 위해 대감께서 우리가 입국토록 힘을 써주실 수 있겠소?" 하고 묻고 교리와 종교 철학에 관한 지식을 전달하려는 것이었는데, 그런 순간을 둘은 암묵적으로 서로 인식하여 만들지 않았고 조급해서는 안 된다고 자신들을 위로했다. 그저 허균의 지적인 호기심으로 그가 스스로 자신을 갖고 포교를 열망한다는 말을 듣기를 원했다. 12월 말은 크리스마스와 각종 연말 모임과 잦은 미사로 몹시 분주했다. 1월 둘째 주에 교우 박 베드로와 이 요한 내외를 사제관의 응접실로 초대해서 조선 포교에 대한 이야기를 함께 나누고 지난번 음식비용을 지불 후 혹시 차후 허균과의 면담이 그들 집에서 이루어질 경우를 대비, 미리 협의했다. 빈첸시오는 자신의 어린 시절 조선에서 조부나 서당에서 들은 당파 분쟁 이야기와 이번 허균과의 만남에서 그가 불쑥불쑥 토로했던 조선의 당파 싸움이 포교에 지장을 줄 수 있는 큰 원인 중 하나가 될 것이라고 여겨지기도 했으나 허균처럼 사대부들의 깨어난 사상이 그리스도교를 스스로 찾아나서는 모습을 보이게 하고 있어 큰 희망을 갖게도 되었다. 그들이 현재는 서학으로 인식하고 있지만, 그 학문을 공부하는 것이 곧 그리스도교의 전교가 된다는 것을 설명하거나 해명할 필요도 없다고 보았다. 자신이 믿고 따르는 선명한 이 길에 그들도 언젠가는 동참하여 조선이 세상을 이끄는 유럽 강대국처럼 되리라 믿었다.

 허 균은 1월 말 이전에 중국을 떠나야 하며 돌아가는 길은 새롭게 발흥하고 있는 요동 지역의 후금국 상황이 조선과 명나라에 외교적인 어려움을 안겨줄 수도 있을 것이란 묘한 말도 했다. 자신이 정황을 듣고 짐작했던 대로 허 균의 의견도 그러하다면, 단기적으로는 대륙의 패권을 다투는 전쟁 중의 중국에서 조선에 대한 포교 방안을 찾아보는 것과 장기적으로는 조선에 입국하여 포교를 개시하고 싶은 시기의 결정에 심각한 문제가 될 수도 있을 것을 예상했다. 어쨌건 그런 분쟁의 시기는 포교에 어려움을 가져다 줄 것이 뻔했다. 그러나 그는 역으로, 오히려 그런 각국의 외교적 혼란이 기회가 될 수도 있을 것이란 막연한 자신도 있었다. 하지만 빈첸시오 자신이 조선과 일본과 중국이라는 동방의 세 나라와 로마 교황청이나 예수회 사정까지 고려한 조선 포교를 결정한다는 것은 능력 밖의 일이라고 생각했다. 그저 주어진 환경에서 조선 입국의 기회를 호시탐탐 엿보다가 '때가 왔다' 하면 앞뒤를 가릴 것 없이 달려들어야 되는 일이 아닐까? 아니, 그래가지고서야 조선처럼 관리가 철저한 사회, 전통 유교의 사상적 뿌리가 아주 깊은 나라에서는 곤란하지 않겠는가? 천대받는 종과 상민들마저 그 뿌리는 깊고도 깊어, 밤낮으로 유교를 우러러보며 숭상하는 것을 혼자의 힘으로 깨부수고 "만인평등"의 예수 가르침을 선언한다는 것은 어떤 결과가 있을 것인가를 생각해 보면 답답했다. 그런 무작정식 조선 입국은 아무런 소득도 없는 일로 끝나 버릴 것이 너무나 뻔했다. 결국, 중국과 일본에서처럼, 조선의 통치를 움직일 수 있는 사대부를 그리스도 교인으로 만들어 함께 교회의 발전을 이끄는 방법 외에는 수단이 없다고 판단했다. 그러나 이런 내심으로 판단한 결과를 졸라 신부에게 말할 수는 없었다. 이제 중국에 도착한지 5개월이 지났을 뿐이고 조선과 중국의 정치적 환경이 어떻게 되어가건 앞으로 5년을 더 중국에서 머물며 조선의 상황을 파악하고 조선 포교에 대해 완벽에 가까운 보고서를 내는 것이 자신과 둘의 임무라고 보았기 때문이었다.

1월 북경의 추위는 일본이나 조선과는 다르다. 살을 엔다는 참 뜻을 중국의 1월이 알게 해 주는 추위였다. 그러나 사제관의 작은 회의실 방은 언제나 장작 난로를 지펴 훈훈했다. 새해 1월 16일에 허균 일행이 장기간 머무르고 있는 옥화관으로 가마를 보내 다시 남당의 사제관에서 그를 만났다. 빈첸시오에게는 세 번째 만남이었으나 그를 만나면 마치 형제나 친척을 만나는 것 같은 친근함이 깊어짐을 느끼게 했고 졸라 신부도 그의 사람됨이 매우 고상하고 조선의 상황을 비판적으로 설명하는 데에서 그의 현실적 감각이 뛰어남을 읽었다. 그는 중국인들처럼 '모든 일이 잘될 거요' 하며 거드름을 피면서 마치 자신과는 관계없다는 식으로 생각하며 무책임한 낙관적인 말을 하거나 일본인들처럼 다이묘들의 눈치를 봐가며 그의 결정이 모든 것을 지배할 것이라는, 속으로는 좋아하면서도 겉으로는 겸손을 가장하고 모르는 척 하는 모습으로 얼굴을 꾸미지 않았다. 일본인들처럼 결정을 다이묘들이 내릴 것이라는 뜬구름과 같은 식의 행동이 없었던 점이 좋았다. 이런 점들은 그동안 빈첸시오와 함께 지내며 자신도 모르는 사이에 받은 조선인의 영향이 분명했다. 빈첸시오는 졸라 신부와 대화 중 "어쩌면 아시아에서 가장 개방적인 사고를 할 수 있는 나라에서 온 사대부인지도 모르지요"하는 말을 들고 둘이서 희망에 젖었던 기억도 그를 즐겁게 했다.

사제관의 작은 회의실로 들기 전에 그를 천주당으로 안내하여 반응하는 모습을 관찰 후에 잠시 걸어 교회 뒤의 사제관으로 왔다. 내내 그는 한마디도 하지 않았다. 그의 얼굴은 매우 어두웠고 무언가 실망의 빛을 띠우고 있었다. 그런 분위기에서 세 사람은 지난번과 동일한 자리에 앉아 차를 마시고, 양력의 새해가 되었다며 추운 날씨의 덕담을 나누어가며 서로간의 대화를 준비했다.

"조선에서 서학을 받아들이는 점에 대해 토론과 문의를 하고 싶습니다. 대감." 하고 졸라 신부가 운을 떼자 빈첸시오가 통역하고 허균의 대답을 그가 또 포르투갈어로 통역하는 형태가 지속되었다.

"졸라 신부님, 아까 저가 경당에서 본 예수라는 분이 원래 그렇게 옷을 벗고 옆구리에 피를 철철 흘리는 모습을 신자들이 보도록 했습니까?"

"—아닙니다. 그는 의복도 잘 갖추셨고 잘 생긴 유태인 젊은이셨습니다. 수많은 사람의 존경을 한 몸에 받고 계셨지만 그 당시 유태인 사회를 법으로 지배하던 랍비들은 아주 못마땅하게 보았고 결국 그를 그런 모습으로 돌아가시게 했지요. 우리는 그의 마지막 모습을 보는 것입니다, 경당에서요."

"랍비라는 직의 사람들이 있었던 모양이지요?"

"예 그들은 그 직을 집안에 대물림했습니다. 지금도 있습니다."

"예? 그러나 그런 모습의 성인을 본다는 것은 조선인으로서는 상상하기 곤란합니다. 모두들 점잖은 모습의 얼굴로 수염을 기르고 갓을 쓴, 아무리 박해 속에서 돌아가셨더라도 생전의 건강하고 잘생긴 모습으로 그려야만 한다고 봅니다."

"예수님은 우리 인간을 위하여 유태인들이 꾸며낸 허구와 상상의 잘 못으로 십자가에 못 박히고 로마 병정의 창에 찔려 그렇게 돌아가셨습니다. 우리는 그 모습을 통해 왜 그가 우리를 위해 그 고통을 당하며 돌아가셨나를 생각하고 죄를 회개해야 합니다."

"저는 잘 모르겠습니다. 다만, 그의 옆구리에서 붉은 피가 흘러내리고 있는 모습은 섬뜩하다고 보았습니다. 모든 조선인들이 그러할 것입니다." 허균은 십자가 고상을 본 이후 느낌이 참담했고 졸라 신부와 빈첸시오도 대화의 실마리가 잘 못 풀어지고 있다고 보았다. 그의 놀람이 분명한 사실이니까 언제라도 있을 수 있는 일이 미리 일어난 것이라는 생각도 했지만 두 사람이 당황한 원인은 여태 둘은 그런 문제를 전혀 의식하지 못했기 때문이었다. 그것이 조선이라는 나라의 양반과 관념의 차이라면, 왜 나는 그런 느낌이 없었을까? 아니면 다른 형태로, 가령 그저 두렵고 범접하기 어려운 형태로 나타났던 모습에 파묻혀 느끼지 못했던 것일까 하고 생각도 해 보았지만 알 수 없었다. 두 사람이 아무 말이 없자 허균은 말을 이었다.

"제가 4년 전 광해군 원년(1609년)에 명에 왔을 때, 천주교 기도문을 얻어간 말씀을 드렸지요? 실은 그 이전에 저는 명에 머물면서 마테오 리치 신부가 쓴 '천주실의'를 읽고 마음에 깊이 담아두고 있었습니다. 저에게 여러 가지 중국의 신문물과 사조를 늘 말해 주는 중국인 친구에게서 이야기를 듣고 그의 책을 빌려서 읽은 것이었지요. 저는 거기서 상제(上帝)에 대한 개념의 정립이 매우 구체적이고 뛰어난 사상으로 발전했다고 보았습니다. '서학(西學)'이라는 것이 이 정도로 발전된 학문의 사상이라면 반드시 우리가 익혀야 할 것이라고도 생각했고요."

"대감의 생각과 그 책에 의한 장래 조선의 발전이 모두 올바른 것이라고 믿습니다."

"사실, 조선에서 서학에 대한 관심은 선조 30년(1597년)에 진위사(陳慰使)로 명에 다녀간 이수광 대감이 저보다는 먼저시지요. 그분은 광해군 3년에도(1611년) 주청사(奏請使)로 여기를 다녀가셨는데 마테오 리치 신부의 '천주실의'와 '교우론' 등의 서학 책을 구해 오셨어요. 작년에 인목대비의 계축옥사에 연루되어 낙향하시기 전에 한번 뵌 적이 있었지요. 그는 뛰어난 성리학자로서 서양의 학문도 받아들여야 한다는 실학자이기도 하셨거든요. 그래서 제가 좋아하고 존경했죠. 그분이 제게 말씀해 주셨어요. 지금 자신은 '지봉유설(芝峰類說)'이라는 책을 쓰고 있는데 거기에 중국에서 보고 배운 동남아시아와 유럽 각국의 사상, 천주교에 대한 지식을 담아 보고 싶다고요."

"그렇습니까? 금시초문입니다."

"조선에 이미 천주당(天主堂)에 대한 지식이 스며들고 있다는 것입니다. 비록 '서학'이라고는 하지만."

"그러면 양반들의 생각은 어떠합니까?"

"그들은 모두 전통적인 주자학, 유가사상에 깊이 물들어 있고 천주는 유가(儒家)의 상제와 동일하다고 봅니다. 그러나 천지창조나 예수의 부활, 천당과 지옥과 같은 서양의 학설은 불교의 귀신이나 윤회설, 극락과 지옥설 등과 같이 유가사상으로서는 적합지 않아 이해하기 곤란해서 배척되어야 할 것으로 여길 것입니다. 현세의 당위적(當爲的)인 윤리를 중시하는 유학자들에게 사후 세계를 제세하는 천주 신앙은 그들이 가진 아생연후(我生連後)의 이기론적(利己論的) 출세 지향의 사고의 틀(나만 잘되면 된다는 극단적 이기주의)에서 벗어나지 않는 한 어렵습니다. 왜냐하면 이런 그들의 사상이 통치의 관념이 되어 있고 누가 더욱 순수하게 유가사상을 따르느냐를 두고 대를 이어가며 논쟁하고 사화를 일으키고 죽고 죽이기 때문입니다."

졸라 신부는 전부를 알아듣지는 못했고 빈첸시오도 동양의 철학을 순수하게 의미를 살려 통역을 하기는 스스로 부족했다고 느꼈다. 그러나 허균 대감의 말로 조선의 대략적인 사대부들 생각을 알아낸 것이 만족스러웠다. 이후 졸라 신부는 빈첸시오와 허균이 더욱 심중의 대화를 깊게 나누도록 자리를 비웠다. 역시 그의 기대만큼이나 허균은 더욱 솔직해지며 빈첸시오의 가슴은 감동으로 서늘해지고 있었다.

"그들은 나를 심지어 이단에 빠진 놈이라도 해. 내가 언젠가 서학과 천주교에 대한 이야기를 몇몇 지인들과 공석에서 우연히 나눈 것이 문제였어. 나를 죽이려 달려드는 무식한 놈들이 너무 많더라고."

"대감, 그 무슨 유약한 말씀을—."

"권공이야 외국 사람이고, 지켜보니 믿을 수 있는 사람이라—, 뭐 그렇다는 얘기요."

"대감, 전 조선인입니다. 예!, 그러시면, 만약 대감께서 천주교를 본격적으로 알리시면 그들이 가만히 있지 않을 거란 말씀입니까?"

"나뿐만이 아니라 나의 정적들도 마찬가지요. 절대로 자신들의 파를 떠나 혼자서는 할 수 없소. 만약 남인들이나 노론이나 소론에서, 어느 파가 천주교를 알리기 시작한다면 이번엔 내가 속한 북인들이 서양의 사상으로 나라를 말아먹으려는 역적이고 인륜을 무시하는 족속이라고 죽이려 달려들 테지. 임진왜란, 정유재란이 다 끝났어도 붕당정치는 조금도 변하지 못했소. 아니, 더욱 발전하고 있소. 노론, 소론에 남인, 북인, 대북, 소북까지 나누어 졌으니 말이요—. 큰일이요."

"제가 한 말씀 드려도 좋을까요?"

"물론이오. 권공에게 묻고 싶은 이야기가 나도 많소. 들어 봅시다."

"저는 그런 붕당을 이룬 정치가 보편적이고 타당한 자연 과학적 사상의 부재에 기인한다고 봅니다."

"무슨 말이요?"

빈첸시오는 조선 유학자들의 명리에 대한 전통적 탐식을 늘 비판해왔던 자신과 현 조선의 상황을 비판적으로 말해주는 허 균의 올바름에 힘입어 용기를 내었다.

"주자학의 지나침이 준 폐해라는 겁니다. 주자학이 성리학이 되고 명리학이 되어 더욱 추상적이고 애매한 이론에 빠진 나머지 자신들의 이론이 아닌 것은 정론이 아닌 이단으로 배척함으로써 애매했던 자신의 명리가 정통이 되기를 바라는 겁니다. 그것만 잘하면 사대부의 큰 무리 속에서 늘 안주할 수 있습니다. 전쟁도 이들과는 상관이 없습니다. 왜냐하면 전쟁이란 그들의 정론에서는 배척되어야 할 야만의 인간들이 저지르는 짓에 불과하니 말입니다. 도덕적으로 성인의 경지에 이르렀다고 자신할 만큼 자만하면 아무것도 두렵지 않겠지요. 남들에게는 심오한 자신의 사상을 지키기 위한 고민스러움을 얼굴에 잔뜩 표시하고 오로지 사상의 뿌리인 대명(大明)을 향해 읊조리기만 하면 모두에게 고귀한 철학적 가치를 보여주는 것이 된다고 믿겠지요."

"권공의 말씀이 크게 지나치지만 속이 시원하오. 더 말씀하시오."

"지나쳤다면, 저의 성급함을 용서하십시오. 유럽에는 포르투갈과 스페인, 로마와 신성로마제국 내 여러 공국들, 프랑스와 영국, 화란, 독일, 러시아 등의 여러 나라가 있습니다. 그들은 모두 그리스도교를 믿습니다. 그들에게는 보편적이고 타당한 진리를 가르치는 예수교가 세운 학교가 사방에 깔려 있습니다. 조선의 서당과는 다릅니다. 그들은 그곳에서 서로 다른 나라의 언어와 철학도 배우고 물리와 산수, 상업과 의학, 천문학과 지리학, 토목과 건축, 항해학까지도 공부합니다. 물론 이 모든 학문을 관장하는 신학이라는 학문도 배웁니다."

"학문을 더 탐구하는 사람과 신부나 수사들 공부는 어떻게 하오?"

"결국, 그들은 수십 년을 공부에 더욱 정진하여 철학과 신학을 깊게 연구하고 수사나 사제가 되어 그들 나라의 문화와 전통과 교육을 이어가게 합니다. 이를 위해 각국의 종교 현황과 체제, 사제나 수사들의 기여나 전망, 예수의 말씀을 기록한 성서에 대한 위대한 철학자들의 사상을 비교하고 검토하여 해석의 차이에서 오는 혼란과 이단의 발생을 억제하며 합리적인 비판을 두려워하지 않습니다."

"다른 나라의 종교도 배우오?" "물론입니다. 그리스도교 이외에 마호메트교(무슬림)와 불교, 배화교, 인도의 여러 종교 등에 대해서도 그들의 교리와 문제점, 신앙의 성립 과정까지 가르치는 비교 종교론을 심층적으로 배웁니다. 이외에도 세계의 역사와 로마사, 세계 문학과 지리와 천문학, 종교적 신비와 경건함에 대한 연구 등 수많은 위대한 철학자들이 그리스도의 말씀을 연구하고 전승한 기록들을 구석구석에서 찾아내어 배우고 깨우치고 토론하며 명상하게 합니다.

"그럼, 취미 생활이나 실학의 분야는 어떻소?"

"생도들은 취미와 재주에 따라 수리 과학과 자연 과학도 공부하며 더욱 깊은 학문 탐구를 계획하는 사람들을 위한 대학교도 운영합니다. 산수학에서는 대수학과 기하학, 해석학을, 자연 과학 분야에서 물리학, 화학, 생물학과 천문학을 배우며 의학에 관심이 있는 자들을 가르치기도 하고 음악과 미술, 전쟁과 전술, 무기를 연구하고 심지어 총포술과 펜싱이라는 칼싸움까지 배우게 합니다."

"무섭구려, 서양의 학문이란."

"학문은 체계화 되어 있고 고대에서부터 현재까지의 이론을 현실적으로 가르칩니다. 더 깊은 산수를 수학이라고 하며 방정식과 삼각함수, 미분과 적분이라는 학문을 여기서 배웁니다."

"신체를 강인하게 하는 수련도 하오?"

"그렇습니다. 대감. 위대한 교부(敎父)들의 수신(修身)을 따르기 위해 그들의 도덕적 가르침을 필수적으로 배우고 신체를 단련하기 위한 체육과 단체 운동까지, 경기의 규칙과 심판을 보기 위한 공정한 시합의 규정도 배웁니다. 이외에도, 상거래를 위한 상학을 배우는 이도 있고 건축학과 토목학에 심취한 사람들에게는 집을 짓고 축성(築城)하는 기술과 이론을 가르치기도 합니다. 음악과 미술은 노래와 춤, 그림을 통해 예술로 표현되며 인간 사고의 경지를 더 한층 아름답고 풍성하게 합니다. 세상의 모든 이치는 학문으로 재단되며 기록되고 가르치며 발전합니다. 그들은 아메리카라는 신대륙을 범선을 타고 수개월을 바다를 헤매며 목숨을 바쳐가며 찾아내었습니다. 그들은 무지한 민족들을 식민으로 삼아 가르칩니다. 그들은 자신들이 발견한 그 땅에서 황금과 은과 수많은 보석을 찾아내어 부강해지고 그 나라의 언어를 기록할 문자를 만들고 식민지를 교육하여 신문물을 전하고 문명화된 그리스도 국가가 되도록 돕습니다."

"무슨 말씀인지 잘 알아들을 수가 없소만, 정말 조선이나 중국과는 완전히 다른 교육 체제를 만들었구려. 좋은 집안의 자제들이 그런 위험한 일을 스스로 좋아서 한다는 것이 다소 난해 하오만, 이해 못할 일은 아니오. 권공도 그렇게 배운 것이오?"

"예, 일본의 나가사키에는 서양의 예수회 수사들이 세운 신학교가 있고 그곳에서 이런 학문을 배웠습니다만, 그저 겉핥기 정도에 불과합니다."

"겸손은? 그래서 뭘 어쩌고 싶다는 거요?"

"저는 기회가 있다면 저가 배운 그 학교를 조선에도 세우고 세계의 유수한 대학을 졸업한 학자들을 교수로 모시고 조선 천지의 인재들을 길러내는 일을 하고 싶습니다. 그렇게 한 십 년쯤 지나면 조선은 서양의 앞선 나라들처럼 발전한 나라가 될 것입니다."

"흠, 그러나 그런 전제에는 그리스도교의 포교를 허락받아야 하는 것이 아니오?"

"그렇습니다, 대감. 외진 곳의 바다와 인접한 작은 섬이나 지역에 한할지라도 그런 허락을 받을 수만 있다면 조선과 저희는 인생의 큰 빛을 새롭게 얻는 일이 될 것입니다."

"그런 어마어마한 일을 해 낼 수 있단 말이요?"

"예, 제가 속해 있는 예수회는 전 세계에 널리 퍼져 있으며 수많은 대학을 세우고 인재들을 양성하고 있습니다. 수백의 교수를 지망한 수사들과 사제들이 조선에서도 그런 날을 맞을 수 있기를 갈망합니다. 조선은 문명국입니다. 나라에 언어와 문자가 있고 역사를 기록하여 후세를 살피고 백성들은 도덕을 중시합니다. 대감, 그리스도교는 이런 조선을 알기 시작했습니다."

"그 일이 마치 조선을 위한 것이기만 한 것으로 들리는구려. 예수교와는 아무런 관계도 없고."

"대감, 저와 졸라 신부는 예수회의 대리자들로서 조선에서 이 일을 할 수 있도록 중국에 와서 그 방법을 찾고 있습니다. 예수교를 받아들인다는 것은 다른 종교나 철학이나 문화나 문자을 포기하는 것이 아닙니다.

저희는 인류에게 유익한 그리스도 신앙을 조선도 지구의 한 부분으로서 받아들이기를 원할 뿐입니다."

"그런데 내 귀에는 왜 그렇게만 들린단 말이오?"

"대감—, 서양의 모든 학문과 철학의 사상은 예수교의 바탕 위에 앉아 있습니다. 문학이나 음악, 각 국왕들의 통치 사상 또한 마찬가지입니다. 심지어 전쟁과 승리를 위한 신무기의 발전이나 병력과 전법의 운영 또한 그 사상의 틀 위에서 존재합니다."

"—흐흠, 마호메트교란 무엇이오?"

"그들 또한 하느님의 자식이나 아시아와 유럽의 중간 지대에 있는 민족들이 그리스도교 성경에 바탕을 두고 만들어낸 종교입니다. 매우 호전적이고 그들의 경전 코란을 손에 들고 죽음과 코란 중 하나를 선택하게 합니다. 땅이 척박한 아라비아와 아프리카, 심지어 유럽의 일부 나라들까지 그들의 무력이 지배하고 있고 그리스도교 국가들은 서로 연합하여 이들과 전쟁하고 있습니다."

"일본은 어떻소?"

"도쿠가와가 정권을 잡고 쇼군이 되면서 모든 다이묘를 복속시키고 있습니다. 그는 통치를 위해 그리스도교인들을 학대하고 있으나 그 자신의 무력과 기술, 외국과의 무역에서 얻어진 이익이 그리스도교를 허용함으로서 이루어진 것을 알고 있습니다."

"중국은 어떠하다고 생각하시오?"

"중국에서 한 사람의 성현으로 떠받들 만큼 학문적 명성을 얻은 마테오 리치 신부가 4년 전 선종하신 후 그를 보좌했던 신부와 수도사들에 의해 꾸려지고 있습니다. 곧 마테오 리치 신부만큼 위대한 예수회의 사상가가 뒤이어 올 것입니다."

"권공은 언제까지 머무를 것이오?"

'저는 중국에 계속 머물면서 조선으로 입국할 기회를 찾으려 합니다. 얼마나 걸릴지 알 수 없겠지만 말입니다."

"흐음―, 난 사실 호기심이 지나친 자에 불과하오. 서학과 천주학이 같은 의미로서 지닌 심오한 철학을 깨우치고, 외국의 실질적인 학문과 통치 사상이 모두 천주학을 바탕에 두고 있다는 국가들의 새로운 문물을 배우고 싶기도 하오. 필요하다면 천주학쟁이가 되어야 할 것이라고도 믿소. 그러나 또한, 내가 그렇게 나섰을 때, 나를 죽이려 달려들 여러 대신에게 나의 천주학은 좋은 미끼가 될 것이 뻔하오."

"언제 다시 이곳을 다녀가시겠습니까?"

"모르겠소. 희망컨대 권공을 내년에 다시 볼 수 있으면 좋겠소."

조선으로 돌아가기 수일 전에 허 균은 서장관으로 자신을 수행하며 북경에 온 김중청(金中淸: 1567-1629)과 수명의 역관, 대통관 등을 데리고 와서 소개를 했다. 김중청 등 일행에게 서학의 본산과 빈첸시오를 그에게 알려주고 싶었던 것 같았다. 김 중청 대감은 매우 겸손한 태도로 빈첸시오를 대했으나 마치 별 관심 없는 외국인을 만나는 듯 조선인 특유의 엄격한 표정을 풀지 않았다. 나이 열댓은 많아 보였고 잠시의 대화를 통해 자신이 지닌 유학적인 사고가 그리스도교의 교리가 뚫고 들어갈 수도 없을 만큼 촘촘한 쇠그물로 막고 있는 듯한 강인함을 나타내며 서학에 대한 호기심도 철저히 억누르고 있는지 호기심어린 질문은 하지도 않았다. 그들이 돌아간 후 빈첸시오는 왜 허균이 자신보다 나이는 많지만 하급의 수행원들 까지 데리고 왔을까를 생각했다. 아마 조선 관리들의 유학적 두뇌가 얼마나 단단하게 굳어있는지를 그들을 통해 보여주기 위한 것이 아니었을까 하고 짐작했다. 역관들과 대통관의 질문이나 호기심도 김중청과 엇비슷했다.

1월 말에 허균은 조선으로 돌아갔다. 빈첸시오는 그를 순전히 개인적인 친분을 앞세워 한 번 더 만났다. 조선 입국을 어떻게 해서든지 그를 통해 성사시키고 싶었다. 졸라 신부의 뜻이기도 했다. 조선으로 돌아가 서학의 존재를 그곳에서 확인토록 본인을 불러줄 수 없는지 물었으나 허균은 그저 애매하게 웃으며 아직은 때가 너무 이르다는 말만 하였다. 끝없이 망설이는 것은 조선의 고관이라면 누구나 몸에 익은, 궁중 내 파벌 속에서 오래도록 겪은 경험 법칙에 의한 습관이었다. 빈첸시오는 허균에게 자신의 모든 일들에 대해 솔직하게 말했다고 생각했고 그와 개인적 만남으로 조선에 혹시도 살아 있을지 모르는 형님과 누님, 집안사람들의 안부를 가능한 대로 알아봐 주기를 부탁했다. 편지를 쓸 수도 있었으나 혹시 그들을 못살게 구는 빌미를 줄 수도 있을 것이란 걱정에 구두로 부탁만 했다.

또 빈첸시오는 그의 천주학 개념을 정립해 주며 신앙을 학문으로만 접근하게 되면 신앙이 갖는 신비와 힘, 그리스도가 강조하는 인간적인 삶의 가치에 대한 깨달음이 차이가 있을 수 있다고 말했다. 특히 그는 빈첸시오가 말해 준 예수의 가르침 중에 못 배우고, 헐벗고, 굶주리며 버림받은 사람들을 위하여 이 땅에 와서 만인은 평등하다고 외친 예수 스스로 제물이 되어 다른 이들을 위해 죽었다고 하자 깊은 감동을 하고 있었다. 그래서 예수 그리스도는 인간이자 신이고 신의 아들이라는 종교적인 의미에서 삼위일체라고 불리며 기도 중에 말하는 성부와 성자와 성령이 한 몸이라는 것을 믿는 것이 바로 그것이라고 말해 주었다. 그는 신앙을 인식하는 밝은 표정이었으나 난해한 그 무엇을 알아내고 이해하기 위해 깊게 찾아 헤매는 듯 지그시 눈을 감고 있었다. 허균이 했던 질문 중에는 그리스도교와 천주교, 종종 빈첸시오가 말한 가톨릭은 무슨 의미로 구분하는지, 기독교는 단순히 그리스도교를 중국의 한자식으로 표현한 말에 불과한 것인지, 어떻게 불러야 가장 적합한 표현인지, 서양인 졸라 신부의 이름은 왜 그렇게 긴지도 있었다. 졸라 신부는 본명이 죠반니 바티스타 졸라로 처음의 죠반니가 가까운 사이에 통상 불리는 이름이고 바티스타는 성경 속의 언어로 세례라는 의미이며 졸라는 성이라고 해설해 주자 고개를 끄덕거렸다. 빈첸시오는 르네상스라는 서양의 문예 사조와 종교 개혁에 이른 현재의 유럽 정치와 경제, 종교적 상황을 설명하며 그리스도를 한자로 쓰다 보니 기독이 되었고 그리스도교의 분열에 따라 개신교라는 그리스도교의 분파가 생겨났으므로 이제 "천주교"나 보편적이라는 의미의 "가톨릭"으로 부르게 되면 정확한 의미가 될 것이라고 해 주었다. 허균의 머리에는 자연스럽게 종교를 바탕으로 하는 세계 지도가 그려지고 있었다.

북경에서는 그가 돌아간 후, "허균이 오천 권의 책을 사서 마차에 싣고 조선으로 떠났다"는 소문이 돌았다. 빈첸시오는 조선 입국에 진척된 결과를 얻지 못했으나 그와의 첫 만남은 매우 유익했고 첫 술에 배부를 수 없다고 판단했다. 특히 졸라 신부와 긴밀한 협력으로 함께 추진하고 있는 이 일이 허균을 만나고 조선의 실정을 제대로 파악했고 같은 의견으로 미래를 준비하게 된 것이 만족스러웠다. 불과 5개월 만에 그들이 조선의 권신들을 접촉하는 방안과 그들에게 그리스도교를 전하는 방법에 대해 함께 토론하며 정리하고 문제점과 개선할 방향을 설정할 수 있게 해 주었다고 믿었다. 뭔가 뚜렷이 손에 잡히는 것은 없어도 이렇게 열심히 계속 진행하다 보면, 그들이 중국에 머무는 기간 내에 조선을 합법적으로 방문할 수 있을 것 같았다. 또 둘이 파악한 허균의 인간됨과 권신으로서 향후의 궁내 세력 상 위치를 고려할 때 미래의 만남에서 더욱 발전된 그리스도 신앙의 길을 안내하기 위해 그들이 해야 할 일을 예상했다.

중국 내의 전쟁에도 불구하고 향후 조선 포교 전망이 결코 어둡지 만은 않을 터였다. 이 일에 빈첸시오의 역할을 막중하다는 점, 그의 선발과 중국행이 적절했다는 점을 졸라 신부는 아무리 생각해도 즐겁기만 하였다. 웃으면서 이 일의 장래를 예수님께 고하는 듯 기도했다. 그가 "예수님, 이제 조선 포교가 눈앞에 다가온 듯합니다. 기뻐하십시오." 하고 기도를 했더니 대뜸 하늘에서 "죠반니야, 아직은 그들을 모른다. 하여간 네가 그렇게 기쁘다니 나도 좋긴 하다만, 이제 시작인 것을 잊지 마라." 하는 말씀이 귀에 들린 듯 했다. 둘에게 그해 봄을 기다리는 마음은 그렇게 환했고 빈첸시오는 신학교를 어디쯤 세워야 할까를 고민하며 제주도나 거문도나 함경도 어느 외딴 작은 도시쯤이면 조선도 좋아라 하지 않을까란 희망에 부풀었다. 그들은 중국의 고관들에게 조선에서 천주교를 받아들이도록 조선 왕에게 명의 황제가 편지를 보내주면 어떨지도 생각했고 3월부터는 졸라 신부가 현지의 디에고 폰타야 수사와 함께 명의 조정을 들락거리며 일을 추진하기로 했다.

한국의 역사가들은 조선 서학의 발전을 대개 세단계로 나누어서 보고 있다. 첫째는 '서학접촉기'로 이수광과 허균을 거쳐 병자호란에 청나라 인질이 되었던 소현세자가 북경에서 예수회 아담 샬 신부와 각별한 우의를 유지했다가 1644년에 귀국한 때까지다. 명나라가 놀란 서양의 과학 기술 문물을 가지고 들어온 예수회 신부들은 중국 황실의 큰 환영을 받았고 이들의 기술로 만든 건축물과 유럽인들이 만든 신무기와 지도, 이들이 소개한 시계, 망원경, 지구의, 천체 탐사나 조사 기술 등은 너무나 놀라웠다. 조선 관리들의 명나라 방문 정례사행(定例使行) 시 큰 관심을 받는 것은 매우 자연스런 것이었다. 이후 잠복되었던 서학은 1700년부터 약 80년간 '서학점성기'(西學漸盛期, 숙종 후기~정조 초기, 1780년대까지)때 조정에 본격 대두되자 조선 실세의 성리학은 서학(천주학)을 척사론서(斥邪論書)이며 위정론서(衛正論書)로 망국의 이단론으로 몰아 배척하게 된다. 이런 와중에도 서학은 점점 발전하여 '서학실천기'(西學實踐期, 정조 초기~순조 초기의 약 30년간, 1810년까지)와 '서학점식기' 西學漸熄期, 순조~고종 초기의 약 70년간, 1900년경까지)를 거치며 수많은 순교자를 낸 시점까지이다. 이후 현대에 이르러 대한민국으로 개명한 조선은 동방 최대의 기독교 국가가 된다. 예수회의 권 빈첸시오는 이런 서학접촉기의 시작점에, 소현세자에 앞서 대륙의 중심에 서서 조선의 외교관들을 만나며 졸라 신부와 함께 외롭게 분투했던 것이다.

그해 6월 중순에 교우 박베드로 내외가 올해 천추사가 7월에 다시 온다는 말을 전했다. 천추사와 함께 오는 상인들의 물목을 기다리며 미리 판매할 방도를 마련해야 하는 이들은 언제나 조선과의 관계에 소식이 빨랐다. 기다리던 허균 대감은 부사로, 정사는 월사 이정구(月沙 李廷龜, 1564~1635) 대감이었다. 이들과 만남을 준비하며 졸라 신부와 빈첸시오는 세부적인 협의에 다시 들어가 지난 2월에 결정해 둔 사항들을 복습했다. 이번에 천추사 방문 일행에 최고위직의 정사로 영의정 이정구 대감은 중국말에 능통하고 한시를 좋아하며 매우 검소하고 정직한 고관이라는 소문이었다. 7월 3일이 되자 옥화관에 그들 일행 200여 명이 모습을 드러냈고 도착 후 3일이 지난 다음 졸라 신부와 빈첸시오는 옥화관으로 찾아가 둘을 방문하여 잠시 인사를 나누고 중국 조정과 급한 업무를 정리하려면 5일 후가 좋겠다는 말을 듣고 약속을 정했다. 그날 남당에서 오전 10시부터 종일을 준비하겠다는 빈첸시오의 제안에 그들이 동의했다. 허균은 이 약속을 잡는 것에 매우 적극적이었고 서로 친한 모습을 하고 있는 빈첸시오와 허균에 대해 정사 이정구 대감은 흡족한 듯이 미소만 짓고 있었다. 나이는 허균에 비해 조금 많아 보였고 허균의 그에 대한 깍듯함이 지위와 명성을 짐작하게 해 주었다. 그렇게 인사를 나누고 돌아 나오려 하는 때였다.

"권공, 조선 사람이시라지요?" 하고 이정구 대감이 옷소매를 약간 건드렸다. 순간, 허균이 이미 자신에 대한 이야기를 했을 것이라는 생각을 했다.

"그렇습니다. 대감." 하며 다시 그를 바라보며 내린 양손을 모으고 허리를 약간 숙인 후 다시 펴고 환하게 웃었다.

"올해 나이가 얼마시오?"

"경진년, 선조 13년생 (1580년)으로 서른여섯입니다."

"경상도 단성현이 고향이라지? 임진란 때 가족이 큰 화를 당했다면서?"

"네." 하며 눈을 아래로 내려 그의 가슴께를 바라보고 있었다. 아버지 뻘쯤 될까 하는 생각이 들며 불현듯 아버지가 그리웠다. '주어진 환경에서 최선을 다하고 어려운 사람들을 위해 살아라'는 마지막 당부 말씀이 떠올랐다. 피바람 속으로 왜병의 공격을 맞으러 최후의 돌격을 감행하시던 장렬한 모습이 보였다. 오후의 햇빛으로 온 몸을 찬란히 번쩍이며 크게 울부짖고, 앞발을 높이든 말의 잔등 위에서 아버지는 왼손으로는 말고삐를, 오른 손으로는 왜병의 피로 붉게 적셔 있던 칼을 높이 치켜들고 계셨다. 아버지의 온 몸에서 뿜어 나오던 용맹한 힘과 광채가 눈앞에 어른거렸다. 흥분된 마음을 억누르자 침착해지며 성경의 구절이 머리를 채웠다. "너 자신의 선행을 본보기로 보여 주어라. 그대의 가르침이 순수하고 의젓하며 침착한 중에 행동하는 것을 보여 주어라." (디도서 2장 6-7치환) 가만히 눈을 감았다. 그 모습을 조용히 응시하던 이정구 대감이 말했다.

"내 처가도 안동 권 씨요. 반갑소." 하며 그가 양 팔을 내밀자 빈첸시오도 그의 손을 마주 잡았다. 그의 눈이 그윽하게 눈물이 어려 있는 빈첸시오의 눈을 뚫어져라 보고 있었다. 그가 묻는 족보와 항렬, 집안에 대해 대략적인 설명을 해 주었으나 이 대감의 처가는 복야파인 자신과는 달랐다.

둘의 요청을 받아들인 정사 이정구 대감과 부사 허균 대감은 금요일 오후 5시에 남당을 들렀다. 기다리고 있던 졸라 신부와 빈첸시오는 함께 그들을 교회 내로 안내하며 성상과 성화, 교회의 복도와 사제관과 사무실 등에 자연스럽게 흩어둔 각종 신문물을 보이며 자세히 설명한 후 교회 내에 있던 니콜라스 트리고 신부와 수사들을 소개했다. 이후 응접실에 들러 차를 나누며 대화를 시작했다. 진행은 허균과 빈첸시오가 자연스레 함께 주재하는 형식이었고 조선측의 말이 끊어지면 빈첸시오가 졸라 신부에게 포르투칼어로 통역을 했다. 그들은 명으로 오는 여정에서 이미 서학에 대해 많은 지식을 쌓은 듯 보였고 대화도 자연히 신문물과 국제 정세, 일본과 중국에서 포교 현황 등을 물었다. 한 시간이 지난 6시 반경 그들은 사제들의 식당에서 서양 음식인 빵과 포도주, 포크커틀릿(돈까스)과 파스타, 소고기 바비큐와 스튜, 치즈가 많이 들어간 라자니아, 서양식 볶음밥으로 만찬을 들었다. 조선의 두 대감은 큰 식탁에 둘러 앉아 함께 기도를 하고 성호를 그은 다음 포도주도 마시고 웃으며 대화도 하면서 큰 접시의 음식을 서로 돌려가며 조금씩 덜어먹는 모습이 매우 신기한 듯 자꾸 쳐다보았다. 간간히 맛이 좋다, 어떻게 만드는지 등을 물으면 빈첸시오가 대답하기도 하고 질문을 통역해 주기도 했다. 그러나 수사 중 한 분이, 음식 모두를 중국인 조리사와 하녀들과 함께 직접 만들었다는 이야기를 말해주자 깜짝 놀라는 시늉을 했다. 니콜라스 트리고 신부가 세베스티아노 수사를 자리에서 손으로 가리키자 그가 벌떡 일어섰고 고개를 숙여 인사를 했다.

"이 분입니다. 세베스티아노 울리시스 수사님으로 스페인 안달루치아 왕가의 왕자십니다."

"세베스티아노라고 불러주십시오, 대감. 잘 부탁드리겠습니다." 하고 능통한 중국어로 말하며 벙글벙글 웃고 있었다.

니콜라스 신부가 이제 그만 앉아도 좋다는 손짓을 하자 그가 자리에 앉았으나 여전히 미소 짓는 얼굴은 변하지 않았다.

"권공, 뭐라고 하신건가?"하고 이정구 대감이 물었다.

"예, 주임 신부가 이제 그만 자리에 앉으시라고 손짓했습니다."

"아니, 그게 아니라, 나라의 왕자가 그런 부엌일을 한단 말이요?"

"아, 예, 그는 그 일을 매우 좋아하고 계시고 우리가 맛있게 먹는 모습을 지켜보는 것에 큰 보람을 느끼십니다."

"그 나라의 왕실에 무슨 곤란한 문제라도 있었던 거요? 그리고 왕자에게 그런 손짓을 할 수가 있소? 그 나라가 망했소?" 하며 궁금한 질문이 반사적으로 계속되었다.

"아닙니다. 스페인의 안달루치아 왕실은 세계 최강국 스페인에서도 매우 세력이 큰 남쪽 지역을 영지로 갖고 있습니다. 지금도 튼튼합니다."

"얼마나 크오? 그 왕이 통치하는 나라가?"

"스페인이라는 나라는 아스투리아스, 레온, 아라곤, 안달루치아 등 네댓의 왕가가 있는데 각각의 통치 지역이 조선 반도쯤 됩니다. 물론 더 크고, 작은 왕가도 있고요."

"놀라운 일이군. 어떻게 그런 천한 생각을 할 수도 있단 말인가. 저런 고귀한 분이?"

"저 수사님은 뛰어난 수학자이기도 하십니다. 유럽의 천재들이 모인다는 스페인 살라망카 대학에서 산수학과 물리학을 십여 년간 공부한 후 박사가 되셨고, 이태리 로마의 신학교에서 철학과 신학을 6년 더 공부하고, 두개의 박사 학위를 가지고 이렇게 수도자가 된 분입니다. 그리고 그리스도인들은 사람의 일에 귀천은 없다고 믿습니다. 또한 아무리 왕자라도, 자신이 속한 교회의 수장이 자신을 손으로 가리키는 것을 전혀 이상하게 여기지 않습니다, 대감."

"뭐라고? 아, 참으로 놀랍고 기가 찬 일이군. 서양인들의 생각이란."

"명 황실의 건축이나 수리(水利), 산학과 물리학에 대한 강의 등으로 늘 바쁘시어 매일 음식을 해 주진 못하십니다. 오늘은 조선의 두 분 대감이 오신 날이라."

조선의 두 대감은 충격을 받은 듯했다. 한 나라의 왕자가 수도자가 되어 평생을 독신으로 중국에까지 와서 사는 것만도 놀라운데, 그가 취미로 음식을 한다는 것, 직업에 귀천이 없다는 것은 도저히 납득되지 않는 서양인들의 인식이었다. 붉은 포도주를 음식과 함께 마신다는 이야기는 들었으나 수정 유리잔에 따른 술은 마치 영롱한 보석처럼 보였고 그 맛 또한 달기도 하고 떫기도 한 뒷맛이 음식과 함께 잘 어울렸다. 그들은 포크와 나이프를 사용했는데 두 대감을 위해 칼과 포크 외에 수저를 준비해 주었고 이들은 서툰 솜씨로 칼질을 해 가며 포크로 찍기도 하고 젓가락으로 집기도 하며 맛있게 먹었고 오른팔의 넓은 소매를 왼손으로 쥐고 포도주 잔을 들어 마셨다. 한 시간 반쯤 후 만찬이 거의 끝날 즈음 참여했던 사제와 수도자들이 식사 후 차를 내와서 더 이야기를 나누었다. 곧 다시 경건한 모습으로 성호를 긋고 손을 합장하여 음식을 감사히 먹었다는 기도를 하고 "그만 물러갑니다. 말씀들 더 많이 나누시기를—" 하고는 일어섰다. 둘은 돌아가는 왕자를 향해 번쩍 몸을 일으켜 허리를 깊게 숙였다.

　　저녁 만찬 이후 졸라 신부와 함께 응접실로 자리를 옮겼다.
　　"권공은 선친이 어떻게 되시오?" 하고 이 정구 대감이 물었고 빈첸시오는 간략히 대답했다.
　　"저의 부친은 권, 재(載)자 국(國)자이시고 진주성 전투에서 55기의 기마대를 이끌고 참전해서 전사하셨습니다."
　　"음, 그러하시군—, 남명의 후학들과 교분이 두터우셨다고?"
　　"예, 최 수우당 선생, 곽재우 장군과 교분이 깊었습니다."
　　"그러셨군, 역시—."

이 정구 대감의 말을 허 균이 이었다.

"권공, 내가 중국을 다녀간 지가 몇 개월이 되지 않아 곧 다시 오게 되어 몹시 분주했소. 그래서 고향의 소식을 직접 알고 오지는 못했소만 곽재우 장군을, 낙향하신 창녕으로 찾아가 망우정에서 뵈었소. 권공의 소식을 전하자 너무 기뻐 놀라면서 예수회 선교사로 중국에서 만났다고 말씀드리자 몹시 황망해 하셨소. 권공이 고향 근처의 어느 마을에서 남강을 건너 진주성으로 함께 가신 것까지 기억하실 때에는 눈물을 흘리셨소. 공의 부친과 함께 참전한 55기마병 모두가 진주성에서 전사하셨다는 것과 온 가족이 왜병에게 무참히 살상 당한 중에 권공의 형은 무사했다고 말씀해 주셨소."

"예에?" 하고 놀란 소리를 내었다. 이어 빈첸시오는 참을 수 없는 눈물이 흘러나와 얼굴을 푹 숙이고 소리 없이 흐느끼고 있었다.

"홍의장군께서 진주성이 왜군에 함락된 며칠 후 몸소 단성으로 가시어 권공의 형을 찾아 함께 부친의 시신을 진주성에서 수습해서 단성현 권공의 집안 산에서 덕천 서원과 단성 향교의 유림들도 모두 모여 예를 다해 장사지냈다고 하셨소. 조부모님과 모친과 형수의 장례는 권공 부친의 요구대로 잠시 가묘로 두었던 것을 종친들과 형이 계속 둘 수 없다며 예를 다해 장례를 이미 치르고 난 후라 구체적으로 알지 못하셨소만 공의 할머니와 어머니, 형수는 열녀비를 세워 충절을 기린다 했소." 이 말을 들을 때 빈첸시오는 다시 눈을 들어 시선을 창밖의 먼 곳에 두고 있다가 그의 얼굴을 보며 물었다.

"혹시 형님의 소식을 듣기라도 하셨는지요?" 하자 또 눈물이 흘러 지녔던 손수건으로 훔치며 그의 대답을 들었다.

"이후 홍의장군께서 수년 전에 구례 화엄사에서 권공의 형을 보았다는 스님을 대구 팔공산 동화사에서 우연히 만났다고 하셨소. 전쟁 중에 잃어버린 온 가족을 잊지 못하고 괴로워하시다가 입산하여 계를 받고 '산해(山海)'라는 법명으로 계신다 했소. 임란 수년 후 진양 하씨 집안 처녀를 재취로 얻어 아들 둘과 딸 하나를 두고 입산했더라고 했소. 미안하오, 이런 말 밖에 전하지 못하오." 빈첸시오는 허 균의 구체적인 형님의 소식에 감탄하며 어쩌지 못하고 흐르는 눈물을 주체할 수 없었다. 그러나 슬픈 감정에서 벗어나려 노력하며 천천히 울먹이며 말했다.

"대감, 고맙습니다. 그렇게 저를 위해 일부러 창녕까지 들러주셨으니 백골난망입니다. 형님께서 입산 전에 가정을 이루고 대를 이으셨다니 이 어찌 제게 큰 희망이 아니겠습니까. 대감, 감사합니다." 하며 그에게 고개를 깊이 숙여 심중의 감사를 다시 표했다.

참으려 했으나 곤란했다. 계속 눈물이 흘러 아무 말도 못하고 아래를 내려다보며 지그시 눈을 감고 있었다. 나란히 곁에 앉은 졸라 신부는 빈첸시오의 집안이 겪은 비극과 두 조선의 대감이 그 일을 조선에서 확인했고 위로해 주는 모습을 보고 빈첸시오의 훌륭한 가문에 대해 대략 짐작하게 되었다. 그는 한 번도 자신의 집안에 대한 말을 하지 않았기 때문에 그 부분에 대해서는 전혀 모르고 있었다는 것을 알았으나 성직에 있는 사람들끼리는 가족이나 가문을 구체적으로 밝히지 않는 것이 전통이었고 예의였다. 그러나 격한 슬픔에 빠져 있는 빈첸시오를 보자 자신도 따라서 몹시 슬펐고 빈첸시오의 어깨에 손을 얹고 자신이 표현할 수 있는 깊은 슬픔에 대한 공감을 포르투갈어로 말하며 위로했다. "권공, 온 집안이 그런 큰 화를 겪으셨으니 이 일을 어쩐단 말이오. 너무 슬프구려." 하며 이정구 대감이 이어서 위로해 주었다. 빈첸시오는 천천히 얼굴을 들었다.

"다 지나간 일입니다. 언제고 때가 와 저가 조상들과 가족들의 산소를 돌볼 수 있는 날이 오기를 기다릴 뿐입니다."

하며 담담히 슬픔을 감추고 대화를 이어나갔다. 식사 후에는 주로 이정구 대감의 질문이 이어졌다.

"선조 31년(1598년)이었지? ─정유재란 시 말이오, 명에서 우리 조선이 왜국을 유인해 명을 치려한다는 무고가 명 조정에 돌았소. 그때 백사(白沙) 이항복 대감이 부사를 맡고 한호(韓濩) 한석봉을 서장관(書狀官)으로 해서 내가 정사로 명에 와서 헛소문을 조용하게 만든 적이 있었소. 그 소문은 조선의 전쟁에 왔던 명의 병부주사(兵部主事) 정응태(丁應泰)가 왜장 가토 기요마사와 치른 울산성 전투 패배를 은폐하며 명 황실에 고한 무고였소. 나는 그때 여기서 '무술변무주(戊戌辨誣奏)'를 지어 올려 명 황제에게 정응태를 파직시키도록 하고 일을 마무리 한 적이 있었소. 나는 명이 우리의 든든한 원군도 될 수 있으나 명의 사람들이 우리 조선에 대한 간섭이나 오해를 하는 것은 혐오하고 있소. 어떤 면에서는 그들의 통치 철학이 조선의 성리학에 비교해서 부족한 점이 많다고도 보오. 나 개인적으로는 그들의 해행진초(楷行眞草) 필법이나 한시의 간결하고 우아하고 장중한 표현마저 우리 조선에 뒤진다고 보오."

이정구 대감의 자만은 스스로 풍족해 있었다. 학식과 경력, 즐겨 쓰는 서체와 국가 간 외교와 마음속 깊은 곳에서 우러나오는 민족의 자존감이 그의 가슴을 가득 채우고 있었다. 그가 잠시 자리를 비운 사이 허균이 부수적으로 해설을 하며 조선 사대부들의 학문적 우월 의식과 그로 인한 경직성에 대해 간략히 설명 후 이정구 대감의 불교와 유교 심취를 어렴풋이 해명했다. 빈첸시오는 허균이 이렇게 자신을 누구보다도 가깝게 여기며 말해 주는 것이 고마웠다. 조선의 양반 사회 폐쇄성과 현 시대적으로 볼 때 서학의 실학 부분 이외의 적용은 때가 아니며 그리스도교를 받아들인다는 것은 사대부들이 그들이 속한 당파의 존속과 직접 연관될 것으로 이해할 것이기 때문에 곤란할 수밖에 없는 현실도 설명했다. 그렇지만 빈첸시오와 졸라 신부는 지난번 방문 때 만나 협의했던 것에서 조금의 진척은 있으니 아직 실망할 수는 없다고 스스로 위로했다.

"정사 이정구 대감께서는 조선의 유불교유(儒拂交惟)의 선구자이시오. 유학자들의 불교에 대한 무관심과 전통에 대한 무시를 가장 안타깝게 여기시며 늘 이를 바로 잡으려 하신다오."

마침 정사 이정구 대감이 방으로 들어오다가 자신에 대한 칭송에 민망한 듯한 얼굴을 하자 졸라 신부가 안내를 하여 바깥바람을 쐬자며 다시 밖으로 나갔다. 빈첸시오는 허균과 대화를 이었다.

"대감, 조선인들이 관심을 갖는 서학은 비단 그 학문 자체에만 기인하지는 않을 것입니다. 이는 유교나 불교가 가진 전통적 학문을 연구하는 것이 학문 자체에만 기인한다고는 볼 수 없는 이치와 같은 것이지요."

"권공, 압니다. 우리는 그런 유불선(儒佛仙)과 같은 토론을 수백 년간 골 천 번을 통해 이미 깨닫고 있습니다. 현 조선에서 서학이 가진 실용성이 필요한 것은 사실이나 그 실용성을 배우기 위해 또 다른 종교적 절차를 거쳐야 한다면 조선에서는 이를 받아들이기 곤란 하다는 것이요."

"어떤 특정한 지역, 일본에 내어준 왜관처럼 조선 반도 내 요지에 될 수 있으면 더할 나위가 없겠습니다만, 어려우면, 한군데 외딴 섬이나 바닷가라면 어떻겠습니까? 가령, 제주도나, 남해나 황해의 어느 바닷가 섬이나 멀리 떨어진 육지 함경도의 함흥이나 원산 같은 작은 포구 등에 말입니다."

"글쎄올시다. 우리를 이어올 조선의 정례사행(定例使行)을 만나 대화를 또 해 보면 더욱 자세히 알 수 있으리라 보오. 현 조선의 정치는 조정 권신들이 학문적, 정치적 입장을 바탕으로 나누어져 있고 이를 바탕으로 하는 붕당정치가 상호 비판과 견제를 하여 명리적 공론을 만들고 이를 왕이 통치하는 바탕으로 제시한다는 점은 쓸 만한 제도요. 원래 유교적 이념은 붕당을 극도로 혐오했으나 송나라의 성리학 이념이 조선을 지배한 이후 명석하고 소신 있는 군자들이 소인을 배제한 정치를 해야 한다는 논리로 발전하고 말았소. 스스로를 군자로, 타인을 소인으로 여기며 말이요. 안타깝지만 현실이요. 유학(儒學)파간의 대립, 왕실 친인척 세력 간의 대립, 사농공상의 뿌리 깊은 의식의 폐습, 반상(班常)의 차이를 인륜으로 호도하는 제도와 양반들의 허례허식, 실천은 없고 말만 앞세우는 극단의 원리주의적 사고는 조선을 점점 어렵게 만들어 가고 있는 건 사실이요. 문제는 아무도 이를 문제라고 지적하지 않고 있다는 것이요. 이런 와중에 서학이라는 외국의 사조를 허용하는 지역을 만약 동인 쪽에서 제안하면 서인과 북인이, '이 기회다' 하며 동인들을 모두 잡아 죽이려 들 것이요. 자신들이 독점해야 한다고 여기는 통치 이념과 학문에 새로운 학문의 대두를 지켜보며, 모두가 필요성을 실감하지만 아무도 그 과정의 어려움과 희생을 거치며 상대 당을 설득하고 왕을 움직여 진취적으로 발전하려고 않소. 이것이 제일 심각한 문제요."

그때 이정구 대감이 다시 방을 들어왔고 빈첸시오는 그리스도 신앙이 조선에 미칠 좋은 점들을 설명했다.

"그리스도 신앙은 모든 사대부들의 유교 철학에서 비롯한 분리의식과 완고한 고집과 차별제도를 없애고 주관이 아닌 객관적 인식을 중시하게 해주어서 파당을 줄여 줄 것입니다. 그렇게 해서 조선 사람들은 만인이 평등한 사회를 만들게 되고 각자의 실력과 기술을 증진시켜 부강한 나라로 발전할 수 있을 것입니다. 우리 예수회는 그 실마리를, 난해하게 얽혀가는 조선의 붕당 정국을 좀 더 너그럽게 완화하도록 해 주어 유럽의 신성 로마 제국내의 국가들처럼, 영국, 프랑스, 독일과 스페인처럼, 조선이 세계로 뻗어나가 크게 발전토록 해 줄 것입니다."

"우리는 명이 천주교의 마테오 리치 신부를 받아들였고 그의 활동을 보호하고 육성하고 있음에도 불구하고 내정이 갈수록 어지럽고 사대부들은 부패하고 도적들은 발호하고 백성들은 굶주리고 있다는 점을 눈여겨보고 있습니다." 하며 이정구 대감이 말을 받았다.

"대감, 명의 천주교 허락은, 대감이 아시다시피 불과 극소수의 지역에서 매우 적은, 불과 수천의 신자를 대상으로 하고 있습니다. 그런 소수의 사람들이 가진 천주 신앙과 명의 전반적 사회 문제를 동열에 놓으시고 비평함은 합당치 않으십니다. 천주 신앙의 사회적 공헌을 학문으로서만 또는 그 신앙을 받아들였다고만 해서 모든 일이 순조롭게 되어갈 것으로 기대할 수는 없는 것 아니겠습니까? 마치 유학과 통치 철학, 도교의 진리로 공맹의 도를 일찍 깨우친 조선이 국가의 경제 발전을 어려워하고 있고 붕당의 폐해를 자체적으로 정화하지 못하고 있는 것과 같습니다.""우리는 실학을 숭상해야 하고 언제고 받아들일 때가 올 것입니다. 그러나 실학을 받아들여서 조선의 농공상업의 발전을 도모한다는 것과 천주 신앙을 받아들이는 것과는 엄격히 다른 것입니다."

"대감, 서학이라는 학문을 떠나서 천주 교리를 일독해 주시면 왜 서양의 모든 나라와 동양의 필리핀과 일본, 마카오 등과 같은 지역과 나라에서 천주 신앙을 자유롭게 허용하면서 이것이 발전의 원동력으로 작용하는지 알 수 있을 것입니다.""나는 권공의 그리스도 신앙의 허용과 국가 발전을 함께 도모한다는 것을 이해하기 어렵소. 도리어 기존의 유교, 불교에 바탕을 둔 철학과 통치에 큰 문제점을 만들어 낼 것이라고 보오."

넷의 대화는 결론을 내릴 수도, 예수회의 조선 입국을 주선하겠다는 약속을 얻을 수도, 향후 어떤 시기가 되면 다시 예수회의 입국에 관해 협의를 할 수 있을 것이란 것도, 아무런 합의를 얻어내지도, 조선 국왕에게 예수회와 만남을 보고하겠다는 약속도 없었다. 그들은 또한 유럽의 국가들이 얼마나 큰 경제적 발전과 정치적 안정으로 부강한 국가가 되어 가는지에 대한 관념이 거의 없었는데 그것은 그들의 통치 철학에 대한 자기만족과 성리학에 깊게 함몰되어 있는 환경이 만들어 준 결과로 보였다. 그들은 그 속에서 헐떡이며 자신을 물어뜯으려는 상대 당파를 긴장해서 노려보고 반대를 위한 반대에 익숙해 있을 뿐이었다. 그들이 돌아간 이후 빈첸시오는 졸라 신부와, 오늘 조선 관리들과 대화 내용과 향후의 계획과 전망 등을 협의하고 수일 내 자세히 정리하여 보고하기로 했다. 밤이 이슥해 침소에 들었다. 창으로 비쳐드는 달이 밝았다. 낮에 허균 대감이 전해 준 형님 소식에 잠을 이룰 수 없었다. 조카 둘과 질녀 하나가 집안의 대를 잇게 되었다는 소식은 빈첸시오의 잊고 있었던 조상에 대한 조선인의 관념을 다시 떠올리게 했고, 전쟁 중에 잃어버린 가족에 대한 슬픔과 인생의 허무를 견디지 못하고 화엄사에서 산해라는 스님이 되고 말았다는 형님이 그리웠다. 어렸던 시절 형님이 자신을 데리고 외가로 가서 즐겁게 지냈던 기억, 형님이 아끼던 책을 찢어서 감추어 버리고 혼이 났던 일과 큰누님이 시집을 가며 둘을 껴안아 볼을 비비고 눈물을 쏟던 날들, 큰누님이 떠난 그해 아버지와 어머니와 형과 작은 누나와 함께 지리산 삼장골의 산사에서 법회 후 단풍을 즐기던 가을의 기억이 영창을 스며들어온 달빛과 어울려 춤추고 있었다. 눈물이 소리 없이 볼을 타고 흘러내리며 자신의 인생이 갑자기 서럽게 느껴졌다. 한 시간쯤을 그런 상태에서 벗어나지 못하며 자신을 괴로워하고 있다가 문득 빈첸시오 선교사의 미래와 조선으로 돌아가 모국을 위해 해야 할 일들을 그려보았다. 그 꿈은 원대한 것이었다. 조부모와 부모, 형님 내외께 각각의 기도를 정성스럽게 받친 후 성서를 폈다. 현재 자신이 할 수 있는 일은 이것뿐이라는 생각이었다. 집회서의 애도 편을 찾아 5번을 계속 읽고 구절을 가슴에 새겼다. 이내 마음이 안정되며 잠을 이룰 수 있었다.

"네 마음을 슬픔에 넘기지 마라. 너는 죽은 이를 돕지 못하고 네 마음만 상하게 할 뿐이다.

죽은 이는 이제 안식을 누리고 있으니 그에 대한 추억만을 남겨두고, 그의 영이 떠나갔으니 그에 대한 편안한 마음을 가져라." (집회 38, 20-23 발췌)

며칠이 지난 후 빈첸시오가 있는 남당을 방문해 준 서장관(書狀官), 대통관(大通官), 호공관(護貢官 또는 押物官) 등의 관리들에게 교회의 내부와 제도, 신문물을 구경시키고 약간의 선물을 제공했으나 그저 호의적 시선을 얻는 데에 그칠 수밖에 없었다. 모두 신기해하면서도 무언가 자신들의 행동을 억누르는 것이 있는 듯, 감시라도 받는 양 매우 조심스러웠고 그 이상의 적극적인 배움이나 연구의 의지는 없어 보였다. 빈첸시오는 이런 동족 조선인들의 반응을 이해하기 어려웠다. 같은 조선인인 자신을 무시하는 듯 하기도 하고, 일견 부러워하는 듯도 하면서 무척 난해한 표정을 보인다는 것은 이상했다. 그러나 조금만 더 생각해 보면 이들의 반응은 당연한 것이었다. 왜냐하면 빈첸시오의 기대가 조선에게는 초창기에, 맨 처음으로 천주 신앙이라는 문을 조금 열어본 것에 불과했기 때문이었다. 그들이 돌아간 뒤 빈첸시오는 대화에서 얻은 여러 가지 조선의 여건과 사색당파의 영향을 생각했다. 한편으로 허균과 이정구 대감에 대해 자신이 그동안 신학교와 영성 생활에서 쌓은 지식을 너무 오만하게 말했던 것은 아닐까 하고 양심의 부끄러움을 느끼며 성찰했다. 스스로 자신의 역할을 너무 과장해서 강조한 것은 아닌가? 마치 태어나면서부터 세상의 모든 이치를 꿰뚫은 듯한 오만한 말과 행동을 하지는 않았는가? 단순한 자신의 조선 포교에 대한 열망이 가톨릭 신앙의 순수성을 정략적으로만 그들에게 말해 주지는 않았는가? 자신이 마치 흠집 하나 없는 위대한 교부 내지는 부모의 죽음조차도 쉽게 잊어버리고 다 지나간 일이라며 천주 신앙에 몰두해 있는, 그들 눈에 비친 얼뜨기는 아니었는지 심각하게 생각하고 뉘우치며 저녁 식사 후 졸라 신부와 얘기를 나누고 이런 점들에 대한 성찰을 하며 고백성사를 보았다. 신부는 "나도 때때로 나의 조선 포교 열망이 나를 선교사님이 말씀하신 그런 사람으로 비치게 하지나 않을까 하고 걱정을 하곤 했습니다." 하고 위로해 주었다.

실로 조선에 천주교가 신앙의 형체를 갖추게 되는 시점은 이로부터 백수십년 이후의 일이었다. 1776년 정조가 왕위에 오른 후에야 본격적으로 천주교가 종교로서 받아들여지기 시작했다. 1783년에 이승훈이 본인 스스로의 판단과 1777년부터 같이 활동 했던 남인 계열의 서학교리 연구회 권유로 홀로 북경의 남당(빈첸시오가 머물던 곳)으로 가서 교리를 익히고 베드로로 세례명을 받았다. 이듬해 1784년 정조 8년에 성서와 성상, 묵주 등을 지참하고 한양으로 돌아와 1785년 봄에 한양의 명례동(명동) 김범우의 집에 교회를 세웠다. 여기에 종래의 서학교리 연구에 회원이 더욱 불어나 이벽, 이가환, 정약용, 약종, 약전 3형제와 권철신, 일신 형제, 최창현, 우항검, 이존창 등이 교리를 함께 공부했다. 이승훈이 미사와 강론을 주로 했고 이벽, 정약전, 약용 형제 등에게 세례를 주었다. 1786년에 가성직제도를 창안하여 자신이 주교가 되고 권일신, 정약종, 최창검 등 10명을 가성직으로 사제직을 수행하게 했다. 이들은 자신들의 행위가 교회법에 올바른지를 중국 북경의 주교에게 문의했고 교회법에 어긋난다는 회신을 받았다(1790년). 즉시 중국 천주교회에 성직자를 파송토록 요청하여 중국인 사제 주문모 신부가 처음으로 조선 땅을 밟았다.

물론 그 이전 1637년에 소현세자가 청나라 볼모가 되어 심양에 머물다가 1644년에 북경에서 아담 샬 신부를 만나게 되어 가톨릭과 서양 과학에 대한 열망으로, 이듬해 귀국하면서 많은 서학 서적과 천주 교리를 얻어왔으나 아버지 인조와 사대부들은 그가 익히고 지닌 천주학과 서양 과학을 천하게 보고 업신여기며 감시하고 박대한 후 서양의 오랑캐 학문과 종교에 넋이 나가 버린, 왕자 같지도 않은 자로 보고 독살로 추정되는 조용한 죽음을 맞게 한다. 이런 과정을 거치고 나서야 18세기 조선의 귀재 정약용과 실학자 안정복(安鼎福)의 말처럼, 빈첸시오가 북경에서 활동했던 한 세기 지난 후, 다음과 같은 '선조 말부터'라는 이야기를 듣는 때를 맞았던 것이다.

"한역 서학서는 선조 말부터 우리나라에 흘러 들어왔고 명경, 석유(名卿, 碩儒: 고관들과 뛰어난 유학자들)도 이를 읽지 않은 사람이 없으며, 제자백가(諸子百家)나 도교와 불교의 서적과 같이 서재에 갖추어 두게 되었다"고 안정복은 썼고, 뒷날 정약용도 "서학서를 구하여 탐독하는 일이 내 청년 시절에 일종의 유행이었다"고 자술했다.

10월이 되자 쌀쌀해지는 날씨에 따라 사람들의 활동도 줄어든다. 졸라 신부와 빈첸시오는 조선 포교에 대한 원칙에 따라 현재까지의 활동을 되돌아보고 내년 준비를 하고 있었다. 신부는 중국의 조정을 움직여 조선에 포르투갈이나 교황청과 외교 관계를 맺도록 한다는 것은 만주 지역에서 후금의 강력한 발흥과 임진왜란 이후 양국의 알력과 상호 불간섭적인 종교 문제로 인해 사실상 불가능하다고 파악했다. 마테오리치 신부와 절친했던 서광계나 이지조 대감이 일본에서 온 천주당의 신부와 선교사를 위해 해 줄 수 있는 것도 거의 없다는 것을, 그동안 어렵게 장기간의 과정을 통해 겨우 확인했을 뿐이었다. "리치 신부가 살아 계셨더라면 황제께 바로 부탁해 보는건데—." 하며 꿈결 같은 말들을 주고받기도 했지만 명은 변하고 있었고 조선의 그리스도교에 대한 빗장은 명의 황제가 이래라 저래라 할 수 있는 문제가 아니라는 것을 그들도 인식해가고 있었다. 중국의 고관들은 그들과 단 둘이 만나서 말하면 마치 안 될 일이 없다는 식으로 '까짓 것, 아무 것도 아니다' 하는 식으로 자신감을 보여 주다가도 막상 그런 외교 관계의 서류를 요청하면 꿀 먹은 벙어리가 되었다. 겉과 속이 다른 그들의 모습을 알아채기 위해서 졸라 신부는 고군분투하고 있었다. 하지만, 사실 당시 명은, 조선의 임진왜란과 정유재란에 참전으로 인한 과다한 전비 지출로 국력이 급속히 쇠퇴

하고 있었고, 요동과 만주에서는 신흥국 후금(청나라)이 무력을 키우며 명을 위협하고도 있었다. 또한 이런 내부적 사정 외에도 명의 고관들은 후금과 조선의 관계를 다르게도 보고 있었다. 즉, 후금의 황제 천명제가 조선 출신의 신라인 후손으로서, 여러 오랑캐가 뒤섞여 있다고는 하지만 조선과는 형제와 같은 혈연에서 나누어진 관계라고도 보았기 때문이었다. 아무리 조선이 명을 마치 아버지의 나라로, 후금을 오랑캐로 여긴다 하지만, 조선의 깊은 속내를 다 알 수는 없는 것이라고 믿었다. 빈첸시오와 졸라 신부는 이런 정황과 그동안의 조사와 접촉을 근거로, 미래에 명이 후금에 복속되거나 황실을 넘기게 되면 그때에는 완전히 다른 환경에서 그렇게 어렵지 않게 조선 포교를 결정할 수 있을 것이라고도 예상했다. 그러나 그 시기는 수십 년 이후, 어쩌면 수백 년을 기다려야 할지도 모를 일이었다. 대륙에서의 역사는 그들이 짐작하는 것보다 항상, 훨씬 더 늦다는 것을 인식하기 시작했기 때문이었다.

"빈첸시오 선교사님, 난 조선의 두 대감의 말을 신뢰합니다. 아직은 시기가 너무 이르다는 것이지요."

"예, 신부님. 저도 그렇게 생각합니다."

"조선 포교를 위한 방법론으로―, 빈첸시오 선교사님의 입국을 고려한다면 어떤 문제가 있을까요?"

"―아직은, 저를 보호해 줄 사대부가 없고 저와 함께해 줄 신자가 없습니다. 제가 일본서 조선 교우들에게서 들은 소문으로는 오사카 지역에서 영세를 받은 수 명의 조선인 신자가 사명대사의 쇄환사 활동에 응하여 돌아갔다고는 하나 그들이 어디에 있는지 찾을 수도 없습니다." 빈첸시오도 수십 번 생각해 보았던 문제였다. 어떻게 해서라도 조선 땅을 다시 밟아보고 싶어서였다. 그러나 현실은 이상과는 다른 것, 냉정해야 했다.

"만약, 밀입국을 한다면 어떻게 될까요?".

역시 수없이, 혼자서 생각해온 문제였다.

"예, 제가 밀입국 후 믿고 의지하여 안심하고 머물 곳이 없다는 점이 제일 큰 문제입니다. 매우 근본적인 거죠. 왜냐하면 조선 밀입국에 성공하여 포교를 위해 사람들을 만나야 할 때, 수소문한 친척집을 찾아 머물거나, 가령 허균 대감을 설득하여 그의 집에서 머문다고 할지라도 곧 관아에 고발될 수밖에 없을 것이기 때문입니다. 전라도 구례에서 승려로 계신다는 형님께는 우리 신앙의 차이로 폐를 끼칠 수도 없고 즉시 타 승려들이 죽일 듯이 달려들 것입니다. 관에서는 포상과 형벌을 협박하며 방을 붙일 터이고 고발은 아무도 멈추게 할 수 없을 것입니다. 조선의 각 지방 관청이나 수도 서울의 관리는 매우 엄격하고 종교와 신문물과 신사상을 전달하려는 저를, 그들의 왕국을 탐내는 일본에서 온 앞잡이쯤으로 여기겠지요."

"어떤 방법이 가장 효과적일까요?"

"우리가 처음 내렸던 결론 그대로라고 봅니다. 조선 왕실의 권력 있는 사대부들이 일본의 오다 노부나가처럼, 앞선 서양 문물 학습을 귀중하게 여기게 되고 자연스럽게 그리스도교를 이해하거나 믿는 사람들이 나오는 때를 기다려야만 한다는 것입니다."

"허균 대감과 이정구 대감은 어떤 분들입니까?"

"이정구 대감은 유불선(儒拂仙) 사상으로 완벽하게 자신과 가정을 이끌어 나가는 분입니다. 동행했던 대통관의 이야기를 빌자면, 부인 또한 이 사상이 철저하며 조선에서 검소한 대갓집의 안주인으로 절약과 겸손으로 명예를 지키고 있지만 그의 자손들은 모두 부가 넘치는 사대부들과 혼사를 맺는 등 전통적인 관념의 유교관과 불교 신앙관, 양반 의식을 뿌리 깊게 갖고 있다고 판단합니다. 허균 대감은 매우 과격하고 개방적이나 급한 성격이고 평등 의식이 강한 사람입니다. 반상과 서얼의 차이를 철폐해야 한다고 믿고 현재의 양반 제도를 개선해야 한다는 생각을 갖고 있다고 봅니다. 조선이 강국이 되기 위해서는 실학을 도입하여야 한다고 믿지만 의식의 뿌리는 자신이 조선의 양반가 중에서도 훌륭한 집안에, 소수의 출세가문이라는 것입니다. 왜냐하면 그의 3형제 모두가 과거에 급제하여 고관이 되었고 큰형 허성은 선조 23년 (1590년)에 예조판서로 일본을 다녀오기도 했습니다. 작은 형 허봉 또한 선조 6년 (1574년)에 명나라에 사신으로 다녀가기도 했으나 정적들에 의해 유배당하고 죽었습니다. 누나도 뛰어난 재주가 오히려 남편과 시댁에서 차별 대우를 받게 했습니다. 그것이 병이되어 일찍 죽었지만 누나의 문집이 명나라에서 출판되기도 했습니다. 한마디로 말씀드려서 천재들의 가문으로 현 조선의 제도에 대해 반발적으로 보이기는 하나 저가 믿고 의지할 수 있는 신앙의 보호 세력이 되기는 아직 이른 시기라고 봅니다. 게다가 또 다른 심각한 문제는 그들 모두가 너무 깊게 당파 싸움에 개입되어 있어, 언제 정적들한테 죽음의 길로 인도될지 모른다는 것입니다. 이런 점이, 그들이 그리스도 신앙을 받아드리는 것을 포기하게 만들거나 망설이게 하겠지요."

"향후에는 언제쯤 조선의 사신이 옵니까?"

"정확히 언제일지는 모릅니다. 그들은 분명 매년 서너 번 옵니다."

"내년에 허 균 대감을 또 만날 수 있을까요?"

"그는 저의 사적인 물음에, 계속해서 벌써 여러 번 명(明)을 다녀갔고 지난번 다녀가며 지녔던 천주교리책에 대한 정적들의 공격이 시작되고 있어 어려울 것 같다는 이야기를 했습니다. 그렇지만 정사로는 아마 이정구 대감이 계속 역임할 것이며 누구라도 북경의 남당 천주당은 반드시 방문하게 될 것이라고 하더군요. 그들에게도 자신들에게처럼 진실한 천주당의 모습을 보여주기를, 그래서 서구 문화의 한 단면이라도 즐기게 해 주기를 부탁했습니다."

"빈첸시오 형제님은 이미 조선에서 유명 인사가 되신 분이군요? 하하하하."

"신부님, 저는 그런 유명세를 원하지 않습니다. 그러나 이름이 그렇게 알려져 버리게 된다면 그 점이 오히려 우리의 포교에 도움이 되어 주기를 바랄 뿐입니다. 저는 그 일을 위해 이곳에 와 있고 앞으로도 그런 몫의 일을 맡은 형제들 중 한사람이 되고 싶습니다."

그러나 빈첸시오도 졸라 신부의 질문을 떠나서, 아무리 조선의 상황이 어렵더라도 자신이 북경에 머무는 기간 중 조선 현지를 방문하고 포교의 거점을 마련할 필요가 반드시 있다는 생각이 점점 커지고 있었다. 조선에서 사신들이 오지 않는 기간에 빈첸시오는 북경의 조선인 신자를 늘리기 위해 조선인 가정을 찾아다니며 교리를 해설하고 신앙을 권유했다. 시간이 넉넉한 주중에는 인근 도시들의 조선인들을 찾아 나서기도 했다. 유문휘 수사의 기꺼운 도움이 빈첸시오에게 큰 힘이 되었다. 어느 날에는 그에게서 유화와 수채화를 배우기도 했고 빈첸시오도 신학교에서 배운 그림 솜씨를 뽐내기도 했다. 둘은 자신들이 행하는 업무에 늘 주님이 함께해 주시기를 기도할 때면 둘의 기대가 모두 이루어 질 수 있다는 희망에 가슴이 벅찼다.

1616년과 1617년에도 이정구 대감이 정사로, 류 간(柳澗)을 부사로, 장자호를 역관으로 한 일행 300여 명이 연이어 와서 4개월을 북경에 머물고 돌아갔다. 예조와 호조 참의를 거친 류 간 대감은 매우 고고한 성리학 심취자였다. 그도 진주 사람으로 임진란 때 진주성 함락에 대한 역사를 함께 이야기하면서 눈물도 흘렸으나 모든 성내의 조선인들이 왜 목숨을 걸고 방어를 해야 했는지에 대해서는 당시의 비참전파 사대부들이 가졌던 의식에 철저하게 동조하고 있어 빈첸시오와는 차이가 컸다. 순전히 동향이라는 인식으로 그와 좀 더 가까워지려 노력도 해 보았으나 그의 물려받은 선민 양반 의식과 유학적으로만 형성된 뛰어난 두뇌는 다른 사상의 출입을 철저히 금하고 있었다. 그의 북경 체재 중 네 번을 만나 서학과 그리스도교가 조선의 발전과 안정에 기여할 수 있는 확신과 가치에 대해 설명하고 유럽 각국들의 문물과 사조(思潮)를 예를 들었다. 그러나 그의 관심은 빈첸시오의 설명과 제안에 있지 아니했고 오로지 사대(事大)를 통한 명과 친밀한 관계 유지에 전력을 기울이고 있을 뿐이었다. 그와 함께 온 역관(통역)들과 호공관(일행의 호조), 서장관(일행의 감독 관리, 기록)들에 대해서도 빈첸시오가 느낀 점은 이 정구 대감과 차이가 없었다. 권위를 지니고 장래를 내다보고 대화를 할 수 있는 자도, 다른 작은 가능성을 가지거나 숨기고 있는 자도 만날 수 없었다. 부사 류 간 역시 서학에 대한 관심은 그저 스쳐 지나는 호기심에 지나지 않는 듯 했고 나머지 역관들과 수행원들도 호기심을 넘어서는 적극적 행동과 말을 하는 자가 없었다. 그들은 모두가 누구에겐가 단단히 말을 들은 듯, 짐짓 "별 게 아니다"는 인식을 하기 위해 일부러 노력하는 듯 보였다. 정사 이정구 대감이, 임진왜란 시기에도 선조의 어의였던 구암(龜巖) 허준(許浚)을, 전쟁 후 선조가 죽자 자신이 중심이 되어 그의 약 처방을 문제 삼아 탄핵하여 귀양을 보냈다는 이야기를 자랑했을 때, 궁내에서 그가 죽은 왕을 향한 일편단심을 표현하고 자신의 명성을 유지하기 위해 만들어내는 억지가 통했다는 조선의 조정을 생각했다. 크게 뜬 눈이 감기지 않았고 오를 수 없는 벽과 같은 절망이었다. 물론 찬찬히 생각해 보면 일국에 새로운 종교를 전하는 기회가 쉽게 얻어질 것이란 생각은 곤란했고 '쉽게 얻어진 것은 쉽게 없어진다'는 말조차 머리를 맴돌았다. 그러나 자신을 포함한 일본의 그리스도교 전체가 지금 처해 있던 답답한 상황을 생각하면 조급해지지 않을 수 없는 현실이 무겁게 머리를 내리 누르고 있는 것이 사실이었다. 하지만 세상만사에 세월이 필요한 법은 똑 같았다.

알고 보니 빈첸시오가 북경에 오기 전인 선조 34년 (1611년)에 명을 다녀간 이수광 대감은 허균의 동서였다. 그는 천주학에 대한 관심이 지대하여 마테오 리치 신부가 쓴 '천주실의'와 '교우론'을 입수하여 조선으로 돌아갔고 허 균은 그의 영향을 받았다고 생각했다. 그 몇 년 전에는 이광정과 권 희라는 대감들이 마테오 리치의 '곤여만국전도'를 조선으로 가져갔다는 말들을 중국의 수사와 사제들에게서 듣기도 했다. 빈첸시오는 점점 조선의 사대부들 관심이 그리스도교로 쏠리고 있다는 점은 분명하다고 믿었다. 허균의 말에 따르면 이수광과 유몽인(柳夢寅)이 종종 천주실의와 교우론을 읽고 서학에 대한 의견을 교환하기도 했고 유교와 불교, 도교 등과 비교해 보기도 했다고 말했다. 그것이 전부였으나 이제 그 작은 시작이 큰 열매를 맺는 준비를 하게 해 줄 것이라고 믿었다. 빈첸시오가 파악하기에 아직은 조선의 사대부들이 천주교리상 천주(天主)와 유교의 상제(上帝)를 동일시하고 있고 천국과 지옥을 불교의 극락과 지옥으로 동일시하며, 결혼하지 않고 종교 집단을 이룬 것 또한 불교와 같다고 여기며 유학적인 견지로 이교(異敎)에 불과하다고 단정하고 있는 것이 문제라고 보았다. 따라서 이들의 서학에 대한 접근은 신학문적 접근에 불과한 것이 아닐까 하고 걱정도 했다. 왜냐하면 허균과의 대화를 통해 1609년에 명을 다녀간 유몽인의 어우야담(於于野談)에서 언급한 그리스도교에 대한 내용은 서교(西敎)라는 명칭으로 선도(禪道)와 승려, 무속, 영혼, 귀신 등을 함께 기술한 종교 편에서 간략히 언급했을 뿐이었고, 중국에서도 서교의 종교적 중요성에 대한 인식이 낮다고 평한다는 말을 들었기 때문이었다.

빈첸시오와 졸라 신부는 중국에서 그동안 조선 포교에 대한 자료를 수집하고 조선에 입국할 수 있는 길도 알아보는 일에 노력을 기울였으나 뚜렷한 성과는 없었다. 조선에서 해마다 명으로 오는 대부분의 고관들을 만나서 교리서와 서양의 문물을 전하고 조선의 상황을 탐색하는 외에는 포교를 위한 입국 절차나 어떠한 기회를 찾을 수도 없었다. 그들을 따라 조선으로 입국할 수 있는 허락을 받아낼 수 없었고 무작정 그들을 따라 나선다고 될 일도 아니었다. 조선에 대한 포교의 시작은 형식과 예절을 갖추어야 했다. 그런 결과와 환경이 그들은 마치 자신들의 태만이나 무지로 인한 것처럼 안타깝게 여기며 주먹을 움켜쥐고 부르르 떨기도 했으나 뾰족한 방법이 있을 수 없는 조건은 누가 보더라도 너무나 자명한 것이었다. 빈첸시오의 감출 수 없는 정열의 대상인 모국, 조선이라고만 하면 가슴이 먼저 떨려오는 감정을 논리적으로 설명할 수 없는 이유는 그곳에 자신의 근원적인 뿌리가 있기 때문이라고 생각했지만 자신은 늘 부족하다고 여겼다. 당시의 동북아시아 정치사회적 상황은 빈챈시오와 졸라 신부의 활약을 점점 어렵게 만들어 가고 말 것을 그들도 짐작하고 있었다. 혼돈된 정치 상황 아래서 장기간 훈련된 그들 자신의 육감에 기인한 것이기도 했다.

이미 만주의 여진족을 통일한 누르하치는 본래의 성 애신각라(愛新覺羅)에 이름인 노을가적 (老乙可赤)을 붙여 '누르하치'라 불리며 신라인의 후손임을 당당히 밝혔고(신新을 사랑하고 라羅를 생각하는) 천명제(天命帝)가 되어 스스로를 하늘이 내린 황제로 인식하고 있으면서 호락호락 명과의 전선을 양보할 인물이 아닌 것이 분명하기 때문이었다. 1559년 건주여진을 세운 이후 대여진국으로 발전하고 드디어 1618년 대금국이라 칭하게 되었을 때 그는 천명제(天命帝)가 되어 있었고 조선의 사대국 명은 이미 망국의 길로 들어서고 있었다. 명은, 해결하지 못하고 쌓였던 내부의 분란과 체제의 문제점들, 세금 폭증과 극심해지는 빈부 격차로 폭도와 유민(流民)으로 변해 가는 농민들, 계속되는 이상 기후로 나타난 대기근이 엄청난 아사자들을 만들고 있었고 전염병이 돌아 지옥적 상황이 전국에서 일어나고 있었으나 조정은 뚜렷한 구휼과 구제책을 내놓지 못했다. 빈첸시오와 졸라 신부에게 마카오와 남부 항구에서 전해오는 일본의 소식도 더욱 비극적인 것이었다. 1617년 5월에 나가사키에서 예수회의 페드로 수사와 죠아오 신부가, 6월에는 도미니코회의 알퐁소 베니토 수사, 아우구스틴회 헤르난도 아얄라 수사와 일본인 신자 4명이 나가사키에서 순교했다는 소식이었다.

1618년 3월, 봄이 다시 돌아오자 조선 포교에 애를 태우던 빈첸시오는 졸라 신부와 협의해 겨울 내내 고민했던 조선 입국 강행 계획을 만들기 시작했다. 신부는 북경에 자신이 남고 조선인인 빈첸시오가 밀입국을 감행하는 안을 그의 요구대로 확정했다. 후금과의 전투 지역을 통해 선양과 단둥까지 가서 조선 신의주 쪽으로 들어가는 길을 택하고 준비가 되는대로 떠나기로 했다. 어떤 어려움을 겪더라도 현장을 반드시 확인하겠다는, 무모했지만 열망을 불태운 의지의 소산이었다. 경비는 일본 관구에서 보내온 왜은과 중국의 백은으로 300냥을 준비하여 2상자로 나누었다. 한 달에 5냥씩 한사람의 인건비로 예상하고 10명이 6개월을 지낼 정도의 비용으로 부족하지 않았다. 길을 안내할 사람으로 만주어를 할 수 있는 북경 거주 만주인 둘과 예수교인 중국인 둘을 호위자로 섭외하여 왕복 6개월간을 함께할 여정으로 4월 중순에 출발하여 겨울이 닥치기 전에 북경으로 다시 돌아오는 계획이었다. 중국인, 만주인 복장이었다. 1차 성공하면 2차부터는 조선 체류를 상황에 따라 더욱 늘리며 졸라 신부도 함께 하기로 했다. 막상 출발을 앞두고 다시 각 예정지의 상황을 점검해 보니 예상보다 후금의 점령 지역과 전쟁 지역이 넓게 퍼져 있고 혼란을 틈탄 도적떼의 출몰이 잦을 걱정이 되었다. 조금 일정이 길어지기는 하겠지만 좀 더 안전한 수로를 통해 천진으로 가서 해안을 따라 북상하여 당산(唐山)과 금주(錦州), 영구(營口)를 거쳐 단동(丹東)으로 가는 길로 변경했다. 실행에 차질이 없다면 북경에서 단동까지 2주를 예상했다. 그곳에서 신의주로 밀입국 시 조선인 안내자 둘을 더 구해서 최종 인원을 일곱으로 꾸릴 것이었다. 다들 무술에 소질이 있고 행동이 재빠른 사람들로 이동과 잠입에 대담하게 임하면서 빈첸시오의 지시에 절대적인 복종을 할 수 있는 사람으로만 채웠다. 합법적 입국이 불가능하다면 밀입국 밖에 방법이 없고 밀입국에는 일행의 규모가 커서는 곤란하며 행랑이 단촐해야 하고 잠입 지역도 1차로 북쪽 국경이 가까운 평양까지 만으로 한정했다. 빈첸시오도 부유한 중국인으로 변복하고 포교를 위한 환경조사와 거점을 어떻게 마련할지 확인하는 여행 목적에 충실하기로 했다.

신의주와 평양에서 3개월을 머문 후 돌아오는 과정 1개월을 잡아 돌아오는 시기를 9월에, 늦어도 10월까지는 북경에 도착하는 여정이었다. 조선과 국경 지역이나 요동 반도에는 조선인도 많이 살고 있다는 점은 빈첸시오를 막연히 더욱 용감하도록 만들고 있었다. 신분은 중국에 거주하는 외국인과 조선 민간인 사이에 무역을 합법적으로 하기 위한 조선 정부의 허가 취득과 사전 조사 목적으로 위장했다. 남당에서 발행한 신분을 증명하는 라틴어 서류는 있었지만 내용을 알 수 있는 사람은 빈첸시오 자신뿐이었다. 선교사로서 무역 행위에 대한 의문이 제기되면 적당히 설명하나 일본에서 예수회의 무역관련을 예로 삼아 둘러대기로 했다. 신분증은 문제가 발생시 일종의 외교적 관례에 따른 대우를 기대하며 만든 것이었다. 이외 모두는 명(明)에서 발행한 목제 여행패(牌)를 지니고 있었다. 그것이 생명을 지켜낼 수 있는 보증서도, 외교 문서도 아니었고 그저 아주 너그럽고 서학에 뜻이 깊은 조선의 양반이나 고관들을 만나 도움 받을 수 있기를 기대할 수밖에 없었다. 2차로 조선을 방문 시에는, 운이 좋다면 고향도 들러서 형을 찾아보고 서울의 궁궐에서 왕도 알현할 수 있는 행운도 있기를 바랐다. 빈첸시오는 마테오 리치 신부의 천주실의 3권과 우의론 2권, 자신이 동일한 크기로 한가했던 겨울에 필사한 세계지도 하나와 성무일도와 성서, 평소 지니고 있던 마리아와 두 여인 (줄리아, 베네딕타 수녀)의 선물이었던 로사리오와 붉은색으로 십자가를 구석에 수놓은 견직 손수건을 개인 사물로 소중히 챙겨 지녔다.

　이들이 출발하는 4월에 후금(여진족, 후 청나라)은 심양(瀋陽) 동쪽
의 무순(撫順) 지역을 점령할 목적으로 병력을 모으고 있었다. 4월 15
일, 1만 명의 후금군이 대등한 병력의 명나라 무순성을 공격하면서 전
쟁이 시작되자 성주 이영방은 얼른 항복하여 목숨을 부지했다. 단 일만
의 병력으로 손쉽게 성을 함락시킨 여진족은 장승음이 이끄는 1만의 명
나라 구원병을 무순 평원의 야산에 진을 치고 기다리다가 기습하여 분
쇄해 버렸다. 5월에는 무안과 백가충 등 명나라의 11개성을 추가로 함
락시키고 7월에는 청하성 전투에서 팔천의 명나라 군사를 몰살시켰다.
빈첸시오 일행이 조선으로 입국하고자 하는 길에는 이와 같은 전투가
빈번하게 벌어지고 있었고 조선의 상황 또한 명의 참전 요구로 인해 전
전긍긍하는 전운이 감돌고 있었다. - 조선은 이듬해 1619년 푸순 인근
의 사르후 전투에 명의 엽합군으로 일만 오천의 병력이 참전하여 후금
군과 2일간 전투에서 만 명이 전사하고 4천명이 포로가 된다. 조선측 사
령관으로 비운의 사나이 강홍립(姜弘立, 1560 - 1627)은 조명청(朝明淸)
관계에서 고민하다 투항했고 조정은 그의 가족 모두를 사대국 명을 버
리고 오랑캐국 청에 변절한 자의 가족이라며 참수했다. 그의 선조도 진
주 출신이었다.

　무슨 일이 생길지 모르지만, 빈첸시오는 그대로 북경에 머물며 조선
의 입국을 수천 리 밖에 앉아 짐작만 해보는 자신의 태도를 스스로가 용
납하지 못하게 한다고 믿었고 일본의 신학교에서 배우고 쌓은 지식과
자신의 내적인 강건함과 의지, 전도사와 교리 교사로서의 경험이 조선

을 숨어든 후 잠행에서 더욱 구체화된 포교의 실마리를 찾을 수 있게 해 줄 것이라는 막연한 기대를 갖자, 커다란 새로운 희망이 솟았다. 뜻이 있으면 반드시 길은 있다는 믿음이었다. 전쟁을 치르지 않는 지역의 여행은 굶주린 사람들의 행렬이 있기는 했으나 그다지 위험을 느끼지는 못했다. 천진에서 배를 내려 말을 사서 타고 길을 걷던 삼 일째였다. 일행이 당산과 금주, 심양을 지나 산길을 들어선 이후 본계(本溪)라는 작은 읍에 도착을 한나절 남겨 두고 있었다. 본계를 지나면 단동까지는 하루면 족했다. 곧 조선 국경에 닿을 수 있다는 기쁨이 솟았다. 숲이 짙은 산 고개를 돌아올라 거의 고갯마루를 넘어서는 지점이었다. 갑자기 숲 속에서 열대여섯의 무장 군인이 쑥 튀어나와 칼과 총을 겨누었다. 꼼짝 못하는 일행을 무장해제 시키며 만주말로 묻자 두 만주인 안내자가 나섰다. 후금국의 홍타이지 지휘하 지르타이가 이끄는 부대였다. 이들은 명나라의 홍승주 지휘하 조대수 부대를 공격하려 사전 정찰을 하는 과정에서 빈첸시오 일행을 체포한 것이었다. 빈첸시오와 호위자 넷이 타던 말과 지녔던 칼을 모두 뺏은 후 숲속으로 그들이 앞세운 길을 따라 한나절을 걸었다. 빈첸시오는 점심때가 지나도록 아무것도 먹지 못해 몹시 시장하고 목도 말랐으나 도착하면 뭔가를 먹여 주겠지 하고 편안하게 생각했다. 넓은 분지가 나타나고 키 높은 자작나무가 빽빽하게 들어선 곳에 수천의 지르타이 병사들과 말이 진을 치고 있었다. 그곳에서야 넷은 여태 묶지 않았던 양손을 뒤로 결박당하여 커다란 천막 앞에 이르렀고 우르르 몰려나온 험상궂은 여섯 병사가 그들을 천막 안으로 안내했다. 자리에 앉아있던 지르타이가 물었고 만주인 안내자가 통역했다.

"나는 지르타이다. 너희는 어디로 가는 길이냐?"

"우리는 조선으로 가오.""무슨 일이냐?"

"이분은 조선인 천주교 선교사시오. 조선의 친척을 만나러 가오."

"더 나아갈 수 없다. 전쟁터를 지나 조선으로 갈 수 없다는 것을 뻔히 알고도 옮겨 다니는 것이 수상하다. 모두가 조선으로 함께 간다는 이유도 알 수 없고."

"우리 넷은 이분 선교사를 안전하게 수행하는 중이었소."

"믿을 수 없다, 그대가 조선인 천주교 선교사이시오?

"그렇습니다, 장군."

"이름과 살고 있는 곳은 어디요?"

"나는 권 빈첸시오로 북경의 남당 사제관에 머물고 있습니다."

"어디서 언제, 무엇 때문에 여기로 왔소?"

"4년 전에 일본에서 조선의 포교를 준비하러 중국으로 왔습니다."

"그런 일이라면 일본에서 조선으로 바로 가면 될 일이 아니오?"

"조선은 허용된 일본인의 부산 왜관 출입과 단동을 통한 중국인 출입 외, 모든 외국인의 입출국을 엄격히 금하고 있습니다.""그대는 조선인이 아니오?"

"그렇습니다, 장군. 난 조선인이오만 임진왜란 중에 포로가 되어 국적을 잃은 것이나 다름없는 예수교 선교사입니다."

"말이 조금 복잡해진 것 같소만, 그런 것이 왜 조선 입국을 못하게 하는 사유가 된단 말이요?"

"나도 모릅니다. 그래서 이렇게 입국을 시도하러 가고 있는 중입니다."

빈첸시오 일행 모두가 조선인처럼 보여 구분을 하기 어려웠던지, 곁에 있던 두 병사에게 지르타이가 말했다.

"우이두와 망골태, 그대들은 조선말도 하는 동해 여진이 아닌가?"

"네, 장군. 조선어를 합니다."

"별 의심은 없다만, 이들의 소지품을 압수 후 옥에 가두고 조선말로 저 천주교 선교사를 문초하여 진실을 확인, 보고하라."

이후 넷은 망골태와 우이두를 따라 그들이 진을 친 곳에서 가까우나, 외지고 높은 바위가 많은 곳의 자연 동굴에 갇혔고 망골태가 인솔해 왔던 병사들을 시켜 소지품을 모두 빼앗았다. 타고 왔던 말은 진즉에 뺏겼고 다시 이들의 품과 행장(行裝)을 뒤지자 신분증과 여행패 외에 빈체시오에게서 성무일도와 기도서, 성경과 노자로 준비한 왜은, 백은 근 300냥 두 상자, 함께한 안내자들에게서 미리 삯으로 받은 은괴 중 조금만 바꾼 소액의 돈과 말린 소고기 육포와 미숫가루와 같은 중국인들의 비상식량이 나왔다. 두 여진인이 만주어를 쓰며 압수한 물품에 대한 이야기를 하는 중에 우이두가 빈체시오에게 말을 걸었다.

"조선인이시라고요?

"그렇습니다."

"망골태와 난 건주여진이오. 동해여진이라고도 하지만 모두 그냥 '주션'이라고 부릅니다. 함경도 북방에서 조선인들과 이웃하며 조선말을 배웠고 수많은 우리의 형제가 조선 땅에서 조선인으로 살고도 있습니다. 우리 부대에도 조선인이 몇 있지요."

"예?, 이렇게 만나서 정말 반갑습니다, 어쩌면 이렇게 만날 수 있다니요?" 하고 빈체시오가 큰 안심을 하며 한숨을 쉬고, 그렇게 호의로 물어주어 고마운 대답을 했다. 빈체시오의 신분과 선교사로서 학식, 조선에 대한 지식과 입국 후 계획 등에 대해서도 소상히 물어 알기 쉽도록 대답해 주자 이들은 고개를 끄덕이며 이해한다는 표정을 지었다. 이후 둘은 만주어를 쓰는 빈체시오의 호위 둘을 가리키며 뭐라고 한참을 묻고 목소리를 높여 꾸짖듯 힐문하기도 하자 둘은 몸을 바들바들 떨면서 공포에 질린 모습을 보였다. 이어 병사들이 중국어를 쓰는 두 호위에게도 그동안의 행적과 향후의 계획에 대해 묻고 명의 첩자가 아닌지 수상한 점을 캐내려 옥박지르고 있었다. 한참을 그렇게 조사하며 소소한 신변품들까지 압수하고 와자지껄 시끄럽게 떠든 후 다섯을 동굴 내에 세워둔 말뚝에 한 사람씩 묶어 두고 나가려 했다.

"여보시오, 여태 우린 아침을 조금밖에 먹지 못했소. 목도 마르고 배도 고프오. 먹을 걸 좀 주시오." 하며 빈첸시오가 힘없이 부탁하자, 망골태가 "알았소." 하고 대답을 하고 경비병 셋을 남겨 그들을 지키게 두고 동굴을 나갔다. 저녁 6시경, 그들이 묶인 몸을 풀고 물과 미숫가루, 육포를 조금씩 나누어 주었다. 빈첸시오는 허겁지겁 끼니를 때우는 호위 넷을 둘러보고, 자신이 먹다가 반쯤 남은 음식을 그들에게 주었으나 물은 이미 자신이 다 마시고 없었다. 다시 몸이 묶이고 두 시간쯤 지나자 쥬선인 여진족 둘이 들어와 빈첸시오만 묶은 줄을 풀고 지르타이에게 데리고 갔다. 그의 천막 안에는 넷을 위한 차와 약간의 음식이 차려 있었고 지르타이가 빈첸시오와 쥬선인 여진 둘을 자리에 둘러앉히고 말했다. 그는 중국어를 잘했다.

"빈첸시오 선교사, 내 어머니는 몽골에서 그리스도인이셨소. 늘 내게, 때가 오면 그리스도 전도사들, 성직자들을 잘 돌보아 주도록 말씀하셨소. 오늘 그대를 만나, 난 돌아가신 어머니의 그 가르침을 다시 생각하게 되었고 그대가 말한 모두가 사실인 것을 알았소. 우리는 중국인들 패잔병처럼 사람의 목숨을 함부로 빼앗는 도적이나 강도가 아니오. 대금국 애신각라 황제의 용감한 병사들이오. 명나라쯤은 우리의 적수가 되지 못한지는 오래 됐소." 하며 벙긋 미소 띤 얼굴로 빈첸시오 앞에도 놓여 있는 그들의 민속주 잔을 들어 건배를 청했다. 적의가 없고 오히려 보호해 주겠다는 말이었다. 빈첸시오는 안도의 숨을 쉬었으나 왠지 더 이상 동쪽으로 길을 가기는 어려울 것 같다는 실망감을 느끼며 잔을 들어 같이 건배한 후 마셨다. 매우 독한 술이었다. 목이 타오르며 속이 찌르르 하더니 몸이 따뜻해지고 있었다.

"우리 후금은 몽고에서처럼 예수교 선교사들에게도 활동할 기회를 보장합니다만 전쟁이 끝나야만 되오." 하고 그가 말하자 빈첸시오가 답했다.

"저는 조선에서 활동해야 할 사람입니다."

"예, 압니다. 나는 선교사가 조선인으로 포교의 열망을 갖고 있다고 이들에게서 들었소이다. 그러나 더 동쪽으로 갈수록 더욱 많은 우리 군대를 만나게 될 것이오. 그들 중에 일부는 선교사의 참뜻을 모르거나 첩자로 오해하여, 생명을 위협 받을 수도 있소. 조선으로 가더라도 마찬가지고요. 그들은 형제국인 우리 후금을 오랑캐로 멸시하며 오히려 그들을 업신여기는 명을 지원하려 하고 있소. 물론 우리가 이들까지도 깨부수고 말겠지만, 지금 조선에 들어가면 우리가 보낸 첩자로 오인될 수도 있고, 와중에 목숨을 잃을 수도 있으니 포교를 위한 일은 요만큼도 이룰 수도 없을 것이오." 하며 오른손 엄지의 손톱 부분을 왼손 엄지로 반쯤 덮어 앞으로 내밀며 조선인 버릇처럼 말했다.

"그렇습니까? 저도 대충 짐작은 했으나 상황이 이 정도일 줄은 몰랐습니다."

"우이두가 조선쪽에서 왔으니 이야기를 들어 보시지요. 우이두 말씀 드려."

"예, 장군. 저는 뭐 종교에 대해 별 관심이 없이 살았고 어머니가 동구 밖 고목에 색실을 걸고 횃대를 함께 묶어 두는 것을 지켜봤을 뿐입니다. 언제가 할머니 말씀으로 대제 쿠빌라이께서 그리스도교 신부와 선교사들을 환대하고 포교를 하게 했다(1260년)는 전설 같은 이야기를 듣고 그렇다면 대제의 말씀처럼 그리스도교를 알아 볼 필요가 있다고 늘 여기고만 있었습니다."

"그러합니다. 그때 프랑스라는 나라에서 저 같은 선교사들과 신부들을 몽고로 보냈다고 배웠습니다. 지오반니와 빌렘이라고 불린 그들은 황제 쿠빌라이 칸을 알현하고 프랑스 황제 루이 9세의 친서를 전달했습니다. 좋은 시절이었습니다. 360여 년 전의 이야기입니다." 하고 빈첸시오가 자상하게 역사 이야기를 하며 화답하자,

"그런 과거의 역사를 소상히 배우시는군요." 하고 지르타이가 깊은 호감을 나타내었다. 빈첸시오는 자신을 포함해서 다섯이 목숨을 확실히 부지하겠구나 하는 안심이 되었다.

"그래서 쿠빌라이 칸께서 뭐라 하셨소?"

"이들이 돌아갈 때 백 명의 그리스도교 학자와 사제를 보내 달라고 하셨지요. 그 이후 프랑스의 사정이 어려워져 소수의 수도자와 신부, 민간인들 수십 명밖에 보내지 못했습니다. 그들 일행에 마르코 폴로라는 사내도 있었고 그가 다시 자신의 나라로 돌아가서 쓴 책 '동방견문록'은 유럽에서 큰 관심을 불러 일으켰습니다."

그들은 함께 음식을 나누며 다른 관심거리들과 조선의 상황, 오래 걸릴 전쟁의 예상과 명이 패한 후 일어날 일들에 대해 밤이 늦도록 이야기를 나누었으나 두 사람의 쥬신 여진인과 지르타이의 이야기는 매우 간결하며 다정했고 세부적인 사유를 들어 빈첸시오가 단념하지 않으면 곤란하다는 것을 알게 해 주었다. 아무리 열망에 넘친 자신이라고 할지라

도 환경이 절대로 허락하지 않는 포교란 불가능할 수밖에 없는 일이었다. 지금은 때가 아니니 북경으로 돌아가고 혹시 북경에 머무는 중에 다시 만나게 되면 오늘을 기념하며 그곳에서 만주술 한잔을 다시 함께하면서 자신이 얼마나 칼을 잘 쓰는지 그때 모습을 보여 주겠노라고 자랑했다. 얼굴이 불쾌해진 그는 또, 그리스도교 포교에 대해, 자신이 조선의 왕쯤이야 반드시 빈첸시오 청을 받아들이도록 압력을 가할 수도 있다며 오른팔로 꽉꽉 누르는 시늉을 하며 기고만장했다. 조선의 왕을 그런 모습으로 무시하는 그의 무식이 우스웠고 답답했으나 내색하지 않았다. 그래도, 그가 그런 자격을 만들지는 모르겠지만 전쟁터에서 자신이 받은 대접을 평생 기억할 것 같았다. 지르타이는 그를 두 사람 여진족이 묵는 천막에서 함께 잠을 재우게 하고 빼앗은 성경과 기도서, 묵주, 은괴까지 모두 돌려주었다. 빈첸시오는 조선의 고관 누구에게든 선물하려 준비했던 마테오리치 신부가 제작하고 자신이 필사한 '곤여만국전도 (坤輿萬國全圖)'와 백은 150냥 한 상자를 지르타이에게 선물했다. 그가 "약소합니다. 받아 주십시오." 하자 지르타이는 두어 번 사양하는 척하더니 "부잣집 은괴 만 냥보다도 귀한 것이요, 지도는 세상에 둘도 없는 것이 아니겠소. 모두 애신각라 누르하치 황제께 봉헌 하겠소." 하고 예의를 차려 대답하며 받았다. 이튿날 아침, 빈첸시오의 일행 다섯을 앞세우고 그가 말했다.

"너희들을 석방한다. 동으로 가건, 서로 가건 너희들 뜻에 달렸다. 너희들에게서 압수한 금붙이 외에 말과 짐을 모두 돌려준다. 가거라."

빈첸시오는 살려서 돌려보내는 지르타이에게 감사를 표하고 돌아가려 준비하는 넷에게 말했다. "우리는 북경으로 돌아갑니다. 지르타이 장군이 살려주어 여러분과 함께 무서웠던 고비를 넘겼습니다. 북경으로 돌아가 그동안의 여비와 노임을 다시 계산해 드리겠습니다."

다들 말없이 짐을 챙겨 말 잔등에 얹고 있을 때, 만주인 둘이 빈첸시오에게 와서 북경으로 돌아가기보다 후금의 군대로 들어가 홍타이지를 위해 군사가 되고 싶어 했다. 빈첸시오는 그들의 진심을 재차 확인 후 잠시 그들의 중국 내 처지와 미래를 생각해 보고, 남아 있는 북경의 가족에게 사례할 것을 약속했다. 그들의 요청을 지르타이에게 말하자 그가 쾌히 수락했다. 쥬신 여진인 둘과도 다정한 인사를 나눈 이른 아침에 무순(撫順)을 출발한 셋은 다시 심양(瀋陽)을 거쳐 금주(錦州)에 하루 만에 닿은 후 이튿날 진황도(秦皇島)와 당산(唐山)을 지나 말을 팔고 천진(天津)에서 수로를 이용하여 북경으로 열닷새 만에 무사히 돌아올 수 있었다. 후금군에서 목숨을 건진 중국인 신자 둘은 빈첸시오의 행동과 처사에 깊은 감명을 받았다며 함께 감사기도를 청하여 올렸다. 남당에 도착하자 졸라 신부는 빈첸시오를 마치 사지(死地)에서 생환하는 사람처럼 반겼다. 그의 얼굴에는 힘든 일을 함께하지 못한 사람의 미안함이 역력히 나타나고 있었다. 빈첸시오를 수행했던 네 사람에 대한 그동안의 품삯을 정산하여 두 중국인에게 직접 지급하고 만주인 둘의 가족을 불러 그들의 몫을 지불했다. 이어 남은 거진 한 상자의 백은 백 냥을 졸라 신부에게 반납 후 중국산 백은 150냥 한 상자 모두를 지르타이에게 선물한 사유를 설명했다. "그들이 수도에 입성하면 우리에게 큰 도움이 되겠지요." 하며 미소 띤 얼굴로 대답했다.

빈첸시오가 명에서 마카오로 돌아가기 전에 이정구 대감 일행이 다시 명에 온다는 소식을 들었으나 그해 (1620년: 광해군 12년)에 금이 요양을 함락하자 평소 다니던 길을 통과할 수 없어 길을 우회하여 수로(운하)를 통해 어렵게 명의 수도 북경에 늦게 도착하게 되면서 빈첸시오와 졸라 신부는 그들을 다시 만나지 못하고 북경을 떠났다. 수로 어디에선가 그들은 스쳐 지났을 것이다. 이로부터 10년 후 1630년 이 길 위에서 쟈오 로드리게스 신부가 조선의 진위사 정두원과 조우하고 천리경(망원경)과 기계식 자명종 시계, 세계지도 등 서양의 과학이 담긴 물품 외 서양을 다룬 번역서 직방외기, 천문략, 홍이포제본 등을 선물했고 그는 귀국 후 인조실록에 이 기록을 남겼다.

일본 귀국

1619년 여름, 7월에 마카오의 일본 관할 예수회 관구에서 두 사람이 명나라에서 진행 중인 조선 포교 준비와 입국 시도를 중지하고 귀국하라는 편지가 북경 교회의 정기 서신편에 전해 왔다. 그해 늦봄 4월에 보낸 것이었다. 그동안 급격하게 악화되고 있는 명과 후금의 내전으로 조선이 망해가는 명에 의지하여 후금(청)을 적으로 삼고 있으면서 이들의 영토 만주와 국경을 맞대고 출입국을 강력히 단속하고 있는 점이 제일 문제였다. 해로의 이용은 사실상 불가능하기 때문에 육로로 조선에 입국하려면, 이미 후금의 영토가 된 만주를 반드시 거쳐야만 했기 때문이었고 조선은 후금을 나라로 인정하지 않고 세력이 커진 오랑캐의 불한당 무리쯤으로 보고 있었기 때문이었다. 또 향후 수년간 계속될 이들의 전쟁과, 명의 망국 후 후금(청)에서 예수회의 활동을 인정받고, 인정 시까지 극복해야 할 난제들 등, 앞일을 짐작하기 힘든 중국내 정황과 조선의 빈틈없는 입국관리와 폐쇄적인 붕당 정치가 마치 적들이 가득한 성을 둘러싼 수직벽처럼 오르기 어렵다고 여겼다. 그동안 빈체니오와 졸라 신부의 노력을 치하하면서도 더 이상 조선 포교를 위해 명에서 대기한다는 것을 현 시점에서 중단한다는 것이었다. 이런 통지는 현재 일본에서 겪는 도쿠가와 쇼군의 심각한 탄압, 중국에서 마태오 리치 신부 사후 중국 내 포교 방법론을 두고 예수회와 타 수도회간 심해지는 전교, 전례 의견의 차이, 이로 인해 교황청에서 벌어지는 현 중국 포교의 전례상 문제점이 자주 지적되면서 아시아 전체 선교가 위축된 영향이 컸다. 또한 그동안 서면으로 보고된 빈첸시오와 졸라 신부의 중국에서 노력한 결과가 조선의 고관들을 계속 접촉하며 조선과 인적 관계가 서서히 긴밀하게 형성되어 가는 점은 사실이었으나 뚜렷한 전망이 들어나고 있지 않다는 것도 원인이었고, 빈첸시오의 조선 입국 시도가 명과 후금의 전쟁으로 인해 중도에서 위기를 겪고 좌절된 것도 한 원인이었다. 빈첸시오는 그동안 유럽 출신의 수도자나 사제들을 통해 중국과 일본의 선교가 서양이나 아프리카, 타 아시아 국가들과 비교해 예상하지 못했던 어려운 '유교적인 문제'들을 극복하는 데에 시간이 더 많이 걸린다는 이야기를 자주 들었다. 이를 아는 자신이, 문이 꽉 닫힌 높은 성 아래에서 문을 열어 달라고 보이지도 않는 성 위의 누군가에게 큰 소리로 애원한다고 생각했다. 또 한편으로는 어렴풋한 짐작으로 "여기쯤서 하면 좋을 것이다" 하고 성을 넘어갈 수 있도록 바위를 깨어 돌을 만들고 정으로 그 돌의 이빨이 잘 맞도록 다듬어 가며 계단을 쌓는 장기간의 고난도 기꺼이 감내할 수 있다고 여겼다. 그리스도교의 조선 포교를 위해 자신의 일생을 바쳐, 혼신의 힘을 다하고 싶었다. 그러나 현실적으로 조선의 포교에 벽은 너무 높았다. 이를 위한 중국 내 활동도 한계에 부딪혀 있으며, 자신이나 졸라 신부가 어찌 해 볼 수 없는 이 상황이 좋아지기를 기다리며 중국에 오는 조선의 외교 사절들에게 최선을 다해 그리스도 교리를 전달하는 방법에만 매달릴 수밖에 없게 된 것이 모두 사실이었다. 일본 관구장 신부가 정한 당초 중국에서 두 사람의 활동 기한도 인식해야 했고 중국에서 명나라의 후금과 전쟁이 조선 포교를 위한 활동을 바탕부터 다시 짜도록 요구하고 있다는 생각도 들었다. 그래도 돌아가야만 한다는 자체는 섭섭했다. 자신의 무능이라고 여겨지기도 했고 수년 더 중국에 머물 수만 있다면 뭔가를 이루어 낼 것도 같았다. 빈첸시오는 그동안 조선 고관들과 면담에서 자신은 완벽하지 못했으며 이는 성령이 충만한 생활을 거룩하게 해내지 못한 결과로 그들을 감화시키지도, 자신의 뜻을 이루지도 못했다고 후회했다. 이런 생각에 한번 빠지게 되면 걷잡을 수 없는 스스로의 무력함을 책망하게 되고 어쩌면 자신이 장구한 역사의 교회 속에서 진정으로 있어야만 하는 선교사가 되지 못하는 것은 아닐까? 하느님께서 자신을 통해 이루시고자 하는 일을 포기하신 것은 아닐까 하는 나약함으로 괴로워지는 것이었다. 혼자서 조용히 명상하며 자신의 유약함을 깨닫기도 했으나 이런 전체적인 위축은 결국 자신이 너무 세속적인 목적에 신앙의 가치를 두었던 것은 아닐까 하는 의구심까지도 갖게 했다. 이런 점에 대해 졸라 신부와 함께 고민을 나누고 반성하고 회개할 점들을 찾아내려 노력했다. 동당에 나가 있던 빈첸시오 페레리오 수사와 유문휘 수사를 자주 만났다. 이제 중국에서 모든 활동을 접어야 하는 때가 왔다는 점은 그들을 슬프게 했고 이별의 아쉬움을 말하며 미리 서로 위로했다. 빈첸시오는 다시 자신을 회복하려 애썼다. 유문휘 수사는 빈첸시오에게 어떤 대상이라도 좋으니 그림을 그려 보도록 화지와 목탄을 주며 스케치를 권유 했으나 빈첸시오는 곧 되돌려 주었다. 도저히 그런 정도로 정서적, 심리적 여유를 찾을 수가 없었기 때문이었다. 대신 페레리오 수사의 말대로 빈첸시오는 자신이 생각하기에 증상이 심한 그런 날 밤이면 늦도록 혼자서 성가를 불렀다. 아리랑도 불렀다.

　일본의 그리스도교는 예수회에 의해 한 때 동양의 로마가 될 것이라는 성과도 있었으나 이제는 통치 권력에 의해 강력히 통제를 받고 있고 중국 또한 지나치게 중국화한 예수회의 선교 방법이 원리주의적 포교에 주력하는 프란치스코회나 도미니코회 등에서 포교의 방향 수정을 강력하게 요구받기 시작하는 처지가 되어 가고 있었다. 일본과 중국에 대한 예수회의 '적응주의 포교' 원칙에 의해 그리스도교는 극동 지역의 포교 역사를 창조하며 써 내려 가고는 있지만, 적응주의를 비난하는 측으로부터는 그동안 예수회의 업적이 통치 권력에는 무력을 증강시키고 신기술을 전달하는 서양문화와 과학의 매개체로만 다루어졌을 뿐이라고 극단적으로 무시당하기도 했다. 예수회의 활동은 권력자와 부자들을 위한 선교일 뿐이라는, 말할 수 없이 섭섭한 악의적 평가도 있었다. 그러나 선교지역의 예수회는, 정치적인 힘을 가진 자들에 대한 우선적 선교 과정에서 만인은 평등하다는 그리스도교의 가르침으로 인해 오히려 선교 지역의 황제나 왕, 또는 유사한 절대 권력을 가진 자들로부터 경계의 대상이 되고 있는 점을 피할 수 없었다. 예수회가 유일신과 평등사상을 선동하여 자신들의 통치에 저항하는 신앙을 퍼트리지나 않는지 늘 우려하는 현지의 소리를 항상 귀담아 들어 주어야만 했다. 예수회는 어떻게 하는 것이 올바른 포교 원칙인가를 두고 고민한다는 것은 틀리지 않다고 보았다. 그동안 그들의 '적응주의' 포교 과정을 통해서 유럽의 선교사들과 수사와 사제들은 일본과 중국, 그리고 그들이 잘 몰랐던 조선에 대한 지적인 인식 수준을 바르게 해 주는 효과를 가져 온 면도 있었다. 그러나 중국과 일본의 통치자들이 편협적으로 그리스도교 선교를 허용하여 그들의 통치 목적에만 부합토록 이용하게 한, 원하지도 않은 결과에 대해서는 고칠 점이 분명 있는 것도 사실이었다. 빈첸시오에게, 어쩌면 선교회 간 서로 타당한 교리에 근거한 주장과 경쟁 때문에 선교가 중지될 수도 있을 것이며 그것이 이미 시작되었는지도 모른다는 걱정도 있었다. 실제로 몽고 제국의 원나라 (1271-1368)에서는 번성했던 그리스도교가 명나라 (1368-1644)에 와서 마테오 리치 신부가 중국으로 오기 이전 수 백 년 간 절멸되었던 상태나 현재의 일본 상황이 이를 증명하는 것이 아닐까하는 의문이 들었던 것이다.

역사는, 로마 교황청이 근 백년간의 긴 논쟁을 거쳐 1704년 교황 클레멘스 11세가 결국 중국의 전례를 금한 후 1715년 이를 재확인했다고 기록한다. 중국 청나라 황제 강희제(康熙帝)도 상응 조치로 교황의 '(전례상 문제의) 회칙 수렴을 거부'한 것을 기록했다. 이 사건으로 1720년 강희제가 그리스도교 금교를 결정하고 옹정제(雍正帝)와 건륭제(乾隆帝)도 서양선교사에 대해 엄격한 조치를 취한다. 1724년에는 황제가 칙령을 발표, 천문학자를 제외한 모든 선교사들을 추방하기에 이른다.

마테오 리치 신부 사후, 1632년에 도미니코회, 1633년에 프란치스코회가 필리핀에서 중국으로 들어가자, 그들이 스페인령 필리핀에서 그리스도교를 선교하면서 필리핀 고유의 전통을 무시하고도 결국 선교에 성공했던 경험이 예수회의 중국 선교 방침을 반대하게 함으로써 교황청 내 시비가 본격화 되고 중국에서 전교가 어려움을 맞았다는 것이 정설이다. 도미니코회와 프란치스코회는 스페인 출신 선교사들이 주를 이루었으며, 예수회는 이탈리아와 포르투갈 출신들이 주를 이루고 있었던 관계로, 이들 수도회의 세력 다툼에 선교사들 사이의 민족 감정 문제까지 겹쳤고, 프랑스의 파리외방전교회가 도미니코회와 프란치스코회 쪽에 가세하게 되자, 중국 내에서 유교적 전통을 어느 정도 용인할 것인가에 대한 문제가 장장 100년간 가톨릭교회 내에서 만지기도 뜨거운 고구마와 같은 논쟁거리로 만든 결과였다. 여기에, 1610년 일본에서 마카오로 간 후안 쟈오 로드리게스 신부는 1630년 중국 명 조정의 요청으로 신무기 대포를 갖고 명과 후금의 전쟁을 도우러 가는 포르투갈군 (200명)의 사목과 통역으로 화북성 등주(현재의 연타이 펑라이)에 머무는 도중 조선의 진위사(陳慰使) 정두원을 만나 전 장의 조선 왕께 드리는 선물을 전한다. 하지만 중국에서 신부가 보고한 중국 내 하느님의 존칭에 대한 문제점은 타 선교회의 연이은 불만을 고조시킨다. 결국 85년 후 1715년, 교황 클레멘스 11세는 회칙 '전례상 문제 (Ex Illa Die)'를 통해 다음과 같이 유교적 행위들을 금지하도록 만든다.

- 하느님을 일컫는 라틴어 'Deus'는 중국어로 번역 시 '천주(天主)'만을 인정하고 '상제(上帝)', '천(天)'은 금지한다. 성당에 '경천(敬天)'이라는 현판을 거는 행위도 금지한다. 가톨릭 신자들 간에는 봄, 가을에 공자에게 제사를 지내거나 조상신을 숭배하는 의식을 거행하는 행위는 물론 이를 방관하는 행위도 할 수 없다. 청나라의 관료나 지방 유지라 할지라도 가톨릭으로 개종하였다면 매월 2회 공자에 대한 제례에 참석할

수 없다. 모든 가톨릭 신자는 사찰이나 사원에 참배하여 조상에게 기도하는 행위를 할 수 없다. 가정에서나, 묘지에서나, 장례식장에서도 조상을 (신이라 표시하고) 숭배하는 행위를 할 수 없다. 동행자가 비신자라는 이유로도 이런 행위를 할 수 없다.

이에 청나라는 교황청의 결정이 주권 침해라고 생각하여 가톨릭 선교의 자유를 취소하고 허가제로 바꾸었으며, 조선에서도 그제야 생기기 시작한 천주교 신자들이 조상 제사를 거부하는 것이 박해의 중점 사유가 된다. 클레멘스 교황의 유교적 행위 금지 교시는 빈첸시오가 순교 이후 90년 이후에 결정되었고, 조선에서는 이로부터 또 근 80년 이후 1791년 12월에 교회법에 따라 조상의 신주를 불사르고 제사를 모시지 않은 천주교도를 (권상연과 윤지충) 처형하는 (신해년) 박해가 처음으로 일어난다. 권상연(權尙然, 1751 -1791) 야고보에게 권 빈첸시오의 순교는 어떻게 작용한 것일까?

빈첸시오는 자신이 익힌 지식과 사상이 동양 3국의 지식층이나 통치자들에게는 아직도 제대로 이해되지 못하고 있다고 믿었으나 또한 자신의 그런 점이 너무 이른 습득 탓이라는 것도 함께 이해하려 했다. 그리스도교를 통한 인본주의나, 유럽이 르네상스시대를 맞으며 제기된 신앙의 재발견과 가톨릭 학교에서 가르친 학문에 의한 서민들의 지적 수준 향상과 교육에 의한 신분 상승, 신대륙의 발견과 과학, 상업의 발달과 봉건 제도의 붕괴, 화약과 나침판, 망원경 등의 실생활 사용과 이를 응용한 수천 가지 신기술로 이룩한 큰 변화가 일어날 미래와 여기에 적응해야 하는 가치관을 갖는다는 것을 조선이나 일본, 중국에서는 제대로 이해하지 못하고 있다고도 여기게 되었다. 종교 분열을 통한 개혁이라는 신교도의 탄생으로 급격하게 변화하는 전통의 선교 이념조차도 포용하고 받아드리는 그리스도교의 무서운 변화를 그들은 눈을 감고 짐짓 무시하고 있었다. 자신이 지닌 유교적 공맹의 도가 서양의 모든 사상보다 우월하다고 믿으며 심지어 그들이 전통적으로 섬겨왔던 토테미즘과 같은 봉건 신앙조차도 세계인의 종교가 되어가는 그리스도교의 교리를 넘어선 진리에 가득 차 있다고 여기고 있었다. 여기에 원리주의 교리를 고집하는 프란치스코회나 도미니코회가 부딪치면 결국 전교에 큰 난관을 맞는 것은 당연했던 것이다. 북경의 남당과 동당의 사제들과 수도자들, 명나라의 관리들과 비록 아직은 성공하지 못했으나 그동안 조선 포교에 빗장을 열 수 있도록 힘을 써주고 관리들을 소개하며 물심양면으로 지원해 준 마테오 리치 신부의 영원한 친구들을 찾아다니며 일본으로 귀환을 설명했다. 또 그사이 노력의 결과로 늘어난 남당과 동당의 조선인 서른여섯 세례 받은 가정을 각각 방문하고 격려하며 새로운 동포들도 자주 만나서 그들을 이끌어 천주당에 들도록 말해 주고 몇 번의 모임을 함께한 후에 이별했다.

돌아가는 길도 왔던 대로 운하를 이용하여 북경에서 천진으로 간 후 그곳에서 5월에 입항 예정인 화란 상선 편으로 마카오로 가는 여정이었다. 일본의 선교 상황이 원만하다면 중국의 천진이나 상해에서 일본 나가사키로 직항하는 상선을 탈 수도 있었으나 마카오에서 일본의 상황을 면밀히 협의하고 검토할 필요도 있었고 그동안의 조선 포교를 위한 활동 결과도 마카오로 피난 온 일본 관구에 보고할 의무가 있었다. 수로를 운행하는 배에 오른 이들에게, 북경의 운하는 봄볕이 완연하고 주변의 경치도 아름다웠다. 운하와 연결된 수로 여러 곳에서는 도적들이 횡행한다는 소문에 무장 병력이 동승했고 몇 번의 도적처럼 보이는 배들과 조우하기도 했으나 무장 선박을 알아보고는 공격해 오지 않았다. 수주 후 도착한 천진항에는 이미 6월 초순에 출항할 화란의 크라크 범선(원양항해에 적합하게 설계된 3~4개 이상의 마스트를 가진 범선)이 도착해 있었다. 신부와 빈첸시오는 지체 없이 그 선박에 올라 선장을 만났다. 3년 전 화란을 떠나온 50대 중반의, 포르투갈어를 익혀 두었던 선장과 말문이 트여 중국의 전쟁 상황, 후금의 세력과 서양인에 대한 대우, 일본의 상황과 그리스도교 박해 현황, 3년 전 유럽의 별로 새롭지도 못할 궁금했던 소식들을 선장의 시간이 허락하는 대로 계속 듣고 대화를 나누었다. 둘을 태워 준 상선은 계획된 일에 맞추어 천진을 출발하여 청도(靑島)에 정박, 화물을 좀 더 실었고 상해와 온주, 복주(福州)를 차례로 들러 물품을 싣고 내렸다. 그들은 중국과 외교적이거나 상거래에 관한 상호 조약을 만들어 가는 과정에 있었고 소규모의 무역에 중국의 각 지방 정부는 늘어나는 세수 외 그다지 큰 관심을 두고 있지도 않았다(1624년에 화란은 대만의 타이난에 식민도시를 건설했다). 그들이 복주에서 대만 해협을 거쳐 마카오로 내려가던 시기는 7월 초순이었다. 배가 해협에 들어서기도 전에 조금씩 심해지던 풍랑은 수 시간 만에, 일찍 온 계절의 태풍으로 변했고 피항 할 여유도 없이 파도에 휩쓸렸다. 모든 돛을 내리고 점점 더 강해지는 비바람과 거센 파도를 뚫고 나아가는 둥 마는 둥 하며 죽음의 항해를 하고 있었다. 오히려 내항으로 피항 하려다가는 육지에 가까울수록 더 많은 암초에 좌초할 위험도 있었으므로 수십 년간 대서양과 인도양, 동중국해를 넘나든 선장은 심각한 얼굴로 파도를 타고 넘어가며 바다와 싸움질을 하고 있었다. 이틀이면 지날 수 있던 대만 해협을 나흘을 죽어라고 헤맨 끝에 기진맥진한 몸으로 마카오에 도착했다. 살아서 마카오에 도착한 것이 꿈만 같았으나 그 위기 중에 그들이 '주님 뜻대로 하소서. 저희의 모든 것을 알고 계신 주님!" 하며, 아무것도 먹지도 마시지도, 잠을 자지도 못하며 끊임없이 구토를 하고 격심한 풍랑에 곤두박질하는 배 속을 이리저리 구르며 질렀던 비명을 분명 주님이 들어 주셨다고 믿었다. 구사일생이라고 여기며 땅이 빙빙 도는 듯이 어지러웠던 머리가 정돈되자 보고서를 꾸미고 관구장 신부를 만날 준비를 했다. 도착 후 여기저기에서 그동안 일본의 사정을 전해 듣자 앞일에 대한 걱정은 점점 더 크고 절박하게 다가와 그들을 향해 손짓하여 부르면서 어서 지친 몸을 회복해서 빨리 와달라고 말하고 있었다. 곧 일본 관구장 마테오 쿠오로스 신부가 머물고 있는 콜레지오 내 사제관으로 찾아가 모든 내용을 구두와 서면으로 보고했다. 그가 빈첸시오와 졸라 신부의 그동안의 노고와 들어낼 수 없는 업적을 치하하며 말했다.

"일본에는 아무도 막아내지 못하는 강력한 박해의 피바람이 몰아치고 있다. 이미 늙은 나도, 차기 관구장 업무를 맡아볼 프란치스코 파체코 신부도 다시 각오를 단단히 하고 있다. 매일을 어두운 밤에 깎아지른 절벽 위를 신자들의 목소리를   아 안내자도, 나침반도 없이 헤매고 있는 사제의 길 같다고나 할까. 사제나 수사들의 포교나 전도사들과 수녀들의 활동도 매우 냉혹한 형편으로 바뀌고 있다. 내가 마카오에 머무는 동안 그대들이 이렇게 찾아주어 이런 생각으로 흉금 없이 토론하고, 어떤 방안이라도 가능한 대책을 찾아보려 애쓴다는 것만이 현재 내 삶의 큰 의미다. 우리의 불타는 선교에 대한 정열이 바람처럼 사라지는 것 외에 아무것도 발견할 수 없게 될지라도 말이다, 그러나— 누가 우리를 일본에서 실패했다고 할 수 있을까?"

졸라 신부와 빈첸시오는 관구장으로 부터 많은 위로와 칭찬을 받았으나 자신들이 과연 중국에서 그럴 만한 일을 하거나 한 건가 하는 업적 없는 업적에 송구스러웠다. 그러나 그런 둘의 마음마저도 관구장 쿠오로스 신부는 "그대들의 마음을 알고 있소. 이제 더욱 그대들의 새로운 희망과 고난이 필요한 길이 앞에서 기다리고 있으니 여기 있는 동안은 마음 편히 계시도록 부탁하오." 하며 어루만져 주었다. 그는 돌아온 둘을 일본으로 보내기는 꺼려하고 있었다. 우선 석 달의 휴식을 안식년이라고 여기고 마카오에서 거주하며 차기 선교의 터전을 어디서 찾아야할지를 함께 연구해 보자고 했다. 휴식의 시간이 길어지자 둘은 또 답답해하며 자신들의 장래를 어디서 찾아야 할지를 기도하고 고민하며 서로 상의도 했으나 분명한 답을 찾지 못하고 있었다. 졸라 신부와 빈첸시오는 자신들의 일은 일본에서 신자들을 위하는 것이라고 믿으며 미래를 일본에서 찾겠다고 결심하고 관구장께 말씀드렸다. 이 과정에서 관구장은 여러 사제와 수도자들을 참여시킨 심각한 협의를 이틀간 진행했고 그동안 졸라 신부와 빈첸시오는 성직의 길을 걷는 동료들과 수사들, 전도사들을 다시 만날 수 있었다. 결국 그들은 일본행을 간절히 원하고 있던 두 사람을 승인하고 일본인으로서 박해를 피해 마카오로 온두 용감한 사나이를 안내자로 함께 가도록 했다. 빈첸시오와 졸라 신부의 인연은 알 수 없을 만큼 깊었고, 두고 온 고향을 잊지 못하고, 죽더라도 일본으로 돌아간다고 굳은 믿음을 보이는 두 일본인 젊은이의 뜻은 졸라 신부나 빈첸시오와 다르지 않았다. 나가사키 출신의 마테오 고히요에, 다카쿠 지방 출신의 프랜시스 쇼에몽이었다. 관구장은 빈첸시오를 나가사키에서 도울 사람과 졸라 신부가 돌아가고 싶어 하는 다카쿠 지방 사람을 선발하고 두 사람의 일본 상륙과 비밀스런 활동을 돕게 하고 싶었던 것이었다.

빈첸시오는 돌아갈 일본에서 자신의 활동을 미리 그려보았다. "재물을 모으려는 사람이 아니니 삶에 걱정이 없고 청빈의 덕은 이미 몸에 익었으니 경멸당하지도 않으며 자신이 믿는 신앙의 길을 걸어가는 것은 너무나 당연하기 때문에 자랑하지도 않는다. 자신을 핍박하는 자들을 원망하지 않으며 그런 사람을 따르는 무리를 불쌍히 여기며 미워하지도 않는다. 어떤 지위도 요구하지 않으며 자신의 양심에 대한 어떠한 부정의 요구도 거절하고 주님의 영광을 맞는 그날을 희망하며 신자들을 키워내고 돌보면서 참고 기다린다. 어떤 수모도 불명예일 수 없으며 자신에게는 맡겨진 인간들의 영혼을 돌보아야 할 책임이 있고 이것은 죽음을 넘어선 투철한 사명이기 때문에 거역하지 않는다. 수많은 사람의 무지와 편견을 이해하며 자신에 대한 오해도 용서한다. 그것이 하느님을 위한 길이라고 믿는다."는 것이었다. '죽을 때가 오면 죽으리라, 진주성 전투에서 이미 죽었어야 할 목숨을 이제 신의 뜻을 위해 죽을 수 있게 된다면 그 소중한 진리를 깨닫고 오늘에 이르게 해 준 예수 그리스도께 감사할 따름'이었고 아버지의 말씀을 지키는 것이기도 했다. 그것은 '죽어야 할 순간이 되면 비겁하게 목숨을 구걸하지 마라. 대의를 위해서 목숨을 버리는 것은 영원히 사는 것, 도움을 줄 수 있는 사람들을 위해 일생을 살아라'는 것이었다.

그들에게는 일본의 비극적 소식이 또 전해지고 있었고 빈첸시오의 마음은 더욱 심란해졌다. 어서가 그들을 위로하고 영혼을 돌보아야 한다는 절박한 심정으로 머리가 어지러울 지경이었으나 자신은 오히려 더욱 냉정하게 상황을 짐작하려 힘썼다. 그가 중국에서 조선으로 가는 길을 찾아다니고 있던 1618년 3월 나가사키에서는 도미니코회 수사 후안 마티네즈가, 8월에 교토에서는 프란치스코회의 수사 후안 산타마르타가, 이듬해 1619년 10월에 교토에서는 52명이 순교한 이후 10월과 11월에는 후쿠오카와 오이타, 나가사키에서 19명의 신자들이 계속해서 순교했다는 것이었다. 빈첸시오가 마카오로 돌아온 그해 1620년에도 일본에서는 잔학한 고문과 참형으로 끊임없는 순교가 이루어지고 있었다. 1월과 5월에는 나가사키에서 예수회 수도자 암브로시오 페르난데스와 마티아스가 순교했고 8월에는 후쿠오카에서 5명이 또 순교로 신앙을 증거했다는 소식이었다.

늦가을 마카오를 출발한 포르투갈 범선은 필리핀 마닐라를 거쳐 1621년 2월, 일본 나가사키에 입항했다. 무역선의 선원과 사관들로 위장한 신분이었다. 빈첸시오가 7년 만에 돌아온 일본의 바다는 네 사람에게 골고루 신앙의 고향과도 같은 느낌을 주었고 다시금 이 땅에서 그동안 생각해 왔던 주님을 위한 일을 새롭게 시작할 수 있게 됨을 감사하자 희망이 솟았다. 넷은 나가사키 항구의 예수회 직할 구역이었던 모리사키 곶의 성모몽소승천 (아숨선)교회로, 도쿠가와 쇼군의 파괴를 면해 현재는 상관과 해외 선원의 숙소로 쓰이는 건물로 들어갔다. 없어져 버린 교회에서 성모가 그들을 위해 눈물을 흘리고 계신 것처럼 마음이 슬펐다. 입구의 오른쪽에 있는 작은 사무실로 들어가 눈인사를 나누자 그들은 고개를 끄덕였다. 방의 다른 곳으로 넷을 안내하여 상관에서 수입품

판매점을 독립적으로 운영하고 있으면서 일본인 아내와 자식들과 함께 시내 호쿠라마치에 사는 스페인 사람 레오나르도의 집에서 당분간 숙식을 제공할 것을 알려 주었다. 한 시간쯤이 지나자 레오나르도가 왔고 그들을 자신의 집으로 안내해 주었다. 집으로 가는 길에 그는 나사사키 주재 쇼군의 행정관이 외국인에 대한 감시를 더욱 심하게 하고 있는 점을 걱정하며 모쪼록 눈에 뛰지 않게 조심하도록 요구했고 조만간 쇼군의 행정관이 자신에 대해 외국인 보호를 하지 않겠다는 서약을 서면으로 제시토록 하게 될 것을 짐작하고 있지만 자신은 이미 가족을 떠나 추방을 각오하고 있다고 빈첸시오 일행에게 말해 주었다. 레오나르도에게 깊은 감사를 말한 후 반드시 3일 이내 떠나겠다는 약조를 해 주었지만, 고맙기도 미안하기도 했다. 일본인 아내는 아이들은 데리고 잠시 친정에 가서 눈에 띄지 않았다. 저녁이 되어 날이 어두워지자 두 안내자 프랜시스와 마테오는 집을 빠져나가 교우들을 만나고 마테오의 집에도 들렀다. 돌아온 이들에게서 빈첸시오는 그동안 나가사키의 신자들에 대한 소식과 배교의 압박이나 자신이 알고 있는 신자들의 가정에 대한 수색을 전해 들었다. 이미 허활 도미니코 가정은 어디론가 사라지고 없었고 나머지 친분이 깊었던 신자들도 모두 몸을 깊이 숨기고 있었다. 빈첸시오는 조선인 성당 교우에게도 자신의 귀국을 알리지 않았고 알릴 수도 없었다. 계속 시중의 상황을 조사한 프랜시스와 마테오의 도움과 빈첸시오가 장사꾼 행세를 하며 3일간을 돌아본 결과 현재는 오히려 나가사키 지역이 더욱 엄격히 관리되어 박해가 극심한 중앙에 위치하고 있는 반면 다른 지방은 다소 느슨하다는 점을 함께 인식할 수 있었다. 빈첸시오와 졸라 신부는 새로운 용기와 희망을 찾아 나서자는 데 의견이 일치했다. 당초 일본으로 오기 전 지향했던 목표 그대로였다. 졸라 신부의 말을 따라 그가 왕성하게 활동했던 다카쿠로 먼저 가서 신자들을 만나고 지하에서 교회를 운영하도록 만든 다음 나가사키 쪽으로 와서 빈첸시오가 활동했던 지역의 신자들을 찾아 나서기로 했다. 그 과정에, 은신하고 있는 사제와 수사나 전도사들과 수녀도 만날 수 있으리라 여기며 이들과 함께 교회의 재건을 추진하려 했다. 이를 위해서는 둘이 떨어져 활동하여 신자들을 모으고 지도하기보다는 둘이 서로 도우며 함께 어려움을 타개해 나가는 쪽이 조속한 교회의 재건과 안정에 도움이 될 것이라고 결론지었다. 빈첸시오와 졸라 신부 사이에 형성된, 말하지 않아도 알고 있는, 서로간의 깊은 신뢰가 그렇게 만든 것이었다.

빈첸시오는 일본으로 떠나오기 전 졸라 신부와 함께 마카오에서 관구장 마테오 쿠오로스 신부를 뵙고 3일간을 그와 함께 숙식하며 그동안 중국에서 행적과 보고문에 대한 추가 설명을 드렸을 때의 느낌을 되찾아 그 과정에서 굳힌 그때 일본행의 결심을 다시 살려냈다. 수도 사제로 서품 후 고향을 다시 가서본 적이 없는 60대의 노신부 관구장은 평생을 외국에서 수도자로 삶의 길을 걸어온 깊은 흔적을 얼굴에 남기며 몹시 초췌하였으나 시선은 여전히 형형한 빛을 뿜어내는 듯 매서우면서도 인자했다. 졸라 신부와는 중국에서 6년을 함께했고 새롭게 맞는 일본에서 포교도 언제까지나 함께하고 싶다는 둘의 의견을 들어주시리라는 예감을 얻었다. 관구장 신부 자신도, 왜 그런지 몰랐으나 둘이 신앙적으로 서로에게 깊게 의지하고 있는 것을 알게 되었다고 생각했다. 그동안 일본의 포교 상황이 어떻게 변해가고 있는지, 짙은 안개 속에서 칼바람을 온몸으로 맞으며 험하고 높은 산길을 걷는 것 같은 현재와, 아무도 알 수 없는 향후의 전망은 어떻게 해야 할 것인지를 묻고 답하며 함께 기도

하고 서로의 신뢰에 의지하자 친밀감은 더욱 셋을 가깝게 해 주었다. 일본으로 출발 전 졸라 신부가 빈첸시오와 함께 다시 관구장을 찾아 기도를 드렸을 때 그들 셋은 한 가지 똑 같은 깊은 심중의 소리를 들었다. 그것은 '순종하며 참고 기다려라'는 것이었다. 이제 그 참고 기다린 결과의 활동지에 도착한 것이었다.

갈 곳을 잃고 방황하는 신자들을 찾아다니며 위로하고 새로운 신자를 찾아내어 교육하고 세례를 주어 끊임없는 하늘의 의무를 다하며 때를 기다리도록 이끌어 주는 일은 이 땅 위에서 그들이 살아가는 목적이었다. 세심한 주의를 기울여 신자들을 찾아야만 했다. 왜냐하면 빈첸시오에게 그곳은 모르는 지역이기도 하고 신자들에 대한 상호간 의지나 신뢰가 자신이 있었던 나가사키와는 다를 것이기 때문이었다. 또한 상황은, 일본 전국 다이묘들이, 배교한 다이묘들조차, 그리스도 교인에 대한 경계를 강화하면서 사제와 수도자의 활동을 전면적으로 금지하고 있었다. 아무리 숨어서 종교를 지키는 신앙 활동을 할지라도, 그들은 에도의 쇼군이 그리스도교인에 대한 더욱 큰 탄압과 학대의 계기를 자꾸 만들지 않도록 노력할 필요가 있다는 것 또한 잘 알고 있었다. 그러나 그해와 이듬 해 1622년까지만 하더라도 수도자와 신부들의 활동은 목숨을 위협받는 어려움이 온 곳에 널려 있기도 했지만 보고도 못 본 척 하거나 감추어 주기도 하는 부드러운 곳도 있었다. 신자들의 마을에 따라 그리스도교인이 아닌 사람들도 그들을 이해하고 도움을 주기도 했지만, 신앙 활동은 점점 잔인하고 치밀한 금지령으로 인해 위축받고 소멸되어 가려하고 있었다. 위축을 되돌리고 소멸을 막아야 했다. 되도록 눈에 뛰지 않으면서 은밀하게 신앙을 간직해야 한다는 것, 날이 밝은 후면 수십 명이 모여 미사를 보고 함께 성가를 부르며 주를 찬양하는 것을 할 수 없다는 것, 수시로 거처를 옮기며 어둠 속에서 말없이, 개조차 짖지 않도록 조용이 움직여야 한다는 것을 모두는 알고 있었다. 다카쿠는 일본 혼슈의 중부 도치기현에 속해 있는 지방으로서 후쿠시마현과도 가까운 산골이었다. 나가사키에 홀로 떨어져 그곳의 신자들을 찾도록 스스로 임무를 부여한 마테오 고요히에 외 세 사람은 6월 초순에 나가사키에서 불안해하며 혼슈로 북상하는 포르투갈 상선을 타고 어둠속에서 도기치현의 외진 곳에 도착하여 육지가 바로 눈앞에 보이는 바다 가운데서 배를 내렸다. 안내하는 프랜시스 쇼에몽을 따라 바닷가에 작은 어선들이 모여 있는 곳으로 헤엄쳐 육지에 올라 근처의 작은 바위 동굴에 몸을 감추었다. 초봄의 밤바다 물은 몹시 차가웠고 젖은 온 몸이 덜덜 떨렸다. 그동안 프랜시스 쇼에몽은 둘을 위해 마을로 가서 다른 신자의 집을 방문하고 몇 사람과 함께 갈아입을 옷과 음식을 가지고 동굴로 다시 왔다. 젖었던 옷을 갈아입고 따뜻한 음식을 먹자 심하게 떨리던 몸이 잠잠해지고 목소리도 제대로 나왔다. 신자들은 조용히 고백 성사를 보고 둘을 중심으로 둘러 앉아 이야기를 들었고 곧 헤어졌다. 셋은 날이 새기 전, 이른 새벽에 도기치현의 동쪽 이바라키현 마을인 다카하기 항 부근의 외진 곳으로 들어갔다. 미리 연락을 받은 신자 셋이 짙게 안개 낀 숲에서 산새 울음소리를 내며 그들의 도착을 기다리고 있었다. 마카오에서 함께 온 안내자 프랜시스를 포함하여 여섯이 되었다. 그들은 즉시 하라누키 강을 따라가며 서쪽의 산기슭으로 숨어 들어갔다. 인적이 없는 아미조산에서 흘러내린 물이 제법 깊은 개울을 만들고 있었고 아침 해가 숲속의 초록 잎 사이를 뚫고 내려와 어두운 땅을 비추고 있는 모습은 신비스러웠다. '빛은 어둠을 비춘다, 누구도 그것을 빛이 아니라고 말할 수 없다' 하고 생각하자 감동이 가슴에 스며들었다. 빈첸시오가 그곳 신자들이 준비해온 미숫가루 봉지를 졸라 신부에게 드리자 함께 감사기도를 올린 후 나누어 먹고 시냇물을 마시자 허기가 조금은 사라진 듯 했다. 몸을 숨겨 가며 이오노라는 제법 큰 마을을 비켜 돌아서 또 높은 산 고개를 넘어서자 다카쿠 분지가 나타났다. 그들은 그곳을 가로질러 서쪽의 오후지산 기슭으로 올랐다. 나카가와 강변의 작은 마을과 띄엄띄엄 산속에 흩어져 있는 집들이 멀리 보였다. 프랜시스는 그 지역의 지리에 익숙한 듯 조그만 개울이 흐르는 골짜기의 비어있는 작은 오두막으로 그들을 안내했다. 이후 늦은 밤에 프랜시스를 따라 캄캄한 골짜기를 소리 없이 걸어 내려가서 자정이 지난 시간에 한 외딴집을 들렀다. 그들이 도착하고 집주인 교우와 프랜시스가 집 밖으로 나가더니 한 시간쯤 후 신자들을 찾아 함께 들어왔다. 그들을 보자 하루 온종일을 쉼 없이 걸었던 몸에 언제 피곤을 느꼈는지도 모르게 새로운 힘이 솟았다. 다시 손과 얼굴을 씻고 그들에게 성사를 준 후 나가사키에서 가져온 영성체로 미사를 올리고 그들 모두 하나하나 세례명을 불러 강복하고 위로하자 흐느끼며 감사했다. 졸라 신부가 몇 사람의 소재를 물었으나 모두 모른다고만 했다. 둘은 신자들이 준비한 음식으로 간단히 요기를 하고 산 속의 오두막으로 돌아왔다. 다음날도 제대로 끼니를 이어가지 못했으나 그다지 심하게 배고프지는 않았다. 날이 어두워지자 신자들은 다시 모여들었다. 그들은 서로 마주보고 웃으며 대화를 나누기도 하고 울면서 신앙고백을 다시 하기도 하며 서로 손을 부여잡고 위로하고 한동안 머문 후 각자의 집으로 돌아갔다. 그들이 묵고 있는 산속의 외딴집은 외부에서 보면 마치 인적이 없는 곳처럼 보였다. 신자들은 그들이 방문하지 않으면 마치 비어 있는 집처럼 보여야 한다고 해서 바깥출입을 삼갔기 때문이었다. 그러나 밤이 이슥해지면 언제나 신자들은 모여들었고 매일처럼 조용히 성사를 본 후 미사를 올렸다.

졸라 신부는 빈첸시오를 마치 동생처럼 여기며 사랑이 가득한 눈길로 그를 지그시 바라보곤 했다. 그의 빈첸시오에 대한 인식과 마음속 존경은 다른 성직자에 대한 존경과 다르지 않았으며 그의 고난의 길을 자신도 본받아야 한다고 믿고 있었다. 이태리 출신의 예수회 사제로 빈첸시오보다 여섯 살이 많은 그는 1606년에 일본에 오기 전 까지는 인도 고아의 콜레지오에서 신학생을 가르치고 사제로 활동한 분이었다. 자신의 몸을 돌보지 않고 가난하고 핍박받는 사람들을 위한 희생정신은 귀천과 인종을 가리지 않았고 자신의 육신을 움직여 신자들을 찾아다니는 일을 위험하다고 여기지도 않았다. 수염이 조금 길어진 그의 얼굴 모습과 언행은 마치 진정한 예수의 화신 같았다. 빈첸시오는 그와 함께 생활하며 기도와 묵상을 하고 신자들의 신앙을 보호해 주기를 예수께 청원할 때면 한없는 평화가 가슴에 벅차오르는 행복감에 젖었다. 그러나 아무도 없는 낮 동안에 둘은 가끔씩 어린 시절의 고향을 그리며 함께 가슴 아파하기도 했다.

"빈첸시오 형제님, 이렇게 계속 저와 함께해 주시니 참으로 감사합니다."

"오히려 그 감사함은 제가 드려야 할 말씀입니다. 이곳은 제가 떠나온 조국 조선의 숲 속과도 너무나 흡사합니다. 저도 신부님과 함께 있는 것이 참 좋습니다. 늘 감사드립니다."

"저는 수년 전 이 근처의 큰 도시들을 돌며 어느 한곳에 자리를 잡아 교회를 세우고자 했습니다. 그 일을 해 보지 못하고 마카오로 쫓겨났지요. 그래서 이렇게 또 돌아왔습니다. 저는 이태리의 브레시아 (Brescia) 라는 곳에서 태어났습니다. 이태리 반도 북부의 롬바르디아 평원이 알 프스로 향해 달리다가 가르다와 이세오라는 커다란 호수를 만들고, 나의 추억이 어린, 안개 낀 뽀강 줄기가 넓은 평원과 산골짜기를 쉬엄쉬엄 쉬면서 돌아 흐르는 곳입니다. 꽤 큰 근사한 도시지요. 중세 시대 때 세 워진 말할 수 없이 아름답고 화려한 성당과 이음새 없이 단단히 석조로 쌓아올린 성곽들, 피아자 델라 로기아 광장에 서면 볼 수 있었던 수많은 영웅의 동상과 그들이 울리고 간 발자취와 흔적들을 볼 수 있었지요.ᅳ"

"일본의 도시들과는 사뭇 다르겠네요?"

"예, 다릅니다. 조선은 어땠습니까?"

"이곳과 대부분 비슷합니다. 사람들의 생긴 모습이나 언어에서도 이 곳과 흡사한 점들이 참 많습니다. 제가 태어나 자란 곳은 조선의 경상도 에 있는 단성현이라는 곳입니다. 단성에서 십여 리 산길을 걸어 고개를 넘으면 고향이 보였지요. 산골짜기는 넓고도 풍요로웠습니다. 봄과 가 을에는 온갖 꽃들과 단풍으로 모든 산골짜기가 울긋불긋했습니다. 시 냇물은 맑고, 깊은 강물을 만들며 지리산이라는 높고 큰 산의 줄기 사 이를 구불구불 돌며 소리 내어 흘러 주었습니다. 너무나 아름다운 곳 입니다."

"빈첸시오 형제님, 난 지금 형제님과 함께 고향의 하늘에서 브레시아 시가지를 내려다보고 있는 느낌입니다. 나는 부모님이 지어 주신 이름 이 지오반니(쟈오) 바띠스타입니다. 그곳 사람들은 모두 저를 세례자 (바띠스타) 쟈오(요한)이라고 부르는 것을 좋아했습니다. 저도 어린 시 절, 그 이름을 매우 좋아했고요, 사람들은 제가 성경을 제법 아는 척 하 면 어린 성자가 납셨구나 하며 머리를 쓰다듬어 주기도, 놀리기도 했지요."

"저는 부모님께서 조부모님과 상의하시고 두혁(斗焱)이라는 이름을 주셨어요. '커다란 불꽃'이라는 의미지요."

그곳에 머문 지 수주가 지난 어느 날이었다. 둘이 이런 즐거운 대화를 소곤거리며 개울에서 몸을 씻고 있을 때 멀리 나무꾼 한 사람이 이들을 지켜보고 있었다. 그날 저녁 미사 후 신자들에게 나무꾼 이야기를 하자 둘에게 즉시 다른 곳으로 이동해 주기를 요청하고 두 신자가 바로 안내자로 나서 그곳을 떠났다. 빈첸시오와 졸라 신부에겐 정다운 곳이었다. 다시 다카쿠 읍내를 지나 동쪽의 요시가와 강변 계곡의 산 속에 있는 외딴 곳, 한 교우 집으로 안내 되어 잠시 쉬며 그들이 준비해 준 음식을 먹었다. 그날 새벽이 오기 전에 그들은 더욱 깊은 산골짝으로 올라가 비어 있는 한 산촌 농가에 머물게 되었다. 그곳에서 넉 달을 머물고 다시 북쪽의 센겐다케 산으로 거처를 옮겼다. 매번 옮길 때마다 신자들의 수는 조금씩 늘어갔고 졸라 신부를 그리워했던 신자들이 자꾸 나타났다. 이제 다카쿠 일대의 신자들은 모두 그들이 어디에서 매일 미사를 드릴 수 있는지를 알고 있었다. 이듬해 1622년 여름까지 그들은 숲 속의 오두막을 성전으로 꾸미고 평화스러운 밤 시간이 오면 신자들을 만날 수 있었다. 그러나 그곳에서 안정도 그렇게 길지 못했다. 9월 말 오전 10시 경이었다. 인상을 일부러 험악하게 짓는 현청의 관리가 무사 둘과 함께 그들의 거처로 이미 알고 있었다는 듯이 들이닥쳤다. 무사들은 집 밖을 지키며 섰고 관리는 집 안으로 들어와 빈첸시오와 신부를 만나 가볍게 목례를 한 후 품에서 종이를 꺼내어 읽었다. 24시간 내에 이곳으로부터 100리 밖으로 나가라는 것이었다. 둘이 잘 알았다고 말하자 관리는 그

고지문을 그들에게 내주고 엄숙한 얼굴을 지으며 한 번 더 노려본 후 집 문간에 함부로 떼 낼 수 없는 출입금지문을 붙인 다음 무사를 앞세우고 돌아갔다. 산에서 나무를 하다가 관리가 오는 것을 지켜보며 숨어 있던, 늘 둘을 지켜주며 마카오에서 부터 함께 온 프랜시스 쇼에몽을 고향으로 돌려보냈다. 그는 끝까지 함께하겠다는 말로 둘을 설득하려 했으나 고향으로 숨어들어 신앙을 지키라는 말을 받아들여 눈물을 지으며 숲속으로 난 길을 따라 사라졌다. 이후 즉시 빈체시오와 졸라 신부는 산기슭 아래 살고 있던 신자의 집을 들러 추방되었음을 알리고 신자들도 모두 조심하도록 당부한 후 남쪽 이바라키의 바다 쪽으로 산길을 골라 걸었다. 바다에서 가까운 동해촌(東海村)에는 졸라 신부를 지극히 따랐던 요한과 모니카 내외가 가정을 이루고 살았던 집이 있었다. 신부는 정확한 그들의 집 위치를 몰랐지만 동해촌에 도착하면 어렵지 않게 도움을 줄 수 있는 사람을 찾을 수 있으리라 여기며 그곳에서 나가사키로 뱃길을 알아볼 계획이었다. 열심히 산길을 걸었으나 동해촌까지는 하룻길이 훨씬 넘었다. 둘은 추방 고지문을 품에 넣고 그저 길을 따라 걸으며 배가 고프면 인근 민가에 들러 음식을 얻어먹으며 계속 걸었다. 두서너 집을 제외하면 대부분 민가에서는 그들을 불쌍히 여기며 음식을 나누어 주었고 외진 집들은 조금 더 머물다 가기를 청하기도 했다. 둘은 그날 밤을 산길의 바위틈 속에서 웅크리고 새웠다. 쫓겨 가는 둘에게 초가을 새벽은 더욱 추웠다. 이튿날 동해촌에 들러 요한과 모니카 내외가 살았던 집을 찾았으나 졸라 신부는 그들의 집이었던 곳을 정확히 기억할 수 없었다. 할 수 없이 촌장집을 물어 찾아가 현청의 고지문을 보이고 나가사키로 돌아갈 수 있도록 뱃길을 부탁 하자 그는 한참을 망설인 후 방에 들게 하고 뜨거운 차와 음식을 내어 주며 혼자서 이 일을 결정할 수 없으므로 자신의 지역을 관리하는 독실한 불교도로 너그러운 관용을 베풀기 좋아하는 미토 성주에게 내용을 고하고 허락을 받아 도움을 주겠노라는 것이었다. 하루를 기다리는 동안에 둘은 미토 성주가 자신들을 잡으러 올 것 같은 절망 속에서도 숨을 곳은 없다며 각오를 단단히 하고 촌장의 아내에게 요한과 모니카 내외의 집과 가족들을 물었으나 알 수 없었다. 이튿날 아침에 성주의 허락을 받았다며 촌장이 돌아와 중간 크기의 돛 둘을 단 작은 어선에 그들을 인도하고 며칠분의 물과 음식도 준비하여 준 다음 배 주인에게 말했다. 둘은 익히 서로 친밀한 관계인 듯 했다.

"이 두 분을 큐슈의 나가사키로 데려다 드려라. 며칠이나 지나면 돌아올 수 있겠느냐?"

"뱃길이 멀지만 초겨울이라 바람만 변함없이 좋으면 오가는데 열흘이면 되겠습니다."

배에 오르기 전에 빈첸시오가 촌장께 목례를 하고 말했다. "저는 빈첸시오입니다. 감사함을 꼭 기억하겠습니다. 존함을 말씀해 주시면―"

"알 것 없소―, 내 아들이 요한 나이센이요. 이제는 버린 자식이지만."

"네?, 어떻게 이럴 수가? 이 분은 졸라 신부님이십니다. 아드님 요한 내외를 매우 잘 알고 계십니다." 하고 말하자, 뒤따라서 졸라 신부가 허리를 숙여 인사를 하며,

"졸라 신부입니다. 요한과 모니카는 나가사키에서 잘 있습니다. 나이센 님." 하고 말하자 촌장은 굳어진 얼굴로,

"이제 그만 가시오." 하며 고개를 숙이고 있다가 뒤돌아서 무슨 말을 하고픈 듯 잠시 서 있더니 천천히 사라져갔다. 둘을 위해 닷새 동안 뱃길로, 세도내해를 거쳐 육지가 보이는 앞바다로만 안전하게 달려 준 그 배의 주인은 나가사키의 구석진 곳에서 그들이 아무도 몰래 하선 때 조

용히 말했다.

"신부님, 전도사님, 부디 몸 건강히, 안녕히 계십시오."

"감사합니다. 어떻게 이름이라도 기억하고 감사드려야 할지—.""모니카 나이센이 저의 누님입니다. 저는 신자가 아니지만—."

"아! 이렇게 고마울 수가! 감사합니다!" 하며 졸라 신부는 손을 합장하고 하늘의 은혜에 감동하여 한참을 고개를 숙이고 가만히 있었다. 빈첸시오도 꿈만 같은 이 바닷길이 어떻게 이루어졌는지를 생각하며 배주인의 양손을 서로 부여잡고 눈물을 글썽였다. 촌장 나이센 영감이 나가사키로 추방되는 그들을 위해 말없이 급히 마련해 준 것은 가까운 장래, 너무나 소중하게 기록될 그들의 영광을 위한 것이었다. 그때 그는 "저도 누님과 매형을 만나보고 돌아가겠습니다"하고 자신의 배에서 그들과 함께 내려 어둠 속에서 둘을 어항의 구석진 곳에 인도해 잠시 기다리게 했다. 모니카 동생은 다시 빈 배에 올라 어항의 다른 어선들 사이에 배를 넣어 돛을 내린 후 멀리 숨어 기다리던 둘과 함께 나가사키 시내로 갔다. 셋은 어둔 구석을 골라 걸어 항구의 예수회 직할지였던 곳으로 다가가 밤을 보내며 주위를 살폈다. 이튿날 아침 선박 용품상과 잡화상을 들러 뱃일에 필요한 물품을 구매할 예정인 모니카 동생은 그날을 나가사키에서 함께 머물며 졸라 신부, 빈첸시오에게 누나 내외를 만날 수 있도록 청했다. 셋은 근처에서 음식점을 하던 조선인 교우 집으로 은밀히 숨어 들었다. 빈첸시오의 요청으로 그들이 모니카 동생을 안내하여 요한과 모니카 내외를 만나볼 수 있도록 집을 나설 때, 그들은 다시 서로에게 이별을 아쉬워 하며 건강과 안전을 비는 말을 나누었다.

다음날 새벽, 은밀히 이들을 보호해 주는 음식점 주인 교우 부부에게 이틀 치 주먹밥과 물을 준비시킨 다음, 혹시 신자나 사제나 수도자, 교리교사나 수녀를 연락할 방도가 있으면 나가사키 항구 내 예전의 예수회 직할지였던 곳에 있는 현 외국인 사무실 근처 창고로 오도록 말하고 교회를 헐어낸 목재를 쌓아 아무도 관심을 두지 않고 비어있는 그곳으로 은거지를 옮겼다. 그리운 신자들을 혹시 만날지도 모른다는 희망으로 하루를 숨어 기다렸으나 아무도 나타나지 않았다. 또 하루를 더 머무른 그들은 어둠을 도와 오후 늦게 항구로 들어오는 산길을 넘어 시내로 들어가 자정께 로렌죠 조선인 성당으로 숨어들었다. 그곳에서는 그동안 마테오 고히요에가 조선인과 일본인 신자들을 아는 대로 서로 연락하게 하여 스무 명쯤을 모아놓고 기다리고 있었다. 그들은 밤마다 그곳에서 서로 만나 함께 기도하며 사제와 빈첸시오를 하염없이 기다리고 있었던 것이었다. 빈첸시오를 다시 만난 조선인 신자들의 눈에서는 하염없는 눈물이 볼을 타고 흘러내리고 있었고 빈첸시오도 주체할 수 없는 감동에 가늘게 떨리는 목소리를 응대하고 있었다. 모두가 그의 조선 포교에 관한 그동안의 진척을 듣고 싶어 했다. 명나라와 후금과의 전쟁, 조선이 명나라의 원군으로 참전이 불가피할 가까운 장래에 대한 전망등과 빈첸시오가 후금군에 나포되었던 이야기를 했을 때 무척 놀래며 아연해서 실망하기도 했다. 그러나 이것이 조선의 포교라는 문을 열기 위한 시작의 첫 출발이라는 그의 말에 다들 마음 졸이며 자신들의 당대에 그런 일이 반드시 일어나 주기를 진심으로 바라고 있었다.

빈첸시오가 돌아왔다는 소문을 듣고 산자락의 외딴집에 숨어 살던 허활 도미니코와 도미니카 내외가 아이들을 다른 교우의 집에 맡기고 훤한 낮에 달려왔다. 준비해 온 음식을 내어놓고 눈물을 글썽이자 빈첸시오는 그들을 진심으로 위로했고, 내외의 따뜻한 환대에서 자신이 그들을 그리워했던 그 이상으로 그들이 자신을 기다렸다는 것을 알았다. 매일 저녁 미사와 모든 주일 미사는 자정 전에야 불도 켜지 못한 채 교회의 구석진 곳, 예전에 미사 후면 수도자 의사가 종종 와서 환자들을 돌보던 곳에서 이루어졌다. 그는 조선인과 일본인 교우들에게 서로 더욱 잘 이해하고 위로하여 앞으로 치러야 할 어려움을 슬기롭게 견뎌낼 수 있도록 각오를 새롭게 하기를 말해 주었다. 특히 조선인들에게는 과거 전쟁 통에 겪은 일본에 대한 원한의 기억을 잊고 일본에서 뿌리를 내리기 위한 그리스도인으로서 자세를 늘 지켜나가도록 당부하였다. 또한 일본으로 돌아오는 길에 겪었던, 대만해협에서 태풍을 만나 죽음의 항해에 온 몸을 뒹굴면서 주님의 보호에 모든 것을 맡겼었다는 그의 이야기에는 모든 교우들이 탄성으로 애처로웠던 그들의 행적을 위로해 주었다. 기적과도 같았던 후금군에게서 받았던 대우나 석방, 조선 고관들과의 대화에서 파악된 조국 조선에서 천주 신앙을 받아들여야 할 당위성을 설명해 주며 조국을 위해 함께 기도하고 일본의 조선인으로서 당당히 뿌리를 내려 살아야 하는 이유와, 그것이 우리가 떠나 온 조국이 하느님의 나라로 다시 태어나는 모습을 볼 수 있게 해 주는 길이 될 것임을 말해 주었다.

연말이 되자 마카오에서 새로 취임한 프란치스코 파체코 관구장 신부가 마카오를 떠나 필리핀 마닐라를 들른 후 나가사키로 왔다. 그는 마닐라에서 수명의 일본인 신자들과, 일본에서 순교를 각오하고 헌신적으로 신앙을 지도할 수도자들과 신부들을 이끌고 캄캄한 밤중에 비밀리에 일본 땅에 상륙한 것이었다. 빈첸시오는 졸라 신부와 함께 프란치스코 파체코 관구장이 나가사키에서 머물고 계신 곳, 그가 비서로 채용했던 독실한 신앙의 교우 가스파 사다마스 집으로 가서 인사를 드리고 그동안 일본에서 활동을 보고했다. 사다마스 내외는 그들도 하루를 함께 묵기를 말했고 관구장은 빈첸시오가 깜짝 놀랄 만한 소식을 전했다.

"내 형제 빈첸시오, 그대가 내일 로렌죠 성당에 가면 정말 보고 싶었던 사람을 만나게 될 것이오.""신부님, 누가 저를 찾고 있다는 말씀입니까?"

"그렇소, 지난달 중순에 필리핀 마닐라에서 카이오 수도자가 와 있소. 내일 그곳으로 갈 것이오."

"네? 그는 필리핀에서 다이묘 유스토 우콘 님 가족들과 그 일행을 위한 신앙 지도에 전념하고 있었지 않았습니까?"

"그랬지. 유스토 님이 그곳에서 병으로 돌아가셨거든. 그래서 그를 따라 필리핀으로 갔던 많은 사람들이 다시 일본으로 돌아오고 있어. 죽더라도 자기들의 고향 산천을 보고서야 죽겠다고 하며 말이오. 카이오는 이제 다시 오사카에서 은밀하게 전도사로서 활동하기를 바라고 있고, 이곳을 다른 일본인들처럼 고향으로 여기면서—, 참 그대가 마카오에 머물 때 난 마닐라에 있어 볼 수 없었소. 이제야 우린 다시 만나게 되었군."

"마테오 쿠오로스 신부님께서 저희들을 위로하시며 마닐라에 계셨던 신부님 말씀을 해 주셨습니다. 이렇게 뵙게 되니 우리는 힘이 납니다. 신부님, 감사합니다."

이튿날 오후 늦게 날이 완전히 어두워진 후, 빈첸시오가 성 로렌죠 조선인 성당의 감추어진 뒷문을 열고 들어갔을 때 인기척을 알아본 카이오 수도자는 마당을 달려 나와 그를 힘차게 포옹했다.

"내 형제, 빈첸시오!."

"형님, 카이오 형님." 하고 서로 말한 후 둘은 팔을 풀지도 않고 그대로 묵묵히 한참을 서 있었다. 서로의 품을 오래도록 그리워했던 사람들 같았다.

"카이오 형님, 어떻게 되신 거야? 이렇게 다시 만날 수 있다니, 아이고 하느님."

"응, 지난 달 23일에 마닐라에서 이곳으로 왔지. 그런 아우님은 어떻게 된 거야?"

"응, 마닐라에서 졸라 신부님과 함께 일본으로 왔어. 오, 하느님! 형을 보니 너무 반가워."

"그래, 역시 우리는 함께 살아야 해!"

"암, 우리는 형제니까."

"그런데 형은 왜 그렇게 흰머리가 많아졌어?"

"응, 나이가 얼만데? 흰머리가 많기는? 적당하지."

"그래, 형이 올해 쉰둘이지?

"응, 그래도 아우님 보다 겨우 네댓 살 위잖아? 하하하, 아홉 살 위던가?"음, 그래, 그래. 나도 벌써 마흔 셋이잖아."

둘은 마치 10대 소년들처럼 말하며 기뻐하고 있었다. 천진난만한 모습이었다. 그렇게 수없이 많은 곡절 속에서도 전혀 위협당하고 있는 사람들 같지 않게 이들의 마음은 언제나 감사함과 즐거움으로 가득 차 있었다. 교회 구석의 좁은 사제관에서도 둘은 한배의 형제처럼 꼭 붙어 있었다. 빈첸시오가 중국에서 익힌 조선의 상황과 사대부들의 깊어 가는 서학에 대한 관심을 말해주자 카이오는 감동하여 함께 기도하기를 청했다. 둘은 자신들이 겪은 모험과 신앙의 힘을 자랑했으며 자신들이 받은 은혜가 얼마나 큰지를 서로 내기하는 듯도 했다. 매일 밤 자정이 가까워 오면, 조선인 가정을 지역을 나누어 나란히 방문해 가며 신자들과 더욱 강하고 긴밀한 관계를 만들어 나갔고 서로 위로하고 함께 찬양하며 새로운 힘을 얻고 있었다. 카이오는 오사카로 돌아가는 길을 찾고 있었다. 그들이 그렇게 은밀한 활동을 멈추지 않고 있던 그때, '겐나 대순교'가 일으났다. 도쿠가와 막부는 숨어 잠행하는 선교사들을 은닉시킨 신자들을 찾아내어 처형토록 명령했고 나가사키에서 선교사와 신자 33명을 체포하여 22명을 죽여 버린 1622년의 '겐나(元和)의 대순교'였다. 나가사키 시내가 내려다보이는 니시자카 언덕에서 이들은 참형과 화형을 당하며 신앙을 지켰다. 예수회, 도미니코회, 프란체스코회의 사제 아홉 명과 수사들을 십자가에 묶어 화형으로, 평신도들은 참형으로 죽였다. 일본에서 최초로 일식 관측을 통해 지구상 교토와 에도의 정확한 위도를 측정해 준 과학자였던 카를로 스피노라 신부도, 그를 숨겨 준 포르투갈인 도밍고스 조르지와 그의 부인, 어린아이까지 모질게 죽였고 조선인 안토니오와 그의 부인, 아이들도 모두 순교했다. 이 처형을 지켜보던 한 일본인 수도자가 신학교에서 길렀던 서양화 취미를 잊지 못하고 그 잔학한 광경을 머릿속에 스케치하여 '겐나대순교도'를 숨은 곳에서 그린 후 곡절을 거쳐 로마의 예수회 교회로 보냈다. 그래도 사제와 수사와 전도사들은 숨어 다니며 신자들을 성체와 고해성사를 통해 위로하고 격려하였고 교우들은 위험을 두려워하지 않고 이들을 보호하고 자신의 집에 은닉시키기를 계속하였다. 빈첸시오와 카이오, 졸라 신부도 머지않아 자신들에도 닥칠 '순교의 그날'을 마음으로 준비하고 있었다.

순교

1623년 여름이었다. 도쿠가와 히데타다가 3대 쇼군직을 아들 도쿠가와 이에미쓰(德川家光)에게 양도했다. 아버지 히데타다는 아들의 쇼군 취임을 기념하는 자리에 전국의 50여 다이묘를 한자리에 모았다. 이때 쇼군은 자신의 도시 에도에서 활동 중인 그리스도교도들을 조사토록 지시했고 결국 안젤리스(H. Angelis) 신부와 갤베스(F. Galvez) 신부가 잠복해 있다는 사실을 보고받고 격노하며 '엄중히 탐색을 더하고 모두 처형하라'는 명령을 내렸다. 시일이 지남에 따라 당시 일본에서 잠행하며 활동하던 30여 명의 수도자들과 신부들이 차츰 드러나게 되었다. 기리시탄 금교령 의지를 밝히는 표지로 에도의 감옥에 수감했던 신자 하라몬도를 포함한 이들 모두, 50명을 화형에 처하여 전국의 그리스도 신자들과 다이묘들을 공포에 떨게 만들고 절대 복종의 제물로 삼았다. 1614년의 금교령과 추방령을 어기며 일본 내 은거지로 숨어든 47명의 사제와 수도자들과 수많은 신자가 지켜온 신앙의 대가를 잔혹한 박해로 응답해 주었던 것이다. 이에 따라 박해를 삼가던 다른 다이묘들도 자신의 영내에 있는 기리시탄 박해를 본격적으로 시작했다. 기리시탄 문제로 막부의 문책을 받아 다이묘 신분을 박탈당하는 것을 두려워하였기 때문이었다. 인간이라면 생각도 해 낼 수도 없던 잔혹하고 무자비한 고문과 처형 방법이 동원되고 신앙은 철저히 파괴되었으며 기리시탄은 양심을 처벌 받았다. 밀고자를 포상하고 배교자를 앞세워 은밀한 활동을 부추기며 거리마다 팻말을 세워 기리시탄의 씨를 말려나갔다. (사진은 당시 거리에 세웠던 그리스도교 금지령을 알리는 계고판).

이런 무자비한 박해의 환경은 빈첸시오와 카이오를 움츠러들게 만들고는 있었으나 신자들을 위로하고 격려하며 고통의 세월을 인내하는 신앙의 열망은 조금도 수그러들지 않았다. 허활 도미니코 내외도 박해를 피해 나가사키 인근의 산속 외딴집으로 숨어들자 자연히 그곳이 중심이 되어 조선인 교회의 신자들이 모여들고 있었다. 모든 신자가 순교를 하게 할 수는 없는 일이었다. 누군가는 살아남아서 신앙을 간직하여 후세에게 전파해야만 한다고 믿었다. 허활 도미니코의 산 속 오두막에서 졸라 신부와 카이오 수도자와 함께 미사를 올린 후 빈첸시오가 조선인 신자들에게 말했다.

"우리는 포로로 일본에 끌려와서 그리스도교인이 되어 교회의 축일을 기념하고 자신의 신앙을 자랑하며 포교했고 서로 믿고 의지하고 있습니다. 조선의 문화를 기념하고 계승하며 일본의 문화도 이해하며 따르고 있습니다. 우리는 비록 일본인으로 성과 이름이 바뀐 사람도 있지만 같은 조선인으로서 주님이 주신 생명과 신앙을 뿌리처럼 소중히 여기고 있습니다. 그것은 진리이고 사랑이며 선함이며, 자비와 용서이고 정직함과 관용이기 때문입니다. 그러나 일본의 쇼군과 다이묘들은 우상을 숭배하고 기념하며 서로 증오하고 죽이는 폭력적인 행동을 미화하고 부끄러워하지 않습니다. 우리를 모욕하며 경멸하고, 인간의 도리를 포기하게 하며, 인간이 다른 인간의 양심을 벌주는 비도덕적인 금수와 같은 쾌락을 기념하고 있습니다. 그들의 도덕과 양심은 타락했습니다. 그러나 우리는 그들을 용서해야 합니다. 그것이 그리스도의 가르침이고 그것이 진리를 지키는 자의 불변의 모습이며 그것이 그들을 언젠가는 자신들의 잘못을 깨닫게 하고 회개하게 할 것이기 때문입니다. 여러분들은 더욱 깊은 산 속이나 외딴 섬으로 피하여 신앙을 간직하고 후세에게 증거하는 길을 찾으십시오. 이제 저희와 수도자들과 사제들은 일본 교회의 후손들이 영원히 기억해 줄 그리스도교 박해의 역사 속에서 우리 삶의 모습이 어떠했는지를 기념하게 하도록 준비할 것입니다."

모두가 숙연한 중에 어떤 자매들은 소리 없이 흐느끼고 있었다. 빈첸시오의 말에 이어 함께 왔던 카이오 전도사가 말했다.

"하느님이 주신 순례의 긴 여정에서 우리는 주님께 구원받았고, 일본인들을 용서했고 그들과 화해했습니다. 우리는 미사를 통해 공동체 속의 자신을 인식하였고 모든 성사를 통해 우리의 사랑과 신앙을 증거하며 살아왔습니다. 우리는 포로 생활의 극단적인 핍박과 고난을 이기고 조선인들의 힘으로 세운 '성 로렌죠 교회'를 통해 후손이 자랑스러워 할 선조가 피로써 새긴 역사를 써 두었습니다. 언젠가는 우리의 모국 조선이 그리스도 국가가 될 것입니다. 이제 우리의 미래는 우리들 하나하나의 손에 달려있고 그것이 성 로렌죠 교회의 미래를 기록하게 할 것이고, 우리의 조국은 여러분 한 분 한 분의 이름을 새긴 교회를 세워 그리스도 국가가 되어 이곳의 여러 교우들 희생을 영원히 기리게 해 줄 것입니다. 왜냐하면, 우리는 저마다 하나의 교회이기 때문입니다. 더욱 침착하게 신앙을 지켜 나가는 미래를 준비해 주십시오. 빈첸시오님 말씀처럼 언제고 어디서고 우리의 신앙이 밝은 태양 아래서 함께 주님을 찬양하는 성가를 마음껏 부를 수 있는 그날까지 여러분은 대를 이어 소중한 신앙을 지켜 나가도록 하여 주시기를, 그렇게 하여 언젠가는 우리의 조국과 이 땅에 그 염원이 이르기를, 하느님께 기도드립니다. 아멘."

모든 그 자리의 사람들이 '아멘' 하고 화답했다. 그리고 둘은 관구에서 받은 약간의 활동 자금을 모두에게 일정하게 나누어 주고 다시 나올 수 있는 사람들은 열흘 후 프란치스코 형제 댁에서 오늘처럼 만나기를 약속했으나 그 사이 위험이 닥치거나 장소가 변경되면 서로 연락토록 하였다. 둘은 밤이 이슥하여 로렌조 조선인 성당으로 돌아왔으나 이곳 또한 언제 관리들이 들이닥쳐 이들을 체포할지도 모르는 일이었다.

이런 급박한 날들이 계속되었고 또 한해를 맞았다. 카이오는 오사카로 돌아가지 못하고 있었다. 1624년이 되자 나가사키에서도 수색과 체포는 다반사로 일어나면서 아무도 장기간의 잠행과 신자들의 신앙을 돌보기가 가능하리라 여길 수 없게 되어가고 있었다. 빈첸시오는 은밀하게 졸라 신부, 토레 신부, 파체코 신부와 만나기도 하고 밝지 않은 장래를 걱정하며 신자들을 찾아 회합을 갖기도 했다. 그렇게 여름을 보내고 가을을 맞은 10월 초순 이었다. 조선인 신자 한사람이 급히 빈첸시오를 찾았다. 오사카로 돌아가려 애를 쓰며 오이타에서 숨어 있는 신자들을 돌보던 카이오 전도사가 밀고 되어 체포되었고, 그곳의 스즈다(鈴田) 감옥에 갇혔다는 소식이었다. 밀고자는 누군지 알 수 없으나 평소 그의 도움을 받던 일본인으로 짐작되는 말을 했지만 확실치 않았다. 밀고와 배신에 따른 포상이 너무나 일반적으로 발생하는, 변해 버린 사회였다. 빈첸시오는 비밀리에 면회를 알선 받아 평복을 하고 감옥을 찾았다. 카이오는 평온한 모습으로 그를 맞았다. 그러나 그의 몸과 얼굴에서 여러 군데의 멍과 얼룩진 형태의 자욱이 그동안의 고초를 짐작하게 해 주었다.

"나의 형제, 빈첸시오 님, 그대가 와 주셨구나."하며 살며시 미소를 지었다. 빈첸시오도 따라 미소를 지으며,

"형님이 먼저 옥에 갇히셨어? 내가 먼저일 것이라고 항상 여기며 지내왔는데."

"허허, 내가 아우님보다 나이가 많으니까 먼저지, 허허, 여기에 오래 있지 못해. 그들이 나를 면회 온 사람들이나 함께 지낸 사제들과 수도자들을 밀고 하라며 계속 주위 사람들을 회유하고, 협박도 하고 있거든."

"형, 난 무섭지 않아. 그 자들은 아예 밀고자를 회유시켜 포섭하고 또 다른 밀고자를 만들게 하는 배신을 포상하고, ─ 우리를 괴롭혀 죽이려 결정했겠지만, 난 두렵지 않아."

"아무렴, 진리를 이기는 길은 없으니까. ─ 잠시 눈을 막는 억지와 악행을 저지르며 자신들이 피해자인 양 떠들고 우리를 범법자로 몰아붙이는 거지. 권력을 가진 자들의 오만이고 속성이잖아. 자기들을 따르지 않으면 모두 적으로 보고 죽이려 달려드는 것 말이야. 왜 일본이 이런 세상이 되었을까? 참, 인사를 나누지. 이 쪽은 고이치 제임스님이야. 우리

신자지." 하고 일러주는 고이치는 카이오보다 훨씬 나이 들어 보였으나 매우 공손하게 손을 아래로 모으고 허리를 숙여 "고이치입니다. 사람들은 제임스나 디에고라고 부릅니다." 하고 말했다.

"빈첸시오입니다. 얼마나 고초가 심하셨습니까?"

"저야, 살 만큼 산 사람입니다만 젊은 선생님들이 정말 큰일입니다. 부디 몸조심 하십시오."

빈첸시오가 주머니에서 영성체를 담은 작은 사기 종지를 조심스레 끄집어내어 카이오에게 전해 주었다. 간수는 그들을 위해 제법 오래 자리로 돌아오지 않고 있었다.

"그들은 나를 안내하며 다니다가 함께 잡힌 고이치님을 고문하고 신자들을 밝혀내려 애쓰지만 허사라는 걸 이제 알았어. 어제는 나를 불러내더니 내가 배교하면 고이치님을 살려 주겠다고 하더군. 후미에 (마리아나 예수그리스도상을 그린 그림을 밟게 하는 것)를 하라는 거였어. 대체 그들이 바라는 것은—, 이렇게 사람의 목숨을 흥정의 대상으로 두고 우리가 가진 신앙을 벌주려하는 이 비이성적이고 비인간적인 행위를 무어라고 해야 할지—."

"이들은 자신이 저지르고 있는 짓이 어떤 일이란 걸 모르고 있어. 아는 자들도 있겠지만 그들은 신앙을 자기들의 보신(補身)의 수단으로만 삼았을 뿐이겠지."

다른 이야기들도 나누며 서로 위로하고 격려하고 충만한 성령으로 가슴을 채우려 애썼다. 그러나 듣고 보는 관련된 일들이 너무나 비참하고 잔혹하여 일본의 위정자들에 대해 진저리를 치게 하는 대화를 되도록 하지 않으려 노력했다.

면회를 다녀온 10월 말 자정이 훨씬 지난 늦은 밤이었다. 한 쌍의 남루한 행색을 한 일본인 내외가 로렌조 성당을 숨어들어와 빈첸시오를 찾았다. 잠자리에서 일어나 얼른 나가 보니 컴컴한 중에 몰골이 워낙 남루하여 누구인지 알아볼 수가 없을 지경이었다.

"두혁이, 나 욱이야."

"아니, 욱아 네가 여기를 어떻게 알고?" 하며 덥석 그의 양손을 잡았다. 욱이는 빈첸시오 앞에서 몸을 돌려 허리를 숙이고 흐느끼다가 다시 마주하고 고개를 들더니 아내를 소개했다. 어둠 속에서도 눈이 초롱초롱 빛나는 자그마한 키의 여성이 고개를 들고 말했다.

"저의 남편은 가와구치 하야오 유스토가 되었습니다. 저는 유스토의 아내 마리입니다. 빈첸시오 선생님."

"어서 오십시오. 잘 오셨습니다. 안으로 드십시오."

둘을 빈첸시오가 머무는 침소로 안내하여 음식을 먹인 후 몸을 씻도록 했다. 그때, 마침 함께 머무르던 졸라 신부와 파체코 관구장 신부가 두런거리는 소리에 깨어 이들과 함께 자리를 하게 되었다. 욱이 내외는 달포 전에 오사카 인근의 고향에서 추방되어 길을 걷기 시작하여 큐슈의 반도 끝 어느 자락에 그리스도인들만 모여 산다는 시마바라로 행하는 길에 나가사키에 도착해서 혹시나 하고 묻고 물어 조선인 성당을 알아내고 빈첸시오를 찾은 것이었다. 두 내외에게 신부님들을 소개하자 그들은 즉시 파체코 관구장 신부와 졸라 신부 앞에 무릎을 꿇고 고해성사를 받았다. 둘은 신부의 위로와 강복을 받고 빈첸시오가 준비해 준 성체를 영했다. 성체를 영한 하야오 마리는 무릎 꿇은 자세에서 엎어지듯이 바닥을 손으로 짚고 고개를 푹 숙이고 한참을 그렇게 있었다. 욱이가 조용히 그녀를 뒤에서 바르게 세우자 그녀의 초롱초롱한 깊은 눈매에 눈물이 흘러내리고 있었다.

"아들과 딸 둘을 외가에 떼어두고 왔습니다. 그 애들을 위하여 빈첸시오 님과 신부님께서 기도해 주셨으면 좋겠다는 생각을 걸어오는 내내 하였습니다. 흑흑."

"물론 해드리고 말고요. 유스토와 마리님 내외와 떼어 두고 온 아들과 두 딸의 안녕과 건강한 성장을 하느님께 말씀드리며 기도하고 미사 중에도 생각하겠습니다." 하고 관구장 신부가 말하자 그녀는 유스토에게 등을 기대고 사르르 눈을 감았다. 이제 안심했다는 안도감이 그녀를 행복하게 만든 듯 살며시 슬픈 미소를 짓고 있었다. 빈첸시오는 그들 내외에게 방을 내어주고 졸라 신부의 방으로 가서 침대 아래에 잠자리를 마련했고 이튿날 셋이 함께 감옥으로 가서 간수에게 사정을 하고 뇌물을 바쳐 카이오 전도사를 비밀리에 면회했다. 셋을 만난 카이오는 둥그레진 눈을 감지 못할 듯, 이 모든 일이 마치 꿈결처럼 여겨지는 듯 가느다란 실눈이 되더니 웃음을 지었다. 십 수 년 전에 욱이의 집에서 만났던 날을 기억하는 듯했다. 함께 어울려 지난 시절의 가련함과 그리움, 신앙이 주는 가정의 행복함을 말하고 그들의 대부와 대모가 되었다는 가와구치 유스토와 로마나 내외의 소박한 신앙의 열매를 칭송했다. 이들을 떠나보낸 후 깊은 산중으로 숨어들어 버렸다는 그들이 이들 내외에게 목적 있는 삶을 영글게 해준 듯 보였다. 그들 대부 대모 내외가 본질적인 인간의 삶을 거룩하게 살려고 노력한 것이 이들 젊은 내외에게 진실한 복음으로 다가와 수 백리 겨울 길을 걸어서 이곳에 도착토록 충만한 신앙의 힘을 준 것이 분명했다. 돌아오는 길에 유스토가 빈첸시오에게 말했다.

"내게 가문을 이루도록 성(性)을 물려준 대부 유스토 님과 대모 로마나 님은 우리 내외에게 논과 밭 열두 마지기의 농사를 떼어 주셨어. 그들이 가진 거의 절반을─. 마리는 대모님의 질녀인데 그 댁에서도 여덟 마지기의 논을 떼어 주었고. 나는 고향 선돌에서는 꿈에도 이루지 못할 중농이 된 듯이 즐거웠지. 아들 하나와 딸 둘을 두었는데 모두 유아 영세를 받았어. 미겔과 안젤라, 비비아나로. 모두 처가댁에 남겨 놓고, 이들이 그리스도인임을 숨겨 달라고 했어. 그러나 언제고 이들이 자라면 영세 시 받은 증명서를 내어 주시도록 말씀드렸어."

"저의 친정 부모님은 하야오란 성을 가진 불교도이십니다만 저희의 그리스도교 영세를 이해하고 계셨습니다. 늘 그분들을 생각만 하면 무거운 짐을 맡겨두고 떠나온 저희가 죄를 진 듯합니다. 빈첸시오 수도자님, 이 일이 죄를 진 것이라면 저희 죄를 하느님이 사해 주시도록 저희를 위해 기도해 주십시오." 하고 눈물진 얼굴로 빈첸시오를 바라보며 말했다.

"마리 자매님, 그건 죄가 아닙니다. 그리고 자매님은 이미 신부님께 죄를 고백하셨습니다. 오히려 주님은 당신의 보석을 험한 세상을 맞아 감추어 둔 자매님을 칭찬하실 것입니다. 언제고 두 분의 굳은 신앙은 하늘나라에서 성인들의 칭송을 받게 될 것입니다. 두 분이 남긴 세 자녀는 건강히 자라나서 영적인 지혜를 주고 신앙을 지키기 위해 자신들을 떠난 부모를 알게 될 것입니다. 그들은 작은 겨자씨가 되어 뿌려졌고 풍성한 열매를 맺는, 새들도 날아와 집을 짓고 노래하는 뿌리 깊은 큰 나무가 될 것입니다. 언젠가 그들을 만나게 될 것입니다. 그 만남은, 우리가 삶의 여정에서 겪었던 성공과 실패와 고난과 행복의 경험처럼 두 분을 감동시키고, 그 아이들은 두 분이 되고자 하는 사람처럼 말하고 행동할 것입니다. 그것이 우리 주님이 주신 축복이 될 것입니다."

수많은 이야기와 위로를 나눈 이틀 후 이들 내외는 그리스도의 성채 (城砦)가 있다는 시마바라 반도의 히라조 성으로 떠나갔다. 빈첸시오는 하야오 유스토 내외에게 빵과 찐쌀, 중국에서 가져온 로사리오 둘을 선물로 주었다. 유스토는 빈첸시오도 어울려 떠났으면 하고 말했으나 그는 이곳에서 여러 사제와 수도자, 전도사, 교우들과 함께 남겨진 일들을 해야 하기 때문에 같이 할 수 없다는 말과, 로렌죠 조선인 성당 교우 중에 그곳으로 먼저 떠난 최 안토니오 앞으로 소개장을 써 주었다. 이들이 떠난 이틀 후 11월 5일 오후에 나가사키 니시자카 언덕에서 카이오는 디에고와 함께 화형에 처해졌다. 빈첸시오는 남아 있던 조선인 교우셋과 함께 언덕 아래에서 그 모습을 처음부터 끝까지 지켜보았다. 눈물은 흐르지 않았다. 십자가에 매달린 카이오도 눈물 흘리지 않았다. 다만 그의 그윽한 시선이 빈첸시오에게 다가와 멎으며 "사랑하는 나의 아우여, 나를 위하여 빌어주게." 하고만 말하고 있었다. 그는 발버둥 치지도 않았고 그의 몸은 순식간에 화염에 휩싸여 고요한 하늘 가운데 구름속으로 연기가 되어 사라지고 있었다. 그의 성스런 영혼이 빈첸시오와 함께 서 있는 조선인 신자들과 곁에 있는 일본인 신자들의 얼굴과 머리를 어루만지며 떠나 영혼의 세계로 옮겨가고 있는 듯 했다. 그들은 모두가 아무 말도 못하고 그 자리에서 헤어졌다. 조선인 성당으로 돌아오는 길에 빈첸시오는 자꾸 카이오의 환영(幻影)을 보고 있었다. 환하게 웃고 있었다. 이제 모든 고통에서 해방되어 성인, 성녀들과 함께 저 멀리 석양이 불타는 하늘에서 조각구름을 타고 노래하며 빈첸시오를 손짓해부르는 것 같았다. 그날 저녁 미사를 두 사람의 신부와 두 사람의 조선인 신자와 함께 올리는 중에 카이오와 제임스의 이름을 수없이 불러 그들의 영혼이 천국에 이르기를, 그곳에서 주님의 빛나는 얼굴을 뵐 수 있도록 기도했다. 삼일 후 빈첸시오는 니시자카 언덕에서 새카맣게 타버린 카이오와 디에고의 시신에서 뼈를 수습해서 작은 오동나무 상자에 나누어 넣고 영결 미사 후 로렌죠 교회 뒤의 빈터에 묻은 후 작은 나무 십자가를 세웠다.

빈첸시오와 두 신부는 매일처럼 서로를 위로하며 찾아오는 신자들에게 굳건한 신앙의 길을 가도록 함께 기도하고 거의 매일을 숨어 지내는 신자들과 옥에 갇힌 사람들을 평복을 한 빈첸시오가 찾아 하느님의 말씀을 아가는 용기를 지니게 해 주었다. 이제 도쿠가와의 지역 봉행(奉行)인 행정관이 알고자만 한다면 그들의 모습을 쉬 발견할 수 있을 것이었으나 주위의 아무도 그들에 대해서는 어떤 말도 하지 않았다. 누군가 신고하지 않으면 은둔 잠행을 묵인한다는 것 같은 분위기였다. 주로 밤에만 움직이는 그들의 조심스런 행동을 동네의 개들조차 소리 내어 짖으며 알리지 않았다. 크리스마스를 맞아 그리스도 탄생을 축하하는 제단을 조촐하게 만들고 은밀히 다녀가는 신자들을 위로했고 이브에는 자정에 맞추어 오십여 신자들이 미사에 함께 참여하여 생명의 위험을 잊고 위협과 협박을 이겨 내는 용기와 신념을 아무런 표징도 없이 담담히 나타내고 있었다. 새해가 밝은 후 2월 중순에 포르투갈의 무역선이 도착하여 빈첸시오는 관구장인 프란치스코 파체코 신부가 요구한 조선인으로 예수회에 제출될 개인 서신을 썼다. 빈첸시오 개인의 서신이 첨부된 이 서류는 졸라 신부가 작성하며 스스로 서류에 기록된 사실의 보증인이 되었고 관구장 파체코 신부가 서명했다. 그들은 이 예수회 가입 서류를 3월에 마카오로 출항할 선편에 미리 보냈다. 개인 서신은 간략하게 자신을 소개하는 내용으로만 겸손하게 채우며 다음의 구절도 넣어 조선인임을 분명히 밝혔다. 그러나 자신이 일본으로 온 그해가 서력으로 1592년인지 3년인지는 자꾸 헷갈렸다.

-저는 조선에서 태어나 1592년 일본으로 왔으며 같은 해 12월 교회에 들어가 주님의 은총으로 33년을 지냈습니다. 저의 영육을 모두 성부와 성자와 성령께 봉헌했습니다. 제가 고통을 참고 견딜 수 있었던 것은 주님께 배운 사랑과 용기가 있었기 때문입니다.

카이오가 화형을 당한 이듬해 1625년 10월 초 한밤중이었다. 파체코 신부는 졸라 신부를 대동하고 자신의 비서였던 나가사키 시내 가스파 사다마스의 집으로 가시고 없었다. 평소 로렌죠 교회 밖을 어슬렁거리며 안을 훔쳐보곤 하던 사람에게서 고발을 당했고 그 밤에 나가사키 행정관 봉행(奉行)이 무사 여섯을 데리고 와서 둘은 도망쳤다고 애석해 하면서 빈첸시오를 묶어 스즈다 감옥으로 보냈다. 수 명의 평신도들이 이미 갇혀 있었다. 이튿날 봉행이 다시 감옥으로 와 강제적으로 후미에를 시켰으나 따르지 않았다. 11월이 되자 관구장 프란치스코 파체코 신부도 여러 일본인 수사들과 함께 체포되어 왔고 빈첸시오와 함께 옥살이를 하게 되었다. 종종 그들은 지나간 시절 일본에서 겪은 일들과 그리운 고향을 회상하며 시름을 잊었다. 며칠 후 그들의 좁은 감옥에 졸라 신부도 잡혀와 셋이 함께 거처하게 되었다. 어떻게 고발되고 잡혀 왔는지를 모두 모르고 있었지만 알려고 애쓰지도 않았다. 봉행은 이들에게 "당신들이 후미에를 하면 당신과 당신 신자들을 석방시켜 주겠소. 당신들이 살고 그들도 사는 길이 여기에 있으니 당신들 요구대로, 당신들이 죽어 그들을 살리는 것 보다야 좋은 것 아니겠소." 하며 개기름이 흐르는 얼굴에 비열한 웃음을 띠고 말했다. 빈첸시오와 두 사람의 사제가 자신들이 희생될 테니 대신 신자들은 살려 달라고 요구한 데 대한 봉행의 대답은 한결 같았다.

"그들이 후미에를 하지 않고 다른 신자를 고하지도 않으니 죽일 수밖에 없으나 당신들이 후미에를 하고 배교를 하면 그들도 살려 주고 당신들도 살려 준다지 않소?" 하고 다시 말하는 것이었다. 빈첸시오는 한 달쯤 심한 구타와 고문을 당하였다. 그의 뛰어난 외국어 해독과 구사능력, 유학자로서 뛰어난 재주와 바탕, 감추어지지 않는 그리스도의 영성과 신앙심을 버리고 그 능력을 자기네들을 위해 쓰도록 직위로 유혹하고 협박하며 국가일본의 조선과의 일을 맡기겠다는 말로 회유했으나 거절했다. 말할 수 없는 악행으로 고문이 뒤따르며 배교를 요구하였으나 그들은 결국 실패하였다. 손톱과 발톱을 젖혀 빼내는 고통과 겨울에 나체로 만들어 냉수에 집어넣고 돌을 머리 위를 누르거나 거꾸로 매달고 차디찬 물을 코와 입으로 쏟아 넣기도 하고 불에 달군 인두로 몸을 지지기도 했다. 그런 악행이 예사로 저질러지던 어느 날 자신이 미주노 가와치라는 새로운 봉행이 와서 직접 취조를 하는 자리에서였다. 그가 통상적인 여러 질문과 후미에를 강요한 후 빈첸시오를 가만히 쳐다보며 무슨 말이든 하기를 바라고 있었다. 해진 겉옷만 남루하게 걸쳤으나 형형한 눈빛의 빈첸시오는 고문으로 일그러뜨려진 몸을 곧추 세우고 그의 얼굴을 정면으로 보며 말했다. 몸은 몹시 아프고 괴로웠으나 정신은 평상시처럼 맑았고 말도 떨리지 않았으며 한 없이 겸손한 표정의 얼굴에서는 광채를 발하고 있었다.

"나는 그리스도를 지키기 위해 순교를 결심한 사람이오. 무엇으로도 나의 신앙을 포기하게 만들 수 없소. 당신은 나를 고문하며 임무를 다한다고 여길지 몰라도 그것이 일본이라는 나라의 품위이고 격식은 아닐 것이오. 난 조선인으로서 일본이 국가의 품격을 소중히 하기를 바라며 그리스도교가 일본의 실정법을 어겼다면 그 법을 따를 것이오. 내가 하느님의 사랑을 포교하는 그리스도교 전도사가 된 것은 '만인은 평등하다'는 하느님의 사랑 속에서 그 분의 영광과 명예를 지키기 위한 일인 것이오. 사무라이들도 소속된 집단과 개인의 명예를 소중히 생각하며 목숨을 버리는 것을 최고의 무사도로 고상하게 여기는 전통을 지니고 있지 않겠소."

이 말에 그는 시선을 바로하지 못하고 멀리 땅바닥을 이러 저리 보더니 경외심이 가득 찬 얼굴로 빈첸시오를 한동안 바라보며 "더 할 말이 있으면 하시오." 하고 말했다.

"조선인들을 학대하지 마시오. 그들은 일본이 일으킨 전쟁으로 포로가 되어 수 천리 타국인 이곳으로 끌려와 갖은 고초를 겪고 있소. 그들은 아무 죄가 없소. 일본인과 같이 그들을 대우해 주시오."

하자 그는 다시 먼 산을 한동안 바라보기만 했다. 이후, 취조관들이나 봉행이 다시 빈첸시오를 불러내어 괴롭히지 않았다. 그러나 일본인 전도사와 교리 교사들, 신자들을 옥의 마당에 불러내어 매질하고 잔혹하게 몸을 비틀고 창으로 찌르며 고문하며 배교를 요구하는 것을 창틈으로 바라보는 것은 참으로 견디기 어려운 것이었다. 고문을 당한 그들은 질질 끌려 다시 감방으로 들어가면서까지 이들이 갇힌 옥을 쳐다보며 "신부님, 우리는 괜찮습니다." 하며 나지막이 소리 지르곤 했다. 그들을 지켜보는 빈첸시오와 사제들은 눈을 감아도 자꾸만 눈물이 흘러 나왔다. 그들은 그런 박해를 받는 신자들의 감방에 함께 있고 싶어 했다.

세 사람은 감옥의 한 감방에서 새해를 맞았고 매일 아침과 저녁에 미사를 드렸다. 옥의 나무 창살 사이로 이들 셋의 모습을 볼 수 있는 신자들은 함께 미사에 참여하며 순서에 따라 성가를 부르기도 하고 성호경을 긋기도 했으나 성체를 영할 수는 없었다. 그러나 아주 심하게 고문을 당하여 신체를 움직일 수 없는 신자들은 다른 신자들의 품에 안기거나 앞에 누워 창살 사이로 얼굴을 붙여 그들을 향해 시선을 고정하고 혼신의 힘을 다해 사죄경과 주모경과 영광송을 외고 함께 일치된 모습으로 성호를 그으며 찬송가를 불렀다. 4월이 되자 옥에서 보이는 바깥의 나뭇잎도 푸르게 빛나고 있었고 때 늦은 벚꽃 나무 한그루가 하얀 꽃잎을 바람에 흩날리고 있었다. 오래도록 옥살이를 하면서 오히려 더욱 심오하게 선명해져 가는 그들의 영성과 신자들의 흔들리지 않는 군건한 신앙을 지키게 해 주신 것을 하느님께 감사하며 기도드린 후 관구장 파체코 신부가 말했다.

"빈첸시오 형제님, 나는 우리 예수회가 나에게 부여한 권한으로 그대를 예수회에 입회시키고 수도자로 축성하고 싶소. 이제 예수회는 조선인 빈첸시오 형제를 인정해 줄 것이오. 그대처럼 일본에서 조선인으로 남아 조선인과 일본인들에게 교리를 가르치고 조선 포교를 위해 중국으로 가서까지 노력한 형제는 없소. 이미 콜레지오에서 수학했고 남들이 감히 따르지 못할 수덕을 쌓으셨으며 모든 수련 과정을 넘어 모진 고난까지 감내하신 분이시오. 우리는 그대가 예수회 수도자가 되어 우리의 영혼을 위로해 주는 형제가 된 모습을 보고 싶소. 졸라 신부도 이미 내 의견에 동의했고 나는 이 사실을 면회 올 포르투갈 상인에게 전해 예수회에 보고할 예정이오. 우리의 청을 받아주시오. 나의 형제 빈첸시오!"

빈첸시오는 잠시 멍멍한 상태가 이어졌다. 자신의 학식이 풍부하여 지식이 가득 찬 인물이 되지도 못할 뿐더러 주님의 일꾼이 되어 무엇 하나 내놓을 만한 업적도 일구지 못한 사람이라고만 여기고 있었다. 또한 교회에서 사제가 되어 신자들에게 군림하는 사제는 더더욱 되고 싶지 않았던 기억도 가물가물 떠올랐다. 물론, 조선인에 대한 수도자나 사제가 되는 서원이나 예수회 입회가 예수회 내에서 결정된 바가 없었기 때문이기도 했으나 관구장 신부의 말씀은 자신이 지녀왔던 소명에 대해 주님이 부르시는 것 이라고 생각되었고 콜레지오를 졸업 시 섭섭했던 조선인 수사 서원에 대한 예수회의 사후 인정으로 받아들였다. 한참을 그런 생각에 젖었다가 자신의 흉중의 말을 가감 없이 말했다.

"파체코 관구장 신부님, 그리고 졸라 신부님, 저는 아무것도 이루지 못했고 주님 말씀의 뜻도 제대로 깊이 알지 못하는 전도사에 불과 합니다. 물론 저의 어렸을 시절 뜻이 수도자의 길을 걷다가 언제고 때가 온다면 조선에서 사제의 길을 걷고 싶기도 했습니다. 이제 제겐 모두 이룰 수 없는 일처럼 보입니다만一."

"내 형제 빈첸시오 님, 그대만큼 험한 수도자의 고행을 한 분과 우리가 함께 있다는 것은 주님의 축복이오. 부디 우리의 소원을 이루어 주시오." 졸라 신부가 말했다.

　빈첸시오는 아무 말 없이 벽을 향해 좌선하는 모습으로 앉아 눈을 감았다. 두 사제는 그의 뒤에 앉아 아무런 말이 없이 지켜보고만 있었다. 그날 오후는 봉행이 와서 이들을 불러내어 닦달하지 않았고 신자들이 갇힌 옥에서도 신음 소리가 들리는 외에는 조용했다. 반시간쯤을 묵상한 빈첸시오가 말했다.

　"감사합니다. 파체코 관구장 신부님, 졸라 신부님. 주님의 영광이 이제와 항상 영원히 우리와 함께해 주시기를! 아멘."

　"고맙소, 빈첸시오 형제!"

　두 사람의 신부는 작고 좁은 감옥에서 빈첸시오 수도자 서원식을 축성하는 미사를 올리며 하늘에 감사했고 파체코 신부는 지니고 있던 성유를 빈첸시오의 이마에 바르고 성수를 머리에 뿌려 하느님께 수도자의 탄생을 말씀드렸다. 빈첸시오가 온 몸을 감옥 방바닥에 엎디어 붙이고 예수회 수도자의 기도를 바치자, '이냐시오 영성 수련의 원리와 기초' 첫 구절을 파체코 관구장 신부가 먼저 암송했다.

　"사람은 우리 주 하느님께 찬미와 흠숭을 드리고 그분께 봉사하며, 또 그렇게 함으로써 자신의 영혼을 구하기 위해 창조된 것입니다."

　이어 졸라 신부, 빈첸시오 수도자가 나머지 회칙을 암송했다.

　"그 외에 땅 위에 있는 모든 것은 사람을 위하여 창조된 것입니다. 따라서 사람은— (중략)

　창조의 목적으로 우리를 인도하는 사물만을 원하고 선택해야 합니다."

이후 빈첸시오 수도자가 바닥에서 몸을 일으켜 앉았다. 두 분 사제는 빈첸시오 수도자에게 함께 기도해 주기를 청했고 서로 고백성사를 본 후 사죄경을 외웠으며 파체코 신부가 나누어 주는 성체를 영하고 성가를 불렀다. 곧 졸라 신부는 품안의 종이와 잉크, 펜을 꺼내어 이런 모든 사실을 기록하여 관구장 파체코 신부에게 바쳤다. 파체코 신부는 간수를 불러 신자들과 면담을 요청 후 그들에게 빈첸시오 조선인 수도자 탄생을 말했고 상관의 서양인을 면회토록 요청한 후 이튿날 그가 오자 졸라 신부가 만든 서류에 서명을 하고 봉투에 넣어 봉인 후 로마의 예수회 본부에 전달토록 했다. 수일 후 발데사르 토레스 신부가 일본인 수사와 함께 체포되어 와서 함께 옥살이를 하게 되었다. 지역의 봉행은 이미 감옥의 사제들과 신자들을 무슨 방법을 쓰더라도 배교토록 할 수 없음을 알고 더 이상 그들에게 종전과 같은 요구나 잔인한 고문을 하지 않았다. 신자들도 모두 순순히 순교를 기다리고 있을 뿐이었다. 토레스 신부에게 파체코 관구장 신부와 졸라 신부가 빈첸시오의 수도자 서원을 말했고 토레스 신부도 당연히 진즉 그렇게 하였을 일이 늦은 듯 하다는 말로 빈첸시오에게 용기를 주었다. 빈첸시오는 지금까지 걸어온 길에서 보고 익힌 수도자의 새로운 뜻을 보고 있었다. 그것은 예수회의 '적응주의 선교 원칙'에 맞닿아 있는 결심이었다. 가만히 파체코 관구장 신부를 마주하고 꿇어 조용히 말씀드렸다.

"신부님, 참된 수도자가 되어 사제들과 함께, 교회에 신자가 모이지 않는다고 말하기 전에 교회를 신자에게 가지고 가도록 돕겠습니다. 수도자로서 그들에게 교회의 참 진리를 말해 주고 그들의 삶과 늘 함께하여 교회가 그들의 인생에 큰 부분이 되도록 하겠습니다. 하느님이 원하시는 거룩한 사람이 되어 인생을 보람 있게 살도록, 그들의 희망과 고통, 공포와 갈망까지도 모두 함께 고민하고 해결토록 힘쓰겠습니다. 삶의 여정에서 상처받은 마음을 치유하여 하느님이 부르시는 목적 있는 삶이 되도록 그들을 돕겠습니다. 긴 어둠의 잠에서 일깨울 학교도 세우고 병자와 빈자를 위한 치료소와 구휼소도 짓겠습니다. 이 모든 일을 하고 싶습니다. 신부님—."

"감사합니다. 나의 형제 빈첸시오 수사. 이제 수사님 계획이 꼭 이루어지도록, 그것이 당대에 이룰 수 없는 일이라면 다음, 다음의 세대, 수백 년 이후의 조선과 일본에서 수사님의 꿈이 꼭 이루어지도록 기도합시다."

파체코 신부의 말씀으로 네 사람은 함께 일어나 양손을 서로 잡고 돌아가며 기도 후 그들이 젊었던 시절 신학교 생도 때 매일 불렀던 그레고리안 성가로 '봉헌의 기도'와 '하느님, 나의 하느님 (Deus Deus meus)'과 '살베 레지나'를 조용히 계속해서 그러나 엄숙히 불렀다.

6월 19일 봉행이 와서 파체코 신부에게 신자들에게 미사를 볼 수 있도록 했다. 감옥 내 작은 마당에서 그는 두 사람의 신부와 빈첸시오 수사와 전도사들과 평신도들과 함께 마지막 미사를 올렸다. 신부들의 품에서 마지막 순간을 위해 지니고 있던 소중한 밀떡 성체가 옥의 신자들 모두에게 골고루 나누어졌으나 모자라지 않았다. 짧은 강론에서 그는 모든 신자들에게 용기와 신념을 더욱 강하게 하도록 요구하고 함께 성가를 불러 미사를 끝낸 후 빈첸시오 수사에게 기념 강론을 맡겼다. 빈첸시오는 "우리의 미래는 지난 과거의 어떤 시기보다도 더욱 빛나고 더욱 아름답게, 더욱 큰 의미가 될 것이며 그것이 하느님이 우리에게 요구하시는 것"이라고 말한 후, 성서의 말씀을 빌려,

"우리는 자유인입니다. 우리는 굴복을 당하지 않습니다. 왜냐하면 우리는 굴복시킨 자의 종이 될 수 없기 때문입니다."(2베드 2,19) 하고 끝을 맺었다.

사제들과 빈첸시오 수사는 6월 20일 이른 아침에 최후의 고백성사를 보았다. 이후 세 신부와 한사람의 조선인 수사와 네 일본인 전도사와 한 사람의 평신도가 뒤로 손이 묶여 나가사키 니시자카 언덕으로 호송되었다. 어쩐 일인지 이미 옥에 갇혀있던 평신도 십여 명은 제외되었다. 이미 수많은 사람이 그들을 기다리고 있었고 아홉 개의 십자가가 세워질 아래에는 마른 장작더미가 높게 쌓여 있었다. 맨 처음 관구장 파체코 신부가, 눕힌 십자가 위에서 팔과 다리를 결박당한 후 양 손에 못이 박히고 장작더미 위에 세워졌다. 이후 졸라 신부, 토레스 신부, 빈첸시오 수사가 똑 같은 형태로 묶이고 못질을 당한 후 십자가에 세워졌다. 뒤이어 언제나 빈첸시오와 함께하겠다던 페트루스 린세이 전도사, 죠안느 키사쿠 전도사, 파울루스 신스케 전도사, 미카엘 도조 전도사와 관구장의 비서였던 평신도 예수회원 가스파 사다마쓰가 십자가에 묶여 못질 당한 후 세워졌다. 빈첸시오는 자신을 위한 최후의 기도를 올렸다.

"늘 저와 함께 계시며 제게 용기와 신념을 주셨던 아버지,
죽음의 골짜기를 헤매던 저의 육신을 살리시어 다시 저를 키워 내시고,
삶의 실체를 알게 해 주신 아버지,

저의 영혼을 용약하게 하시어 조선 포고의 뜻을 심어 주셨고,
중국에서 포로가 된 저의 손을 잡고 계셨던 아버지,
저의 조국 조선이 아버지의 뜻이 가득한 곳이 되어
그들을 깨어있는 나라의 통치자와 백성이 되게 하소서.

이제, 제가 죽을 때에 불러 주시어,
당신께 오라 명하시고,
당신의 성인과 더불어
영원토록 당신을 찬미하게 하소서.
아멘.

Et iube me venire ad te,
Ut cum Sanctis tuis laudem te,
In saecula saeculorum.
Amen."

  잠시의 고요함 속에서 모두들의 스스로 기도가 끝나자, 봉행이 의자
에 앉아 그들에게 최후의 배교를 요구했다. 그들은 매번 미사 때 신자
들과 함께 불렀던 라틴 고전 성가 '글로리아 대영광송'을 같이 불러 물음
에 답했다. 봉행은 곧 장작더미에 기름을 뿌리고 불을 질렀다. 구슬프
게 함께 부르던 성가가 조금 반복 후 조용해졌다. 그들의 신체가 어둠을
밝히는 빛처럼 환하게 불타올랐다. 삽시간에 그들은 한줄기 구름이 되
어 하늘로 올랐다.

장중한 음악이 구름 사이에서 울려 퍼지는 가운데 육신을 빠져 나온 빈첸시오 수사의 영혼은 아래의 땅에서 불타고 있는 자신의 모습을 보았다. 토레스 신부, 졸라 신부, 파체코 관구장 신부가 빈첸시오와 전도사들과 평신도와 함께 서로 손을 잡고 하늘을 날고 있었다. 수많은 신자가 활활 불타오르는 그들의 육신을 향해 로사리오 기도를 바치고 있었고 한 무리의 아낙들 중에 보고 싶었던 얼굴들이 있었다. 머리에 하얀 미사포를 쓴 줄리아와 수도복을 입은 베네딕타 수녀가 눈물을 흘리며 로사리오 기도를 하고 있다가 그와 시선이 마주치자 둘은 슬픈 얼굴에 미소를 담고 가만히 손을 흔들고 있었다. 그 곁에는 고니시 마리아와 유키나가와 그들의 가족이 카이오 수사와 함께 둘러서 있었다. 저 하늘 높은 곳에서는 조부모와 어머니와 아버지, 가족들이 모두 손짓하며 그를 반기고도 있었다. 세 신부와 수사와 전도사들과 평신도 예수회원은 다시 한 무리가 되어 수많은 꽃과 나무들이 우거진 길을 급속하게 날아올라 빈첸시오 수사가 살던 조선의 진주성과 단성현 선돌, 일본의 여러 곳을 지나고 다시 스페인과 이태리의 세 신부가 살던 도시들을 들른 다음 그들을 기다리던 성인과 성녀들 속에서 함께 더 높은 곳으로 인도되어 갔다. 지금부터 약 390여 년 전, 1626년 6월 20일, 금요일이었다.

그리스도의 영혼은 / Anima Christ.

그리스도의 영혼은 저를 거룩하게 하소서.
그리스도의 몸은 저를 구원하소서.
그리스도의 피는 저를 취하게 하소서.
그리스도의 늑방의 물은 저를 씻어 주소서.
그리스도의 수난은 저에게 힘을 주소서.

오, 선하신 예수님, 저의 기도를 들어 주시어,
당신의 상처 속에 저를 숨겨 주시고,
당신을 떠나지 않게 하시며,
사악한 원수에게서 지켜 주소서.

제가 죽을 때에 불러 주시어,
당신께 오라 명하시고,
당신의 성인과 더불어
영원토록 당신을 찬미하게 하소서.
아멘.

Anima Christi, sanctifica me.

Corpus Christi, salva me.

Sanguis Christi, inebria me.

Aqua lateris Christi, lava me.

Passio Christi, conforta me.

O bone Jesu, exaudi me.

Intra tua vulnera absconde me.

Ne permittas me separari a te.

Ab hoste maligno defende me.

In hora mortis meae voca me.

Et iube me venire ad te,

Ut cum Sanctis tuis laudem te,

In saecula saeculorum.

Amen

성 이냐시오(St. Ignatius de Loyola, 1491-1556)와 예수회원들이
영성 수련 시 암송하는 관상 기도로 1500년대 이전부터
사용되었다고 함.

후기

　이 소설에서 모든 역사적 환경은 사실이나 그곳에 등장한 복자 빈첸시오와 주변 인물의 행적과 이야기는 창작입니다. 저는 복자 빈첸시오의 꿈을 다 표현할 수 없었습니다. 그러나 그분이 지니셨을 뛰어난 영성과 철학, 시대를 앞서 깨우친 지식으로 조선을 강대한 나라, 종교와 문화와 과학과 예술이 넘치는 나라로 만들고 싶었으리라고 보았습니다. 자신을 길러 준 가톨릭의 전통과 열의가 조선에 신학교를 만들게 해주고 유지할 수 있을 것이라고 믿었을 것입니다. 1547년 처음으로 예수회 대학을 로마에 설립한 이래 유럽 지성의 산실이 된 여러 대학과 일본의 신학교를 본받아 그는 1600년대에 이를 모국 조선에 옮겨 심어 가꾸고 싶었을 것입니다. 오늘 우리가, 여러 수사들이 쓰고 작곡한 문학 작품이나 음악 중에 '인간은 생각하는 갈대'라는 파스칼의 '팡세'를 읽으면서 베르디의 '사계'를 들을 수 있는 행복을, 복자 권 빈첸시오는 '바로 그런 것'하고 말씀하고 싶었을 것입니다.

　가톨릭 대사전의 권 빈첸시오에 대한 기록은 다음과 같습니다.

- 권 빈첸시오(1581-1626). 일본에서 순교한 한국인 복자. 조선 고관의 아들로 임진왜란 중 13세때 고니시 유키나가(小西行長)의 포로가 되어 일본으로 끌려가 쓰시마(對馬島) 도주(島主)의 부인인 마리아에게 맡겨져 페드로 모레혼 신부로부터 빈첸시오란 세례명을 받고 1603년 예수회 신학교를 졸업 후 전도사(Catechist,교리 교사)가 되었다. 1614년 예수회 관구장 파체코 신부의 명을 받아 조선에 선교할 계획으로 중국으로 건너가 조선에 입국할 기회를 찾았으나 강한 쇄국정책과 당시 중국 내 전쟁 상황으로 뜻을 이루지 못하고 1620년 일본으로 돌아갔다. 그 후 5년 동안 시마바라 반도에 숨어서 졸라 신부를 도와 일본인과 조선인 포로들에게 전도하다가 1625년 졸라 신부와 함께 체포되어 이듬해 6월 20일 파체코, 졸라, 토레 신부등과 함께 나가사키에서 화형 당하였다. 그는 화형당하기 며칠 전에 감옥 안에서 파체코 신부에게 완전한 수도자의 서원을 하였다. 1867년 7월 7일 교황 비오 9세에 의해 205인의 일본인 순교자들과 함께 복자위(福者位)에 올랐다.-

이 소설에 등장한 예수회와 인물에 대한 역사 기록은 다음과 같습니다.

예수회는 1534년 성인 이냐시오 데 로욜라에 의해 창립된 수도회로 종교 분리(개혁)에 의한 가톨릭교회 자체의 정신, 신앙 개혁 운동에 주력하면서 신대륙의 이방인들에게 예수의 가르침을 우선으로 선교 활동을 하였다. 이에 따라 대학과 신학교를 전 세계에 설립하여 수많은 인재와 선교사와 사제, 수사(자연과학자, 의사, 음악가, 미술가, 문학가, 철학자 등)를 배출했다. 16,7세기 동양 선교를 담당했던 자비에르, 마테오 리치 신부 등은 일본과 중국에 서양의 과학과 문학, 철학을 소개하여 두 나라의 문명 발전에 큰 기여를 했다. 그러나 17세기 예수회는 교리와 선교에 대한 논쟁에서 보수적 수도회에 의해, 활동에 큰 제약을 받게 되었고 결국 교황은 1776년에 예수회 해산을 명령하여 이태리나 스페인, 프랑스를 떠나 독일, 오스트리아, 러시아 등지의 깊은 산골짜기에서만 가느다란 명맥을 유지하다가 1814년에 교황이 다시 복원을 공포하여 오늘에 이른다. 원론에 입각한 교리적 도그마를 등에 업은 사람들을 설득하기 위한 고통과 인내는 아주 심각한 것이었고 이 고난의 시절을 이겨온 역사를 오도하여 일부 진실을 모르는 자들이 예수회를 극우 또는 극좌단체 등과 관련지어 수도회의 진실성을 악덕하게 조롱하지만 이는 전혀 사실이 아니다.

고니시 만쇼는 1627년 로마에서 사제 서품 후 1633년 일본으로 돌아와 일본인 최후의 순교 사제가 되었다. 그가 1644년 순교 후 근대 일본의 출발점인 명치 시대 이전까지 약 230년 동안 일본인 사제는 탄생하지 않았다.

창작 인물 유스토와 마리 내외가 찾아간 시마바라의 히라조 성은 1637년부터 2년에 걸쳐 일어난 그리스도교 최대의 집단적 최후 저항전이었던 시마바라 봉기가 일어난 곳이다. 전 그리스도 신자군들과 쇼군의 진압군 간 전쟁에서 성내의 그리스도인들은 전원 몰살되고 성은 철저히 파괴되었다. 쇼군의 요청으로 바다에서는 화란 함정의 포 지원 사격도 있었다. 이후 일본은 모든 국민이 반드시 어딘가의 사찰에 소속된 불교도여야 한다는 테라우케, 슈몬 아라타메(宗門改め) 제도를 수립했

고 5호감시제를 만들어 그리스도인 발견을 위해 5가구 상호 감시와 불신고시 연대 책임을 묻고 그리스도인들은 수대를 이어 구분하여 감시해서 사회 활동을 제한했다..

소설에서 빈첸시오와 오랜 기간을 같이 활동한 졸라 신부가 빈첸시오와 함께 중국행을 했다는 기록은 아직 분명치 않다. 그러나 기록은 그가 도쿠가와의 그리스도교인 추방령에 따라 마카오로 이동 후 중국으로 갔고 다시 일본으로 돌아와 순교했다고 하고 있다.

일본에서 순교한 조선인 성조들을 오래도록 연구한 이 율리에타 수녀(예수성심시녀회)가 2010년 8월 1일 가톨릭 신문에 게재한 1867년 7월 교황 비오 9세께서 시복(諡福)한 일본의 순교복자 205위 중 밝히거나 다시 정리한 조선인과 그 가족 신자에 대한 기록은 다음과 같다.

1. 복자 고스마 다께야(Cosmas Takeya), 1619년 11월 18일 화형, 로사리오 회원.
2. 복녀 아그네스 다께야(Agnes Takeya), 복자 고스마 다께야의 부인, 일본인, 42세, 1622년 9월 10일 참수, 로사리오 회원.
3. 복자 프란치스코 다께야(Franciscus Takeya), 복자 고스마 다께야의 아들, 12세, 1622년 9월 12일 참수.
4. 복자 안토니오(Antonius), 1622년 9월 10일 화형, 로사리오 회원.
5. 복녀 마리아(Maria), 복자 안토니오의 부인, 일본인, 1622년 9월 10일 참수.
6. 복자 요안(Joannes), 복자 안토니오의 장남, 12세, 1622년 9월 10

일 참수.

7. 복자 베드로(Petrus), 복자 안토니오의 차남, 3세, 1622년 9월 10일 참수.

8. 복자 카이오(Caius), 53세, 1624년 11월 5일 화형, 예수회 전도사.

9. 복자 권 빈첸시오(Vincentius Kaun), 1626년 6월 20일 화형, 예수회 회원.

10. 복자 카이오 지에몬(Caius Jiyemon), 1627년 8월 17일 화형, 로사리오 회원.

11. 복자 가스파 바즈(Gaspar Vaz), 1627년 8월 27일 화형, 프란치스코 제3회원.

12. 복녀 마리아 바스(Maria Vaz), 복자 가스파 바즈의 부인, 일본인, 1627년 8월 27일 참수,

프란치스코 제3회원.

이외 이 율리에타 수녀가 조사한 조선인 순교자들:

13. 하치칸 요아킴(에도 거주) : 1613년 8월 16일 순교한 프란치스코회의 사제 '소테로 신부'를 자신의 집에 숨김. 일본에서 순교한 최초의 조선인.

14. 구치노츠(口の津)의 미카엘 : 1614년 11월 22일 순교.

15. 베드로 진쿠로(甚九郎): 1614년 11월 22일 순교.

16. 베드로 아리조: 1619년 아래 토마스 쇼샤쿠와 함께 순교.

17. 토마스 쇼사쿠(小作): 사제들만의 감옥이라 일컬어지는 오무라의 스즈다(鈴田) 감옥에서 사제들을 몰래 수발하다 순교.

18. 다케야 소자부로(竹屋兵衛) 코스메 : 도미니코회 소속인 2명의 사제(요한 산토 도미니코와 안혜르 오르스치 신부)를 자신의 집에 숨김. 사제들과 함께 투옥 후 순교. 부인 아네스는 감옥에 남겨졌고 아들 프란치스코는 아는 사람이 자신의 양자로 삼아 히라도로 데리고 갔으나 3년 후 순교자의 아들이라는 것이 밝혀지자 히라도에서 불러내어 어머니 아네스와 같은 장소에서 참수로 순교.

19. 하마노마치(浜町)의 안토니오 : 신자 단체 '미세리코르디에'(자비의 형제회) 회원으로 활약하며 일본인 최초의 예수회 사제 '세바스챤 기무라 신부'를 자신의 집에 숨김. 부인 마리아와 2명의 아들(12살 요한과 3살 베드로)과 함께 순교.

20. 오타 줄리아 : 도쿠가와의 성에서 중요한 위치의 부인이던 오타 줄리아는 유배지로 전국을 떠돌아 다님. 그의 삶은 순교만큼이나 고귀.

21. 이사벨라 : 운젠의 뜨거운 열탕 속에서 머리에 돌을 이게 하고 남편이 배교했으니 배교하라는 강요를 받고 순교.

22. 시네몬(佐藤新右衛門) 토마 : 프란치스코 제3회원. 박해자 사쿠에몬에 의해 모든 재산을 몰수당한 채 투옥 후 순교.

23. 츠지 쇼보에 가스팔 바즈 : 임진왜란 때 일본에 끌려와 마카오의 포르투갈 상인에게 노예로 팔려 마카오에서 생활. 일본에 돌아와 결혼하여 나가사키에서 살았고 프란치스코 제3회원. 아내 마리아와 함께 나가사키의 니시자카에서 화형으로 순교.

24. 아카시(明石) 지에몬 가요 : 조선의 어느 섬에서 출생한 것으로 알려져 있다. 예수회 신부 '발다살 토레스'를 자신의 집에 숨김. 로자리오 회원이며 프란치스코 제3회원. 순교.

*조선인 남자들이 대부분 일본 이름으로 개명하고 일본인 부인을 얻었다는 점은 당시 조선인들의 현지 동화 정도를 나타낸다. 주위 일본인들도 조선인 신분을 알았을 것이란 점은 21세기의 우리가 한일관계에서 다시 음미할 부분이다.

고니시 유키나가의 가문.

오타 줄리아를 양녀로, 권 빈첸시오를 신학교에 보내어 수도자로 키워낸 유키나가는 임진왜란시 조선에 끼치고만 악행도 있으나 그의 가족들이 조선과 역사, 그리스도 신앙 관계사에 분명한 영향을 미친 점은 우리가 다시 인식해야 한다고 본다. 그의 후손 중에 한 여성은 한국인과 결혼하여 서울 인근에서 살면서 한국을 위해 봉사하고 있다는 점은 그의 가계와 한국의 깊은 인연을 생각하게 한다. 그의 아들들에 대한 역사적 근거를 검색할 수 없어 소설에 등장시킬 수 없었으나 고니시 유키나가에게는 다음과 같은 아들과 딸이 있었던 것을 후세의 일본인들이 밝히려 하고 있다. 도쿠가와 이에야쓰에 의해 멸문지화를 당하면서도 용케도 피해나간 자식들이 있었던 듯도 하다. 분명치 않아 유감이다. 빈첸시오 수도자는 분명 그들을 잘 알고 계셨을 것이다.

- 장자. 小西兵庫頭- 본처와 사이의 아들. 참수?
- 차남. 小西秀貞- 출신 미상. 자손이 있고 순천 출신의 조선인 모친설.
- 3남. 小西兵右衛門- 첩과 사이의 아들. 자손이 있다는 설.
- 4남. 小西宇右衛門- 출신 미상. 참수?
- 막내. 浅山弥左衛門- 출신 미상. 자손이 있다는 설.

- 장녀. 妙(다에: 마리아 본처와 사이의 딸. 대마도의 소 요시토시의 정실, 소설에 등장.

- 차녀. ? (카타리나) - 본처 사이의 딸.

- 양녀. 오타 줄리아 조선 출신, 소설에 등장인물(위 20번째 인물).